우리 옛노래 모둠

우리 옛노래 모둠

윤성현 지음

보고사

책머리에

고전시가를 손에 쥐고 살면서 자주 부닥치는 불편함이 있었다. 자료의 접근성. 그래서 작업에 착수했다. 이네 시가장르를 한마당으로 묶으면 나름 도움이 되리라는 소박한 바람. 발품을 줄여 작품과 곧바로 맞닥뜨릴 수 있는 실물을 만들고자 하는 바람. 자료를 모으고 해석에 매달리는 노고를 조금이라도 덜어내길 바란 것이다. 원문을 추리고, 해석을 꾀하고, 힘을 뺀 해설을 더하고자 애썼다. 이런 마음이 그저 독자들에 닿았으면 좋겠다.

우리 옛노래에 애정을 지닌 이들이 쉽게 접근하길 기대한다. 스마트폰과 3D가 지배하는 스피드와 팩트의 시대일수록 느림과 쉼이 필요하다고 믿는다. 인문학, 고전문학은 그래서 이 시대의 절대교양이 된다. 신라인의 경건한 신심과 고려인의 치열한 사랑, 조선인의 자연 속 도학 추구를 만나보기 바란다. 우리 시가문학의 도도한 흐름에 몸을 내맡길 수 있다. 문학은 그 자체로 아름다운 실체라는 데 지은이는 동의한다.

이를 위해 몇 가지 점에 유념하였다. 우선 필요한 경우 각주를 상세히 달았다. 현대어역에서는 시가 자체의 리듬을 살리고자 하였다. 일부 작품에서는 여의치 않았기도 하지만. 해설에서는 학술정보와 지식전달을 최소화하고, 시가 본연의 미학과 소통에 신경을 썼다. 그래서 자유로운 감상과 수용을 덧보탰다. 항간의 '인문학, 그들만의 리그'라는 지적에서 비켜서고 싶었기 때문이다.

실제 작업에서는 시대별·장르별로 자료를 뽑았다. 향가·속요·시조

·가사의 주류장르에 상대가요·경기체가·악장·민요는 물론, 소악부·무가·참요 및 잡가를 더해 시가장르를 망라하였다. 시조는 다시 형식에 따라 평시조·연시조·사설시조 셋으로 구분하였다. 마찬가지로 가사 또한 작가 및 주제지향에 의해 양반가사·평민가사·개화가사로 크게 나누었다. 작품의 양과 질에서 그만한 대접을 받을 만했기 때문이다.

상대가요에서는 기왕의 구지가·공무도하가·황조가로 발생시기를 확정하였고, 그밖에 삼국의 노래를 망라하였다. 고구려의 인삼찬, 백제의 정읍사와 숙세가, 신라의 몰가부가와 해가 및 번화곡이 그것이다. 여기서는 정읍사를 백제노래로 확정하였다. 숙세가는 최근 발견된 백제노래로 여기에 처음 실었다. 인삼찬과 번화곡도 널리 알려지지 않았던 것을 같이 묶었다. 상대가요의 저변을 적극적으로 넓혀 잡은 것이다.

향가에서는 해독의 전문성 때문에 부득이 양주동과 김완진의 성과를 옮겨 실었다. 신라 향가 열네 마리 외에 고려 때 균여의 보현십원가(11장 연장체) 및 예종의 도이장가를 같이 묶었다. 도이장가 또한 고려의 향가로 확정하였다. 속요에서는 그간 논란이 있었던 정읍사와 도이장가를 빼고 열세 마리를 확정하여 실었다.

경기체가는 고려 때의 세 작품 모두와 조선 때의 것 일부를 실었다. 소악부는 익재와 급암의 작업 모두를 올렸다. 무가에서는 대국 일부와 여음만 나열된 작품은 빼고 일곱 마리를 취했다. 참요는 삼국시대와 고려의 작품은 다 싣고 조선의 것은 일부만 골라 올렸다. 악장에서는 장편인 용비어천가와 월인천강지곡에서 일부를 취했고, 그밖에 몇 곡을 올렸다.

시조와 가사는 작품이 많아 선별해야 하는 즐거운 고민에 빠졌다. 평시조는 시기별·주제별·작가별로 분류하였다. 연시조에서는 문학사적 의미가 큰 작품을 골랐고, 사설시조에서도 각기 다른 주제를 취해 안배하였다. 가사에서도 마찬가지로 유명작품과 상대적으로 조명을 덜 받은 작품 가운데 의미가 있는 것들을 안배하였다. 그간 조명이 소홀했던 잡가를 몇 작품 추렸다. 민요에서는 아리랑을 지역별로 안배하여 실음으로써 그 비중을 높였다.

이렇게 하여 상대에서 근대에 이르기까지 우리 옛노래를 정리하였다. 이들 장르의 통시적 흐름이 그대로 시가문학사를 이루리라 생각한다. 물론 총론으로 시가문학사를 약술하여 실었다. 이 저술의 길잡이가 될 것이다. 아울러 이들 작품을 접함으로써 당대의 사회상과 시대의식, 가치지향 및 미학의 현주소를 읽을 수 있으리라 본다. 실체로서의 현상을 통해 각 시기 세상살이의 이치가 읽혔으면 하는 바람이다.

이 저술의 계기를 마련하고 북돋워준 이들이 있다. 최철 선생님을 비롯한 허경진·윤덕진·고운기 교수님의 독려가 큰 힘이 되었다. 김영봉·박경우·박재민·김진희 교수님는 자료수집 및 해석과 자문에 기꺼이 손을 보태주었다. 지은이의 오늘에 이르기까지 선·후·동학의 학술적 성과에 크게 힘입은 바, 그 고마움을 또한 여기에 표한다. 그간 수업을 같이한 수강생들에게서 늘 활력과 영감을 받았음을 밝힌다. 보고사 김흥국 대표와 이경민 선생이 책을 매만지느라 애썼다.

그저 문학이 우리를 행복하게 해주는 그날을 소망한다.

2011년 늦여름

윤성현 적다

일러두기

1. 작품의 원문, 현대어역, 해설의 순으로 정리하였다.
2. 원문에서 오기 내지 오각으로 보이는 부분은 최소한의 범위 내에서 수정하였다.
3. 현대어역에서는 되도록 고어풍을 살리는 한편, 시가로서 원문의 리듬감을 고려하여 율격을 맞췄다.
4. 직역을 우선하되 의역도 적절히 섞어 해석하였고, 현대어역에도 불구하고 보충이 필요한 경우에는 주를 달았다. 원문에 한자가 노출된 경우는 '漢子한글' 방식으로, 원문이 한글로만 적힌 경우에는 각주에서 '한글(한자)'의 방식으로 처리하였다. 향가의 경우 해독의 전문성 때문에 기존의 성과 중 양주동과 김완진의 작업을 취해 그대로 실었다. 가사의 경우는 작업의 편의상 원문에 주를 달았다.
5. 원문 전체가 한역인 경우는 독음 처리하였다. 한자와 한글이 병기된 경우에는 한자를 앞세우고 한글을 작게 처리하였다. 한문이 구절로 적힌 경우의 독음은 한 칸을 띄었고, 단순 한자어의 독음은 바로 붙여서 구별을 꾀하였다. 단, 음보율을 고려해야 할 경우에는 율격에 맞춰 띄어쓰기를 하였다.

6. 우리말 해석에서 보충이 필요한 경우 [ ] 안에 음이 다른 한자로 의미를 추가하였다. 한자어의 통상음이 다른 경우에도 마찬가지로 [ ]로 처리하였다.

7. 띄어쓰기는 현행 맞춤법의 원칙에 따르되, 시적 형식을 고려해야 할 경우는 부득이 예외로 하였다.

8. 각 작품의 제목은 편의상 '한글漢子'로 표기하였다.

9. 작품이 복수의 문헌에 수록된 경우에는 최선본을 택하였다.

10. 각 장르별 작품의 순서는 연대순을 따랐다. 창작연대가 명확히 밝혀지지 않은 경우는 일반적인 추정에 근거하였다.

차례

소악부 … 249

무가 … 281

참요 ··· 299

악장 … 327

평시조 … 351

연시조 … 445

개화가사 … 677

잡가 … 693

민요 … 705

고전시가의 흐름과 특질

I. 들머리

우리 문학에서 고전시가라 하면 상고시대로부터 19세기까지에 걸쳐 우리말로 짓고 노래로 불린 시작품을 일컫는다. 이들은 대개 음악을 수반하며 불렸지만, 오랜 세월이 흐른 뒤에는 음악과 분리되면서 언어 자체의 율격만으로도 존립하는 시문학이 가능하게끔 되었다. 음악과 결합된 시가의 양상으로부터 차츰 노래를 분리하는 방향으로 나아가면서, 마침내는 시만으로 문학의 완성을 이루었다. 곧 노래하는[歌唱] 시에서 읊조리는[吟詠] 시, 그리고 읽는[律讀] 시에 이르기까지 점진적 단계를 밟아 오늘에 이르렀다.

II. 상대가요의 성격

1. 제천의식의 집단가무

우리 선조의 옛 삶을 적어 놓은 책으로는 『위지』「동이전」이 있다. 부여의 영고(迎鼓), 고구려의 동맹(東盟), 예의 무천(舞天) 등에 관한 문헌기록들을 종합해 정리하면, '좋은 때를 가려(농경생활), 하늘에 제사를 지내기 위해(제천의식), 여러 사람이 밤낮을 이으면서(집단의식), 술 마시고 노래하며 춤을 추었다(음주가무)'는 내용으로 요약된다. 우리 민족의 예술적 기질과 관련된 습속을 중국 쪽의 눈으로 관찰하여 기록한 내용이다.

노래와 춤, 몸짓이 어우러진 이 의례는 가·무·희(歌舞戲)의 복합체로서, 이른바 원시종합예술(ballad dance)이 된다. 이로써 시가문학은 음악과 밀접한 관련을 갖는 한편, 구비전승의 양태를 띠며 시작되었음을 알 수 있다. 이러한 집단가무의 오랜 전통은 혼자보다는 함께 나서야 어울려 노래하고 춤추는 우리 식의 관행을 짐작하게 한다. 오늘날 관광버스에서의 흥취나 노래방의 성행이 다 이와 무관치 않아 보인다.

시가문학의 첫머리는 아무래도 민요와 관련지어 생각해야 한다. 노동이나 놀이, 그리고 집단의 의례를 주목해야 하는 바, 지금 전하는 보리타작노래 〈옹헤야〉, 호남지방의 〈강강수월래〉, 영남지방의 〈쾌지나칭칭 나네〉 등에서 우리 시가의 원형을 미루어 찾을 수 있다. 특히 '쾌지나 ~'에서 하늘의 별, 강변의 잔돌, 솔밭의 옹이, 대밭의 마디는 모두 비인공적 자연물이며, '~도 많다'는 풍요의 이미지를 갖는다. 가장 원초적인 자연환경 속에서 부족함이나 불만이 없는 풍성한 생활감정을 소박하게 그린 노래로 볼 수 있다. 아마도 초기 시가의 모습은 이에서 크게 다르지 않을 것이다.

2. 문헌에 실린 노래들

이 시기의 노래로는 짤막하게 그 뜻을 적은 노래 몇 마리가 한역되어 전한다. 그 중 일부는 다행히 주변정황이 함께 적혀 실린지라, 작품을 이해하는 데 일정한 도움을 준다. 하지만 이들 노래가 일정한 유형성을 지닌 것으로 보이지는 않는다. 본디모습을 알 수 없는 채 한역되어 전하는 탓도 있지만, 이들 노래가 문학 발전단계를 미루어 특정한 장르적 성격을 갖춘 것으로 보기 어렵기 때문이다.

이 시기는 명확한 역사기록보다는 신화적 믿음이 지배하던 역사이전 시대이다. 문학사적으로는 보통 상고시대라 일컫는다. 문면의 기록만으로는 〈공무도하가〉(고조선), 〈황조가〉(고구려), 〈구지가〉(가락)의 시간적 순서로 적혀 있지만, 문화적 정황과 문학의 발전단계를 따져보았을 때 〈구지가〉→〈공무도하가〉→〈황조가〉의 차례로 보는 것이 타당하다.

우선 한정된 작품 수만으로도 이들 노래의 가치는 소중하다. 자료의 한계로 인해 구구한 해석을 낳긴 하지만, 다양한 가능성을 열어놓는 것이 오히려 독단의 함정을 줄일 수 있다. 문헌기록만으로는 부족한 부분을 신화·민속 등 인접한 방계자료로 메워가며 우리 시가문학사의 첫머리를 엮을 수 있다.

이밖의 상대가요로는 고구려노래로 인삼의 모습과 생태를 그린 〈인삼찬〉이 전한다. 백제노래로는 행상 나간 남편의 안위를 걱정한 망부가 〈정읍사〉와 함께, 내세에도 부부의 연 이어가기를 빈 〈숙세가〉가 있다. 신라노래로는 원효가 요석공주를 취해 설총을 얻게 된 구애요 〈몰가부가〉가 있고, 수로부인의 납치사건과 관련된 〈해가〉가 있다. 경애왕이 포석정에서 잔치하는 자리에서 부른 〈번화곡〉 또한 전해온다.

III. 향가의 숭고한 세계

1. 향가의 이해

향가는 우리 문학사에 있어, 독특한 형식미와 위상을 지닌 최초의 정형시가 양식이라는 영예를 차지한다. 향가는 신라시대에 생겨나 꽃을 피우고 고려 중기까지 계승되었다. 고려 4대 광종 때 균여가 지은 〈보현십원가〉가 전하고 있으며, 8대 경종 때는 향풍체가를 지었다 했고, 16대 예종은 스스로 〈도이장가〉를 짓기도 했다. 『삼국유사』에 열네 마리, 『균여전』에 연작시로서 〈보현십원가〉 열한 마리(연장체)가 전한다. 본디 가창으로 구비전승되다가 훗날 문헌에 정착되었다. 진성여왕 2년(888)에 각간 위홍과 대구화상이 『삼대목』을 편찬하였으나 안타깝게도 전하지 않는다.

개별 노래가 지닌 여러 층위의 이질성에도 불구하고 이들을 싸안을 수 있는 첫째 요인은 바로 향찰로 표기되어 전한다는 공통점이다. 또 향가시대에 이르러 시가의 주된 흐름이 이전 시대 집단의 노래로부터 본격적인 개인 창작 서정시로 바뀌었음을 보여준다. 민요와 변별되는 시가문학의 시대가 열린 것이다. 향가는 숭고한 이상을 추구함으로써 신라인의 높은 정신세계를 반영하였다. 향가는 우리 문학의 주체성을 보여주면서, 그 시기의 정신과 정서를 바탕으로 꽃피운 민족문학이라 할 만하다.

2. 형식과 미학적 특징

향가의 시형은 외형적 길이를 기준으로 하였을 때, 단형인 4구체와 약형인 8구체, 그리고 상형인 10구체의 셋으로 나누어진다. 이 중 10구체 향가는 사뇌가로 일컬어지면서, 높은 서정성과 함께 완성된 시형을 갖추고 있다. 사뇌가는 의미상 3단 구조를 갖는데, 보통 제 1, 2단락은 각 4행씩이며 제 3단락은 2행으로 이루어진다. 결사부라 할 바로 이 셋째 단락 첫머리는 예외 없이 차사로 시작된다.

한편 이들 형식 간 관계는 4구체에서 8구체, 10구체로 단순 발전된 것으로 보이지는 않는다. 물론 단계를 거쳤을 것으로 짐작되지만,

새 양식이 나타났다고 해서 앞 단계를 물리치고 뒤의 것만이 살아남은 형국은 아니다. 이들 형식이 향가의 전 시대를 망라하여 공존했기 때문이다. 이는 결국 이들 세 가지 형식이 맡았던 역할 내지는 성격이 서로 다른 가운데 공존관계를 유지했던 것으로 해석할 수 있다.

향가에서는 신라인의 생활감정과 함께 숭고한 아름다움을 찾을 수 있다. 신라인들의 불교신앙을 바탕으로 한 정신세계가 그네들의 이상과 현실에 있어 궁극적 접점을 만들어주었고, 조화와 융합을 이룰 수 있었기 때문이다. 관음(觀音)과 미타(彌陀)·미륵(彌勒)·화엄(華嚴) 신앙이 이들 향가의 노랫말이나 바탕이야기와 얽혀 나타나고 있다.

향가의 미학을 드러낸 대목 또한 여럿 눈에 띈다. 최행귀는 균여 향가를 두고 '사가 맑고 구가 아름답다[詞淸句麗]'고 하여, 이를 당나라 초기 시와 견주어도 손색이 없다고 칭찬하였다. 또 그가 한역한 이 노래는 중국에까지 널리 알려져, 향가의 아름다움을 떨치게 되었다. 향가의 형식을 한시와 대조하여 3구6명(三句六名)으로 특징짓기도 하였다.

『삼국유사』에서는 충담사의 〈찬기파랑가〉를 평하여'그 뜻이 매우 높다[其意甚高]'고 적었다. 이는 사뇌가로서의 심오한 경지와 함께, 시가로서의 아름다움을 인식한 대목이다. 신라의 향가가 투철한 시정신을 구비한 서정시로서의 격을 갖추었음을 말해준다.

또한 월명사의 〈도솔가〉나 〈제망매가〉가 신이한 능력을 지녔다 함은[往往能感動天地鬼神者非一], 사람의 마음은 물론 천지귀신까지 움직이는 향가의 큰 감동을 설명한 것이다. 이 대목은 서정적 아름다움의 크기로 바꾸어 풀이해도 무방하다. '향가가 신라인들에게 숭상되었고 시경의 송과 같은 성격을 지녔다[羅人尙鄕歌者尙矣 盖詩頌之類歟]'는 언급도, 같은 맥락에서 이해할 수 있다.

융천사의 〈혜성가〉에서도, 이 노래로 인해 흉조가 도리어 복과 경사스런 일로 바뀌게 되었다 하여 향가의 초자연적인 힘과 기능을 설명하고 있다. 아내를 범한 역신을 춤과 노래로 물리쳐 감복시켰다는 〈처용가〉의 기록도 마찬가지이다. 한역된 노래이긴 하지만, 수로부인과 연관된 〈해가〉에서 바다용이 뭇사람의 입을 두려워하여 굴복했다는 내용 또한 같은 맥락에서 보아야 할 것이다.

그만큼 향가는 단순한 문학적 성격에 그치는 것이 아니라, 종교적 성격까지를 아울러 지닌 문예양식이다. 불교가 자체 신앙의 차원을 넘어서, 문학을 포함하여 일상을 망라하는 생활철학으로 자리했음을 알 수 있다. 그 중심에서 우리는 향가를 만나게 된다.

3. 향가의 작자와 내용

향가의 작자층으로는 남녀노소·상하귀천 없이 참여했지만, 대체적으로 불교와 연관된 인물이 많다. 국선으로서 월명·충담·융천 등과 양지(의 신도)·영재 등 스님과 사문 광덕, 여신도 희명 등이 불교와 직접 관련된 작가라면, 서동·신충·처용·득오 등은 노래의 배경담이 되는 사찰 연기설화와 함께 간접적으로 불교와 연결되어 있다. 고려 때의 큰스님 균여도 있다.

당연히 향가의 내용은 불교적 성격이 주류를 이루고 있지만, 현재 전하는 문헌의 특수성을 생각한다면 오히려 다양한 내용을 담은 것으로 바꿔 해석할 수도 있다. 『삼국유사』나 『균여전』이 노래책이 아님에도 이들 문헌에 향가가 실려 있고, 일연이 스님 신분임에도 불구하고 노래에 불교 외적 내용이 많이 담겨 있기 때문이다. 그만큼 신라의 향가가 인생의 다채로운 면모를 담고 있으며, 그때 향가가 시가문학의 총아로서 향유되었음을 반증한다. 이제 향가는 공리적이고 의식적인 목적성을 벗어나, 순수한 개인적 서정을 노래하는 본격 시가문학의 시대를 펼치게 된 것이다.

불교적 성격을 노래한 작품으로는 인간적 고통과 절망의 순간에 불교적 염원을 간절하게 노래한 〈도천수관음가〉, 산화공덕과 관련된 의식요로서 〈도솔가〉, 그리고 수도자의 염원을 노래한 〈원왕생가〉가 있다. 떼도적의 마음을 돌이켜 부처에 귀의케 한 〈우적가〉, 공덕 닦기를 권유한 〈풍요〉도 불교와 관련된 노래들이며, 서정의 극치를 이룬 〈제망매가〉도 서방정토에 이르기를 기원하고 있다.

반면에 화랑을 추모하고 찬양한 〈모죽지랑가〉·〈찬기파랑가〉나 일정 부분 샤머니즘과의 관련 아래 이해되는 〈처용가〉의 경우 노래 자체만으로는 불교적 성격이 드러나지 않는다. 또 〈안민가〉는 유교적 교리를 설파하고 있으며, 〈혜성가〉는 혜성의 출현을 기화로 하여 세상의 이치를 빗대어 논한 것으로 생각된다. 〈원가〉도 군신 간 개인적 신의의 문제와 관련되어 있다. 옛 맹세를 회고하고 현재의 고난을 형상화한 이 노래는 마음의 갈등을 선명한 이미지로 형상화하였다. 〈헌화가〉는 나이를 초월한 지순한 로맨스에 얽힌 노래이다.

한편 다른 층위에서 〈모죽지랑가〉·〈찬기파랑가〉·〈제망매가〉·〈원가〉·〈헌화가〉는 서정적 향기 높은 노래가 된다. 〈풍요〉는 내용의 불교적 색깔에도 불구하고, 그 구조나 흙을 나르며 불렀다는 기능적 측면에서 볼 때 노동요가 된다. 〈서동요〉는 그 구조상 상대를 곤경에 빠뜨려 목적을 이루고자 한 참요적 성격의 동요임에 틀림없다.

4. 균여 향가의 문학사적 의미

균여는 고려 광종 때의 큰스님이다. 향찰로 표기한 〈보현십원가〉를 지어 불교의 교리를 쉽게 풀어낸 바, 불교대중화에 크게 이바지하였다. 〈보현십원가〉는 혁련정이 대사의 전기를 엮은 『균여전』 가운데 제7장 「가행화세분」에 수록되어 있다. 더불어 제8장 「역가현덕분」에는 이 향가를 한시로 번역한 최행귀의 한역시가 실려 있다. 최행귀는 서문에서 균여의 향가가 씌어진 배경과 함께 사뇌가의 형식인 삼구육명(三句六名)을 언급하였다. 특히 한시와 비교하여 손색없는 향가의 우수성을 높이 평가하여 자부심을 드러내었다.

〈보현십원가〉에는 대중의 마음이 잘 드러나 있다. 균여는 이 노래의 서문을 통해 높지도 낮지도 않은, 또한 깊지도 얕지도 않은 중생의 소박한 마음에서 드러난 큰 소원을 말하였다. 균여의 마음이 곧 보현보살의 마음이고 보현의 마음이 바로 중생의 마음이기에, 이 노래는 대중들 사이에서 널리 불렸고 누구나 손쉽게 접해 부처님 마음에 접근할 수 있었다. 일반 대중에게 어려울 수밖에 없는 화엄의 교리조차 쉬운 노래로 풀어낼 수 있는 것이 바로 향가의 덕목이다.

Ⅳ. 속요의 형성과 그 특질

1. 속요의 이해

고려시대에 이르러서도 향가의 맥이 이어졌지만 이미 주류에서는 밀려나 있었다. 또 이때는 한문학의 본격적인 융성으로 인해, 한시가

주도권을 쥐고 우리 시가문학은 중심에서 밀려나 있던 시기였다. 이런 사정들로 인해 속요를 만나기까지는 상당한 공백을 두고 고려후기를 기다려야만 했다. 속요는 대개 민간가요에서 연원되었지만, 실제로 지금 전하는 속요 모두를 일률적으로 이에 적용할 수는 없다. 조선시대의 음악책들에 실려 전하는 한계와 이들의 종속변수로 궁중속악이라는 제약이 따랐기 때문이다.

이런 정황들을 미루어보았을 때 이 시기 궁중음악의 발달은 오히려 우리 시가문학을 위해 퍽 다행한 일이라 하겠다. 속악연행을 위해 민간의 노래를 궁중악곡에 맞추어 손질하는 작업이 줄곧 진행되어왔기 때문이다. 고려를 대표하는 시가양식으로서 속요는 이렇게 존립할 수 있었다. 속요는 적나라한 인간성과 풍부한 정서가 유려한 우리말 구사 속에서 뛰어나게 형상화되었기에, 국문학의 중요한 유산으로서 그 가치가 크다.

이들 노래의 성격을 두고 논란이 인 까닭은 민요적 노랫말과 악곡형식의 결합이라는, 서로 어긋나 보이는 두 문화층위가 맞닿은 지점에 속요가 자리했기 때문이다. 당연히 속요는 상하층 문화의 속성을 고스란히 안고 있다. 여전히 민간에서는 하층민의 문화를 담은 노래들이 불린 한편, 궁중으로 흘러들어 온 이들 노래는 상층계급의 주도 아래 다시 양식상 변모를 맞게 된 것이다.

2. 서사·결사 및 여음의 문제

속요에서 그냥 지나칠 수 없는 것이 서사와 결사의 문제이다. 이 가운데 결사는 우리 시가의 고유한 전통형식이기에 큰 논란을 요하지 않는다. 하지만 서사는 다른 시가갈래에서 쉽게 볼 수 없는 속요

만의 독특한 형식이다. 이 역시 궁중속악이라는 연행상 성격에서 그 형식적 특질을 찾을 수 있다. 즉 이들 노래는 궁중이라는 장소, 다시 말해 임금 앞에서의 공연이기에 본격적인 연행에 앞서 임금에 대한 일정한 예가 필요했던 것이다. 여기서 본디노래와는 상관없이 서사가 붙게 되었으니, 여기서 이들 서사의 내용은 임금에 대한 송축으로 일관될 수밖에 없었다.

또한 속요에는 다른 시가갈래와는 달리 여음구가 일정하게 나타난다. 이는 앞서 살펴본 바처럼 궁중속악으로 수용되는 과정에서 생겨난 독특한 특질이다. 즉 민간에서 불릴 때에는 필요치 않았던 앞소리[前斂]나 뒷소리[後斂], 그리고 사잇소리[中斂] 등이 악곡상 필요에 따라 이들 노래에 끼어들었기 때문이다. 결과적으로 이러한 여음구는 음악적 성격에서 출발된 것임에 틀림없지만, 우리는 이를 문학적 성격으로 다시 따지지 않으면 안 된다.

그렇다면 이들 여음구의 작품 내적 기능은 무엇인가. 우선 연체시에서는 각 연의 단락을 나누어주며, 다른 한편 노래를 길게 만들어주는 기능을 한다. 자연히 궁중악으로서의 장중함에 기여하며, 형태상 동질성을 확보해준다. 또 비연체시에서는 흥을 돋구어주며, 때로는 감탄이나 강조의 기능을 맡기도 한다. 이러한 후렴구 내지 여음은 본디 감탄소리[感歎詞]인 것과 별 의미가 없는 돕소리[套語], 그리고 악기의 반주에 따른 입시늉소리[口音], 이 세 가지가 오랜 구전 끝에 정착된 것이다.

3. 남녀상열지사와 송도지사 사이

후대에 빈발했던 남녀상열지사라는 지탄은 조선의 경직된 성리학적 이념의 잣대 탓도 있지만, 고려후기의 사회적 분위기와 맞물려 실제로 남녀 간 사랑을 많이 노래했던 탓으로 여겨진다. 하지만 속요 전체의 성격을 애정일변도로 싸잡아 말할 수만은 없다. 남녀 간 애정을 노래한 작품이 많긴 하지만, 이 경우도 육체적 사랑의 현장 외에 이별의 안타까움이나 헤어진 그리움 내지 곁에 없는 외로움으로 세분되기 때문이다. 이처럼 많은 노래가 실제로 간절하고 순수한 사랑을 중심에 두고 있다.

한편으로 속요에는 송도지사가 많이 나타나고 있어, 이 시가무리의 장르적 본질이 무엇인가 하는 시비를 키우기도 했다. 이때의 송도지사와 앞의 남녀상열지사라는, 얼핏 상반되어 보이는 이 두 개념의 피상적 편차 때문이다. 하지만 이 또한 예의 민간노래를 궁중악으로 수용하면서 빚어진 결과로서, 그저 고려속악 특유의 문화적 토양에서 생겨난 속요의 특이한 면모일 뿐이다.

여기서 속요 본래의 남녀상열적 의미와 궁중악 특유의 송도적 기능이 한 점에서 만나게 된다. 단순한 민요의 형태를 벗고 악곡의 형식을 얻게 된 것이다. 따라서 이들은 형태와 내용 모두에서 민요 특유의 면모를 내비치는 한편, 속악 연행의 필요에 의해 노래의 본디꼴에 갖가지 수식적 첨부와 변용을 거쳐 새로운 모습을 갖추게 되었다. 그 결과 외견상으로는 민간노래의 소박한 의미를 털고 궁중악으로서 의미의 확장 내지 전이가 이루어진 것이다.

하지만 속악 전체의 자못 복잡한 양상과는 별도로, 실상 속요는 민요를 연원으로 하여 끊임없이 궁중악의 자양을 공급받아왔음을 확인할 수 있다. 지금 전하는 속요 열세 마리는 이러한 사정을 여실히 보여준다. 속요의 발생과 전승·수용 및 정착과정상의 이러한 양상은 노래 자체에서도 물론 쉽게 찾을 수 있다. 따라서 속요 본연의 서정적 아름다움을 우선한 후, 이를 바탕으로 하여 궁중악의 특수성을 감안한 작품해석을 꾀함이 마땅하다.

4. 속요의 내용과 주제

속요는 일상을 노래한 작품이다. 이 점은 작품 자체에서 그냥 드러난다. 남녀 간 사랑을 축으로 하여 만남과 헤어짐과 기다림이 담겨 있고, 여기서 빚어지는 기쁨과 슬픔, 안타까움과 그리움, 그리고 외로움과 한(恨)의 정서를 만날 수 있다. 그렇다고 애정만이 전부는 아니다. 종교적 신앙과 군왕에 대한 충(忠), 부모에 대한 효(孝) 등이 두루 망라되어 있다. 더함도 덜함도 없는 일상의 총합이 바로 속요의 내용을 이룬 것으로 보인다. 이를 주제별로 묶어 간략히 정리해본다.

〈만전춘 별사〉는 파란과 곡절의 굽이를 넘어선 순수 애정을 추구하고 있으며, 〈쌍화점〉은 무한의 향락을 추구한 육체적 욕망을 내보이고 있다. 〈상저가〉는 가난조차 가를 수 없는 가족간 유대의 윤리적 교훈을 담고 있으며, 〈사모곡〉에서는 정성을 다하고도 어쩌지 못하는 안타까움을 어머니에 대한 간절한 그리움을 통해 보여주고 있다. 〈처용가〉는 초월자에 대한 믿음을 드러낸 작품으로서, 현실적 재난에 대한 공포를 뛰어넘고자 하는 소망을 나타내고 있다.

〈가시리〉는 절제된 슬픔으로의 여심을 통해 실상 절박한 이별 앞에서의 가식 없는 설움을 보여주었으며, 〈정과정〉은 전형적인 충신연주지사로서 님을 향한 눈물의 호소를 통해 재회를 간구하는 심정을 나타내었다. 〈정석가〉는 변치 않는 마음다짐을 통해 예견된 이별 앞에서의 의연한 역설을 표현하였다. 〈동동〉은 기다림의 연가로서 이별과 기다림에서 나올 수 있는 온갖 정서가 망라되어 있는 바, 님의 돌아옴을 믿는 여인의 간절함이 이 노래 전편을 이끌고 있다. 〈이상곡〉은 아픈 사랑의 뒤안길에서 다시 오지 않을 님에 대한 사랑의 뉘우침으로 끝맺고 있으며, 〈유구곡〉은 빗나간 사랑을 비유한 민요로서 불륜의 언저리에 남은 허망한 아쉬움과 외로움을 나타내었다.

〈청산별곡〉은 삶의 번민과 갈등을 노래한 작품으로서 삶에 부대낀 화자의 허무와 체념을 담은 것으로, 또 청산과 바다는 이상향이 아닌 내몰린 삶터로 보았다. 여기서 뿌리 뽑힌 삶의 고단함에서 절로 얻어진 지혜가 나타나고 있다. 〈서경별곡〉은 이별을 당한 화자의 복받치는 감정을 표출한 노래로서 눈물의 하소연과 믿음의 다짐, 그리고 원망과 질책 및 체념의 정서가 잇달아 나타나는 바, 안쓰러운 하소연과 부질없는 믿음을 바탕으로 하여 갑작스런 이별 앞에 선 애끊는 호소를 보여주었다.

V. 경기체가의 장르 논란

1. 경기체가의 이해

경기체가는 13세기 초 〈한림별곡〉을 시작으로 하여 조선 중기까지 모두 20여 마리가 이어졌다. 무신정권 이후 신진사대부 계층에서 한시만으로는 부족하고 속요와는 차별되는 시가문학에 대한 욕구가 끓어올랐고, 이에 걸맞은 시가장르로서 경기체가가 시가문학사에 등장한 것이다.

결과적으로 경기체가는 한문학적 문필이 능한 사대부들이 시도하여 즐긴 대표적인 귀족문학이 되었다. 물론 고려후기 신흥사대부들의 활기찬 감정과 의식세계를 노래하였다. 문인들의 학식과 체험을 노래하며 글·경치·기상 등을 시적 제재로 삼아, 그네들의 호탕한 기상과 자부심을 드러내었다. 경기체가는 객관적 사물 묘사에 치우치면서 향락과 풍류적 분위기에 치우쳤다.

경기체가의 명칭은 후렴구 '~ 경(景) 긔 엇더ᄒᆞ니잇고'에서 비롯되었다. 연장체이며 한 연은 6행인데, 전대절(4행)과 후소절(2행)로 분절된다. 〈한림별곡〉을 기본형으로 보았을 때, 그 음수율은 전대절(3·3·4/ 3·3·4/ 4·4·4/ 4·3·4)과 후소절(4·4·4·4/ 4·3·4)로 나뉜다. 음보율로 따지면 후소절 첫 행인 제 5행만 4음보가 되고, 나머지는 모두 3음보를 이룬다.

2. 경기체가의 전개

〈한림별곡〉은 고려 고종 때 여러 한림이 지은 우리나라 최초의 경기체가이다. 전 8장의 노래인데, 첫 장에 등장하는 8명의 문인들이 돌아가면서 지은 것으로 추정된다. 글솜씨, 필독서, 서체, 술, 꽃, 기생, 신선, 그네놀이를 차례로 노래하였다. 고려 때의 작품으로는 그 밖에 안축이 관동의 절경을 노래한 〈관동별곡〉과 고향 순흥을 예찬한 〈죽계별곡〉이 있다. 각기 경치를 통해 의욕에 찬 감흥을 표현한 대표적인 서경문학이다.

조선시대에 들어서는 김구의 〈화전별곡〉, 정극인의 〈불우헌곡〉, 그리고 권호문의 〈독락팔곡〉 등 풍류를 노래한 작품이 이어졌다. 송도적 성격의 작품으로는 권근의 〈상대별곡〉, 변계량의 〈화산별곡〉과 예조에서 지어 올린 〈가성덕〉·〈배천곡〉 등이 있다. 도덕적 내용을 담은 노래로는 윤회의 〈오륜가〉와 주세붕이 지은 〈도동곡〉·〈태평곡〉 등이 있다.

경기체가는 고려에서 속요와 맞짝을 이루었고, 이후 조선 때까지 그 맥을 이었다. 특히 조선초기에는 악장으로서의 역할까지를 일부 나누어 맡으며 자못 활기를 띠기도 하였다. 이 때문에 장르 귀속 문제에서 혼선을 빚기도 한다. 교술장르 논쟁이 끊이지 않은 것도 이러한 사정 때문이다. 경기체가는 향유층이 일부 귀족계층에 한정되었고, 한자어 위주의 나열식 전개로 인해 서정성의 미흡을 낳았다. 결국 훈민정음 창제 이후에 가사문학이 흥륭하게 되면서, 조선중기 이후 그 생명력을 잃고 우리 국문학사에서 사라지고 말았다.

VI. 그밖의 고려노래

1. 소악부의 의미

고려의 시가로는 속요와 경기체가 외에도 소악부·무가·참요 등의 우리 노래가 있다. 주류문학으로서 우뚝한 존재는 아니었지만, 가뜩이나 한문학에 억눌린 시기인지라 이네 시가문학 유산 또한 소중하게 다가온다.

악부는 본디 중국 한나라 때 그 시대 민간의 실상을 잘 드러내는 역할을 수행하며 등장한 노래이다. 고려후기 이제현의 작업은 예의 악부시에 대한 중요성을 인식한 위에 우리 문학에 대한 뜨거운 각성이 만나면서 이루어졌다. 게다가 혼자만의 작업으로 그치지 않고 후배 민사평에게도 거듭 종용하여 동참케 한 결과, 익재 열한 마리·급암

여섯 마리, 도합 열일곱 마리의 작품을 남기게 되었다. 당시 유행하던 민간노래를 칠언절구 한시체 형식으로 재구하여 문집에 실음으로써, 그 당시의 인정·세태를 보완해주는 귀중한 자료를 전하게 되었다.

익재 소악부에는 벼슬에 연연하는 어리석음(장암)이나 탐관오리의 수탈(사리화), 상급관리와의 성적 일탈(제위보) 등 지배층을 풍자한 노래들이 있다. 임금에 대한 충(忠)(정과정)과 노모에 대한 효(孝)(오관산), 그리고 집 떠난 남편에 대한 열(烈)(거사련) 등 유교적 덕목에 대한 노래들도 있다. 그밖에 이별 앞에서 사랑의 맹세(서경)와 어린 시절의 추억(소년행) 및 처용무 관람기록(처용)이 있다. 이후 다시 제주 민요로서 중의 타락(수정사)과 백성의 피폐상(북풍선자)을 덧보탰다.

급암 소악부에서도 사정은 비슷하다. 남녀간 은밀한 연정(정인)과 〈쌍화점〉 2장 내용을 그대로 그린 중의 스캔들(삼장)이 실려 있다. 또 숫처녀를 예찬하는 내용(안동자청)이 있고, 기생에 빠진 관리를 원망(월정화)한 노래가 있다. 세상살이의 고됨과 부질없음(인세사) 및 밤중 진흙길의 위험(흑운교)을 노래하기도 하였다. 이들 열일곱 마리의 소악부는 당대 인생살이의 총체적 양상을 우리에게 일러준다.

2. 무가의 세계

『시용향악보』에는 모두 열두 마리의 무가가 실려 있다. 시기를 특정할 수는 없지만, 대개 고려 말과 일부 조선 초에 궁중을 중심으로 연행된 무가로 미루어 짐작된다. 주로 궁중의 나례의식과 서낭신[城隍神] 신앙, 그리고 내당의 굿을 보여주는 노래들이 실려 있다. 그밖에도 말신[馬神]과 도교신 등 특별한 신격의 모습도 엿볼 수 있다.

3. 참요의 전개

참요는 역사적 인물이나 사건과 관련하여 다가올 미래를 예언하거나 선전·선동하는 기능을 지닌 노래를 일컫는다. 옛 문헌에는 대개 '동요'라 기록되어 있다.

백제의 참요로 〈백제동월륜요〉가 있다. 신라의 참요로는 〈지리다도파요〉와 〈나무망국요〉를 꼽을 수 있고, 신라 말·고려 초에는 〈계림요〉·〈완산요〉 등의 참요가 널리 퍼졌다. 고려의 참요로는 〈보현찰요〉·〈호목요〉·〈만수산요〉·〈묵책요〉·〈아야요〉·〈우대후요〉·〈남구요〉 등이 있다. 고려 말에는 〈이원수요〉와 〈목자득국요〉 등이 퍼지면서 고려의 몰락과 이성계의 조선 창업을 예언하였다. 참요의 예언 및 선동적 기능을 제대로 보여준 노래들이다. 조선의 참요로는 〈남산요〉와 〈사모요〉·〈미나리요〉 등을 꼽을 수 있다. 이후 〈홍경래요〉·〈가보세요〉·〈녹두새요〉·〈파랑새요〉 등은 혁명과 관련된 조선 말기 민중의 노래이다. 〈가보세요〉와 〈나비잠요〉도 망국의 조짐을 예언하였다.

참요는 역사적 변동기에 자연발생적으로 민중 속에서 형성되기도 했지만, 특정 개인이 의도적으로 유포시킨 노래가 많았을 것으로 여겨진다. 물론 앞쪽의 경우는 민중상호 간 시대인식을 공유하고 소통하는 경로의 역할을 하였을 것이다. 반면 뒤쪽의 경우라면 도참사상에 기대어 민중의 판단을 왜곡한 채 한 개인의 정치적 목적을 위해 노래를 이용한 사례가 된다. 참요가 지닌 양면성이라 하겠다.

VII. 악장의 특수성

1. 악장의 이해

악장은 우리 문학사에서 역사적 특수성과 함께 존재했던 장르이다. 내용적으로는 조선초기의 송축가 계열 노래들이 이에 해당된다. 형태적으로는 궁중의 여러 의식, 곧 행사나 연희의 음악에 맞추어 노래했던 시가들을 가리킨다. 개국의 필연성과 호방한 기상, 왕조의 무궁한 번영을 기원하고 축복하는 목적성을 지녔다. 문물제도를 찬양하고, 후대 왕들에 대한 권계와 귀감을 담고 있다. 그러다 보니 이념성과 교훈성에서 벗어나지 못한 흠결을 지녔다.

반면 형식상 공통점을 찾기 어려울 만큼 다양한 양태를 보였기에, 궁중악에 맞추어 연행되었다는 점만으로 이들 노래를 편의상 하나의 장르로 묶고 있다. 악장의 기능과 내용상 지향은 이렇듯 분명하지만, 시가양식으로서의 동질성은 찾아보기 어려운 것이 국문학계의 실상이다. 송축과 기원이라는 내용상 공통점에도 불구하고, 이들은 서로 다른 음악에 맞추어 불렸다. 실상 악장은 문학보다는 음악을 앞세워 이루어진 명칭이라는 말이 된다.

악장은 작자층이 집권세력에 한정되어 있고, 목적성이 너무 강했기 때문에, 오래도록 그 맥을 이을 수 없었다. 과장과 아유가 지나쳐 문학으로서의 생기를 기대할 수 없었다. 당연히 건국초기를 지나 왕조의 정비와 안정이 확보된 뒤로는 그 생명을 이어가지 못했다. 더 이상 문학을 도구 삼아 송축이라는 목적을 강제할 필요가 없었기 때문이다. 악곡에 기댄 채 문학적으로 확고한 양식적 틀을 갖출만한 힘을 잃고 우리 문학사의 전면에서 스러지고 만 것이다.

2. 악장의 전개

처음에는 고체시를 본받아 지어진 한시체, 훈민정음 창제 이후에는 우리말이 가미된 한시현토체, 이후 정형성의 틀을 완성하여 길게 이어나간 신체 등이 이어졌다. 형태상 속요체, 경기체가체로 나눌 수도 있다.

정도전은 가장 많은 악장문학을 남겼다. 태조가 원 나하추를 물리친 사적을 기린 〈납씨가〉, 위화도 회군을 찬양한 〈정동방곡〉, 앞으로의 정치적 도리를 찬양한 〈문덕곡〉, 왜구를 물리친 공적을 노래한 〈궁수분곡〉, 새로운 도읍을 칭송한 〈신도가〉 등이 모두 그의 작품이다. 가히 악장문학의 전체적 성격을 가늠할 만하다. 이후 하륜의 〈근천정〉과 윤회의 〈봉황음〉, 그리고 상진의 〈감군은〉 등 작품이 있다. 〈용비어천가〉와 〈월인천강지곡〉은 왕실 차원에서 진행된 대규모 악장문학이다.

VIII. 시조의 흥륭과 계승

1. 시조의 이해

시조는 우리 시가문학사에서도 가장 돋보이는 장르이다. 한문학이 모든 영역의 중심을 차지하고 있는 문화적 정황에서도, 독창적인 우리말노래가 고려·조선을 이어 오늘날까지 이어지고 있다는 사실은 예사 사건이 아니다. 민족문화에 대한 철저한 자기인식과 이를 받쳐줄 양식의 완성 없이는 불가능한 일이기 때문이다.

시조는 시형이 간단할 뿐 아니라 인간의 감정과 정서를 진솔하게 읊기에 적합한 문예양식이다. 우리의 시가문학은 시조에 이르러 비로소 남녀노소·상하귀천 없이 즐길 수 있는, 명실상부한 국민문학을 갖게 되었다. 시조는 3장 6구 45자 안팎의 균제미를 지닌, 본격 정형시이다. 짧게 다듬어졌음에도 고도의 완결성을 지닌 시조문학은 고려후기에 이르러 신진사대부들의 성리학적 이념을 담아내고 새로운 표현영역을 맡음으로써 우리 문학사에 본격적으로 등장하였다.

시조의 명칭은 영조 때 가객 이세춘이 '시절가조(時節歌調)'라 한 데서 유래하였다. 시조는 본디 가곡(歌曲)의 노랫말이었으며, 같은 노랫말을 시조(時調)의 창(唱)으로 부르기도 하였다. 이처럼 시조는 노래를 전제로 했고 본디 음악상의 명칭이었지만, 이를 차용하여 문학장르의 명칭으로 굳혀 쓰고 있다. 중국과는 다른 우리 음악, 한자문학이 아닌 우리말노래, 그 양식이 지닌 생래적 전아성, 짧은 시형에도 불구하고 시상을 압축하여 완결할 수 있는 힘. 이런 것들이 어우러지며 시조문학을 꽃피우게 되었다.

기본형의 평시조, 한 구가 길어진 엇시조, 두 구 이상이 길어진 사설시조가 있고, 같은 주제로 두 수 이상 이어나가는 연시조가 있다. 한편 같은 시대를 이끌어온 가사가 상대적으로 긴 이야기를 들려주는 역할을 감당했다면, 시조는 짧은 감동을 드러내는 역할을 나누어 맡았다. 이러한 양식상의 견고함으로 인해 조선후기 사설시조의 파생이라는 역동적 변화에도 불구하고, 시조는 오늘날까지 그 긴 생명력을 이어올 수 있었다.

2. 작자층의 확대 변모와 시조의 주제 지향

초기에 유교적 충의를 노래한 작품으로는 회고가 계열과 절의가 계열의 작품들이 있다. 고려 말·조선 초는 정치적 격변기였다. 정몽주의 단심가와 함께 길재·이색·이존오·원천석·이조년 등의 회고가는 이 시기 시조의 주된 주제를 이루었다. 다시 수양의 쿠데타로 인한 사육신 사건은 성삼문·박팽년·이개 등의 절의가로 이어지면서, 당대의 의리를 담는 작품 경향이 시조사의 한 경향을 이루게 되었다.

자연 속의 한가롭고 평화로운 삶을 노래한 작품들도 많다. 하지만 이 강호한정은 순수자연에만 머무는 것이 아니라, 대개 충의의 이념이나 도학적 자세 등 인간의 근원과 결부되어 형상화되었다. 기녀의 작품에는 그네들의 애정세계가 진솔하게 표현되었다. 이어 조선후기에는 전문가객들이 시조의 중요 작자로 합류하게 된다. 그러나 기녀나 가객의 경우는 그네들의 신분에 상관없이, 상층문화에 동화되어 새로운 의식세계를 창출해내는 데는 일정한 한계를 보였기에 아쉬움 또한 남는다. 가곡 내지 시조창은 기층의 민속악과는 대조되는 정악일 뿐이기에 더욱 그러하다.

18세기를 넘어서면서는 문학담당층의 확대와 더불어 시조문학에도 새로운 조짐이 나타났다. 정악의 복판을 차지하던 시조작품이 민속악인 잡가에 얹혀 있기도 하고, 판소리 단가의 노랫말이 그대로 시조집에 실리기도 하고, 민요에서나 볼 수 있는 노랫말까지 시조에 등장하게 된 것이다.

한편 영조 때 이후 가단의 성행으로 노래판이 활기를 띠면서 많은 가집이 편찬되었다. 이 바람에 시조작품의 정리가 잘 되었다. 김천택의 『청구영언』, 김수장의 『해동가요』, 송계연월옹의 『고금가곡』, 이 형상의 『병와가곡집』, 박효관·안민영의 『가곡원류』 등이 좋은 사례이다. 그밖에도 『근화악부』·『남훈태평가』 등의 가집이 전한다. 이들의 제목에서 알 수 있듯이, 가곡의 노랫말을 곡조별로 나누어 기록한 노래책들이다.

3. 강호가도의 전통과 발전

조선초기에는 왕조의 안정과 더불어 자연 속의 한가로움을 노래한 맹사성의 〈강호사시가〉, 황희의 〈전원사시가〉, 이현보의 〈어부가〉 등이 이어진다. 이들에서는 적극적 은일의 자세와는 다른, 대립이나 갈등을 지양하고 자연과 조화를 추구하려는 넉넉한 태도가 나타나고 있다. 이른바 강호가도의 단단한 전통을 확립한 것인데, 마침내 윤선도에 이르러 그 정점을 맞게 된다. 고산은 〈산중신곡〉·〈오우가〉·〈어부사시사〉 등을 통해 은일적 삶과 교훈적 태도를 절묘하게 조화시킴으로써, 시조문학에서 독보적인 지위를 갖게 되었다.

4. 시조에 구현된 도학의 자세

자신이 어떤 위치에 있든지 당시 사회가 표방하는 떳떳한 인간이 되어야 한다는 인식태도는 주세붕의 〈오륜가〉에서 두드러지게 나타났다. 윤리적 덕목에 맞추어 살아갈 것을 설득하고 권면하는 내용인데, 이른바 도덕가류의 전범을 이루었다. 백성을 가르치는 수단으로 노래를 선택하는 공리적 발상을 엿볼 수 있다. 정철의 〈훈민가〉, 고응척의 〈대학곡〉, 박선장의 〈오륜가〉, 박인로의 〈오륜가〉 등 연시조에서 이러한 전통을 이어나갔다.

이황과 이이는 이러한 문학적 관습을 한 차원 끌어올렸다. 앞선 작품들이 설득과 교훈을 표면에 내세운 것과는 다르게, 이념지향과 자연조화의 태도를 시적으로 잘 변용해 드러낸 것이다. 〈도산십이곡〉은 이황이 지은 연시조이다. 유학의 도를 지향하는 뜻과 학문 수양의 길을 노래함으로써 자연에 뜻을 두고 학문을 배운다는 취지를 담아내었다. 이이는 〈고산구곡가〉에서 사철자연의 아름다움을 통해 인성을 닦고 배움을 더하는 태도를 시적으로 형상화해냈다.

5. 기녀시조의 미학

기녀들의 시조는 내면의 정서를 곡진하게 드러내었다. 사대부들의 그것과는 달리 자신의 감정에 충실하면서도 표현의 즐거움을 누리려는 서정적 경향이 강하다.

여섯 마리의 빼어난 시조를 남긴 황진이는 벽계수·서경덕·지족선사는 물론, 심지어 죽은 뒤까지도 임제의 연모를 받는 등 숱한 명사들과의 에피소드를 남기고 있다. 한우와 임제, 진옥과 정철, 홍랑과 최경창, 계랑과 유희경 등의 로맨스는 이들의 작품을 더욱 감칠맛 나게 만들어준다. 그밖에 매화·천금·송이 등도 좋은 작품을 전하고 있다. '산촌에 ~'의 천금, '묏버들 ~'의 홍랑, '이화우 ~'의 계랑 등에서 표출된 서정의 세계는 사대부의 그것으로는 도저히 미치기 어려운 솜씨를 보여준다. 이념의 무게로부터 이네들이 자유롭지 않았다면 애초에 가당치도 않았을 것이다. 기녀시조는 기존의 작가들과는 전혀 다른 정서적 토양을 바탕으로 움틔운 것이기에, 이들 나름의 새로운 미학을 남길 수 있었다.

6. 사설시조에 발현된 시대이념

조선전기 사대부의 성리학적 이념과 더불어 꽃피웠던 강호가도의 전통은 두 차례의 참담한 전란을 겪은 뒤 마침내 흔들리고 만다. 17세기를 기점으로 조선후기에 새로운 이념이 자리 잡게 되면서, 문학을 위시한 문화·예술 전반이 새로운 질서로 재편되는 소용돌이에 휘말린 탓이다.

이 시기에 가사와 더불어 시조는 그 완강한 정형의 틀을 깨고 장형화와 파격을 낳게 되었다. 변화는 형태에만 국한된 것이 아니었다. 전기에 시가문학이 당연하게 받아들였던 상층문화 일변도의 규범을 거부한 것이다. 주변의 자잘한 일상 묘사, 외설까지 치닫는 남녀 간의 성, 양반과 중 등 지배계층의 위선 폭로 등. 일체의 성역을 허무는 작업이 사설시조를 진원으로 하여 매우 빠르게 진행되었다.

사설시조를 무기 삼아 장황한 노랫말을 촘촘히 박아가며 비속하고 추한 것, 근원적인 열망과 충동을 자유자재로 담아내게 되었다. 바뀐 시대를 만끽하며 봉건적 통념과 치열하게 대결하면서 새로운 감성의 지평을 연 것이다. 추상에서 구체로 하강하였고, 도학적 이상과 관조의 세계 및 관념과 추상의 그림자를 말끔히 걷어낸 결과가 사설시조로 형상화되었다.

표현방식에서도 거리낌이 없었다. 황당무계한 과장, 풍자와 해학의 자유로운 구사는 물론이고, 이전에는 금기시했던 성행위의 대담한 묘사와 희화화를 통해 엄숙주의를 조롱하는 태도를 내보였다. 비속하고 누추한 인물과 그들의 구체적 행위양상이 쉽게 그려졌음도 물론이다.

IX. 가사의 발전과 변모

1. 가사의 이해

가사는 시조와 맞짝을 이루며 조선의 시가문학을 끌어온 두 바퀴 가운데 하나이다. 시조가 간결하고 압축된 단형양식이라면 가사는 두 마디씩 짝을 이루면서 제한 없이 길게 뻗을 수 있는 장형양식이다. 시가양식치고는 그만큼 자유로웠다. 이 단순한 형식요건으로 인해 시조에 비해 상대적으로 향유계층이 다양했고, 따라서 내용 또한 다채로울 수밖에 없었다.

이 둘은 서로 물리치고 맞서는 관계가 아니었다. 각각의 길고 짧은 형식적 특징을 장점으로 살려주고 모자람을 보태주는 관계로 이 시기의 시가문학사를 이끌었다. 간결하고 잘 짜인 노래양식으로 시조가 있었지만, 그것만으로는 표현하기 어려울 만큼 삶의 체험이나 내용이 복잡해진 경우에는 그런 것들을 두루 다 표현할 수 있는 길고 느슨한 양식이 필요했을 터이다. 이러다 보니 조선시대의 사대부들은 시상이 즉흥적이면 시조로, 좀더 구체적이고 유장하면 가사로 노래하였다. 대개 두 장르의 작자를 겸하고 있음이 당연했다.

가사는 3·4·3·4조 4음보 연속체로서, 장르의 성격을 두고 논란이 있다. 형식상으로는 분명한 운문체임에도 불구하고 그 긴 형태가 이완을 낳기 쉬워, 서정이냐 교술이냐 하는 논쟁이 끊임없이 이어졌다. 가사가 중세의 운문시대를 지나 근대의 산문시대로 넘어가는 과도기적 양식의 성격을 지녔기 때문이다. 서구적 장르의식과는 잘 들어맞지 않는, 우리만의 독특한 문학사적 실체로서 가사는 자리하였다.

2. 전기가사의 전개

전기가사는 양반계층에 의해 주도되었다. 이들은 주로 벼슬길에서 물러나 자연에 묻혀 살아가는 생활을 작품화하였고, 시조와 함께 가사를 세련된 사대부의 문학으로 정착시키는 데 이바지하였다.

나옹의 〈서왕가〉·〈승원가〉나 휴정의 〈회심곡〉은 불교적 삶을 노래하였다. 정극인의 〈상춘곡〉은 자연 속에 묻혀 사는 자신의 처지를 즐거움으로 표현하였다. 도학적인 삶을 갖도록 설득한 것으로는 이황의 〈퇴계가〉·〈도덕가〉와 이이의 〈낙빈가〉·〈자경별곡〉, 그리고 조식의 〈권선지로가〉 등을 들 수 있다.

유배의 괴로움을 노래한 작품으로는 조위의 〈만분가〉가 있다. 반면에 이인형의 〈매창월가〉나 이서의 〈낙지가〉 등은 괴로운 생활체험을 흥취나 신념으로 치환함으로써 갈등을 해소한 작품이다. 정치적 좌절로 인한 갈등을 도학적 자세로 억눌렀기 때문이다. 이것이 안빈낙도나 강호한정으로 표방되었다.

송순의 〈면앙정가〉나 허강의 〈서호별곡〉은 자연의 아름다움과 그 조화를 으뜸으로 내세운 작품이다. 동양적인 자연친화의 오랜 전통과도 관계된다. 백광홍의 〈관서별곡〉과 정철의 〈관동별곡〉은 자연 자체의 아름다움을 노래하면서도 내면의 정회와 유교적 충의를 적절히 드러내어 성공을 거두었다. 정철은 그밖에도 〈사미인곡〉·〈속미인곡〉과 〈성산별곡〉을 남김으로써, 가사문학의 최절정 '송강가사'를 완성하였다.

3. 후기가사의 전개

가사문학에서도 마찬가지로 17세기 이후에는 여러가지 변화가 나타나게 된다. 현실적인 문제에 대한 관심의 확대와 여성 및 평민계층의 참여, 주제와 표현방식의 다변화, 일상적이고 노골적인 언어표현까지 후기가사에 등장한다. 풍자적이고 희화적인 작품이 나타난 점도 사설시조의 경우와 별반 다르지 않다.

전기가사가 100행 안팎의 길이와 마지막 행에서 시조 종장과 같은 형태를 갖는 정격을 취한 반면, 후기가사는 아주 길어지면서(장편가사) 서정성이 극도로 약화되고 음영에 의존하는가 하면, 노래에 얹혀(가창가사) 고도의 서정을 함축하는 두 방향으로 갈라졌다.

조선후기는 가사문학에서도 큰 전기를 맞은 시기이다. 시조의 장형화에 발맞추어 역시 긴 가사작품들이 성행하였으니, 기행가사나 동학가사류는 그 대표적 사례가 된다. 시가 본연의 서정성이 후퇴하였음은 물론이다. 계녀가사·천주가사·애국계몽가사·항일의병가사 등에 이르면, 그 두드러진 목적성으로 인해 서정장르로서의 본령이 해체되는 지경에까지 치달았다. 결국 시조와는 달리 가사문학은 20세기를 잇지 못한 채 옛 시가문학으로만 남고 말았다.

후기의 종교가사로는 〈속회심곡〉(불교가사)과 이벽의 〈천주공경가〉(천주가사), 그리고 최제우의 〈용담유사〉(동학가사) 등이 전한다. 허전의 〈고공가〉와 이원익의 〈고공답주인가〉는 군신 간 도리를 주인과 머슴에 빗댐으로써 전기가사의 이념을 계승하였다. 강호계열로는 차천로의 〈강촌별곡〉과 조우인의 〈매호별곡〉, 그리고 남도진의 〈낙은별곡〉을 꼽을 수 있다. 최제우의 〈용담유사〉에서 시작된 개화가사는 「독립신문」·「대한매일신보」 등에 게재되면서 창가의 주요한 모태로 작용하기도 하였다. 내용면에서 애국계몽과 자주독립·부국강병 등이 주류를 이루었으며, 길이가 짧아지고 연이 나뉘는 등의 변모를 보였다.

실제적 사실과 체험을 기술한 작품으로는 김인겸의 〈일동장유가〉와 홍순학의 〈연행가〉 등의 사행가사가 있다. 이들 작품에서는 관념을 거부하고 구체적 체험을 중시함으로써 사실의 묘사와 전달에 충실하였다. 정서적 표현을 넘어서 기록의 가능성을 겨냥하는 새로운 변모를 꾀한 것이다.

전쟁의 비참한 체험을 노래한 작품으로는 최현의 〈용사음〉을 들 수 있다. 박인로는 임진왜란 때 수군으로 참전한 체험을 바탕으로 하여 〈선상탄〉과 〈태평사〉를 남겼다. 그밖에도 삶의 곤궁함을 구체적으로 형상화한 〈누항사〉를 지었고, 〈사제곡〉과 〈독락당〉에서는 생활의 갈등을 도학적 신념으로 치환하는 전통을 보여주었다. 노계는 이런 점에서 전기와 후기의 과도기적 양상을 보인 작가가 된다.

김진형의 〈북천가〉나 안조원의 〈만언사〉는 여느 유배가사가 지닌 진지한 어조를 거세한 채 가벼운 어조나 웃음으로 표현하고 있어, 전기의 그것들과 차이를 드러내었다. 또한 후기가사는 체험의 구체성을 중시하고 현실의 문제를 전면에 내세웠다. 한산거사의 〈한양가〉는 객관적 관점에서 한양의 풍물을 그렸는데, 공간을 이동해가며 구체적으로 묘사하여 실감을 자아내었다. 정학유의 〈농가월령가〉는 다달이 농촌에서 할 일을 시간을 따라 세세하게 그려내어, 농사현장에서의 매뉴얼 구실을 감당하였다.

한편 18세기 말 이후에는 당대사회의 현실적 모순을 격앙된 어조로 고발한 작품들이 나왔다. 군역의 가혹함을 폭로한 〈갑민가〉와 탐관오리의 만행을 고발한 〈합강정가〉 및 학정의 괴로움을 노래한 〈거창가〉, 그리고 민란을 생생하게 그려낸 〈정읍민란시여항청요〉 등이 그것이다. 또 조롱 섞인 희화적 시각으로 세태를 꼬집은 작품들도 등장하였다. 못난 남녀의 도덕적 파탄을 비웃음으로써 비판한 노래로

〈우부가〉와 〈용부가〉가 대표적이다. 중을 희화화한 〈송여승가〉와 〈승답가〉·〈재송여승가〉 및 〈여승재답가〉 등의 작품이 나타났다.

희화화의 극치를 이루면서 허구적 짜임으로 인해 서사적 성격을 갖춘 〈노처녀가〉는 특히 주목할 만한 작품이다. 이는 시집을 가고 싶은 인간의 본능적 절규를 그렸다기보다는 못생긴 여자를 두고 희화화하여 즐거움을 얻고자 하는 목적성이 강한 작품으로 해석된다. 또 남녀 간 사랑의 애타는 심정을 노래한 〈상사별곡〉과 〈규수상사곡〉이 지어졌고, 애정을 노골적으로 그려낸 〈과부가〉나 〈양신화답가〉 등의 작품도 나타났다. 규방가사로는 화전가류와 사친가류가 널리 유행하였고, 계녀가류 또한 영남지방을 중심으로 널리 유포되었다.

X. 잡가의 성행

잡가는 17~18세기에 발생하여 1920년대까지 성행하였다. 음악적 명칭에서 비롯되었지만, 문학적으로는 기존의 어느 장르에도 소속되기 힘든 이질적 형식의 시가무리를 일컫는다. 잡가는 12가사와 대별되는 명칭으로 태동했으며, 서울지방의 긴 잡가로 남아 있는 12잡가에서 기본적인 형태가 정립되었다.

19세기 들어 대부분의 잡가들이 본격적으로 가창되었으며, 경기지역을 거점으로 하여 1910~20년대 초에 그 범위를 넓혔다. 1910년대 활자본 출간을 계기로 크게 유행하여 새로운 시가의 방향을 모색하였다. 1920년대 이후로는 대중가요로 연결되면서 잡가집의 정리와 함께 해체수순을 밟아, 일제 강점기의 창가가 유행되면서 밀려났다.

근본적으로 민요를 바탕으로 형성되었으며, 사설의 측면에서는 기존의 시조·가사·민요·판소리 사설 등 전통 시가장르의 영향을 받았다. 가락과 사설이 동시에 확대되는 동적 구조를 형성하였으며, 개화기의 창가나 자유시로 전환하는 데 매개 역할을 했다. 한마디로 잡가는 근대로의 전환기에 나타난 문예현상의 하나로서 근대문학으로의 이행과정을 잘 보여준 장르라 할 수 있다.

십이잡가는 경기좌창의 일종으로서 '경기 긴잡가'로도 불린다. 〈적벽가〉·〈선유가〉·〈출인가〉·〈방물가〉·〈제비가〉·〈형장가〉·〈유산가〉·〈집장가〉·〈달거리〉·〈소춘향가〉·〈평양가〉·〈십장가〉의 열두 마리 노래가 이에 속한다. 이 작품들 중 많은 경우가 판소리 〈춘향가〉와 소설 〈춘향전〉을 모태로 삼고 있는데, 대체로 원텍스트의 문맥을 임의로 변화시켜 통속성을 강화시켰다. 그러한 사례로 〈출인가〉·〈방물가〉·〈집장가〉·〈십장가〉 등을 꼽을 수 있다.

XI. 민요의 이해

민요는 민중의 사상과 감정을 일정한 반주 없이도 흥에 겨워 즉흥적으로 노래할 수 있는 소박한 구비전승의 음악인 동시에, 그 노랫말은 전통적 율문을 토대로 만들어진 시문학이다. 특정한 작가 없이 여럿이 참여하는 공동작이다. 따라서 민요는 개별성이나 특수성보다는 대중성과 보편성, 또 향토성과 민족성을 띤다. 따라서 민요에는 그 민족·민중·공동체의 희로애락이 담겨 있다. 물론 비전문적이다.

민요는 민속과 음악과 문학의 복합체인 바, 구체적으로는 가·무·

사(歌舞詞)의 종합예술적 성격을 갖는다. 민요의 형태는 가창형식에 따라 좌우된다. 선후창인가 교환창인가에 따라 달라지고, 후렴이 있는가 없는가에 따라 그 형태가 결정된다. 창의 방식에 따라 선후창·교환창·독창·합창 등으로 나뉜다. 또 민요는 관용어구의 애용, 문답식 표현, 반복 형식, 후렴의 현저 등의 문체상 특징을 갖는다.

민요에는 김매는 노래·보리타작 노래·뱃노래 등의 노동요, 지신밟기 노래·상여소리·달구소리 등의 의식요, 강강수월래·널뛰기 노래 등 유희요가 있으며, 다른 민요들과는 달리 유흥을 목적으로 부르는 노래로 아리랑과 같은 비기능요도 있다. 시집살이요에는 특히 여성들의 고뇌가 생생하게 묘사되고 있다.

현장과 유리된 비기능요에는 남녀간 이별의 정한이 주조를 이룬다. 아리랑은 사랑하는 님과의 원치 않는 이별이기에 가슴 아리고 마음 쓰리게 님을 보낼 수밖에 없는, 본디 상실에서 출발한 노래이다. 민요는 점차 현장의 기능을 상실하고 비기능요화하는 경향이 커지고 있다.

XII. 마무리

이상에서 살핀 바처럼 고전시가는 각 시기의 문화와 사상 및 역사적 관습을 아우르면서 발전해왔다. 시대의 충만한 기쁨과 믿음을 노래하기도 하였지만, 당대의 아픔과 거센 소용돌이를 담아내기도 하였다. 하지만 정도의 차이는 있을지언정 그 중심에는 인간의 내면정서와 관련된 서정성을 바탕으로 삼는다. 서사문학과는 그 본질이 다른 장르적 특질을 공유하고 있음을 보여준 것이다.

이들 시가문학은 제각기 명멸을 거듭하며, 시대의 변천과 더불어 존재하였다. 그러나 한 장르의 퇴장이 단순한 소멸로 그치는 것이 아니라, 다른 장르의 생성과 발전에 직·간접적으로 작용하였음을 문학사는 증명하고 있다. 그리하여 이들은 때로 서로를 지탱해주고 북돋아주면서, 또 때론 밑거름이 되고 디딤돌이 되기도 하며 시대를 이어왔다.

문학이 아름답다는 것은 실상 그것의 구체적 설명이나 가치평가를 요치 않는다는 말에 다름 아니다. 향가에서 보이는 숭고한 삶의 자세나 속요에 드러난 간절한 사랑, 시조에서 추구한 도학적 자세, 가사에서 보이는 유장한 자연 등이 이들 장르의 심원을 이루고 있다. 우리 시가문학의 거대한 뿌리를 이루고 도도한 흐름을 이은 것은 바로 이들 낱낱의 줄기와 지류들이 한데 모여 이룩된 결과임을 웅변한 것이다.

상대가요

구지가 龜旨歌

1) 원문

龜何龜何 구하구하
首其現也 수기현야
若不現也 약불현야
燔灼而喫也 번작이끽야

─『삼국유사』

2) 현대어역

거북아 거북아
머리 내어라
내놓지 않으면
구워 먹으리

3) 작품해설

『삼국유사』「가락국기」에 실려 있다. 구지봉에서 들리는 소리를 따라 흙을 파 뒤집으며 노래를 하여 수로왕을 맞이했다는 기록과 함께 노래가 전한다. 이 노래는 그 장소를 따 〈구지가(龜旨歌)〉, 또는 그 과정과 결과를 좇아 〈영신군가(迎神君歌)〉라 이른다. 노래는 환기·명령

·가정·위협의 구조를 지니고 있다. 대상에 대한 위협을 통해 당면한 문제를 해결하거나 소원을 이룬다는 측면에서 고대의 주술적 성격을 지닌 작품이다.

다른 한편으로는 거북의 머리를 남성 성기의 은유로 보아 원시인의 성욕을 노래한 것으로 보는 견해가 있고, 또는 그와 결부시켜 순조로운 출산을 기원한 것으로 풀기도 한다. 그런가 하면 단순한 구조의 노동요가 나중에 설화와 결부된 것으로 보는 입장도 있다. 어쨌거나 〈구지가〉가 설화 속에서는 제의에 쓰였음을 분명히 적었다. 그렇다면 이 작품은 먼 옛적 노래가 세분화되지 않았을 당시 하나의 노래가 노동 현장에서도, 제의의 장에서도, 더 나아가 놀이의 장에서도 두루 쓰인 것으로 추정할 수 있다.

문화학적으로는 가락 지역민들의 거북[龜]토템과 부족국가에서 고대국가 체제로 확대되는 과정, 그리고 고대인의 신화적 세계관이 담겨 있다. 또 설화의 맥락에서 붉은 줄·붉은 보자기·황금 알 등은 출생의 신성성을 표현한 것으로 보인다. 신라 성덕왕 때 수로부인과 관련된 〈해가(海歌)〉와 그 짜임 및 내용이 거의 같아, 그 상관관계도 학계의 주목거리이다. 〈해가〉에서는 수로부인의 납치정황이라는 디테일만 더한 형국이다. 또한 아이들이 모래로 집짓기 놀이를 하며 부르는 동요 '두껍아 두껍아~'와도 견주어볼 수 있다.

한편 문헌 기록상 〈공무도하가〉(고조선)·〈황조가〉(고구려)·〈구지가〉(가락) 순으로 보이지만, 실상 작품을 둘러싼 문화적 정황과 문학의 발전단계를 따졌을 때 〈구지가〉→〈공무도하가〉→〈황조가〉의 순차로 보는 것이 타당하다. 따라서 이전부터 전해 내려온 노래가 가락 건국과 결부되어 불린 노래로 보아야 한다. 이 작품을 상대가요 첫머리에 올린 이유가 이것이다.

공무도하가 公無渡河歌

1) 원문

公無渡河 공무도하
公竟渡河 공경도하
墮河而死 타하이사
當奈公何 당내공하

—『해동역사』

2) 현대어역

님이여 물 건너지 마오
님은 그예 건너시네
물에 쓸려 돌아가시니
장차 님을 어이할꼬

3) 작품해설

한치윤의 『해동역사』에 전한다. 이전 중국 쪽 문헌으로 채옹의 『금조』에 노랫말이, 최표의 『고금주』에 배경설화가 실려 있다. 조선의 뱃사공 곽리자고가 백수광부와 그 아내의 비극적 죽음을 보고, 자기 아내 여옥에게 그 광경을 말하였다. 여옥은 슬퍼하며 공후를 타 노래하였다. 기록의 악기를 따라 〈공후인〉이라 하며, 한역시의 내용을 들어 〈공무도하가〉라고도 한다.

설화 속 백수광부를 그리스 신화에 원용하여 술의 신 디오니소스로 보는 견해가 있지만, 신화시대의 종말과 관련하여 무당의 권능이 한계에 이른 시대의 죽음제의로 본 해석이 설득력을 갖는다. 백수가 남자 무당 '박수'와 음의 유사성을 지닌 바, 이에는 알타이어 paxi도 한몫 거들 수 있다. 신화시대 말기의 비극적 정조를 떠올릴 수 있는데, 이 대목에서 김동리의 소설 〈무녀도〉의 마지막 장면이 겹쳐진다. 고조선의 법체계를 근거로 삼아 사유재산제나 계급사회 아래서 민중의 도탄과 이에 따른 현실적 고통이 동반죽음으로 몰아간 것으로 풀이한 견해도 있다.

한때 이 노래가 중국 작품이 아니냐는 논란이 있었지만, 중국에서 조선현의 명칭이 쓰인 시기와 낙랑군의 조선현 지명의 시기를 견주어 보면, 우리 노래가 중국에까지 퍼진 것으로 보아야 한다. 무엇보다도 〈공무도하가〉에서는 개인의 비극이 이미 노래의 소재로 쓰였음을 주목해야 한다. 특히 노래 끝머리의 한탄과 체념조의 표현은 우리 시가에서 하나의 관습을 이루어, 향가 〈처용가〉나 속요 〈청산별곡〉 등을 이어 오늘에까지 그 전통이 계승되고 있다.

황조가 黃鳥歌

1) 원문

翩翩黃鳥 편편황조
雌雄相依 자웅상의
念我之獨 염아지독
誰其與歸 수기여귀

―『삼국사기』

2) 현대어역

펄펄 나는 저 꾀꼬리
암수 서로 다정한데
외로울사 이내 몸은
뉘와 함께 돌아갈꼬

3) 작품해설

『삼국사기』 '유리왕' 조의 기록에 올라 있다. 송비가 죽자 유리왕은 골천 사람 화희와 중국인 치희를 계비로 맞아들였다. 왕이 사냥 간 틈에 둘이 싸워 모욕을 당한 치희가 집으로 달아났으나, 왕이 붙잡지 못했다. 나무 아래서 꾀꼬리의 정다운 모습에 견주어 자신의 외로움을 노래하였다.

문면의 기록이나 노래의 내용을 따르면, 〈황조가〉는 실연의 아픔을 노래한 단순연가가 된다. 그런데 이 시기에 이런 수준의 개인창작 서정시가 가능하지 않다는 반론이 만만찮다. 후대인의 위작이라거나, 구애의 민요가 유리왕 이야기에 끼어들었다던가 하는 주장들이 그것이다. 다른 한편으로 농경[禾] 위주의 토착세력과 수렵[雉] 위주의 이주세력의 싸움에서 앞쪽의 승리를 설화적 문법으로 기술한 것이라는 견해가 있다. 신화적 질서와 현실적 어려움 사이에서 유리왕의 고뇌를 드러낸 노래라는 입장도 나왔다.

우리말로 불렸을 원 노래가 전하지 않아 한계가 있기는 하지만, 〈황조가〉가 유리왕이 지은 사랑의 노래임을 부인할 길은 없다. 후대에 한역되어 표현이나 구조가 다듬어졌을지언정, 정통사서에 역사적 사실과 함께 이 노래가 올라 있으며, 더욱이 이 대목이 유리왕의 신성성을 강화시켜 주는 것으로 보이지도 않기 때문이다. 결국 이 노래는 제의적 성격의 집단 노래(구지가)나 설화적 해석과 관련된 노래(공무도하가)와는 다른, 개인창작 서정가요로의 이행(황조가)을 분명히 보여준다.

인삼찬 人蔘讚

1) 원문

三椏五葉 삼아오엽

背陽向陰 배양향음

慾來求我 욕래구아

椵樹相尋 단수상심

—『해동역사』

2) 현대어역

세 갈래 가지에 잎은 다섯 개
양지를 등지고 응달에서 자라네
나를 얻고자 오는 사람은
자작나무 밑에서 찾아보시라

3) 작품해설

한치윤의 『해동역사』에 실려 있다. 박지원의 『열하일기』에서 이 노래가 고구려 때 불렸으며 중국에 널리 퍼졌다 했는데, 중국의 『명의별록』과 『속박물지』에도 같은 기록이 남아 있다. 이미 삼국시대에도 인삼은 신령한 약초로 이름을 떨쳤음을 일러준다. 이 노래는 세 가지에 다섯 잎이라는 인삼의 생김새는 물론, 자작나무 그늘을 언급하여 그늘이라야 자랄 수 있는 생태적 특성을 잘 표현하였다. 어딘지 모르게 동요적 느낌을 준다.

숙세가 宿世歌

1) 원문

宿世結業 숙세결업
同生一處 동생일처
是非相問 시비상문
上拜白來 상배백래

―능산리 절터의 목간

2) 현대어역

지난 생 맺은 인연으로
한 세상 같이 났으니
옳고 그름 서로에게 물어
절 올리고 사뢰러 오소서

3) 작품해설

백제 때의 노래로, 앞선 노래들과 같이 4언4구체로 한역되어 전한다. 부여 능산리 고분 옆의 절터 발굴작업에서 나온 목간(木簡)에 적힌 노래이다. 부처님 앞에 선 부부가 죽은 뒤 같은 곳에서 태어나기를 기원하고 있다. 전생의 연(緣)으로 인해 현세에 부부로 맺어짐을 감사하고, 나아가 내세에서도 그 연을 잇게 해달라는 불교의 내세관을 담고 있다. 세속을 초탈한 부부의 진정한 사랑과 더불어 깊은 불심(佛心)을 함께 보여준다. 이로써 백제노래는 〈정읍사〉에 더해 〈숙세가〉를 새로이 얻게 되었다.

정읍사 井邑詞

1) 원문

前腔　ᄃᆞᆯ하 노피곰 도ᄃᆞ샤
　　　어긔야 머리곰 비취오시라
　　　어긔야 어강됴리
小葉　아으 다롱디리
後腔　全져재 녀러신고요
　　　어긔야 즌 ᄃᆡᄅᆞᆯ 드ᄃᆡ욜셰라
　　　어긔야 어강됴리
過篇　어느이다 노코시라
金善調 어긔야 내 가논 ᄃᆡ 졈그ᄅᆞᆯ셰라
　　　어긔야 어강됴리
小葉　아으 다롱디리

—『악학궤범』

2) 현대어역

달님이시여 높이높이 돋으시어
멀리멀리 비춰 주소서
온 시장[1]을 다니시나요

진 데[2]를 디딜까 두렵습니다
어느 곳에나 놓으십시오
내 가는 데[3] 저물까 두렵습니다
(여음구는 줄임)

3) 작품해설

『악학궤범』에 다른 속요작품들과 함께 실려 있으나, 『고려사』 악지에 '삼국속악'으로 명기되어 창작동기와 유래가 전한다. 본디 백제 때 정읍에 사는 행상인 아내가 남편의 밤길을 걱정해 부른 노래인데, 이후 고려를 거쳐 조선에 이르기까지 궁중악으로 연행되었다. 한편 이 노래는 여음구를 빼고 보면 3장 6구의 구조를 지녀, 형태면에서 향가와 시조의 중간 양식으로 추정할 수도 있다. 상대가요 중 유일하게 국문으로 표기된 노래이다.

〈정읍사〉는 전형적인 망부가(望夫歌)이다. 달에 기탁하여 남편의 안위를 염려하는 기법이 뛰어나다. 남편과 몸은 떨어져 있을지언정, 밤길을 환히 밝혀주는 하늘의 달은 그 거리를 단박에 이어주기 때문이다. 높이 떠서 멀리 비춰주는 달. 이는 아내의 심정에 다름 아니다. 마지막 구의 '내 가는 데'의 표현도 절묘하다. 님과 나의 완전한 합일을 보여주는 대목이다. 더욱이 아내의 '열(烈)'은 권장덕목이기에 백제에서 고려, 조선을 이으며 오늘날까지 긴 생명력을 보인 것이다.

---

1) 온 시장 : '全져재'를 '전주 시장'으로 풀이하는 견해도 있다. 한편 원문의 '後腔全져재'를 '後腔全 져재'로 끊어 '後腔全'을 악조명으로 보기도 함.

2) 진 데 : '위험한 곳'의 비유.

3) 내 가는 데 : 실은 '님 가는데'라야 이치에 맞다. 이는 결국 님의 안위를 나와 동일시한 표현임.

몰가부가 沒柯斧歌

1) 원문

誰許沒柯斧 수허몰가부
我斫支天柱 아작지천주

―『삼국유사』

2) 현대어역

누가 자루 빠진 도끼를 주리오
내가 하늘 괴는 기둥을 깎으려네

3) 작품해설

원효가 거리에서 소리쳐 부른 노래이다. 사람들이 그 뜻을 알지 못했으나, 신라 태종무열왕이 그 속뜻을 알아차리고 과부가 된 요석공주와 맺어주었다. 노래에서 '자루 빠진 도끼'는 남편 없는 여성, 곧 과부 요석공주를 겨냥한 비유이다. '하늘 괴는 기둥' 또한 훌륭한 인재를 빗댄 표현이다. 〈몰가부가〉를 계기로 파계한 원효는 결과적으로 위대한 인물 설총을 얻었다. 따라서 이 노래는 구애요(求愛謠)이자 기자요(祈子謠)가 된다.

해가 海歌

1) 원문

龜乎龜乎出水路 구호구호출수로
掠人婦女罪何極 약인부녀죄하극
女若悖逆不出獻 여약패역불출헌
入網捕掠燔之喫 입망포략번지끽

―『삼국유사』

2) 현대어역

거북아 거북아 수로부인 내놓아라
남의 아내 앗아간 죄 얼마나 큰고
네가 만약 거슬러 바치지 않는다면
그물 넣어 잡아서 구워 먹으리

3) 작품해설

7언4구체로 한역된 노래이다. 그런데 이 노래의 내용과 표현이 앞선 〈구지가〉와 썩 닮아 있다. 출현을 갈망하는 대상 인물도 같은 '수로'인데, 수로(首露)왕과 수로(水路)부인으로 한자 표기만 다르다. 같은 계통의 노래가 오랜 세월 전승되면서 배경설화에 담긴 구체적 정황을 더

얹어 일정한 변용을 보여준 것이다.

신라 성덕왕 때 순정공의 부인 수로는 그 미모가 뛰어나 깊은 산이나 큰 못을 지날 때면 자주 신물(神物)에게 잡혀가곤 했다. 공이 강릉태수로 부임하여 가던 중 동해 바닷가에서 갑자기 용이 나타나 부인을 납치해갔다. 이때 한 노인의 말에 따라 백성들을 모아 막대기로 언덕을 치면서 이 노래를 불렀더니 용이 수로를 내놓았다. 이는 천길 바다 절벽에 핀 철쭉꽃을 따 바친 노인의 〈헌화가〉(향가)에 이어 실렸다. 두 노래 모두 수로의 미색을 예찬한 에피소드와 결부되어 있다.

번화곡 繁華曲

1) 원문

祇園實際兮二寺東 기원실제혜이사동
兩松相倚兮蘿洞中 양송상의혜나동중
回首一望兮花滿塢 회수일망혜화만오
細霧輕雲兮并濛朧 세무경운혜병몽롱

－『동사강목』

2) 현대어역

기원사 실제사[4] 두 절의 동쪽
소나무 두 그루 덩굴 골짜기에 기대어 섰네
고개 돌려 바라보니 꽃은 언덕 가득하고
실안개 가벼운 구름 한데 엉겨 몽롱하구나

3) 작품해설

신라 경애왕이 포석정에서 미인들과 더불어 잔치를 하는 자리에서 불린 노래이다. 『동사강목』에는 견훤에게 죽임을 당한 경애왕의 최후를 기록하면서 이 노래를 덧붙여 놓았다. 포석정 흐르는 물 위에 술잔

4) 『동경통지』에 따르면 포석정은 이 두 절 사이에 존재하였다 함.

을 띄워 즐기는 곡수연(曲水宴)에서 불린 만큼, 잔치자리의 풍류와 운치를 가늠케 하는 뛰어난 서정을 담고 있다. 하지만 비극적 역사와 겹쳐 떠오르는 이면의 애상감 또한 떨치기 어렵다. 언덕 가득한 꽃과 안개, 구름의 대비가 그런 분위기를 더해준다.

향가

모죽지랑가 慕竹旨郎歌[1)]

1) 원문

去隱春皆理米
毛冬居叱沙哭屋尸以憂音
阿冬音乃叱好支賜烏隱
貌史年數就音墮支行齊
目煙廻於尸七史伊衣
逢烏支惡知作乎下是
郎也慕理尸心未 行乎尸道尸
蓬次叱巷中宿尸夜音有叱下是

－『삼국유사』 '효소왕 죽지랑' 조

1) 원문은 『삼국유사』에서 취했다. 향찰 해독의 전문성을 고려하여 그간의 성과 중 양주동과 김완진의 해독 및 현대어역을 같이 싣는다. 시가 표기의 특성을 고려하여 문장부호는 일괄 배제하였다. 일부 오각·오자로 보이는 부분은 원본의 다른 노래 표기 및 현행 맞춤법에 의거하여 알맞게 조정하였다. 한자어는 독음 처리하였다. 각주는 양주동 현대어역을 기준으로 하여 달았다. 이하 마찬가지이다.
양주동, 『고가연구』, 박문서관, 1942. (증정중판, 일조각, 1979.)
김완진, 『향가해독법연구』, 서울대출판부, 1980.

2) 현대어역

【양주동 해독】

간봄 그리매
모ᄃᆞᆫ 것ᅀᅡ 우리 시름
아ᄅᆞᆷ 나토샤온
ᄌᆞᅀᅵ 살쯈 디니져
눈 돌칠 ᄉᆞ이예
맛보ᄋᆞᆸ디 지ᅀᅩ리
郞낭이여 그릴 ᄆᆞᅀᆞᄆᆡ 녀올길
다봊 굴헝히 잘밤 이시리

【양주동 현대어역】

간 봄 그리매[2)]
모든 것사[3)] 설어 시름하는데
아름다움 나타내신
얼굴이 주름살을 지니려 하옵내다
눈 돌이킬 사이에나마
만나뵙도록 (기회를) 지으리이다
郞낭이여 그릴 마음의 녀올[4)] 길이
다북쑥 우거진 마을에 잘 밤이 있으리이까

---

2) 그리매 : 그리워하매.
3) 모든 것사 : 모든 것이야.
4) 녀올 : 갈.

【김완진 해독】

간 봄 몯 오리매
모ᄃᆞᆯ 기ᅀᅳ샤 우를 이 시름
ᄆᆞᄃᆞᆷ곳 ᄇᆞᆯ기시온
즈ᅀᅵ ᄒᆡ 혜나ᅀᅡᆷ 헐니져
누늬 도랄 업시 뎌옷
맛보기 엇디 일오아리
郎낭이여 그릴 ᄆᆞᅀᆞᄆᆡ 즛 녀올 길
다보짓 굴헝ᄒᆡ 잘 밤 이샤리

【김완진 현대어역】

지나간 봄 돌아오지 못하니
살아 계시지 못하여 우올 이 시름
殿閣전각을 밝히오신
모습이 해가 갈수록 헐어가도다
눈의 돌음 없이 저를
만나보기 어찌 이루리
郎낭 그리는 마음의 모습이 가는 길
다복 굴헝에서 잘 밤 있으리

3) 작품해설

〈모죽지랑가〉는 득오가 그의 상관인 죽지랑을 사모하여 지은 노래이다. 죽지랑은 자신의 낭도를 보살핌에 있어 지극히 인간적인 면모를 보인 화랑으로 존경을 받았다. 아버지 술종공의 태몽과 관련해 보면 미륵의 현신으로까지 높임을 받은 인물로 추정된다. 하지만 통일전쟁이 끝난 뒤 화랑은 쇠락의 길을 걸을 수밖에 없었던 바, 배경설화에는 득오의 부당한 부역을 풀어주기 위해 나선 죽지랑의 곤혹스러웠던 처지가 여실히 드러나 있다.

이 사건으로 인해 죽지랑을 그리는 득오의 정은 더욱 깊어졌을 게다. 하지만 예전의 찬란했던 위세를 잃은 상관을 보는 지은이의 마음은 착잡하다. 그래서 작품에는 빛보다는 그림자가 짙게 드리워져 있다. 간 봄·시름·주름살·다북쑥·밤 등의 시어가 전편을 관통하고 있다. 비감하다. '다북쑥 우거진 구렁에서 잘 밤'이 암시하는 바, 이제 죽지랑에게 더 이상의 빛은 보이지 않는다. 현실의 고단함과 함께 화랑의 길어진 그림자를 읽게 해주는 작품이다.

헌화가 獻花歌

1) 원문

紫布岩乎邊希
執音乎手母牛放教遣
吾肸不喻慙肸伊賜等
花肸折叱可獻乎理音如

—『삼국유사』 '수로부인' 조

2) 현대어역

【양주동 해독】
딛배 바회 ᄀᇫ히
자ᄇᆞ온손 암쇼 노ᄒᆡ시고
나홀 안디 븟ᄒᆞ리샤ᄃᆞᆫ
곶홀 것가 받ᄌᆞ보리이다

【양주동 현대어역】
자줏빛 바위 끝에
잡으온 암소 놓게 하시고
나를 아니 부끄려하시면5)
꽃을 꺾어 받자오리이다

【김완진 해독】

지뵈 바회 ᄀᆞᅀᅢ
자ᄇᆞ몬손 암쇼 노히시고
나ᄅᆞᆯ 안디 붓그리샤ᄃᆞᆫ
고ᄌᆞᆯ 것거 바도림다

【김완진 현대어역】

자주빛 바위 가에
잡고 있는 암소 놓게 하시고
나를 아니 부끄러워하시면
꽃을 꺾어 바치오리다

3) 작품해설

〈헌화가〉는 수로부인의 미모를 키워드로 하여 만들어진 노래이다. 일연은 그녀를 '세상에 견줄 이 없는 절대미인'이라고 적어놓았다. 촌노인네는 그녀를 위해 깎아지른 벼랑에 핀 철쭉꽃을 꺾어 바쳤고, 바다용은 그녀를 납치하기도 하였다. 앞 사건에서 향가 〈헌화가〉가, 뒤의 사건에서 한역시 〈해가〉가 탄생했다. 이 중 〈해가〉는 앞선 〈구지가〉의 언술구조를 그대로 지니면서 수로 납치사건의 디테일을 얹고 있어, 이 둘이 주가적 성격을 지닌 같은 계열의 노래임을 짐작케 한다.

수로부인과 시골 노인의 로망은 꽃을 매개로 이루어진다. 여심을 유혹한 봄 철쭉. 그런데 그 장소가 천 길 벼랑이다. 누구도 나서지 못하는 곤경을 타파한 이가 암소를 끌고 그 곁을 지나가던 늙은이였다. 노

---

5) 부끄려하시면 : 부끄러워하신다면.

인이 꽃을 바치며 부른 노래구절 “나를 아니 부끄러워하시면 꽃을 꺾어 바치오리다”에서는 신분과 나이를 초월한 애틋한 감정이 묻어난다. 그래서 진짜 궁금해진다. 과연 수로부인이 더 아름다웠을까, 철쭉꽃이 더 아름다웠을까.

안민가 安民歌

1) 원문

君隱父也
臣隱愛賜尸母史也
民焉狂尸恨阿孩古爲賜尸知
民是愛尸知古如
窟理叱大肹生以支所音物生
此肹喰惡支治良羅
此地肹捨遣只於冬是去於丁 爲尸知
國惡支持以 支知右如
後句 君如臣多支民隱如 爲內尸等焉
國惡太平恨音叱如

—『삼국유사』 '경덕왕 충담사 표훈대덕' 조

2) 현대어역

【양주동 해독】

君군은 어비여
臣신은 ᄃᆞᄉᆞ샬 어ᅀᅵ여
民민ᄋᆞᆫ 얼ᄒᆞᆫ아ᄒᆡ고 ᄒᆞ샬디

民민이 ᄃᆞ술 알고다
구믈ㅅ다히 살손 物生물생
이흘 머기 다ᄉᆞ라
이 ᄯᅡᄒᆞᆯ ᄇᆞ리곡 어듸 갈뎌 ᄒᆞᆯ디
나라악 디니디 알고다
아으 君군다이 臣신다이 民민다이 ᄒᆞᄂᆞᆯᄃᆞᆫ
나라악 太平태평ᄒᆞ니잇다

【양주동 현대어역】
君군은 아버지요
臣신은 사랑하실 어머니요
民민은 어린아이로고 하실지면
民민이 사랑을 알리이다
꾸물거리며 살손 物生물생[6]이
이를 먹어 다스려져
이 땅을 버리고 어디 가려 할지면
나라 안이 유지될 줄 알리이다
아으 君군답게 臣신답게 民민답게 할지면
나라 안이 태평하니이다

【김완진 해독】
君군은 아비여
臣신은 ᄃᆞᅀᆞ실 어ᅀᅵ여
民민ᄋᆞᆫ 어릴ᄒᆞᆫ 아ᄒᆡ고

6) 物生(물생) : 백성.

ᄒᆞ실디 民민이 ᄃᆞᄉᆞᆯ 알고다
구릿 하ᄂᆞᆯ 살이기 바라ᄆᆞᆯ씨
이ᄅᆞᆯ 치악 다ᄉᆞ릴러라
이 ᄶᅡ ᄒᆞᆯ ᄇᆞ리곡 어드리 가ᄂᆞᆯ뎌
ᄒᆞᆯ디 나락 디니기 알고다
아야 君군다 臣신다히 民민다
ᄒᆞᄂᆞᆯᄃᆞᆫ 나락 太平태평ᄒᆞᄂᆞᆷ짜

【김완진 현대어역】
君군은 아비요
臣신은 사랑하시는 어미요
民민은 어리석은 아이라고
하실진댄 民민이 사랑을 알리라
大衆대중을 살리기에 익숙해져 있기에
이를 먹여 다스릴러라
이 땅을 버리고 어디로 가겠는가
할진댄 나라 保全보전할 것을 알리라
아아 君군답게 臣신답게 民민답게
한다면 나라가 太平태평을 持續지속하느리라

3) 작품해설

〈안민가〉는 월명사와 더불어 신라 최고의 가승(歌僧)인 충담사가 경민왕을 위해 지은 치국(治國)의 노래이다. 삼월 삼짇날 수행이 높은 스님을 찾던 경덕왕은 행색이 남루한 충담사를 영접하고는, 어지러운 시국을 타개하고자 '백성을 다스려 편안케 할 수 있는 노래' 지어주기를 요청했다. 이미 "그 뜻이 매우 높다"고 정평이 난 〈찬기파랑가〉의 작가이기에 왕은 더욱 신뢰하였다.

노래의 구조는 지은이의 명성에 비하면 참 단순하다. 임금과 신하와 백성의 관계를 아버지·어머니·어린아이에 비유해 표현하였다. '구물거리며 사는 백성'에게 필요한 것은 어버이의 사랑뿐. 임금답게, 신하답게, 백성답게 자신의 직분을 다할 때 나라의 태평은 절로 보전될 터이다. 목적문학으로서 문학성의 한계가 있긴 하지만, 주제의식만큼은 선명하다. 지은이의 솜씨는 이미 〈찬기파랑가〉에서 유감없이 발휘된 바 있기에, 그 아쉬움을 다소나마 덜어낼 수 있겠다.

찬기파랑가 讚耆婆郎歌

1) 원문

咽嗚爾處米
露曉邪隱月羅理
白雲音逐于浮去隱安支下
沙是八陵隱汀理也中
耆郎矣貌史是史藪邪
逸烏川理叱磧惡希
郎也持以支如賜烏隱
心未際叱 肹逐內良齊
阿耶 栢史叱枝次高支乎
雪是毛冬乃乎尸花判也

—『삼국유사』 위 같은 조

2) 현대어역

【양주동 해독】
열치매
나토얀 ᄃᆞ리
힌 구룸 조초 떠가는 안디하

새파ᄅᆞᆫ 나리여ᄒᆡ
耆郎기랑ᄋᆡ ᄌᆞᅀᅵ 이슈라
일로 나리ㅅ ᄌᆡ벽ᄒᆡ
郎낭ᄋᆡ 디니다샤온
ᄆᆞᅀᆞᄆᆡ ᄀᆞᇫ홀 좇누아져
아으 잣ㅅ가지 노파
서리 몯 누올 花判[화반]이여

【양주동 현대어역】
열치매[7]
나타난 달이
흰 구름 좇아 떠감이 아니야
새파란 내[川]에
耆郎기랑[8]의 모양이 있어라
이로[9] 냇가 조약에
郎낭의 지니시던
마음의 끝을 좇과저[10]
아으 잣[栢] 가지 드높아
서리를 모르올[11] 花郎長화랑장[12]이여

---

7) 열치매 : (구름을) 열어젖히매.
8) 耆郎(기랑) : 기파랑(耆婆郎).
9) 이로 : 이로부터.
10) 좇과저 : 따르고 싶어라.
11) 모르올 : 모르실.
12) 花郎長(화랑장) : 화랑의 우두머리, 곧 기파랑(耆婆郎).

【김완진 해독】

늣겨곰 ᄇᆞ라매
이슬 볼갼 ᄃᆞ라리
ᄒᆡᆫ 구룸 조초 ᄠᅥ간 언저레
몰이 가ᄅᆞᆫ 믈서리여ᄒᆡ
耆郎기랑ᄋᆡ 즈ᅀᅵ올시 수프리야
逸烏일오나릿 ᄌᆡᆨ벼긔
郎낭이여 디니더시온
ᄆᆞᅀᅡ미 ᄀᆞᅀᅮᆯ 좃ᄂᆞ라져
아야 자ᄉᆡᆺ가지 노포
누니 모ᄃᆞᆯ 두폴 곳가리여

【김완진 현대어역】

흐느끼며 바라보매
이슬 밝힌 달이
흰 구름 따라 떠간 언저리에
모래 가른 물가에
耆郎기랑의 모습이올시 수풀이여
逸烏일오내 자갈벌에서
郎낭이 지니시던
마음의 갓을 좇고 있노라
아아 잣나무 가지가 높아
눈이라도 덮지 못할 고깔이여

3) 작품해설

〈찬기파랑가〉는 월명사의 〈제망매가〉와 더불어 신라 향가 가운데 첫손가락을 놓고 다투는 수작이다. 상징성 높은 시어와 탄탄한 시적 구조, 그리고 선명한 주제의식이 서로 맞물리면서 이룬 결과이다. 이 노래의 우수성은 경덕왕이 익히 알고 있을 정도였다. 향가의 숭고미를 논할 때 거론되는 대목이기도 하다. 기파랑은 충담사의 상관으로 추정된다. 그런데 그 찬양에 있어 넘치거나 모자람이 없다. 여느 찬양가도 범접할 수 없는 이 작품만의 강점이다.

찬양의 대상인 기파랑은 파란 내·조약돌·잣가지에 비유되면서, 달을 내세워 그 인품의 고결함과 드높은 기상을 표출하였다. 반면 흰 구름이나 서리는 이들과 대조되는 심상으로 쓰였다. 신라 향가의 문예미학적 수준을 유감없이 발휘한 노래이다. 달을 내세워 천상의 숭고함을, 잣나무를 통해 지상의 강건함을 대비시켰다. 이 이미지들이 그대로 기파랑에 귀결됨은 물론이다. 인간이 다다를 수 있는 가장 높은 경지임을 그려내면서 정작 대상인물을 문면에 직접 드러내지 않았다. 지금의 안목에서 견주어보더라도 전혀 모자람이 없다.

처용가 處容歌

1) 원문

東京明期月良
夜入伊遊行如可
入良沙寢矣見昆
脚烏伊四是良羅
二肹隱吾下於叱古
二肹隱誰支下焉古
本矣吾下是如馬於隱
奪叱良乙何如爲理古

―『삼국유사』 '처용랑 망해사' 조

2) 현대어역

【양주동 해독】
ᄉᆡᄫᅳᆯ ᄇᆞᆯ긔 ᄃᆞ래
밤드리 노니다가
드러ᅀᅡ 자리 보곤
가ᄅᆞ리 네히어라
둘흔 내해엇고

둘흔 뉘해언고
본ᄃᆡ 내해다마ᄅᆞᆫ
아ᅀᅡ놀 엇디ᄒᆞ릿고

【현대어역[13]】

서울 밝은 달에
밤들이[14] 노닐다가
들어가 자리 보니
가랑이가 넷이러라
둘은 내해엇고[15]
둘은 뉘해언고[16]
본디 내해다마는
빼앗긴 걸 어찌하리꼬

【김완진 해독】

東京동경 ᄇᆞᆯ기 ᄃᆞ라라
밤 드리 노니다가
드러ᅀᅡ 자ᄅᆡ 보곤
가로리 네히러라
두ᄫᅳ른 내해엇고
두ᄫᅳ른 누기핸고

13) 양주동 현대어역이 올라 있지 않아, 위 해독을 바탕으로 하여 정리하였다.
14) 밤들이 : 밤늦도록.
15) 내해엇고 : 내 것이지만.
16) 뉘해언고 : 누구의 것인고.

본ᄃᆡ 내해다마ᄅᆞᄂᆞᆫ
아ᅀᅡᄂᆞᆯ 엇디ᄒᆞ릿고

【김완진 현대어역】
東京동경 밝은 달에
밤들이 노니다가
들어 자리를 보니
다리가 넷이러라
둘은 내해엇고
둘은 누구핸고
본디 내해다마는
빼앗은 것을 어찌하리오

3) 작품해설

〈처용가〉는 창작 당시부터 지금까지 줄곧 사람들 입에 오르내린 문제작이다. 논란의 중심에는 물론 처용이 자리하고 있다. 설화의 문면과 이면을 샅샅이 검토하였을 때 처용은 동해용의 아들로 출발하였으나, 혼란스러운 시대의 복판에서 아내의 불륜 앞에 무기력한 인간인가 하면, 다른 한편으로 그 시대에 문신(門神)이 되어 사람들의 추앙을 받은 존재였기 때문이다. 작품 자체만 놓고 보면 〈처용가〉는 시대와 화합하지 못한 아웃사이더의 페이소스를 바닥에 깐 노래가 된다.

그런데 이 비극적 현장에서 처용은 물러나 이 노래를 부르며 춤을 추었다. 역신은 이에 감복하여 무릎을 꿇고 맹세하였다. "이후로는 공의 얼굴을 그린 것만 보아도 그 문에 들어가지 않겠노라"고. 이 대목에서 나라무당 처용이 그 적대세력 역신을 이긴 힘은 무력이 아닌 관용이었다. 진정 큰 힘은 몸이 아닌 마음으로부터 나오는 것임을 일러준다. 고려와 조선을 이어 오늘날까지 재해석·재창작되고 있는 처용의 위력. 오늘날까지 우리에게 여전한 고민을 안겨준다.

서동요 薯童謠

1) 원문

善花公主主隱
他密只嫁良置古
薯童房乙
夜矣卯乙抱遣去如

—『삼국유사』 '무왕' 조

2) 현대어역

【양주동 해독】

善花公主선화공주니믄
놈 그스지 얼어두고
맛둥바올
바미 몰 안고가다

【양주동 현대어역】

善花선화공주님은
남 그으기[17] 얼어두고[18]

---

17) 그으기 : 그윽이. 모르게.
18) 얼어두고 : 정을 통하여 두고.

맛둥방[19]을
밤에 몰래 안고 가다[20]

【김완진 해독】

善花公主선화공주니리믄
ᄂᆞᆷ 그ᅀᅳᆨ 어러 두고
薯童서동 방ᄋᆞᆯ
바매 알홀 안고 가다

【김완진 현대어역】

善花公主선화공주님은
남 몰래 짝 맞추어 두고
薯童서동 방을
밤에 알을 안고 간다

3) 작품해설

〈서동요〉는 아이들이 쉽게 부를 수 있도록 만들어진 노래이다. 간결하고 소박한 짜임새를 취함으로써 널리 전파될 수 있는 강점을 지녔다. 이 점 여러 사람의 입으로 전승되었다는 향가의 속성과도 일치한다. 민요 특유의 구조와 그 파급력을 빌어 나름대로의 목적을 달성하였다. 동요이면서 민요, 나아가 참요적 성격을 지닌 작품이 된다.

설화를 따르면 스캔들을 조작하여 자기의 의도를 현실화한 불순한

---

19) 맛둥방 : 薯童(서동).

20) 가다 : 간다.

노래일 뿐이다. 여기서 서동과 선화공주를 가변적 괄호로 묶어버리면, 누구에게나 적용될 수 있는 전형적인 동요의 구조만 남는다. 요즘 아이들끼리 서로 놀려대는 '얼레리 꼴레리~'와 견주어보면, 이 노래의 동요적 성격과 은밀한 목적성을 짐작키 어렵지 않다. 어쩌면 계급적 장벽으로 인해 이루지 못할 사랑을, 이 노래를 통해 대리만족했는지도 모른다. 더 넓혀보면 온달과 평강공주의 결합, 부잣집 머슴과 주인 딸의 비련 등도 시간과 공간을 뛰어넘은, 서동과 선화의 사랑류에 다름 아닐 것이다.

도천수관음가 禱千手觀音歌

1) 원문

膝肹古召於
二尸掌音毛乎支內良
千手觀音叱前良中
祈以支白屋尸置內乎多
千隱手 叱千隱目肹
一等下叱放一等肹除惡支
二于萬隱吾羅
一等沙隱賜以古只內乎叱等邪
阿邪也 吾良遣知支賜尸等焉
放冬矣用屋尸慈悲也根古

—『삼국유사』 '분황사 천수대비 맹아득안' 조

2) 현대어역

【양주동 해독】
무루플 고조며
둘손바당 모호누아
千手觀音천수관음ㅅ 前전아히

비ᄉᆞᆲ 두누오다
즈믄 손ㅅ 즈믄 눈흘
ᄒᆞᄃᆞᆫ홀 노ᄒᆞ ᄒᆞᄃᆞᆫ홀 더옵디
둘 업는 내라
ᄒᆞᄃᆞᆫᅀᅡ 그ᅀᅳᅀᅵ 고티누옷다라
아으으 나애 기티샬ᄃᆞᆫ
노티 ᄡᅳᆯ 慈悲자비여 큰고

【양주동 현대어역】
무릎을 곧추며[21]
두 손바닥 모으와[22]
千手觀音천수관음[23] 前전에
비옴을 두노이다[24]
千천 손에 千천 눈을
하나를 놓고 하나를 더옵기[25]
둘 없는 내라
하나야 그으기[26] 고치올러라[27]
아으으 내게 끼쳐주시면[28]

---

21) 곧추며 : 곧게 세우며.
22) 모으와 : 모아.
23) 千手觀音(천수관음) : 관음보살은 고통받는 중생을 구제하기 위해 천 개의 손과 천 개의 눈을 지니고 있음.
24) 두노이다 : 두노라.
25) 더옵기 : 덜어.
26) 그으기 : 그윽이.
27) 고치올러라 : 고쳐주옵시라.
28) 끼쳐주시면 : 눈을 뜨게 해주시면.

놓되 쓰올[29] 慈悲자비여 얼마나 큰고

【김완진 해독】

무루플 ᄂᆞ초며
두ᄇᆞᆯ 손ᄇᆞᄅᆞᆷ 모도ᄂᆞ라
千手觀音천수관음 알파ᄒᆡ
비ᄉᆞᆯᄇᆞᆯ 두ᄂᆞ오다
즈믄 소낫 즈믄 누늘
ᄒᆞᄃᆞᆫ핫 노하 ᄒᆞᄃᆞᄂᆞᆯ 더럭
두ᄇᆞᆯ ᄀᆞ만 내라
ᄒᆞᄃᆞᆫᅀᅡ 숨기주쇼셔 ᄂᆞ리ᄂᆞ옷ᄃᆞ야
야야여 나라고 아ᄅᆞ실ᄃᆞᆫ
어드레 ᄡᅳ올 慈悲자비여 큰고

【김완진 현대어역】

무릎을 낮추며
두 손바닥 모아
千手觀音천수관음 앞에
祈求기구의 말씀 두노라
千천개의 손엣 千천개의 눈을
하나를 놓아 하나를 덜어
두 눈 감은 나니
하나를 숨겨주소서 하고 매달리누나
아아 나라고 알아주실진댄

29) 쓰올 : 쓸.

어디에 쓸 慈悲자비라고 큰고

3) 작품해설

〈도천수대비가〉는 자식이 예견치 못한 불구에 처해진 어머니의 절박한 모정을 기도로 간구한 노래이다. 평범한 아낙 희명의 다섯 살 난 딸이 갑자기 눈이 멀었다. 이에 아이를 안고 분황사 북벽에 그려진 천수관음 앞에 나아가 노래를 부르며 빌게 했더니, 마침내 눈을 뜨게 되었다. 기도의 대상은 천수천안관음이다. 관세음보살은 언제나 우리 곁에 현신한다. 내세불 미륵이나 미래불 미타를 신앙적 배경으로 하는 여느 향가와도 변별된다.

천 개의 손과 천 개의 눈은 고통 받는 중생을 보살피고 어루만지기 위한 필수요건이다. 노래에서는 이 소원이 직접 드러났다. '하나만 덜어 눈을 뜨게 고쳐 달라'는 어미의 기도를 외면한다면 이미 부처가 아닐 터. 희명의 아이는 그렇게 눈을 떴다. 관음불의 큰 자비는 천년 세월을 넘어 이어지고 있다. 아픈 어버이를 위해, 고생하는 지아비를 위해, 또 자라나는 새끼들을 위한 제이·제삼의 희명은 지금도 곳곳에서 기도를 멈추지 않는다.

풍요 風謠[30)]

1) 원문

來如來如來如

來如哀反多羅

哀反多矣徒良

功德修叱如良來如

—『삼국유사』 '양지 사석' 조

2) 현대어역

【양주동 해독】

오다 오다 오다

오다 셔럽다라

셔럽다 의내여

功德공덕 닷ᄀᆞ라 오다

【양주동 현대어역】

오다 오다 오다

오다 서럽더라

30) '風謠(풍요)'는 본디 민요를 일컫는 일반명사이다. 따라서 제명으로는 '功德歌(공덕가)' 정도가 적당하겠으나, 학계의 오랜 관행에 따라 그대로 취했다.

서럽다 우리들이여
功德공덕 닦으러 오다

【김완진 해독】
오다 오다 오다
오다 셜ᄫᅥᆫ 해라
셜ᄫᅥᆫ 하ᄂᆡ 물아
功德공덕 닷ᄀᆞ라 오다

【김완진 현대어역】
온다 온다 온다
온다 서러운 이 많아라
서러운 衆生중생의 무리여
功德공덕 닦으러 온다

3) 작품해설

〈풍요〉는 불사(佛事)에 참여한 신도들이 집단으로 부른 노동요이다. 일연 당대에도 백성들이 절구질할 때 이 노래를 불렀다 하니, 민요로서의 오랜 연원을 짐작할 수 있다. 허나 여기서는 양지스님의 장육존상 조성과 관련하여 불린 것으로 기록되어 있다. 양지는 불상을 만드는 기술이 특별난 인물이지만, 평소에도 지팡이가 저절로 신도들의 집을 돌며 스스로 시주를 해오는 비범한 재주의 소유자이기도 했다.

이 노래는 불자들의 노동공양에서 쓰였다. 중생은 번뇌의 바다에서 깨우침을 얻기 위해 정진하지만, 그게 쉬울 턱이 없다. 그 괴리를 안고 살아가자니 삶은 늘 고해(苦海)일 수밖에. 그래서일 게다. 그 서러운 무리는 오늘도 앞을 다투어 불사(佛事)에 매달린다. 말 그대로 '공덕 닦으러'. 게다가 흙짐 나르는 일이야말로 협업노동이니, 노동요가 필수이다. 힘들고 괴로울 때 위안을 얻고, 집단노동의 통일성을 기하기 위해서도 필요했던 민요이다.

원왕생가 願往生歌

1) 원문

月下伊低亦
西方念丁去賜里遣
無量壽佛前乃
惱叱古音多可支白遣賜立
誓音深史隱尊衣希仰支
兩手集刀花乎白良
願往生願往生
慕人有如白遣賜立
阿耶 此身遺也置遣
四十八大願成遣賜去

—『삼국유사』 '광덕 엄장' 조

2) 현대어역

【양주동 해독】

ᄃᆞᆯ하 이뎨
西方서방ᄭᆞ장 가샤리고
無量壽佛무량수불 前전에

닏곰다가 숣고샤셔
다딤 기프샨 尊존어히 울워리
두 손 모도호술바
願往生원왕생 願往生원왕생
그릴 사롬 잇다 숣고샤셔
아으 이 몸 기텨두고
四十八大願사십팔대원 일고샬까

【양주동 현대어역】

달하 이제
西方서방꺼정[31] 가셔서
無量壽佛무량수불[32] 前전에
일러다가 사뢰소서
다짐[誓] 깊으신 尊존[33]을 우러러
두 손을 도두와[34]
願往生원왕생[35] 願往生원왕생
그릴[36] 사람 있다고 사뢰소서
아으 이 몸을 길어두고[37]

---

31) 西方(서방)꺼정 : 서방까지. 서방은 阿彌陀佛(아미타불)이 있는 西方淨土(서방정토).

32) 無量壽佛(무량수불) : 수명이 한없는 부처. 곧 아미타불. 아미타불은 모든 중생을 제도하려는 대원(大願)을 품은 부처로 이 부처를 염송하면 사후 곧 극락정토에 태어날 수 있다 함.

33) 尊(존) : 부처.

34) 도두와 : 돋워.

35) 願往生(원왕생) : 서방정토에 이르기를 원함.

36) 그릴 : 그리워하는.

37) 길어두고 : 남겨두고.

四十八大願사십팔대원 이루실까 (젛사옵네)[38]

【김완진 해독】

ᄃᆞ라리 엇뎨역

西方서방ᄭᆞ장 가시리고

無量壽佛무량수불 前전의

닛곰 함즉 ᄉᆞᆲ고쇼셔

다딤 기프신 ᄆᆞᄅᆞ옷 ᄇᆞ라 울워러

두 손 모도 고조ᄉᆞᆯᄫᅡ

願往生원왕생 願往生원왕생

그리리 잇다 ᄉᆞᆲ고쇼셔

아야 이 모다 기텨두고

四十八大願사십팔대원 일고실가

【김완진 현대어역】

달이 어째서

西方서방까지 가시겠습니까.

無量壽佛무량수불 前전에

報告보고의 말씀 빠짐없이 사뢰소서

誓願서원 깊으신 부처님을 우러러 바라보며

願往生원왕생 願往生원왕생

두 손 곧추 모아

그리는 이 있다 사뢰소서

아아 이 몸 남겨두고

38) 젛사옵네 : 두려워하네.

四十八大願사십팔대원 이루실까

3) 작품해설

〈원왕생가〉는 제명 그대로 서방정토에 왕생하기를 간구한 광덕의 노래이다. 그때 만연한 미타신앙을 바탕에 깔고 있다. 노래를 둘러싼 세 인물은 모두 하층민이다. 짚신 삼는 광덕과 화전을 일구는 엄장, 그리고 분황사의 계집종인 광덕의 처가 그 주인공이다. 신라의 불교가 계층의 상하 구분 없이 신앙되었음을 일러준다. 광덕이 매사 계율에 엄격했던 반면 엄장은 상대적으로 세속적이었다. 이 차이를 제대로 이끌어 성불(成佛)에 이르게 한 이가 광덕의 처인 바, 그 실은 관음보살의 현신이라 적어놓았다.

노래에서는 왕생을 바라는 불자의 마음을 간절하면서도 경건하게 기원하고 있다. 평소 달빛에 올라 가부좌를 틀고 '나무아미타불'을 염송했던 광덕은 물론, 뒤를 이어 공력이 못 미쳤던 엄장도 결국 서방에 이르렀다. 작품 속 달은 주요 메신저로 기능한다. 이상향인 서방정토와 현실의 세속을 이어주는 매개체로서 광덕의 희구를 지탱해주는 존재물이다. 결구에서는 자신감마저 얹어 다짐한다. '이 몸을 남겨두고는 마흔여덟 가지 큰 소원을 이룰 수 없을 것'이라는 단언. 극락왕생이 그의 몫 아닐 수 없다.

도솔가 兜率歌

1) 원문

今日此矣散花唱良
巴寶白乎隱花良汝隱
直等隱心音矣命叱使以惡只
彌勒座主陪立羅良

—『삼국유사』 '월명사 도솔가' 조

2) 현대어역

【양주동 해독】

오ᄂᆞᆯ 이에 散花산화 블어
ᄲᆞᆯᄫᆞᆫ 고자 너는
고ᄃᆞᆫ ᄆᆞᅀᆞᄆᆡ 命명ㅅ 브리ᅀᆞᆸ디
彌勒座主미륵좌주 뫼셔롸

【양주동 현대어역】

오늘 이에 散花산화[39]를 불러
뿌리온 꽃아 너는

---

39) 散花(산화) : 불교의 제의에서 梵唄(범패)를 부르며 꽃을 뿌리는 의식.

곧은 마음의 命명을 부리옵기에[40]
彌勒座主미륵좌주[41]를 모셔라

【김완진 해독】
오늘 이에 散花산화 블러
보보솔본 고자 너는
고든 ᄆᆞᅀᆞᄆᆡ 命명ㅅ 브리이악
彌勒座主미륵좌주 모리셔 벌라

【김완진 현대어역】
오늘 이에 散花산화 불러
솟아나게 한 꽃아 너는
곧은 마음의 命명에 부리워져
彌勒座主미륵좌주 뫼셔 羅立나립하라

3) 작품해설

〈도솔가〉는 경덕왕 때 해가 둘 나타난 변고를 물리치기 위해 월명사가 지은 노래이다. 경덕왕이 문제 해결을 위해 인연 있는 스님으로 택한 이가 월명사인데, 정작 그는 "범패는 모르고 향가만 알 뿐"이라고 고백한다. 정통 승려의 계보와는 달리 화랑의 조직에 속해 있는 승려라 했으니, 화랑도의 구성이 사뭇 다양한 계층으로 이루어졌음을 시사한다. 그런데 이 노래로 인해 변고는 정작 바로 해결되었다. 향가의 신

40) 부리옵기에 : 심부름하기에.
41) 彌勒座主(미륵좌주) : 彌勒佛(미륵불). 앞으로 이 세상에 내려와 중생을 구할 미래의 부처.

이한 힘을 보여준 좋은 사례이다.

노래는 네 구의 짧은 형태를 지녔지만, 주제를 드러내는 메시지는 명료하다. 여기서 메신저는 꽃이다. 부처 공양 중 하나인 산화공덕의 매체로서의 꽃을 분명히 불러내고는, 곧바로 직설로 명령한다. "곧은 마음의 명을 받들어 미륵좌주를 모시라"고. 단호하다. 그만큼 다른 생각을 품을 여지를 주지 않는다. 이러니 '두 해의 변고'일지언정 더 이상 버틸 재간이 없었겠다. "향가는 때때로 천지귀신도 감동케 했다" 함이 실감난다.

제망매가 祭亡妹歌

1) 원문

生死路隱
此矣有阿米次肸伊遣
吾隱去內如辭叱都
毛如云遣去內尼叱古
於內秋察早隱風未
此矣彼矣浮良落尸葉如
一等隱枝良出古
去奴隱處毛冬乎丁
阿也 彌陀刹良逢乎吾
道修良待是古如

—『삼국유사』 위 같은 조

2) 현대어역

【양주동 해독】

生死路생사로ᄂᆞᆫ
예 이샤매 저히고
나는 가ᄂᆞ다 말ㅅ도

몯다 닏고 가ᄂᆞ닛고
어느 ᄀᆞ술 이른 ᄇᆞᄅᆞ매
이에 저에 떠딜 닙다이
ᄒᆞᄃᆞᆫ 가재 나고
가논 곧 모ᄃᆞ온뎌
아으 彌陀刹미타찰애 맛보올 내
道도 닷가 기드리고다

【양주동 현대어역】
生死路생사로는
예 있으매 젛이여서[42]
나는 간다 말도
못다 이르고 가느닛고[43]
어느 가을 이른 바람에
이에 저에 떨어질 잎같이
한 가지에 나고
가는 곳 모르온저[44]
아으 彌陀刹미타찰[45]에 만날 나는
道도 닦아 기다리련다

---

42) 젛이여서 : 두려워하여.
43) 가느닛고 : 가는가.
44) 모르온저 : 모르는구나.
45) 彌陀刹(미타찰) : 阿彌陀佛(아미타불)이 있는 西方淨土(서방정토).

【김완진 해독】

生死생사 길흔
이에 이샤매 머믓그리고
나ᄂᆞᆫ 가ᄂᆞ다 말ㅅ도
몯다 니르고 가ᄂᆞ닛고
어느 ᄀᆞᄉᆞᆯ 이른 ᄇᆞᄅᆞ매
이에 뎌에 ᄠᅳ러딜 닙ᄀᆞᆮ
ᄒᆞᄃᆞᆫ 가지라 나고
가논 곧 모ᄃᆞ론뎌
아야 彌陀刹미타찰아 맛보올 나
道도 닷가 기드리고다

【김완진 현대어역】

生死생사 길은
예 있으매 머뭇거리고
나는 간다는 말도
못다 이르고 어찌 갑니까
어느 가을 이른 바람에
이에 저에 떨어질 잎처럼,
한 가지에 나고
가는 곳 모르온저
아아 彌陀刹미타찰에서 만날 나
道도 닦아 기다리겠노라

3) 작품해설

〈제망매가〉는 일찍이 죽은 누이를 위해 월명사가 지은 만가(輓歌)이다. 일연은 『삼국유사』의 기록에서 〈도솔가〉를 앞세웠지만, 정작 우리의 관심은 〈제망매가〉에 더 기운다. 그만치 빼어난 작품이다. 설화에 따르면 이 노래를 지어 부르자 광풍이 일어 지전을 서쪽으로 날려 보냈다고 한다. 지은이의 시적 재능은 물론, 천지자연을 감응케 하는 힘 또한 뛰어났음을 일러준다.

이 노래는 죽은 누이를 위한 인간적 슬픔과 스님으로서의 신심(信心)이 완벽하게 어우러진 향가의 백미이다. 월명의 간절한 시심(詩心)이 하늘마저 움직였음을 곁들여 적고 있지만, 이는 그야말로 부차적인 문제이다. 혈육을 떠나보낸 인간적 고통을 한 마디 절규도 없이 자연의 이법으로 대치하여 표상화해냈다. 가을 낙엽에 빗댄 인간의 유한함을 성찰하고 깨우친 순간, 지은이의 확고한 불심(佛心)은 죽은 누이에게로 전이되면서 자신의 믿음을 다짐하며 마무리된다.

여기서 일궈진 미학적 감동은 서정의 극치를 맛보게 한다. 죽음이라는 실존적 고뇌 앞에서 이처럼 내세신앙으로 귀의하고 있는 것이다. 그 고뇌의 극한을 마주하고도 종교적 발원을 통해 마무리하는 놀라운 경지는, 시인 월명만으로도 스님 월명만으로도 감당할 수 없는 대목이다. 향가문학의 정점에서 시인스님[詩僧] 월명을 만난 것은 천년을 훌쩍 뛰어넘은 지금도 여전한 축복일 수밖에 없다.

혜성가 彗星歌

1) 원문

舊理東尸汀叱 乾達婆矣
游烏隱城叱肹良望良古
倭理叱軍置來叱多
烽燒邪隱邊也藪耶
三花矣岳音見賜烏尸聞古
月置入切爾數於將來尸波衣
道尸掃尸星利望良古
彗星也白反也人是有叱多
後句 達阿羅浮去伊叱等邪
此也友物比所音叱 兮叱只有叱故

—『삼국유사』'융천사 혜성가 진평왕대' 조

2) 현대어역

【양주동 해독】

녜 ᄉᆡᆺ믌ᄀᆞᆺ 乾達婆[건달바]ᄋᆡ
노론 잣홀란 ᄇᆞ라고
예ㅅ 軍군두 옷다

燧수 ᄉᆞᆯ안 ᄀᆞᇫ 이슈라
三花삼화ᄋᆡ 오ᄅᆞᆷ보샤ᄋᆞᆯ 듣고
ᄃᆞᆯ두 ᄇᆞ즈리 혀렬바애
길ᄡᅳᆯ 별 ᄇᆞ라고
彗星혜셩여 ᄉᆞᆯᄫᅧ여 사ᄅᆞ미 잇다
아으 ᄃᆞᆯ 아래 ᄠᅥ갯더라
이어우 므슴ㅅ 彗혜ㅅ기 이실꼬

【양주동 현대어역】

예전 東海동해 물가 乾達婆[건달바][46]의
논[遊] 城성[蜃氣樓]을랑 바라보고
왜군도 왔다고 烽火봉화를 든 邊方변방이 있어라
三花삼화[47]의 山산 구경 오심을 듣고
달도 부지런히 등불을 켜는데
길 쓸 별[48]을 바라보고
혜성이여 사뢴 사람이 있구나
아으 달은 저 아래로 떠갔더라
이보아 무슨 彗星혜성이 있을꼬

【김완진 해독】

녀리 ᄉᆡᆯ 믌ᄀᆞᆺ
乾達婆[건달바]ᄋᆡ 노론 자ᄉᆞᆯ랑 ᄇᆞ라고

---

46) 乾達婆[건달바] : 신기루. 혹은 노래와 춤을 맡은 부처로 보기도 함.
47) 三花(삼화) : 세 화랑. 곧 居烈郎(거열랑)·實處郎(실처랑)·寶同郎(보동랑).
48) 길 쓸 별 : 혜성이 꼬리가 길어서 빗자루 같은 별이라고 표현하였음.

여릿 軍군도 왯다
홰 티얀 어여 수프리야
三花삼화ᄋᆡ 오롬 보시올 듣고
ᄃᆞ라라도 ᄀᆞᄅᆞ그ᅀᅵ 자자렬 바애
길 ᄡᅳᆯ 벼리 ᄇᆞ라고
彗星혜성이여 술ᄫᅡ녀 사ᄅᆞ미 잇다
아야 ᄃᆞ라라 ᄠᅥ갯ᄃᆞ야
이예 버믈 므슴ㅅ 彗ㅅ 다ᄆᆞ닛고

【김완진 현대어역】
옛날 東동쪽 물가
乾達婆[건달바]의 논 城성을랑 바라고
倭軍왜군도 왔다
횃불 올린 어여 수풀이여
세 花郎화랑의 山산 보신다는 말씀 듣고
달도 갈라 그어 잦아들려 하는데
길 쓸 별 바라고
彗星혜성이여 하고 사뢴 사람이 있다
아아 달은 떠가 버렸더라
이에 어울릴 무슨 彗星혜성을 함께 하였습니까

3) 작품해설

〈혜성가〉는 혜성의 침범과 왜군의 침입이라는 두 가지 사건을 동시에 해결해낸 융천사의 노래이다. 〈도솔가〉와 마찬가지로 향가가 지닌 큰 힘을 증명한 작품이라 하겠다. 진평왕 때 거열랑·실처랑·보동랑 등 세 화랑의 무리가 풍악(금강산)에 놀이를 가려 할 때 혜성이 나타나 심대성(북극성)을 범하였으므로, 이를 불길한 징조라 하여 풍악행을 중지하려 하였다. 이때 융천사가 노래를 지어 부름으로써 혜성을 사라지게 하고, 일본병 또한 돌아가게 하였다. 왕은 화가 변하여 복이 되었다고 기뻐하여 화랑들에게 풍악놀이를 시켰다.

노래에 등장하는 '건달바[乾達婆]가 논 성'은 곧 신기루이다. 그런데 사람들은 이 신기루를 보고 "왜군이 왔다"며 봉화를 올리는 모습을 앞자락에 깔았다. 신기루는 실체가 아닌데 무엇을 두려워하냐는 의미로 심드렁하게 대응한다. 이어지는 구절은 좀더 명료하다. 세 화랑의 금강산 유람에 정작 달은 등불을 켜며 기쁘게 맞이하는데, '길 쓸 별'에 지나지 않는 혜성에 놀라는 사람들을 짐짓 나무란다. 공포는 마음에 기인하는 법. 실체를 무시해버리는 융천사의 대범한 전략이 현실의 두 재앙을 모두 물리친 결과를 낳은 것이다.

【 원가 怨歌 】

1) 원문

物叱乎支栢史
秋察尸不冬爾屋支墮米
汝於多支行齊敎因隱
仰頓隱面矣改衣賜乎隱冬矣也
月羅理影支古理因淵之叱
行尸浪 阿叱沙矣以支如支
貌史沙叱望阿乃
世理都 之叱逸烏隱第也
後句亡

—『삼국유사』'신충 괘관' 조

2) 현대어역

【양주동 해독】
믈흿 자시
ᄀᆞᄉᆞᆯ 안ᄃᆞᆯ 이우리 디매
너 엇뎨 니저 이신
울월던 ᄂᆞᄎᆡ 겨샤온ᄃᆡ

듨그림제 녯 모샛
녈 믌결 애와티ᄃᆞᆺ
즈ᇫᅀᅡ ᄇᆞ라나
누리도 아쳐론 뎨여

【양주동 현대어역】
뜰의 잣[栢]이
가을에 안 이울어지매[49)]
너를 어찌 잊어 하신
우럴던[50)] 낯이 계시온데
달그림자가 옛 못[淵]의
가는 물결 원망하듯이
얼굴사[51)] 바라보나
누리[52)]도 싫은지고

【김완진 해독】
갓 됴히 자시
ᄀᆞᄉᆞᆯ 안ᄃᆞᆯ곰 ᄆᆞᄅᆞ디매
너를 하니져 ᄒᆞ시ᄆᆞ론
울월던 ᄂᆞ치 가ᄉᆡ시온 겨스레여
ᄃᆞ라리 그르메 ᄂᆞ린 못ᄀᆞᆺ

---

49) 이울어지매 : 시들어지매.
50) 우럴던 : 우러르던.
51) 얼굴사 : 얼굴이야.
52) 누리 : 세상.

녈 믌겨랏 몰애로다
즈ᅀᅵ삿 ᄇᆞ라나
누리 모ᄃᆞᆫ갓 여ᄒᆡ온ᄃᆡ여.

【김완진 현대어역】
質질 좋은 잣이
가을에 말라 떨어지지 아니하매
너를 重중히 여겨 가겠다 하신 것과는 달리
낯이 변해 버리신 겨울에여
달이 그림자 내린 연못 갓
지나가는 물결에 대한 모래로다
모습이야 바라보지만
세상 모든 것 여희여 버린 處地처지여

3) 작품해설

〈원가〉는 군신 간 신의를 배경으로 지어진 노래이다. 효성왕이 즉위 전 현사(賢士) 신충과 더불어 궁정 잣나무 밑에서 바둑을 두며 말하기를, "후일에 만일 경을 잊으면 저 잣나무 같으리라" 하매 신충이 일어나 절하였다. 몇 달 뒤 왕이 즉위하여 공신에게 상을 줄 때 신충을 빠뜨렸다. 신충이 원망하여 노래를 지어 잣나무에 붙이니, 나무가 홀연히 누렇게 말라버렸다. 왕이 괴이히 여겨 살피고는 크게 놀라 신충을 불러들여 벼슬을 주니, 잣나무가 도로 살아났다.

잣나무는 가을에도 시들지 않는 상록수이다. 왕이 이를 두고 약조하였으니, 그 무게는 천금보다 더한 법. 하지만 이 말이 허언이 되면서 지은이의 상심은 그만큼 깊어졌다. 노래 앞쪽에서의 언약은 곧 임금의 용안으로 이어진다. '우러르던 낯'은 그래서 원망의 대상으로 바뀌고, 나아가 세상 전체로 확대된다. 정신적으로 폐인이 될 지경에까지 이른 것이다. 하지만 이 노래가 왕에 닿게 됨으로써 신충의 입지는 반전을 맞게 되었다. 원래 10구체 향가였지만 뒤의 두 구가 없어져버렸다. 노래 자체는 순연한 서정인데 배경설화에서는 주술적 힘도 같이 실어놓았다.

우적가 遇賊歌

1) 원문

自矣心米
貌史毛達只將來呑隱日
遠烏逸□□過出知遣
今呑藪未去遣省如
但非乎隱焉破□主
次弗□史內於都還於尸朗也
此兵物叱沙過乎
好尸曰沙也內好呑尼
阿耶 唯只伊吾音之叱恨隱善陵隱
安支尙宅都乎隱以多

—『삼국유사』 '영재 우적' 조

2) 현대어역

【양주동 해독】
제 ᄆᆞᅀᆞ매
즈ᅀᅳ 모ᄃᆞ렷단 날
머리 □□ 디나치고

엳ᄯᅳᆫ 수메 가고쇼다
오직 외온 破戒主파계주
저플 즈ᅀᅢ ᄂᆞ외 ᄯᅩ 돌려
이 잠ᄀᆞᆯᅀᅡ 디내온
됴ᄒᆞᆯ 날 새누옷다니
아으 오지 이오맛ᄒᆞᆫ 善선은
안디 새집 ᄃᆞ외니다

【양주동 현대어역】

제 마음에
形相형상을 모르려던 날
멀리 □□ 지나치고
이제란 숨어서 가고 있네
오직 그릇된 破戒主파계주[53]를
두려워할 짓에 다시 또 돌아가리[54]
이 쟁기를사[55] 지내곤[56]
좋은 날이 새리러니[57]
아으 오직 요만한 善선은
아니 새집[58]이 되니이다[59]

---

53) 破戒主(파계주) : 계율을 어긴 수행자이니, 여기서는 곧 도적을 이름.
54) 돌아가리 : 돌아가겠는가. 설의로 '돌아갈 리가 없다'는 의미를 담고 있음.
55) 쟁기를사 : (도적떼가 지닌) 무기를.
56) 지내곤 : 지내야만. 버려야만.
57) 새리러니 : 새리니. 오리니.
58) 새집 : 극락의 비유.
59) 되니이다 : 됩니다.

【김완진 해독】

제의 ᄆᆞᅀᆞᄆᆡ

즈ᅀᅵ 모ᄃᆞᆯ 보려든

日遠鳥逸일원조일 ᄃᆞ라러 난 알고

열ᄃᆞᆫ 수플 가고셩다

다ᄆᆞᆫ 외오ᄂᆞᆫ 破家파가니림

머믈오시ᄂᆞ놀 도도랄랑여

이 자ᄇᆞᆫ가시ᅀᅡ 말오

즐길 法법이ᅀᅡ 듣ᄂᆞ오다니

아야 오직 뎌오ᄆᆡᆺᄒᆞᆫ 몰ᄅᆞᆫ

안ᄌᆞᆨ 턱도 업스니다

【김완진 현대어역】

제 마음의

모습이 볼 수 없는 것인데

日遠鳥逸일원조일 달이 난 것을 알고

지금은 수풀을 가고 있습니다

다만 잘못된 것은 强豪강호님

머물게 하신들 놀라겠습니까

兵器병기를 마다하고

즐길 法법을랑 듣고 있는데

아아 조만한 善業선업은

아직 턱도 없습니다

3) 작품해설

〈우적가〉는 성품이 활달하고 향가에 뛰어난 영재스님이 도적떼를 만나 교화시킨 노래이다. 늘그막에 지리산에 숨어살고자 찾아가는 도중 떼도둑을 만났다. 그런데 칼로 위협해도 두려워하는 기색이 전혀 없었다. 당황스러웠던 쪽은 외려 도적떼. 영재의 이름을 듣고서야 노래를 지어달라고 요청했다. 그 노래에 감동받은 도적들이 모두 머리를 깎고 그의 제자가 되었다.

그런데 도적을 교화시킨 노래치고는 언술구조가 단순하지 않다. 앞부분에서는 '세상 등지고 숨으러 가는 길이니 도적을 두려워하겠는가'라고 반문한다. 이어 '무기쯤이야 내버려야 좋은 날이 온다'고 설득하고는, 마지막으로 '그 정도 선으로는 거듭나기에 어림없다'는 말로 노래를 맺고 있다. 상대가 상대이니만치 직설을 쓸 만도 한데, 지은이는 오히려 많은 비유에 설의까지 얹어 노래를 지었다. 결국 심오한 주제로 도적떼를 굴복시키고 만 것이다.

예경제불가 禮敬諸佛歌[60)]

1) 원문

心未筆留
慕呂白乎隱佛體前衣
拜內乎隱身萬隱
法界毛叱所只至去良
塵塵馬洛佛體叱刹亦
刹刹每如邀里白乎隱
法界滿賜隱佛體
九世盡良禮爲白齊
歎曰 身語意業無疲厭
此良夫作沙毛叱等耶

60) 〈보현십원가(普賢十願歌)〉는 전 11장의 연장체 향가로서, 고려 광종 때의 큰스님 균여(923~973)가 지었다. 원문은 『균여전』「가행화세분」에서 취했다. 마찬가지로 해독은 양주동과 김완진의 작업을 따랐으되, 현대어역은 양주동의 그것이 없어 부득이 김완진의 것만 수록하였다. 오자·오각으로 보이는 부분과 일부 맞춤법 및 띄어쓰기는 지금에 맞게 조정하였다. 문장부호는 일괄 배제하였고, 한자어는 독음 처리하였다. 각주는 김완진의 현대어역에 달았다. 이하 마찬가지이다.
양주동, 『고가연구』, 박문서관, 1942. (증정중판, 일조각, 1979.)
김완진, 『향가해독법연구』, 서울대출판부, 1980.

2) 현대어역

【양주동 해독】

ᄆᆞᅀᆞ미 부드루
그리ᄉᆞᆯᄫᆞᆫ 부텨 前전에
저누온 모ᄆᆞᆫ
法界법계 ᄆᆞᆺᄃᆞ록 니르가라
塵塵진진마락 부텨ㅅ刹찰이
刹刹찰찰마다 뫼시리ᄉᆞᆯᄫᆞᆫ
法界법계 ᄎᆞ샨 부텨
九世구세 다아 禮예ᄒᆞᅀᆞᆸ져
아으 身語意業无疲厭신어의업무피염
이에 브즐 ᄉᆞᄆᆞᆺ다라

【김완진 해독】

ᄆᆞᅀᆞ미 부드로
그리ᄉᆞᆯᄫᆞᆫ 부텨 알ᄑᆡ
저ᄂᆞ온 모마ᄂᆞᆫ
法界법계 업ᄃᆞ록 니르거라
塵塵진진마락 부텻 刹찰이역
刹刹찰찰마다 모리ᄉᆞᆯᄫᆞᆫ
法界법계 ᄎᆞ신 부텨
九世구세 다ᄋᆞ라 절ᄒᆞᅀᆞᆸ져
아야 身語意業无疲厭신어의업무피염
이렁 ᄆᆞᄅᆞ 지ᅀᅡ몯ᄃᆞ야

【김완진 현대어역】

마음의 붓으로
그리온 부처 앞에
절하는 몸은
法界법계[61] 없어지도록 이르거라
티끌마다 부쳣[62] 절이며
절마다 뫼셔 놓은
法界법계 차신[63] 부처
九世구세[64] 내내 절하옵저[65]
아아 身語意業无疲厭신어의업무피염[66]
이리[67] 宗旨종지[68] 지어 있노라

3) 작품해설

〈예경제불가〉는 '보현십원'의 첫 노래로, 서장의 구실을 한다. 세상 가득한 모든 부처에게 예를 갖춰 절을 드리겠다는 내용을 담았다. 지치거나 도중에 싫증냄도 없이 영원토록 정성을 다해 부처의 가르침을

---

61) 法界법계 : 우주 삼라만상에 가득한 佛法(불법)의 세계.

62) 부쳣 : 부처의. 부처를 모신.

63) 차신 : (가득) 차신.

64) 九世(구세) : 과거·현재·미래의 三世(삼세)가 그 안에서 또 과거·현재·미래를 갖추었음을 이르는 말. 곧 영원한 세상.

65) 절하옵저 : 절하고 싶어라.

66) 身語意業无疲厭(신어의업무피염) : 몸과 말과 뜻으로 짓는 業(업)이 지치거나 싫증도 없이.

67) 이리 : 여기에.

68) 宗旨(종지) : 불교에서 근본이 되는 가르침.

믿고 따르겠다는 다짐이 문면에 잘 드러나 있다. '마음의 붓'이라는 비유에서 정중하면서도 절실한 마음의 일단을 엿볼 수 있다.

칭찬여래가 稱讚如來歌

1) 원문

今日部伊冬衣

南无佛也白孫舌良衣

無盡辯才叱海等

一念惡中涌出去良

塵塵虛物叱邀呂白乎隱

切(功)德叱身乙對爲白惡只

際干萬隱德海肹

間王冬留讚伊白制

隔句 必只一毛叱德置

毛等盡良白手隱乃兮

2) 현대어역

【양주동 해독】

오늘 주비드리

南无佛[나무불]이여 술본손 혀아의

無塵辯才무진변재ㅅ 바돌

一念일념악히 솟나가라

塵塵虛物진진허물ㅅ 뫼시리ᄉᆞᆯ본
功德공덕ㅅ身신을 對대ᄒᆞᅀᆞᆸ디
ㅿ업는 德덕바ᄃᆞᆯᄒᆞᆯ
西王서왕 ᄃᆞᆯ루 기리ᅀᆞᆸ져
아으 비록 一毛일모ㅅ 德덕두
몯ᄃᆞᆯ 다아 ᄉᆞᆯ뵈

【김완진 해독】
오ᄂᆞᆯ 주비ᄃᆞᆯ히
南无佛[나무불]이여 ᄉᆞᆯᄫᆞᆯ손 혀라히
無盡辯才무진변재ㅅ 바ᄃᆞᆯ
一念일념악히 ᄉᆞᆺ나거라
塵塵虛物진진허물ㅅ 모리ᄉᆞᆯ본
功德공덕ㅅ 身신을 對대ᄒᆞᄉᆞᆯ박
ㅿ 가만 德海덕해ᄅᆞᆯ
醫王의왕ᄃᆞᆯ로 기리ᅀᆞᆸ져
아야 반ᄃᆞᆨ 一毛일모ㅅ 德덕도
모ᄃᆞᆯ 다ᄋᆞ라 ᄉᆞᆯ본 너여

【김완진 현대어역】
오늘 部衆부중[69]이
南无佛[나무불][70]이여 사뢰는 혀에

69) 部衆(부중) : 중생.
70) 南无佛[나무불] : 南無阿彌陀佛[나무아미타불]로, 서방정토를 주재하는 阿彌陀佛(아미타불)에 귀의한다는 뜻의 염불. 아미타불은 모든 중생을 제도하려는 큰 소원을

無盡辯才무진변재[71] 人 바다
一念中일념중[72]에 솟아나거라
塵塵虛物진진허물[73] 뫼시온[74]
功德身공덕신[75]을 對대하와
갓 가마득한 德海덕해[76]를
醫王의왕[77]들로 기리옵저[78]
아아 반듯하게 一毛일모[79] 德덕도
못다 사뢴 너여

3) 작품해설

〈칭찬여래가〉는 부처의 공덕을 바다에 비유하여 마음껏 칭찬한 노래이다. '나무아미타불'을 염송하며 불경의 깊은 뜻을 깨우치고자 간절히 소망하였다. '끝없는 덕의 바다'인 부처와 '터럭만한 덕도 사뢰지 못한' 화자의 대조가 선명하다. 부처를 의왕에 빗대어 표현한 점도 눈에 띈다. 세상의 모든 악업을 치유해주는 존재이기에 이렇게 표현하였다.

품은 부처로 이 부처를 염송하면 사후 곧 극락정토에 태어날 수 있다 함.

71) 無盡辯才(무진변재) : 다함이 없는 말재주. 여기서는 불경의 뜻을 잘 이해하고 풀이하는 재능을 뜻함.

72) 一念中(일념중) : 한가지 생각에 몰두함.

73) 塵塵虛物(진진허물) : 티끌 같은 속세의 허망함.

74) 뫼시온 : 모시는.

75) 功德身(공덕신) : 공덕의 몸이니, 여기서는 부처를 이름.

76) 갓 가마득한 德海(덕해) : 끝없는 덕의 바다.

77) 醫王(의왕) : 세상의 악업을 치유해주는 존재이니, 곧 부처.

78) 기리옵저 : 기리고 싶어라.

79) 一毛(일모) : (한 오라기 터럭만치) 아주 작은.

광수공양가 廣修供養歌

1) 원문

火條執音馬

佛前燈乙直體良焉多衣

燈炷隱須彌也

燈油隱大海逸留去耶

手焉法界毛叱色(巴)只爲於

手良每如法叱供乙留

法界滿賜仁佛體

佛佛周物叱供爲白制

阿耶 法供沙叱多奈

伊於衣波最勝供也

2) 현대어역

【양주동 해독】

브져 자브며

佛前燈불전등을 고티란딕

燈炷등주는 須彌수미여

燈油등유는 大海대해 이루가라

소ᄂᆞᆫ 法界법계 ᄆᆞᆽ도록 ᄒᆞ며
소내마다 法법ㅅ供공ᄋᆞ루
法界법계 ᄎᆞ샨 부텨
佛佛불불 ᄃᆞᄆᆞᆽ 供공ᄒᆞᅀᆞᆸ져
아으 法供법공ᅀᅡ 하나
이 어의바 最勝供최승공이여

【김완진 해독】

블줄 자ᄇᆞ마
佛前燈불전등을 고티란ᄃᆡ
燈炷등주는 須彌수미여
燈油등유는 大海대해 이루거야
香향ᄋᆞᆫ 法界법계 업ᄃᆞ록 ᄒᆞ며
香향아마다 法법ㅅ供공ᄋᆞ로
法界법계 ᄎᆞ신 부텨
佛佛불불 온갓 供공ᄒᆞᅀᆞᆸ져
아야 佛供불공삿 하나
뎌를 니버 最勝供최승공이여

【김완진 현대어역】

불줄[80] 잡고
佛前燈불전등[81]을 고치는데
燈炷등주[82]는 須彌수미[83]요

80) 불줄 : 부젓가락.
81) 佛前燈(불전등) : 부처님 앞에 놓는 등잔.

燈油등유는 大海대해 이루었네
香향은 法界법계 없어지기까지 하며
香향에마다 法供법공[84]으로
法界법계 차신 부처
佛佛불불[85] 온갓 供공하옵저[86]
아아 佛供불공이야 많지만
저를 體得체득[87]하여 最勝供최승공[88]이여

3) 작품해설

〈광수공양가〉는 〈보현십원가〉에서도 수사가 빼어난 노래이다. 부처님께 행하는 공양 가운데 법공양이 최고임을 역설하였다. 여기서 등잔불의 심지를 수미산에, 또 기름을 큰바다에 비유하여 작품의 문학성을 높였다. 비유의 스케일이 대범한 바, 정말 크고 밝은 빛으로 깨우침을 얻을 것만 같다.

82) 燈炷(등주) : 등잔의 심지.
83) 須彌(수미) : 須彌山(수미산). 수미산은 세계의 중앙에 있다는 산. 꼭대기에 帝釋天(제석천)이, 중턱엔 四天王(사천왕)이 산다고 함.
84) 法供(법공) : 佛法(불법)으로 드리는 공양.
85) 佛佛(불불) : 부처마다.
86) 供(공)하옵저 : 공양하고 싶어라.
87) 體得(체득) : 몸소 체험하고 뜻을 받아서 본뜸.
88) 最勝供(최승공) : 가장 좋은 공양.

참회업장가 懺悔業障歌

1) 원문

顚倒逸耶
菩提向焉道乙迷波
造將來臥乎隱惡寸隱
法界餘音玉只出隱伊音叱如支
惡寸習落臥乎隱三業
淨戒叱主留卜以支乃遣只
今日部頓部叱懺悔
十方叱佛體閼遣只賜立
落句 衆生界盡我懺盡
來際永良造物捨齊

2) 현대어역

【양주동 해독】
顚倒전도이라
菩提[보리] 아온 기를 이바
지슬누온 모디는
法界법계 나목 나 니잇다

모딘 비홋 디누온 三業삼업
淨戒정계ㅅ 主주루 디니누곡
오늘 주비 頓部돈부ㅅ 懺悔참회
시방十方ㅅ 부텨 알곡샤셔
아으 衆生界盡我懺盡중생계진아참진
來際내제 기리 造物捨조물사져

【김완진 해독】

顚倒전도 여히야
菩提[보리] 아온 길흘 이바
지스려누온 머즈는
法界법계 나목 나 님짜
머즌 비홋 디누온 三業삼업
淨戒정계ㅅ 主주로 디니ㄴ곡
오늘 주비 ㅂㄹ봇 懺悔참회
十方[시방]ㅅ 부텨 마기쇼셔
아야 衆生界盡我識盡중생계진아참진
來際내제 오랑 造物조물 ㅂ리져

【김완진 현대어역】

顚倒전도 여의여[89)]
菩提[보리][90)] 向향한 길을 몰라 헤매어
짓게 되는 惡業악업[91)]은

89) 顚倒(전도) 여의여 : (세상살이에 치여) 거꾸러지고 넘어져.
90) 菩提[보리] : 불교 최고의 이상인 바른 깨달음의 지혜.

法界법계 넘어 나 있다
惡악한 버릇에 떨어지는 三業삼업[92]
淨戒정계의 主주[93]로 지니고
오늘 部衆부중[94] 바로 懺悔참회
十方[시방] 부처[95] 증거하소서
아아 衆生界盡我懺盡중생계진아참진[96]
來際내제[97] 길이 造物조물[98] 버릴지어다

3) 작품해설

〈참회업장가〉는 지은 바 죄업을 참회하고, 수행정진을 통해 청정한 보리심[菩提心]으로 돌아가고자 하는 노래이다. 세상살이에 치여 거꾸러지고 넘어지다 보니 올바른 깨우침에 이르기가 실로 어렵다. 이제부터라도 계율을 깨끗이 지킴으로써, 몸과 입과 마음의 욕심으로 인해 짓는 악업을 끊고자 다짐하고 있다. 이랬을 때 탐욕과 성냄과 어리석음은 사라지고 절로 부처에 이르게 될 터이다.

---

91) 惡業(악업) : 살아가며 쌓는 악한 業(업).

92) 三業(삼업) : 몸·입·마음의 세 가지 욕심으로 인해 짓는 죄업. 또는 탐욕[貪]과 성냄[瞋]과 어리석음[癡]에서 비롯되는 죄업.

93) 淨戒(정계)의 主(주) : 불교의 戒律(계율)을 깨끗이 지키고자 하는 주체.

94) 部衆(부중) : 중생.

95) 十方[시방] 부처 : 온 세상에 있는 모든 부처.

96) 衆生界盡我懺盡(중생계진아참진) : 중생계도 다하여 나의 참회도 다하니.

97) 來際(내제) : 이제.

98) 造物(조물) : 문맥상 '세상에서 짓는 여러' 악업의 뜻.

수희공덕가 隨喜功德歌

1) 원문

迷悟同體叱
緣起叱理良尋只見根
佛伊衆生毛叱所只
吾衣不喩仁人音有叱下呂
修叱賜乙隱頓部叱吾衣修叱孫丁
得賜伊馬落人米無叱昆
於內人衣善陵等沙
不冬喜好尸置乎理叱過
後句 伊羅擬可行等
嫉妬叱心音至刀來去

2) 현대어역

【양주동 해독】

迷悟同體미오동체ㅅ
緣起연기ㅅ 理리ㄹ 차지보곤
부텨 衆生중생 ᄆᆞᆺᄃᆞ록
내몸 안딘 ᄂᆞᆷ 이시리

닷ᄀᆞ샤론 頓部돈부ㅅ 내 닷ᄀᆞᆯ손뎡
어드샤리마락 ᄂᆞ미 업곤
어느 人인의 善선돌ᅀᅡ
안돌 깃홀 두오릿고
아으 이라 비겨 녀ᄃᆞᆫ
嫉妬질투ㅅ ᄆᆞ숨 닐도올가

【김완진 해독】

迷悟同體미오동체ㅅ
緣起연기ㅅ 理리라 차작보곤
부텨뎌 衆生중생 업ᄃᆞ록
내ᄋᆡ 모마 안딘 사ᄅᆞᆷ 이샤리
닷ᄀᆞ시른 ᄇᆞᄅᆞᄇᆞᆺ 내ᄋᆡ 닷ᄀᆞᆯ손뎌
어드시리마락 사ᄅᆞ미 업곤
어느 사ᄅᆞ미 ᄆᆞᄅᆞ돌ᅀᅡ
안돌 깃글 두오릿과
아야 뎌라 비겨 녀ᄃᆞᆫ
嫉妬질투ㅅ ᄆᆞ숨 니를올가

【김완진 현대어역】

迷悟同體미오동체[99]를
緣起연기ㅅ 理리[100]에 찾아보니

99) 迷悟同體(미오동체) : 진리의 길을 잃고 헤맴과 깨달음이 한가지임.

100) 緣起(연기)ㅅ 理(리) : 모든 현상은 생겨나고 없어지는 것이 순리로, 무릇 영원한 실제가 없다는 도리.

부처 되어 衆生중생이 없어지기까지
내 몸 아닌 사람 있으리
닦으심은 바로 내 닦음인저[101)]
얻으실 이마다 사람이 없으니
어느 사람의 善業선업들이야
기뻐함 아니 두리이까[102)]
아아 이리 비겨가면[103)]
嫉妬질투ㅅ 마음이 이르러 올까

3) 작품해설

〈수희공덕가〉는 공덕 닦기를 기뻐 따르고자 하는 노래이다. 여기서는 나와 남의 분별이 없다. 진리의 길을 잃고 헤매는 것과 깨달음이 한 가지임도 물론이다. 당연히 남의 선업을 질투할 이유가 없다. '색즉시공(色卽是空) 공즉시색(空卽是色)'이니, 부처와 중생이 둘일 리 만무하다.

---

101) 닦음인저 : 닦음이로구나.
102) 두리이까 : 둘 것인가.
103) 비겨가면 : 생각해가면.

청전법륜가 請轉法輪歌

1) 원문

彼仍反隱
法界惡之叱佛會阿希
吾焉頓叱進良只
法雨乙乞白乎叱等耶
無明土深以埋多
煩惱熱留煎將來出米
善芽毛冬長乙隱
衆生叱田乙潤只沙音也
後言 菩提叱菓音烏乙反隱
覺月明斤秋察羅波處也

2) 현대어역

【양주동 해독】

뎌 너븐
法界법계악잇 佛會불회아히
나는 쏘 나삭
法雨법우를 비술봇다라

無明土무명토 기피 무다
煩惱熱번뇌열루 다려내매
善芽선아 몯돌 길은
衆生중생ㅅ 田전을 저지샤여
아으 菩提[보리]ㅅ 여름 오올ᄇᆞᆫ
覺月각월 ᄇᆞᆯᄀᆞᆫ ᄀᆞ술 바티여

【김완진 해독】

뎌 지즐ᄂᆞᆫ
法界법계아ᄀᆞᆺ 佛會불회아히
나ᄂᆞᆫ ᄇᆞ롯 나삭
法雨법우를 비ᄉᆞᆯ봇ᄃᆞ야
無名土무명토 기피 무더
煩惱熱번뇌열로 다려내매
善芽선아 모돌 기른
衆生중생ㅅ 바톨 적셔미여
아야 菩提[보리]ㅅ 여름 오올ᄂᆞᆫ
覺月각월 ᄇᆞᆯᄀᆞᆫ ᄀᆞ술 라ᄫᆞ더여

【김완진 현대어역】

저 잇따르는
法界법계의 佛會불회[104]에
나는 바로 나아가
法雨법우[105]를 빌었느니라

104) 佛會(불회) : 부처의 말씀을 들으려 대중이 모인 법회.

無明土무명토[106] 깊이 묻어
煩惱熱번뇌열[107]로 다려내매
善芽선아[108] 못 기른
衆生중생 밭을 적심이여
아아 菩提[보리] 열매 온전해지는
覺月각월[109] 밝은 가을 즐겁도다

3) 작품해설

〈청전법륜가〉는 '착한 마음의 싹'을 길러 '깨달음의 열매' 맺기를 희구한 노래이다. 가르침을 통해 착한 바탕을 길러 깨달음에 이르는 과정을 빼어난 비유로 형상화하였다. 이 점 앞 〈광수공양가〉를 넘어선다. 비·흙·열·싹·밭·열매를 메타포로 하여 농부의 수확에 빗대어 깨우침의 과정을 표현하였다. 이들 소재를 불법(佛法)·무명(無明)·번뇌(煩惱)·선근(善根)·중생(衆生)·菩提[보리]와 연결한 솜씨가 놀랍다. 그 정점에서 깨우침의 달이 빛나고 있다.

---

105) 法雨(법우) : 부처의 말씀이 중생을 교화하여 덕화를 입힘을 비에 비유한 말.
106) 無明土(무명토) : 佛法(불법)의 이치를 밝게 깨우치지 못한 경지를 흙에 비유한 말.
107) 煩惱熱(번뇌열) : 탐욕[貪]과 성냄[瞋]과 어리석음[癡]에서 비롯되는 번뇌의 괴로움을 열에 비유한 말.
108) 善芽(선아) : 착한 마음의 근원을 싹에 비유한 말.
109) 覺月(각월) : 깨우침의 경지를 밝은 달에 비유한 말.

【 청불주세가 請佛住世歌 】

1) 원문

皆佛體
必于化緣盡動賜隱乃
手乙寶非鳴良尒
世呂中止以友白乎等耶
曉留朝于萬夜未
向屋賜尸朋知良闊尸也
伊知皆矣爲米
道尸迷反群良哀呂舌
落句 吾里心音水淸等
佛影不冬應爲賜下呂

2) 현대어역

【양주동 해독】
한 부톄
비루 化緣화연 ᄆᆞᄎᆞ샤나
소ᄂᆞᆯ 부븨 올이
누리히 머믈우ᅀᆞᆯ 보다라

새배루 아ᄎᆞᆷ 바ᄆᆡ
아ᄋᆞ샬번 아라셰라
이 알귀 ᄃᆞ외매
길이본 믈 슬흘셔
아으 우리 ᄆᆞᅀᆞᆷ믈 몰가ᄃᆞᆫ
佛影불영 안돌 應응ᄒᆞ샤리

【김완진 해독】
모ᄃᆞᆫ 부텨
비록 化緣화연 다아 뮈시나
소ᄂᆞᆯ 부븨울어곰
누리히 머믈우ᅀᆞᆯ보ᄃᆞ야
ᄇᆞᆰᄂᆞᆫ 아ᄎᆞᆷ 가만 바매
아ᄋᆞ실 번 아라 고티리여
뎌 알기 ᄃᆞᄫᅵ매
길 이ᄫᅡᆫ 물아 셜보리여
아야 우리 ᄆᆞᅀᆞᆷ믈 몰가ᄃᆞᆫ
佛影불영 안돌 應응하샤리

【김완진 현대어역】
모든 부처
化緣화연[110] 끝나 움직이시나
손을 비벼 울려서
세상에 머무르시게 하도다

110) 化緣(화연) : 부처가 중생을 교화하는 인연.

밝는 아침 깜깜한 밤에
菩提[보리] 향하시는 벗 알아 고침이여
저 사실 알게 되매
길 몰라 헤매는 무리여 서러우리
아아 우리 마음 물 맑으면
佛影불영[111] 아니 應응하시리

3) 작품해설

〈청불주세가〉는 부처가 이 세상에 계속 머물러주기를 바라는 노래이다. 갈길 몰라 헤매는 무리는 서러울 수밖에 없기 때문이다. 허나 본디 부처는 나고 죽음의 분별이 없는 법. 중생이 보리심[菩提心]을 향하기만 한다면 언제고 무리와 함께하는 존재 아니던가. 이 지극한 진리를 결구에서 설의를 써 다시 한 번 강조하며 마무리하였다.

111) 佛影(불영) : 부처의 그림자.

상수불학가 常隨佛學歌

1) 원문

我佛體
皆往焉世呂修將來賜留隱
難行苦行叱願乙
吾焉頓部叱逐好友伊音叱多
身靡只碎良只塵伊去米
命乙施好尸歲史中置
然叱皆好尸卜下里
皆佛體置然叱爲賜隱伊留兮
城上人 佛道向隱心下
他道不冬斜良行齊

2) 현대어역

【양주동 해독】
우리 부톄
니건 누리 닷ᄀᆞ려샤론
難行苦行난행고행ㅅ 願원올
나는 頓部돈부ㅅ 조추리잇다

모미 ᄇᆞᄉᆞᆨ 드트리 가매
命명을 施시홀 ᄉᆞᇫ히두
그랏긔홀 ᄇᆡᄒᆞ리
한 부텨두 그랏ᄒᆞ샤니뢰
아으 佛道불도 아온 ᄆᆞ숨하
년길 안돌 빗격 녀져

【김완진 해독】

우리 부텨
모ᄃᆞᆫ 간 누리 닷ᄀᆞ려시론
難行苦行난행고행ㅅ 願원을
나ᄂᆞᆫ ᄇᆞᄅᆞ봇 조초 벋뎜짜
모ᄆᆡ ᄇᆞᄉᆞᆨ 드틀뎌 가매
命명을 施시홀 ᄉᆞᅀᅵ히도
그럿 모ᄃᆞᆫ 홀 디녀리
모ᄃᆞᆫ 부텨도 그럿 ᄒᆞ시니로여
아야 佛道불도 아온 ᄆᆞ숨하
녀느 길 안돌 빗걱 녀져

【김완진 현대어역】

우리 부처
모든 옛 누리[112] 닦으려 하신
難行苦行願난행고행원[113]을

---

112) 옛 누리 : 부처가 살았던 전생.
113) 難行苦行願(난행고행원) : 도를 향한 부처의 어렵고 괴로웠던 수행행적.

나는 바로 좇아 벗 지어 있도다
몸이 부서져 티끌 되어 가매
命명을 施시할[114] 사이에도
그리 모든 것 하는 일 지니리
모든 부처도 그리 하시니로세[115]
아아 佛道불도 향한 마음이시어
딴 길 비껴가지 않을진저[116]

3) 작품해설

〈상수불학가〉는 깨달음을 얻기까지 부처가 행한 고행을 배우고 따르겠다는 노래이다. 석가모니뿐 아니라 모든 부처가 시련과 고난을 이겨내고서야 해탈의 경지에 다다를 수 있었다. 심지어 목숨마저 내건 수행이었으니, 말 그대로 용맹정진이다. 그러니 수행의 과정에서 딴 길로 비껴갈 수는 없는 법. 결구의 다짐이 주제를 선명하게 잡아준다.

---

114) 命(명)을 施(시)할 : 목숨을 베풂. 목숨을 버림.
115) 하시니로세 : 하신 분이로구나.
116) 않을진저 : 않을 것이로다.

항순중생가 恒順衆生歌

1) 원문

覺樹王焉
迷火隱乙根中沙音賜焉逸良
大悲叱水留潤良只
不冬萎玉內乎留叱等耶
法界居得丘物叱丘物叱
爲乙吾置同生同死
念念相續無間斷
佛體爲尸如敬叱好叱等耶
打心 衆生安爲飛等
佛體頓叱喜賜以留也

2) 현대어역

【양주동 해독】

覺樹王각수왕ᄋᆞᆫ
이ᄫᅳ늘 불휘 사ᄆᆞ샤니라
大悲대비ㅅ 믈루 저지역
안ᄃᆞᆯ 이우누올ㅅ다라

法界법계 ᄀᆞ독 구믈구믈
ᄒᆞᆯ 나두 同生同死동생동사
念念相續无間斷염념상속무간단
부톄 ᄒᆞᆯᄃᆞᆺ 敬경ㅅᄒᆞᆺ다라
아으 衆生중생 便安편안ᄒᆞᄂᆞᄃᆞᆫ
부톄 ᄯᅩ 깃그샤리롸

【김완진 해독】
菩提樹王[보리수왕]ᄋᆞᆫ
이ᄫᅳᄂᆞᆯ 불휘 사ᄆᆞ시니라
大悲대비ㅅ 믈로 저적
안ᄃᆞᆯ 이ᄫᅳᄂᆞ오롯ᄃᆞ야
法界법계 ᄀᆞ독 구믈ㅅ구믈ㅅ
ᄒᆞ야ᄂᆞᆯ 나도 同生同死동생동사
念念相續无間斷염념상속무간단
부텨 ᄃᆞᄫᅴᆯ다 고맛 ᄒᆞᆺᄃᆞ야
아야 衆生중생 便安편안ᄒᆞᄂᆞᆯᄃᆞᆫ
부텨 ᄇᆞᄅᆞᆺ 깃그시리로여

【김완진 현대어역】
菩提樹王[보리수왕][117]은
迷惑미혹을 뿌리 삼으시니라
大悲대비[118] 물로 젖어서

---

117) 菩提樹王[보리수왕] : 깨우친 자. 곧 부처. 석가모니가 보리수 아래에서 깨우침을 얻어 부처가 되었음.

이울지[119] 아니하는 것이더라
法界법계 가득 구물구물
하거늘 나도 同生同死동생동사[120]
念念相續无間斷염념상속무간단[121]
부처 되려 하느냐 恭敬공경했도다
아아 衆生중생 便安편안하면
부처 바로 기뻐하시리로다

3) 작품해설

〈항순중생가〉는 부처의 중생 사랑을 바탕에 깐 노래이다. 석가모니는 보리수 아래에서 스스로 깨우침을 얻었지만, 세속을 벗어나 얻은 결과는 결코 아니었다. 보리수왕이라는 표현을 앞세웠기에 뿌리와 잎의 비유가 등장한다. 그런데 그 근간이 '미혹'이라 했으니, 중생을 떠난 부처가 있을 수 없음을 전제로 한 표현이겠다. 이를 시들지 않게 하는 요체가 대자대비의 물이다. 이로써 부처가 중생과 하나임을 재삼 일러준다. 만해도 말하지 않았던가. "중생이 석가의 님"(한용운, 『님의 침묵』「군말」)이라고.

---

118) 大悲(대비) : 중생의 괴로움을 구제하려는 부처의 큰마음.
119) 이울지 : 시들지.
120) 同生同死(동생동사) : 함께 살고 함께 죽음.
121) 念念相續无間斷(염념상속무간단) : 생각마다 서로 이어져 끊이지 않음.

보개회향가 普皆廻向歌

1) 원문

皆吾衣修孫
一切善陵頓部叱廻良只
衆生叱海惡中
迷反群無史悟內去齊
佛體叱海等成留焉日尸恨
懺爲如乎仁惡寸業置
法性叱宅阿叱寶良
舊留然叱爲事置耶
病吟 禮爲白孫隱佛體刀
吾衣身伊波人有叱下呂

2) 현대어역

【양주동 해독】

한 내의 닷굴손
一切善일체선 頓部돈부ㅅ 도ᄅᆞ혁
衆生중생ㅅ 바ᄃᆞᆯ 악히
이본물 업시 알리가져

부텨ㅅ 바돌 이룬 날ᄒᆞᆫ
懺참ᄒᆞ다온 모딘 業업두
法性법성ㅅ 지빗 보비라
녜루 그랏ᄒᆞ샷두라
아으 禮예ᄒᆞ술본손 부텨도
내몸 이바 ᄂᆞᆷ 이시리

【김완진 해독】
모ᄃᆞᆫ 내ᄋᆡ 닷ᄀᆞᆯ손
一切일체 ᄆᆞᄅᆞ ᄇᆞᄅᆞᄇᆞᆽ 돌악
衆生중생ㅅ 바ᄃᆞᆯ 아ᄀᆡ
이ᄇᆞᆫ 물 업시 ᄡᅵᄃᆞᄅᆞ거져
부텻 바ᄃᆞᆯ 이론 나ᄅᆞᆫ
讖참ᄒᆞ더온 머즌 業업도
法性법성 지밧 寶보라
녀리로 그럿 ᄒᆞ시도야
아야 절ᄒᆞ술본손 부텨도
내ᄋᆡ 모마 뎌버 사ᄅᆞᆷ 이샤리

【김완진 현대어역】
모든 나의 닦을손[122]
一切일체 善業선업[123] 바로 돌려
衆生중생 바다 가운데

122) 닦을손 : 닦은.
123) 善業(선업) : 좋은 과보를 받을 수 있는 착한 일.

迷惑미혹한 무리 없이 깨닫게 하려노라
부처 바다 이룬 날은
懺悔참회하던 惡악한 業업도
法性법성[124] 집의 보배라
예로 그러하시도다
아아 절하옵는 부처도
내 몸 접어놓고 딴 사람 있으리

3) 작품해설

〈보개회향가〉는 '보현십원'의 결사에 해당하는 노래이다. 지금까지 닦은 나의 공덕을 중생에게 돌림으로써, 이네가 미혹을 깨뜨리고 깨우침에 이르도록 끊임없이 노력한다. 이타행(利他行)의 정점을 보여준다. 수행의 궁극은 '부처 바다'이다. 이에 이를진댄 '참회하던 악업도 법성 집의 보배'에 지나지 않는다. 하여 부처가 나의 수행을 외면할 리 없다는 믿음으로 마무리가 되었다.

---

124) 法性(법성) : 우주에 존재하는 모든 사물의 변하지 않는 본성.

총결무진가 總結無盡歌

1) 원문

生界盡尸等隱
吾衣願盡尸日置仁伊而也
衆生叱邊衣于音毛
際毛冬留願海伊過
此如趣可伊羅行根
向乎仁所留善陵道也
伊波普賢行願
又都佛體叱事伊置耶
阿耶 普賢叱心音阿于波
伊留叱餘音良他事捨齊

2) 현대어역

【양주동 해독】
生界생계 다ᄋᆞᆯᄃᆞᆫ
내 願원 다ᄋᆞᆯ 날두 이시리여
衆生중생ㅅ ᄶᅢ우미
ᄀᆞᇫ모ᄃᆞᆯ 願海원해이고

이다이 가 이라 녀곤
아온ᄃᆡ루 善선 길이여
이바 普賢行願보현행원
ᄯᅩ 부텨ㅅ 일이두라
아으 普賢보현ㅅ ᄆᆞᄉᆞᆷ 아ᄋᆞᄫᅡ
이룻나마 他事捨타사사사져

【김완진 해독】

生界생계 다ᄋᆞᆯᄃᆞᆫ
내ᄋᆡ 願원 다ᄋᆞᆯ 날도 이시리마리여
衆生중생 가ᄉᆡ오모
ᄌᆞᇫ 모ᄃᆞᄂᆞᆫ 願海원해이고
이 ᄀᆞᆮ 너겨 뎌라 녀곤
아온ᄃᆡ로 ᄆᆞᄅᆞ 길히여
뎌바 普賢行願보현행원
ᄯᅩ 부텻 이리도야
아야 普賢보현ㅅ ᄆᆞᄉᆞ마 ᄀᆞᄫᅡ
뎌롯나마 他事타사 ᄇᆞ리져

【김완진 현대어역】

生界생계[125] 다한다면
내 願원 다할 날도 있으리마는
衆生중생 更生갱생[126]시키고 있노라니

---

125) 生界(생계) : 중생이 사는 이 세계.
126) 更生(갱생) : 새로운 삶으로 다시 살게 함.

갓[127] 모르는 願海원해[128]이고
이처럼 여겨 저리 行행해 가니
向향한 곳마다 善業선업의 길이요
저바[129] 普賢行願보현행원[130]
또 부처 일이도다
아아 普賢보현 마음에 괴어[131]
저 밖의 다른 일 버릴진저[132]

3) 작품해설

〈총결무진가〉는 제명 그대로 지금까지의 '보현십원'을 갈무리하면서 끝맺는 노래이다. 앞의 것들과는 달리 균여가 순수하게 창작하였다. 결구에서 보현보살의 그 열 가지 행원을 마음에 새겨두고 다른 일은 모두 잊어버릴 것이라 다짐함으로써, 〈보현십원가〉 전체를 마무리하였다. 균여가 뜻한 바 중생제도(衆生濟度)의 요체를 이렇듯 노래로도 이룰 수 있음을 웅변한 작품이다.

---

127) 갓 : 끝.

128) 願海(원해) : 普賢行願(보현행원)을 바다에 비유한 말.

129) 저바 : 저 보아.

130) 普賢行願(보현행원) : 지금까지 앞에서 언급된 보현보살이 행하고자 하는 열 가지 소원.

131) 괴어 : (잔잔히) 괴어.

132) 버릴진저 : 버릴 것이로다.

도이장가 悼二將歌[133]

1) 원문

主乙完乎白乎
心聞際天乙及昆
魂是去賜矣中
三烏賜敎職麻又欲
望彌阿里刺
及彼可二功臣良
久乃直隱
跡烏隱現乎賜丁

— 예종(1105-1122)·『신장절공유사』

2) 현대어역

【양주동 해독】

니믈 오ᄋᆞᆯ오ᅀᆞᆯ본
ᄆᆞᅀᆞᄆᆞᆫ ᄀᆞᇫ하ᄂᆞᆯ 밋곤
넉시 가샤ᄃᆡ

133) 양주동과 김완진의 해독을 같이 올렸다.
양주동, 『여요전주』, 을유문화사, 1947.
김완진, 『향가해독법연구』, 서울대출판부, 1980.

사ᄆᆞ샨 벼슬마 ᄯᅩ ᄒᆞ져
ᄇᆞ라며 아리라
그ᄢᅴ 두 功臣공신여
오라나 고ᄃᆞᆫ
자최ᄂᆞᆫ 나토샨뎌

【현대어역[134]】

님을 온전하게 하신
마음은 하늘 끝까지 미치고
넋은 갔지만
삼으신(내려주신) 벼슬이야 또 대단하구나
바라보면 알리라
그때 두 功臣공신이여
오래된 곧은
자취는 나타나는구나

【김완진 해독】

니믈 오올오ᅀᆞᆯ본 ᄆᆞᅀᆞᄆᆞᆫ
ᄀᆞᇫ 하ᄂᆞᆯ 밋곤
넉시 가샤ᄃᆡ
몸 셰오신 말ᄊᆞᆷ
셕 맛도려 활자바리 가시와뎌
됴타 두 功臣공신아

134) 양주동의 현대어역이 올라 있지 않기에, 위 해독을 기준으로 삼아 정리하였다.

오래옷 고든 자최는
나토신뎌

【김완진 현대어역】
님을 온전케 하온
마음은 하늘 끝까지 미치니
넋이 가셨으되
몸 세우시고 하신 말씀
職分직분 맡으려 활 잡는 이 마음 새로워지기를
좋다 두 功臣공신이여
오래오래 곧은 자취는 나타내신저

3) 작품해설

〈도이장가〉는 예종 15년(1120년) 10월 서경의 팔관회에서 허수아비 춤을 보고는 왕이 직접 지은 노래이다. 태조를 위해 자신의 목숨을 바꾼 신숭겸과 김락 두 신하의 사적을 전해들은 예종이 벅찬 마음을 억누르지 못하고 그 감회를 노래로 펼쳐낸 고려 때 향가작품이다. 『평산신씨고려태사장절공유사』에 이 같은 유래와 향찰표기 노래가 실려 전한다. 노래의 앞쪽에서 두 공신의 순절행적을 기리고는, 뒷부분에서 이 둘이 시간을 초월해 귀감이 되었음을 추모하였다. 순간의 죽음으로 영원한 충절을 얻었으니, 그 미학은 숭고로 귀결된다.

작가의 창작의도는 당연히 보국안민(保國安民)과 권효장충(勸孝奬忠)에 맞춰져 있다. 기록된 바 창작동기는 물론 노래 자체에 드러나는 문학적 의미를 보더라도 그러하다. 하지만 목적문학이 으레 범하기 쉬운 단순한 교훈이나 그로 인한 생경함을 찾을 수 없을 뿐더러, 실존인물의 서사적 행적을 시화하는 데 흔히 수반되는 장황한 나열도 없다. 그렇다고 과장된 탄식이나 주체 못할 감정을 쏟아낸 것도 아니다. 그 속내를 격조 있게 갈무리하면서도 마음에 담긴 뜻을 분명히 드러낸 예종의 문사적 기질을 높이 살 수밖에 없다.

속요

동동 動動

1) 원문

德덕으란 곰ᄇᆡ예 받ᄌᆞᆸ고
福복으란 림ᄇᆡ예 받ᄌᆞᆸ고
德덕이여 福복이라 호ᄂᆞᆯ
나ᅀᆞ라 오소이다
아으 動動동동다리

正月정월ㅅ 나릿므른
아으 어져 녹져 ᄒᆞ논ᄃᆡ
누릿 가온ᄃᆡ 나곤
몸하 ᄒᆞ올로 녈셔
아으 動動동동다리

二月이월ㅅ 보로매
아으 노피 현 燈등ㅅ블다호라
萬人만인 비취실
즈ᅀᅵ샷다
아으 動動동동다리

三月삼월 나며 開개ᄒᆞᆫ
아으 滿春만춘 ᄃᆞᆯ욋고지여
ᄂᆞᄆᆡ 브롤 즈슬
디녀 나샷다
아으 動動동동다리

四月사월 아니 니저
아으 오실서 곳고리새여
므슴다 錄事녹사니ᄆᆞᆫ
녯 나롤 닛고신뎌
아으 動動동동다리

五月오월 五日오일애
아으 수릿날 아ᄎᆞᆷ 藥약은
즈믄 ᄒᆡᆯ 長存장존ᄒᆞ샬
藥약이라 받ᄌᆞᆸ노이다
아으 動動동동다리

六月유월ㅅ 보로매
아으 별해 ᄇᆞ룐 빗다호라
도라보실 니믈
젹곰 좃니노이다
아으 動動동동다리

七月칠월ㅅ 보로매
아으 百種백종 排배ᄒᆞ야 두고
니믈 ᄒᆞᆫᄃᆡ 녀가져
願원을 비숩노이다
아으 動動동동다리

八月팔월ㅅ 보로ᄆᆞᆫ
아으 嘉俳가배니리마ᄅᆞᆫ
니믈 뫼셔 녀곤
오ᄂᆞᆯ낤 嘉俳가배샷다
아으 動動동동다리

九月구월 九日구일애
아으 藥약이라 먹논
黃花황화고지 안해 드니
새셔 가만ᄒᆞ애라
아으 動動동동다리

十月시월애
아으 져미연 ᄇᆞᄅᆞᆺ다호라
것거 ᄇᆞ리신 後후에
디니실 ᄒᆞᆫ 부니 업스샷다
아으 動動동동다리

十一月십일월ㅅ 봉당 자리예
아으 汗衫한삼 두퍼 누워
슬홀 ᄉᆞ라온뎌
고우닐 스싀옴 녈셔
아으 動動동동다리

十二月십이월ㅅ 분디남ᄀᆞ로 갓곤
아으 나ᄉᆞᆯ 盤반잇 져다호라
니믜 알ᄑᆡ 드러 얼이노니
소니 가재다 므ᄅᆞᄉᆞᆸ노이다
아으 動動동동다리

—『악학궤범』

2) 현대어역

덕일랑[1] 신령님께 바치고
복일랑 임금님께 바치고
덕이며 복이라 하는 것을
드리러[2] 왔습니다
아으 동동다리[3]

---

1) 덕(德)일랑 : 덕은.
2) 드리러 : 진상(進上)하러.
3) 동동(動動)다리 : 북 소리의 의성어.

정월의 냇물은
아으 얼려 녹으려 하는데
세상 가운데 났거늘
몸아 홀로 살아가는구나
아으 동동다리

2월의 보름에
아으 높이 켠 등불 같구나
만인 비추실
모습이시도다
아으 동동다리

3월 나며 핀
아으 늦봄 진달래꽃이여
남의 부러워할 모습을
지녀 나셨도다
아으 동동다리

4월 아니 잊어
아으 오셨구나 꾀꼬리새여
어찌하여 녹사[4]님은
옛 나를 잊고 계시는고
아으 동동다리

---

4) 녹사(綠事) : 고려시대의 관직명.

5월 5일[5]에
아으 수릿날 아침 약은
천년을 길이 사실
약이라 바치옵나이다
아으 동동다리

6월의 보름[6]에
아으 벼랑에 버린 빗 같구나
돌아보실 님을
조금씩 따르옵나이다
아으 동동다리

7월의 보름[7]에
아으 온갖 음식을 차려두고
님과 함께 살아가고자
소원을 비옵나이다
아으 동동다리

8월의 보름[8]은
아으 한가윗날이지만
님을 뫼셔 살아가야만

---

5) 음력 5월 5일 : 단오(端午).
6) 음력 6월 15일 : 유두(流頭).
7) 음력 7월 15일 : 백중(百中)·백종(百種).
8) 음력 8월 15일 : 추석(秋夕).

오늘날 한가위이도다
아으 동동다리

9월 9일[9]에
아으 약이라 먹는
노란 국화꽃이 안에 드니
새서 가만하구나[10]
아으 동동다리

10월에
아으 저민[11] 보리수 같구나
꺾어 버리신 후에
지니실 한 분이 없으시도다
아으 동동다리

11월의 봉당 자리에
아으 한삼[12] 덮어 누워
슬픔을 사르는구나
고운 이와 외따로 살아가는구나
아으 동동다리

---

9) 음력 9월 9일 : 중양절(重陽節).
10) 새서 가만하구나 : (향기가) 새서 은은하구나.
11) 저민 : 얇게 썬.
12) 한삼(汗衫) : 속적삼.

12월의 산초나무로 깎은
아으 드릴 소반에 젓가락 같구나
님의 앞에 들어[擧] 나란히 놓으니
손님이 가져다 무옵나이다[咬]
아으 동동다리

3) 작품해설

〈동동〉은 기다림의 연가이다. 전 13장의 연장체로 서장을 제외하면 달거리체 양식이다. 이 작품에는 특히 우리 고유의 생활양식과 전통풍속이 구체적으로 드러나며, 이별과 기다림의 온갖 정서가 망라되어 있다. 부재(不在)하는 님을 향한 화자의 끝없는 열망과는 달리 님과의 합일(合一)은 끝내 이루어지지 않는다. 여기서 갈등과 긴장, 고통의 정서가 파생된다. 끝 간 줄 모르는 그리움으로 님의 돌아옴을 믿는 여인의 간절함이 노래 전편을 이끈다.

처용가 處容歌

1) 원문

前腔　新羅盛代 昭盛代 신라성대 소성대
　　　天下大平 羅候德 천하대평 나후덕 處容처용 아바
　　　以是이시 人生인생애 相不語상불어ᄒᆞ시란ᄃᆡ
　　　以是이시 人生인생애 相不語상불어ᄒᆞ시란ᄃᆡ
附葉　三災八難삼재팔난이 一時消滅일시소멸ᄒᆞ샷다
中葉　어와 아븨 즈ᅀᅵ여 處容처용 아븨 즈ᅀᅵ여
附葉　滿頭揷花만두삽화 계오샤 기울어신 머리예
小葉　아으 壽命長願수명장원ᄒᆞ샤 넙거신 니마해
後腔　山象산상 이슷 깅어신 눈섭에
　　　愛人相見애인상견ᄒᆞ샤 오술어신 누네
附葉　風入盈庭풍입영정ᄒᆞ샤 우글어신 귀예
中葉　紅桃花홍도화ᄀᆞ티 븕거신 모야해
附葉　五香오향 마트샤 웅긔어신 고해
小葉　아으 千金천금 머그샤 어위어신 이베
大葉　白玉琉璃백옥유리ᄀᆞ티 ᄒᆡ여신 닛바래
　　　人讚福盛인찬복성ᄒᆞ샤 미나거신 ᄐᆞᆨ애
　　　七寶칠보 계우샤 숙거신 엇게예

吉慶길경 계우샤 늘의어신 ᄉᆞ맷길헤

附葉 설믜 모도와 有德유덕ᄒᆞ신 가ᄉᆞ매

中葉 福智俱足복지구족ᄒᆞ샤 브르거신 빅예

紅鞓홍정 계우샤 굽거신 허리예

附葉 同樂大平동락대평ᄒᆞ샤 길어신 허튀예

小葉 아으 界面계면 도ᄅᆞ샤 넙거신 바래

前腔 누고 지ᅀᅥ 셰니오 누고 지ᅀᅥ 셰니오

바늘도 실도 어ᄡᅵ 바늘도 실도 어ᄡᅵ

附葉 處容처용 아비ᄅᆞᆯ 누고 지ᅀᅥ 셰니오

中葉 마아만 마아만 ᄒᆞ니여

附葉 十二諸國십이제국이 모다 지ᅀᅥ 셰온

小葉 아으 處容처용 아비ᄅᆞᆯ 마아만 ᄒᆞ니여

後腔 머자 외야자 綠李녹리야

ᄲᆞᆯ리나 내 신고ᄒᆞᆯ ᄆᆡ야라

附葉 아니옷 ᄆᆡ시면 나리어다 머즌 말

中葉 東京동경 ᄇᆞᆯᄀᆞᆫ ᄃᆞ래

새도록 노니다가

附葉 드러 내 자리ᄅᆞᆯ 보니

가ᄅᆞ리 네히로새라

小葉 아으 둘흔 내해어니와

둘흔 뉘해어니오

大葉 이런 저긔 處容처용 아비옷 보시면

熱病神열병신이ᅀᅡ 膾회ㅅ가시로다

　　　千金천금을 주리여 處容처용 아바
　　　七寶칠보를 주리여 處容처용 아바
附葉　千金천금 七寶칠보도 말오
　　　熱病神열병신를 날 자바 주쇼셔
中葉　山산이여 민히여 千里外천리외예
附葉　處容처용ㅅ 아비롤 어여려거져
小葉　아으 熱病大神열병대신의 發願발원이샷다

—『악학궤범』

2) 현대어역

신라성대 소성대[13]
천하태평 나후[14]의 덕 처용 아비여
이 세상 살아감에 서로 말이 없으시니
이 세상 살아감에 서로 말이 없으시니
삼재팔난[15]이 일시에 소멸하시도다
어와 아비의 모습이여 처용 아비의 모습이여
머리 가득 꽂은 꽃 겨우셔[16] 기울어지신 머리에
아으 수명 길고 오래시어 넓으신 이마에
산 모양 비슷하여 우거진[17] 눈썹에

13) 소성대(昭盛代) : 밝고 좋은 세상.
14) 나후(羅候) : 해와 달을 가리는 신으로, 처용의 위용을 빗댐.
15) 삼재팔난(三災八難) : 세 가지 재앙과 여덟 가지 재난.
16) 겨우셔 : 못 견디시어.
17) 우거진 : 무성한.

사랑하는 사람 서로 바라보시어 온전하신 눈에
바람 소리 뜰에 가득 차시어 두터우신 귀에
붉은 복사꽃같이 붉으신 뺨에
오향[18] 맡으시어 우묵하신 코에
아으 천금 먹으시어 넓으신 입에
백옥유리같이 하야신 이빨에
사람들이 복이 많다 칭찬하시어 내미신 턱에
칠보 겨우셔 숙이신 어깨에
길경[19] 겨우셔 늘어지신 소맷자락에
슬기를 모두어 유덕하신[20] 가슴에
복과 지혜가 다 풍족하시어 부르신 배에
붉은 띠 겨우셔 굽으신 허리에
태평성대 같이 즐기시어 길어지신 다리에
아으 계면[21] 도시어 넓어지신 발에
누가 지어 세웠느뇨 누가 지어 세웠느뇨
바늘도 실도 없이 바늘도 실도 없이
처용 아비를 누가 지어 세웠느뇨
많이도 많이도 지어 세웠구나
열두 나라가 모여 지어 세운
아으 처용 아비를 많이도 지어 세웠구나
멎아 오얏아 녹리야[22]

---

18) 오향(五香) : 온갖 진기한 향내.
19) 길경(吉慶) : 춤출 때 입는 단삼(段衫) 소매 끝에 드리운 장식품.
20) 유덕(有德)하신 : 덕이 충만하신.
21) 계면(界面) : 무당이 굿하는 구역.

빨리나 내 신코를 매어라
아니 매시면 내리리라 재앙의 말
동경 밝은 달에 밤새도록 노닐다가
들어와 내 자리를 보니 가랑이가 넷이로구나
아으 둘은 내 것이거니와 둘은 누구 것이뇨
이럴 적에 처용 아비를 보시면
열병신이야 횟갓[23]이로다
천금을 줄까요 처용 아비여
칠보를 줄까요 처용 아비여
천금 칠보도 마오 열병신을 내게 잡아 주소서
산이나 들이나 천리 밖으로
처용 아비를 피해 다니고저
아으 열병대신의 발원[24]이도다

3) 작품해설

〈처용가〉는 초월자에 대한 믿음을 보여주는 작품이다. 인간세계의 모든 부정적 가치들을 열병신으로 형상화하고, 이에 맞선 존재로 처용을 설정하였다. 처용의 원래 정체는 무당이다. 그렇기에 신적인 존재로 등장하여 현실의 모든 고난을 소멸해주는 권능자의 역할을 한다. 처용은 열병신을 퇴치하는 강한 무당으로서 현실세계에서 나약할 수밖에 없는 인간들에게 재난의 공포를 뛰어넘는 초월적 믿음을 심어주고 있다.

---

22) 멎[棕]·오얏[李]·녹리(綠李) : 능금, 자두, 푸른 자두로 제사상의 과일을 지칭함. 한편으로는 소무(小巫)의 비유로 보기도 함.

23) 횟갓 : 횟감. 횟거리.

24) 발원(發願) : 신에게 비는 소원.

정과정 鄭瓜亭

1) 원문

前腔 내 님을 그리ᅀᆞ와 우니다니
中腔 山산 졉동새 난 이슷ᄒᆞ요이다
後腔 아니시며 거츠르신 ᄃᆞᆯ 아으
附葉 殘月曉星잔월효성이 아ᄅᆞ시리이다
大葉 넉시라도 님은 ᄒᆞᆫᄃᆡ 녀져라 아으
附葉 벼기더시니 뉘러시니잇가
二葉 過과도 허믈도 千萬천만 업소이다
三葉 ᄆᆞᆯ힛 마리신뎌
四葉 ᄉᆞᆯ읏븐뎌 아으
附葉 니미 나ᄅᆞᆯ ᄒᆞ마 니ᄌᆞ시니잇가
五葉 아소 님하 도람 드르샤 괴오쇼셔

—『악학궤범』

2) 현대어역

내 님을 그리워하여 울며 지내더니
산 접동새와 난 비슷하옵니다
(나에 대한 참소가 진실이) 아니시며 허황되신 줄 아으

잔월효성[25]이 아실 것입니다
넋이라도 님과 함께 살아가고 싶어라
우기시던 이가 누구이셨습니까
잘못도 허물도 천만 없습니다
뭇사람의 (참소하던) 말이신저
슬프도다
님이 나를 벌써 잊으시나이까
아 님이시여 돌이켜 들으시어 사랑하소서

3) 작품해설

〈정과정〉은 고려 의종 때 동래로 유배를 당한 정서가 지은 충신연주지사(忠臣戀主之詞)이다. 『고려사』「악지」에서 “노랫말이 극히 슬프고 처량하다”고 한 바, 여느 속요와는 달리 조선조에서도 대접을 받았다. 연정의 대상이 아닌 ‘님’을 상정함으로써 송강의 양미인곡을 예비한 공도 있다. 창작배경을 뒤로 물리더라도 시어의 상징과 이미지에서 빼어난 아름다움을 지닌 작품이다. 님을 향한 눈물의 호소는 결국 지켜지지 않은 약속의 원망을 대신한다.

25) 잔월효성(殘月曉星) : 지는 달과 새벽 별. 여기서는 작가 결백의 증명자가 됨.

정석가 鄭石歌

1) 원문

딩아 돌하 當今당금에 계샹이다
딩아 돌하 當今당금에 계샹이다
先王聖代션왕셩ᄃᆡ예 노니ᄋᆞ와지이다

삭삭기 셰몰애 별헤 나는
삭삭기 셰몰애 별헤 나는
구은 밤 닷 되를 심고이다
그 바미 우미 도다 삭 나거시아
그 바미 우미 도다 삭 나거시아
有德유덕ᄒᆞ신 님ᄆᆞᆯ 여ᄒᆡᄋᆞ와지이다

玉옥으로 蓮련ㅅ고ᄌᆞᆯ 사교이다
玉옥으로 蓮련ㅅ고ᄌᆞᆯ 사교이다
바회 우희 接柱졉듀ᄒᆞ요이다
그 고지 三同삼동이 퓌거시아
그 고지 三同삼동이 퓌거시아
有德유덕ᄒᆞ신 님 여ᄒᆡᄋᆞ와지이다

므쇠로 텰릭을 물아 나는
므쇠로 텰릭을 물아 나는
鐵絲텰ᄉᆞ로 주롬 바고이다
그 오시 다 헐어시아
그 오시 다 헐어시아
有德유덕ᄒᆞ신 님 여ᄒᆡᄋᆞ와지이다

므쇠로 한쇼를 디여다가
므쇠로 한쇼를 디어다가
鐵樹山텰슈산애 노호이다
그 쇠 鐵草텰초를 머거아
그 쇠 鐵草텰초를 머거아
有德유덕ᄒᆞ신 님 여ᄒᆡᄋᆞ와지이다

구스리 바회예 디신돌
구스리 바회예 디신돌
긴힛든 그츠리잇가
즈믄 ᄒᆡ롤 외오곰 녀신돌
즈믄 ᄒᆡ롤 외오곰 녀신돌
信신잇든 그츠리잇가

—『악장가사』

2) 현대어역

징아 돌아[26] 지금에 계십니다
선왕성대[27]에 노닐고 싶습니다

사각사각 가는 모래 벼랑에
구운 밤 닷 되를 심습니다
그 밤이 움이 돋아 싹 나시어야
유덕하신 님을 여의고[28] 싶습니다

옥으로 연꽃을 새깁니다
바위 위에 접을 붙입니다
그 꽃이 세 묶음 피시어야
유덕하신 님을 여의고 싶습니다

무쇠로 철릭[29]을 마름질해
철사로 주름 박습니다
그 옷이 다 허시어야[敝]
유덕하신 님을 여의고 싶습니다

무쇠로 큰 소를 지어다가
철수산[30]에 놓습니다

---

26) 징[鉦]·돌[磬] : 징과 경쇠 두 금석악기. 여기에서 제목 '정석가(鄭石歌)'가 나옴.
27) 선왕성대(先王聖代) : 앞선 임금의 태평성대.
28) 여의고 : 이별하고.
29) 철릭(天翼/綴翼) : 옛 군복인 융복(戎服).

그 소가 철초[31]를 먹어야
유덕하신 님을 여의고 싶습니다

구슬이 바위에 떨어지신들
끈이야 끊어지겠습니까
천년을 외따로 지내신들
믿음이야 끊어지겠습니까
(반복구는 줄임)

3) 작품해설

〈정석가〉는 이별 앞에서 부른 노래이다. 그렇기에 본디 왕실 창작가요가 아닌 민간의 이별노래가 된다. 이 점 2~5단락의 불가능한 상황 설정에서 역설적으로 드러나고 있으며, 마지막 연의 변치 않는 믿음을 강조한 데서도 읽을 수 있다. 기왕의 논의처럼 영원히 님과 함께 있고자 하는 행복한 염원을 노래한 것으로 보기 어렵다. 작품의 주제는 홀로라도 변치 않는 마음다짐을 통해 예견된 이별 앞에서의 의연한 역설을 표현한 것으로 보아야 한다.

30) 철수산(鐵樹山) : 쇠로 된 나무가 있는 산.
31) 철초(鐵草) : 쇠로 된 풀.

청산별곡 青山別曲

1) 원문

살어리 살어리랏다
青山청산애 살어리랏다
멀위랑 ᄃᆞ래랑 먹고
青山청산애 살어리랏다
얄리 얄리 얄랑셩 얄라리 얄라

우러라 우러라 새여
자고 니러 우러라 새여
널라와 시름 한 나도
자고 니러 우니로라
얄리 얄리 얄라셩 얄라리 얄라

가던 새 가던 새 본다
믈 아래 가던 새 본다
잉 무든 장글란 가지고
믈 아래 가던 새 본다
얄리 얄리 얄라셩 얄라리 얄라

이링공뎌링공 ᄒᆞ야
나즈란 디내와손뎌
오리도 가리도 업슨
바므란 또 엇디 호리라
얄리 얄리 얄라셩 얄라리 얄라

어듸라 더디던 돌코
누리라 마치던 돌코
믜리도 괴리도 업시
마자셔 우니노라
얄리 얄리 얄라셩 얄라리 얄라

살어리 살어리랏다
바ᄅᆞ래 살어리랏다
ᄂᆞᄆᆞ자기 구조개랑 먹고
바ᄅᆞ래 살어리랏다
얄리 얄리 얄라셩 얄라리 얄라

가다가 가다가 드로라
에졍지 가다가 드로라
사ᄉᆞ미 짒대예 올아셔
奚琴ᄒᆡ금을 혀거를 드로라
얄리 얄리 얄라셩 얄리리 얄라

가다니 뵈브른 도긔
설진 강수를 비조라
조롱곳 누로기 미와
잡ᄉᆞ와니 내 엇디 ᄒᆞ리잇고
얄리 얄리 얄라셩 얄라리 얄라

—『악장가사』

2) 현대어역

살아가 살아가리로다
청산에 살아가리로다
머루랑 다래랑 먹고
청산에 살아가리로다
얄리 얄리 얄라셩 얄라리 얄라

울어라 울어라 새여
자고 일어나 울어라 새여
너보다 시름 많은 나도
자고 일어나 우니노라
얄리얄리 얄라셩 얄라리 얄라

갈던[耕] 사래[32] 갈던 사래 본다
물 아래 갈던 사래 본다

---

32) 사래 : 밭 이랑.

이끼 묻은 쟁기를 가지고
물 아래 갈던 사래 본다
얄리 얄리 얄라셩 얄라리 얄라

이렇게 저렇게 하여
낮일랑 지내왔지만
올 이도 갈 이도 없는
밤일랑 또 어찌 하리오
얄리 얄리 얄라셩 얄라리 얄라

어디라 던지던 돌인가
누구라 맞히던 돌인가
미워할 이도 사랑할 이도 없이
맞아서 울고 있노라
얄리 얄리 얄라셩 얄라리 얄라

살아가 살아가리로다
바다에 살아가리로다
나문재[海藻·海草] 굴조개랑 먹고
바다에 살아가리로다
얄리 얄리 얄라셩 얄라리 얄라

가다가 가다가 듣노라
에정지[33] 가다가 듣노라
사슴[34]이 장대에 올라

해금을 켜는 것을 듣노라
얄리 얄리 얄라셩 얄라리 얄라

가다 보니 배부른 독에
독한 강술[强酒]을 빚는구나
조롱꽃 누룩[麴]이 매워[35]
잡으시니 내 어찌 하리오
얄리 얄리 얄라셩 얄라리 얄라

3) 작품해설

〈청산별곡〉은 삶의 번민과 갈등을 노래한 작품이다. 작품의 성격을 두고 논의가 무성하지만, 3연과 7·8연의 내용 흐름을 보았을 때 고달픈 삶에 부대낀 화자의 체념을 담은 것으로 보인다. 이랬을 때 '청산'과 '바다'는 이상향이 아닌 내몰린 삶터가 된다. 특히 마지막 연의 체념조 독백은 역설적으로 앞으로의 삶이 더 지난할지라도 포기치 않을 끈질김으로 이어진다. 뿌리 뽑힌 삶의 고단함에서 비롯된 화자의 태도는 부대낀 삶에서 절로 얻어진 지혜에 다름 아니다.

---

33) 에정지 : 외딴 부엌.
34) 사슴 : 사슴으로 분장한 광대.
35) 매워 : 독해서.

서경별곡 西京別曲

1) 원문

西京셔경이 아즐가
西京셔경이 셔울히마르는
위 두어렁셩 두어렁셩 다링디리

닷곤ᄃᆡ 아즐가
닷곤ᄃᆡ 쇼셩경 고외마른
위 두어렁셩 두어렁셩 다링디리

여히므론 아즐가
여히므논 질삼뵈 ᄇᆞ리시고
의 두어렁셩 두어렁셩 다링디리

괴시란ᄃᆡ 아즐가
괴시란ᄃᆡ 우러곰 좃니노이다
위 두어렁셩 두어렁셩 다링디리

구스리 아즐가
구스리 바회예 디신돌

위 두어렁셩 두어렁셩 다링디리

긴히ᄯᆞᆫ 아즐가
긴힛ᄯᆞᆫ 그츠리잇가 나ᄂᆞᆫ
위 두어렁셩 두어렁셩 다링디리

즈믄 ᄒᆡ를 아즐가
즈믄 ᄒᆡ를 외오곰 녀신ᄃᆞᆯ
위 두이렁셩 두어렁셩 다링디리

信신잇ᄃᆞᆫ 아즐가
信신잇ᄃᆞᆫ 그즈리잇가 나ᄂᆞᆫ
위 두어렁셩 두어렁셩 다링디리

大同江대동강 아즐가
大同江대동강 너븐디 몰라셔
위 두어렁셩 두어렁셩 다링디리

ᄇᆡ 내여 아즐가
ᄇᆡ 내여 노ᄒᆞᆫ다 샤공아
위 두어렁셩 두어렁셩 다링디리

네 가시 아즐가

네 가시 럼난디 몰라셔
위 두어렁셩 두어렁셩 다링디리

널 ᄇᆡ에 아즐가
널 ᄇᆡ예 연즌다 샤공아
위 두어렁셩 두어렁셩 다링디리

大同江대동강 아즐가
大同江대동강 건넌편 고즐여
위 두어렁셩 두어렁셩 다링디리

ᄇᆡ 타 들면 아즐가
ᄇᆡ 타 들면 것고리이다 나ᄂᆞᆫ
위 두어렁셩 두어렁셩 다링디리

—『악장가사』

2) 현대어역

서경이 서울이지마는
닦은[重修] 곳 소성경[36] 사랑하지마는
이별할 바엔 길쌈베 버리시고
사랑하신다면 울면서 좇겠습니다

---

36) 소성경(小城京) : 작은 서울. 곧 평양.

구슬이 바위에 떨어지신들
끈이야 끊어지겠습니까
천년을 홀로 살아간들
믿음이야 끊어지겠습니까

대동강 넓은 줄 몰라서
배 내어 놓았느냐 사공아
네 각시 넘는지[渡江] 몰라서
(내 님을) 가는 배에 얹었느냐 사공아

대동강 건너편 꽃[37]을
배 타 들면 꺾으리이다
(각 연의 1행 반복구와 3행 후렴구는 줄임)

3) 작품해설

〈서경별곡〉은 이별을 당한 화자의 복받치는 설움을 표출한 노래이다. 같은 이별의 상황에서 〈가시리〉 화자가 보인 순종적 태도와는 달리 사뭇 적극적이다. 내용상 네 단락의 정서는 변화무쌍한 화자의 태도로 인해 묘미를 준다. 눈물의 하소연에서 믿음의 다짐으로 이어진 화자의 정서는 끝내 원망과 질책, 체념으로 이어지면서 의미상 긴장을 가져왔다. 안쓰러운 하소연과 부질없는 믿음에 바탕을 둔 갑작스런 이별 앞에 선 애끊는 호소를 보여준다.

---

37) 꽃 : 다른 여인의 비유.

사모곡 思母曲

1) 원문

호ᄆᆡ도 ᄂᆞᆯ히언마ᄅᆞᄂᆞᆫ
ᄂᆞᆮᄀᆞ티 들 리도 업스니이다
아바님도 어이어신마ᄅᆞᄂᆞᆫ
위 덩더둥셩
어마님ᄀᆞ티 괴시리 업세라
아소 님하
어마닙ᄀᆞ티 괴시리 업세라

—『악장가사』

2) 현대어역

호미도 날[刀]이건마는
낫같이 들 리도 없습니다
아버님도 어버이시지마는
위 덩더둥셩
어머님같이 사랑하실 이가 없어라
아 님이시여
어머님같이 사랑하실 이가 없어라

3) 작품해설

〈사모곡〉은 농촌민요로서 복합적 정서를 지닌 노래이다. 제목에서 드러낸 바는 어머니에 대한 효심이지만, 한편으로 아버지에 대한 서운함도 내비치고 있다. 『고려사』「악지」'삼국속악' 조에 실린 신라노래 〈목주〉와의 관련성이 줄곧 논의되는 이유가 이 때문이다. 현존 민요와 소월의 〈접동새〉에서도 비슷한 정서를 드러낸 작품이 존재한다. 그만큼 보편적이다. 어머니에 대한 간절한 그리움을 통해 결국 안타까움까지를 싸안은 효심을 노래하였다.

쌍화점 雙花店

1) 원문

雙花店솽화뎜에 雙花솽화 사라 가고신딘
回回휘휘아비 내 손모글 주여이다
이 말솜미 이 店뎜 밧긔 나명들명
다로러거디러
죠고맛감 삿기광대 네 마리라 호리라
더러둥셩
다리러디러 다리러디러 다로러거디러 다로러
긔 자리예 나도 자라 가리라
위 위
다로러거디러 다로러
긔 잔 디ᄀ티 덦거츠니 업다

三藏寺삼장ᄉ애 블 혀라 가고신딘
그 뎔 社主사쥬ㅣ 내 손모글 주여이다
이 몰ᄉ미 이 뎔 밧긔 나명들명
다로러거디러
죠고맛간 삿기上座샹좌ㅣ 네 마리라 호리라

더러둥셩
다리러디러 다리러디러 다로러거디러 다로러
긔 자리예 나도 자라 가리라
위 위
다로러거디러 다로러
긔 잔 ᄃᆡ ᄀᆞ티 덦거츠니 업다

드레우므레 므를 길라 가고신ᄃᆡᆫ
우믓 龍룡이 내 손모글 주여이다
이 말ᄉᆞ미 이 우믈 밧긔 나명들명
다로러거디러
죠고맛간 드레바가 네 마리라 호리라
더러둥셩
다리러디러 다리러디러 다로러거디러 다로러
긔 자리예 나도 자라 가리라
위 위
다로러거디러 다로러
긔 잔 ᄃᆡ ᄀᆞ티 덦거츠니 업다

술 폴 지븨 수를 사라 가고신ᄃᆡᆫ
그 짓 아비 내 손모글 주여이다
이 말ᄉᆞ미 이 집 밧긔 나명 들명
다로러거디러

죠고맛간 싀구비가 네 마리라 ᄒᆞ리라
더러둥셩
다리러디러 다리러디러 다로러거디러 다로러
긔 자리예 나도 자라 가리라
위 위
다로러거디러 다로러
긔 잔 ᄃᆡᄀᆞ티 덦거츠니 업다

—『악장가사』

2) 현대어역

쌍화점[38]에 쌍화 사러 가니
회회아비[39]가 내 손목을 쥐더이다
이 말씀이 이 점[40] 밖에 나고들면
조그마한 새끼광대[41] 네 말이라 하리라
그 자리에 나도 자러 가리라
그 잔 데같이 허황된 것이 없다

삼장사에 불 켜러[42] 가니
그 절 사주가 내 손목을 쥐더이다

38) 쌍화점 : 만두가게.
39) 회회(回回)아비 : 아랍계 몽고인.
40) 점(店) : 가게.
41) 새끼광대 : 가게사환.
42) 불 켜러 : 등(燈) 공양하러.

이 말씀이 이 절 밖에 나고들면
조그만 새끼상좌[43] 네 말이라 하리라
그 자리에 나도 자러 가리라
그 잔 데같이 허황된 것이 없다

두레우물에 물을 길러 가니
우물 용이 내 손목을 쥐더이다
이 말씀이 이 우물 밖에 나고들면
조그만 두레박아 네 말이라 하리라
그 자리에 나도 자러 가리라
그 잔 데같이 허황된 것이 없다

술 팔 집에 술을 사러 가니
그 집 아비가 내 손목을 쥐더이다
이 말씀이 이 집 밖에 나고들면
조그만 술바가지야 네 말이라 하리라
그 자리에 나도 자러 가리라
그 잔 데같이 허황된 것이 없다
(여음구는 줄임)

3) 작품해설

〈쌍화점〉은 속요 가운데서도 외설 시비에 가장 많이 부대낀 작품이다. 『고려사』 「악지」 '속악' 조에 실린 〈삼장〉을 통해 충렬왕 때 만들

43) 새끼상좌(上座) : 동자승.

어진 노래로 추정하고 있다. 이 노래는 거리낌 없는 애욕의 현장을 통하여 당시 사회의 혼란스러웠던 가치관과 함께 무한의 향락을 추구한 육체적 욕망을 내보이고 있다. 당연히 이 노래는 조선 성종 때 남녀상열지사(男女相悅之詞)라 하여 배척받기도 하였다.

이상곡 履霜曲

1) 원문

비 오다가 개야 아 눈 하 디신 나래
서린 석석 사리 조ᄇᆞᆫ 곱도신 길헤
다롱디우셔 마득사리 마두너즈세 너우지
잠 짜간 내 니믈 너겨
깃ᄃᆞᆫ 열명길헤 자라 오리잇가
종종 霹靂벽력 生싱 陷墮無間함타무간
고대셔 ᄉᆡ여딜 내 모미
종 霹靂벽력 아 生싱 陷墮無間함타무간
고대셔 ᄉᆡ여딜 내 모미
내 님 두ᄉᆞᆸ고 년 뫼ᄅᆞᆯ 거로리
이러쳐 뎌러쳐 이러쳐 뎌러쳐 期約긔약이잇가
아소 님하 ᄒᆞᆫᄃᆡ 녀졋 期約긔약이이다

—『악장가사』

2) 현대어역

비 오다가 개어 아 눈 많이 내리신 날에
서리[霜]는 서걱서걱 살44)이 좁은 굽어도신 길에

다롱디우셔 마득사리 마두너즈세 너우지[45)]
잠 앗아간 내 님을 생각하여
그딴[46)] 열명길[47)]에 자러 오겠습니까
종종[48)] 벼락이 쳐 아 삶은 무간지옥에 떨어지리니
금방 죽어 없어질 내 몸이
종종 벼락이 쳐 아 삶은 무간지옥에 떨어지리니
금방 죽어 없어질 내 몸이
내 님을 두옵고 다른 뫼[49)]를 걷겠습니까
이렇게 저렇게 이렇게 저렇게 하고자 하는 기약입니까
아 님이시여 함께 살아가고자 하는 기약입니다

3) 작품해설

〈이상곡〉은 아픈 사랑을 그린 노래이다. '서리 밟는 노래'라는 뜻으로 여인의 한스러운 사랑을 비유했다. 부분적으로 남녀상열(男女相悅)의 대목이 있지만 이는 화자의 종국적 참회를 전제한 회상부에 등장하고 있을 뿐이다. 님의 부재를 뼈저리게 느낀 화자는 아픈 사랑의 뒤안길에서 다시 오지 않을 님에 대한 사랑의 뉘우침으로 끝맺고 있다. 절망의 상황에서도 끝내 미련을 떨치지 못하는 화자의 심정이 인상적이다.

---

44) 살 : 길의 폭.
45) 다롱디우셔 마득사리 마두너즈세 너우지 : 불교의 진언으로 추정됨.
46) 그딴 : 그러한.
47) 열명길 : 십분노명왕(十忿怒明王)이 지키는 무시무시한 길.
48) 종종 : 때때로.
49) 다른 뫼 : 다른 님의 비유.

가시리

1) 원문

가시리 가시리잇고 나ᄂᆞᆫ
ᄇᆞ리고 가시리잇고 나ᄂᆞᆫ
위 증즐가 大平聖代대평성대

날러는 엇디 살라 ᄒᆞ고
ᄇᆞ리고 가시리잇고 나ᄂᆞᆫ
위 증즐가 大平聖代대평성대

잡ᄉᆞ와 두어리마ᄂᆞᄂᆞᆫ
선ᄒᆞ면 아니올셰라
위 증즐가 大平聖代대평성대

셜온 님 보ᄂᆡᄋᆞᆸ노니 나ᄂᆞᆫ
가시ᄂᆞᆫ ᄃᆞᆺ 도셔오쇼셔 나ᄂᆞᆫ
위 증즐가 大平聖代대평성대

—『악장가사』

2) 현대어역

가시려 가시렵니까
버리고 가시렵니까

날러는[50] 어찌 살라 하고
버리고 가시렵니까

잡아 두고 싶지만
(눈에) 선하면 아니 올세라[51]

서러운 님 보내옵나니
가시는 듯 돌아서 오소서
(여음구는 줄임)

3) 작품해설

〈가시리〉는 이별을 노래한 속요 가운데도 으뜸으로 꼽힌다. '(떠나보내기엔) 서러운 님'의 표현은 절묘하다. 그러면서도 감정을 쏟아내지 않는 화자의 태도는 묘한 감동을 준다. 이 노래의 정한은 우리 시가의 전통을 이루는 바, 민요 〈아리랑〉이나 소월의 〈진달래꽃〉에도 그 맥이 닿아 있다. 결국 절제된 슬픔으로의 여심(女心)을 통해 실상인즉슨 절박한 이별 앞에서의 가식 없는 설움을 보여준다.

---

50) 날러는 : 나더러는.
51) 아니 올세라 : 아니 오겠는가 싶어.

만전춘 별사 滿殿春 別詞

1) 원문

어름 우희 댓닙자리 보와 님과 나와 어러주글만뎡
어름 우희 댓닙자리 보와 님과 나와 어러주글만뎡
情경 둔 오ᄂᆞᆳ범 더듸 새오시라 더듸 새오시라

耿耿경경 孤枕上고침샹애 어느 ᄌᆞ미 오리오
西窓셔창을 여러ᄒᆞ니 桃花도화ㅣ 發발ᄒᆞ두다
桃花도화ᄂᆞᆫ 시름업서 笑春風쇼츈풍ᄒᆞᄂᆞ다 笑春風쇼츈풍ᄒᆞᄂᆞ다

넉시라도 님을 ᄒᆞᆫᄃᆡ 녀닛 景경 너기다니
넉시라도 님을 ᄒᆞᆫᄃᆡ 녀닛 景경 너기다니
벼기더시니 뉘러시니잇가 뉘러시니잇가

올하 올하 아련 비올하
여흘란 어듸 두고 소해 자라 온다
소콧 얼면 여흘도 됴ᄒᆞ니 여흘도 됴ᄒᆞ니

南山남산애 자리 보와 玉山옥산을 벼여 누어

錦繡山금슈산 니블 안해 麝香샤향각시를 아나 누어
南山남산애 자리 보와 玉山옥산을 벼어 누어
錦繡山금슈산 니블 안해 麝香샤향각시를 아나 누어
藥약 든 가슴을 맛초ᄋᆞᆸ사이다 맛초ᄋᆞᆸ사이다

아소 님하 遠代平生원ᄃᆡ평ᄉᆡᆼ애 여힐 술 모ᄅᆞᄋᆞᆸ새

—『악장가사』

2) 현대어역

얼음 위에 댓잎자리 보아 님과 내가 얼어죽을망정
얼음 위에 댓잎자리 보아 님과 내가 얼어죽을망정
정 둔 오늘밤 더디 새오시라 더디 새오시라

뒤척뒤척 외로운 잠자리에 어느 잠이 오리오
서쪽 창을 열어보니 복숭아꽃이 피는구나
복숭아꽃은 시름없어 봄바람에 웃는구나 봄바람에 웃는구나

넋이라도 님과 함께 살아가리라 여겼더니
넋이라도 님과 함께 살아가리라 여겼더니
우기시던 이 누구셨습니까 누구셨습니까

오리야 오리야 어여쁜 비오리야
여울은 어디 두고 못[沼]에 자러 오느냐

못이 곧 얼면 여울도 좋으니 여울도 좋으니

남산에 자리 보아 옥산을 베어 누워
금수산 이불 안에 사향각시를 안아 누워
남산에 자리 보아 옥산을 베어 누워
금수산 이불 안에 사향각시를 안아 누워
약 든 가슴을 맞추옵시다 맞추옵시다

아 님이시여 영원토록 헤어질 줄 모르옵시다

3) 작품해설

〈만전춘 별사〉는 순수애정을 노래한 작품이다. 노래의 첫머리에 드러나듯 얼음마저 녹일 열정을 밑바닥에 깔고서는 사랑과 이별, 기다림의 고독과 안타까운 원망, 재회의 기쁨과 맹세 등 그야말로 남녀 간 사랑의 파노라마를 펼쳐 보인다. 파란과 곡절의 굽이를 넘어선 애정을 추구하고 있다. 노래는 모두 6장으로 이루어진 바, 각 장은 나름대로 순차를 이루며 사랑의 다양한 변인을 한 작품에 담아내었다.

유구곡 維鳩曲

1) 원문

비두로기새ᄂᆞᆫ

비두로기새ᄂᆞᆫ

우루믈 우루ᄃᆡ

버곡댱이ᅀᅡ 난 됴해

버곡댱이ᅀᅡ 난 됴해

—『시용향악보』

2) 현대어역

비둘기새는

비둘기새는

울음을 울되

뻐꾸기가 난 좋아

뻐꾸기가 난 좋아

3) 작품해설

〈유구곡〉은 빗나간 사랑을 비유한 민요이다. 그간 예종 작 〈벌곡조〉로 보는 학계의 논의가 있었지만, 이는 많은 문제점을 안고 있다. 작품

구조상 군주의 작품답지 않을 뿐더러, 통사적으로도 노래 속 '나'는 전체 문장의 대주어인 '비둘기'가 되기 때문이다. 비둘기와 뻐꾸기의 습성을 미루어 보더라도 이 노래는 불륜의 이미지를 갖는다. 따라서 애정민요 〈유구곡〉에 담긴 정서는 빗나간 사랑의 언저리에 남은 허망한 아쉬움과 외로움이 된다.

상저가 相杵歌

1) 원문

듥긔동 방해나 디히 히얘
게우즌 바비나 지서 히얘
아바님 어마님의 받줍고 히야해
남거시든 내 머고리 히야해 히야해

-『시용향악보』

2) 현대어역

덜커덩 방아나 찧어 히얘
거친 밥이나 지어 히얘
아버님 어머님께 받잡고[52] 히야해
남거시든 내 먹으리 히야해 히야해[53]

3) 작품해설

〈상저가〉는 농촌민요이다. 단순한 짜임과 소박한 정서를 담은 이 노래는 우리 문학의 전통적 제재인 가난을 작품의 문면에 그대로 등장시

52) 받잡고 : 바쳐 드리고.
53) 히얘·히야해 : 방아 찧을 때 숨 고르는 소리의 의성어.

키고 있다. 가난 속에 꽃핀 효심(孝心)을 통해 가난조차 가를 수 없는 가족간 유대라는 윤리적 교훈을 담고 있다. '상저가(相杵歌)'라는 이름에서 보듯 맞방아 노래로서 오랜 연원을 지닌 노동요 가운데 하나이다.

경기체가

한림별곡 翰林別曲

1) 원문

元淳文 仁老詩 公老四六 원순문 인로시 공로사륙
李正言 陳翰林 雙韻走筆 이정언 진한림 쌍운주필
冲基對策 光鈞經義 良鏡詩賦 충기대책 광균경의 양경시부
위 試場시장ㅅ 景경 긔 엇더ᄒᆞ니잇고
(葉) 琴學士금학사의 玉笋門生옥순문생 琴學士금학사의 玉笋門生옥순문생
위 날조차 몃 부니잇고

唐漢書 莊老子 韓柳文集 당한서 장노자 한유문집
李杜集 蘭臺集 白樂天集 이두집 난대집 백낙천집
毛詩尙書 周易春秋 周戴禮記 모시상서 주역춘추 주대예기
위 註주조쳐 내 외온 景경 긔 엇더ᄒᆞ니잇고
(葉) 太平光記 四百餘卷 太平光記 四百餘卷 태평광기 사백여권 태평광기 사백여권
위 歷覽역람ㅅ 景경 긔 엇더ᄒᆞ니잇고

眞卿書 飛白書 行書草書 진경서 비백서 행서초서
篆籒書 蝌蚪書 虞書南書 전주서 과두서 우서남서

羊鬚筆 鼠鬚筆 양수필 서수필 빗기 드러
위 딕논 景경 긔 엇더ᄒᆞ니잇고
(葉) 吳生劉生 兩先生 오생유생 양선생의 吳生劉生 兩先生 오생유생 양선생의
위 走筆주필ㅅ 景경 긔 엇더ᄒᆞ니잇고

黃金酒 栢子酒 松酒醴酒 황금주 백자주 송주예주
竹葉酒 梨花酒 五加皮酒 죽엽주 이화주 오가피주
鸚鵡盞 琥珀盃 앵무잔 호박배예 ᄀᆞ득 브어
위 勸上권상ㅅ 景경 긔 엇더ᄒᆞ니잇고
(葉) 劉伶陶潛 兩仙翁 유영도잠 양선옹의 劉伶陶潛 兩仙翁 유영도잠 양선옹의
위 醉취ᄒᆞᆫ 景경 긔 엇더ᄒᆞ니잇고

紅牧丹 白牧丹 丁紅牧丹 홍목단 백목단 정홍목단
紅芍藥 白芍藥 丁紅芍藥 홍작약 백작약 정홍작약
御柳玉梅 黃紫薔薇 芷芝冬栢 어류옥매 황자장미 지지동백
위 間發간발ㅅ 景경 긔 엇더ᄒᆞ니잇고
(葉) 合竹桃花합죽도화 고온 두 분 合竹桃花합죽도화 고온 두 분
위 上暎상영ㅅ 景경 긔 엇더ᄒᆞ니잇고

阿陽琴 文卓笛 宗武中琴 아양금 문탁적 종무중금
帶御香 玉肌香 雙伽倻 대어향 옥기향 쌍가야ㅅ고

金善琵琶 宗智嵇琴 薛原杖鼓 금선비파 종지혜금 설원장고
위 過夜과야ㅅ 景경 긔 엇더ᄒᆞ니잇고
(葉) 一枝紅일지홍의 빗근 笛吹적취 一枝紅일지홍의 빗근 笛吹적취
위 듣고아 줌드러지라

蓬萊山 方丈山 瀛州三山 봉래산 방장산 영주삼산
此三山 紅樓閣 婥妁仙子 차삼산 홍루각 작작선자
綠髮額子 錦繡帳裏 珠簾半捲 녹발액자 금수장리 주렴반권
위 登望五湖등망오호ㅅ 景경 긔 엇더ᄒᆞ니잇고
(葉) 綠楊綠竹 栽亭畔 녹양녹죽 재정반애 綠楊綠竹 栽亭畔 녹양녹죽 재정반애
위 囀黃鶯전황앵 반갑두셰라

唐唐唐 唐楸子 당당당 당추자 皂莢조협남긔
紅홍실로 紅홍글위 믹요이다
혀고시라 밀오시라 鄭少年정소년하
위 내 가논 딕 놈 갈셰라
(葉) 削玉纖纖 雙手 삭옥섬섬 쌍수ㅅ 길헤 削玉纖纖 雙手 삭옥섬섬 쌍수ㅅ 길헤
위 携手同遊휴수동유ㅅ 景경 긔 엇더ᄒᆞ니잇고

—『악장가사』

2) 현대어역

유원순의 문장 이인로의 시 이공로의 사륙변려문[1)]
이규보와 진화[2)]의 쌍운주필[3)]
유충기의 대책문[4)] 민광균의 경서 풀이 김양경의 시와 부
아 과시장[5)]의 모습 그 어떠합니까
금의 밑의 빼어난 문인 금의 밑의 빼어난 문인
아 나까지 모두 몇 분입니까

당서 한서 장자 노자 한유 유종원의 문집
이백 두보의 시집 난대집[6)] 백거이의 문집
시경 서경 주역 춘추 주대예기[7)]
아 주까지 내리 외우는 모습 그 어떠합니까
태평광기 사백여 권 태평광기 사백여 권
아 두루 읽는 모습 그 어떠합니까

진경서[8)] 비백서[9)] 행서 초서

---

1) 사륙변려문(四六騈麗文) : 4자 6자의 대구로 된 문장.
2) 이규보는 정언(正言) 벼슬을, 진화는 한림(翰林) 벼슬을 지냈음.
3) 쌍운주필(雙韻走筆) : 두 개의 운자(韻字)를 홀·짝 구에 번갈아가며 쓰는 시를 붓을 내달리듯 바로 지음.
4) 대책문(對策文) : 시정(時政)에 대한 물음에 답하는 글.
5) 과시장(科試場) : 과거시험을 치르는 장소.
6) 난대집(蘭臺集) : 한나라 때 궁궐의 전적(典籍) 창고에 보관된 시문집.
7) 주대예기(周戴禮記) : 주나라 이래 전해온 예기인데, 대대례(大戴禮)와 소대례(小戴禮)가 있음.
8) 진경서(眞卿書) : 당나라 안진경의 서체.
9) 비백서(飛白書) : 날아가는 듯한 모양의 서체.

전주서[10] 과두서[11] 우서[12] 남서[13]
양수필[14] 서수필[15] 비껴 들어
아 획을 찍는 모습 그 어떠합니까
오생 유생 두 선생의 오생 유생 두 선생의
아 붓 휘갈겨 쓰는 모습 그 어떠합니까

황금주 백자주[16] 송주 예주[17]
죽엽주 이화주[18] 오가피주
앵무잔[19] 호박배[20]에 가득 부어
아 권하여 올리는 모습 그 어떠합니까
유영 도잠 두 선옹[21]의 유영 도잠 두 선옹의
아 취한 모습 그 어떠합니까

분홍 모란 흰 모란 진홍 모란
분홍 작약 흰 작약 진홍 작약

---

10) 전주서(篆籒書) : 소전(小篆)과 대전(大篆)의 서체.
11) 과두서(蝌蚪書) : 올챙이 모양의 서체.
12) 우서(虞書) : 『서경(書經)』의 서체.
13) 남서(南書) : 『남사(南史)』의 서체.
14) 양수필(羊鬚筆) : 양 수염으로 만든 붓.
15) 서수필(鼠鬚筆) : 족제비 수염으로 만든 붓.
16) 백자주(柏子酒) : 잣술.
17) 예주(醴酒) : 단술. 감주(甘酒).
18) 이화주(梨花酒) : 배꽃을 넣어 빚은 술.
19) 앵무잔(鸚鵡盞) : 앵무조개의 껍질로 만든 술잔.
20) 호박배(琥珀盃) : 호박으로 만든 술잔.
21) 선옹(仙翁) : 나이든 신선을 높여 표현함.

어류옥매[22] 황자장미[23] 지지동백[24]
아 사이사이 핀 모습 그 어떠합니까
합죽 도화 고운 두 분[25] 합죽 도화 고운 두 분
아 서로 바라보는 모습 그 어떠합니까

아양의 거문고 문탁의 피리 종무의 중금[26]
대어향 옥기향이 타는 쌍 가야금
금선의 비파 종지의 해금 설원의 장구
아 밤새워 노는 모습 그 어떠합니까
일지홍의 비껴 든 피리 소리 일지홍의 비껴 든 피리 소리
아 듣고서야 잠들고 싶어라

봉래산 방장산 영주산의 삼신산[27]
이 삼신산 홍루각 아름다운 선녀[28]
녹발선인[29]이 비단장막 안에서 구슬발 반만 걷고
아 높이 올라 오호를 바라보는 모습 그 어떠합니까
푸른 버들 푸른 대 심은 정자 둔덕에 푸른 버들 푸른 대 심은 정자 둔덕에

---

22) 어류옥매(御柳玉梅) : 궁궐의 버드나무와 옥매. 옥매는 장미과의 관목.
23) 황자장미(黃紫薔薇) : 노란 장미와 자줏빛 장미.
24) 지지동백(芷芝冬栢) : 지지(芷芝)와 동백. 지지는 영지(靈芝).
25) 대나무와 복숭아나무가 마주 서 바라보는 모습을 의인화했음.
26) 중금(中琴) : 거문고의 일종.
27) 삼신산(三神山) : 신선이 사는 세 산. 우리나라에서는 각각 금강산 · 지리산 · 한라산을 일컫기도 함.
28) 이 대목 원문의 한자는 '婥妁仙子'인데, 음이 '작약선자'로 달려 있음.
29) 녹발선인(綠髮仙人) : 검푸르게 윤이 나는 머릿결의 선인.

아 지저귀는 꾀꼬리 반갑기도 하여라

당당당 당추자[30] 쥐엄나무에
붉은 실로 붉은 그네를 매옵니다
당기시라 미시라 정소년이시여
아 내 가는 데 남이 갈세라
옥 깎은 듯 고운 두 손길에 옥 깎은 듯 고운 두 손길에
아 손잡고 함께 노니는 모습 그 어떠합니까

3) 작품해설

고려 고종 때 한림의 여러 유생들이 지은 우리나라 최초의 경기체가이다. 전 8장의 노래인데, 첫 장에 등장하는 8명의 문인들이 돌아가면서 지은 것으로 추정된다. 1장 후렴구에 언급된 금의가 발탁한 문인들로서, 이네 신진 사대부들의 득의에 찬 기상과 호방한 흥을 드러내었다. 같은 시대 속요가 서민들의 진솔한 정서를 표출한 데 반해, 경기체가는 객관적 사물 묘사에 치우치면서 향락과 풍류적 분위기에 기울었다.

〈한림별곡〉은 문인들의 글솜씨 자랑(1장), 필독서 공부(2장), 각종 서체 쓰기(3장), 좋은 술에 취한 흥취(4장), 꽃 핀 경관(5장), 명기의 음악 연주(6장), 신선세계의 의취(7장), 그네놀이의 즐거움(8장)을 차례로 노래하였다. 학문과 교양으로 출발하였으나 점차 풍류를 넘어선 향락으로 마무리된 것이다. 훗날 퇴계는 이 노래를 두고 "교만하고 방탕한데다 비루하게 희롱하고 절도 없이 좋아하는 내용이어서 더욱 군자가 숭상할 바가 아니"라고 비판하기도 하였다.(이황, 〈도산십이곡〉 발)

30) 당추자(唐楸子) : 호두나무.

관동별곡 關東別曲

1) 원문

海千重 山萬疊 關東別境 해천중 산만첩 관동별경
碧油幢 紅蓮幕 兵馬營主 벽유당 홍련막 병마영주
玉帶傾盖 黑槊紅旗 鳴沙路 옥대경개 흑삭홍기 명사로
爲 巡察景 幾何如 위 순찰경 기하여
朔方民物 慕義趍風 삭방민물 모의추풍
爲 王化中興景 幾何如 위 왕화중흥경 기하여

鶴城東 元帥臺 穿島國島 학성동 원수대 천도국도
轉三山 移十洲 金鼇頂上 전삼산 이십주 금오정상
收紫霧 卷紅嵐 風恬浪靜 수자무 권홍람 풍념랑정
爲 登望滄溟景 幾何如 위 등망창명경 기하여
桂棹蘭舟 紅粉歌吹 계도란주 홍분가취
爲 歷訪景 幾何如 위 역방경 기하여

叢石亭 金幱窟 奇巖怪石 총석정 금란굴 기암괴석
顚倒巖 四仙峯 蒼苔古碣 전도암 사선봉 창태고갈
我也足 石巖回 殊形異狀 아야족 석암회 수형이상

爲 四海天下 無豆舍叱多 위 사해천하 무두사질다
玉簪珠履 三千徒客 옥잠주리 삼천도객
爲 又來悉 何奴日是古 위 우래실 하노일시고

三日浦 四仙亭 奇觀異迹 삼일포 사선정 기관이적
彌勒堂 安祥渚 三十六峯 미륵당 안상저 삼십육봉
夜深深 波瀲瀲 松梢片月 야심심 파렴렴 송초편월
爲 古溫貌 我隱 伊西爲乎伊多 위 고온모 아은 이서위호이다
述郎徒矣 六字丹書 술랑도의 육자단서
爲 萬古千秋 尙分明 위 만고천추 상분명

仙遊潭 永郎湖 神淸洞裏 선유대 영랑호 신청동리
綠荷洲 靑瑤嶂 風烟十里 녹하주 청장잠 풍연십리
香冉冉 翠霏霏 琉璃水面 향염염 취비비 유리수면
爲 泛舟景 幾何如 위 범주경 기하여
蓴羹鱸膾 銀絲雪縷 순갱로회 은사설루
爲 羊酪 豈勿參爲里古 위 양락 기물삼위리고

雪嶽東 洛山西 襄陽風景 설악동 낙산서 양양풍경
降仙亭 祥雲亭 南北相望 강선정 상운정 남북상망
騎紫鳳 駕紅鸞 佳麗神仙 기자봉 가홍란 가려신선
爲 爭弄朱絃景 幾何如 위 쟁롱주현경 기하여

高陽酒徒 習家池館 고양주도 습가지관
爲 四節 遊伊沙伊多 위 사절 유이사이다

三韓禮義 千古風流 臨瀛古邑 삼한예의 천고풍류 임영고읍
鏡浦臺 寒松亭 明月淸風 경포대 한송정 명월청풍
海棠路 菡萏池 春秋佳節 해당로 함담지 춘추가절
爲 遊賞景 何如爲尼伊古 위 유상경 하여위니이고
燈明樓上 五更鍾後 등명루상 오경종후
爲 日出景 幾何如 위 일출경 기하여

五十川 竹西樓 西村八景 오십천 죽서루 서촌팔경
翠雲樓 越松亭 十里靑松 취운루 월송정 십리청송
吹玉篴 弄瑤琴 淸歌緩舞 취옥적 농요금 청가완무
爲 迎送佳賓景 何如 위 영송가빈경 하여
望槎亭上 滄波萬里 망사정상 창파만리
爲 鷗伊鳥 藩甲豆斜羅 위 구이조 번갑두사라

江十里 壁千層 屛圍鏡澈 강십리 벽천층 병위경철
倚風巖 臨水穴 飛龍頂上 의풍암 임수혈 비룡정상
傾綠蟻 聳氷峯 六月淸風 경록의 용빙봉 유월청풍
爲 避署景 幾何如 위 피서경 기하여
朱陳家世 武陵風物 주진가세 무릉풍물

爲 傳子傳孫景 幾何如 위 전자전손경 기하여

-『근재집』

2) 현대어역

바다 겹겹 산 첩첩 관동 별경
푸른 휘장 붉은 장막 병마영주
옥대 띠고 일산 기울이며 검은 창 붉은 깃발 앞세운 명사길[31]
아 순찰하는 모습 그 어떠합니까
지역 백성과 풍물 의를 사모하고 풍교[32]를 좇네
아 임금의 교화 입어 중흥하는 모습 그 어떠합니까

학성 동쪽 원수대 천도 국도
삼신산[33] 옮겨 놓고 십주[34] 옮긴 듯한 금오산 꼭대기
붉은 안개 걷히고 붉은 이내[35] 말려 바람 물결 고요하네
아 높이 올라 푸른 바다 바라보는 모습 그 어떠합니까
계수나무 노 화려한 배 미인의 노래 나부끼누나
아 차례차례 방문하는 모습 그 어떠합니까

총석정 금란굴 기암괴석
전도암 사선봉 푸른 이끼 낀 옛 비석

---

31) 명사길[鳴沙路] : 매우 곱고 깨끗한 모랫길.
32) 풍교(風敎) : 교육과 정치의 힘으로 풍습을 잘 교화시키는 일. 풍화(風化).
33) 삼신산(三神山) : 신선이 산다는 봉래산(蓬萊山)·방장산(方丈山)·영주산(瀛州山).
34) 십주(十洲) : 신선이 산다는 열 개의 섬.
35) 이내 : 해 질 무렵 멀리 보이는 푸르스름하고 흐릿한 기운. 남기(嵐氣).

어여차 바위는 휘돌아 모양도 기이할사
아 사해천하에 없습니다
옥비녀 꽂고 구슬신발 신은 많은 나그네
아 또 오실 날이 어느 날입니까

삼일포 사선정 기이한 경관
미륵당 안상저 서른여섯 봉우리
밤 깊고 물결은 넘실한데 솔가지에 조각달
아 고운 모습과 나는 비슷하옵니다
술랑도가 바위에 새긴 여섯 자 붉은 글씨[36)]
아 만고천추에 오히려 분명하구나

선유담 영랑호 신청동 속
푸른 연잎 같은 모래톱 푸른 옥 같은 묏부리 흐릿한 기운 십리
향내 아득하고 안개 부슬부슬 내리는 유리 같은 물결
아 배 띄우는 모습 그 어떠합니까
순채국[37)]과 농어회 은실처럼 가늘고 눈같이 희게 썰었네
아 양젖은 그 무엇하리오[38)]

설악 동쪽 낙산 서쪽 양양 풍경
강선정 상운정 남북으로 마주 섰네

---

36) 삼일포 북쪽 벼랑에 '永郎徒南石行'이란 여섯 글자가 새겨져 있으니, '술랑도'는 '영랑도'의 착오인 듯.

37) 순채 : 수련과의 여러해살이 물풀. 어린잎은 식용함.

38) 귀하다 여기는 양젖으로 만든 음식도 순채국과 농어회에는 못 미친다는 의미임.

붉은 봉황 붉은 난새 탄 아름다운 신선
아 다투어 거문고 타는 모습 그 어떠합니까
고양의 술꾼들[39] 습욱의 연못가 집[40]
아 사철 놀아봅시다

삼한 예의 천고 풍류 강릉 옛 고을
경포대 한송정 밝은 달 맑은 바람
해당화길 연꽃 핀 못 봄가을 좋은 시절
아 노닐며 감상하는 모습 어떠합니까
등불 밝힌 누각 위 새벽종 울린 후
아 해 돋는 모습 그 어떠합니까

오십천 죽서루 서촌 팔경
취운루 월송정 십리 푸른 솔
옥피리 불고 가야금 타며 맑은 노래에 느릿한 춤
아 귀한 손님 맞고 보내는 모습 어떠합니까
망사정 위 푸른 물결 만리
아 갈매기도 반가워라

강 십리 절벽 천층 거울같이 맑은 호수를 병풍 되어 둘러쳤네
풍암에 기대고 수혈에 임한 비룡산 꼭대기
좋은 술 기울이고 얼음 봉우리 오르니 유월의 맑은 바람

---

39) 고양주도(高陽酒徒) : 전한(前漢) 역이기(酈耳其)가 유방(劉邦)의 휘하로 들어가기 위해 자신을 '고양의 술꾼'이라 일컬었음.

40) 습가지관(習家池館) : 진나라 습욱(習郁)의 집이 아름다운 연못가에 있었음.

아 더위를 피하는 모습 그 어떠합니까
주씨 진씨 함께 무릉의 풍물 대대로 전하듯[41]
아 자손 대대로 전하는 모습 그 어떠합니까

3) 작품해설

고려말의 문인 안축이 1328년(충숙왕 15)부터 이듬해까지 강원도 존무사로 나갔을 때 그곳의 아름다운 경치를 보고 지은 작품이다. 『근재집』에 실려 있으며 전 9장으로 이루어졌다. 금강산을 위시하여 관동의 절경을 찬양하고 자연 속에 노니는 즐거움을 노래하였다. 신흥사대부로서 경기체가 특유의 장르적 특질을 잘 드러내었다. 실사부는 한문구가 나열되고 있지만, 감탄어구 '위(爲) ~' 구절에서는 곳곳에 이두식 표현이 눈에 띈다.

제1장은 서사로서 행차의 위용과 임무를 노래하였고, 제2장 이후 나머지 장은 각 지역의 절경을 다루었다. 2장은 학성(안변), 3장은 총석정(통천), 4장은 삼일포(고성), 5장은 영랑호(간성), 6장은 양양, 7장은 임영(강릉), 8장은 죽서루(삼척), 9장은 정선의 풍경과 풍속을 각각 읊었다. 관동의 실경을 하나하나 들어 옛일과 교차시키며 목민관의 자세를 우회적으로 피력함으로써, 서정성과 교훈성의 두 마리 토끼를 다 놓치지 않았다.

---

41) 서주(西周)의 주씨(朱氏)와 진씨(陳氏)가 한 마을을 이루어 대대로 혼인하며 화목하게 지낸 고사에서 취했음.

죽계별곡 竹溪別曲

1) 원문

竹嶺南 永嘉北 小白山前 죽령남 영가북 소백산전
千載興亡 一樣風流 順政城裏 천재흥망 일양풍류 순정성리
他代無隱 翠華峯 天子藏胎 타대무은 취화봉 천자장태
爲 釀作中興景 幾何如 위 양작중흥경 기하여
淸風杜閣 兩國頭御 청풍두각 양국두어
爲 山水淸高景 幾何如 위 산수청고경 기하여

宿水樓 福田臺 僧林亭子 숙수루 복전대 승림정자
草菴洞 郁錦溪 聚遠樓上 초암동 욱금계 취원루상
半醉半醒 紅白花開 山雨裏良 반취반성 홍백화개 산우리량
爲 遊興景 幾何如 위 유흥경 기하여
高陽酒徒 珠履三千 고양주도 주리삼천
爲 携手相從景 幾何如 위 휴수상종경 기하여

彩鳳飛 玉龍盤 碧山松麓 채봉비 옥룡반 벽산송록
低筆峯 硯墨池 齊隱鄕校 저필봉 연묵지 제은향교
心趣六經 志窮千古 夫子門徒 심취육경 지궁천고 부자문도

爲 春誦夏絃景 幾何如 위 춘송하현경 기하여
年年三月 長程路良 연년삼월 장정로량
爲 呵喝迎新景 幾何如 위 가갈영신경 기하여

楚山曉 小雲英 山苑佳節 초산효 소운영 산원가절
花爛熳 爲君開 柳陰谷 화란만 위군개 유음곡
忙待重來 獨倚欄干 新鶯聲裏 망대중래 독의난간 신앵성리
爲 一朶綠雲 垂未絕 위 일타녹운 수미절
天生絕艶 小紅時 천생절염 소홍시
爲 千里相思 又柰何 위 천리상사 우내하

紅杏紛紛 芳草萋萋 樽前永日 홍행분분 방초처처 준전영일
綠樹陰陰 畵閣沉沉 琴上薰風 녹수음음 화각침침 금상훈풍
黃國丹楓 錦繡春山 鴻飛後良 황국단풍 금수춘산 홍비후량
爲 雪月交光景 幾何如 위 설월교광경 기하여
中興聖代 長樂太平 중흥성대 장락태평
爲 四節 遊是沙伊多 위 사절유시사이다

2) 현대어역

죽령 남쪽 안동 북쪽 소백산 앞
천년 흥망 한결 풍류 순흥성 안
다른 데 없는 취화봉 왕의 태를 묻은 곳[42)]

아 중흥을 이룬 모습 그 어떠합니까
맑은 기풍 지닌 집안 두 나라[43]의 높은 벼슬
아 산 높고 물 맑은 모습 그 어떠합니까

숙수루 복전대 승림정자
초암동 욱금계 취원루 위
취한 듯 깬 듯 붉고 흰 꽃 피고 산 비 속에
아 흥에 겨워 노니는 모습 그 어떠합니까
고양의 술꾼들[44] 구슬신발 신은 많은 무리[45]
아 손잡고 서로 좇는 모습 그 어떠합니까

빛 고운 봉황이 나는 듯 옥룡이 서린 듯 푸른 산 소나무 숲
지필봉 연묵지 갖춘 향교[46]
마음은 육경에 두고 뜻은 천고를 궁구하는 공자의 제자들
아 봄에 글 외고 여름에 거문고 타는 모습 그 어떠합니까
해마다 삼월이면 멀리서 오는 길에
아 왁자지껄 신임자 맞는 모습 그 어떠합니까

---

42) 이곳에 고려 충렬(忠烈)·충숙(忠肅)·충목왕(忠穆王)의 태를 묻었음.

43) 두 나라는 고려와 원을 일컬음.

44) 고양주도(高陽酒徒) : 전한(前漢) 역이기(酈耳其)가 유방(劉邦)의 휘하로 들어가기 위해 자신을 '고양의 술꾼'이라 일컬었음.

45) 주리삼천(珠履三千) : 초(楚)나라 춘신군(春申君)이 조(趙)나라 평원군(平原君)에 지지 않기 위해 식객 삼천 명에게 주옥(珠玉)으로 신발을 장식하게 하였음.

46) '저필봉(低筆峯)'은 '지필봉(紙筆峯)'의 오식(誤植)인 듯. 지필연묵(紙筆硯墨), 곧 종이·붓·벼루·먹의 문방사우를 향교와 연결지어 표현하였음.

초산효 소운영[47] 동산 후원 좋은 시절
꽃은 난만히 그대 위해 피고 버드나무 우거진 골짜기
바삐 다시 오기 기다려 홀로 난간에 기대니 새로운 꾀꼬리 울음소리 속
아 한 줄기 휘늘어진 푸른 가지 끊임없이 드리웠구나
천생 자태 뽐내 꽃망울 붉어질 때
아 천리 밖 님 그리워 또 어찌하리

붉은 살구꽃 흩날리고 방초 무성한데 술동이 앞에는 긴긴해
녹음은 짙푸르고 화려한 누각 그윽한데 거문고 위로 불어오는 훈풍
노란 국화 빨간 단풍 비단 수놓은 가을산[48] 기러기 날아간 뒤에
아 눈 위로 달빛 비치는 모습 그 어떠합니까
중흥 이룬 성대 태평세월 길이 즐기며
아 사철 놀아봅시다

3) 작품해설

고려 충숙왕 때 안축이 지은 경기체가이다. 전 5장으로 고향인 순흥지방의 아름다운 산수와 미풍을 기리며 흥에 젖어 있는 모습을 노래하였다. 〈죽계별곡〉 또한 신진 사대부로서 자신감 넘치는 생활정서를 향락적 풍류로 그려낸 아쉬움이 있다. 하지만 다른 한편으로 아름다운 자연풍광에 대한 긍지와 사랑을 노래하여 초기 경기체가의 전범을 확립하였다.

제1장은 서사로 천년 전통의 고장이자 왕의 태실이 있는 죽계의 자

47) 초산효(楚山曉)와 소운영(小雲英)은 기생 이름인 듯.
48) '춘산(春山)'은 문맥상 '추산(秋山)'의 오식(誤植)으로 보임.

부심을 나타내었다. 2장은 죽계의 명승과 유흥을, 3장은 향교에서의 유학 공부를, 4장은 절경 속에 님 그리워하는 애틋한 정을, 5장은 사철 풍류 속에 태평성대를 기렸다. 특히 마지막 장은 춘하추동을 순차적으로 나열한 후 왕의 덕을 찬미함으로써 결사의 역할을 하고 있다. 고향 사랑과 나라사랑이 한가지임을 보여준 작품이다.

상대별곡 霜臺別曲

1) 원문

華山南 漢水北 千年勝地 화산남 한수북 천년승지
廣通橋 雲鍾街 광통교 운종가 건나 드러
落落長松 亭亭古栢 秋霜烏府 낙락장송 정정고백 추상오부
위 萬古淸風만고청풍ㅅ 景경 긔 엇더ᄒᆞ니잇고
(葉) 英雄豪傑 一時人才 英雄豪傑 一時人才 영웅호걸 일시인재 영웅호걸 일시인재
위 날조차 몃 분니잇고

雞旣鳴 天欲曉 紫陌長堤 계기명 천욕효 자맥장제
大司憲 老執義 臺長御使 대사헌 노집의 대장어사
駕鶴驂鸞 前呵後擁 辟除左右 가학참란 전가후옹 벽제좌우
위 霜臺상대ㅅ 景경 긔 엇더ᄒᆞ니잇고
(葉) 싁싁ᄒᆞᆫ뎌 風憲所司풍헌소사 싁싁ᄒᆞᆫ뎌 風憲所司풍헌소사
위 振起頹綱진기퇴강ㅅ 景경 긔 엇더ᄒᆞ니잇고

各房拜 禮畢後 大廳齊坐 각방배 예필후 대청제좌
正其道 明其義 參酌古今 정기도 명기의 참작고금

時政得失 民間利害 救弊條條 시정득실 민간이해 구폐조조

위 狀上장상ㅅ 景경 긔 엇더ᄒᆞ니잇고

(葉) 君明臣直 大平盛代 君明臣直 大平盛代 군명신직 대평성대 군명신직 대평성대

위 從諫如流종간여류ㅅ 景경 긔 엇더ᄒᆞ니잇고

圓議後 公事畢 房主有司 원의후 공사필 방주유사

脫衣冠 呼先生 탈의관 호선생 섯거 안자

烹龍炮鳳 黃金醴酒 滿鏤臺盞 팽룡포봉 황금예주 만루대잔

위 勸上권상ㅅ 景경 긔 엇더ᄒᆞ니잇고

(葉) 즐거온뎌 先生監察선생감찰 즐거온뎌 先生監察선생감찰

위 醉취ᄒᆞᆫ 景경 긔 엇더ᄒᆞ니잇고

楚澤醒吟초택성음이아 녀는 됴ᄒᆞ녀

鹿門長往녹문장왕이아 너는 됴ᄒᆞ녀

明良相遇 河清盛代 명량상우 하청성대예

驄馬會集총마회집이아 난 됴ᄒᆞ이다

—『악장가사』

2) 현대어역

화산[49] 남쪽 한강 북쪽 천년 명승지

49) 화산(華山) : 삼각산. 곧 지금의 북한산.

광통교 운종가[50] 건너 들어
휘늘어진 소나무 우뚝 솟은 잣나무 추상같은 위엄 서린 사헌부
아 오랜 세월 맑은 바람이 감도는 모습 그 어떠합니까
영웅호걸 뛰어난 인재 영웅호걸 뛰어난 인재
아 나까지 합쳐 몇 분입니까

닭은 이미 울고 새벽하늘 밝아오는 서울 도성 큰길
대사헌 나이 든 집의 장령 지평[51]
아름다운 학 무늬 가마 봉황 무늬 수레 타고 앞뒤 꾸짖어 막고 좌우 물리치며
아 사헌부로 등청하는 모습 그 어떠합니까
엄숙하구나 사헌부 관원 엄숙하구나 사헌부 관원
아 퇴폐한 기강 떨쳐 일으키는 모습 그 어떠합니까

각 방의 인사로 예를 마친 뒤 대청에 가지런히 앉아
도를 바로잡고 의를 밝히며 고금의 사례들을 참작하여
시정의 득실 민간의 이해에 관한 폐해를 조목조목 구제하니
아 문서로 올리는 모습 그 어떠합니까
임금은 현명하고 신하는 충직한 태평성대 임금은 현명하고 신하는 충직한 태평성대
아 충간 따르기를 물 흐르듯 하는 모습 그 어떠합니까

회의 열어 공무 마친 방주[52]와 유사[53]

---

50) 운종가(雲鍾街) : 서울 복판의 종로 거리. 흔히 운종가(雲從街)라 함.
51) 대사헌(大司憲)·집의(執義)·장령(掌令)·지평(持平) : 사헌부(司憲府)의 벼슬 이름들.

의관을 벗고 선생이라 부르며 섞어 앉아
진귀한 요리[54] 황금빛 단술 화려한 금속잔[55]에 가득 부어
아 권하여 올리는 모습 그 어떠합니까
즐겁구나 선생 감찰 즐겁구나 선생 감찰
아 취한 모습 그 어떠합니까

초나라 굴원의 죽음을 건 충절[56]이 너는 좋으냐
후한 방덕공의 세상을 등진 은둔[57]이 너는 좋으냐
밝은 임금 어진 신하 서로 만난 태평성대[58]에
훌륭한 인재들의 모임[59]이야말로 나는 좋습니다

3) 작품해설

조선초기 권근이 지은 경기체가로 총 5장으로 이루어졌다. 송도(頌禱)를 목적으로 하여 주로 궁중연악으로 쓰였다. 상대(霜臺)는 사헌부

52) 방주(房主) : 사헌부의 우두머리인 방주감찰(房主監察).

53) 유사(有司) : 사헌부의 관리.

54) 팽룡포봉(烹龍炮鳳) : 용을 삶고 봉황을 구은 것처럼 세상에 없는 진귀한 요리.

55) 누대잔(鏤臺盞) : 여러 가지 무늬를 아로새긴 쇠붙이 술잔.

56) 초택성음(楚澤醒吟) : 초(楚)의 충신 굴원(屈原) 모함을 입고 귀양 가 〈어부사(漁父辭)〉에서 "온 세상이 다 흐렸으나 나만 홀로 맑아 있고, 뭇사람이 다 취하였으나 나만 홀로 깨어 있네"라 읊은 후 멱라수(汨羅水)에 몸을 던져 죽었음.

57) 녹문장왕(鹿門長往) : 후한(後漢)의 방덕공(龐德公)이 벼슬하지 않고 녹문산(鹿門山)에 들어가 약초를 캐러 들어가 돌아오지 않았다. 훗날 당(唐)의 시인 맹호연(孟浩然)도 녹문산에 은거하여 시를 지었는데, 〈밤중에 녹문산으로 돌아가며〉라는 시에서 위 일화를 인용하였음.

58) 하청성대(河淸盛代) : 황하(黃河)가 천년에 한번 맑아지면 성군이 나타난다 함.

59) 총마회집(驄馬會集) : 청총마(靑驄馬)를 타고 사헌부에 인재가 모여든 것을 비유한 표현. 청총마는 푸른색과 흰색 털이 섞여 있는 준마.

를 가리킨다. 작가는 실제로 대사헌을 맡았던 바, 사헌부에서 하는 일을 칭송하고자 이 노래를 지었다. 4장까지는 경기체가의 형식을 잘 따랐으나 마지막 5장은 그 형식에서 벗어났다. 사헌부는 새 왕조의 기강을 바로잡는 기관으로, 노래에서는 규찰 임무를 맡은 관원들의 자부심을 잘 드러내었다.

1장에서는 한양이 천년승지임과 사헌부의 위엄을 노래하였다. 2장에서는 관원들의 행차 모습에서의 엄숙하고 믿음직한 기상을 그렸다. 3장에서는 현명한 임금과 충직한 신하의 태평성대를 기렸다. 4장에서는 업무 후 술잔치에서 즐기는 장면을 노래하였다. 5장에서는 죽음을 건 충절이나 세속으로부터의 도피를 비판하고, 사헌부의 긍지를 다시금 강조하였다.

독락팔곡

1) 원문

太平聖代 田野逸民태평성대 전야일민 (再唱)
耕雲麓 釣烟江경운록 조연강이 이밧긔 일이 업다
窮通궁통이 在天재천ᄒᆞ니 貧賤빈천을 시름ᄒᆞ랴
玉堂金馬옥당금마는 내의 願원이 아니로다
泉石천석이 壽域수역이오 草屋초옥이 春臺춘대라
於斯臥 於斯眠 俯仰宇宙 流觀品物어사와 어사면 부앙우주 유관품물ᄒᆞ야
居居然 浩浩然 開襟獨酌 岸幘長嘯거거연 호호연 개금독작 안책장소 景경긔 엇다ᄒᆞ니잇고

草屋三間 容膝裏 昂昂 一閒人 초옥삼간 용슬리 앙앙 일한인 (再唱)
琴書금서를 벗을 삼고 松竹송죽으로 울을 ᄒᆞ니
翛翛生事소소생사와 淡淡襟懷담담금회예 塵念진념이 어딕 나리
時時시시예 落照趁淸 蘆花岸紅낙조진청 노화안홍ᄒᆞ고
殘烟帶風 楊柳飛잔연대풍 양류비ᄒᆞ거든
一竿竹일죽간 빗기 안고 忘機伴鷗망기반구 景경 긔 엇다ᄒᆞ니잇고

士何事乎 尙志而已 사하사호 상지이이 (再唱)

科名損志과명손지ᄒᆞ고 利達害德이달해덕이라
모ᄅᆞ미 黃券中 聖賢 황권중 성현을 뫼압고
言語精神 日夜 언어정신 일야애 頤養이양ᄒᆞ야
一身일신이 正정ᄒᆞ면 어ᄃᆡ러로 못 가리오
俯仰恢恢부앙회회ᄒᆞ고 往來平平왕래평평ᄒᆞ니
갈 길롤 알오 立志입지를 아니ᄒᆞ랴
壁立萬仞 磊落不變 벽립만인 뇌락불변ᄒᆞ야
嘐嘐然 尙友千古 교교연 상우천고 景경 긔 엇다ᄒᆞ니잇고

入山 恐不深 入林 恐不密입산 공불심 입림 공불밀
觀閒之野 寂寞之濱 관한지야 적막지빈에 卜居복거를 定정ᄒᆞ니
野服黃冠야복황관이 魚鳥外어조외 버디 업다
芳郊방교애 雨晴우청하고 萬樹만수애 화락후花落後에
靑藜杖청려장 뷔집고 十里溪頭십리계두애 閒往閒來한왕한래 ᄒᆞᄂᆞᆫ ᄠᅳ든
曾點氏 浴沂風雩 증점씨 욕기풍우와 程明道 傍花隨柳 정명도 방화수류도 이러턴가 엇다턴고
暖日光風난일광풍이 불써니 블거니 興滿前흥만전ᄒᆞ니
悠然胸次유연흉차ㅣ 與天地萬物 上下同流여천지만물 상하동류 景경 긔 엇다ᄒᆞ니잇고

집은 范萊蕪범래무의 蓬蒿봉호ㅣ오 길은 蔣元卿장원경의 花竹화죽이로다
百年浮生백년부생 이러타 엇다ᄒᆞ리

진실로 隱居求志은거구지ᄒᆞ고 長往不返장왕불반ᄒᆞ면
軒冕헌면이 泥塗이도ㅣ오 鼎鐘정종이 塵土진토ㅣ라
千磨霜刃천마상인인돌 이 쁘들 긋츠리랴
韓昌黎 三上書 한창려 삼상서ᄂᆞᆫ 내의 쁘데 區區구구ᄒᆞ고
杜子美 三大賦 두자미 삼대부ㅣ 내 동내 行道행도ᄒᆞ랴
두어라 彼以爵 我以義 不願人之文繡 피이작 아이의 불원인지문수ᄒᆞ야
世間萬事 都付天命 세간만사 도부천명 景경 긔 엇다ᄒᆞ니잇고

君門深九重군문심구중ᄒᆞ고 草澤隔萬里초택격만리ᄒᆞ니
十載心事십재심사를 어이ᄒᆞ야 上達상달ᄒᆞ료
數封奇策수봉기책이 草초하얀디 오래거다
致君澤民치군택민은 내의 才分재분 아니런가
窮經學道궁경학도를 쁜 두고 이리ᄒᆞ랴
출하리 藏修丘壑 遯世無悶장수구학 돈세무민ᄒᆞ야
날 조촌 번님네 뫼옵고
綠籤山窓녹첨산창의 共把遺經 究終始 공파유경 구종시 景경 긔 엇다ᄒᆞ니잇고

一屏一榻 左箴右銘 일병일탑 좌잠우명 (再唱)
神目如電신목여전이라 暗室암실을 欺心기심ᄒᆞ며
天聽如雷천청여뢰라 私語사어ㄴ들 妄發망발ᄒᆞ랴
戒愼恐懼계신공구를 隱微間은미간애 닛디 마새
坐如尸 儼若思 終日乾乾 夕惕若 좌여시 엄약사 종일건건 석척약 ᄒᆞᄂᆞᆫ 쁟든

尊事天君존사천군ᄒᆞ고 攘除外累양제외루ᄒᆞ야
百體從令 五常不斁 백체종령 오상불역ᄒᆞ야
治平事業치평사업을 다 이루려 ᄒᆞ였더니
時也命也시야명야인디 訖無成功 歲不我與 흘무성공 세불아여ᄒᆞ니
白首林泉백수임천의 ᄒᆞ올 일이 다시 업다
우읍다 山之南 水之北 산지남 수지북애 斂藏蹤跡염장종적ᄒᆞ야
百年閒老백년한로 景경 긔 엇다ᄒᆞ니잇고

—『송암집』

2) 현대어역

태평성대 시골에 은거하는 백성
구름 덮인 산기슭에 밭 갈고 안개 낀 강가에 낚시 드리우니 이밖에 일이 없다
궁하고 통함이 하늘에 달렸으니 빈천을 시름하랴
한림원 높은 벼슬[60] 내 원하는 바 아니로다
자연이 천수 누릴 곳이요 초가집이 봄맞이 누대로다
어사와 어사와 천지를 둘러보고 만물을 관조하여
편안한 심정으로 옷깃 풀고 홀로 술 마시며 무람없이 긴 휘파람 부는[61] 모습 그 어떠합니까

60) 옥당금마(玉堂金馬) : 한(漢)나라의 금마문(金馬門) 옥당전(玉堂殿)은 선비가 출사(出仕)하는 관아(官衙). 후세에 한림원(翰林院)을 일컫는 이름이 되었음.

61) 안책장소(岸幘長嘯) : 안책(岸幘)은 두건을 비스듬히 치올려 쓰고 이마를 드러낸다는 뜻이며, 장소(長嘯)는 휘파람을 길게 부는 것. 곧 상대를 의식하지 않아 예의를 지키지 않고 삼가고 조심하는 것이 없는 모습을 이름.

초가삼간 너무 좁아 겨우 무릎 들이는데 고고한 한 사람
가야금과 책 벗 삼고 소나무 대나무로 울타리 삼았으니
넉넉잖은 살림살이와 욕심 버린 마음가짐에 세속의 잡념 어디서 나리
수시로 저녁노을 맑아 갈대꽃 기슭 붉게 물들이고
희뿌연 내 바람에 실려 버드나무 나부끼거든
낚싯대 비껴 안고 세상일 잊고 갈매기 벗하는 모습 그 어떠합니까

선비란 무엇을 일삼는고 무릇 뜻을 숭상할 뿐이로다
과거급제의 명예는 내 뜻 손상시키고 이익과 영달은 덕을 해치는지라
모름지기 책 가운데 성현을 뫼시옵고
언어와 정신 밤낮으로 기르고 닦아
이 한 몸 바르게 되면 어디인들 못 가리오
크고 넓은 뜻 두루 잘 살펴 마음의 오고감이 크고 넓어지니
갈 길을 알아 뜻을 세우지 아니하랴
만 길 낭떠러지 벽이 되어 막아서도 통달한 마음 변하지 않으니
활달한 마음으로 옛 성현을 벗 삼는 모습 그 어떠합니까

산에 들면 깊지 않을까 두렵고 숲에 들면 빽빽하지 않을까 두려워
한가한 들판 적막한 물가에 살만한 곳을 정하니
벼슬 않은 이의 의관이 물고기와 새 외에 벗이 없다
봄 들판에 비가 개고 온 나무에 꽃 진 뒤에
명아주지팡이 짚고 십리 거리 시내 꼭대기까지 한가로이 오가는 뜻은

증점과 정명도의 풍류 즐김[62]도 이렇던가 어떻던고
따스한 볕 맑고 밝은 바람 불거니 밝거니 하여 흥이 내 앞에 가득하니
유연한 마음이 천지만물과 더불어 상하 함께 흘러가는 모습 그 어떠합니까

집은 범래무처럼 소박하고 길은 장원경처럼 세상을 멀리하도다[63]
한 백년 덧없는 인생 이렇다 어떠하리
진실로 은거하여 뜻을 구하고 한번 죽어 영영 돌아오지 않으면
수레며 관 모두 쓸모없는 진흙길이요 경건한 솥과 종도 흙먼지일 뿐이라[64]
천 번 갈아낸 시퍼런 칼날인들 이 뜻을 끊으랴
한유의 세 번 상서는 나의 뜻에 구구하고[65]
두보의 삼대예부를 내 끝내 따라하랴[66]
두어라 그들은 작위로써 나는 의로써 행하니 세상의 벼슬[67]을 원

62) 증점(曾點)은 공자의 제자 증석(曾晳)인데, 공자의 질문에 "기수(沂水)에서 몸을 씻고 기우제 터에서 바람을 쐬고서 시를 읊으며 돌아오겠다"고 답하여 인정을 받았다. 정명도(程明道)는 송나라 양명학의 원류인 정호(程顥)를 말하는데, 그의 칠언절구 가운데 '꽃을 찾고 버들을 따라 시냇물을 건너간다'는 시구가 있음.

63) 벼슬을 멀리하고 청빈한 삶을 추구함을 표현한 대목. 후한(後漢) 때 범래무(范萊蕪)는 벼슬을 마다하고 가난하지만 태평한 삶을 누렸다. 전한(前漢) 때 장원경(蔣元卿)은 벼슬을 물리치고 고향에 돌아와 뜰의 꽃과 대나무 아래에다 세 갈래 좁은 길을 내고 구중(求仲)·양중(羊仲) 두 벗과 더불어 은거하였다. '봉호(蓬蒿)'는 쑥을 이름.

64) 헌면(軒冕)은 고관대작이 타던 수레와 면류관을, 정종(鼎鐘)은 사람의 공적을 새겨 종묘에 비치하던 솥과 종을 일컬음.

65) 당 한유(韓愈)는 세 번 상서를 올렸으나 그때마다 귀양을 갔음.

66) 당 두보(杜甫)가 삼대예부(三大禮賦)를 조정에 바쳐 드디어 벼슬길이 열렸음.

67) 인지문수(人之文繡) : 사람들이 입는 수놓은 옷이니, 곧 세상의 벼슬을 뜻함.

치 않으매
세상만사가 모두 천명에 달려 있는 모습 그 어떠합니까

임금의 거처는 깊은 구중궁궐이고 민간 백성과는 만리로 막혔으니
십년 마음먹은 일들을 어떻게 다 임금께 아뢰리오
몇 가지 기발한 책략 초한 지가 오래로다
임금께 충성하고 백성에게 은택을 베풂은 나의 재능 아니던가
경서 깊이 파고 도 배우기를 뜻 두고 이리하랴
차라리 책 읽고 학문에 힘쓰는 은거지에서 세상을 피해 고민 없으매
나를 따르는 벗님네 뫼시옵고
장서 가득한 창가[68]에서 경서 손에 쥐고 끝까지 읽는 모습 그 어떠합니까

병풍 하나에 평상 하나 왼쪽에 잠언 오른쪽에 좌우명
신의 눈으로 볼 제는 번갯불 같은지라 어두운 방이라고 어찌 마음을 속이며
하늘이 들을 제는 천둥소리 같은지라 사사로운 말이라 한들 어찌 망발하랴
경계하고 삼가며 두려워함을 숨어 작은 곳에서도 잊지 마세
앉을 때는 시동씨같이[69] 태도는 생각하듯 의젓하며 종일 노력하고 저녁에는 조심하는 뜻은

---

68) 녹첨산창(綠籤山窓) : 사서고(史書庫)의 녹아첨(綠牙籤)을 표지로 한, 장서가 가득한 창. 녹아첨은 장서의 구분을 쉽게 하기 위한 표지로, 상아로 만든 여러 가지 색깔의 패를 말함.

69) 『예기(禮記)』 곡례(曲禮) 편에 "앉는 것은 시동씨(尸童氏)처럼 하고 서는 것은 재계할 때처럼 한다"는 구절이 있음.

마음을 높이 섬기고 밖으로부터 오는 누를 물리쳐 없애
온몸이 영을 좇아 오상[70]을 싫어함이 없게 하여
평안하게 세상 다스리는 일 다 이루려 하였더니
때가 아닌지 운명이 아닌지 끝내 성공치 못하고 세월은 나와 더불어 기다려 주지 않으니
흰머리 늙은이로 은둔처에서 할 일이 다시 없다
우습다 산 남쪽 물 북쪽에 내 발자취 거두고 감추어
한평생 한가로이 늙어가는 모습 그 어떠합니까

3) 작품해설

조선중기 권호문이 지은 경기체가로 총 7장으로 이루어졌다. 작가는 벼슬길에 나아가지 않고 자연에 파묻혀 빈부귀천을 하늘의 뜻이라 여기며 살았다. 작품 또한 자연에 묻혀 사는 즐거움과 학문수양의 자세를 노래함으로써 안빈낙도의 이상을 노래하였다. 경기체가 소멸기의 작품으로 경기체가의 전형적 양식에서 많이 벗어나 있다. 전대절과 후소절 구분이 안 되고, 각 행은 3음보가 아닌 4음보 중심으로 짜여 있다.

이 작품의 서문에서 작가는 "고인이 말하기를 노래라 하는 것은 흔히 시름에서 나오는 것이라 하였듯이 이 노래 또한 나의 불평에서 나온 것이니, 한편 주자의 말처럼 노래함으로써 뜻을 펴고 성정을 기르겠다"고 창작동기를 밝혔다. 작품 전편에서 강호자연에 묻혀 홀로 지내는 즐거움을 노래하는 한편, 자신의 뜻을 펴보지 못하는 소외감이 함께 나타나고 있다.

---

70) 오상(五常) : 오륜(五倫). 아버지는 의리로, 어머니는 자애로, 형은 우애로, 아우는 공경으로, 자식은 효도로 대해야 하는 마땅한 길.

제1장은 서사로 벼슬에 뜻을 버리고 유유자적하는 모습을 그려내었다. 2장은 자연 속 물아일체의 경지를, 3장은 흔들림 없는 학문수양의 자세를, 4장은 자연과 함께 하는 풍류의 즐거움을, 5장은 공명을 멀리하는 작가의 각오를, 6장에서는 출사(出仕)에의 갈등 끝에 학문의 자세로 돌아오고 있다. 마지막 7장에서도 출세와 은둔 사이에 흔들리는 모습을 내비쳤다.

소악부

장암 長巖

1) 원문

拘拘有雀爾奚爲 구구유작이해위
觸着網羅黃口兒 촉착망라황구아
眼孔元來在何許 안공원래재하허
可憐觸網雀兒癡 가련촉망작아치

—『익재난고』

2) 현대어역

구구 우는 참새야 너 무엇 하다가
그물에 걸린 어린 새끼 되었구나
눈깔은 원래 어디에다 쓰려는지
가련토다 그물에 걸린 어리석은 참새새끼

3) 작품해설

고려시대에 불린 우리말 노래이나, 본디노랫말 대신 이 한역시가 이제현의 『익재난고』「소악부」에 올라 전한다. 『고려사』「악지」에는 노래의 유래와 이제현의 한역시가 같이 실려 있다.

평장사(平章事) 두영철(杜英哲)이 장암으로 귀양 갔을 때 한 노인과 친하게 되었는데, 노인은 그에게 영달을 구하지 말라는 경계를 하였다. 그러나 다시 벼슬에 나갔다가 죄를 지어 또 그곳을 지나게 되자 노인이 이 노래를 지어 그를 나무랐다. 벼슬을 좇다 거푸 죄를 입은 두영철을 그물에 걸린 참새에 비유하여 꾸짖은 것이다.

거사련 居士戀

1) 원문

鵲兒籬際噪花枝 작아리제조화지
蟢子床頭引網絲 희자상두인망사
余美歸來應未遠 여미귀래응미원
精神早已報人知 정신조이보인지

—『익재난고』

2) 현대어역

까치는 울타리 가 꽃가지에서 깍깍 울고
거미는 상머리에 긴 줄 늘이네
고운 님 머지않아 돌아오시려나
마음이 먼저 내게 알려주누나

3) 작품해설

먼길에 부역 나간 사람의 아내가 이 노래를 지었는데, 까치와 거미에 붙여 남편이 빨리 돌아오기를 바라는 내용을 담고 있다. 까치의 울음소리와 거미가 줄을 늘어뜨리고 내려오면 반가운 소식을 전해준다는 민속에 기대어, 님 기다리는 애틋한 심정을 잘 그려내었다.

제위보 濟危寶

1) 원문

浣沙溪上傍垂楊 완사계상방수양
執手論心白馬郎 집수론심백마랑
縱有連簷三月雨 종유련첨삼월우
指頭何忍洗餘香 지두하인세여향

—『익재난고』

2) 현대어역

비단 빨던 시냇가 수양버들 옆
손잡고 마음 속삭이던 백마 탄 님
처마에 이어지는 석 달 장맛비라도
손끝에 남은 향기 차마 어찌 씻어내리

3) 작품해설

『고려사』「악지」의 해설은 이렇다. 어떤 부녀자가 죄를 범하고 그 벌로 제위보에서 일하게 되었다. 그러던 중 어떤 사람에게 손을 잡혔는데 그 수치를 씻을 길이 없었으므로 이 노래를 지어 스스로를 원망했다. 하지만 이어 실린 이제현의 한역시는 그 양상이 사뭇 다르다.

'손잡고 속삭이던 백마랑'이나 '손끝에 남은 향기'는 수치나 원망과는 거리가 있다. 곧 고려 특유의 남녀상열지사(男女相悅之詞)가 된다. 『고려사』를 편찬한 조선의 유학자들이 이 노래의 창작동기를 여인의 정절에 맞춰 의도적으로 왜곡시킨 것으로 보인다.

사리화 沙里花

1) 원문

黃雀何方來去飛 황작하방래거비
一年農事不曾知 일년농사부증지
鰥翁獨自耕耘了 환옹독자경운료
耗盡田中禾黍爲 모진전중화서위

—『익재난고』

2) 현대어역

참새는 어디서 오가며 나는가
한 해 농사는 아랑곳 않고
늙은 홀아비 홀로 갈고 맸는데
밭 가운데 벼와 기장 다 먹어치우네

3) 작품해설

세금이 무겁고 권력자들의 수탈이 심하여 백성들은 곤궁에 빠지고 재물에 손상을 입었다. 이에 참새가 곡식을 쪼아 먹는 데 비유하여 노래를 지어 원망하였다. 관리들의 가렴주구로 인해 도탄에 빠진 민중의 현실을 풍자적으로 그려낸 노래로 생생한 현실고발이 돋보인다.

소년행 少年行

1) 원문

脫却春衣掛一肩 탈각춘의괘일견
呼朋去入菜花田 호붕거입채화전
東馳西走追蝴蝶 동치서주추호접
昨日嬉遊尙宛然 작일희유상완연

―『익재난고』

2) 현대어역

봄옷 벗어 한쪽 어깨에 걸치고
벗을 불러 채마밭에 들어가
이리저리 내달리며 나비 쫓던 일
어제 즐겨 놀았던 듯 오히려 완연하네

3) 작품해설

원작의 제목도 남아 있지 않은 채, 이제현의 「소악부」에 한역되어 전한다. 어렸을 적 봄꽃이 만발한 채마밭에 들어가 친구들과 호랑나비 잡으며 즐겁게 놀던 일을 회상하고 있다. 천진난만한 그 시절 모습을 손에 잡힐 듯 그려내었다. 당시 유행했던 노래를 이제현이 한역한 것이다. 지난날의 아름다운 추억을 모티프로 삼아 '소년행'이라 제목을 삼았다.

처용 處容

1) 원문

新羅昔日處容翁 신라석일처용옹
見說來從碧海中 견설래종벽해중
貝齒赬脣歌夜月 패치정순가야월
鳶肩紫袖舞春風 연견자수무춘풍

―『익재난고』

2) 현대어역

신라 옛적 처용 늙은이
푸른 바다로부터 왔다고 말하네
조개 이빨 붉은 입술로 달밤에 노래하고
솔개 어깨 자주빛 소매로 봄바람에 춤추누나

3) 작품해설

신라 헌강왕이 학성에서 놀다가 개운포까지 돌아왔을 때 홀연 기이한 생김과 차림을 한 사람이 있어 왕 앞에서 노래와 춤으로 그 덕을 찬양했다. 왕을 따라 서울로 들어갔는데, 스스로 처용이라 일컬었다. 매번 달밤에 거리에서 춤과 노래를 불렀는데 마침내 간 곳을 알지 못하였다. 당시 사람들이 신인(神人)이라 여겼으며, 후세 사람들이 신기하게 여겨 이 노래를 지었다. 이상은 『고려사』「악지」의 해설이다. 이제현은 기존 향가나 속요의 내용을 옮기지 않고, 『삼국유사』 설화 내용 중 처용의 유래와 생김새 및 가무 부분을 취하여 한역한 것이다.

오관산 五冠山

1) 원문

木頭雕作小唐鷄 목두조작소당계
筯子拈來壁上棲 저자념래벽상서
此鳥膠膠報時節 차조교교보시절
慈顔始似日平西 자안시사일평서

—『익재난고』

2) 현대어역

나무토막으로 조그마한 당닭을 새겨
젓가락으로 집어 벽 위에 앉히고
이 새가 꼬끼오 하고 때를 알리면
어머님 얼굴 비로소 서산에 지는 해 같으리

3) 작품해설

문충은 오관산 아래 살면서 어머니께 지극히 효도하였다. 그 집이 개성에서 삼십 리나 되었지만 아침에 조정에 나오고 저녁에 집으로 돌아가 봉양을 조금도 게을리 하지 않았다. 그 어머니의 늙음을 탄식하여 이 노래를 지었다. 지극한 효심은 '나무닭의 울음'에서 최고조에 이른다. 나무닭이 '꼬끼오' 울 때라야 어머님이 서산에 지는 해처럼 기울라 했으니, 이런 상황이 실현될 리 없다. 그의 행적으로 보나 노래 내용으로 보나 문충은 대단한 효자이다. 일명 '목계가(木鷄歌)'라고도 한다.

서경 西京

1) 원문

縱然巖石落珠璣 종연암석락주기
纓縷固應無斷時 영루고응무단시
與郎千載相離別 여랑천재상리별
一點丹心何改移 일점단심하개이

―『익재난고』

2) 현대어역

바위에 구슬이 떨어진다 한들
구슬 끈이야 끊어지지 않으리라
님과 천년을 서로 헤어져 있어도
일편단심이야 어찌 변함 있으리

3) 작품해설

'구슬이 바위에 떨어져 깨진다 해도 그 구슬을 꿴 끈은 끊어지지 않' 듯이, '님을 향한 내 마음도 변치 않겠다'는 내용을 노래하였다. 이 구절은 당시 널리 유행했던 것으로 보인다. 속요 〈서경별곡〉과 〈정석가〉에 똑같은 구절이 각각 삽입되어 있기 때문이다. 여기서 제목을 취했다. '몸은 비록 헤어져 있어도 마음만은 ~'의 대목은 예나 지금이나 간절한 사랑을 호소함에 전범이 되고 있음을 보여준다. 구슬과 끈의 비유 또한 절묘하다.

〖 정과정 鄭瓜亭 〗

1) 원문

憶君無日不霑衣 억군무일부점의
政似春山蜀子規 정사춘산촉자규
爲是爲非人莫問 위시위비인막문
只應殘月曉星知 지응잔월효성지

―『익재난고』

2) 현대어역

날마다 님 생각에 울며 옷깃 적시니
내 신세 봄산에 우는 두견새 같구나
옳거니 그르거니 사람들아 묻지 마오
새벽달과 별만은 응당 알 것이로다

3) 작품해설

내시랑중 정서는 외척으로 인종의 사랑을 받았다. 그후 의종이 즉위하자 동래로 귀양 보내면서 "오늘은 어쩔 수 없으나 가 있으면 다시 부르겠다"고 말했다. 그러나 오래도록 소식이 없자 거문고를 어루만지며 노래 불렀는데, 그 가사가 극히 슬프면서도 아름다웠다. 본디 속요 〈정과정〉은 총 11행인데, 이제현은 이 가운데 앞 1~4행을 한역하였다.

수정사 水精寺

1) 원문

都近川頹制水坊 도근천퇴제수방
水精寺裏亦滄浪 수정사리역창랑
上房此夜藏仙子 상방차야장선자
社主還爲黃帽郎 사주환위황모랑

—『익재난고』

2) 현대어역

도근천의 제방 무너져
수정사 안까지 물이 넘실대누나
절 방에는 이날 밤 예쁜 처자 감춰두고
절 주인은 뱃사공이 되었다네

3) 작품해설

이 작품에서는 중이 윗방에 아리따운 여인을 숨겨 놓고 벌이는 애정 행각을 다루었다. 여기 등장하는 도근천은 제주도에 있는 내 이름이며 수정사는 도근천 서쪽에 있다. 당시 중이 타락하여 호화로운 생활을 하고, 기생들은 사대부보다 승려를 따르는 이가 많았다. 여인을 탐하는 행각을 '배를 타는' 행위에 비긴 중의법이 돋보인다. 이러한 세태를 비판한 제주민요를 이제현이 한역한 것이다.

북풍선자 北風船子

1) 원문

從教壟麥倒離披 종교롱맥도리피
亦任丘麻生兩岐 역임구마생양기
滿載青瓷兼白米 만재청자겸백미
北風船子望來時 북풍선자망래시

—『익재난고』

2) 현대어역

밭두덕의 보리 쓰러진 채 두고
언덕의 삼대 또한 갈라진 채 내버려두었네
청자와 백미 한가득 싣고
본토에서 뱃사공 오기만 기다리누나

3) 작품해설

역시 제주도 백성의 고통을 노래한 작품이다. 예전에는 전라도에서 질그릇과 쌀을 파는 장사가 때때로 왔었으나 요즘은 뜸하다. 관청과 개인의 말과 소로 인해 농사지을 땅이 없고, 오가는 관리 영접에 벅차, 백성들의 불행이 커지고 변란도 여러번 일어났다고 해설을 달았다. 원나라의 일본정벌 계획과 관련하여 제주가 말 목장으로 바뀌고, 이로 인해 백성들의 삶이 피폐해진 실상을 보여준다. 역시 제주민요를 한역하였다. 한편 이 노래의 제명은 '탐라요'로 통용되기도 한다.

정인 情人

1) 원문

情人相見意如存 정인상견의여존
須到黃龍佛寺門 수도황룡불사문
氷雪容顔雖未覩 빙설용안수미도
聲音彷佛尙能聞 성음방불상능문

—『급암선생시집』

2) 현대어역

정든 님 보고픈 뜻이 나거든
모름지기 황룡사 문에 이르시라
희고 고운 얼굴 비록 못 본다 해도
그 목소리는 능히 들을 수 있으리

3) 작품해설

민사평이 한역한 이 노래를 두고 충혜왕 때 부르던 '후전진작'이라고 추정하는 일부 견해도 있다. 왕이 후전에 행차하여 궁녀들과 즐겨 불렀다 하는데, 그는 말 타고 활 쏘는 것을 좋아하였고 황음무도하여 여러 소인들의 뜻을 얻고 충직한 신하들을 배척하였다고 한다. 노래 내용 중 '빙설 같은 용안'에서 비슷한 분위기를 느낄 수 있으나 단정 짓기는 곤란하다. 위 노래의 제명을 '황룡문'으로 일컫기도 한다.

인세사 人世事

1) 원문

浮漚收拾水中央 부구수습수중앙
瀉入麤疎經布囊 사입추소경포낭
擔荷肩來其樣範 담하견래기양범
恰如人世事荒唐 흡여인세사황당

—『급암선생시집』

2) 현대어역

물 가운데 떠도는 거품을 모아
거칠고 성긴 베주머니에 부어 담고는
어깨에 둘러메고 오는 그 모습
마치 인간 세상일 같아 황당하구나

3) 작품해설

세상살이의 고됨과 부질없음을 '베주머니에 담은 거품'에 비유하여 노래한 작품이다. 열심히 노력해도 현실은 어려움뿐이요 결과는 허무할 따름이라는 내용을 담았다. 세상살이의 그 지난(至難)함을 생생하게 포착하여 우리 앞에 던져놓았다. 어떤 이에게는 참 쉬워 보이는 성공의 길이 누군가에게는 도저히 닿을 수 없는 벽이 되기도 하는 현실은 예나 이제나 변함이 없나보다.

【 흑운교 黑雲橋 】

1) 원문

黑雲橋亦斷還危 흑운교역단환위
銀漢潮生浪靜時 은한조생낭정시
如此昏昏深夜裏 여차혼혼심야리
街頭泥滑欲何之 가두니활욕하지

—『급암선생시집』

2) 현대어역

검은 구름에 다리 끊어져 위태롭고
은하수 흘러들어 물결 고요한 때
이처럼 어둡고 깊은 밤중
거리마다 진흙탕길 어디로 가려는가

3) 작품해설

이 노래 또한 해설이 없으나, '검은 구름', '끊어진 다리', '어둡고 깊은 밤', '진흙탕 길' 등의 시어에서 주인공의 곤궁한 처지를 실감할 수 있다. 앞 〈인세사〉의 정서와도 조금은 닮아 있다. 한편 이 작품의 몇몇 시어들이 백제가요 〈정읍사〉와 닮아 있어 그 연관성을 주목하기도 하나, 그저 추정일 뿐이다. 〈정읍사〉의 정서적 흐름이 애틋하고 목적과 대상이 뚜렷한 반면, 이 노래는 그런 점에서 일정한 차이가 있다.

삼장 三藏

1) 원문

三藏精廬去點燈 삼장정려거점등
執吾纖手作頭僧 집오섬수작두승
此言若出三門外 차언약출삼문외
上座閑談是必應 상좌한담시필응

―『급암선생시집』

2) 현대어역

삼장사에 등불을 켜러 갔더니
그 절 주지가 내 고운 손 잡았네
이 말이 혹 절문 밖으로 나면
상좌의 허황한 말이라 하리라

3) 작품해설

당시 사회에서 정신적 사표가 되어야 할 주지의 타락상을 풍자한 노래이다. 속요 〈쌍화점〉에서는 고려후기에 만연한 섹스 스캔들을 전 4장으로 노래하였는데, 여기에는 만두가게의 회회아비, 삼장사 주지, 두레우물의 용, 술집 아비가 차례로 등장한다. 상하계층을 막론하고 성적 일탈이 횡행하였은즉, 그 현실을 적나라하게 묘사한 작품이다. 민사평이 그 가운데 제2장의 내용을 한역하였다.

안동자청 安東紫青

1) 원문

紅絲綠絲與靑絲 홍사녹사여청사
安用諸般雜色爲 안용제반잡색위
我欲染時隨意染 아욕염시수의염
素絲於我最相宜 소사어아최상의

—『급암선생시집』

2) 현대어역

빨간 실 초록 실 그리고 파란 실
어찌 이 모든 잡색 실을 쓰리오
마음먹었을 때 뜻대로 물들일 수 있으니
희디 흰 실이 내게는 가장 좋아라

3) 작품해설

『고려사』「악지」'속악' 조에 해설이 실려 있다. 여성이 한번 정조를 잃으면 모든 사람들이 천하게 여기는 까닭에, 이 노래를 지어 홍색·녹색·청색·백색 실을 반복적으로 언급하여 죽을지언정 정조를 지킨다는 뜻을 비유했다고 적었다. 하지만 민사평의 한역시에서는 '이미 물이 들어 있는 상대보다 숫처녀가 더 좋다'는 뉘앙스로 표현하여, 『고려사』의 해설에서 보인 부인의 정절 강조와는 어느 정도 차이를 보인다.

월정화 月精花

1) 원문

再三珍重請蜘蛛 재삼진중청지주
須越前街結網圍 수월전가결망위
得意背飛花上蝶 득의배비화상접
願令粘住省愆違 원령점주성건위

—『급암선생시집』

2) 현대어역

거듭거듭 진중히 거미에게 부탁하노니
모름지기 앞길에 거미줄 그물 쳐놓고는
멋대로 등지고 날아가는 저 꽃 위 나비
붙잡아매어 제 허물 뉘우치게 하려무나

3) 작품해설

역시 『고려사』 「악지」 '속악' 조에 해설이 실려 있다. 사록 벼슬을 하던 위제만이 진주 기생 월정화에게 빠져 부인을 병들어 죽게 하자, 진주읍 사람들이 부인 생시에 남편이 저지른 죄과를 경계하고 풍자하고자 이 노래를 지었다 한다. 위 노래에서 '등지고 날아가는 나비'는 사록

위제만을, '거미줄 그늘'로 '붙잡아 맴'은 이 사건을 지켜본 부인과 읍민의 분노 및 그 죄과에 대한 징치를 바라는 심정을 비유한 표현이 된다. 한편 이 노래는 서사민요 〈진주난봉가〉와 지리적 배경 및 부인 죽음의 동기가 유사하여 관심을 끌기도 한다.

무가

나례가 儺禮歌

1) 원문

羅令公宅나영공댁 儺禮日나례일이
廣大광대도 金線금선이샤ᄉᆞ이다
궁에ᅀᅡ 山산ㅅ굿ᄇᆞᆺ 겻더신ᄃᆞᆫ
鬼衣귀의도 金線금선이리라
리라리러 나리라 리라리

—『시용향악보』

2) 현대어역

나 영감댁 나례[1]하는 날이면
광대도 금실 두른 옷이랍니다
그곳에서 산굿만 올리신다면
귀신의 옷도 금실 두른 옷이리라
리라리러 나리라 리라리

---

1) 나례(儺禮) : 음력 섣달 그믐날 밤에 민가와 궁중에서 잡귀를 쫓기 위하여 행하던 의례.

3) 작품해설

고려 때 무가로 특히 궁중에서 선달 그믐날 밤에 행한 나례에서 불린 노래로 추정된다. 본디 순수한 무가였으나 차후 궁중속악으로 편입된 것으로 보인다. 나례는 잡귀를 물리치기 위해 행한 의식이다. 이 노래에서는 신격의 나열이나 강압적인 명령 대신 나례 시 광대의 복식을 객관적으로 묘사함으로써 무가 고유의 주술성이 많이 약화되었음을 보여준다. 신성성을 대신하여 연희성이 상당부분 그 자리를 차고앉은 것이다.

성황반 城隍飯

1) 원문

東方동방애 持國天王지국천왕님하

南方남방애 廣目天子天王광목천자천왕님하

南無西方나무서방애 增長天王증장천왕님하

北方山북방산의사 毗沙門天王비사문천왕님하

다리러 다로리 로마하

디렁디리 대리러 로마하

도람 다리러 다로링 디러리

다리렁 디러리

內外내외예 黃四目天王황사목천왕님하

—『시용향악보』

2) 현대어역

동방에 지국천왕2)님이시여

남방에 광목천왕3)님이시여

---

2) 지국천왕(持國天王) : 불법을 수호하는 사천왕 중 하나. 동쪽을 수호하며 칼을 들고 있고 안민(安民)의 신으로서 선한 이에게는 복을, 악한 자에게 벌을 주며 인간을 보살피는 역할을 함.

3) 광목천자천왕(廣目天子天王) : 광목천왕(廣目天王). 사천왕 중 하나로, 서쪽을 수

나무서방[4]에 증장천왕[5]님이시여
북방산에서 비사문천왕[6]님이시여[7]
다리러 다로리 로마하
디렁디리 대리러 로마하
도람 다리러 다로링 디러리
다리렁 디러리
내외에 황사목천왕[8]님이시여

3) 작품해설

고려 때 민간신앙인 서낭신을 기반으로 한 무가로 추정된다. 서낭당[城隍堂]의 제단에서 역귀를 쫓는 노래가 이후 궁중속악으로 수용된 것으로 보인다. 그런데 이 노래의 등장하는 신격이 실제로는 불교의 사천왕이다. 우리의 전통무속과 불교가 뒤섞여 신앙되었음을 보여준다.

호하며 삼지창과 보탑을 들고 있고 악인에게 고통을 줘 구도심을 일으키게 하는 역할을 함.

4) 나무서방(南無西方) : 이는 본디 '아미타불(阿彌陀佛)이 주재하는 서방정토(西方淨土)에 이르고 싶다'는 뜻이니, '극락이 있는 서방(西方)' 정도의 의미가 됨.

5) 증장천왕(增長天王) : 사천왕 중 하나로, 남쪽을 수호하며 용과 여의주를 들고 있고 자신의 위덕을 증장시켜 만물을 소생시키는 덕을 베푸는 역할을 함.

6) 비사문천왕(毗沙門天王) : 다문천왕(多聞天王). 사천왕 중 하나로, 북쪽을 수호하며 비파를 들고 있고 어둠 속을 방황하는 중생을 구제해 주는 역할을 함.

7) 이 노래에서는 사천왕(四天王)을 열거하고 있는데, 본문의 순차가 방위는 동·남·서·북이 되고, 천왕은 그대로 동·서·남·북이 되면서 오류가 생겼다. 동방의 지국천왕(持國天王), 남방의 증장천왕(增長天王), 서방의 광목천왕(廣目天王), 북방의 다문천왕(多聞天王)이 맞음.

8) 황사목천왕(黃四目天王) : 위에서 열거한 사천왕의 동서남북에 대응되는 색이 각기 청백홍흑(青白紅黑)이기에, 여기서의 황(黃)은 중앙이 된다. 곧 황사목천왕까지 아울러 오방신(五方神)이 완성됨.

여기서 사천왕을 차례로 거명함으로써 신격을 맞아들이고 예배를 올리는 의식을 갖추게 된다. 이 노래의 여음은 주술적 기능을 갖는 진언(眞言)으로 보인다.

내당 內堂

1) 원문

山水淸凉산수청량 소ᄅᆡ와
淸凉청량애ᅀᅡ 두스리 믈어디새라
道場[도량]애ᅀᅡ 오시ᄂᆞ니
ᄒᆞᆫ 남종과 두 남종과
열세 남종 주ᅀᅥᄲᅧ라
바회예 나ᄅᆞ새라
다로럼 다리러
열세 남종이 다 여위실더드런
님을 뫼셔 ᄉᆞᆯ와지
聖人無上兩山大勒성인무상양산대륵하
다로림 다리러

—『시용향악보』

2) 현대어 해석

산수가 청량한 소리와
청량에야 두스리[9] 무너졌어라

---

9) 두스리 : 미상.

도량[道場][10]에야 오시나니
한 남자종과 두 남자종과
열세 남자종 주웠어라
바위에 옮겼어라
다로럼 다리러
열세 남자종이 다 여위어야만
님을 모시고 사라져라
성인보다 더할 나위 없이 높으신 두 산의 대륵[11]이여
다로림 다리러

3) 해설

고려 때 내당에서 무당들이 굿을 할 때 부른 노래로, 이후 궁중속악에 편입된 것으로 추정된다. 여기서는 신격의 대상이 '성인무상양산대륵(聖人無上兩山大勒)'으로서 부처급의 큰 미륵으로 설정되어 있다. 이 또한 전통무속과 불교신앙이 뒤섞인 형태의 무가로 볼 수 있다. 화자는 열세 명의 남자종과 오래도록 살고 싶어 하는데, 우리 민간신앙에서 남녀 간 성적 결합은 풍요와 다산의 의미를 상징하기 때문이다.

---

10) 도량[道場] : 도를 닦는 곳.
11) 대륵(大勒) : 큰 미륵(彌勒).

대왕반 大王飯

1) 원문

八位城隍팔위성황 여듧 位위런 놀오쉬오
믓ㄱ 가亽리 쟝화새라
當時당시예 黑牧丹[흑모란]고리 坊廂방상애 ᄀ드가리
노니실 大王대왕하
디러렁 다리 다리러 디러리

—『시용향악보』

2) 현대어역

팔위성황 여덟 자리란 놀고 쉬고
물가의 가장자리 장하구나
당시에 흑모란꽃이 곁채에 가득하리
노니실 대왕이시여
디러렁 다리 다리러 디러리

3) 작품해설

고려 때 무가로 서낭당의 제단에 서낭상을 차려놓고 굿을 할 때 불렀을 것으로 추정된다. 여기서 팔위성황은 전국 팔도의 여덟 산신으로 볼 수 있다. 서낭당의 여덟 성황신이 흑모란 같은 여인들과 함께 어울려 노는 모습을 노래하였다. 역시 풍요와 다산을 비는 내용이거니와, 그밖에도 인간의 온갖 소망을 비는 내용을 담고 있다.

잡처용 雜處容

1) 원문

中門중문 안해 셔 겨신 雙處容쌍처용 아바
大王대왕이 殿座전좌를 ᄒᆞ시란ᄃᆡ
太宗大王태종대왕이 殿座전좌
外門외문 바씌
둥덩 다리러 로마
太宗태종를 ᄒᆞ시란ᄃᆡ
아으 寶錢七寶보전칠보 지여 살언간만
다롱 다로리 대링 디러리
아으 디렁 디러리 다로리

—『시용향악보』

2) 현대어역

중문 안에 서 계신 쌍처용 아비여
대왕이 전좌[12]를 하신즉
태종대왕이 전좌를 하신즉
외문 밖에

---

12) 전좌(殿座) : 친정(親政)·조하(朝賀) 때에 왕이 정전(正殿)에 나와 앉음.

둥덩 다리러 로마
태종대왕이 전좌를 하신즉
아 보전칠보[13] 지어 살아가건만
다롱 다로리 대링 디러리
아 디렁 디러리 다로리

3) 작품해설

조선전기의 무가로 궁중의 나례(儺禮)에서 불린 노래로 추정된다. 의미를 짐작키 어려운 조흥구와 문법적 구조에 어긋나는 의미부 때문에 해독이 쉽지 않다. 이는 노래의 신성성을 위해 뒷말을 일부러 줄였기 때문으로 보인다. 태종대왕이 전좌하면 그 권능 아래 보전칠보에 의지하여 살아갈 수밖에 없는 신세, 곧 신격의 소외와 무력감이 얼핏 내비친다. 한편 제명 '잡처용'과 노랫말 '쌍처용'이 서로 어긋나게 쓰였는데, 이는 혹 『시용향악보』 편찬자가 기왕의 왕실 〈처용가〉와 구분 짓기 위해 명명한 것일지도 모른다.

---

13) 칠보(七寶) : 일곱 가지의 보배. 무량수경(無量壽經)엔 금·은·유리·파리(玻璃)·마노(瑪瑙)·거거(硨磲)·산호로, 법화경(法華經)엔 금·은·마노·유리·거거·진주·매괴(玫瑰)로 적혀 있음.

삼성대왕 三城大王

1) 원문

瘴장 ᄀᆞᅀᆞ실가 三城大王삼성대왕
일 ᄋᆞᅀᆞ실가 三城大王삼성대왕
瘴장이라 難난이라 쇼셰란ᄃᆡ
瘴難장난을 져차쇼셔
다롱다리 三城大王삼성대왕
다롱다리 三城大王삼성대왕
녜라와 괴쇼셔

—『시용향악보』

2) 현대어역

장독[14] 가져가실까 삼성대왕
일[15] 빼앗으실까 삼성대왕
질병이며 재난을 씻으신즉
질병과 재난을 막아주소서
다롱디리 삼성대왕

14) 장독(瘴毒) : 장기(瘴氣). 축축하고 더운 땅에서 일어나는 독기. 더 넓혀 '열이 나는 질병' 정도의 뜻.

15) 일 : 여기서는 '큰 난리(변고)'의 뜻.

다롱디리 삼성대왕
옛날보다 사랑해주소서

3) 작품해설

이 또한 서낭신으로서 삼성대왕을 신격으로 삼은 무가인데, 앞선 경우들과 마찬가지로 훗날 궁중속악에 편입된 것으로 추정된다. 장독으로 대표되는 질병이나 큰일로서의 재난은 누구나 피하고 싶은 재액(災厄)이다. 이를 막아달라는 기원을 담은 노래이니, 무가의 본령에 근접한 작품이다. 한편 삼성대왕의 실체는 예로부터 황해도 구월산의 삼성사에서 제향(祭享)하는 환인(桓因)·환웅(桓雄)·단군천왕(檀君天王)의 세 성인을 가리킨다는 설이 있다.

대국 大國

1) 원문

술도 됴터라 드러라
고기도 됴터라 드로라
엇더다 別大王별대왕 들러신디
四百瘴難사백장난을 아니 져차실가
얄리 얄리 얄라
얄라셩 얄라

—『시용향악보』

2) 현대어역

술도 좋더라 들어라
고기도 좋더라 들어라
어쩌다 별대왕 들르신즉
사백장난[16]을 아니 쫓아내실까
얄리 얄리 얄라
얄라셩 얄라

---

16) 사백장난(四百瘴難) : 온갖 질병과 재난.

3) 작품해설

〈대국〉은 전 3편이 있는데, 그 중 〈대국 1〉이다. 나라와 백성의 안녕을 위해 별대왕이 온갖 질병과 재난을 물리친다는 내용을 담고 있다. 〈대국 1〉의 별대왕에 이어 〈대국 2〉에서는 천자대왕과 사랑대왕이 등장하여 명(命)과 복(福)을 나누어주고, 〈대국 3〉에서는 대국과 소국이 한데 어우러져 노니는 모습을 그렸다. 국태민안(國泰民安)을 비는 내용의 연작무가가 된다.

이상 언급한 작품들 외에 『시용향악보』에는 〈군마대왕(軍馬大王)〉·〈구천(九天)〉·〈별대왕(別大王)〉이 더 있는데, 이들 무가의 사설은 모두 여음구로만 구성되어 있어 여기서 더 다루지 않았다. 〈군마대왕〉은 궁중에서 말신[馬神]에게 제사를 지낼 때 불렀을 것으로 추정되며, 〈구천〉은 도교의 신으로 우리나라에 전래되어 다시 무속과 결합한 것으로 보인다. 마지막 〈별대왕〉은 특별한 신격을 칭송한 노래로 생각된다.

참요

백제동월륜요 百濟同月輪謠

1) 원문

百濟同月輪 백제동월륜
新羅如月新 신라여신월

—『삼국사기』

2) 현대어역

백제는 둥그런 보름달이고
신라는 초승달과 같다

3) 작품해설

백제의 멸망을 예언한 참요이다. 의자왕 20년(660)에 귀신이 나타나 "백제는 망한다. 백제는 망한다" 하고 땅속으로 들어가므로, 왕이 땅을 파보니 석 자쯤 들어간 곳에 거북이 한 마리가 있었다. 거북의 등에는 위 구절이 쓰여 있었다. 보름달은 꽉 찼으니 이제부터 기운다는 뜻이고, 신라는 초승달이니 지금부터 점차 차오른다는 의미가 된다. 과연 그 예언대로 백제는 신라에 의해 멸망하였다. 무릇 기운이 성할 때 더욱 진중하고 경계 삼아야 함은 예나 지금이나 소중한 교훈이 된다.

지리다도파요 智理多都波謠

1) 원문

智理多都波都波 지리다도파도파

—『삼국유사』

2) 현대어역

슬기로 다스리다 많이 달아나
도읍 무너지네 도읍 무너지네

3) 작품해설

헌강왕 때 호화로운 생활이 지나쳐 호국의 신들이 차례로 나타나 왕에게 경고의 신호를 보냈으나, 백성들은 오히려 이를 상서로운 일이라 여겨 더욱 사치를 일삼았다. 결국 오래지 않아 나라가 망하였다. 이 노래도 산신이 나타나 왕에게 춤을 추어 올리며 부른 것이다. 이는 대개 '지혜로(智) 나라를 다스리던(理) 자들이 미리 알고 많이(多) 도망가(逃) 도읍(都)이 장차 파괴된다(破)'는 뜻이었다. 신라의 멸망을 예언한 참요이다.

나무망국요 南無亡國謠

1) 원문

南無亡國 刹尼那帝 나무망국 찰니나제

判尼判尼蘇判尼 于于三阿干 鳧伊 판니판니소판니 우우삼아간 부이

娑婆訶 사바하

―『삼국유사』

2) 현대어역

나라가 망하네1) 여왕2) 때문에

두 소판3)과 세 아간4) 부호부인5) 때문에

나라는 망하고 마네6)

---

1) 나라가 망하네 : 원문의 '나무[南無]'는 범어 namas로 '돌아가 의지한다'는 뜻인데, 여기서는 뒤의 '망국(亡國)'과 결합하여 '나라가 망하게 될 것이다'라는 의미가 된다. 범어의 음차이기에 '나무'로 읽음.

2) 여왕 : 원문의 '찰니나제(刹尼那帝)'는 당시의 진성여왕을 가리킴.

3) 두 소판 : 원문의 '판니판니소판니(判尼判尼蘇判尼)'는 두 명의 소판(벼슬명)을 말함.

4) 세 아간 : 원문의 '우우삼아간(于于三阿干)'은 세 명의 총애 받는 아간(벼슬명)을 말함.

5) 부호부인 : 원문의 '부이(鳧伊)'는 진성여왕의 유모 부호부인(鳧好夫人)을 말하는데, 권력을 농단하여 정사를 어지럽혔음.

6) 나라는 망하고 마네 : 원문의 '사바하[娑婆訶]'는 불교의 진언으로, 앞에서 외운 주문의 끝에 붙여 그 소원이 원만히 이루어지기를 구하는 말.

3) 작품해설

신라 제51대 진성여왕이 임금이 된 지 몇 해 만에 유모인 부호부인과 그의 남편인 각간 위홍을 위시한 서너 명의 총신들이 권력을 마음대로 해서 정사를 어지럽히자, 도둑들이 벌떼처럼 일어났다. 나라사람들이 근심하여 이에 다라니[陀羅尼]의 은어를 지어 써서 길 위에 던졌다. 다라니는 범문(梵文)으로 된 긴 구(句)를 번역하지 않고 그대로 읽거나 외우는 것으로, 주문을 외어 재액을 없애는 기능을 한다. 이 노래 자체가 당시의 다라니 구실을 하였으니, 곧 혼란한 정치를 비판하고 망국을 예언한 참요가 된다.

계림요 鷄林謠

1) 원문

鷄林黃葉 계림황엽
鵠嶺靑松 곡령청송

—『삼국사기』

2) 현대어역

계림은 누런 낙엽이요
곡령은 푸른 소나무로다

3) 작품해설

계림은 신라의 별칭이다. 곡령은 개성의 송악산이니 고려를 지칭한다. 신라가 망하고 고려가 새로 일어날 것을 예언한 참요이다. 『삼국사기』에서는 최치원이 고려 왕건의 인물됨을 알아보고 이 문구를 써서 태조에게 문안하였다고 기록하였다. 하지만 이 노래가 개인의 창작물이라기보다는, 당시 민간에 떠돌던 참요를 최치원이 기록으로 정착시킨 것으로 보는 편이 더 타당하다. 민심은 언제나 위정자보다 더 정확히 세상 돌아가는 판을 읽는다.

완산요 完山謠

1) 원문

可憐完山兒 가련완산아
失父涕漣洏 실부체련이

—『삼국유사』

2) 현대어역

가엽구나 완산아이
애비 잃고 눈물짓네

3) 작품해설

후삼국시대의 참요로 『삼국유사』에 전한다. 후백제왕 견훤은 여러 부인에게서 10여 명의 아들을 두었는데, 그 중 넷째 금강이 키가 크고 지혜가 많아 견훤은 그에게 왕위를 물려주려 하였다. 그러자 신검·양검·용검 등 형들이 불만을 품고 모의하여, 아버지 견훤을 금산사에 가두고 금강을 살해한 후 신검이 대왕이라 칭하였다. 그러나 감시를 뚫고 탈출한 견훤이 고려태조 왕건에 몸을 맡기고 신검의 후백제를 쳐 멸망시켰다.

〈완산요〉는 이렇게 복잡한 정국을 빗대 당시 아이들이 부른 참요이다. 견훤은 호랑이 젖을 먹고 자라 후백제를 건국한 영웅이었지만, 자식들의 분란으로 인해 비참한 말년을 보내고 말았다. 여기서 '완산아이'는 한창 때의 영웅적 기개를 잃고 말년에 범부(凡夫)로 전락하고 만 견훤을 지칭한 것으로 보인다. 불꽃처럼 타올랐던 후백제의 짧은 역사와 함께 스러진 비극의 주인공. 조무래기 아이들의 입에 동정의 대상으로 올랐으니, 시절이 무상하고 그 생애가 자못 비감하다.

보현찰요 普賢刹謠

1) 원문

何處是普賢刹 하처시보현찰
隨此畫同刀殺 수차획동도살

—『고려사』

2) 현대어 해석

보현사가 어디멘고
이 금 따라 다 죽으리라

3) 작품해설

고려중기 무신의 난을 예언한 참요이다. 의종은 무신을 천대하고 문신을 우대하였다. 왕이 문신들과 보현사에서 연회를 즐기며 놀 때 문신 한뢰가 대장군 이소응의 빰을 때린 사건이 일어났다. 정중부는 얼마 전에 김부식의 아들 김돈중이 자신의 수염을 촛불로 태웠던 일을 생각하고는 분노하였다. 이에 평소 불만을 품었던 무신 이의방·이고 등과 함께 난을 일으켜 문신을 대거 살해하였다. 왕을 내쫓은 뒤 왕의 아우를 명종으로 옹립하여 실권을 장악하였다. 이 무렵 아이들이 무신 정변의 장소와 그 참화를 입에 올린 것이다.

《 호목요 瓠木謠 》

1) 원문

瓠之木枝 切之 一水鐥 호지목지 절지 일수선

陋台木枝 切之 一水鐥 누태목지 절지 일수선

去兮 去兮 遠而去兮 거혜 거혜 원이거혜

彼山之嶺 遠而去兮 피산지령 원이거혜

霜之不來 磨鎌刈麻 去兮 상지불래 마겸예마 거혜

－박노래·『증보문헌비고』

2) 현대어역

박넝쿨 가지 끊어 물 한 대야

느티나무 가지 끊어 물 한 대야

가세 가세 멀리 가세

저 산마루 멀리 가세

서리 오기 전에 낫 갈아 삼 베러 가세

3) 작품해설

고려 고종 때 유행한 참요이다. 집권층의 착취로 인해 굶주림을 벗어날 수 없는 백성들의 고단한 신세를 통탄하면서, 그러한 처지를 벗어나 행복한 삶을 지향하고자 하는 염원을 담았다. 집안의 박넝쿨을 모두 거둬들여도 남는 것은 한 대야뿐인 빈곤한 삶을 그렸다. 이에 현실의 비참한 처지를 박차고 떠나 새로운 희망의 공간으로 떠나가자는 염원을 드러낸 후, 마지막으로 지배계층에 맞서 새로운 삶을 창조하자는 강한 의지를 내비쳤다. '박노래'라 일컫기도 한다.

만수산요 萬壽山謠

1) 원문

萬壽山煙霧蔽 만수산연무폐

―『증보문헌비고』

2) 현대어역

만수산에 안개 가득 덮였구나

3) 작품해설

고려 충렬왕은 원나라의 부마로서 정사를 소홀히 하고 춤과 노래로 잔치를 일삼았다. 그러던 중 원나라의 세조가 죽자 왕은 더 이상 의지할 곳을 잃었는데, 이를 만수산에 안개가 덮여 바라보지 못하는 것으로 비유하였다. 백성들이 원나라만 바라보고 의지하는 충렬왕의 처사를 못 마땅히 여겨 부른 참요이다. 정체성을 잃은 군주와 함께한 시대. 그 폐해는 고스란히 민중이 떠안을 수밖에 없는 노릇이다.

묵책요 墨冊謠

1) 원문

用綜布作都目 용종포작도목

政事眞墨冊 정사진묵책

我欲油 아욕유

今年麻子少 금년마자소

噫不得 희부득

—『증보문헌비고』

2) 현대어역

가는 베로 도목[7]을 만들었지만

정사가 정말 묵책[8]이로구나

내가 기름을 먹여두려 해도

올해는 삼씨가 귀해

아 그나마 얻지 못하겠네

---

7) 도목정사(都目政事) : 매년 음력 유월과 섣달에 벼슬아치의 성적을 평가하여 벼슬을 떼거나 올리던 일.

8) 묵책(墨冊) : 너무 지웠다 썼다 해서 먹투성이가 된 책. 뇌물비리를 풍자한 표현.

3) 작품해설

고려 충숙왕 때 유행한 참요이다. 인사를 담당했던 관리 김지경이 벼슬아치를 새로 뽑거나 자리 이동을 할 때마다 뇌물을 받고 결정하였다. 이에 도목책의 명단을 하도 썼다 지웠다 하는 바람에 책이 먹투성이로 너덜너덜하게 되었다. 도목정사(都目政事)는 매년 음력 유월과 섣달에 벼슬아치의 성적을 평가하여 벼슬을 떼거나 올리던 일을 말한다. 백성들이 김지경의 이러한 비행을 참다 못해 이 노래를 불렀다. 탐관오리의 뿌리는 참 질기기도 하다.

아야요 阿也謠

1) 원문

阿也 麻古之那 아야 마고지나
從今去 何時來 종금거 하시래

—『고려사』

2) 현대어역

아야 망가지라
이제 가면 언제 오리

3) 작품해설

고려 충혜왕 때 불린 참요이다. 왕은 원나라를 지나치게 섬겨 백성들이 원망하였다. 백성들은 그가 원나라에서 변고를 당해 다시 돌아오지 말 것을 바랐는데, 실제로 왕이 원나라 악양에 가서 고국에 돌아오지 못한 채 죽었다. 당시 사람들이 위 노래를 해석하여 "악양에서 죽는 괴로움이여 / 오늘 가면 언제나 돌아오려나(岳陽亡故之難 今日去何時還)" 라고 풀이하였다. 민중에게 배척당하는 지도자를 둔 나라. 왕이 더 괴로울까, 백성이 더 괴로울까.

우대후요 牛大吼謠

1) 원문

牛大吼 龍離海 우대후 용리해
淺水弄淸波 천수농청파

—『고려사』

2) 현대어역

소가 크게 우니 용은 바다를 떠나
얕은 물에서 물살 치며 노누나

3) 작품해설

고려 공민왕 때 홍건적의 난으로 인해 왕이 안동으로 피난 갔는데, 이를 풍자하여 부른 참요이다. '소가 크게 운다[牛大吼]'는 구절은 홍건적이 침략한 해가 신축년(辛丑年)이기에, 곧 소띠 해에 큰 난리가 났음을 비유적으로 표현한 것이다. '용이 바다를 떠났다[龍離海]'는 표현 또한 왕이 궁궐을 떠나 피난 간 사실을 빗댄 표현인 바, 실제로 왕은 안동까지 피난 갔음에도 불구하고 영호루에 가 호숫가에서 배를 타고 놀았다. 공민왕의 잘못된 처신을 비난한 노래이다. 역사는 되풀이되는 것일까. 공민왕의 몽진(蒙塵)은 이후 임진왜란과 한국전쟁 때의 선례로 남고 말았다.

남구요

1) 원문

忽有一南寇 홀유일남구
深入臥牛峰 심입와우봉

—『고려사』

2) 현대어역

갑자기 남구[9]가 나타나
와우봉으로 깊이 들어가네

3) 작품해설

역시 홍건적의 난을 빗댄 참요이다. 붉은빛은 방위로 치면 남쪽에 해당한다. 따라서 홍건적의 침입으로 큰 난리가 난 것을 내용으로 한 노래이다. 사건을 구체적인 설명하지 않고 에둘러 표현하였다. 『고려사』에는 이들 노래 끝머리에 "옛적에 그 말을 들었더니 이때에 그 효험을 보았다"고 하였다. 이 노래의 예언적 기능을 놓치지 않고 적은 해설인 바, 곧 참요적 성격을 제대로 짚은 설명이 된다.

---

9) 남구(南寇) : 홍건적. 남쪽 방위와 붉은빛이 서로 통하기 때문에 이렇게 표현하였음.

이원수요 李元帥謠

1) 원문

西京城外火色 서경성외화색
安州城外煙光 안주성외연광
往來其間李元帥 왕래기간이원수
願言救濟黔蒼 원언구제검창

—『고려사』

2) 현대어역

서경성 밖 불빛이요
안주성 밖 연기로다
그 사이에 오고가는 이원수
우리 백성 구제하소

3) 작품해설

이성계의 위화도 회군에 앞서 마을에 이 참요가 돌았다. 얼마 후 위화도 회군으로 군권을 장악한 이성계를 예찬하는 내용의 노래이다. 아마도 이성계 측에서 선동을 목적으로 퍼뜨렸을 것이다. 도탄에 빠진 민중을 구제할 메시아적 이미지로 이성계를 그리고 있어 그 의도가 짙게 드러나지만, 역사는 고려의 멸망과 조선의 창업으로 귀결되고 말았다.

목자득국요 木子得國謠

1) 원문

木子得國 목자득국

―『고려사』

2) 현대어역

나무 아들 나라 얻네
(남의 아들 나라 얻네)

3) 작품해설

병사와 백성들이 부른 노래로 고려의 멸망을 예언한 참요이다. 일종의 파자요(破字謠)인데, 사람들은 이런 류의 파자가 더욱 주술성이 높다고 믿었다. 그래서 짧은 노래지만 참요적 성격이 강하다. '이(李)'를 '목(木)'과 '자(子)'로 쪼개었으니, 결국 '나무 아들'은 이성계가 된다. 다른 한편으로는 아들이 없는 공민왕에게 신돈이 자기 아이를 가진 여인을 왕에게 바쳐 그 아이가 왕이 되게 하였다는 설이 있다. 그것이 '남의 아들'이니, 우왕을 '신우(辛禑)'라 일컬은 것이 이 때문이다. 어쨌거나 고려가 망하고 새 왕조가 들어서는 것이 하늘의 뜻임을 노래하였다.

남산요 南山謠

1) 원문

彼南山往伐石 피남산왕벌석
釘無餘 정무여

—『증보문헌비고』

2) 현대어역

저 남산에 가 돌을 캐니
정이란 남음이 없네

3) 작품해설

이는 조선 태조의 세자책봉에 불만을 품은 방원 형제의 거사로 정도전과 남은이 죽게 되리라는 예언을 한 참요이다. 태조 이성계는 많은 자녀를 두었는데, 후처인 신덕왕후의 소생인 방석을 세자로 삼았다. 정도전을 비롯한 신료들이 모두 세자 쪽에 가담하였으므로, 전처 소생인 방원 형제가 불만을 품고 거사하여 세자는 물론이고 정도전과 남은이 살해되었다. 참요에서 말하는 '정(釘)'은 정도전의 '정'과 음이 같고, '남음'은 '남은'을 뜻한다. 즉 정도전으로 대표되는 세자세력이 살아남지 못했음을 뜻한다. 권력을 둘러싼 골육상쟁의 참혹한 정쟁을 배경으로 하였다.

사모요 詐謀謠

1) 원문

忠誠詐謀乎 擧動喬桐乎 충성사모호 거동교동호
興淸運平置之何處 흥청운평치지하처
乃向荊棘底歸乎 내향형극저귀호

—『용천담적기』

2) 현대어역

충성이 사모냐 거동이 교동이냐
흥청 운평 어디 두고
가시 밑에 돌아가노

3) 작품해설

연산군의 폭정과 방탕한 생활, 그리고 비극적 최후를 예언한 참요이다. 왕은 신하들의 사모(紗帽)에 '충성(忠誠)'이라 써 붙이게 하였으니, 노래에서 음이 같은 '사모(詐謀)'로 조롱한 것이다. 또 전국의 미색(美色)을 뽑아 올려 운평(運平)이라 하고, 다시 친히 고른 미녀를 흥청(興淸)이라 하였다. 여기서 '흥청망청(興淸亡淸)'이라는 용어가 생겨났다. 결국 그는 중종반정으로 권좌에서 쫓겨나 강화의 교동도에 유배되어 최후를 맞았는데, 그 거처가 가시 울타리로 되어 있었다. 바른 정치가 아니면 군주의 절대권력도 비참하게 끝맺을 수 있음을 일러준다.

미나리요

1) 원문

장다리는 한철이고
미나리는 사철이라

―(구전)

2) 작품해설

숙종 때 장희빈의 폐위와 인현왕후의 복위를 예언한 참요이다. 인현왕후 민씨는 덕망이 높았으나 후사(後嗣)를 잇지 못하여, 희빈 장씨가 간택되어 경종을 낳았다. 장희빈은 간교한 꾀로 인현왕후를 별궁으로 내쫓고 왕비가 되었으나, 뒤늦게 왕이 참회하여 장씨를 폐하고 민비를 다시 맞아들였다. 장다리와 미나리의 생태를 성씨에 얹어 대조시켜 노래하였기에, 더욱 재미를 준다.

홍경래요

1) 원문

철산 치오 가산 치오 정주 치오

—(구전)

2) 작품해설

순조 12년 홍경래의 난에 앞서 항간에 떠돌던 참요이다. 홍경래는 부패한 세도정치에 맞서 난을 일으켰는데, 10일도 안 되어 철산·가산·정주 등 청천강 이북 평안도 지역을 거의 장악하였다. 도탄에 빠진 민중이 조정에 등을 돌리고 홍경래군에 협조하였기 때문이다. 노래에는 혁명이 부디 성공하여 나라의 기강을 바로잡고 모두 잘살 수 있는 세상으로 바꾸어달라는, 민중의 염원이 담겨 있다.

가보세요

1) 원문

가보세 가보세
을미적 을미적
병신 되면 못 간다

—(구전)

2) 작품해설

동학과 관련된 참요이다. 전봉준에 의해 일어난 동학농민전쟁은 고종 31년인 갑오(甲午)년에 시작되어 을미(乙未)년을 거쳐 병신(丙申)년에 끝났다. 음의 유사성을 빌어 전쟁의 경과를 예언한 한편, 새로운 세상이 열리기를 바라는 민중의 염원을 담았다. 농민전쟁에 참여할 것을 강하게 선동하기도 하였다. 참요의 두 기능, 예언과 선동이 동시에 발현된 전형적 노래이다.

그밖에 동학과 관련된 참요로는 〈전봉준요〉·〈김개남요〉·〈녹두새요〉·〈파랑새요〉 등 많은 노래가 전한다. 민중의 고난은 어느 한계를 넘어서면 대개 혁명으로 진척되어 나아갔다. 그리고 그것들은 봉건제도의 강고한 벽 앞에 좌절을 맛보곤 하였지만, 한 켜 한 켜 자양으로 쌓여 훗날의 더 나은 세상을 예비하는 동력이 되었다. 조선후기의 숱한 민중봉기도 그 연장선상에서 역사적 의미를 갖는다.

나비잠요

1) 원문

사대문 걸고 나비잠만 잔다

—(구전)

2) 작품해설

고종 때 서북지역에서 불린 참요로서, 러일전쟁을 예언하였다. 조선을 둘러싸고 일본·러시아·청·영국 등 강대국이 침략의 기회를 엿보고 있는 형국에서도, 대원군은 쇄국정책으로 일관하면서 고립을 자초하였다. 급박한 세계정세에도 불구하고 조정이 아무런 대책 없이 낮잠만 잔다는 비유로, 위정자의 무능을 한탄하고 풍자한 노래이다. 지도자의 올바른 판단과 정책 하나가 나라와 겨레의 운명을 좌우함은 예나 이제나 변함이 없다.

악장

용비어천가 龍飛御天歌

1) 원문·현대어역

〈제1장〉

海東六龍해동육룡이 ᄂᆞᄅᆞ샤
일마다 天福천복이시니
古聖고성이 同符동부ᄒᆞ시니

해동육룡[1]이 나시어[飛]
일마다 천복이시니
옛 성군들과 일치하시니[2]

〈제2장〉

불휘 기픈 남ᄀᆞᆫ ᄇᆞᄅᆞ매 아니 뮐씨
곶 됴코 여름 하ᄂᆞ니
새미 기픈 므른 ᄀᆞᄆᆞ래 아니 그츨씨
내히 이러 바ᄅᆞ래 가ᄂᆞ니

---

1) 해동육룡(海東六龍) : 해동은 우리나라, 육룡은 세종(世宗)의 6대조인 목조(穆祖)·익조(翼祖)·도조(度祖)·환조(桓祖)·태조(太祖)·태종(太宗)을 일컬음.

2) 고성동부(古聖同符) : 중국 옛 성군(聖君)들의 사적과 꼭 들어맞으시니. 실제로 3장 이하 109장까지는 극히 일부만 제외하고 앞 절에서 중국의 사적을, 뒷 절에서 위 6대조의 사적을 대비시켜 노래하였음.

뿌리 깊은 나무는 바람에 아니 흔들릴새
꽃 좋고 열매 많나니
샘이 깊은 물은 가뭄에 아니 그칠새
내 이루어 바다로 가나니

〈제3장〉

周國大王주국대왕이 豳谷빈곡애 사ᄅᆞ샤
帝業제업을 여르시니
우리 始祖시조ㅣ 慶興경흥에 사ᄅᆞ샤
王業왕업을 여르시니

주국대왕이 빈곡에 살아
제업을 여시니3)
우리 시조가 경흥에 살아
왕업을 여시니4)

〈제4장〉

狄人적인ㅅ 서리예 가샤 狄人적인이 ᄀᆞᆯ외어늘
岐山기산 올ᄆᆞ샤도 하ᄂᆶ ᄠᅳ디시니
野人야인ㅅ 서리예 가샤 野人야인이 ᄀᆞᆯ외어늘
德源덕원 올ᄆᆞ샤도 하ᄂᆶ ᄠᅳ디시니

---

3) 중국 주(周) 무왕(武王)의 증조부인 고공단보(古公亶父)가 빈곡에 살며 훗날 주나라 창업의 기틀을 마련하였음.

4) 조선 태조(太祖)의 고조부인 목조(穆祖)가 경흥부로 옮겨 인심을 얻은 끝에 훗날 조선 창업의 기틀을 마련하였음.

적인 사이에 가시어 적인이 대적하거늘
기산으로 옮기심도 하늘의 뜻이시니[5)]
야인 사이에 가시어 야인이 대적하거늘
덕원으로 옮기심도 하늘의 뜻이시니[6)]

〈제7장〉

블근 새 그를 므러 寢室침실 이페 안ᄌᆞ니
聖子革命성자혁명에 帝祜제호ᄅᆞᆯ 뵈ᅀᆞᄫᆞ니
ᄇᆞ야미 가칠 므러 즘겟 가재 연ᄌᆞ니
聖孫將興성손장흥에 嘉祥가상이 몬졔시니

붉은 새 글을 물어 문왕의 침실 문 앞에 앉으니[7)]
무왕의 혁명[8)]에 하늘의 가호[9)]을 보이시니
뱀이 까치를 물어 큰 나뭇가지에 얹으니[10)]
태조가 장차 일어남에 길조가 먼저이시니[11)]

---

5) 주나라 태왕 고공단보가 빈곡에 사는데, 북쪽 오랑캐(흉노족)가 계속 침범하였다. 견디다 못해 기산으로 옮겨갔는데, 백성들이 그를 따라 옮겨 살았다. 중국에서는 스스로를 중화(中華)라 하고, 나머지는 각각 동이(東夷)·서융(西戎)·남만(南蠻)·북적(北狄)이라 일컬으며 오랑캐로 취급하였음.

6) 목조에 이어 익조가 경흥에 계속 사는데, 야인(여진족)이 그를 시기하여 죽이려 하였다. 이를 피해 덕원으로 옮겨갔는데, 백성들이 그를 따라 옮겨 살았음.

7) 새가 단서(丹書)를 물고 주 문왕(文王)의 침실 문에 날아와 앉았는데, 거기에는 이미 주나라에 천명이 옮겨와 있음을 암시하는 글귀가 적혀 있었음.

8) 문왕의 아들 무왕(武王)이 결국 은(殷)나라의 주(紂) 임금을 토벌하고 주(周)나라를 세웠음.

9) 제호(帝祜) : 하늘이 천제에게 내리는 복.

10) 도조(度祖)가 몇 백 보 떨어져 활을 쏘아 한 살에 두 마리 까치가 떨어졌는데, 큰 뱀이 이를 물어 나무에 얹고 먹지 않았음.

〈제13장〉

말ᄊᆞᄆᆞᆯ ᄉᆞᆯᄫᆞ리 하ᄃᆡ 天命천명을 疑心의심ᄒᆞ실ᄊᆡ
ᄭᅮ므로 뵈아시니
놀애ᄅᆞᆯ 브르리 하ᄃᆡ 天命천명을 모ᄅᆞ실ᄊᆡ
ᄭᅮ므로 알외시니

말씀을 사뢸 이 많되 천명을 의심하실새
꿈으로 재촉하시니[12]
노래를 부를 이 많되 천명을 모르실새
꿈으로 알리시니[13]

〈제30장〉

뒤헤는 모딘 도ᄌᆞᆨ 알ᄑᆡᄂᆞᆫ 어드ᄫᅳᆫ 길헤
업던 번게를 하ᄂᆞᆯ히 ᄇᆞᆯ기시니
뒤헤는 모딘 즁ᄉᆡᆼ 알ᄑᆡᄂᆞᆫ 기픈 모새
열ᄫᅳᆫ 어르믈 하ᄂᆞᆯ히 구티시니

뒤에는 모진 도적 앞에는 어두운 길에
없던 번개를 하늘이 밝히시니[14]

---

11) 도조의 손자인 태조가 장차 역성혁명(易姓革命)을 일으킴에 있어 상서로운 조짐이 먼저 일어났다는 뜻임.

12) 무왕에게 8백 명의 제후가 모였다. 이들은 주지육림(酒池肉林)에 빠져 학정을 일삼는 은나라 주 임금을 치도록 사뢰었으나 무왕은 이를 미루었다. 드디어 2년 후 꿈에 천명을 받고 거북점으로 확인한 후 거사를 일으켰다 함.

13) 태조가 위화도에서 회군할 무렵 그를 찬양하는 '이원수요'나 '목자득국요' 같은 참요가 나돌았다. 그래도 거사를 미루고 있던 중, 꿈에 신인(神人)이 나타나 금자[金尺]를 주며 권하기에 혁명을 일으켰다 함.

뒤에는 모진 짐승 앞에는 깊은 못에
엷은 얼음을 하늘이 굳히시니[15]

〈제34장〉

믈 깊고 ᄇᆡ 업건마ᄅᆞᆫ 하ᄂᆞᆯ히 命명ᄒᆞ실ᄊᆡ
ᄆᆞᆯ 톤 자히 건너시니이다
城성 높고 ᄃᆞ리 업건마ᄅᆞᆫ 하ᄂᆞᆯ히 도ᄫᆞ실ᄊᆡ
ᄆᆞᆯ 톤 자히 ᄂᆞ리시니이다

물 깊고 배 없건마는 하늘이 명하실새
말 탄 채 건너셨습니다[16]
성 높고 사닥다리 없건마는 하늘이 도우실새
말 탄 채 내리셨습니다[17]

〈제48장〉

굴허에 ᄆᆞᄅᆞᆯ 디내샤 도ᄌᆞ기 다 도라가니
半반길 노ᄑᆡᆫᄃᆞᆯ 년기 디나리잇가

---

14) 후당(後唐) 태조 이극용이 후량(後梁) 태조 주전충의 꾀임에 빠져 술에 취한 채 군사의 공격을 받았다. 이때 번갯불이 어두운 길을 비추어주어 간신히 도망칠 수 있었음.

15) 태조가 젊어서 사냥 중 갑작스런 표범의 습격을 받아 달아나다 보니 깊은 못이 가로막았다. 얼음이 엷어 건널 수 없는 상황이었으나 갑자기 굳어져 말을 탄 채 건널 수 있었음.

16) 금(金)나라 태조 아골타가 요(遼)나라 황룡부를 칠 때 혼동강(흑룡강)에 배가 없어 건널 수가 없었으나, 태조의 지시에 따라 그대로 말을 탄 채 건넜음.

17) 태조가 홍건적을 칠 때 적의 포위로부터 벗어나기 위해 말을 탄 채 높은 성에서 뛰어내렸으나 무사하였음.

石壁석벽에 ᄆᆞ롤 올이샤 도ᄌᆞᄀᆞᆯ 다 자ᄇᆞ시니
현 번 ᄠᅱ운ᄃᆞᆯ ᄂᆞ미 오ᄅᆞ리잇가

구렁에 말을 지나게 하시어 도적이 다 돌아가니
반 길 높이인들 여느 사람이 지나리이까[18]
석벽에 말을 올리시어 도적을 다 잡으시니
몇 번 뛰어오르게 한들 남이 오르리이까[19]

〈제53장〉

四海사해롤 平定평정ᄒᆞ샤 길 우희 양식(糧食) 니저니
塞外北狄새외북적인ᄃᆞᆯ 아니 오리잇가
四境사경을 開拓개척ᄒᆞ샤 셤 안해 도ᄌᆞᆨ 니저니
徼外南蠻요외남만인ᄃᆞᆯ 아니 오리잇가

사해천하를 평정하시어 길 위에 양식 잊으니
변방 밖 북쪽 오랑캐인들 아니 오리이까[20]
사방국경을 개척하시어 섬 안에 도적 잊으니
멀리 바깥 남쪽 오랑캐인들 아니 오리이까[21]

---

18) 금나라 태조가 혼자 좁은 골목에서 적에게 쫓겼다. 앞에 한 길 언덕이 가로막았으나 말을 탄 채 한 번 뛰어 넘어갔다. 추격병을 비롯하여 다른 이들은 반 길도 못 뛰어 넘었음.

19) 태조가 말을 달려 한달음에 왜적을 소탕하였다. 앞서 비장과 태종(이방원)을 보냈으나 오르지 못하였음.

20) 당 태종이 천하를 평정한 뒤 풍년이 들어 여행객들이 식량을 들고 다니지 않아도 되었다. 이렇게 천하가 태평해지자 돌궐이 투항하였음.

21) 태조가 국경을 확정하자 외적이 발호하지 못하였다. 남쪽 멀리 왜를 비롯하여 유구·샴 등에서 내조(來朝), 통상하게 되었음.

〈제67장〉

ᄀᆞᄅᆞᇝ ᄀᆞᇫ애 자거늘 밀므리 사ᄋᆞ리로ᄃᆡ
나거ᅀᅡ ᄌᆞᄆᆞ니이다
셤 안해 자싫 제 한비 사ᄋᆞ리로ᄃᆡ
뷔어ᅀᅡ ᄌᆞᄆᆞ니이다

강가에 자거늘 밀물이 사흘이로되
나가고 나서야 잠겼습니다[22]
섬 안에 자실 제 큰비가 사흘이로되
비우고 나서야 잠겼습니다 [23]

〈제87장〉

ᄆᆞᆯ 우흿 대버믈 ᄒᆞᆫ 소ᄂᆞ로 티시며
싸호ᄂᆞᆫ 한쇼ᄅᆞᆯ 두 소내 자ᄇᆞ시며
ᄃᆞ리예 떠딜 ᄆᆞᄅᆞᆯ 넌지시 치ᅘᅧ시니
聖人神力성인신력을 어ᄂᆞ 다 ᄉᆞᆯᄫᆞ리

말 위의 큰 범을 한 손으로 치시며[24]
싸우는 큰 소를 두 손에 잡으시며[25]

---

22) 원나라 백안이 송나라를 칠 때 전당강 가에 머물렀으나, 밀물이 사흘 동안 들어오지 않다가 군대가 나간 뒤에야 그곳이 잠겼음.

23) 태조가 위화도에 머무를 때 큰비가 사흘간 내렸으나, 회군한 뒤에야 비로소 그곳이 잠겼음.

24) 태조가 탄 말 위로 갑자기 범이 뛰어오르자, 오른손으로 후려치고는 활로 쏘아 쓰러뜨렸음.

25) 황소끼리 싸움이 붙어 아무도 말리지 못해 쩔쩔매고 있을 때, 태조가 나서 두 손으

다리에 떨어질 말을 넌지시 치키시니[26]
태조의 신통력을 어찌 다 사뢰리

〈제91장〉

아바님 이받ᄌᆞᄫᆞᇙ 제 어마님 그리신 눖므를
左右좌우ㅣ 하ᅀᆞᄫᅡ 아바님 怒노ᄒᆞ시니
아바님 뵈ᅀᆞᄫᆞᇙ 제 어마님 여희신 눖므를
左右좌우ㅣ 슬ᄊᆞᄫᅡ 아바님 일ᄏᆞᄅᆞ시니

아버님 이바지하올 제 어머님 그리워하신 눈물을
좌우가 헐뜯어 아버님 노하시니[27]
아버님 뵈오실 제 어머님 여의신 눈물을
좌우가 슬퍼하여 아버님 일컬으시니[28]

〈제110장〉

四祖사조ㅣ 便安편안히 몯 겨샤 현 고ᄃᆞᆯ 올마시뇨
몃 間간ㄷ 지븨 사ᄅᆞ시리잇고
九重구중에 드르샤 太平태평을 누리싫 제
이 ᄠᅳ들 닛디 마ᄅᆞ쇼셔

로 한 마리씩 갈라놓았음.

26) 안변 학포교를 지나며 조는 틈에 말이 발을 헛디뎌 다리에서 떨어지는데, 태조가 잽싸게 말의 귀와 갈기를 움켜쥐어 구해내었음.

27) 당 태종(太宗)이 궁중에서 고조(高祖)를 모시고 잔치를 할 때 돌아가신 모후를 그리워하여 눈물을 흘렸다. 이에 좌우 비빈(妃嬪)들이 참소하니 아버지 고종이 성을 내었음.

28) 조선 태종 이방원이 모후 신의왕후의 상(喪)에 시묘(侍墓)하고 돌아와 통곡하니 좌우가 다 슬퍼하였다. 이에 태조가 아들 태종의 효성을 칭찬하였음.

사조가 편안히 못 계시어 몇 곳을 옮기셨느뇨
몇 간 집에 사셨을꼬[29]
궁궐에 드시어 태평을 누리실 제
이 뜻을 잊지 마소서[30]

〈제125장〉

千世천세 우희 미리 定정ᄒᆞ샨 漢水北한수북에
累仁開國누인개국ᄒᆞ샤 卜年복년이 갓 업스시니
聖神성신이 니ᅀᆞ샤도
敬天勤民경천근민ᄒᆞ샤ᅀᅡ 더욱 구드시리이다
님금하 아ᄅᆞ쇼셔
落水낙수예 山行산행 가 이셔 하나빌 미드니잇가

천세 위에[31] 미리 정하신 한양[32]에
어진 덕 쌓아 나라 여시어 나라의 운세가 끝 없으시니
성스러운 임금이 이으셔도
하늘을 공경하고 백성을 부지런히 돌보셔야 더욱 굳으리이다
임금이시여 아소서
낙수에 사냥 가 있으면서 할아버지를 믿었습니까[33]

29) 사조는 목조(穆祖)·익조(翼祖)·도조(度祖)·환조(桓祖)를 일컫는다. 이들 선조가 태조의 조선 창업 이전 전주·삼척·덕원·경흥·영흥·함흥 등지를 전전하며 고생하던 지난날을 상기하는 대목.

30) 구중궁궐에서 태평성대를 누린다고 지난날 사조의 고생한 의미를 잊지 말라는 당부이다. 여기부터 마지막까지를 특히 '무망장(毋忘章)'이라 하는데, 이 제110~125장에서는 후대 왕들에 대한 권계(勸戒)의 내용을 담아 마무리하였음.

31) 천세 위에 : 아주 오래 전에.

32) 한수북(漢水北) : 한강 이북. 곧 한양.

2) 작품해설

〈용비어천가〉는 훈민정음 창제 이후 맨 처음 기록된 한글문학 작품이다. 정음 반포 전인 1445년에 세종의 명에 의해 권제·정인지·안지 등이 지은 장편악장으로서, '용비어천가'라는 제목은 세종 스스로 지었다. 전국에 태조의 사적을 조사해 올리도록 하였으니, 범국가적으로 진행된 사업이었음을 알 수 있다. 총 125장의 장편 서사시적 성격을 지닌 노래이다. 〈용비어천가〉는 우리말의 아름다움과 묘미를 마음껏 구사하여, 그 목적성을 뛰어넘는 문학적 가치를 보여주었다. 조선창업의 정당성을 높이기 위한 송덕가의 성격을 지니고 있다.

제1~2장은 서사로 조선개국의 심원함과 무궁한 번영을 기약하였다. 제1장에서의 해동육룡(海東六龍)은 세종(世宗)의 6대조인 목조(穆祖)·익조(翼祖)·도조(度祖)·환조(桓祖)·태조(太祖)·태종(太宗)을 일컫는다. 2장은 뿌리 깊은 나무와 샘이 깊은 물을 노래함으로써 왕업의 근원이 깊고 튼튼함을 표방했다. 제3~109장은 본사로 6대조의 영웅적 사적을 기리고 있다. 일부 예외를 제외하고는 앞 절에서 중국의 고사를, 뒷 절에서 6대조의 사적을 대응시켜 중국과 조선이 대등함을 은연중 강조하였다. 제110~125장은 결사로서 일명 '무망장(毋忘章)'이라고도 한다. 후세 임금들에 대해 선조들이 창업에 이르기까지 고생한 뜻을 잊지 말고 나라를 잘 지켜나가기를, 권고와 경계를 담아 마무리하였다.

---

33) 하나라 태강왕이 사냥을 좋아하여 정사를 돌보지 않았다. 낙수 남쪽까지 사냥을 나가 100일씩 돌아오지 않기도 하였다. 백성들이 그를 원망하여도 할아버지의 우왕(禹王)의 훌륭한 덕만 믿고 통치를 게을리하다가 결국 폐위당했음.

월인천강지곡 月印千江之曲

1) 원문·현대어역

끠ᅙᅵᇙ(其一)

외巍외巍 셕釋가迦뿛佛 무無량量무無변邊 공功득德을

겁劫겁劫에 어느 다 ᄉᆞᆯᄫᆞ리

높고 큰 석가모니 부처의 헤아릴 수 없고 끝 없는 공덕을

이 세상 다하도록 어찌 다 사뢰리[34]

끠ᅀᅵ(其二)

셰世존尊ㅅ 일 ᄉᆞᆯᄫᆞ리니 먼萬리里·외外ㅅ 일이시나

눈에 보논가 너기ᅀᆞᄫᆞ쇼셔

셰世존尊ㅅ 말 ᄉᆞᆯᄫᆞ리니 쳔千직載썅上ㅅ 말이시나

귀예 듣논가 너기ᅀᆞᄫᆞ쇼셔

세존[35]의 일 사뢰리니 만리 바깥 일이시나

눈에 보는 듯 여기시옵소서

세존의 말씀 사뢰리니 천년 전 말씀이시나

귀에 듣는 듯 여기시옵소서[36]

---

34) 제1장은 월인천강지곡 전체의 서사가 됨.

35) 세존(世尊) : 석가모니 부처의 높임말.

끠삼(其三)

하阿승僧끼祇 쪈前셰世겁劫에 님금 위位ᄅᆞ ᄇᆞ리샤

정精샤舍애 안잿더시니

오五빅百쪈前셰世 훤怨쓯讐ㅣ 나랏쳔 일버ᅀᅡ

정精샤舍ᄅᆞᆯ 디나아가니

아주 먼 전생에 임금 자리를 버리시어

정사에 앉아 계시더니

오백 전세 원수가 나랏돈을 훔쳐

정사 앞을 지나가니37)

끠ᄉᆞ(其四)

훵兄님ᄋᆞᆯ 모ᄅᆞᆯ씨 발자ᄎᆞᆯ 바다 남기 ᄢᅦ여

셩性명命을 ᄆᆞᄎᆞ시니

ᄌᆞ子식息 업스실씨 몸앳 필 뫼화 그르세 담아

남男녀女를 내ᅀᆞᄫᆞ니

형님을 모를새 발자취를 밟아 나무에 꿰어

생명을 마치시니

자식 없으실새 몸의 피를 모아 그릇에 담아

남녀를 내오니38)

---

36) 제2장도 1장에 이어 서사의 역할을 함.

37) 석가모니의 아득한 전생 이야기이다. 한 보살이 임금 자리를 아우에게 맡기고 도를 닦는데, 구담의 옷과 바꿔 입고 소구담이라 불리며 성 밖 감자원에 정사를 짓고 혼자 앉아 있었다. 때마침 500세 전 원수가 나랏돈을 훔쳐 정사 앞을 지나가니, 애꿎은 이 소구담이 오해를 받게 되었음.

끠오(其五)

어엿브신 명命즁終에 감甘쟈蔗씨氏 니ᅀᆞ샤ᄆᆞᆯ

때大꾸瞿땀曇이 일우니이다

아ᄃᆞᆨᄒᆞᆫ ᅘᅮᇢ後셰世예 셕釋가迦뿌ᇙ佛 ᄃᆞ외싫ᄃᆞᆯ

포普광光뿌ᇙ佛이 니ᄅᆞ시니이다

불쌍하게 생명을 마치신 후에 감자씨가 이으심을

대구담이 이루었습니다

아득한 후세에 석가모니 부처 되실 것을

보광불이 이르시었습니다[39]

2) 작품해설

세종이 지었다고 하는 장편악장으로서 불교 서사시적 성격을 지닌 작품이다. 원래 상·중·하 3권이었으나 지금은 상권 1책과 중권의 낙장(落張)만이 전한다. 1446년 3월 소헌왕후 심씨가 죽자 세종은 고인의 명복을 빌기 위해 아들 수양대군에게 석가모니의 일대기인『석보상절』을 편찬하게 했다. 세종이 이를 바탕으로 하여 석가모니의 일대기를 시 형식으로 읊은 〈월인천강지곡〉을 지었다고 하지만, 실제로는 김수온 등이 참여했을 것으로 보인다. 사랑하는 이의 죽음 앞에서는 억불숭유

38) 정사에 앉아 도 닦던 인물이 형님인 줄 모르는 까닭에 도둑의 자취를 밟아가서 형님을 도둑인 줄 알고 잡아서 나무에 꿰어 목숨을 마치게 하였다. 대구담이 자식이 없는 까닭에 억울하게 죽은 소구담의 몸에 남은 피를 모아 그릇에 담아서 열 달만에 남녀를 만들어내었음.

39) 대구담의 정성으로 소구담의 피가 남녀로 태어나 감자씨로 자손이 이어지게 되었다. 이때 보광불이 감자씨의 선혜(善惠)를 보고 먼 후세에 석가모니 부처가 될 것이라 말하였음.

(抑佛崇儒)의 왕조이념도 무색한 법. 세종의 인간적 고뇌가 읽히는 작품이다.

상권에 실린 노래만 194곡인 것으로 보아 원래 582곡 안팎의 노래가 실려 있었을 것으로 추정된다. 『월인석보』에 실린 노래까지 합하면 약 440곡이 남아 있다. 제목 '월인천강지곡'은 '부처가 백억 세계에 모습을 드러내 교화를 베푸는 것이 마치 달이 즈믄 가람에 비치는 것과 같다'는 뜻이다. 석가모니의 일대기를 우리말로 창작함으로써 새로운 느낌이 나게 개작하였고, 이로써 불교문학이 한글문학의 한 자리를 차지하게 되었다. 〈용비어천가〉가 6대조의 영웅적 활약을 노래한 왕실서사시라면, 〈월인천강지곡〉은 석가모니의 일대기를 노래한 불교서사시가 된다.

납씨가 納氏歌

1) 원문

納氏恃雄强납씨시웅강ᄒᆞ야

入寇東北方입구동북방ᄒᆞ더니

縱傲誇以力종오과이력ᄒᆞ니

鋒鋭봉예라 不可當불가당이로다

我后아후ㅣ 倍勇氣배용기ᄒᆞ샤

挺身衝心胸정신충심흉ᄒᆞ샤

一射일사애 斃偏裨폐편비ᄒᆞ시고

再射재사애 及魁戎급괴융ᄒᆞ시다

裹瘡不可救과창불가구ㅣ라

追奔星火馳추분성화치ᄒᆞ더니

風聲풍성이 固可畏고가외어늘

鶴唳학려도 亦堪疑역감의로다

卓矣莫敢當탁의막감당ᄒᆞ니

東方동방이 永無虞영무우ㅣ로다

功成공성이 在此擧재차거ᄒᆞ시니

垂之千萬秋수지천만추ㅣ샷다

―『악장가사』

2) 현대어역

나하추[納哈出][40]가 강함을 믿어
동북방[41]으로 침입해 오더니
자신의 힘을 오만하게 뽐내니
성질이 날카롭고 민첩하여 당해낼 수 없더라
우리 태조가 용기를 더하시어
앞장서 몸을 내던질 각오로 의기 충천하시어
화살 한 방에 편장·비장[42]을 쓰러뜨리고
두 번째 살로 우두머리를 없앴도다
창으로 둘러싸니 가히 구할 수 없더라
바삐 추격하기를 혜성처럼 말달리니
바람소리가 진실로 두려워하거늘
학 울음소리 또한 두려워하다
뛰어나도다 감히 당할 수 없으니
우리나라에 근심이 영원히 없어졌도다
공을 이룬 것이 이와 같으니
천만 세월에 드리워졌도다

---

40) 나하추[納哈出] : 원말(元末)·명초(明初)의 무장. 심양에 자리를 잡고 활동하면서 만주 북부 일대에서 크게 세력을 떨쳤다. 고려 말 동북면의 영흥에 쳐들어왔음.

41) 동북방 : 함경도 영흥.

42) 편장(偏長)·비장(裨將) : 대장을 옆에서 돕는 장수.

3) 작품해설

조선초기 정도전이 지은 송축가로서 태조의 무공을 찬양하고 조선창업을 정당화하기 위한 목적으로 지은 작품이다. 궁중아악으로 쓰였다. 5언한시에 토씨를 단 한시현토체 형식의 노래이다. 원나라 장수 나하추[納哈出]가 고려를 침입하자 이성계가 나아가 물리쳤고, 이로 인해 나라에 영원히 근심이 없고 그 공이 길이 빛날 것이라는 내용이다. 〈궁수분〉·〈정동방곡〉과 함께 〈무덕곡〉으로 통칭되기도 한다.

신도가 新都歌

1) 원문

녜는 楊州양주ㅣ ᄀᆞ올히여
디위예 新都形勝신도형승이샷다
開國聖王개국성왕이 聖代성대를 니르어샷다
잣다온뎌 당금경(當今景) 잣다온뎌
聖壽萬年성수만년ᄒᆞ샤 萬民만민의 咸樂함락이샷다
아으 다롱다리
알픈 漢江水한강수여 뒤흔 三角山삼각산이여
德重덕중ᄒᆞ신 江山강산 즈으메 萬歲만세를 누리쇼셔

—『악장가사』

2) 현대어역

옛날에는 양주 고을이여
이번에 새 도읍 빼어난 모습이로다
개국성왕[43]이 태평성대를 이루셨도다
도성답구나 지금의 모습 도성답구나
성수만년[44]하시니 온 백성 모두의 즐거움이로다

---

43) 개국성왕(開國聖王) : 나라를 여신 거룩한 임금. 여기서는 태조를 일컬음.

아으 다롱다리
앞은 한강수여 뒤는 삼각산이여
덕 많으신 강산 사이에서 만세를 누리소서

3) 작품해설

태조가 조선창업에 이어 한양으로 천도하자 개국공신 정도전이 새 도읍과 임금의 덕을 찬양하고 만수무강을 빈 노래이다. 모든 문장이 감탄형어미로 끝나고 있어, 한시현토체를 벗어나 국문악장으로 나아가고 있음을 보여준다. 한양천도를 계기로 하여 나라의 위엄을 높이고 자손만대의 번영을 기약하고자 하는 뜻을 잘 나타낸 송축가로서, 악장 문학의 특성을 잘 드러내었다.

---

44) 성수만년(聖壽萬年) ; 성스러운 수명을 오래도록 누리심.

감군은 感君恩

1) 원문

四海사해 바닷 기픠는 닫줄로 자히리어니와
님의 德澤덕택 기픠는 어닉 줄로 자히리잇고
享福無疆향복무강ᄒᆞ샤 萬歲만세를 누리쇼셔
享福無疆향복무강ᄒᆞ샤 萬歲만세를 누리쇼셔
一竿明月일간 명월이 亦君恩역군은이샷다

泰山태산이 놉다컨마ᄅᆞᄂᆞᆫ 하ᄂᆞᆯ 해 몯 밋거니와
님의 놉ᄑᆞ샨 恩은과 德덕과ᄂᆞᆫ 하ᄂᆞᆯᄀᆞ티 노ᄑᆞ샷다
享福無疆향복무강ᄒᆞ샤 萬歲만세를 누리쇼셔
享福無疆향복무강ᄒᆞ샤 萬歲만세를 누리쇼셔
一竿明月일간 명월이 亦君恩역군은이샷다

四海사해 넙다ᄒᆞᆫ 바다ᄒᆞᆫ 舟楫주즙이면 건너리어니와
님의 너브샨 恩澤은택을 此生차생애 갑소오릿가
享福無疆향복무강ᄒᆞ샤 萬歲만세를 누리쇼셔
享福無疆향복무강ᄒᆞ샤 萬歲만세를 누리쇼셔
一竿明月일간 명월이 亦君恩역군은이샷다

一片丹心일편단심뿐을 하늘하 아ᄅᆞ쇼셔
白骨糜粉백골미분인둘 丹心단심이ᄯᆞᆫ 가ᄉᆡ리잇가
享福無彊향복무강ᄒᆞ샤 萬歲만세롤 누리쇼셔
享福無彊향복무강ᄒᆞ샤 萬歲만세롤 누리쇼셔
一竿明月일간 명월이 亦君恩역군은이샷다

—『악장가사』

2) 현대어역

사해 바다의 깊이는 닻줄로 재려니와
임금님의 은덕 깊이는 어느 줄로 잴 수 있겠습니까
(후렴)
끝없는 복 누리시어 만세를 누리소서
끝없는 복 누리시어 만세를 누리소서
밝은 달빛 아래 낚싯대 드리움이 또한 임금님 은혜이시도다

태산이 높다고 하지만 하늘 해에 못 미치거니와
임금님의 높으신 은덕은 하늘같이 높으시도다

사해 넓은 바다는 배를 타면[45] 건너려니와
임금님의 넓으신 은택을 한평생에 갚을 수 있겠습니까

일편단심뿐이라는 것을 하늘이시여 아소서

45) 주즙(舟楫) : 배와 노.

백골이 가루 된다 한들 단심[46]이야 없어지겠습니까
(2·3·4장의 후렴구는 줄임)

3) 작품해설

임금에 대한 송축을 노래한 대표적 악장이다. 상진의 작으로 알려져 있지만 정도전이나 하륜의 작으로 추정하기도 한다. 다른 악장에 비해 우리말 표현이 자연스러워 문학적 가치도 높다. 전 4장의 노래로 각 장은 임금의 은덕 칭송과 일편단심의 충성을 내용으로 한다. 사해·태산 등 스케일이 큰 자연물도 임금의 은혜에는 미치지 못한다는 독특한 대조가 효과적으로 쓰였다.

특히 각 장의 후렴구에서 '一竿明月'(자연 속 풍류)과 '君恩'(군주 예찬)을 한가지로 연결시키면서 마무리하고 있는데, 이러한 기법은 이후 많은 시조·가사 등에서 관습적으로 차용되었다. 맹사성의 〈강호사시가〉와 송순의 〈면앙정가〉는 물론 신흠·조존성의 시조 등에서도 이같은 구절로 마무리되고 있어, 가히 우리 시가문학사에 끼친 영향력을 가늠해볼 수 있다.

46) 단심(丹心) : 한결같이 충성스러운 마음.

평시조

1

가마귀 빠호는 골에 白鷺백로ㅣ야 가지마라
셩낸 가마귀 흰 빗출 새올세라
淸江청강에 잇것 시슨 몸을 더러일가 ᄒᆞ노라

—정몽주의 모친·『청구영언』

1) 현대어역

까마귀 싸우는 골에 백로야 가지 마라
성낸 까마귀 흰 빛을 질투할세라[1)]
청강에 이제껏 씻은 몸을 더럽힐까 하노라

2) 작품해설

정몽주의 어머니가 지었다고 알려진 작품이다. 정몽주가 이방원이 주최한 연회에 가기 전에 이 노래를 지어 경계하였다 한다. 까마귀는 검고 음흉한 사람들, 백로는 희고 고결한 사람, 골짜기는 정쟁의 장소, 청강은 정치에 나가기 전 몸담고 있던 맑은 학문의 세계를 의미한다.

---

1) 질투할세라 : 질투할까 두렵구나.

2

春山춘산에 눈 노긴 ᄇᆞ람 건듯 불고 간 듸 업다
잠간 비러다가 불리고쟈 마리 우희
귀 밋틔 ᄒᆡ무근 서리를 노겨볼가 ᄒᆞ노라

—우탁(1263-1342) · 『병와가곡집』

1) 현대어역

춘산에 눈 녹이는 바람 건듯 불고 간 곳 없다
잠깐 빌려다가 머리 위에 불리고자
귀 밑의 해묵은 서리를 녹여볼까 하노라

2) 작품해설

탄로가(歎老歌) 계열의 작품이다. 봄 산을 하얗게 덮고 있는 잔설이 봄바람에 모두 녹아 없어지니, 그 바람을 내 머리에도 불게하고 싶다는 내용이다. 그렇게 되면 내 흰머리도 모두 사라지지 않을까 하는 희망을 담아 노래하였다. 기발한 착상이 돋보인다. 한편 이 작품은 조선 후기의 여러 가곡집에서 우탁이 지은 것이라 기록하고 있지만, 원저자와 기록의 시기가 멀어 단정하기 어렵다.

3

ᄒᆞᆫ 손에 가시를 들고 또 ᄒᆞᆫ 손에 막ᄃᆡ 들고
늙ᄂᆞᆫ 길 가시로 막고 오ᄂᆞᆫ 白髮백발 막ᄃᆡ로 치랴ᄐᆞ니
白髮백발이 제 몬져 알고 즈럼 길로 오더라

—우탁 ·『병와가곡집』

1) 현대어역

한 손에 가시를 들고 또 한 손에 막대 들고
늙는 길은 가시로 막고 오는 백발은 막대로 치려했더니
백발이 제 먼저 알고 지름길로 오더라

2) 작품해설

역시 탄로가(嘆老歌) 계열의 작품이다. 백발을 막으려 막대를 휘두르고 또 가시로 막아 보았지만, 백발은 지름길로 나를 쫓아와 어김없이 늙게 되더라는 내용이다. 시간이라는 관념적 소재를 '가시로 막거나 막대로 칠 수 있는 물리적인 대상'으로 치환한 점이 돋보인다. 또한 세월의 흐름과 늙음이라는 다소 무거운 내용을 익살스러운 발상으로 표현하였기에, 많은 가집에 실려 전하며 인기를 끌었다.

4

梨花이화에 月白월백ᄒᆞ고 銀漢은한이 三更삼경인 제
一枝春心일지춘심을 子規자규ㅣ야 아라마는
多情다정도 病병인 냥ᄒᆞ여 좀 못드러 ᄒᆞ노라

— 이조년(1269-1343) · 『청구영언』

1) 현대어역

배꽃에 달이 밝고 은하수가 한밤중인 때
일지춘심[2]을 자규[3]야 알랴마는
다정도 병인 양하여 잠 못들어 하노라

2) 작품해설

님을 향한 애틋한 그리움을 봄밤을 소재로 하여 표현하였다. 배꽃·밝은 달·은하수의 은은하고도 맑은 시각적 이미지, 밤을 새워 우는 두견새의 한 맺힌 울음소리로 표현된 청각적 이미지가 잘 어울리는 작품이다. 한편 이 작품에서 그리움의 대상은 얼핏 연인처럼 보이지만, 혹 임금에 대한 그리움일 수도 있다. 한시에서 자규는 흔히 임금에 대한 그리움을 환기할 때 주로 사용되기 때문이다.

---

2) 일지춘심(一枝春心) : 한 가지에 담긴 봄 마음. 님을 그리는 애틋한 마음이 봄의 마음이고, 그것은 가녀린 마음이므로 하나의 가지로 표현하였음.

3) 자규(子規) : 접동새, 두견새. 촉(蜀) 망제(望帝)의 한(恨)이 깃들어 있다는 새.

5

구룸이 無心무심탄 말이 아마도 虛浪허랑ᄒᆞ다
中天중천에 ᄯᅥ 이셔 任意임의 ᄃᆞᆫ니며서
구타야 光明광명ᄒᆞᆫ 날 빗츨 ᄯᅡ라가며 덥ᄂᆞ니

—이존오(1341–1371) · 『청구영언』

1) 현대어역

구름이 무심하단 말이 아마도 허랑하다
중천에 떠 있어 마음대로 다니면서
일부러 밝은 햇빛을 따라가며 덮나니

2) 작품해설

구름은 대개 '무심한 구름'이 되어, 아무런 욕심 없이 하늘을 떠다니는 존재로 관습화되어 있다. 그러나 작가는 이런 관습에 동조하지 않는다. 여기서 구름은 일부러 그러하듯 해를 가리는 존재일 뿐이다. 소재가 지닌 기존의 문학적 관습을 벗어나 새로운 의미를 부여했다는 점에 이 시의 묘미가 있다. 해는 물론 임금을, 구름은 임금의 은덕을 가리는 존재의 상징이다.

6

綠駬霜啼녹이상제 술지게 먹여 시닉물의 씨셔 타고
龍泉雪鍔용천설악을 들게 ㄱ라 두러 메고
丈夫장부의 爲國忠節위국충절을 세워볼가 ᄒᆞ노라

—최영(1316-1388) · 『청구영언』

1) 현대어역

녹이상제[4] 살지게 먹여 시냇물에 씻어 타고
용천설악[5]을 들게 갈아 둘러 메고
장부의 위국충절을 세워볼까 하노라

2) 작품해설

무장의 씩씩한 기상을 표현한 작품이다. 녹이(綠駬)라는 날랜 말을 잘 길러 타고 용천(龍泉)이라는 좋은 칼을 잘 갈아 나라를 위해 힘써 싸우겠다는 말에서, 작가 최영의 충정을 읽을 수 있다. 아마 이러한 자세가 있었기에 고려말에 창궐했던 여러 전란에 큰 공을 세울 수 있었을 터이다.

4) 녹이상제(綠駬霜啼) : 명마(名馬)의 날랜 발굽.
5) 용천설악(龍泉雪鍔) : 보검(寶劍)의 눈처럼 시퍼런 칼날.

7

白雪백설이 ᄌᆞᄌᆞ진 골에 구룸이 머흐레라
반가온 梅花매화는 어ᄂᆡ 곳의 퓌엿는고
夕陽석양의 호올노 셔셔 갈 곳 몰나 ᄒᆞ노라

—이색(1328 -1396) · 『병와가곡집』

1) 현대어역

백설이 잦아진[6] 골에 구름이 험하구나
반가운 매화는 어느 곳에 피었는고
석양에 홀로 서서 갈 곳 몰라 하노라

2) 작품해설

고려 말 지식인의 고뇌가 잘 표현된 작품이다. 구름이 험해진 골짜기는 고려말의 어지러운 정치현실을 상징하고, 겨울을 이겨내고 핀 매화는 충신을 상징한다. 이색은 그 희망을 위해 길을 걸어가고 싶어하지만, 정작 매화가 어디에 피었는지 알 수 없다는 점에서 고민은 여전하다. 점점 앞길이 보이지 않는 어둠으로 빠져드는 옛 왕조 고려. 그렇기에 작가는 자신이 서 있는 시·공간을 석양으로 표현한 것이다.

---

6) 잦아진 : 녹아 없어진.

8

이런들 엇더ᄒᆞ며 져런들 엇더ᄒᆞ료
萬壽山만수산 드렁츩이 얼거진들 긔 엇더ᄒᆞ리
우리도 이ᄀᆞᆺ치 얼거져 百年백년ᄭᆞ지 누리리라

—이방원(1367-1422) · 『청구영언』

1) 현대어역

이런들 어떠하며 저런들 어떠하리
만수산 드렁칡이 얽어진들 어떠하리
우리도 이같이 얽어져 백년까지 누리리라

2) 작품해설

일명 〈하여가(何如歌)〉로 알려진 작품이다. 훗날의 조선 태종 이방원이 고려의 충신 정몽주를 포섭하기 위해 이 노래로 은근히 마음을 떠보았다. 만수산에서 자라는 칡이 서로 얽히어 자라가듯이 우리 또한 같이 얽혀 살아가는 것이 어떻겠느냐는 권유를 담고 있다. 새로운 왕조가 정당성을 얻고 추진력을 지니기 위해서는 고려유신들의 협조가 필수적이었을 텐데, 그러한 속뜻이 자연물의 비유 속에 담겨 있다.

9

이 몸이 주거 주거 一百番일백번 고쳐 주거
白骨백골이 塵土진토ㅣ되여 넉시라도 잇고 업고
님 向향ᄒᆞᆫ 一片丹心일편단심이야 가싈 줄이 이시랴

―정몽주(1337-1392) · 『청구영언』

1) 현대어역

이 몸이 죽어 죽어 일백번 다시 죽어
백골이 진토 되어 넋이라도 있고 없고
님 향한 일편단심이야 바뀔 줄이 있으랴

2) 작품해설

앞 〈하여가(何如歌)〉에 대한 답시 〈단심가(丹心歌)〉이다. 같이 얽혀 한평생을 누리자는 은근한 회유에 '내가 일백 번을 죽었다 살아난다고 해도 님(고려왕조)을 향한 마음을 바꾸지 않겠다'고 답한다. 권력을 지닌 자의 의중을 거스를 때 어떠한 결과를 초래하는가. 이러한 권력의 속성을 정몽주가 몰랐을 리 없다. 그는 죽음을 각오한 채 이 노래를 불렀다. 그렇기에 더욱 비장하다.

10

五百年오백년 都邑地도읍지를 匹馬필마로 도라드니
山川산천은 依舊의구ᄒᆞ되 人傑인걸은 간듸 업다
어즈버 太平烟月태평연월이 꿈이런가 ᄒᆞ노라

-길재(1353-1419) · 『청구영언』

1) 현대어역

오백년 도읍지를 필마[7]로 돌아드니
산천은 의구[8]하되 인걸은 간 데 없다
어즈버[9] 태평연월이 꿈이런가 하노라

2) 작품해설

고려왕조의 화려했던 오백년은 개성을 중심으로 이루어졌다. 그러나 조선왕조가 들어서자 상황은 크게 바뀐다. 정치·문화의 중심지는 한양으로 옮겨갔고, 이 흐름을 따라 인물들도 모두 한양으로 내려갔다. 예전의 번화한 도읍을 떠올리며 한 마리 말을 타고 도착한 개성. 이곳에서 변하지 않은 것은 산과 강이란 자연적 표지뿐. 태평성대를 구가했던 고려의 인물들과 충의의 기개는 사라지고 없다. 이 작품은 그 쓸쓸함을 노래하였다.

---

7) 필마(匹馬) : 한 마리의 말.
8) 의구(依舊) : 예전과 같음.
9) 어즈버 : 시조 종장 첫머리에 관습적으로 붙는 감탄사. '아' 정도의 의미.

11

눈 마자 휘어진 대를 뉘라셔 굽다턴고

구블 節절이면 눈 속에 프를소냐

아마도 歲寒高節세한고절은 너뿐인가 ᄒᆞ노라

—원천석(1330–?) · 『청구영언』

1) 현대어역

눈 맞아 휘어진 대를 뉘라서 굽었다 하던가

굽을 절개라면 눈 속에서 푸를쏘냐

아마도 세한고절[10]은 너뿐인가 하노라

2) 작품해설

이 시조의 작가 원천석은 태종 이방원의 어릴 적 스승이었다. 고려가 망하고 조선이 건국되자 그는 서울을 떠나 원주로 내려갔다. 이는 역성혁명에 의해 건국된 조선을 정통성을 지닌 왕조로 인정할 수 없다는 무언의 시위였다. 이후 태종이 세 번이나 그를 찾아 정계로 복귀할 것을 권유했지만, 그는 끝까지 그 곳에서 살다가 생을 마치게 된다. 이 작품은 그의 이러한 강직한 성품을 잘 드러내고 있다. 여기서의 눈은 시련, 대나무는 절개를 상징한다.

---

10) 세한고절(歲寒高節) : 추위 속에서도 고고히 지키는 절개.

12

興亡흥망이 有數유수ᄒᆞ니 滿月臺만월대도 秋草추초ㅣ로다
五百年오백년 都業도업이 牧笛목적에 부쳐시니
夕陽석양에 지나는 客객이 눈물계워 ᄒᆞ노라

–원천석 ·『병와가곡집』

1) 현대어역

흥망이 유수[11]하니 만월대[12]도 추초[13]로다
오백년 도업[14]이 목적[15]에 부쳤으니
석양에 지나는 객이 눈물겨워 하노라

2) 작품해설

고려의 망국을 한탄한 노래이다. 흥하고 망하는 것이 다 정해진 운수가 있는데, 쇠락의 운수에 의해 옛 궁궐터는 시든 가을 풀이 어지럽게 자라나 있다. 그곳이 궁궐터였음을 아는지 모르는지 소 치는 아이들은 풀피리를 불며 아무렇지도 않게 그곳을 지나다닌다. 석양에 그곳을 지나던 작가는 왕조의 허망한 몰락에 눈물을 흘리고 있다. 모든 정황이 쓸쓸하기 그지없다.

---

11) 유수(有數) : 운수가 정해져 있음.
12) 만월대(滿月臺) : 고려의 궁궐이었던 개경의 건덕전(乾德殿).
13) 추초(秋草) : 가을 풀.
14) 도업(都業) : 도성에서 이루어졌던 왕조의 업적.
15) 목적(牧笛) : 목동의 피리 소리.

13

仙人橋선인교 나린 물이 紫霞洞자하동에 흘너 드러
半千年반천년 王業왕업이 물소릐뿐이로다
아희야 故國興亡고국흥망을 물어 무슴ᄒᆞ리오

—정도전(1337-1398) · 『홍씨본 청구영언』

1) 현대어역

선인교[16] 내린 물이 자하동[17]에 흘러 들어
반천년[18] 왕업이 물소리뿐이로다
아희야 고국흥망을 물어 무엇하리오

2) 작품해설

역시 고려의 망국을 한탄한 노래이다. 선인교·자하동 등 개경의 구체적 지명을 거론해 사실감을 살리고 있다. 사람의 소리가 들리지 않는 버려진 땅. 그 땅엔 무심한 물소리만 들리고 있다. 어찌 나라가 망했다고 사람의 소리가 전혀 없을까마는, 그러한 소재들로 노래를 채우고 있음은 그것들만 느껴질 정도로 지은이의 심정이 허무했기 때문일 터이다.

---

16) 선인교(仙人橋) : 개성 자하동에 있는 다리 이름.
17) 자하동(紫霞洞) : 개성 송악산 기슭에 있는 고을 이름.
18) 반천년(半千年) : 오백년.

14

대쵸 볼 불근 골에 밤은 어이 쁫드르며
벼 뷘 그르헤 게ᄂᆞᆫ 어이 ᄂᆞ리ᄂᆞᆫ고
술 닉쟈 체 쟝ᄉᆞ 도라가니 아니 먹고 어이리

—미상[19)]·『청구영언』

1) 현대어역

대추 볼 붉은 골에 밤은 어이 떨어지며
벼 벤 그루터기에 게는 어이 내리는가
술 익자 체 장수 돌아가니 아니 먹고 어이하리

2) 작품해설

가을의 풍성한 이미지를 잘 표현한 작품이다. 붉게 익은 대추, 알이 벌어져 떨어지는 밤, 벼의 수확, 수확한 자리에 슬금슬금 나타나는 논게, 수확한 곡식으로 빚은 술 등이 가을 농촌의 풍요를 묘사하고 있다. 이렇게 한 해 농사를 마치고 나면 자연스레 술 생각이 돌고, 그 한 잔은 수고에 대한 보상과 그로 인한 행복감의 표상이 된다. 이 작품을 황희의 작이라 본다면, 여기서 백성들의 소박한 행복을 바라는 청백리 정승의 마음을 읽을 수 있다.

---

19) 『진본 청구영언』에는 미상으로 되어 있으나, 후대의 몇 가집에서는 이 시조의 작가를 황희(1363~1452)로 표기하였음.

15

朔風삭풍은 나모 긋틔 불고 明月명월은 눈 속에 츤듸
萬里邊城만리변성에 一長劍일장검 집고 셔스
긴 ᄑ람 큰 ᄒᆞᆫ 소릐에 거칠 거시 업세라

—김종서(1390-1453) · 『청구영언』

1) 현대어역

삭풍[20]은 나무 끝에 불고 명월은 눈 속에 찬데
만리변성[21]에 일장검 짚고 서서
긴 바람[22] 큰 한 소리에 거칠 것이 없어라

2) 작품해설

김종서는 세종 때 북방지역에 육진을 개척하여 현재의 국경선을 정립시킨 인물이다. 그곳에 살고 있던 오랑캐를 몰아내고 우리의 백성을 진주시키기 위해서는 지략과 더불어 용력도 필요했을 것이다. 삭풍과 눈이라는 악조건 속에서도 한 자루 긴 칼에 의지해 영토를 개척해낸 장수의 기개가 잘 드러나 있다.

20) 삭풍(朔風) : 북풍.
21) 만리변성(萬里邊城) : 국경에 쌓아 올린 성.
22) 긴 바람 : 긴 휘파람.

16

가마귀 검다 ᄒᆞ고 白鷺백로ㅣ야 웃지 마라
것치 거믄들 속조차 거믈소냐
것 희고 속 검을슨 너뿐인가 ᄒᆞ노라

—미상 · 『청구영언』

1) 현대어역

까마귀 검다 하고 백로야 웃지마라
겉이 검은들 속조차 검을쏘냐
겉 희고 속 검은 것은 너뿐인가 하노라

2) 작품해설

세태를 풍자한 노래이다. 사람의 겉모습과 속마음이 항상 일치하는 것이 아님을 까마귀와 백로를 끌어들여 비유적으로 표현하였다. 겉과 속을 동일시하는 현상은 현대에 더욱 팽배해 있다. 지금의 드라마나 영화에서도 선한 사람은 항상 미남미녀가 맡고, 악한 사람은 항상 그보다 못한 인물의 사람이 맡는데, 그것은 외양이 그럴 듯하면 속도 선량할 것이라는 대중의 고정관념을 이용한 것이다. 현대의 이러한 외모중시 풍조에 경종을 울릴 만한 작품이다.

17

首陽山수양산 ᄇᆞ라보며 夷齊이제를 恨한하노라
주려 주글진들 採薇채미도 ᄒᆞᄂᆞᆫ 것가
아모리 푸새엣 거신들 긔 뉘 ᄯᅡ헤 낫ᄃᆞ니

–성삼문(1418-1456) · 『청구영언』

1) 현대어역

수양산[23] 바라보며 이제[24]를 한하노라
굶주려 죽을진들 채미[25]도 하는 것인가
아무리 푸성귀의 것인들 그 누구 땅에 났더냐

2) 작품해설

수양산에 들어가 고사리를 캐먹다가 굶어 죽은 백이와 숙제의 고사를 활용하여, 작가의 굳건한 절의를 드러낸 작품이다. 사육신 성삼문의 충절은 작품에서 오히려 백이·숙제를 뛰어넘고 있다. 한편 이 작품은 뛰어난 수사법으로도 유명하다. 백이와 숙제의 고사에 등장하는 '수양산'은 단종을 몰아내고 왕위에 오른 수양대군, 곧 세조를 중의하고 있으며, '이제' 또한 백이와 숙제라는 의미 외에 '이제(지금)'를 겹으로 의미하기 때문이다.

---

23) 수양산(首陽山) : 중국에 있는 산 이름. 백이(伯夷)와 숙제(叔齊)가 숨어 살았던 곳.
24) 이제(夷齊) : 백이(伯夷)와 숙제(叔齊). 둘 다 절의(節義)의 상징적 인물임.
25) 채미(採薇) : 고사리를 캐어 먹음. 백이와 숙제는 주나라가 건국되자 이를 의롭지 못한 것으로 여겨, 수양산에 들어가 고사리를 캐어 먹다가 굶어 죽었음.

18

이 몸이 주거 가셔 무어시 될꼬 ᄒᆞ니
蓬萊山봉래산 第一峰제일봉에 落落長松낙락장송 되야 이셔
白雪백설이 滿乾坤만건곤홀 제 獨也靑靑독야청청ᄒᆞ리라

—성삼문 · 『청구영언』

1) 현대어역

이 몸이 죽어 가서 무엇이 될꼬 하니
봉래산[26] 제일봉에 낙락장송[27] 되어 있어
백설이 만건곤[28]할 때 독야청청[29] 하리라

2) 작품해설

소나무는 다른 나무들과 달리 겨울에도 잎이 여전히 푸르다. 따라서 대나무 등과 함께 절개의 상징으로 자주 등장한다. 여기서의 소나무 역시 '독야청청'의 이미지로 쓰였다. 초장의 죽음 이미지는 작가인 성삼문이 사육신이라는 역사적 사실과 잘 어울린다. 같은 맥락에서 '백설이 만건곤할 때'는 충신들이 사라져 버린 어지러운 정국의 비유가 된다. 충신의 기개가 절절히 살아 있다.

---

26) 봉래산(蓬萊山) : 금강산(金剛山)의 여름철 이름. 원래 봉래산은 신선이 산다는 전설상의 산.
27) 낙락장송(落落長松) : 가지가 치렁치렁 늘어진 큰 소나무.
28) 만건곤(滿乾坤) : 온 세상에 가득함. 건곤은 하늘과 땅. 곧 온 세상.
29) 독야청청(獨也靑靑) : 홀로 푸름.

19

房방 안에 혓는 燭촉불 눌과 離別이별ᄒᆞ엿관ᄃᆡ
눈물을 흘니면셔 속 타는 줄 모로는고
우리도 져 燭촉불 ᄀᆞᆺ도다 속 타는 줄 모로노라

—이개(1417-1456) · 『병와가곡집』

1) 현대어역

방 안에 켰는 촛불 누구와 이별하였길래
눈물을 흘리면서 속 타는 줄 모르는고
우리도 저 촛불 같도다 속 타는 줄 모르노라

2) 작품해설

작가를 모르는 상황이라면 이 노래는 어떤 여인의 사랑노래로 이해할 만하다. 작품에 나타난 섬세한 정서와 이별과 눈물 등 시어가 여성 작가에 더 어울리기 때문이다. 그러나 이 시조는 사육신 이개의 작이다. 이러한 상황을 역사적 사실과 결합시켜 이해할 때 여기서 님은 단종이 되며, 이별은 단종폐위 시국을 의미하게 된다. 충신연주지사(忠臣戀主之詞)의 전통을 이은 작품이 된다.

20

간밤의 부든 ᄇᆞ람 눈셔리 치단 말가
落落長松낙락장송이 다 기우러 가노ᄆᆡ라
ᄒᆞ물며 못다 퓐 곳치야 일너 무엇ᄒᆞ리오

—유응부(?-1456) · 『병와가곡집』

1) 현대어역

간밤에 불던 바람에 눈서리도 쳤단 말인가
낙락장송이 다 기울어 가는구나
하물며 못다 핀 꽃이야 말해 무엇하리오

2) 작품해설

사육신의 한 사람인 유응부의 작품이다. 당시의 무도한 정치현실에 대한 비판적 시각이 시어 하나하나에 녹아 있다. 바람과 눈서리는 세조의 무도한 정변, 낙랑장송은 선왕 때부터 충절을 지켜온 오래된 신하들, 못다 핀 꽃은 아직 젊은 신진관료들을 비유한 표현이 된다.

21

千萬里천만리 머나먼 길에 고은 님 여희읍고
내 ᄆᆞ음 둘 듸 업서 냇ᄀᆞ에 안자이다
져 물도 내 안 ᄀᆞᆺ도다 우러 밤길 녜놋다

—왕방연(?–?) · 『청구영언』

1) 현대어역

천만리 머나먼 길에 고운 님 여의옵고[30]
내 마음 둘 데 없어 냇가에 앉았도다
저 물도 내 안[31]과 같도다 울며 밤길 가는구나

2) 작품해설

왕방연의 작품으로 잘 알려진 노래이다. 왕방연은 의금부도사가 되어 세조의 명을 받고 단종에서 사약을 전하러 내려갔던 인물이다. 왕의 명령에 의해 어쩔 수 없이 약은 전해 주었지만 어찌 마음이 편했으랴. 돌아오는 길, 냇둑에 앉아 망연히 흘러 내려가는 강물을 바라다보며 이 노래를 지었을 게다. 그의 비극적 심정은 냇물에 의탁되어 나타나고 있다. 전형적인 감정이입 기법이 쓰였다.

30) 여의옵고 : 이별하고.
31) 안 : 속마음.

22

간밤의 우던 여흘 슬피 우러 지내여다
이제야 싱각ᄒᆞ니 님이 우러 보내도다
져 물이 거스리 흐로고져 나도 우러 녜리라

1) 현대어역

간밤에 울던 여울[32] 슬피 울며 지나가도다
이제야 생각하니 님이 울어 보냈도다
저 물을 거슬러 흘리고저 나도 울어 보내리라

–미상[33] · 『청구영언』

2) 작품해설

작품의 내용만으로 살핀다면 님의 이별을 슬퍼하며 부른 노래이다. 님과 헤어져 홀로 지낸 간밤. 밖에서 들리는 냇물 소리가 무엇인지 몰랐지만, 잠깬 오늘 아침에 다시 생각해보니 그것은 님이 보낸 울음소리였던 것이다. 이 물을 거꾸로 흐르게 할 수 있다면 나 역시 님에게 나의 슬픔을 전해 줄 수 있을 것이란 생각이 종장에 드러나 있다. 냇물 소리가 울음소리라는 착상도 뛰어나지만, 종장의 냇물을 거꾸로 흐르게 하고 싶다는 발상이 더욱 뛰어나다.

---

32) 여울 : 냇물이나 강의 물살이 빠르고 얕은 곳.

33) 『가곡원류』 등 몇 가집에서는 생육신의 한 사람인 원관란의 작품이라고도 적혀 있음.

23

가마귀 눈비 마자 희는 듯 검노믹라
夜光明月야광명월이 밤인들 어두오랴
님 向향흔 一片丹心일편단심이야 고칠 줄이 이시랴

—미상[34] . 『청구영언』

1) 현대어역

까마귀 눈비 맞아 희는 듯 검노매라
야광명월이 밤인들 어두우랴
님 향한 일편단심이야 고칠 줄이 있으랴

2) 작품해설

본질적인 것은 변할 수 없는 법이다. 까마귀는 눈을 맞아 잠시 동안 흰빛일 수 있지만, 눈이 녹자마자 금방 본연의 검은빛을 드러낸다. 밤에 빛나는 달 역시 아무리 어둠이 그것을 가리려고 해도 가능한 일이 아니다. 님을 향한 나의 마음 역시 변함없음을 노래한 작품이다. 한편 이 시조는 박팽년의 작이라고도 전하는데, 그렇게 보면 노랫말이 사육신인 그와 더욱 잘 어울린다.

---

34) 『청구영언』을 제외한 여러 가곡집에서는 작가를 박팽년(1417-1456)이라 하였음.

24

金生麗水금생여수ㅣ라 ᄒᆞᆫ들 물마다 金금이 나며
玉出崑崗옥출곤강이라 ᄒᆞᆫ들 뫼마다 玉옥이 나랴
아모리 女必從夫여필종부ㅣᆫ들 님마다 ᄌᆞᄎᆞ랴

—미상[35] · 『병와가곡집』

1) 현대어역

금이 여수[36]에서 난다한들 물마다 금이 나며
옥이 곤강[37]에서 난다한들 산마다 옥이 나랴
아무리 여필종부[38]인들 님마다 좇으랴

2) 작품해설

경우에 따라 판단이 달라질 수 있음을 노래하고 있다. 여수의 모든 물에서 금이 날 수는 없으며, 곤륜산의 모든 곳에서 옥이 날 수는 없는 법. 즉 경우에 따라 상황이 달라지듯이, 여인이라고 해서 모든 남자를 따를 수는 없는 노릇이다. 한편 이를 박팽년의 작이라 했을 때, '아무나 섬겨서는 안된다'는 이 작품의 주제가 사육신의 행적과 잘 맞아떨어진다.

---

35) 다른 가곡집에서는 작가를 박팽년으로 적었음.

36) 여수(麗水) : 중국에 있는 지명.

37) 곤강(崑崗) : 곤륜산. 곤륜산은 서왕모(西王母)가 살며, 불사의 물이 흐르는 신선경이라 믿어졌음.

38) 여필종부(女必從夫) : 여자는 남편의 뜻을 따라야 함.

25

長劍장검을 빠혀 들고 白頭山백두산에 올라 보니
大明天地대명천지에 腥塵성진이 잠겨셰라
언제나 南北風塵남북풍진을 헤쳐볼고 ᄒᆞ노라

—남이(1441-1468) · 『청구영언』

1) 현대어역

긴 칼을 빼어 들고 백두산에 올라 보니
대명천지[39]에 성진[40]이 잠겼구나
언제나 남북풍진[41]을 헤쳐볼까 하노라

2) 작품해설

장군으로서 씩씩한 기상이 잘 드러나는 작품이다. 백두산에 올라 아래를 내려다 보니 밝은 세상이 먼지 속에 잠겨 있다. 그 먼지를 걷어내어 다시 밝은 세상으로 되돌리고자 하는 뜻을 담아냈다. 여기서 성진(腥塵, 피비린내 나는 먼지)은 북쪽 오랑캐들의 크고 작은 침략을 뜻하는 말이 된다.

한편 남이는 젊어서 다음과 같은 시를 지은 적이 있는데, 이것이 화근이 되어 젊은 나이에 죽음을 맞았다. 이 시의 세 번째 구절 '미평국

---

39) 대명천지(大明天地) : 환하게 밝은 세상.
40) 성진(腥塵) : 피 비린내 나는 티끌. 여기서는 백두산 주변 오랑캐들의 소란을 의미함.
41) 남북풍진(南北風塵) : 남쪽과 북쪽의 먼지바람. 즉 북쪽 오랑캐와 남쪽 왜구들.

(未平國)'에 반역(反逆)의 마음이 들어 있다는 것이 그 구실이었다.

白頭山石磨刀盡 백두산석마도진	백두산 돌은 칼 갈아 닳았고
豆滿江流飮馬無 두만강류음마무	두만강 물은 말 먹여 말랐다
男兒二十未平國 남아이십미평국	사나이 스무 살에 나라를 평정치 못하면
後世誰稱大丈夫 후세수칭대장부	후세에 그 누가 대장부라 말해주리

26

ᄆᆞ음이 어린 後후ㅣ니 ᄒᆞᄂᆞᆫ 일이 다 어리다
萬重雲山만중운산에 어ᄂᆡ 님 오리마ᄂᆞᆫ
지ᄂᆞᆫ 닙 부ᄂᆞᆫ ᄇᆞ람에 힝혀 권가 ᄒᆞ노라

—서경덕(1489~1546) · 『청구영언』

1) 현대어역

마음이 어린[42] 후이니 하는 일이 다 어리다
만중운산[43]에 어찌 님이 오리마는
지는 잎 부는 바람에 행여[44] 그인가 하노라

2) 작품해설

작가가 서경덕이라고는 하지만, 노랫말은 다분히 여성적이다. 아마도 작가는 님과 이별한 후 깊은 산속으로 들어갔나 보다. 그러나 여전히 미련을 버리지 못하고 님이 찾아주기를 기다리고 있다. 밖에서 들리는 나뭇잎 바스락거리는 소리마저 혹시 님의 발자국 소리가 아닐까 여기는 마음에서 작가의 애틋한 마음을 엿볼 수 있다. 화담에게 글을 배우러 오던 황진이를 생각하며 지은 글이라는데, 학문밖에 모르는 화담도 그녀에게는 마음이 흔들렸나보다.

42) 어린 : 어리석은.
43) 만중운산(萬重雲山) : 만 겹으로 쌓인 깊고 높은 구름 낀 산 속.
44) 행여 : 혹시나.

27

秋江추강에 밤이 드니 물결이 ᄎᆞ노ᄆᆡ라
낙시 드리치니 고기 아니 무노ᄆᆡ라
無心무심ᄒᆞᆫ ᄃᆞᆯ빗만 싯고 뷘 ᄇᆡ 저어 오노라

월산대군(1454-1488) · 『청구영언』

1) 현대어역

추강[45]에 밤이 드니 물결이 차구나
낚시 들이치니 고기 아니 무는구나
무심한 달빛만 싣고 빈 배 저어 오노라

2) 작품해설

한적한 가을밤, 강물 위에 낚싯배를 띄워두고 유유자적하는 정을 노래했다. 작가는 아무런 욕심이 없어 보인다. 물고기를 몇 마리 잡을 때까지 배를 강에 더 띄어 두겠다든지 하는 억지가 없다. 그저 고기가 물면 무는 대로 안 물면 안 무는 대로 있다가 느긋이 집으로 돌아갈 심산이다. 이런 무욕(無慾)의 배 위로 역시 무심(無心)한 달빛만이 비치고 있다. 욕심 없는 작가의 삶이 마치 한 폭의 풍경화처럼 그려져 있다.

---

45) 추강(秋江) : 가을 강.

28

이시렴 브듸 갈따 아니 가든 못ᄒᆞᆯ쏘냐
無端무단이 슬튼야 ᄂᆞᆷ의 말을 드럿는야
그려도 하 애도래라 가는 뜻을 닐러라

—성종(1457-1494) · 『병와가곡집』

1) 현대어역

있으려무나 반드시 갈까 아니 가진 못할쏘냐
무단히[46] 싫더냐 남의 말을 들었느냐
그래도 하[47] 애닯구나 가는 뜻을 일러라

2) 작품해설

헤어짐의 아쉬움을 노래한 작품이다. 첫 구절 '있으렴'에 작품의 주제가 담겨 있다. 하지만 작가의 이러한 만류에도 불구하고 님은 떠나는 정황이다. "꼭 가야 하는가? 안 가고는 안 되는가? 아무 이유 없이 내가 싫더냐? 남이 나를 모함하는 말을 들었느냐?"를 연속적으로 되뇌며 떠나가는 이유에 대해 질문하고 있다. 이러한 점층적 질문을 통해 작가의 아쉬운 마음을 진하게 드러내고 있다.

---

46) 무단히 : 아무 이유 없이.
47) 하 : 매우.

29

聾岩농암애 올아 보니 老眼노안이 猶明유명ㅣ로다
人事인사ㅣ 變변ᄒᆞᆫ돌 山川산천ㅣ ᄯᆞᆫ 가실가
岩前암전에 某水某丘모수모구ㅣ 어제 본 ᄃᆞᆺᄒᆞ예라

—이현보(1467-1553) · 『농암집』

1) 현대어역

농암[48]에 올라 보니 노안이 유명[49]이로다
인사[50]가 변한들 산천이야 바뀔까
암전[51]에 모수모구[52]가 어제 본 듯하여라

2) 작품해설

이현보의 만년을 엿볼 수 있는 작품이다. 그는 벼슬이 형조참판·호조참판에까지 이르렀으나, 나이가 들자 고향 예안으로 낙향하여 강호에 묻혀 시를 지으며 한거하였다. 이 작품에는 그러한 정황이 잘 나타나 있다. 어린 시절 뛰어놀았던 냇가와 바위가 여전히 그 자리에 있음을 보고 어제 본 듯한 느낌을 그려내었다. 비록 몸은 늙었을지언정, 여전히 변함없이 자리를 지키는 바위와 물이 작가를 평온한 세계로 이끌고 있다.

---

48) 농암(聾岩) : 이현보의 고향인 경상도 예안군 분강(汾江)가에 있는 바위 이름. '귀머거리 바위'란 뜻으로 작가의 호(號)이기도 함.

49) 유명(猶明) : 오히려 밝아짐.

50) 인사(人事) : 사람이 만들어낸 일들.

51) 암전(岩前) : 바위 앞.

52) 모수모구(某水某丘) : 이런 저런 하천과 바위들.

30

歸去來귀거래 歸去來귀거래 말쁜이오 가리 업싀
田園전원이 將蕪장무ᄒᆞ니 아니 가고 엇지 ᄸᅵᆯ고
草堂초당애 淸風明月청풍명월이 나명들명 기ᄃᆞ리ᄂᆞ니

—이현보 · 『농암집』

1) 현대어역

귀거래[53] 귀거래 말뿐이오 갈 이 없네
전원이 장무하니[54] 아니 가고 어찌 될까
초당[55]에 청풍명월[56]이 나며들며 기다리나니

2) 작품해설

역시 작가의 만년 의식세계를 보여준다. 사람들은 흔히 도연명의 〈귀거래사(歸去來辭)〉를 애창하며 그 정신을 본받고자 한다. 하지만 실제로 이를 실천하는 이는 그리 많지 않은 현실을 초장에서 비판하고 있다. 중장과 종장에서는 자신이 귀거래 하는 까닭을 부연하였다. 논밭에 무성히 자라기 시작한 풀들을 김매야 한다는 것이 현실적 이유라면, 초가집을 드나드는 청풍명월에 대한 그리움은 다분히 낭만적 이유가 된다. 복잡한 정가를 떠나고픈 심회를 잘 그려내었다.

---

53) 귀거래(歸去來) : 시골로 돌아감. 도연명의 〈귀거래사(歸去來辭)〉에서 취한 말.

54) 전원장무(田園將蕪) : 시골의 밭과 들판이 장차 무성해짐. 도연명 〈귀거래사〉의 한 구절.

55) 초당(草堂) : 집의 원채 밖에 억새·짚 등으로 지붕을 인 조그마한 집채.

56) 청풍명월(淸風明月) : 맑은 바람과 밝은 달.

31

올히 달은 다리 학긔 다리 되도록애
거믄 가마괴 해오라비 되도록애
享福無疆향복무강ᄒᆞ샤 億萬歲억만세ᄅᆞᆯ 누리소셔

— 김구(1488-1534) · 『자암집』

1) 현대어역

오리의 짧은 다리 학의 다리 되도록
검은 까마귀 해오라기[57] 되도록
향복무강[58]하시어 억만세를 누리소서

2) 작품해설

이 작품은 김구가 중종 앞에서 부른 노래이다. 임금의 만수무강을 기원하고 있는데 그 발상이 기발하다. 오리의 짧은 다리가 학의 다리가 되거나 검은 까마귀가 해오라기의 흰색으로 바뀌는 것은 아무리 오랜 시간이 지나도 불가능하다. 그런 것이 이루어질 때까지 임금께서 복을 누리시라는 덕담이다. 이러한 기법과 주제의식은 고려의 속요 〈정석가〉와 소악부 〈오관산〉의 그것과도 맥이 닿아 있다.

---

57) 해오라기 : 백로.
58) 향복무강(享福無疆) : 복을 누림이 끝이 없음.

32

十年십년을 經營경영ᄒᆞ여 草廬三間초려삼간 지여내니
나 ᄒᆞᆫ 간 ᄃᆞᆯ ᄒᆞᆫ 간에 清風청풍 ᄒᆞᆫ 간 맛져 두고
江山강산은 들일 듸 업스니 둘러 두고 보리라

—송순(1493-1583) · 『청구영언』

1) 현대어역

십년을 경영하여 초려삼간[59] 지어내니
나 한 칸 달 한 칸에 청풍 한 칸 맡겨 두고
강산은 들일 데 없으니 둘러 두고 보리라

2) 작품해설

자연 속에 사는 운치를 노래하였다. 십년을 노력하여 장만한 조그마한 집. 그 집은 밤이면 밝은 달빛이 가득하고, 더울 적이면 시원한 바람으로 가득하다. 집 뒤로는 아마 병풍처럼 산이 둘러 있고, 앞으로는 강물도 흘렀나 보다. 그것을 마치 자신이 배치해 둔 듯 표현하였다. 전혀 욕심 없이, 그러나 누구보다 넉넉한 풍류의 경지를 절묘하게 그려내었다.

---

59) 초려삼간(草廬三間) : 방이 세 칸 뿐인 작은 초가집.

33

風霜풍상이 섯거친 날에 굿 픠온 黃菊花황국화를
金盆금분에 ᄀ득 다마 玉堂옥당에 보내오니
桃李도리야 곳이오냥 마라 님의 뜻을 알괘라

—송순 · 『청구영언』

1) 현대어역

풍상[60]이 섞어친 날에 갓핀 황국화를
금분[61]에 가득 담아 옥당[62]에 보내오니
도리[63]야 꽃인 양 굴지 마라 님의 뜻을 알리라

2) 작품해설

이수광의 『지봉유설』에 이 노래와 관련된 고사가 다음과 같이 전한다.

명종조에 임금의 정원에서 황국을 꺾어 옥당관에 내리면서 노래 한 편을 지어 올리라 하였다. 옥당관이 갑자기 당한 일이라 당황하여 미처 짓지 못하고 있었는데, 마침 송순이 추직총부의 재상으로 있었기에 부탁하여 지어 임금께 올렸다. 임금이 보고는 깜짝 놀라며 누가 지었는지를

60) 풍상(風霜) : 바람과 서리.
61) 금분(金盆) : 좋은 화분.
62) 옥당(玉堂) : 홍문관(弘文館)을 달리 부르던 말.
63) 도리(桃李) : 복숭아꽃과 오얏(자두)꽃. 화려하게 피었다가 금세 지는 꽃이기에, 때로는 절개가 없는 사람을 비유하는 시어로 쓰이기도 함.

물었다. 옥당관이 감히 숨기지 못하고 사실대로 말하니 큰 상을 내렸다.

결국 이 노래는 송순이 명종의 성은에 감격해 지은 것이다. 가을 늦서리에도 굴하지 않는 국화의 절개를 봄철 화려한 복숭아꽃·오얏꽃과 대조시켜 선비의 지절을 드러낸 기법 또한 뛰어나다.

34

頭流山두류산 兩端水양단수를 녜 듯고 이지 보니
桃花도화 뜬 묽은 물에 山影산영조ᄎᆞ 잠겨셰라
아희야 武陵무릉이 어ᄃᆡ메오 나는 옌가 ᄒᆞ노라

— 조식(1501-1572) · 『병와가곡집』

1) 현대어역

두류산[64] 양단수[65]를 옛날에 듣고 이제 보니
도화 뜬 맑은 물에 산영[66]조차 잠겼구나
아희야 무릉[67]이 어디요 나는 여긴가 하노라

2) 작품해설

지리산의 경치를 예찬한 노래이다. 복숭아꽃이 떠내려 오는 물줄기는 바로 위 어딘가에 복숭아꽃이 만발한 곳이 있다는 증거이며, 복숭아꽃이 만발한 두류산을 바로 신선의 세계로 여기고 있다. 도화(桃花)·무릉(武陵) 등의 시어에서 세속의 가치에 연연치 않는 작가의 정신세계를 짐작할 수 있다. 이러한 처세관에서 조식의 성리학적 학문세계가 완성될 수 있었다.

---

64) 두류산(頭流山) : 지리산의 다른 이름.
65) 양단수(兩端水) : 두 갈래로 흐르는 물.
66) 산영(山影) : 산 그림자.
67) 무릉(武陵) : 도연명의 〈도화원기(桃花源記)〉에 나오는 이상향. 세속을 떠난 별천지를 의미함.

35

嚴冬엄동에 뵈옷 닙고 岩穴암혈에 눈비 마자
구룸 씬 볏 뉘롤 쬔 적이 업건마는
西山서산에 히 지다 ᄒᆞ니 눈물겨워 ᄒᆞ노라

—조식 · 『청구영언』

1) 현대어역

엄동[68]에 베옷 입고 암혈[69]에 눈비 맞아
구름 낀 별 세상을 쬔 적이 없건마는
서산에 해 진다 하니 눈물겨워 하노라

2) 작품해설

작가 조식은 한 번도 정계에 발을 들여 놓지 않았던 인물이다. 젊은 시절 두어 번 과거시험 낙방 후 오로지 산림에 묻혀 자신의 학문을 탐구하였다. 이 노래의 초장과 중장은 그의 그러한 행적과 연관시킬 때 또렷이 이해된다. 즉 한겨울에 입은 베옷과 바위굴에서 눈비를 맞으며 자랐다는 것은 평생 호사와는 거리가 먼 삶을 살아왔음을 말해준다. '구름 낀 햇볕조차도 받은 적이 없다'는 표현 또한 관직에 나가 임금의 은총을 받은 적이 없음을 비유한다. 하지만 이 땅의 백성은 누구나 임금의 신민(臣民). 그렇기에 해가 짐(명종의 승하)에 절로 눈물이 난다. 진정한 충군(忠君)의 정을 느낄 수 있다.

---

68) 엄동(嚴冬) : 한겨울.
69) 암혈(岩穴) : 바위굴.

36

堯舜요순 ᄀᆞᄐᆞᆫ 님군을 뫼와 聖代성대를 다시 보니
太古乾坤태고건곤에 日月일월이 光華광화 ㅣ로다
우리는 壽域春臺수역춘대에 늙을 뉘를 모로리라

—성운(1497-1579) · 『병와가곡집』

1) 현대어역

요순[70] 같은 임금을 모셔 성대를 다시 만나니
태고건곤[71]에 해와 달이 빛나도다
우리는 수역춘대[72]에 늙을 뉘[73]를 모르리라

2) 작품해설

임금의 은덕을 칭송한 노래이다. 선조를 태평성대의 상징적 인물인 요임금과 순임금에 비교함으로써, 지금 역시 그러한 태평성대임을 피력하고 있다. 당시 지식인이 임금을 대하는 전형적인 태도를 엿볼 수 있다. 하지만 이렇듯 안일한 시대인식이 어쩌면 얼마 뒤 임진왜란을 불러왔는지도 모를 일이다.

---

70) 요순(堯舜) : 요임금과 순임금. 중국 고대 태평성대의 성군.
71) 태고건곤(太古乾坤) : 요임금과 순임금이 다스리던 옛날과 같은 태평한 세상.
72) 수역춘대(壽域春臺) : 태평한 세상의 국운이 융성한 시대.
73) 뉘 : 세상.

37

泰山태산이 놉다 ᄒᆞ되 ᄒᆞ늘 아레 뫼히로다
오르고 ᄯᅩ 오르면 못 오를 리 업건마ᄂᆞᆫ
사ᄅᆞᆷ이 제 아니 오르고 뫼흘 놉다 ᄒᆞᄂᆞ니

—양사언(1517-1584) · 『청구영언』

1) 현대어역

태산이 높다 하되 하늘 아래 뫼로다
오르고 또 오르면 못 오를 리 없건마는
사람이 제 아니 오르고 뫼를 높다 하나니

2) 작품해설

교훈적인 작품이다. 아무리 높은 태산이라 하더라도 하늘 아래 어딘가에는 그 끝이 있다. 한 발짝 한 발짝 내딛는다면 언젠가는 정상에 오를 수 있는 법. 우리의 학문적 성취 또한 매일 매일 노력하면 목표한 바에 도달할 수 있으리라는 교훈을 비유적으로 표현하였다.

38

柴扉시비예 개 즛는다 이 山村산촌의 긔 뉘 오리
댓닙 푸른 딕 봄ㅅ새 울소리로다
아히야 날 推尋추심 오나든 採薇채미 가다 ᄒᆞ여라

—강익(1523-?) · 『개암집』

1) 현대어역

시비[74]에 개 짖는다 이 산촌에 그 누가 오리
댓잎 푸른데 봄새 울음소리로다
아희야[75] 날 추심[76]오거든 채미[77] 갔다 하여라

2) 작품해설

세상을 피해 은거하는 삶의 태도가 드러난 작품이다. 댓잎과 새 울음소리는 붉은 먼지로 뒤덮인 세상과 대조되는 처소를 상징한다. 그러한 배경에서 살면서 혹시라도 이곳까지 누가 찾아 올까봐 고사리나 캐러 다닌다. 백이와 숙제의 고사와 겹쳐지면서 은자적(隱者的) 면모가 물씬 풍겨난다.

74) 시비(柴扉) : 사립문. 대나무나 잔 나뭇가지로 엮어 짠 야트막한 대문.
75) 아희야 : 시조 종장 첫 구에서 자주 쓰이는 관용구. 노비나 기녀를 부르는 말로 '아이야' 정도의 뜻.
76) 추심(推尋) : 찾음.
77) 채미(採薇) : 고사리를 캠. 백이(伯夷)와 숙제(叔弟)의 고사에서 유래한 말.

39

靑草청초 우거진 골에 자는다 누엇는다
紅顔홍안을 어듸 두고 白骨백골만 무쳣는이
盞잔 자바 勸권ᄒᆞ리 업스니 그를 슬허ᄒᆞ노라

-임제(1549-1587) · 『청구영언』

1) 현대어역

청초 우거진 골짜기에 자는가 누웠는가
홍안을 어디 두고 백골만 묻혔는가
잔 잡아 권할 이 없으니 그를 슬퍼하노라

2) 작품해설

당대의 호걸로 일컬어진 임제가 죽은 황진이를 위해 지은 것이라 전한다. 이덕형의 『송도기이』에 의하면, 작가 임제가 일찍이 평안도 평사가 되어 송도를 지니다가 닭 한 마리와 술 한 병을 가지고 글을 지어 황진이의 묘에 제사지냈는데, 그 글이 호방하여 지금까지 전해오면서 외워지고 있다 한다. 푸른 풀[靑草]과 붉은 얼굴[紅顔]이 주는 젊고 아름다운 색채의 조화와 흰 뼈[白骨]가 주는 죽음의 이미지를 묘하게 대비한 수작이다.

40

北天북천이 묽다커늘 우장 업시 길을 나니
산의는 눈이 오고 들에는 춘비 온다
오늘은 춘비 마즈시니 얼어 줄가 ᄒᆞ노라

—임제 · 『병와가곡집』

1) 현대어역

북천이 맑다기에 우장 없이 길을 나서니
산에는 눈이 오고 들에는 찬비 온다
오늘은 찬비 맞았으니 얼어 잘까 하노라

2) 작품해설

임제는 고전문학사에서 상당히 흥미로운 존재이다. 뛰어난 몽유록 문인이자 점잖은 학자였건만, 기생과 얽힌 로맨스도 많다. 이 작품도 그러한 에피소드 중의 하나로, 기생 한우에게 은근 슬쩍 구애하는 내용을 그린 노래이다. 오늘 만난 '찬비'는 실제로 내리는 찬비이자 한우(寒雨)의 다른 이름이다. 마찬가지로 '얼어 잔다'는 말은 추위에 얼어 잔다는 말이기도 하지만 '어울려 화합해 잔다'는 의미가 된다. 절묘한 중의법을 사용해 기생 한우와의 로맨스를 제안한 것이다.

한편 이 노래의 당사자인 한우는 아래 시조를 지어 화답했다 한다. 역시 우열을 가리기 힘든 재치가 녹아 있다.

어이 얼어 자리 므스 일 얼어 자리
鴛鴦枕원앙침 翡翠衾비취금을 어듸 두고 얼어 자리
오늘은 ᄎᆞᆫ비 맛자신이 녹아 잘ᄭᅡ ᄒᆞ노라

—한우 ·『해동가요』

41

내 ᄆᆞ음 버혀 내여 뎌 ᄃᆞᆯ을 ᄆᆡᆼ글고져
九萬里구만리 長天장천에 번드시 걸려 이셔
고온 님 계신 고ᄃᆡ 가 비최여나 보리라

—정철(1536-1593) · 『청구영언』

1) 현대어역

내 마음 베어 내어 저 달을 만들고자
구만리 장천[78]에 훤하게 걸려 있어
고운 님 계신 곳에 가 비추어나 보리라

2) 작품해설

누구에겐가 자신의 마음을 있는 그대로 전하기는 어려운 일이다. 말로 하자니 빠뜨리는 내용이 많고 글로 쓰자니 마음먹은 그대로 전해 보이기가 어렵기 때문이다. 조선조 최고의 시인 정철은 이런 점에서 뛰어난 인물이다. 전하기 어려운 마음을 아예 달로 만들어 하늘에 걸어두고자 하였다. 하늘에 훤하게 비치는 모습이 바로 자신의 마음이라고 형상화하였다. 그가 보여주고 싶었던 마음은 틀림없이 임금을 향한 일편단심(一片丹心)이었을 게다.

---

78) 장천(長天) : 머나먼 하늘.

42

재 너머 成勸農성권농 집의 술 닉단 말 어제 듯고
누은 쇼 발로 박차 언치 노하 지즐 투고
아히야 네 勸農권농 계시냐 鄭座首정좌수 왓다 스뢰라

—정철 · 『청구영언』

1) 현대어역

재 너머 성권농[79] 집에 술 익었다는 말 어제 듣고
누운 소 발로 박차 언치[80] 놓아 눌러 타고
아희야 네 권농 계시냐 정좌수[81] 왔다고 일러라

2) 작품해설

성혼은 정철과 둘도 없는 친구였다. 갖은 정변 속에서도 이 둘의 우정은 굳건했다. 이 작품은 허물없는 그 둘의 우정을 잘 보여준다. 술 한 잔 하기 위해 게을리 누워 있던 소를 박차 깨워 타고, 대문 앞에 나가 종에게 기세 당당히 주인을 찾는다. 둘 사이의 친밀감과 행동의 익살·흥취를 느낄 수 있는 작품이다.

---

79) 성권농(成勸農) : 성혼(1535-1598). 권농은 향리에서 농사를 장려하던 직책.
80) 언치 : 말이나 소를 탈 때 놓는 안장.
81) 정좌수(鄭座首) : 정철 자신을 칭하는 말. 좌수는 마을의 풍속을 돌보는 지역 사회의 장.

43

쁜 ᄂᆞ믈 데온 물이 고기도곤 마시 이셰
草屋초옥 조븐 줄이 긔 더욱 내 分분이라
다만당 님 그린 타스로 시름계워 ᄒᆞ노라

정철 · 『청구영언』

1) 현대어역

쓴 나물 데운 물이 고기보다 맛이 있어
초옥[82] 좁은 것이 그 더욱 내 분수라
다만당[83] 님 그리운 탓으로 시름겨워 하노라

2) 작품해설

아마 정철이 반대 정파의 논핵으로 말미암아 낙향했을 때 지은 작품인 듯하다. 초장과 중장에서는 소탈한 시골생활에 만족하는 심정을 나타내었다. 들판에서 뜯어 삶은 나물이지만 오히려 고기보다 낫게 느껴지고, 초가집도 내 분수에 딱 맞는 공간이라는 표현에서 안분지족(安分知足)의 태도를 느낄 수 있다. 그러나 임금에 대한 그리움은 여전히 사라지지 않는다. 한편 그 그리움은 시름과 통하고 있는데, 이는 아마도 임금이 여전히 정쟁 속에 지내고 있기 때문일 것이다.

---

82) 초옥(草屋) : 초가집.
83) 다만당 : 다만. '당'은 운율을 맞추기 위해 붙인 접미어.

44

말업슨 靑山청산이오 態태 업슨 流水유수ㅣ로다
갑업슨 淸風청풍과 임ᄌ 업슨 明月명월ㅣ로다
이 듕에 일업슨 ᄂᆡ 몸이 分別분별업시 늙그리라

성혼(1535-1598) · 『병와가곡집』

1) 현대어역

말없는 청산이요 모양 없는 유수로다
값없는 청풍과 임자 없는 명월이로다
이 중에 일 없는 내 몸이 분별없이 늙으리라

2) 작품해설

자연 속에서 근심 없이 살아가고자 하는 소망이 나타난 작품이다. 우리의 삶은 말이 많기 때문에 여러 화를 입는 것이고, 거짓으로 모양을 꾸미기 때문에 현혹되는 것이다. 또한 물건마다 가격과 임자가 정해져 있기 때문에 서로 다투게 된다. 그러나 자연은 말도 없고 꾸미는 모양도 없으며 일정한 값과 주인도 없기 때문에 마음껏 취할 수 있는 것이다. 안빈낙도(安貧樂道)의 결정판이라 할 만한다.

45

池塘지당에 비 ᄲᅮ리고 楊柳양류에 내 ᄌᆞᆷ겨라
沙工사공은 어듸 가고 뷘 ᄇᆡ 홀노 ᄆᆡ엿는고
夕陽석양에 짝 일은 기럭이 오락가락 허더라

—조헌(1544-1592) · 『병와가곡집』

1) 현대어역

지당[84]에 비 뿌리고 양류[85]에 안개 끼었어라
사공은 어디 가고 빈 배만 홀로 매였는고
석양에 짝 잃은 기러기만 오락가락 하더라

2) 작품해설

봄날의 쓸쓸함을 노래한 작품이다. 연못가에 내리는 봄비, 새파랗게 물이 오른 버드나무에 끼인 안개에서 봄날의 정취를 흠뻑 느낄 수 있다. 그러나 이 작품의 풍경은 무언가 쓸쓸하다. 사공이 떠나간 텅 빈 배가 걸린 풍경, 그리고 홀로 석양을 나는 갈매기로 묘사된 풍경이 그러하다. 유독 작가의 눈에는 왜 이런 상실된 것들만 보이는 것일까. 아마도 님을 잃었나보다.

---

84) 지당(池塘) : 못.
85) 양류(楊柳) : 버드나무.

46

집方席방석 내지 마라 落葉낙엽엔들 못 안즈랴
솔불 혀지 마라 어제 진 돌 도다 다
아희야 濁酒山菜탁주산채 ㄹ만정 업다 말고 내여라

—한석봉(1543-1605) · 『청구영언』

1) 현대어역

짚방석 내지 마라 낙엽엔들 못 앉으랴
솔불 켜지 마라 어제 진 달 돋아온다
아희야 탁주산채[86]일망정 없다 말고 내어라

2) 작품해설

안분지족(安分知足)하는 삶의 모습이 잘 드러난 노래이다. 짚방석이나 솔불은 검소한 삶을 상징하는 시어들이다. 그런데 작가는 그것마저 호사스럽다고 생각한다. 그리하여 방석은 낙엽만으로도 충분하고 불빛은 달빛만으로도 충분하다 한다. 이런 검소한 분위기에서 마시는 막걸리와 나물안주. 그것만으로도 넉넉한 행복이 전해진다.

86) 탁주산채(濁酒山菜) : 막걸리와 산나물. 이본에 따라 '박주산채(薄酒山菜, 거친 술과 산나물)'로 된 곳도 있음.

47

鐵嶺철령 노픈 峰봉에 쉬여 넘는 져 구룸아
孤臣冤淚고신원루를 비 사마 씌여다가
님 계신 九重深處구중심처에 뿌려본들 엇드리

—이항복(1556-1618) · 『청구영언』

1) 현대어역

철령[87] 높은 봉에 쉬어 넘는 저 구름아
고신원루[88]를 비 삼아 띄어다가
님 계신 구중심처[89]에 뿌려본들 어떠리

2) 작품해설

작가 이항복은 인목대비 폐모론을 반대하다가 귀양길에 올랐다. 귀양 도중 철령을 지날 즈음에 부른 노래이다. 얼마나 원통했으면 하늘을 무심히 날아가는 구름을 통해 자신의 마음을 전하고 싶다는 상상을 했을까. 그런데 놀랍게도 이 노래는 실제로 궁궐에 전해졌다 한다. 비록 구름이 전하지는 않았겠지만, 사람의 입을 통해 궁궐까지 전해져 광해군이 이 노래를 듣고는 눈물을 흘렸다는 기록이 송시열의 『송자대전』에 실려 전한다.

---

87) 철령(鐵嶺) : 강원도 회양과 함경도 안변 사이에 있는 큰 고개.
88) 고신원루(孤臣冤淚) : 외로운 신하의 원통한 눈물.
89) 구중심처(九重深處) : 궁궐을 일컫는 말. 궁궐이 아홉 겹의 문으로 깊이 둘러 싸였기에 생겨난 표현.

48

노래 삼긴 사롬 시름도 하도 할샤
닐러 다 못 닐러 불러나 푸돗든가
眞實진실로 풀릴 거시면은 나도 불러보리라

―신흠(1566-1628) · 『청구영언』

1) 현대어역

노래 만든 사람 시름도 많고 많구나
일러 다 못 일러 불러서나 풀었던가
진실로 풀릴 것이면 나도 불러보리라

2) 작품해설

뜻을 의미하는 '의(意)' 자는 파자(破字)하면 '마음[心]속의 소리[音]'가 된다. 즉 마음속에서 밖으로 나오지 못하고 갇혀 있는 생각이 '의(意)'인 것이다. 그러한 뜻[意]이 밖으로 나오면 소리[音]가 되고 그 소리에 높낮이를 입히면 노래가 된다. 이 작품은 이러한 인식을 바탕에 깔고 있다. 우리 마음속의 소리는 밖으로 나오면서 말이 되고, 그 말에 성률을 입혀 노래로 삼는데, 그 노래는 사람의 희노애락을 완화시켜주는 매력을 지니게 된다.

49

냇ᄀᆞ에 ᄒᆡ오라바 므스 일 셔 잇ᄂᆞᆫ다
無心무심ᄒᆞᆫ 져 고기를 여어 무슴ᄒᆞ려ᄂᆞᆫ다
아마도 ᄒᆞᆫ 믈에 잇거니 니저신들 엇ᄃᆞ리

—신흠 ·『청구영언』

1) 현대어역

냇가의 해오라비[90]야 무슨 일로 서 있는가
무심한 저 물고기를 엿보아 무엇하려는가
아마도 한 물에 있으니 잊은들 어떠하리

2) 작품해설

어지러운 정치현실에 대한 풍자가 들어 있다. 냇가의 해오라기는 아무런 욕심 없이 헤엄쳐 다니는 물고기를 호시탐탐 엿본다. 기회를 보아 자기 배를 채우기 위한 목적에서이다. 작가는 이러한 약육강식의 현실을 정치상황에 빗대고 있다. 자신의 욕심 때문에 선량한 선비마저 탄압하는 무리들을 향해 동류의식을 강조한 작품이다.

90) 해오라비 : 해오라기. 백로.

50

山村산촌에 눈이 오니 돌길이 무쳐셰라
柴扉시비를 여지 마라 날 ᄎᆞ즈리 뉘 이시리
밤중만 一片明月일편명월이 긔 벗인가 ᄒᆞ노라

―신흠 · 『청구영언』

1) 현대어역

산촌에 눈이 오니 돌길이 묻혔구나
시비[91]를 열지 마라 날 찾을 이 누가 있으리
밤중의 일편명월[92]이 그 벗인가 하노라

2) 작품해설

자연에 묻혀 사는 삶을 노래하고 있다. 원래 산촌이기에 찾아 올 사람도 적건마는 이제는 눈까지 내려 더욱 찾을 사람이 없어졌다. 그러니 사립문을 열고 눈 쓰는 것조차 부질없는 일이 되고 만다. 다만 밤중에 하늘에 뜬 밝은 달만이 나의 벗이 되어 줄 뿐. 역시 안분지족(安分知足)을 노래하였다. 그런 한편으로 작가의 외로움을 내비친 서정성이 두드러진다.

---

91) 시비(柴扉) : 사립문.
92) 일편명월(一片明月) : 한 조각 밝은 달.

51

風波풍파에 놀란 沙工사공 빈 ᄑᆞ라 ᄆᆞᆯ을 사니
九折羊腸구절양장이 물도곤 어려왜라
이 後후란 ᄇᆡ도 ᄆᆞᆯ도 말고 밧 갈기만 ᄒᆞ리라

—장만(1566-1629) · 『청구영언』

1) 현대어역

풍파에 놀란 사공 배 팔아 말을 사니
구절양장[93]이 물보다 어려워라
이 후론 배도 말도 말고 밭 갈기만 하리라

2) 작품해설

인생은 위험한 것이라 살아가기 어렵다는 주제를 담았다. 망망대해에서는 풍파에 놀라고, 말을 타고 가면서는 구불구불한 산길에 놀란다. 이제는 조용히 시골에서 밭이나 갈아야겠다고 다짐하면서 노래는 끝나지만, 생각해 보면 그 밭을 갈다가도 또 어떤 위험에 처할지도 모른다. 이렇듯 무엇을 해도 위험한 것이 인생이란 생각에 퍽 공감이 간다. 어쩌면 세상살이의 숙명이 아닐까 싶다.

93) 구절양장(九折羊腸) : 아홉 번이나 꺾인 양의 창자처럼 꼬불꼬불한 산길을 비유하는 말.

52

盤中반중 早紅조홍감이 고아도 보이ᄂᆞ다
柚子유자 안이라도 품엄즉도 ᄒᆞ다마ᄂᆞᆫ
품어가 반기리 업슬ᄉᆡ 글노 설워ᄒᆞᄂᆞ이다

—박인로(1561-1642) · 『노계집』

1) 현대어역

반중 조홍감[94]이 고와도 보이도다
유자[95] 아니라도 품음직도 하다마는
품어가 반길 이 없을새 그것으로 서러워하노라

2) 작품해설

『논어』에는 효도에 관해 다음과 같은 구절이 있다. "나무는 가만히 있고 싶어도 바람이 멎지 않고, 자식이 효도를 다하려 해도 부모는 기다려 주지 않는다.[樹欲靜而風不止, 子欲養而親不待]" 이 노래는 바로 이 '풍수지탄(風樹之嘆)'을 시로 재구성하였다. 먹음직한 홍시를 보고 어버이를 떠올리나 이미 세상에 계시지 않는다. 어릴 적이면 항상 맛있는 것을 자식에게 먼저 먹여주시던 부모님. 이 작품은 바로 그 가슴 먹먹한 상황을 노래하고 있다.

---

94) 반중(盤中) 조홍(早紅)감 : 소반 위에 놓인 철 이르게 익은 홍시.
95) 유자(柚子) : 유자나무의 열매로 귤과 유사한 과실. 후한의 육적이 유자를 품속에 숨겨 부모님께 드리려 했다는 고사가 있음.

53

梧桐오동에 듯는 빗발 無心무심이 듯건마는
나의 시름 ᄒᆞ니 닙닙히 愁聲수성이로다
이 後후야 입 넙은 남기야 시믈 줄이 이시랴

－김상용(1561-1637) · 『병와가곡집』

1) 현대어역

오동에 떨어지는 빗발 무심히 떨어지건만
나의 시름 많으니 잎마다 수성[96]이로다
이 후에야 잎 넓은 나무를 심을 줄이 있으랴

2) 작품해설

사물은 객관적으로 존재하는 것이지만, 그 사물은 항상 우리의 감각과 사고를 통해 해석되곤 한다. 그리하여 같은 사물을 보더라도 우리의 그 당시 기분에 따라 다른 해석이 가능해진다. 이 노래는 그 점을 잘 포착하였다. 내게 근심이 많으니 오동나무에 떨어지는 빗발 소리가 근심소리로 들린다는 착상이 돋보인다. 뛰어난 감정이입 기법을 사용하였다.

---

96) 수성(愁聲) : 근심 소리.

54

閑山한산셤 돌 볼근 밤의 戍樓수루에 혼자 안자
큰 칼 녀픠 차고 기픈 시름 ᄒᆞᄂᆞᆫ 적의
어듸셔 一聲胡笳일성호가는 놈의 애롤 긋ᄂᆞ니

-이순신(1545-1598) · 『청구영언』

1) 현대어역

한산섬 달 밝은 밤에 수루[97]에 혼자 앉아
큰 칼 옆에 차고 깊은 시름 하는 때에
어디서 일성호가[98]는 남의 애[99]를 끊나니

2) 작품해설

우국(憂國)의 고독함이 잘 드러난 노래이다. 전쟁 중이지만 한산도의 앞바다는 달이 훤하게 떠 평화롭기 그지없다. 그러나 이런 평화로움을 깨고 날카롭게 들려오는 오랑캐(왜군)의 피리 소리. 나라가 침략당한 것에 대한 시름, 오랜 전쟁으로 인한 향수 등으로 복잡했을 이순신 장군의 심정을 조금이라도 이해할 수 있게 해준다.

97) 수루(戍樓) : 적군의 동정을 엿보기 위해 높이 쌓은 누대.
98) 일성호가(一聲胡笳) : 한 곡조의 피리 소리.
99) 애 : 창자.

55

十年십년 갈은 칼은 匣裡갑리에 우노ᄆᆡ라
關山관산을 ᄇᆞ라보며 ᄯᆡᄯᆡ로 만져보니
丈夫장부의 爲國功勳위국공훈을 어ᄂᆡ ᄯᆡ에 들이올고

－김응하(1580-1619)[100]·『병와가곡집』

1) 현대어역

십년 간[磨] 칼은 칼집 속에서 우노매라
관산[101]을 바라보며 때때로 만져 보니
장부의 위국공훈[102]을 어느 때에 드리울까

2) 작품해설

유비무환이라 했던가. 작가는 나라의 안위를 위해 자신의 칼을 갈고 휘하의 부하들을 훈련시킨 지 10년이 다 되었다. 하지만 칼은 여전히 칼집 속에서 울고만 있다. 그것은 칼을 사용할 기회가 없었기 때문이다. 작가는 고개를 들어 먼 국경선을 바라본다. 언제든 명령만 내리면 그 곳으로 달려가 적을 토벌할 준비가 되어 있기에. 임진왜란 때 입은 치욕에 대한 복수를 하기 위함이었을까. 작가의 우국충정을 읽는 데 부족함이 없다.

---

100) 가집에 따라 이순신이 지은 작품이라고도 함.

101) 관산(關山) : 국경을 이르는 말.

102) 위국공훈(爲國功勳) : 나라를 위한 공훈.

56

가노라 三角山삼각산아 다시 보쟈 漢江水한강수ㅣ야
故國山川고국산천을 써나고쟈 ᄒᆞ랴마는
時節시절이 하 殊常수상ᄒᆞ니 올동말동 ᄒᆞ여라

—김상헌(1570-1652) · 『병와가곡집』

1) 현대어역

가노라 삼각산[103]아 다시 보자 한강수야
고국산천을 떠나고자 하련마는
시절이 하[104] 수상하니 올 듯 말 듯 하여라

2) 작품해설

작가 김상헌은 병자호란 당시 청나라와의 화친에 반대하고 끝까지 싸울 것을 주장했다. 이런 까닭으로 그는 삼학사(홍익한, 윤집, 오달제)와 함께 청나라에 볼모로 잡혀갔는데, 그때 지은 노래이다. 한양의 대표적 표지인 삼각산과 한강수를 호칭하고 그는 청나라로 압송되었다. 패망한 나라의 신하로서 수만리 낯선 나라로 떠나가야 했던 그 심정이 어땠을까. 절의는 시대를 넘어 늘 칭송되는 덕목이기도 하다.

103) 삼각산(三角山) : 한양의 진산. 현재의 북한산.
104) 하 : 무척. 몹시.

57

離別이별ᄒᆞ던 날에 피눈물이 난지 만지
鴨綠江압록강 ᄂᆞ린 물이 프른빗치 젼혀 업닉
ᄇᆡ 우희 허여센 沙工사공이 처음 보롸 ᄒᆞᄃᆞ라

—홍서봉(1572-1645) · 『청구영언』

1) 현대어역

이별하던 날에 피눈물이 났던지 말았던지
압록강 흘러내린 물이 푸른빛이 전혀 없네
배 위에 머리 희게 센 사공이 처음 본다 하더라

2) 작품해설

작가 홍서봉은 병자호란이 끝난 후 전후상황을 정리하기 위해 청나라에 다녀왔다. 이 노래는 청나라로 가기 위해 건너던 압록강에서 그 비분(悲憤)한 심정을 읊은 것이다. 왕자와 삼학사 등이 청나라로 건너가던 날에 얼마나 많은 피눈물을 흘렸기에 지금까지도 이 강에는 푸른 빛이 없단 말인가. 수십 년 이곳에 살았던 뱃사공도 이런 강물색은 처음 본다며 작가의 말에 동조한다. 그만큼 당대인들에게 병자호란의 굴욕은 충격적이었다.

58

靑石嶺청석령 지나거냐 草河口초하구ㅣ 어듸믜오
胡風호풍도 츰도 출샤 구즌비는 무스 일고
아므나 行色행색 그려내여 님 계신 듸 드리고쟈

—효종(1619-1659) · 『청구영언』

1) 현대어역

청석령[105] 지났느냐 초하구[106]는 어드메오
호풍[107]도 차기도 차구나 궂은비는 무슨 일인고
아무나 행색 그려내어 님 계신 데 드리고자

2) 작품해설

병자호란의 패배로 봉림대군(뒷날의 효종)은 형과 함께 청나라에 볼모로 연행된다. 이 작품은 청나라로 연행되던 상황에서 부른 노래이다. 청석령(靑石嶺)과 초하구(草河口)라는 이국(異國)의 지명, 겨울날 불어대는 차가운 북풍과 궂은비. 그런 고초를 겪으며 그들은 한 발 한 발 청나라의 수도로 다가간다. 이 모습을 그려내서 임금 계신 곳에 드리기를 원하는 것은 이러한 수치를 잊지 말아 달라는 비분강개에 다름 아니다.

---

105) 청석령(靑石嶺) : 만주 첨수참과 요양 사이에 있는 고개.
106) 초하구(草河口) : 만주 통원보와 연산관 사이에 있는 지명.
107) 호풍(胡風) : 북풍.

59

淸江청강에 비 듯는 소릐 긔 무어시 우읍관듸
滿山紅綠만산홍록이 휘드르며 웃는고야
두어라 春風춘풍이 몃 놀이리 우을 듸로 우어라

－효종 · 『병와가곡집』

1) 현대어역

청강[108]에 비 떨어지는 소리 그 무엇이 우습길래
만산홍록[109]이 휘두르며[110] 웃는구나
두어라 춘풍이 몇 날이리 웃을 대로 웃어라

2) 작품해설

역사적 맥락을 고려하지 않고 볼 때, 이 작품은 세태풍자의 노래라 할 수 있다. "열흘 붉은 꽃 없고 십년 가는 권세 없다[花無十日紅 權不十年]"는 말의 시적 표현 정도가 된다. 소인배들이 자신의 세상을 만나 웃으며 한때를 구가할지라도 얼마 지나지 않아 사라질 것이기에 큰 걱정할 필요가 없다는 내용이다. 한편 이를 봉림대군(효종)이 처한 역사적 정황과 연관시켜 해석하면 '만산홍록(滿山紅綠)'을 일시에 강성해진 청나라로 대입시켜 풀이할 수도 있다.

108) 청강(淸江) : 맑은 강.
109) 만산홍록(滿山紅綠) : 온 산 가득한 붉은 꽃과 푸른 잎.
110) 휘두르며 : 여기서는 '흐드러지게'의 의미.

60

主辱臣死주욕신사ㅣ라 ᄒᆞ니 내 주검즉 ᄒᆞ건마는
큰 칼 녀픠 ᄎᆞ고 이제도록 사랏기는
聖主성주의 萬德中興만덕중흥을 다셔 보려 ᄒᆞ노라

—인평대군(1622-1658) · 『청구영언』

1) 현대어역

주욕신사[111]라 하니 내 죽음직 하건마는
큰 칼 옆에 차고 이제까지 살았던 것은
성주[112]의 만덕중흥[113]을 다시 보려 하노라

2) 작품해설

역시 병자호란의 치욕을 소재로 한 작품이다. 병자호란 당시 인조는 청나라 태종에게 삼배구고두(三拜九叩頭, 3번 절하고 9번 머리를 땅에 조아리는 의식)를 행하는 굴욕적 항복의식을 행하였다. 수만 명의 백성들이 그 모습을 지켜보며 통곡했다 한다. 작가 인평대군은 임금의 그러한 굴욕을 보고도 아직 살아 있는 것은 다시금 우리나라가 힘을 회복하여 부흥하기를 바라는 마음 때문이라 말하고 있다.

---

111) 주욕신사(主辱臣死) : 임금이 욕을 당하면 신하는 목숨을 바침.
112) 성주(聖主) : 성군.
113) 만덕중흥(萬德中興) : 끝없는 덕으로 왕업을 다시 일으킴.

61

白沙場백사장 紅蓼邊홍료변에 구버 기는 白鷺백로들아
口腹구복을 못 메워 뎌다지 굽니는다
一身일신이 閑暇한가홀션졍 술져 무슴ᄒᆞ리오

－김상헌(1570-1652) · 『청구영언』

1) 현대어역

백사장 홍료변114)에 굽어 기는 백로들아
구복115)을 못 메워116) 저다지 굽혀 다니는가
일신이 한가하면 되었지 살쪄 무엇하리오

2) 작품해설

가슴을 쭉 펴고 걷지 못하고 머리를 굽힌 채 걸어 다니는 백로들의 모습에서 작가는 어떤 비굴한 모습을 보았나 보다. 자신의 입과 배를 채우기 위해 머리를 굽힌 모습에서 그는 인간의 처신을 연상한 것이다. 출세와 부귀영화를 위해 권력에 굽신거려야 하는 관료사회. 그는 그것을 비판하고 있다. 종장에서는 자신의 가치관을 드러낸다. 일신이 한가하면 됐지 구태여 배부름을 위해 굽신거릴 필요는 없지 않느냐고 반문하고 있다.

---

114) 홍료변(紅蓼邊) : 흰 모래 밭 붉은 여뀌꽃 핀 물가.
115) 구복(口腹) : 입과 배.
116) 메워 : 채워.

62

東窓동창이 ᄇᆞᆯ갓ᄂᆞ냐 노고지리 우지진다
쇼 칠 아ᄒᆡᄂᆞᆫ 여태 아니 니러ᄂᆞ냐
재 너머 ᄉᆞ래 긴 밧ᄎᆞᆯ 언제 갈려 ᄒᆞ나니

—남구만(1629-1711) · 『청구영언』

1) 현대어역

동창이 밝았느냐 노고지리[117] 우지진다
소 치는 아이는 여태 아니 일어났느냐
재 너머 사래[118] 긴 밭을 언제 갈려 하느냐

2) 작품해설

농사 준비의 분주함이 느껴지는 작품이다. 동창이 밝았다고 아이를 깨우는 주인의 목소리에 겹쳐 이미 종달새 우짖는 소리까지 들린다. 그리고 소치는 아이를 깨워 재 너머 사래 긴 밭을 갈아야 한다는 채근도 생생하게 그려내었다. 밝은 아침의 시각적 이미지, 종달새 울음소리의 청각적 이미지, 이런 소란과 잔소리 속에서도 여전히 늦잠을 자는 천연덕스런 아이. 이런 소재들이 이 작품을 경쾌하게 만들고 있다.

---

117) 노고지리 : 종달새.
118) 사래 : 밭 이랑.

63

니히 됴타 ᄒᆞ고 남 슬흔 일 하지 말며
남이 ᄒᆞᆫ다 ᄒᆞ고 義의 아니여든 좃지 말니
우리도 天性천성을 직희여 삼긴 ᄃᆡ로 ᄒᆞ리라

—주의식(숙종조의 무신) · 『병와가곡집』

1) 현대어역

내게 좋다 하고 남 싫은 일 하지 말며
남이 한다 해도 의 아니면 좇지 마라
우리도 천성을 지키어 생긴 대로 하리라

2) 작품해설

인생의 도리를 담은 교훈적인 작품이다. 나에게 이득이 된다 하더라도 남에게 싫은 일이라면 행해서는 안 되고, 남들이 아무렇지 않게 한다고 해도 그것이 의리에 맞지 않는 일이라면 해서는 안 된다는 신념을 보여주고 있다. 우리의 천성은 원래는 착한 것이라는 성선설(性善說)에 기반하여 그 선한 성질을 지키자고 역설하였다.

64

쎄ᄎᆞ고 크나큰 ᄆᆞᆯ게 ᄂᆡ 시름 등ᄌᆡ게 시러
酒泉주천 바다ᄒᆡ 풍 드릿쳐 둥둥 ᄯᅴ여 두고라쟈
眞實진실노 그러곳 ᄒᆞ량이면 自然자연 삭아지리라

―이정섭(숙종조의 인물) · 『병와가곡집』

1) 현대어역

세차고 크나큰 말에게 내 시름 포개어 실어
주천[119] 바다에 풍덩 들이쳐 둥둥 띄워 두고자
진실로 그러할 양이면 자연히 삭아지리라

2) 작품해설

근심이라는 추상적인 개념을 구체적 사물로 변용한 수법이 돋보이는 작품이다. 근심이란 것은 마음속에서 맴도는 것일 뿐, 결코 눈으로 보거나 무게로 달아 볼 수가 없다. 그러나 시인은 상상력을 발휘하여 눈으로 보이게끔, 무게로 달아지게끔 표현했다. 한편 그렇게 근심을 실은 말[馬]을 술샘[酒泉]에 뛰어들게 한다는 것도 재미있는 발상이다. 곧 술을 마심으로써 시름을 해결한다는 의미를 담고 있다.

---

119) 주천(酒泉) : 술로 이루어진 샘.

65

菊花국화야 너는 어니 三月東風삼월동풍 다 보닉고
落木寒天낙목한천에 네 홀노 픠엿는다
아마도 傲霜高節오상고절은 너뿐인가 ᄒᆞ노라

—이정보(1693-1766)·『병와가곡집』

1) 현대어역

국화야 너는 어이 삼월동풍[120] 다 보내고
낙목한천[121]에 네 홀로 피었는가
아마도 오상고절[122]은 너뿐인가 하노라

2) 작품해설

국화의 절개를 예찬한 노래이다. 국화는 흔히 '오상고절(傲霜孤節)'로 지칭되는데, 이는 서리에 굴하지 않고 맞서 홀로 절개를 지키며 피는 꽃이기에 붙여진 이름이다. 봄에 피는 꽃들은 따스한 봄기운을 받아 화사하게 피지만, 며칠을 견디지 못하고 모두 시들어 버린다. 반면 국화는 다른 꽃과 나뭇잎이 떨어지는 계절에 홀로 꽃을 피운다. 그런 강단에서 선비의 지조를 떠올렸기에 사군자(四君子)의 하나로 일컬어지며 사랑받았다. 이 작품도 그러한 의취에서 지어졌다.

---

120) 삼월동풍(三月東風) : 춘삼월 봄바람.

121) 낙목한천(落木寒天) : 나뭇잎이 모두 떨어져 버린 차가운 계절.

122) 오상고절(傲霜高節)서리에 맞서 홀로 피는 높은 절개. 곧 국화를 지칭한다. 흔히는 '오상고절(傲霜孤節)'로 표기함.

66

紅塵홍진을 다 떨치고 竹杖芒鞋죽장망혜 집고 신고
玄琴현금을 두러메고 洞天동천으로 드러가니
어듸셔 짝 일흔 鶴唳聲학려성이 구름 밧긔 들린다

김성기(숙종조의 가객) · 『청구영언』

1) 현대어역

홍진[123]을 다 떨치고 죽장망혜[124] 짚고 신고
거문고를 둘러메고 동천[125]으로 들어가니
어디서 짝 잃은 학 울음소리가 구름 밖에서 들려온다

2) 작품해설

신선세계의 의취를 드러낸 작품이다. 홍진에 대조되는 죽장망혜·현금·동천·학 울음소리[鶴唳聲] 등은 모두 선계(仙界)와 관련된 시어이다. 신선은 가벼운 차림으로 학을 타고 노닐며 음악을 즐기는 존재인지라. 작가는 마치 신선이 된 듯한 분위기를 그려내었다. 속세를 떠나서 동천으로 들어가자 들려오는 학 울음소리는 바로 신선놀음에 다름 아니다.

---

123) 홍진(紅塵) : 붉은 먼지. 곧 어지럽고 혼탁한 속세.
124) 죽장망혜(竹杖芒鞋) : 대나무 지팡이와 짚신.
125) 동천(洞天) : 신선이 산다는 골짜기.

67

江山강산 죠흔 景경을 힘센 이 닷톨 양이면
닉 힘과 닉 分분으로 어이ᄒᆞ여 엇들쏜이
眞實진실로 禁금ᄒᆞ리 업쓸씌 나도 두고 논이노라

－김천택(1687-1758) · 『해동가요』

1) 현대어역

강산 좋은 경치를 힘센 이들이 다툴 것 같으면
내 힘과 내 분수로 어찌하여 얻을쏘냐
진실로 금할 이 없을새 나도 두고 노니노라

2) 작품해설

만약 강산의 좋은 경치를 권력자나 부자들이 독점하도록 되어 있다면 서민들은 전혀 접근하지 못했으리라. 하지만 자연에는 정해진 주인이 없기에 누구나 공평히 누릴 수 있다. 일찍이 소동파가 〈적벽부〉에서 "(자연은) 가져도 금함이 없고 써도 다함이 없으니, 이것이야 말로 조물주의 끝없는 창고가 아니겠는가"라 읊은 바 있는데, 작가 김천택의 자연관도 이와 마찬가지이다.

68

安貧안빈을 슬히 넉여 손 헤다 물너감며
富貴부귀롤 불어ᄒᆞ여 손 치다 나아오랴
암아도 貧而無怨빈이무원이 긔 올흔가 ᄒᆞ노라

—김천택 · 『해동가요』

1) 현대어역

안빈을 싫게 여겨 손을 헨다[126] 물러가며
부귀를 부러워하여 손을 친다[127]고 나아오랴
아마도 빈이무원[128]이 그 옳은가 하노라

2) 작품해설

사람이 세상에 태어남에 가난과 부귀는 정해진 운수가 있다는 인식을 바탕으로 지어진 작품이다. 가난을 손짓하여 보내려 해도 부귀를 손을 치며 이끌어오려 해도, 그것은 마음대로 되지 않는다. 따라서 모든 것을 운명으로 받아들이고 원망하지 않는 태도를 지녀야 한다는 주제를 담고 있다. 이는 다분히 삶에 대한 순응적 태도라 하겠다. 하지만 자신의 분수와 처지에 맞는 마음가짐을 가질 때 우리는 보다 행복해지지 않을까싶다.

---

126) 손을 헨다 : 문맥상 싫다는 표시로 손을 흔드는 것을 의미하는 듯.
127) 손을 친다 : 문맥상 좋다는 표시로 손을 치며 반기는 것을 의미하는 듯.
128) 빈이무원(貧而無怨) : 가난해도 그것을 원망하지 않음.

69

잘 가노라 닷지 말며 못 가노라 쉬지 말라
브ᄃᆡ 긋지 말고 寸陰촌음을 앗겻 슬아
가다가 中止중지곳ᄒᆞ면 안이 갈만 못ᄒᆞᆫ이라

—김천택 · 『해동가요』

1) 현대어역

잘 가노라 달리지 말며 못 가노라 쉬지 마라
부디 그치지 말고 촌음[129]을 아껴 쓰라
가다가 중지하면 아니 감만 못하니라

2) 작품해설

꾸준한 노력의 중요성을 말하고 있다. 제 분수를 넘어 달리지도 말고 못 미친다고 실망하여 주저앉지도 말라는 말에서, 작가가 중용의 도를 강조하고 있음을 알 수 있다. 짧은 시간도 허투루 쓰지 말라는 당부에서는 뚜벅뚜벅 황소걸음이 연상되기도 한다. 세상살이가 다 한가지이지만 이러한 노력은 특히 학문의 길에서 더욱 요구되는 자세라 하겠다.

---

129) 촌음(寸陰) : 아주 짧은 시간.

70

거므면 희다 ᄒᆞ고 희면 검다 ᄒᆞ네
검거나 희거나 올타ᄒᆞ리 專兮전혜 업다
찰ᄒᆞ로 귀 막고 눈 감아 듯도 보도 말리라

–김수장(1690-?) · 『해동가요』

1) 현대어역

검으면 희다 하고 희면 검다 하네
검거나 희거나 옳다할 이 전혀 없다
차라리 귀 막고 눈 감아 듣지도 보지도 말리라

2) 작품해설

올바른 것을 그르다 하고 그른 것은 올바르다고 하는 왜곡된 시류를 비판한 노래이다. 옳은 것은 옳다고 해야 하고 그른 것은 그르다고 해야 하는데, 모두들 거꾸로만 생각하고 있으니 세상 이치가 제대로 작동되지 않고 있다. 이러한 세태에 작가는 귀 막고 눈 감아 대응하려 한다. 차라리 외면하는 것이 올바른 처신이라는 주장이다. 『논어』에서 말하고 있는 "나라에 도가 있으면 벼슬길에 나아가고 도가 없으면 물러나 숨어 산다"는 구절의 이치와 상통한다.

71

草菴초암이 寂廖적료ᄒᆞᆫ듸 벗 업시 ᄒᆞᆫᄌᆞ 안ᄌᆞ
平調평조 한 닙희 白雲백운이 절로 존다
언의 뉘 이 죠흔 뜻을 알 리 잇다 ᄒᆞ리오

－김수장·『해동가요』

1) 현대어역

초암[130)]이 적료[131)]한데 벗 없이 혼자 앉아
평조[132)] 한 잎[133)]에 백운이 절로 존다
어느 누가 이 좋은 뜻을 알 리 있다 하리오

2) 작품해설

세상과 어울림에 염증이 난 작가는 그의 집에 머물고 있다. 적적한 느낌을 지우려 시조 한 수를 뽑으니, 하늘에 떠가던 흰 구름이 눈을 반쯤 감고 평화롭게 작가의 노래를 감상하고 있다. 아마 무척 편안한 느낌의 노래였나 보다. '나 말고 세상의 누가 이러한 즐거움을 알 리 없다'는 종장 구절에 이런 생활에 대한 작가 김수장의 자부와 만족감이 잘 드러나고 있다.

---

130) 초암(草菴) : 풀로 지붕을 인 암자.
131) 적료(寂廖) : 고요하고 쓸쓸함.
132) 평조(平調) : 시조 창법의 하나. 평화로운 느낌의 창법임.
133) 한 잎 : 문맥상 '한 곡조', 곧 노래 한 수의 의미인 듯.

72

空山공산에 우는 뎝동 너는 어이 우지는다
너도 날과 갓치 무음 離別이별 ᄒᆞ엿ᄂᆞ냐
아무리 피나게 운들 對答대답이나 ᄒᆞ더냐

—박효관 ·『가곡원류』

1) 현대어역

공산에 우는 접동134) 너는 어이 우짖느냐
너도 나와 같이 무슨 이별 하였느냐
아무리 피나게 운들 대답이나 하더냐

2) 작품해설

산속의 새 소리를 '울음'으로 규정하는 것은 작가의 감정이입 때문이다. 그것은 새의 울음소리를 듣는 작가가 이별의 상황에서 자신과 시적 대상을 동일시했기에 생겨난 현상이다. 님과의 결별을 맞은 존재에게는 주변상황 모두가 비장하게 느껴질 수밖에 없다. 자연, 특히 새소리는 이러한 슬픔의 결정체가 된다. 이 작품은 작가가 처한 이별의 슬픔이 그대로 접동새에게 투영되었음을 보여준다.

134) 접동 : 두견새. 촉나라 망제의 혼이 변하여 된 새라 하는데, 흔히 이별의 한을 나타내는 제재로 쓰임.

73

쑴에 왓던 님이 끼여 보니 간 듸 업닋
耽耽탐탐이 괴던 ᄉᆞ랑 날 ᄇᆞ리고 어듸 간고
쑴속이 虛事허사 ㅣ라 만졍 쟈로 뵈게 ᄒᆞ여라

—박효관 · 『가곡원류』

1) 현대어역

꿈에 왔던 님이 깨어 보니 간 데 없네
탐탐이[135] 괴던[136] 사랑 날 버리고 어디 갔는고
꿈속이 허사라 할망정 자주 보게 하여라

2) 작품해설

님을 그리워하는 마음을 노래한 작품이다. 박효관이 지었다고는 하지만, 작품에서 느껴지는 정서는 다분히 여성적이다. '탐탐이 괴던'이나 '날 버리고' 등의 시어에서 보이는 수동적 태도가 그렇고, '꿈에서나마 자주 볼 수 있었으면' 하는 절박한 상황이 그러하다. 머무름과 떠남이 비교적 자유로웠던 남성보다는 한곳에 얽매여 지내야 했던 여성의 처지가 연상되기 때문이다.

---

135) 탐탐(耽耽)이 : 틈을 엿보는 모양.
136) 괴던 : 사랑하던.

74

뉘라셔 가마귀를 검고 凶흉타 ᄒᆞ돗던고
反哺報恩반포보은이 긔 아니 아름다온가
ᄉᆞ롬이 져 ᄉᆡ만 못ᄒᆞ물 못ᄂᆡ 슬허ᄒᆞ노라

—박효관 · 『가곡원류』

1) 현대어역

누가 까마귀를 검고 흉하다 하였던가
반포보은[137]이 그 아니 아름다운가
사람이 저 새만 못함을 못내 슬퍼하노라

2) 작품해설

우리나라가 다른 민족에 비해 도덕적으로 뛰어난 점 중의 하나는 윗사람에 대한 공경과 부모에 대한 효도이다. 효(孝)는 충(忠)과 더불어 유교의 기본 덕목 가운데 하나이다. 오늘날 우리 사회에서 이러한 가치가 붕괴되어 가는 뉴스를 접하곤 하는데, 정도의 차이는 있었을지언정 이러한 사정은 조선 시대에도 마찬가지였던 듯하다. 그러한 정황을 작가는 종장에서 사람이 새만도 못하다고 직설적으로 개탄하고 있다.

---

137) 반포보은(反哺報恩) : 까마귀는 그 새끼가 자라 어버이에게 먹이를 먹여준다는 데서 유래한 말.

75

내 언제 無信무신ᄒᆞ여 님을 언제 소겻관ᄃᆡ
月沉三更월침삼경에 온 뜻이 젼혀 업ᄂᆡ
秋風추풍에 지ᄂᆞᆫ 닙 소릐야 낸들 어이 ᄒᆞ리오

ㅡ황진이(중종조의 명기)·『청구영언』

1) 현대어역

내 언제 무신[138]하여 님을 언제 속였기에
달 지는 삼경[139]에 온 뜻이 전혀 없네
추풍에 지는 잎 소리야 난들 어이 하리오

2) 작품해설

기녀가 지은 시조는 대체로 연정을 주제로 한다. 이 노래 또한 그 범주에 포함된다. 작가는 밤이 늦도록 님을 기다리고 있지만, 님은 자정이 넘어도 돌아올 생각이 전혀 없다. 계절도 더욱 님의 생각이 나게 하는 가을. 그 밤에 바람에 서걱거리며 떨어지는 나뭇잎 소리를 님의 발자국 소리로 착각하며 한 번씩 깨어 놀라면서 밤을 하얗게 지새우지 않았을까 싶다.

한편 이 작품은 앞서 서경덕의 시조 '마음이 어린 후이니 하는 일이 다 어리다 ~'에 대한 화답시라고 전한다.[140] 비록 사제지간이었

---

138) 무신(無信) : 신의가 없음.

139) 삼경(三更) : 하룻밤을 5등분하였을 때 세 번째에 해당하는 시간. 밤 11시에서 새벽 1시까지.

을지언정 애틋한 마음은 어쩔 수 없었나보다. 하지만 이를 정신적 사랑으로 승화시킨 두 사람의 고매한 덕성이 그저 부러울 뿐이다.

140) 앞 26번 시조를 참조하면 도움이 된다.

76

冬至동지ㅅ돌 기나긴 밤을 한 허리를 버혀내여
春風춘풍 니불 아레 서리서리 너헛다가
어론 님 오신 날 밤이여든 구뷔구뷔 펴리라

–황진이 ·『청구영언』

1) 현대어역

동짓달 기나긴 밤을 한 허리를 베어내어
춘풍 이불 아래 서리서리 넣었다가
사랑하는 님 오신 날 밤이면 굽이굽이 펴리라

2) 작품해설

황진이 시조 중 가장 뛰어난 작품으로 꼽힌다. 우리말의 묘미를 십분 살리면서 간절한 그리움과 안타까운 기대를 절실하게 드러내었다. 기다림을 직접적으로 말하지 않고 행동으로 하나하나 보여주고 있는데, 그 행동이 여성스러우며 방식 또한 참신하다. 추상적인 시간을 구체적인 사물로 바꾸었다가 다시 시간으로 되돌려 님에 대한 사랑을 절실히 그려낸 솜씨는 참 놀랍다. 백 마디 찬사로도 미치지 못할 경지를 보여준 작품이다.

동짓날은 일 년 중 밤이 가장 긴 날이다. 님과 함께 하는 밤은 빨리도 지나가지만, 반대로 님이 부재하면 몹시 더딘 시간이 된다. 그런데 동짓날 밤 불행히도 님이 곁에 없었나보다. 안타까운 심정의 작가는 그 밤을 한 허리 베어내어 따뜻한 이불 속에 모아 두고자 한다. 언젠가는 님이 올 테니 그때 쓰기 위함이다. 시간과 애정의 관계를 자유롭게 넘나드는 참신한 기법은 여성작가가 아니고는 도저히 창출해낼 수 없을 터. 이런 배려와 따뜻한 사랑을 보여주는 여인. 황진이는 과연 사랑에서도 노래에서도 으뜸이었다.

77

青山裏청산리 碧溪水벽계수ㅣ야 수이 감을 자랑 마라
一到滄海일도창해ᄒᆞ면 도라 오기 어려오니
明月명월이 滿空山만공산ᄒᆞ니 수여 간들 엇더리

—황진이 · 『청구영언』

1) 현대어역

청산리 벽계수141)야 수이 감을 자랑마라
일도창해142)하면 돌아 오기 어려우니
명월143)이 만공산144)하니 쉬어 간들 어떠리

2) 작품해설

구수훈의 『이순록』에는 이 노래와 관련된 설화를 다음과 같이 전한다.

> 종실 벽계수는 평소 결코 황진이의 유혹에 넘어가지 않는다고 말해왔는데, 이 이야기를 들은 황진이가 사람을 시켜 그를 개성으로 유인해왔다. 어느 달이 뜬 저녁, 나귀를 탄 벽계수가 경치에 취해 있을 때 황진이가 나타나 '청산리 벽계수야 ~' 하고 시조를 읊으니, 벽계수는 밝

---

141) 청산리(青山裏) 벽계수(碧溪水) : 푸른 산속의 푸른 시냇물. 여기서 벽계수는 실존 인물의 중의로 쓰였음.

142) 일도창해(一到滄海) : 한 번에 넓은 바다에 도착함.

143) 명월(明月) 역시 황진이 자신의 중의로 쓰였음.

144) 만공산(滿空山) : 빈 산에 가득 참.

은 달빛 아래 나타난 고운 음성과 아름다운 자태에 놀라 나귀에서 떨어졌다.

즉 작품 속 벽계수는 단순히 흘러가는 물을 칭하는 말이 아니라 평소 콧대 높던 인물 벽계수이며, 명월 또한 황진이 스스로를 칭한 말이다. 도도한 벽계수에게 전혀 위축됨 없는 작가의 모습을 보여준 것이다.

78

어뎌 닉 일이여 그릴 줄를 모로던가
이시라 ᄒᆞ더면 가랴마ᄂᆞᆫ 졔 구틔야
보닉고 그리ᄂᆞᆫ 情은 나도 몰나 ᄒᆞ노라

―황진이 · 『병와가곡집』

1) 현대어역

어저 내 일이여 그리워할 줄을 몰랐던가
있으라 하였으면 갔을까마는 제 구태여
보내고 그리는 정은 나도 몰라 하노라

2) 작품해설

님을 떠나보낸 후회를 읊은 노래이다. 본디 기녀란 일관된 정조를 기대할 수 없는 존재이다. 임지에 잠시 머물다 떠나가는 이들에게 지나치게 정을 주어서는 안 된다는 점은 그녀들이 더 잘 알고 있다. 그렇기에 황진이는 '제 구태여' 그 님을 보낸다. 하지만 이번에 떠나간 님은 여느 상대와는 좀 다른 특별한 사람이었을까. 시간이 지날수록 후회와 그리움만 더해가는 모습이 안타까움을 자아낸다. 천하의 황진이도 마음을 앓은 적이 있었던가 보다.

79

靑山청산은 내 뜻이오 綠水녹수는 님의 情정이
綠水녹수 흘너간들 靑山청산이냐 變변홀손가
綠水녹수도 靑山청산을 못 니져 우러 예어 가는고

—황진이 · 『대동풍아』

1) 현대어역

청산은 내 뜻이요 녹수[145]는 님의 정이
녹수 흘러간들 청산이야 변할쏜가
녹수도 청산을 못 잊어 울며 흘러가는고

2) 작품해설

정적 이미지의 산과 동적 이미지의 물의 만남. 이는 기생 신분인 작가의 숙명이기도 하다. 기생은 관아에 소속되어 한 자리에 머물러야 하고, 관리는 명령에 따라 오고가는 존재이기 때문이다. 이 노래 역시 이러한 속성을 잘 포착했다. 그렇기에 작가는 항상 한곳에 머물러 있는 청산에, 반면 님은 흘러가는 녹수에 비유한 것이다. 한편 종장에서는 계곡물 소리를 님의 울음소리라 판단하고 있는데, 이는 님 또한 마음 아프게 떠날 것이라는 작가의 믿음이 전제된 표현이다.

---

145) 녹수(錄水) : 푸른 계곡물.

80

묏버들 갈희 것거 보내노라 님의손듸
자시는 窓창 밧긔 심거 두고 보쇼셔
밤비에 새 닙곳 나거든 날인가도 너기쇼셔

—홍랑(선조조의 기생) · 『오씨소장전사본』

1) 현대어역

묏버들 가려 꺾어 보내노라 님에게
자시는 창 밖에 심어 두고 보소서
밤비에 새 잎이 나거든 나인가도 여기소서

2) 작품해설

함경도 경성 기생 홍랑과 최경창(1539-1583)의 애틋한 사랑 이야기가 바탕에 깔린 노래이다. 사랑하는 님에게 보내는 한 통의 편지 같은 느낌을 준다. 정리하자면 '그대에게 버드나무 가지를 꺾어 보내오니, 이 가지에 새싹 나거든 제 마음이라 여겨주세요' 정도의 내용이 된다. 봄날, 님과 떨어져 있는 쓸쓸함. 혹시라도 님이 나를 잊을까봐 버드나무 몇 가지를 고르고 골라 꺾어 보낸다. 그것을 전해 받은 님의 마음은 어땠을가. 섬세하고 아름다운 연가이다.

81

梨花雨이화우 흣뿌릴 제 울며 잡고 離別이별훈 님
秋風落葉추풍낙엽에 저도 날 싱각는가
千里천리에 외로온 쑴만 오락가락 ᄒᆞ노매

—이계랑(1573-1610) · 『청구영언』

1) 현대어역

이화우[146] 흩뿌릴 제 울며 잡고 이별한 님
추풍낙엽에 저도 날 생각하는가
천리에 외로운 꿈만 오락가락 하노라

2) 작품해설

님과 헤어진 지 벌써 반년. 하얀 배꽃이 비처럼 내리던 봄날, 눈물로 헤어졌던 님은 여름 지나고 가을 되어 낙엽이 흩날릴 때까지 소식 한 줄 없다. 님이 나를 잊은 것은 아닐까, 혹시 님도 나를 생각하는가 등등. 님과의 거리는 무려 천리나 떨어져 있지만, 그 사이에서 홀로 꾸는 외로운 꿈만 오락가락 하고 있다. 이 작품에서 작가는 시간적 거리와 공간적 거리 모두에 절망하고 있다.

146) 이화우(梨花雨) : 배꽃이 흩날리는 광경을 비에 연결한 표현.

82

어이 얼어 잘이 므스 일 얼어 잘이
鴛鴦枕원앙침 翡翠衾비취금을 어듸 두고 얼어 자리
오늘은 촌비 맛자신이 녹아 잘까 ᄒᆞ노라

―한우 · 『해동가요』

1) 현대어역

어이 얼어 자리 무슨 일로 얼어 자리
원앙침[147] 비취금[148]을 어디 두고 얼어 자리
오늘은 찬비 맞았으니 녹아 잘까 하노라

2) 작품해설

이 노래는 임제의 앞선 작품에 대한 화답시이다.[149]

> 北天(북천)이 ᄆᆰ다커늘 우장 업시 길을 나니
> 산의ᄂᆞᆫ 눈이 오고 들에ᄂᆞᆫ 춘비 온다
> 오ᄂᆞᆯ은 춘비 마ᄌᆞ시니 얼어 ᄌᆞᆯ가 ᄒᆞ노라

두 작품 모두 '찬비'와 '얼어 자다'를 반복하고 있는데, 모두 작가의 이름인 한우(寒雨)와 성적 교합의 의미를 중의적으로 표현하고 있다. 빼어난 수사와 함께 주제를 선명하게 드러낸 노래이다.

---

147) 원앙침(鴛鴦枕) : 원앙이 새겨진 베개.
148) 비취금(翡翠衾) : 비취새의 깃을 넣어 만든 이불. 둘 다 연인 간의 정분을 상징함.
149) 앞 40번 시조를 참조하면 도움이 된다.

83

솔이 솔이라 ᄒᆞ니 무슴 솔만 너겨더니
千尋絕壁천심절벽에 落落長松낙락장송 ᄂᆡ 긔로다
길 아릐 樵童초동의 졉낫시야 걸어볼 줄 이시랴

—송이(생몰년 미상의 기녀)·『병와가곡집』

1) 현대어역

솔이 솔이라 하니 무슨 솔만 여기더니
천심절벽[150]에 낙락장송[151] 내 그것이로다
길 아래 초동[152]의 접낫[153]이야 걸어 볼 줄 있으랴

2) 작품해설

누군가의 프로포즈를 자신의 이름 송이(松伊)를 활용하여 중의적으로 거절하고 있어 묘미를 준다. '내 이름이 솔[松伊]이라고 하니 산에 흔히 있는 작은 소나무처럼 보이더냐? 내 이름 송이는 그런 소나무를 의미하는 것이 아니라 천길 절벽 위에 푸르게 자라나 절개 있는 낙락장송을 의미하는 말이니, 너 같은 애송이는 나를 찍어 차지할 수 없다'는 정도의 내용이 된다. 기생이지만 범접할 수 없는 기개, 그 자신감과 운치가 돋보이는 작품이다.

150) 천심절벽(千尋絕壁) : 천 길 높이의 낭떠러지.
151) 낙락장송(落落長松) : 가지가 치렁치렁 늘어진 오래된 소나무. 지조와 절개의 상징.
152) 초동(樵童) : 나무 하는 아이.
153) 접낫 : 작은 낫.

84

ᄭᅮᆷ에 뵈ᄂᆞᆫ 님이 因緣인연 업다 ᄒᆞ건마ᄂᆞᆫ
탐탐이 그리온 제 ᄭᅮᆷ 아니면 어이 ᄒᆞ리
ᄭᅮᆷ이야 ᄭᅮᆷ이언마ᄂᆞᆫ ᄌᆞ로ᄌᆞ로 뵈여라

—명옥(생몰년 미상의 기녀) · 『청구영언』

1) 현대어역

꿈에 뵈는 님이 인연 없다 하건마는
틈틈이 그리울 때 꿈 아니면 어이 하리
꿈이야 꿈이건마는 자주자주 뵈어라

2) 작품해설

님에 대한 간절한 그리움을 노래했다. 꿈에 보이는 님은 어쩌면 실제로는 만나지 못할, 인연 없는 존재일지도 모른다. 하지만 그리운 것을 어떻게 하랴. 작가는 꿈속에서라도 좋으니 자주나 만났으면 좋겠다고 안타까운 심회를 토로한다. 진정 그리운 님에 대한 애절한 바람이 느껴진다.

85

山村산촌에 밤이 드니 먼듸 기 즈져 온다
柴扉시비롤 열고 보니 하늘이 ᄎ고 달이로다
져 기야 空山공산 잠든 달을 즈져 무슴 ᄒ리오

—천금(생몰년 미상의 기녀) · 『육당본 청구영언』

1) 현대어역

산촌에 밤이 드니 먼 데 개 짖어 온다
시비[154]를 열고 보니 하늘이 차고 달이 떠 있도다
저 개야 공산[155]에 잠든 달을 짖어 무엇하리오

2) 작품해설

작가는 인적 드문 산촌에서 누군가를 기다리고 있다. 그런데 별안간 저 아래 길 끝 어딘가에서 개 짖는 소리가 들리기에, 반가운 마음에 대문을 열고 밖으로 나가 본다. 하지만 아무도 오는 이는 없고, 찬 겨울 하늘에 달만 덩그라니 떠 있다. 그런 개에게 괜한 타박이 이어질 것은 당연한 이치. 이 작품의 묘미가 여기에 있다.

154) 시비(柴扉) : 사립문.
155) 공산(空山) : 빈 산.

86

雪月설월이 滿窓만창ᄒᆞᆫ듸 ᄇᆞ람아 부지 마라
曳履聲예리성 아닌 줄을 判然판연히 알건마는
그립고 아수은 적이면 힝여 권가 ᄒᆞ노라

—미상 · 『병와가곡집』

1) 현대어역

설월이 만창[156]한데 바람이 불지 마라
예리성[157] 아닌 줄을 판연히[158] 알건마는
그립고 아쉬운 적이면 행여 그인가 하노라

2) 작품해설

님을 기다리는 간절한 마음을 노래하였다. 밖의 바람소리는 님의 발자국 소리와는 뚜렷이 차이 나는 소리지만, 작가가 님을 기다리는 마음이 너무나 간절하기에 그런 바람소리마저 님의 발자국 소리로 들린다. 작가 미상으로 되어 있지만 여타 여류작가들의 정서와 거의 일치하는 바, 기녀들이 즐겨 부른 노래로 추측된다.

---

156) 설월만창(雪月滿窓) : 눈 쌓인 밤에 뜬 밝은 달빛이 창문에 가득 비침.
157) 예리성(曳履聲) : 신발 끄는 소리. 즉 누군가 오는 소리.
158) 판연(判然)히 : 뚜렷이.

연시조

강호사시가 江湖四時歌

1) 원문 · 현대어역

1

江湖강호에 봄이 드니 미친 興흥이 절로 난다
濁醪溪邊탁료계변에 錦鱗魚금린어ㅣ 안주로라
이 몸이 閒暇한가히옴도 亦君恩역군은이샷다

강호에 봄이 드니 미친 흥[1]이 절로 일어난다
탁료계변[2]에 금린어[3]가 안주로다
이 몸이 한가하옴도 역시 임금님 은혜로다[4]

2

江湖강호에 녀름이 드니 草堂초당에 일이 업다
有信유신혼 江波강파는 보내ᄂᆞ니 ᄇᆞ람이다
이 몸이 서늘히옴도 亦君恩역군은이샷다

---

1) 미친 흥 : 맹렬히 일어나는 흥.
2) 탁료계변(濁醪溪邊) : 막걸리를 마시며 노는 시냇가.
3) 금린어(錦鱗魚) : 비단결같이 고운 비늘을 지닌 물고기. 특히 쏘가리를 멋지게 일컫는 이름.
4) 역군은(亦君恩) : '역시 임금의 은혜'란 뜻으로, 자신의 한가한 생활을 임금의 덕으로 돌리는 데 사용되는 관용구.

강호에 여름이 드니 초당[5]에 일이 없다
유신한[6] 강 물결은 보내나니 바람이로다
이 몸이 서늘하옴도 역시 임금님 은혜로다

3

江湖강호에 ᄀᆞ올이 드니 고기마다 ᄉᆞᆯ져 잇다
小艇소정에 그물 시러 흘리 ᄠᅴ여 더뎌두고
이 몸이 消日소일ᄒᆡ옴도 亦君恩역군은이샷다

강호에 가을이 드니 고기마다 살져 있다
작은 배에 그물 실어 흘러가는 대로 띄워 던져두고
이 몸이 소일[7]하옴도 역시 임금님 은혜로다

4

江湖강호에 겨월이 드니 눈 기픠 자히 남다
삿갓 빗기 쓰고 누역으로 오슬 삼아
이 몸이 칩지 아니ᄒᆡ옴도 亦君恩역군은이샷다

강호에 겨울이 드니 눈 깊이가 한 자가 넘는구나
삿갓을 빗겨 쓰고 누역[8]으로 옷을 삼아

---

5) 초당(草堂) : 풀로 만든 집. 곧 검소한 생활공간의 상징.
6) 유신(有信)한 : 믿음이 있는. 강의 파도가 어김없이 시원한 바람을 불게 해 주기에 쓴 표현.
7) 소일(消日) : 날을 보냄.
8) 누역 : 도롱이의 다른 말. 비오는 날 어깨에 걸쳐 입는 우비로 주로 짚이나 띠 따위로 엮어 만듦.

이 몸이 춥지 아니하옴도 역시 임금님 은혜로다

—맹사성(1360-1438) · 『청구영언』

2) 작품해설

세종 때 좌의정을 지낸 맹사성의 작품이다. 그는 비록 고관이었지만, 비가 새어 옷을 적실 정도의 좁은 집에서 살았고, 행차를 할 때도 수행원을 대동하지 않는 등 검소한 생활을 실천한 청백리의 표상이다.

이 작품에는 그러한 작가의 생활태도가 잘 드러난다. 1연은 봄이 온 시냇가에서 막걸리를 마시며 흥겹게 지내는 모습을 묘사하였다. 쏘가리를 금린어(錦鱗魚)라 칭하는 모습에서 소박한 삶에 대한 만족스런 태도를 엿볼 수 있다. 2연은 강가에서 시원한 바람을 맞는 즐거움을 노래하였다. 때마다 시원한 바람을 불게 해 주기에 강가의 파도는 '유신(有信)'한 존재가 되는데, 이러한 표현에서 그의 유교적 가치지향 태도를 읽을 수 있다.

3연은 가을날 강에서 배를 타고 소요하는 즐거움을 노래하였다. 비록 어옹(漁翁)의 흉내를 내느라 그물을 강물에 던져 보지만, 그 뜻은 고기잡이에 있지 않다. 정작 그의 뜻은 청량한 가을밤을 완상하며 '무심(無心)'한 사물들과 오랫동안 시간을 보내는 데 있는 것이다. 4연은 강호에서 보내는 겨울을 묘사하였다. 한 자 넘게 쌓인 눈, 그저 삿갓 하나만 쓴 채, 좋은 우비도 없이 '도롱이'를 입고 지내는 겨울이건만 그의 삶은 결코 춥지 않다. 강호에서 사는 만족감이 그렇게 만든 것이다.

한편 계절의 순차로 엮인 이 노래는 매 장 말미에 '역군은(亦君恩)'이라는 관용구를 반복하였다. 이에서 각 계절의 모든 즐거움을 임금의 은혜에 연결시키는 신하의 도리를 보여주고 있다.

어부단가 漁父短歌

1) 원문·현대어역

1

이 듕에 시름업스니 漁父어부의 生涯생애로다
一葉扁舟일엽편주를 萬頃波만경파애 띄워두고
人世인세를 다 니젯거니 날 가는 주를 알랴

이 중에 시름없으니 어부의 생애로다
일엽편주[9]를 넓은 바다에 띄워두고
인세[10]를 다 잊었으니 날 가는 줄을 알랴

2

구버는 千尋綠水천심녹수 도라보니 萬疊靑山만첩청산
十丈紅塵십장홍진이 언매나 ᄀ렛는고
江湖강호애 月白월백ᄒ거든 더옥 無心무심ᄒ애라

굽어보니 천심녹수[11] 돌아보니 만첩청산[12]

---

9) 일엽편주(一葉片舟) : 한 척의 작은 조각배.
10) 인세(人世) : 인간세상.
11) 천심녹수(千尋綠水) : 깊고 깊은 푸른 물.
12) 만첩청산(萬疊靑山) : 겹겹이 늘어선 푸른 산.

십장홍진[13]이 얼마나 가려졌나
강호에 달이 밝으니 더욱 무심하여라

3

靑荷청하애 바볼 싸고 綠柳녹류에 고기 뻬여
蘆荻花叢노적화총에 비 민야두고
一般淸意味일반청의미를 어닉 부니 아르실가

푸른 연잎에 밥을 싸고 푸른 버들가지에 고기 꿰어
갈꽃 떨기에 배 매어두고
일반청의미[14]를 어느 분이 아실까

4

山頭산두에 閑雲한운이 起기ᄒᆞ고 水中수중에 白鷗백구ㅣ 飛비이라
無心무심코 多情다정ᄒᆞ니 이 두 거시로다
一生일생애 시르믈 닛고 너를 조차 노로리라

산머리에 한가한 구름 일어나고 수중에 흰 갈매기 나는구나
무심코 다정한 것 이 두 것이로다
일생에 시름을 잊고 너를 좇아 놀리라

5

長安장안을 도라보니 北闕북궐이 千里천리로다

---

13) 십장홍진(十丈紅塵) : 열 길 길이의 홍진. 홍진은 번거롭고 속된 세상의 비유.
14) 일반청의미(一般淸意味) : 욕심 없이 맑은 마음으로 살아가고자 하는 뜻.

漁舟어주에 누어신ᄃᆞᆯ 니즌 스치 이시랴
두어라 내 시ᄅᆞᆷ 아니라 濟世賢제세현이 업스랴

장안[15]을 돌아보니 북궐[16]이 천리로다
고깃배에 누웠은들 잊은 적이 있으랴
두어라 내 시름 아니라 제세현[17]이 없으랴

–이현보(1467-1553) · 『농암집』

2) 작품해설

이 작품은 농암 이현보가 편찬한 것으로, 관직을 물러나 한가롭게 자연에서 노니는 내용을 담고 있다. 이현보는 일찍이 〈어부사〉를 접한 후 그 깨끗함과 고상함에 기뻐하였으나, 노랫말이 긴 것을 흠이라 생각하여 12장은 9장으로, 10장은 5장으로 줄여 노래하였다.

따라서 이 노래는 이현보의 순수창작이 아닌 개작이다. 실제로 강가에서 소요하며 이 노래를 직접 부르거나 하인들에게 부르도록 시켰다 한다. 자연에서 아무런 욕심 없이 산다는 것은 실제로는 실천하기 어려운 것이기에, 보통은 관념적인 구호에 그치는 경우가 많다. 그러나 이 작품은 그러한 삶의 지향이 때로는 실천되기도 하였음을 우리에게 일러준다.

---

15) 장안(長安) : 서울.

16) 북궐(北闕) : 궁궐.

17) 제세현(濟世賢) : 세상을 구제할 현사(賢士).

오륜가 五倫歌

1) 원문·현대어역

1

사ᄅᆞᆷ 사ᄅᆞᆷ마다 이 말ᄉᆞᆷ 드러ᄉᆞ라
이 말ᄉᆞᆷ 아니면 사ᄅᆞᆷ이오 사ᄅᆞᆷ 아니
이 말ᄉᆞᆷ 닛디 말오 ᄇᆡ호고야 마로링이다

사람 사람마다 이 말을 들으려무나
이 말씀 아니면 사람이나 사람이 아니니
이 말씀 잊지 말고 배우고야 말 것입니다

2

어바님 날 나ᄒᆞ시고 어마님 날 기ᄅᆞ시니
父母부모옷 아니시면 내 모미 업슬랏다
이 덕을 갑파려ᄒᆞ니 하ᄂᆞᆯ ᄀᆞ이 업스샷다

아버님 날 낳으시고 어머님 날 기르시니
부모님 아니시면 내 몸이 없으리라
이 덕을 갚으려하니 하늘처럼 끝이 없습니다

3

둉과 항것과ᄅᆞᆯ 뉘라셔 삼기신고
벌와 가여미ᅀᅡ 이 ᄠᅳ들 몬져 아니
ᄒᆞᆫ ᄆᆞᅀᆞ매 두 ᄠᅳᆮ 업시 소기지나 마옵생이다

종과 주인의 구별을 뉘라서 만들었나
벌과 개미들이 이 뜻을 먼저 아니
한 마음에 두 뜻이 없이하여 속이지나 마옵사이다

4

지아비 받 갈라 간 ᄃᆡ 밥고리 이고 가
반상을 들오ᄃᆡ 눈섭의 마초이다
친코도 고마오시니 손이시나 다ᄅᆞ실가

지아비 밭 갈러 간 데 밥고리[18] 이고 가
밥상을 들되 눈썹 높이에 맞춥니다[19]
친하고도 고마우시니 손님이나 다르실까

5

兄형님 자신 져졸 내 조쳐 머궁이다
어와 뎌 아ᅀᆞ야 어마님 너 ᄉᆞ랑이아

---

18) 밥고리 : 밥을 담은 광주리.

19) 거안제미(擧案齊眉)의 고사를 원용했다. 후한(後漢) 시대 양홍(梁鴻)의 처 맹광(孟光)의 이야기이다. 맹광은 항상 밥상을 눈썹 높이까지 가지런하도록 공손히 들어 남편 앞에 올렸으니, 이는 곧 남편을 깍듯이 공경하는 태도를 의미함.

兄弟형제옷 不和불화ᄒᆞ면 개 도티라 ᄒᆞ리라

형님이 잡수신 젖을 나까지 먹습니다
어와 저 아우야 어머님 너 사랑이야
형제가 불화하면 개 돼지라 하리라

6

늘그니ᄂᆞᆫ 父母부모 ᄀᆞᆮ고 얼우ᄂᆞᆫ 兄형 ᄀᆞᄐᆞ니
ᄀᆞᄐᆞᆫᄃᆡ 不恭불공ᄒᆞ면 어ᄃᆡ가 다ᄅᆞᆯ고
날노셔 ᄆᆞ디어시ᄃᆞᆫ 절ᄒᆞ고야 마로링이다

늙은이는 부모님 같고 어른은 형님 같으니
이 같은데 공손하지 않으면 (짐승과) 어디가 다를까
나보다 어른이시면 절하고야 마치리라

—주세붕(1495-1554) · 『무릉속집』

2) 작품해설

앞선 맹사성과 이현보에서 강호한정이 구현된 반면, 주세붕에 이르러서는 백성교화의 한 방편으로서 오륜이 화두가 된다. 이러한 경향은 훗날 정철·박인로 등으로 계속 이어진다. 이 노래는 유교적 질서확립을 위해 창작된 작품이다. 조선건국 후 지배계층은 그들의 통치이념이 백성들의 실생활에서도 실천될 수 있기를 희망했는데, 이 작품은 그러한 경향을 문학적으로 지지해주는 역할을 떠맡았다.

제1연은 서사로 이 노래에 담긴 내용의 중요성을 노래하였다. 이후

제2연부터는 오륜의 덕목들을 순차적으로 제시하고 있다. 2연은 효(孝, 父子有親), 3연은 의(義, 君臣有義), 4연은 별(別, 夫婦有別), 5연은 우(友, 朋友有信), 6연은 '서(序, 長幼有序)'와 관계되는데, 각각 이에 해당하는 예를 실생활에서 구체적으로 들어 노래하였다. 공허한 구호에 그치지 않고 실생활에서 실천가능한 덕목이 될 수 있게끔 유도하여 성공을 거둔 작품이다.

도산십이곡 陶山十二曲

1) 원문·현대어역

1

이런들 엇더ᄒᆞ며 져런들 엇더ᄒᆞ료
草野愚生초야우생이 이러타 엇더ᄒᆞ료
ᄒᆞ믈며 泉石膏肓천석고황을 고쳐 므슴ᄒᆞ료

이런들 어떠하며 저런들 어떠하리
초야우생[20]이 이렇다 어떠하리
하물며 천석고황[21]을 고쳐 무엇하리

2

烟霞연하로 집을 삼고 風月풍월로 벗을 사마
太平聖代태평성대에 病병으로 늘거가뇌
이 즁에 ᄇᆞ라ᄂᆞᆫ 일은 허믈이나 업고쟈

연하[22]로 집을 삼고 풍월[23]로 벗을 삼아

20) 초야우생(草野愚生) : 시골에 사는 어리석은 사람.
21) 천석고황(泉石膏肓) : 산수를 사랑하는 것이 너무 지나쳐 마치 불치의 고질병과 같음.
22) 연하(煙霞) : 안개와 노을. 고요한 산수의 경치를 비유.
23) 풍월(風月) : 청풍명월(淸風明月). 맑은 바람과 밝은 달.

태평성대에 병으로 늙어가네
이 중에 바라는 일은 허물이나 없고자

3

淳風순풍이 죽다 ᄒᆞ니 眞實진실로 거즛말이
人性인성이 어지다 ᄒᆞ니 眞實진실 올흔 말이
天下천하의 許多英才허다영재를 소겨 말슴ᄒᆞᆯ가

순풍[24]이 죽다 하니 진실로 거짓말이라
인성이 어질다 하니 진실로 옳은 말이라
천하의 허다한 영재를 속여 말씀할까

4

幽蘭유란이 在谷재곡ᄒᆞ니 自然자연이 듯디 죠희
白雪백설이 在山재산ᄒᆞ니 自然자연이 보디 죠해
이 즁에 彼美一人피미일인을 더욱 닛디 못ᄒᆞ애

유란[25]이 계곡에 있으니 자연이 듣기[26] 좋아라
흰 눈이 산에 있으니 자연이 보기 좋아라
이 중에 피미일인[27]을 더욱 잊지 못하여라

---

24) 순풍(淳風) : 순박한 풍속.
25) 유란(幽蘭) : 그윽한 난초.
26) 여기서 '듣기'는 '냄새 맡기'의 의미. 한자 '聞(문)'에는 '향기를 맡다'의 의미가 있는데, 이것이 거꾸로 한글에 영향을 주어 생긴 표현으로 생각됨.
27) 피미일인(彼美一人) : 저 아름다운 한 사람. 여기서는 '임금'을 가리킴.

5

山前산전에 有臺유대ᄒᆞ고 臺下대하에 有水유수ㅣ로다
떼 만ᄒᆞᆫ ᄀᆞᆯ며기ᄂᆞᆫ 오명가명 ᄒᆞ거든
엇더라 皎皎白駒교교백구ᄂᆞᆫ 멀리 ᄆᆞ음 ᄒᆞᄂᆞᆫ고

산 앞에 대가 있고 대 아래는 물이로다
떼 많은 갈매기는 오며가며 하거든
어떻다 교교백구[28]는 멀리 마음 두는고

6

春風춘풍에 花滿山화만산ᄒᆞ고 秋夜추야에 月滿臺월만대라
四時佳興사시가흥이 사ᄅᆞᆷ과 한가지라
ᄒᆞ믈며 魚躍鳶飛어약연비 雲影天光운영천광이야 어ᄂᆡ 그지 이시리

봄바람에 꽃은 산에 가득하고 가을밤에 달은 대에 가득하도다
사계절 아름다운 흥이 사람과 한가지라
하물며 어약연비[29] 운영천광[30]이야 어찌 끝이 있으리

7

天雲臺천운대 도라드러 玩樂齋완락재 蕭灑소쇄ᄒᆞᆫ듸
萬卷生涯만권생애로 樂事낙사ㅣ 無窮무궁ᄒᆞ애라

---

28) 교교백구(皎皎白駒) : 희고 깨끗한 망아지. 보통 은자(隱者)·현자(賢者)의 비유로 쓰임.

29) 어약연비(魚躍鳶飛) : 물고기가 뛰놀고 솔개가 높이 남.

30) 운영천광(雲影天光) : 맑은 물에 비친 구름과 하늘의 모습.

이 즁에 往來風流왕래풍류를 닐러 무슴홀고

천운대[31] 돌아들어 완락재[32] 소쇄[33]한데
만권 생애로 즐거운 일이 무궁하여라
이 중에 오가는 풍류를 일러 무엇할꼬

8

雷霆뇌정이 破山파산ᄒᆞ여도 聾者농자는 못 듯ᄂᆞ니
白日백일이 中天중천하야도 瞽者고자는 못 보ᄂᆞ니
우리는 耳目聰明이목총명 男子남자로 聾瞽농고 ᄀᆞᆺ지 마로리

번개가 산을 깨어도 귀머거리는 못 듣나니
밝은 해가 하늘 높이 떠도 소경은 못 보나니
우리는 눈 귀 밝은 남자로 농고[34] 같지 말리라

9

古人고인도 날 못 보고 나도 古人고인 못 뵈
古人고인을 못 봐도 녀둔 길 알픠 잇ᄂᆡ
녀둔 길 알픠 잇거든 아니 녀고 엇졀고

고인도 날 못 보고 나도 고인을 못 보네

---

31) 천운대(天雲臺) : 도산서원에 있는 대의 이름으로, 도산십팔절(陶山十八絕)의 하나.
32) 완락재(玩樂齋) : 도산서원에 있는 서재로, 역시 도산십팔절(陶山十八絕)의 하나.
33) 소쇄(蕭灑) : 맑고 깨끗함.
34) 농고(聾瞽) : 귀머거리와 소경. 성현의 말을 듣지 못하고, 사물의 도리를 보지 못하는 어리석은 자를 비유한 말.

고인을 못 보아도 가던 길 앞에 있네
가던 길 앞에 있으니 아니 가고 어찌할꼬

10

當時당시에 녀든 길흘 몃 히를 ᄇ려두고
어듸 가 ᄃ니다가 이제야 도라온고
이제야 도라오나니 년 듸 ᄆ음 마로리

당시에 가던 길을 몇 해를 버려두고
어디 가 다니다가 이제야 돌아왔는고
이제야 돌아오나니 딴 데 마음 말리라

11

靑山청산은 엇졔ᄒ여 萬古만고에 프르르며
流水유수ᄂ 엇졔하여 晝夜주야애 긋지 아니ᄂ고
우리도 그치지 마라 萬古常靑만고상청ᄒ리라

청산은 어찌하여 만고에 푸르르며
유수는 어찌하여 주야에 그치지 아니하는고
우리도 그치지 말아 만고상청35) 하리라

12

愚夫우부도 알며 ᄒ거니 긔 아니 쉬온가
聖人성인도 못다 ᄒ시니 긔 아니 어려온가

35) 만고상청(萬古常靑) : 오랫동안 변함없이 늘 푸름.

쉽거나 어렵거나 즁에 늙는 줄을 몰래라

우부[36]도 알며 하거니 그 아니 쉬운가
성인도 못다 하시니 그 아니 어려운가
쉽거나 어렵거나 중에 늙는 줄을 몰라라

–이황(1501-1570) · 『청구영언』

2) 작품해설

조선의 대학자 퇴계 이황이 지은 연시조이다. 작가가 만년에 고향 안동으로 돌아가 도산서원을 세우고 후진을 양성하던 때에 지었다. 전 6곡에서는 유학의 도를 지향하는 뜻을 읊었고 후 6곡에서는 학문 수양의 길을 노래함으로써, 자연에 뜻을 두고 학문을 배운다는 취지를 담아내었다.

전체적으로 자연친화 사상과 유학적 도의 지향이 어우러짐으로써, 조선 사대부가 지닌 성리학적 자연관을 잘 드러낸 작품이 되었다. 자연의 이법을 통해 우리의 심성도 한결같아야 함을 일러주되, 지시나 명령의 어조가 아닌 자연스러운 말투로 이를 드러내어 그 효과를 높였다.

작가는 '도산십이곡 발(陶山十二曲 跋)'에서, 온유돈후(溫柔敦厚, 온화하고 부드러우며 정이 두터움)한 내용을 통해 심성수양을 가능하게 하는 노래를 만들고자 목적하였다고 했다. 즉 아이들로 하여금 이 노래를 아침저녁으로 익혀 부르게 하고, 스스로 노래하며 이에 맞추어 춤추게 하려고 이 작품을 지었다는 것이다. 시조마저도 심성수

36) 우부(愚夫) : 어리석은 자.

양의 도구로 인식한 유학자의 효용론적 시가관을 잘 보여준 사례가 된다. 노래를 통해 배움을 깊이 할 수 있음을 일깨우고, 전달의 목적을 정감의 표현으로 바꾸어놓은 솜씨가 빼어난 작품이다.

《 고산구곡가 高山九曲歌 》

1) 원문·현대어역

1

高山九曲潭고산구곡담을 사ᄅᆞᆷ이 모로더니
誅茅卜居주모복거ᄒᆞ니 벗님ᄂᆡ 다 오신다
어즈버 武夷무이를 想像상상ᄒᆞ고 學朱子학주자를 ᄒᆞ리라

고산구곡담[37]을 사람들이 모르더니
풀 베고 터 잡아 사니 벗님네 다 오신다
어즈버 무이[38]를 상상하고 주자[39]를 배우리라

2

一曲일곡은 어드ᄆᆡ고 冠巖관암에 ᄒᆡ 빗췬다
平蕪평무에 ᄂᆡ 거든이 遠山원산이 글림이로다
松間송간에 綠樽녹준을 녹코 벗 온 양 보노라

---

37) 고산구곡담(高山九曲潭) : 고산에 있는 아홉 개의 물굽이. 고산은 황해도 해주에 있는 산.

38) 무이(武夷) : 중국 복건성에 있는 산. 주자가 여기에 정사를 짓고 학문을 닦으며, 〈무이구곡가(武夷九曲歌)〉를 지었음.

39) 주자(朱子) : 중국 남송(南宋) 때의 유학자인 주희(朱熹, 1130 -1200). 기존의 유학을 집대성하여 동아시아 사상계에 매우 큰 영향을 끼쳤음.

첫 굽이는 어디인고 관암40)에 해 비친다
잡초 우거진 들에 안개 걷히니 먼 산이 그림이로다
솔 사이 술통을 놓고 벗 온 듯이 보노라

3

二曲이곡은 어드ᄆᆡ고 花巖화암에 春晩춘만커다
碧波벽파에 곳츨 씌워 野外야외로 보내노라
살ᄅᆞᆷ이 勝地승지를 몰은이 알게 ᄒᆞᆫ들 엇더리

둘째 굽이는 어디인고 화암41)에 봄이 깊었다
푸른 물결에 꽃을 띄워 야외로 보내노라
사람들이 승지42)를 모르니 알게 한들 어떠리

4

三曲삼곡은 어드ᄆᆡ고 翠屛취병에 닙 퍼졋다
綠樹녹수에 山鳥산조는 下上其音하상기음ᄒᆞ는 적의
盤松반송이 愛淸風애청풍ᄒᆞᆫ이 녀름 景경이 업세라

셋째 굽이는 어디인고 취병43)에 잎 퍼졌다
푸른 나무에서 산새는 높고 낮게 지저귀는 때에
반송44)이 맑은 바람 받으니 여름 풍경이 이에 더 없어라

---

40) 관암(冠巖) : 갓 모양의 바위.
41) 화암(花巖) : 꽃이 많이 핀 바위.
42) 승지(勝地) : 경치 좋은 곳.
43) 취병(翠屛) : 비취빛 병풍 모양의 절벽.
44) 반송(盤松) : 키가 작고 가지가 옆으로 퍼진 소나무.

5

四曲사곡은 어드믹고 松崖송애에 히 넘거다
潭心巖影담심암영은 온갓 빗치 줌겻세라
林泉임천이 깁도록 죠흐니 興흥을 계워 ᄒᆞ노라

넷째 굽이는 어디인고 송애[45]에 해 넘어간다
깊은 못 속 바위 그림자에 온갖 빛이 잠겼어라
임천[46]은 깊을수록 좋으니 흥에 겨워 하노라

6

五曲오곡은 어드믹고 隱屛은병이 보기 죠희
水邊精舍수변정사는 瀟灑소쇄흠도 ᄀᆞ이 업다
이 中중에 講學강학도 ᄒᆞ려니와 詠月吟風영월음풍ᄒᆞ올이라

다섯째 굽이는 어디인고 은병[47]이 보기 좋아라
물가의 정사[48] 맑고 깨끗함이 끝이 없다
이 중에 강학[49]도 하려니와 영월음풍[50]하오리라

45) 송애(松崖) : 소나무가 자라난 절벽.
46) 임천(林泉) : 숲과 샘물. 은사(隱士)가 사는 깊은 자연.
47) 은병(隱屛) : 숨어 있는 병풍 모양의 절벽.
48) 정사(精舍) : 학문을 수련하거나 도를 닦기 위해 지은 집.
49) 강학(講學) : 여럿이 모여 공통된 주제를 놓고 질문하고 대답하는 방식을 통하여 학문을 수련하는 일.
50) 영월음풍(詠月吟風) : 달을 노래하고 바람을 읊음. 곧 자연을 소재로 삼아 노래함.

7

六曲육곡은 어드믜고 釣峽조협에 물이 넙다
나와 고기와 뉘야 더욱 즑이는고
黃昏황혼에 낙대를 메고 帶月歸대월귀를 ᄒᆞ노라

여섯째 굽이는 어디인고 조협[51]에 물이 넓다
나와 물고기와 누가 더욱 즐기는고
황혼에 낚싯대 메고 달빛 두르고 돌아오노라

8

七曲칠곡은 어드믜고 楓巖풍암에 秋色추색이 좃타
淸霜청상이 엷게 친이 絶壁절벽이 錦繡금수ㅣ로다
寒巖한암에 ᄒᆞᆫ자 안자셔 집을 닛고 잇노라

일곱째 굽이는 어디인고 풍암[52]에 가을빛이 좋다
맑은 서리 엷게 치니 절벽이 수놓은 비단이로다
한암[53]에 혼자 앉아서 집을 잊고 있노라

9

八曲팔곡은 어드믜고 琴灘금탄에 ᄃᆞᆯ이 볽다
玉軫金徽옥진금휘로 數三曲수삼곡을 노론말이
古調고조를 알 리 업쓴이 ᄒᆞᆫ자 즑여ᄒᆞ노라

---

51) 조협(釣峽) : 낚시터가 있는 골짜기.
52) 풍암(楓巖) : 단풍나무가 많이 자라는 바위.
53) 한암(寒巖) : (가을이 깊어) 차가워진 바위.

여덟째 굽이는 어디인고 금탄[54]에 달이 밝다
아주 좋은 거문고로 몇 곡을 연주하니
옛 곡을 알 이 없으니 혼자 즐겨하노라

10

九曲구곡은 어드믜고 文山문산에 歲暮세모커다
奇岩怪石기암괴석이 눈 쏙에 뭇쳣셰라
遊人유인은 오지 안이ᄒᆞ고 볼 썻 업다 ᄒᆞ드라

아홉째 굽이는 어디인고 문산[55]에 한 해 저무는구나
기이한 바위와 돌이 눈 속에 묻혔어라
유인[56]은 오지 아니하고 볼 것 없다 하더라

— 이이(1536~1584) · 『율곡전서』

2) 작품해설

율곡 이이는 퇴계 이황과 더불어 조선 성리학을 양분한 사상가이다. 이 작품은 이이가 심성을 수양하며 머물렀던 고산을 배경으로 한다. 각 장에서는 작가의 학문과 사상을 자연에 비유하여 묘사하고 있으며, 여기 등장하는 소재들은 작가와 조화를 이루며 편안히 교감하고 있다.

제1연은 서사로 〈고산구곡가〉를 짓게 된 동기를 주자의 〈무이구곡가〉에서 찾고 있다. 이후 제2연에서 10연까지는 고산구곡의 경치를 묘

54) 금탄(琴灘) : 거문고를 타는 여울.
55) 문산(文山) : 학문의 세계를 산 이름에 비유한 표현.
56) 유인(遊人) : 유람을 다니는 사람들이니, 학문하는 이를 비유.

사하면서 비유적으로 학문수양의 자세를 중첩시켰다. 여기에는 차례로 관암(冠巖)·화암(花巖)·송애(松崖)·은병(隱屛)·조협(釣峽)·풍암(楓巖)·금탄(琴灘)·문산(文山)이 등장한다. 그리고 각 절경은 계절적으로 봄·여름·가을·겨울로 이어지고 있으며, 또한 시간적으로도 아침·저녁·밤중으로 이어져 차분한 질서를 느끼게 한다.

물론 이 노래의 목적은 단순히 서경에만 있는 것이 아니다. 고산구곡 전체가 학문에 대한 은유이다. 특히 마지막 구절은 이를 보다 선명하게 드러낸다. '사람들은 와 보지도 않고 볼 것이 없다 하더라'는 구절은 학문에 대한 시도조차 하지 않고 이를 멀리하는 세태를 안타까워하는 작가의 심정을 은유적으로 표현한 것이다.

훈민가 訓民歌

1) 원문 · 현대어역

1

아바님 날 나ᄒᆞ시고 어마님 날 기르시니
두 分분곳 아니면 이 몸이 사라시랴
하ᄂᆞᆯ ᄀᆞᆺ튼 恩德은덕을 어듸 다혀 갑ᄉᆞ올고

아버님 날 낳으시고 어머님 날 기르시니
두 분이 아니면 이 몸이 살았으랴
하늘 같은 은덕을 어디 대어 갚사올꼬

2

兄형아 아으야 네 ᄉᆞᆯ을 ᄆᆞᆫ져 보아
뉘손ᄃᆡ 타낫관ᄃᆡ 양ᄌᆞ조차 ᄀᆞᆺ트슨다
ᄒᆞᆫ 졋 먹고 자라나시니 닷 ᄆᆞ음을 먹지 마라

형아 아우야 네 살을 만져 보아라
누구에게 태어났기에 모양조차 같은가
한 젖 먹고 자라났으니 딴 마음을 먹지 마라

3

님금과 百姓백셩과 ᄉᆞ이 하늘과 ᄯᅡ히로되
내의 셜온 일을 다 알로려 ᄒᆞ시거든
우린들 ᄉᆞᆯ진 미나리ᄅᆞᆯ 혼자 어이 머그리

임금과 백성의 사이 하늘과 땅이로되
(임금께서는) 나의 서러운 일을 다 알려 하시거든
우린들 살진 미나리[57]를 혼자 어찌 먹으리

4

어버이 사라신 제 셤길 일란 다ᄒᆞ여라
지나간 後후ㅣ면 애ᄃᆞᆲ다 엇지ᄒᆞ리
平生평생에 곳쳐 못ᄒᆞᆯ 일이 잇분인가 ᄒᆞ노라

어버이 살아계실 때 섬길 일을 다하여라
지나간 후면 애달프다 어찌하리
평생에 고쳐 못할 일이 이뿐인가 하노라

5

ᄒᆞᆫ 몸 둘헤 ᄂᆞᆫ화 夫婦부부ᄅᆞᆯ 삼기실샤
이신 제 홈ᄭᅴ 늙고 주그면 ᄒᆞᆫ대 간다
어ᄃᆡ셔 망녕엣 거시 눈 흘긔려 ᄒᆞᄂᆞᆫ고

---

57) 살진 미나리 : 시골에 사는 백성이 임금을 위해 자신이 가장 맛있어 하는 미나리를 전해주려 하였다는 의미로, '시골 사는 백성들의 임금에 대한 소박한 정성'을 뜻하는 말.

한 몸 둘로 나눠 부부를 만드시니
있을 때 함께 늙고 죽으면 한데 간다
어디서 망령의 것[58]이 눈 흘기려 하는고

6

간나희 가는 길흘 ᄉᆞ나희 에도드시
ᄉᆞ나희 녜는 길흘 계집이 츼도드시
제 남진 제 계집 아니여든 일홈 뭇지 마로려

여자가 가는 길을 사나이 에돌듯이[59]
사나이 가는 길을 여자가 치돌듯이[60]
제 남편 제 부인 아니면 이름을 묻지 말라

7

네 아들 孝經효경 닑ᄃᆞ니 어드록 ᄇᆡ환ᄂᆞ니
내 아들 小學소학은 모릐면 ᄆᆞᄎᆞᆯ로다
어ᄂᆡ 제 이 두 글 ᄇᆡ화 어질거든 보려뇨

네 아들 효경[61] 읽더니 얼마나 배웠느냐
내 아들 소학[62]은 모레면 마칠로다

58) 망령의 것 : '(남편에게 눈을 흘기는) 요망한 부인'이란 의미.
59) 에돌듯이 : 빙 둘러 돌듯이.
60) 치돌듯이 : 한쪽으로 치우쳐 돌듯이.
61) 효경(孝經) : 유교 13경의 하나. 공자와 증자가 효에 대해 문답한 내용을 담고 있는데, 조선시대 어린애들에게 권장되었음.
62) 소학(小學) : 주자가 편찬한 총 6권의 아동용 도서. 일상의 예의범절을 담았음.

어느 때 이 두 글 배워 어진 모습 보려뇨

8

ᄆᆞ을 사람들아 올흔 일 ᄒᆞ쟈스라
사ᄅᆞᆷ이 되야 나셔 올치옷 못ᄒᆞ면은
ᄆᆞ쇼ᄅᆞᆯ 갓 곳갈 씌워 밥 머기나 다르랴

마을 사람들아 옳은 일 하자꾸나
사람이 되어 나서 옳지 못하면
마소[馬牛]를 갓 고깔 씌워 밥 먹이나 다르랴

9

ᄑᆞᆯ목 쥐시거든 두 손으로 바치리라
나갈 ᄃᆡ 계시거든 막대 들고 조ᄎᆞ리라
鄕飮酒향음주 다 罷파ᄒᆞᆫ 後후에 뫼셔 가려 ᄒᆞ노라

팔목 쥐시거든 두 손으로 바치리라
나갈 데 계시거든 막대 들고 좇으리라
향음주[63] 다 끝난 후에 모셔 가려 하노라

10

ᄂᆞᆷ으로 삼긴 즁에 벗ᄀᆞᆺ치 有信유신ᄒᆞ랴
내의 왼 일을 다 니려 ᄒᆞ노매라

---

63) 향음주(鄕飮酒) : 마을 사람들이 어른을 모시고 모여 술 등을 대접하는 일.

이 몸이 벗님곳 아니면 사룸되미 쉬올가

남으로 태어난 중에 벗같이 믿음 있으랴
나의 그른 일을 다 말하려 하노매라
이 몸이 벗님 아니면 사람됨이 쉬울가

11

어와 져 族下족하야 밥 업시 엇지홀고
어와 져 아자바 옷 업시 엇지홀고
머흔 일 다 닐러스라 돌보고쟈 ᄒᆞ노라

어와 저 조카야 밥 없이 어찌할꼬
어와 저 아저씨야 옷 없이 어찌할꼬
험한 일 다 말하여라 돌보고자 하노라

12

네 집 喪事상사들은 어도록 출호슨다
네 뜰 書房서방은 언제나 마치나슨다
내게도 업다커니와 돌보고져 ᄒᆞ노라

네 집 상사[64]들은 어떻게 차리느냐
네 딸 서방은 언제나 맞이하느냐
내게도 (큰돈은) 없지만 돌보고자 하노라

---

64) 상사(喪事) : 장례를 지내는 일.

13

오늘도 다 새거다 호믜 메오 가쟈스라
내 논 다 믹여든 네 논 졈 믹야 주마
올 길헤 뽕 싸다가 누에 머켜 보쟈스라

오늘도 다 새었다 호미 메고 가자꾸나
내 논 다 매거든 네 논 좀 매어 주마
올 길에 뽕 따다가 누에 먹여 보자꾸나

14

비록 못 니버도 놈의 오슬 앗지 마라
비록 못 머거도 놈의 밥을 비지 마라
흔적곳 씌 시룬 後후ㅣ면 고쳐 싯기 어려우니

비록 못 입어도 남의 옷을 빼앗지 마라
비록 못 먹어도 남의 밥을 빌지 마라
한 번 허물 얻은 후[65]면 고쳐 씻기 어렵도다

15

雙六將碁쌍육장기 ᄒᆞ지 마라 訟事송사ㅅ 글월 ᄒᆞ지 마라
집 배야 무슴하며 놈의 怨讐원수 될 줄 엇지
나라히 法법을 셰오샤 罪죄인ᄂᆞᆫ 줄을 모로ᄂᆞᆫ다

쌍육장기[66] 하지 마라 송사[67] 글월 하지마라

65) 허물 얻은 후 : 원문의 '씌 시룬 後'는 '허물을 얻은 후'의 뜻. '싣다'는 '得'의 의미.

집 망해 무엇하며 남의 원수 될 줄 어찌 (아느냐)
나라가 법을 세우니 죄 있는 줄 모르느냐

16

이고 진 져 늘그니 짐 푸러 날을 주오
나는 져멋거니 돌히라 무거올가
늙기도 셜웨라커든 짐을 조차 지실가

이고 진 저 늙은이 짐 풀어 나를 주오
나는 젊었거니 돌이라 무거울까
늙기도 서러운데 짐조차 지실까

－정철(1536-1593) · 『청구영언』

2) 작품해설

〈훈민가〉는 정철이 1580년 강원도 관찰사로 갔을 때 백성들을 교화하기 위해 지은 작품이다. 작품의 내용과 목적은 명료하다. 총 16연으로 이루어진 연시조인데 부모와 자식의 도리, 형제의 도리, 부부의 도리, 이웃과 친척과의 도리, 늙은이에 대한 도리 등을 다루었다. 이를 백성들에게 부르게 함으로써 유가적 질서가 민간에 자리 잡기를 의도한 것이다.

한편 이 작품은 교훈을 목적으로 한 작품이 갖기 쉬운 단점을 잘 극복하였다. 일반적으로 목적성이 강한 작품들은 딱딱한 구호와 강압적

66) 쌍육장기 : 쌍육과 장기. 쌍육은 오락의 하나로 편을 갈라 차례로 주사위 둘을 던져 나오는 사위대로 말을 써서 먼저 궁에 들여보내는 놀이.

67) 송사(訟事) : 소송을 거는 일.

느낌을 갖기 쉽지만, 여기서는 이러한 한계를 잘 극복해냈다. 그 요인으로는 정감 어린 어휘와 명령이 아닌 청유형 어미의 사용, 그리고 구체적이면서도 일상적인 사건을 시의 소재로 활용했던 점 등을 꼽을 수 있다.

오우가 五友歌

1) 원문·현대어역

1

내 버디 몃치나 ᄒᆞ니 水石슈셕과 松竹숑듁이라
東山동산에 ᄃᆞᆯ 오르니 긔 더욱 반갑고야
두어라 이 다ᄉᆞᆺ밧긔 ᄯᅩ 더ᄒᆞ야 머엇ᄒᆞ리

내 벗이 몇인가 하니 물과 돌과 소나무와 대나무라
동산에 달 오르니 그 더욱 반갑구나
두어라 이 다섯밖에 또 더하여 무엇하리

2

구룸 비치 조타 ᄒᆞ나 검기ᄅᆞᆯ ᄌᆞ로 ᄒᆞᆫ다
ᄇᆞ람 소리 ᄆᆞᆰ다 ᄒᆞ나 그칠 적이 하노매라
조코도 그칠 뉘 업기는 믈ᄲᅮᆫ인가 ᄒᆞ노라

구름 빛이 깨끗하다 하나 검기를 자주 한다
바람 소리 맑다 하나 그칠 적이 많노매라
깨끗하고도 그칠 적이 없기는 물뿐인가 하노라

3

고즌 무스 일로 퓌며셔 쉬이 디고
플은 어이ᄒᆞ야 프르ᄂᆞᆫ ᄃᆞᆺ 누르ᄂᆞ니
아마도 변티 아닐ᄉᆞᆫ 바회ᄲᅮᆫ인가 ᄒᆞ노라

꽃은 무슨 일로 피면서 쉬이 지고
풀은 어이하여 푸르는 듯 누르나니
아마도 변하지 않는 것은 바위뿐인가 하노라

4

더우면 곳 퓌고 치우면 닙 디거ᄂᆞᆯ
솔아 너ᄂᆞᆫ 얻디 눈서리ᄅᆞᆯ 모ᄅᆞᄂᆞᆫ다
九泉구천에 불휘 고ᄃᆞᆫ 줄을 글로 ᄒᆞ야 아노라

더우면 꽃 피고 추우면 잎 지거늘
솔아 너는 어찌 눈서리를 모르느냐
구천[68]에 뿌리 곧은 줄을 그것으로 하여 알노라

5

나모도 아닌 거시 플도 아닌 거시
곳기ᄂᆞᆫ 뉘 시기며 속은 어이 뷔연ᄂᆞᆫ다
뎌러코 四時ᄉᆞ시예 프르니 그를 됴하ᄒᆞ노라

나무도 아닌 것이 풀도 아닌 것이

68) 구천(九泉) : 깊은 땅속.

곧기는 누가 시켰으며 속은 어이 비었느냐
저렇고 사계절에 푸르니 그것을 좋아하노라

6

자근 거시 노피 ᄯᅥ서 萬物만믈을 다 비취니
밤듕에 光明광명이 너만ᄒᆞ니 ᄯᅩ 잇ᄂᆞ냐
보고도 말 아니 ᄒᆞ니 내 벋인가 ᄒᆞ노라

작은 것이 높이 떠서 만물을 다 비추니
밤중에 광명이 너만한 것이 또 있느냐
보고도 말 아니 하지 내 벗인가 하노라

—윤선도(1587-1671) · 『고산유고』

2) 작품해설

고산 윤선도는 송강 정철과 쌍벽을 이루는 조선 최고의 시인이다. 정철의 장기가 주로 가사에서 발휘되었다면 윤선도는 시조에서 빛을 발하였다. 〈오우가〉는 〈어부사시사〉와 더불어 최고의 시조로 꼽힌다. 작가의 역량은 아름다운 우리말 구사에서 빛을 발한다. 고산은 한문투를 배제한 순우리말 시어만으로도 인간이 지녀야 할 심성과 삶의 태도를 암유적으로 그려내는 데 성공하였다. 훈계조의 교훈을 도무지 내비치지 않는 가운데, 순연한 서정의 세계만을 엮어 이런 경지에 이를 수 있음에 그저 탄복하게 된다.

〈오우가〉는 그러한 솜씨가 유감없이 발휘된 노래이다. 단아하게 시조의 분위기를 좇다보면, 작가 특유의 높고 깨끗한 격조가 절로 묻어난다. 소리의 울림마저 비슷한 '물, 돌, 솔, 대, 달' 다섯 개의 단음(單音) 고유어를 시어 삼아 '검고, 희고, 덥고, 춥고, 맑고, 푸르고' 등의 감각을 자유로이 구사하며 시적 이미지를 성공적으로 구축해내었다. 한편 물의 끊임없음(2연)·돌의 변함없음(3연)·솔의 굽힘 없음(4연)·대나무의 욕심 없음(5연)·달의 말없음(6연)의 순차로 자연물의 속성을 자신의 가치관과 일치시켜 성공을 거두었다.

어부사시사 漁父四時詞

1) 원문·현대어역

春詞 1

압개예 안개 것고 뒫 뫼희 ᄒᆡ 비쵠다
ᄇᆡ 떠라 ᄇᆡ 떠라
밤믈은 거의 디고 난믈이 미러 온다
至匊悤지국총 至匊悤지국총 於思臥어ᄉᆞ와
江村강촌 온갖 고지 먼 비치 더옥 됴타

앞 개[69]에 안개 걷히고 뒷산에 해 비친다
배 띄워라 배 띄워라
밤물은 거의 지고 낮물이 밀려온다
찌거덩 찌거덩 어여차
강촌 온갖 꽃이 먼 빛이 더욱 좋다

春詞 2

날이 덥도다 믈 우희 고기 떧다
ᄃᆞᆮ 드러라 ᄃᆞᆮ 드러라
ᄀᆞᆯ며기 둘식 세식 오락가락 ᄒᆞᄂᆞ고야
至匊悤지국총 至匊悤지국총 於思臥어ᄉᆞ와

69) 개 : 강·내에 바닷물이 드나드는 곳.

낫대ᄂᆞᆫ 쥐여 잇다 濁酒甁탁쥬병 시럿ᄂᆞ냐

날이 덥도다 물 위에 고기 떴다
닻 들어라 닻 들어라
갈매기 둘씩 셋씩 오락가락 하는구나
찌거덩 찌거덩 어여차
낚싯대는 쥐고 있다 탁주병은 실었느냐

春詞 3

東風동풍이 건듣 부니 믉결이 고이 닌다
돋 다라라 돋 다라라
東湖동호ᄅᆞᆯ 도라보며 西湖셔호로 가쟈스라
至匊悤지국총 至匊悤지국총 於思臥어ᄉᆞ와
압뫼히 디나가고 뒫뫼히 나아온다

동풍이 건듯 부니 물결이 곱게 인다
돛 달아라 돛 달아라
동호를 돌아보며 서호로 가자꾸나
찌거덩 찌거덩 어여차
앞산이 지나가고 뒷산이 나아온다

春詞 4

우ᄂᆞᆫ 거시 벅구기가 프른 거시 버들숩가
이어라 이어라
漁村어촌 두어 집이 닛 속의 나락들락

至匊怱지국총 至匊怱지국총 於思臥어ᄉᆞ와
말가ᄒᆞᆫ 기픈 소희 온갓 고기 뛰노ᄂᆞ다

우는 것이 뻐꾸기인가 푸른 것이 버들숲인가
(노를) 저어라 저어라
어촌 두어 집이 안개 속에 들락날락
찌거덩 찌거덩 어여차
맑고 깊은 연못에 온갖 고기 뛰어논다

春詞 5

고ᄋᆞᆫ 볃티 쬐얀ᄂᆞᆫᄃᆡ 믈결이 기름 ᄀᆞᆺ다
이어라 이어라
그믈ᄋᆞᆯ 주여두랴 낙시ᄅᆞᆯ 노흘일가
至匊怱지국총 至匊怱지국총 於思臥어ᄉᆞ와
濯纓歌탁영가의 興흥이 나니 고기도 니ᄌᆞᆯ로다

고운 볕이 쬐이는데 물결이 기름 같다
(노를) 저어라 저어라
그물을 던져둘까 낚시를 놓으리까
찌거덩 찌거덩 어여차
탁영가[70]에 흥이 나니 고기도 잊겠구나

---

70) 탁영가(濯纓歌) : 굴원의 〈어부사〉에서 어부와의 대화에 나오는 노래. 굴원이 더러운 세상에 타협할 수 없음을 말하자, 어부가 “창랑의 물이 맑으면 내 갓끈을 씻고 창랑의 물이 흐리면 내 발을 씻겠다”는 노래로 응수하였다. 이후 이 노래는 세상의 순리를 거스르지 않고 유연하게 대응하는 자세의 본보기로 쓰임.

春詞 6

夕陽셕양이 빗겨시니 그만하야 도라가쟈
돋 디여라 돋 디여라
岸柳汀花안뉴뎡화는 고븨고븨 새롭고야
至匊悤지국총 至匊悤지국총 於思臥어ᄉᆞ와
三公삼공을 블리소냐 萬事만ᄉᆞ를 ᄉᆡᆼ각ᄒᆞ랴

석양이 비꼈으니 그만하여 돌아가자
돛 내려라 돛 내려라
안류정화[71]는 굽이굽이 새롭구나
찌거덩 찌거덩 어여차
삼공[72]을 부러워할쏘냐 만사를 생각하랴

春詞 7

芳草방초를 ᄇᆞᆯ와보며 蘭芷난지도 ᄠᅳ더보쟈
ᄇᆡ 셰여라 ᄇᆡ 셰여라
一葉片舟일엽편주에 시른 거시 므스 것고
至匊悤지국총 至匊悤지국총 於思臥어ᄉᆞ와
갈 제는 ᄂᆡ뿐이오 올 제는 ᄃᆞᆯ이로다

방초[73]를 밟아 보며 난초 영지도 뜯어보자
배 세워라 배 세워라

71) 안류정화(岸柳汀花) : 언덕의 버드나무와 물가의 꽃.
72) 삼공(三公) : 영의정·우의정·좌의정의 삼정승.
73) 방초(芳草) : 향기로운 풀.

일엽편주[74]에 실은 것이 무엇인가
찌거덩 찌거덩 어여차
갈 때는 안개뿐이요 올 때는 달이로다

春詞 8

醉취ᄒᆞ야 누얻다가 여흘 아래 ᄂᆞ리려다
ᄇᆡ ᄆᆡ여라 ᄇᆡ ᄆᆡ여라
落紅락홍이 흘러오니 桃源도원이 갓갑도다
至匊悤지국총 至匊悤지국총 於思臥어ᄉᆞ와
人世紅塵인세홍딘이 언메나 ᄀᆞ렷나니

취하여 누웠다가 여울 아래 내리려다
배 매어라 배 매어라
낙홍[75]이 흘러오니 무릉도원 가깝구나
찌거덩 찌거덩 어여차
인세홍진[76]이 얼마나 가렸는가

春詞 9

낙시줄 거더노코 蓬窓봉창의 ᄃᆞᆯ을 보쟈
닷 디여라 닷 디여라
ᄒᆞ마 밤들거냐 子規ᄌᆞ규 소릐 ᄆᆞᆰ게 난다

---

74) 일엽편주(一葉片舟) : 한 척의 작은 조각배.
75) 낙홍(落紅) : 떨어진 붉은 꽃잎.
76) 인세홍진(人世紅塵) : 인간 세상에 붉게 낀 흙먼지. 홍진은 번거롭고 속된 세상의 비유.

至匊悤지국총 至匊悤지국총 於思臥어ᄉᆞ와
나믄 興흥이 無窮무궁ᄒᆞ니 갈 길흘 니젓딴다

낚싯줄 걷어놓고 봉창[77]의 달을 보자
닻 내려라 닻 내려라
벌써 밤 들었냐 자규[78] 소리 맑게 난다
찌거덩 찌거덩 어여차
남은 흥이 무궁하니 갈 길을 잊었구나

春詞 10
來日릭일이 또 업스랴 봄밤이 몃 덛 새리
빅 브텨라 빅 브텨라
낫대로 막대 삼고 柴扉싀비롤 ᄎᆞ자보쟈
至匊悤지국총 至匊悤지국총 於思臥어ᄉᆞ와
漁父生涯어부싱애난 이렁구러 디낼로다

내일이 또 없으랴 봄밤이 얼마 사이에 새리
배 붙여라 배 붙여라
낚싯대로 막대 삼고 시비[79]를 찾아보자
찌거덩 찌거덩 어여차
어부 생애는 이럭저럭 지내리라

---

77) 봉창(篷窓) : 배의 창문.
78) 자규(子規) : 두견새.
79) 시비(柴扉) : 사립문.

夏詞 1

구즌 비 머저 가고 시낸믈이 ᄆᆞᆰ아 온다
ᄇᆡ 떠라 ᄇᆡ 떠라
낫대를 두러메니 기픈 興흥을 禁금 못ᄒᆞᆯ돠
至匊悤지국총 至匊悤지국총 於思臥어ᄉᆞ와
烟江疊嶂연강텹쟝은 뉘라셔 그려낸고

궂은 비 멎어 가고 시냇물이 맑아 온다
배 띄워라 배 띄워라
낚싯대를 둘러메니 깊은 흥을 못 참겠다
찌거덩 찌거덩 어여차
연강첩장[80]은 뉘라서 그려냈나

夏詞 2

년닙희 밥 싸두고 반찬으란 쟝만 마라
닷 드러라 닷 드러라
靑蒻笠청약닙은 써 잇노라 綠蓑衣녹사의 가져오냐
至匊悤지국총 至匊悤지국총 於思臥어ᄉᆞ와
無心무심ᄒᆞᆫ 白鷗ᄇᆡᆨ구ᄂᆞᆫ 내 좃ᄂᆞᆫ가 제 좃ᄂᆞᆫ가

연잎에 밥 싸두고 반찬은 장만 마라
닻 들어라 닻 들어라
청약립[81]은 쓰고 있다 녹사의[82]는 가져오냐

80) 연강첩장(烟江疊嶂) : 안개 낀 강과 첩첩이 쌓인 높은 산.
81) 청약립(靑蒻笠) : 푸른 갈대로 만든 갓.

찌거덩 찌거덩 어여차
무심한 갈매기는 내 좇는가 제 좇는가

夏詞 3

마람 닙희 ᄇᆞ람 나니 蓬窓봉창이 ᄉᆞᄂᆞᆯ코야
돗ᄃᆞ라라 돗ᄃᆞ라라
녀름ᄇᆞ람 뎡ᄒᆞᆯ소냐 가ᄂᆞᆫ 대로 ᄇᆡ 시겨라
至匊忩지국총 至匊忩지국총 於思臥어ᄉᆞ와
北浦븍포 南江남강이 어ᄃᆡ 아니 됴ᄒᆞᆯ러니

마름 잎에 바람 나니 봉창이 서늘하구나
여름바람 정할소냐 가는 대로 배 시켜라
찌거덩 찌거덩 어여차
북포 남강이 아디 아니 좋겠는가

夏詞4

믉결이 흐리거든 발을 싯다 엇더ᄒᆞ리
이어라 이어라
吳江오강의 가쟈 ᄒᆞ니 千年怒濤천년노도 슬플로다
至匊忩지국총 至匊忩지국총 於思臥어ᄉᆞ와
楚江초강의 가쟈 ᄒᆞ니 魚腹忠魂어복튱혼 낫글셰라

물결이 흐리거든 발을 씻어 어떠하리[83]

---

82) 녹사의(綠蓑衣) : 짚이나 띠 따위로 엮어 어깨에 걸쳐 두르도록 만든 비옷.
83) 초(楚)나라 굴원의 〈어부사〉를 인용한 구절. 여기에 "창랑의 물이 맑으면 갓을 씻

(노를) 저어라 저어라
오강에 가자 하니 천년노도 슬프구나[84]
찌거덩 찌거덩 어여차
초강에 가자 하니 어복충혼 낚을세라[85]

夏詞5

萬柳綠陰만류녹음 어린 고딕 一便苔磯일편팃긔 奇特긔특ᄒᆞ다
이어라 이어라
ᄃᆞ리예 다ᄃᆞ거든 漁人爭渡어인징도 허믈 마라
至匊忽지국총 至匊忽지국총 於思臥어ᄉᆞ와
鶴髮老翁학발로옹 만나거든 雷澤讓居뢰튁양거 效側효측ᄒᆞ쟈

만류녹음[86] 어린 곳에 일편태기[87] 기특하다
(노를) 저어라 저어라
다리에 다다르거든 어인쟁도[88] 허물 마라
찌거덩 찌거덩 어여차
학발노옹[89] 만나거든 뇌택양거[90] 본을 받자

고 창랑의 물이 흐리면 발을 씻겠다"란 구절이 나옴.

84) 오왕(吳王)이 오자서를 죽여 강물에 띄운 고사를 일컫는 구절.

85) 굴원이 멱라수에 투신 자살하였기에, 이후 시문에서는 멱라수의 물고기 뱃속에는 굴원의 충성스런 혼이 들어 있을 것이라 표현하였음.

86) 만류녹음(萬柳綠陰) : 버드나무가 치렁치렁 늘어져 녹음이 짐.

87) 일편태기(一便苔磯) : 이끼가 끼인 낚시터.

88) 어인쟁도(漁人爭渡) : 물고기 잡는 이들이 다투어 물을 건너 감.

89) 학발노옹(鶴髮老翁) : 학처럼 하얗게 머리가 센 노인. 신선의 풍모를 지닌 이.

90) 뇌택양거(雷澤讓居) : 옛날 순(舜) 임금이 뇌택(雷澤)에서 낚시질을 했더니, 다른 사람들이 모두 자리를 양보했다는 고사에서 온 말.

夏詞6

긴 날이 져므는 줄 興흥의 미쳐 모르도다
돋 디여라 돋 디여라
빗대롤 두드리고 手調歌슈됴가롤 블러보쟈
至匊忽지국총 至匊忽지국총 於思臥어ᄉᆞ와
欸乃聲우애셩 듕에 萬古心만고심을 긔 뉘 알고

긴 날이 저무는 줄 흥에 미쳐 몰랐도다
돛 내려라 돛 내려라
뱃대를 두드리고 수조가[91])를 불러보자
찌거덩 찌거덩 어여차
애내성[92]) 중에 만고심[93])을 그 뉘 알꼬

夏詞 7

夕陽셕양이 됴타마는 黃昏황혼이 갓갑거다
빈 셰여라 빈 셰여라
바회 우희 에구븐 길 솔 아래 빗겨 잇다
至匊忽지국총 至匊忽지국총 於思臥어ᄉᆞ와
碧樹鶯聲벽슈잉셩이 곧곧이 들리는다

석양이 좋다마는 황혼이 가깝구나

---

91) 수조가(手調歌) : 뱃노래의 일종.

92) 애내성(欸乃聲) : 노를 삐걱거리며 젓는 소리. 인하여 노를 저으며 부르는 노랫소리를 칭하기도 함. 원문에는 음이 '우애셩'으로 달려 있음.

93) 만고심(萬古心) : 여기서는 '뱃노래에서 느껴지는 옛사람들의 마음' 정도의 뜻.

배 세워라 배 세워라
바위 위에 굽은 길 솔 아래 빗겨 있다
찌거덩 찌거덩 어여차
푸른 나무 속 꾀꼬리 소리 곳곳에 들리는구나

夏詞 8

ᄆᆞᆯ래 우희 그믈 널고 둠 미틔 누어 쉬쟈
ᄇᆡ ᄆᆡ여라 ᄇᆡ ᄆᆡ여라
모괴ᄅᆞᆯ ᄆᆡᆸ다 ᄒᆞ랴 蒼蠅창승과 엇더ᄒᆞ니
至匊悤지국총 至匊悤지국총 於思臥어ᄉᆞ와
다만 ᄒᆞᆫ 근심은 桑大夫상대부 드르려다

모래 위에 그물 널고 둠[94] 밑에 누워 쉬자
배 매어라 배 매어라
모기를 밉다 하랴 파리와는 어떠한가
찌거덩 찌거덩 어여차
다만 한 근심은 상대부[95] 들을까 (두렵다)

夏詞 9

밤ᄉᆞ이 風浪풍낭을 미리 어이 짐쟉ᄒᆞ리
닫 디여라 닫 디여라
夜渡橫舟야도횡쥬ᄅᆞᆯ 뉘라셔 닐러는고

---

94) 둠 : 띠나 부들 등의 풀로 거적처럼 엮어 비·바람·볕을 막는 데 쓰는 물건.
95) 상대부(桑大夫) : 한나라 무제(武帝) 때의 경제정책가인데, 여기서는 소인배의 대명사로 쓰였음.

至匊悤지국총 至匊悤지국총 於思臥어ᄉᆞ와
澗邊幽草간변유초도 진실로 어엿브다

밤사이 풍랑을 미리 어이 짐작하리
닻 내려라 닻 내려라
야도횡주96)를 뉘라서 일렀는고
찌거덩 찌거덩 어여차
간변유초97)도 진실로 딱하구나

夏詞 10

蝸室와실을 ᄇᆞ라보니 白雲ᄇᆡᆨ운이 둘러 잇다
ᄇᆡ 븟텨라 ᄇᆡ 븟텨라
부들 부체 ᄀᆞᄅᆞ 쥐고 石逕셕경으로 올라가쟈
至匊悤지국총 至匊悤지국총 於思臥어ᄉᆞ와
漁翁어옹이 閑暇한가터냐 이거시 구실이라

달팽이만한 집을 바라보니 백운이 둘러 있다
배 붙여라 배 붙여라
부들 부채 가로 쥐고 돌길로 올라가자
찌거덩 찌거덩 어여차
어옹이 한가하더냐 이것이 구실98)이라

---

96) 야도횡주(夜渡橫舟) : 밤 나루터에 배만 가로 놓여 있음. 시골 나루의 풍경.
97) 간변유초(澗邊幽草) : 물가에 자라난 그윽한 풀.
98) 구실 : 해야 할 일. 직분.

秋詞 1

物外물외예 조ᄒᆞᆫ 일이 漁父生涯어부ᄉᆡᆼ애 아니러냐
ᄇᆡ 떠라 ᄇᆡ 떠라
漁翁어옹을 욷디 마라 그림마다 그렷더라
至匊悤지국총 至匊悤지국총 於思臥어ᄉᆞ와
四時興ᄉᆞ시흥이 ᄒᆞᆫ가지나 秋江츄강이 ᄋᆞᆫ듬이라

물외[99]에 좋은 일이 어부 생애 아니더냐
배 띄워라 배 띄워라
어옹[100]을 비웃지 마라 그림마다 그렸더라
찌거덩 찌거덩 어여차
사철 흥이 한가지나 가을 강이 으뜸이라

秋詞 2

水國슈국의 ᄀᆞ올히 드니 고기마다 ᄉᆞᆯ져 읻다
닫 드러라 닫 드러라
萬頃澄波만경딩파의 슬ᄏᆞ지 容與용여ᄒᆞ쟈
至匊悤지국총 至匊悤지국총 於思臥어ᄉᆞ와
人間인간을 도라 보니 머도록 더옥 됴타

수국에 가을이 드니 고기마다 살져 있다
닻 들어라 닻 들어라
만경징파[101]에 실컷 누려보자

99) 물외(物外) : 속세를 벗어난 곳.
100) 어옹(漁翁) : 고기잡는 늙은이.

찌거덩 찌거덩 어여차
속세를 돌아보니 멀수록 더욱 좋다

秋詞 3
白雲빅운이 니러 나고 나모 긋티 흐느긴다
돋 ᄃᆞ라라 돋 ᄃᆞ라라
밀믈의 西湖셔호ㅣ오 혈믈의 東湖동호 가쟈
至匊悤지국총 至匊悤지국총 於思臥어ᄉᆞ와
白蘋紅蓼빅빈홍료ᄂᆞᆫ 곳마다 景경이로다

흰 구름이 일어나고 나무 끝이 흐느낀다
돛 달아라 돛 달아라
밀물에는 서호요 썰물에는 동호 가자
찌거덩 찌거덩 어여차
백빈홍료[102]는 곳곳이 경치로다

秋詞 4
그러기 떳ᄂᆞᆫ 밧긔 못 보던 뫼 뵈ᄂᆞ고야
이어라 이어라
낙시질도 ᄒᆞ려니와 取취ᄒᆞᆫ 거시 이 興흥이라
至匊悤지국총 至匊悤지국총 於思臥어ᄉᆞ와
夕陽셕양이 ᄇᆞ익니 千山쳔산이 錦繡금슈ㅣ로다

---

101) 만경징파(萬頃澄波) : 만 이랑이나 될 만큼 넓은 바다의 맑은 파도.
102) 백빈홍료(白蘋紅蓼) : 흰 마름꽃과 붉은 여뀌꽃.

기러기 떠 있는 밖에 못 보던 산 뵈는구나
(노를) 저어라 저어라
낚시질도 하려니와 취한 것이 이 흥이라
찌거덩 찌거덩 어여차
석양이 눈부시니 천산이 비단 수로다

秋詞 5

銀脣玉尺은슌옥쳑이 몃치나 걸렷ᄂᆞ니
이어라 이어라
蘆花노화의 블 부러 골희야 구어 노코
至匊悤지국총 至匊悤지국총 於思臥어ᄉᆞ와
딜병을 거후리혀 박구기예 브어다고

은순옥척[103]이 몇 마리나 걸렸나니
(노를) 저어라 저어라
갈꽃에 불 붙여 가려서 구워 놓고
찌거덩 찌거덩 어여차
술병을 기울여서 박잔[104]에 부어다오

秋詞 6

녑ᄇᆞ람이 고이 부니 ᄃᆞ론 돗긔 도라와다
돗 디여라 돗 디여라
瞑色명식은 나아오ᄃᆡ 淸興쳥흥은 머러 읻다

---

103) 은순옥척(銀脣玉尺) : 물고기의 미칭.
104) 박잔 : 박으로 만든 술잔.

至匊悤지국총 至匊悤지국총 於思臥어ᄉᆞ와
紅樹淸江홍슈쳥강이 슬믜디도 아니ᄒᆞᆫ다

옆바람이 고이 부니 달아놓은 돛으로 돌아온다
돛 내려라 돛 내려라
명색[105]은 나아오되 맑은 흥은 멀어 있다
찌거덩 찌거덩 어여차
붉은 나무 맑은 강이 싫지도 밉지도 아니하다

秋詞 7
흰 이슬 빋견ᄂᆞᆫᄃᆡ ᄇᆞᆯ근 ᄃᆞᆯ 도다 온다
ᄇᆡ 셰여라 ᄇᆡ 셰여라
鳳凰樓봉황누 杳然묘연하니 淸光쳥광을 눌을 줄고
至匊悤지국총 至匊悤지국총 於思臥어ᄉᆞ와
玉兎옥토의 ᄶᅵᆫᄂᆞᆫ 藥약을 豪客호ᄀᆡᆨ을 머기고쟈

흰 이슬 비꼈는데 밝은 달 돋아 온다
배 세워라 배 세워라
봉황루[106] 아득하니 맑은 빛을 누굴 줄꼬
찌거덩 찌거덩 어여차
옥토끼가 찧는 약을 호객[107]을 먹이고자

---

105) 명색(暝色) : 깜깜한 빛.
106) 봉황루(鳳凰樓) : 임금이 계신 곳을 아름답게 일컫는 말.
107) 호객(豪客) : 호탕한 기개를 지닌 인물.

秋詞 8

乾坤건곤이 제곰인가 이거시 어드메오

ᄇᆡ ᄆᆡ여라 ᄇᆡ ᄆᆡ여라

西風塵셔풍딘 몯 미ᄎᆞ니 부체ᄒᆞ야 머엇ᄒᆞ리

至匊悤지국총 至匊悤지국총 於思臥어ᄉᆞ와

드론 말이 업서시니 귀 시서 머엇하리

천지가 제각각인가 이곳이 어디인가

배 매어라 배 매어라

서풍진[108] 못 미치니 부채질하여 무엇하리

찌거덩 찌거덩 어여차

들은 말이 없었으니 귀 씻어 무엇하리[109]

秋詞 9

옷 우희 서리 오ᄃᆡ 치운 줄을 모롤로다

ᄃᆞᆯ 디여라 ᄃᆞᆯ 디여라

釣船조선이 좁다 하나 浮世부세와 어떠하니

至匊悤지국총 至匊悤지국총 於思臥어ᄉᆞ와

ᄂᆡ일도 이리ᄒᆞ고 모ᄅᆡ도 이리ᄒᆞ쟈

옷 위에 서리 오되 추운 줄을 모르겠다

닻 내려라 닻 내려라

---

108) 서풍진(西風塵) : 서풍에 날리는 먼지. 속세의 먼지를 의미하는 말.

109) 허유(許由)의 '세이(洗耳)' 고사에서 온 말. 요(堯) 임금이 허부에게 천하 맡아주기를 권했으나, 그는 더러운 소리를 들었다며 흐르는 물에 귀를 씻었음.

낚싯배가 좁다 하나 덧없는 세상과 어떠한가
찌거덩 찌거덩 어여차
내일도 이리하고 모레도 이리하자

秋詞 10

松間石室송간셕실의 가 曉月효월을 보쟈 ᄒᆞ니
빈 브텨라 빈 브텨라
空山落葉공산락엽의 길흘 엇디 아라볼고
至匊悤지국총 至匊悤지국총 於思臥어ᄉᆞ와
白雲ᄇᆡᆨ운이 좃차오니 女蘿衣녀라의 므겁고야

소나무 사이 석실에 가 새벽달을 보자 하니
배 붙여라 배 붙여라
텅 빈 산 낙엽에 길을 어찌 알아볼꼬
찌거덩 찌거덩 어여차
흰 구름이 좇아오니 여라의[110] 무겁구나

冬詞 1

구룸 거든 후의 힛빋치 두텁거다
빈 떠라 빈 떠라
天地閉塞텬디폐식호딕 바다흔 依舊의구ᄒᆞ다
至匊悤지국총 至匊悤지국총 於思臥어ᄉᆞ와
ᄀᆞ업슨 믉결이 깁 편 ᄃᆞᆺᄒᆞ여 잇다

110) 여라의(女蘿衣) : 소나무에 끼이는 이끼의 일종. 여기서는 '신선이 입는 옷'의 의미.

구름 걷힌 후에 햇빛이 두텁구나
배 띄워라 배 띄워라
천지폐색[111]해도 바다는 의구하다[112]
찌거덩 찌거덩 어여차
끝없는 물결이 비단 편 듯하여 있다

冬詞 2

주대 다ᄉᆞ리고 빗밥을 박앋ᄂᆞ냐
닷 드러라 닷 드러라
瀟湘洞庭소상동뎡은 그 믈이 언다 ᄒᆞᆫ다
至匊悤지국총 至匊悤지국총 於思臥어ᄉᆞ와
이때예 漁釣어됴ᄒᆞ기 이만ᄒᆞᆫ ᄃᆡ 업도다

주대[113] 다스리고 뱃밥[114]을 박았느냐
닻 들어라 닻 들어라
소상동정[115]은 그 물이 언다 한다
찌거덩 찌거덩 어여차
이때에 낚시하기 이만한 데 없도다

---

111) 천지폐색(天地閉塞) : 하늘과 땅이 꽉 막힘. 한 겨울 눈과 얼음이 뒤덮여 아무 것도 드러나지 않는 상황을 표현한 말.

112) 의구(依舊)하다 : 옛 모습 그대로 변함없다.

113) 주대 : 줄과 대. 곧 낚싯줄과 낚싯대.

114) 뱃밥 : 배에 물이 들어오지 못하게 틈을 메우는 물건.

115) 소상동정(瀟湘洞庭) : 소강(瀟江)과 상강(湘江) 그리고 동정호(洞庭湖). 모두 중국에 있는 경치 좋은 강과 호수들.

冬詞 3

여튼 갠 고기들히 먼 소ᄒᆡ 다 갇ᄂᆞ니
돗 ᄃᆞ라라 돗 ᄃᆞ라라
져근덛 날 됴흔 제 바탕의 나가보쟈
至匊悤지국총 至匊悤지국총 於思臥어ᄉᆞ와
밋기 곧다오면 굴근 고기 믄다 ᄒᆞᆫ다

엳은 개[116]의 고기들이 먼 연못에 다 갔나니
돛 달아라 돛 달아라
잠깐 날 좋을 때 바다에 나가보자
찌거덩 찌거덩 어여차
미끼 꽂다우면[117] 굵은 고기 문다 한다

冬詞 4

간밤의 눈 갠 後후에 景物경믈이 달랃고야
이어라 이어라
압희ᄂᆞᆫ 萬頃琉璃만경류리 뒤희ᄂᆞᆫ 千疊玉山쳔텹옥산
至匊悤지국총 至匊悤지국총 於思臥어ᄉᆞ와
仙界션계ㄴ가 佛界블계ㄴ가 人間인간이 아니로다

간밤에 눈 갠 후에 경치가 달라졌구나
(노를) 저어라 저어라
앞에는 만경유리[118] 뒤에는 천첩옥산[119]

116) 개 : 강·내에 바닷물이 드나드는 곳.
117) 미끼 꽂다우면 : 여기서는 '미끼가 좋으면'의 의미.

찌거덩 찌거덩 어여차
선계인가 불계인가 인간세상 아니로다

冬詞 5

그믈 낙시 니저 두고 빗젼을 두드린다
이어라 이어라
압개롤 건너고쟈 멷 번이나 혜여본고
至匊忽지국총 至匊忽지국총 於思臥어ᄉᆞ와
無端무단ᄒᆞᆫ 된ᄇᆞ람이 행혀 아니 부러올가

그물 낚시 잊어 두고 뱃머리를 두드린다
(노를) 저어라 저어라
앞 포구를 건너고자 몇 번이나 생각해 보았던가
찌거덩 찌거덩 어여차
끝없는 된바람이 행여 아니 불어올까

冬詞 6

자라가ᄂᆞᆫ 가마괴 멷 낟치 디나거니
돗 디여라 돗 디여라
압길희 어두우니 暮雪모셜이 자자뎓다
至匊忽지국총 至匊忽지국총 於思臥어ᄉᆞ와
鵝鴨池아압디롤 뉘 텨셔 草木斬초목참을 신돋던고

118) 만경유리(萬頃琉璃) : 만 이랑이나 되는 유리. 곧 물결로 넘실대는 넓고 투명한 바다의 비유.
119) 천첩옥산(千疊玉山) : 천 겹이나 되는 옥 같은 산. 곧 눈으로 덮인 산의 비유.

자러가는 까마귀 몇 마리가 지나거니
돛 내려라 돛 내려라
앞길이 어두우니 저녁 눈이 잦아졌다
찌거덩 찌거덩 어여차
아압지[120]를 누가 쳐서 초목참[121]을 씻어줄까

冬詞 7

丹崖翠壁단애취벽이 畵屛화병ᄀᆞ티 둘럿ᄂᆞᆫᄃᆡ
ᄇᆡ 셰여라 ᄇᆡ 셰여라
巨口細鱗거구셰린을 낟그나 몯 낟그나
至匊悤지국총 至匊悤지국총 於思臥어ᄉᆞ와
孤舟蓑笠고쥬사립에 興흥 계워 안잣노라

붉은 언덕 푸른 절벽이 병풍같이 둘렀는데
배 세워라 배 세워라
거구세린[122]을 낚으나 못 낚으나
찌거덩 찌거덩 어여차
배 한 척에 도롱이 입고 흥에 겨워 앉았노라

120) 아압지(鵝鴨池) : 거위와 오리가 사는 연못.

121) 초목참(草木斬) : 초목까지 당한 병자호란의 치욕. 당나라 회서(淮西)의 난에 이소(李訴)가 눈 오는 밤 성(城)을 칠 때 거위 떼를 몰아 깃 소리로 군사의 소리를 어지럽게 한 것을 원용한 구절. 여기서는 누군가가 병자호란의 치욕을 씻어주기를 바라는 마음을 나타내었음.

122) 거구세린(巨口細鱗) : 입은 크고 비늘은 가는 물고기. 곧 농어를 일컫는 말.

冬詞 8

믉ᄀ의 외로온 솔 혼자 어이 싁싁ᄒᆞᆫ고
빅 매여라 빅 매여라
머흔 구룸 恨ᄒᆞᆫ티 마라 世上세샹을 ᄀ리온다
至匊忩지국총 至匊忩지국총 於思臥어ᄉᆞ와
波浪聲파랑셩을 厭염티 마라 塵喧딘훤을 막ᄂᆞᆫ또다

물가의 외로운 솔 혼자 어찌 씩씩한고
배 매어라 배 매어라
험한 구름 한하지 마라 속세를 가리온다
찌거덩 찌거덩 어여차
파도소리 싫어 마라 진훤[123]을 막는도다

冬詞 9

滄州吾道창쥬오도ᄅᆞᆯ 녜브터 닐럳더라
닷 디여라 닷 디여라
七里칠리 여흘 羊裘양구 옷슨 그 얻더ᄒᆞ니런고
至匊忩지국총 至匊忩지국총 於思臥어ᄉᆞ와
三千六白삼쳔뉵백 낙시질은 손 고븐 제 엇디턴고

창주오도[124]를 예부터 일렀더라

123) 진훤(塵喧) : 먼지 낀 세상의 시끄러운 소리.

124) 창주오도(滄州吾道) : 창주에 사는 것이 나의 길임. 창주는 창랑주(滄浪州). 바다 가운데 있어 신선이 산다는 곳으로 푸른 물이 있는 곳, 또는 시골을 의미하는 말로도 쓰임.

닻 내려라 닻 내려라
칠 리 여울 양피 옷은 그 어떠하던고[125]
찌거덩 찌거덩 어여차
삼천육백 낚시질은 손 곱은 때 어찌하던고[126]

冬詞 10
어와 져므러 간다 宴息연식이 맏당토다
비 븟텨라 비 븟텨라
ᄀᆞ는 눈 쁘린 길 블근 곳 흣더딘 ᄃᆡ 홍 치며 거러가셔
至匊悤지국총 至匊悤지국총 於思臥어ᄉᆞ와
雪月셜월이 西峰셔봉의 넘도록 松窓숑창을 비겨 잇쟈

어와 저물어 간다 연식[127]이 마땅하다.
배 붙여라 배 붙여라
가는 눈 뿌린 길 붉은 꽃 흩어진 데 흥 떨치며 걸어가서
찌거덩 찌거덩 어여차
흰 눈이 서쪽 봉우리 넘도록 소나무 창에 빗겨 있자

—윤선도 · 『고산유고』

---

125) 엄자릉이 후한(後漢) 광무제(光武帝)를 피해 칠리탄(七里灘)에서 양피 옷을 입고 낚시질하며 은둔했던 고사를 이름.

126) 강태공이 주(周)나라 문왕(文王)을 만나 출세하기까지 위수 물가에서 낚시질을 하였던 10년 기간을 말함.

127) 연식(宴息) : 잔치를 끝냄.

2) 작품해설

〈어부사시사〉는 강호가도의 흐름에서 새로운 경지를 이룬 작품이다. 1651년 윤선도가 전남 완도에 있는 섬 보길도를 배경으로 지은 마흔 마리의 연시조로 『고산유고』에 실려 전한다. 봄·여름·가을·겨울의 시간적 순서에 맞추어 각 열 마리씩 되어 있으며 여느 시조와는 다르게 각 작품마다 여음이 삽입되어 있다. 이 여음은 각 계절마다 같은 순서로 반복되어 나타나는데, 배가 떠나서 돌아오기까지의 여정을 자연스럽게 그려내었다.

작품에서는 보길도를 선경(仙境)에 가까운 자연으로 상정한 후, 이를 배경으로 하여 각 계절의 아름다운 풍경을 뛰어난 언어감각을 통해 표현하였다. 고유어의 구사 비율이 높을 뿐더러 색채어와 의태어·의성어 등을 적절히 배치함으로써, 〈어부사시사〉의 문학성을 한껏 높이고 있다. 시어가 담백하면서도 세련되게 다듬어져 있음은 물론이다. 관념의 세계가 아닌, 실제로 눈앞에 펼쳐진 자연미의 절정과 그의 시적 감수성이 만나 이룩된 결과물이다.

이 노래는 자연친화라는 전통적 주제를 대비적 시어를 통해 표현하고 있다. 자신이 있는 곳을 물외(物外, 추사1), 선계(仙界, 동사3) 등으로 표현한 반면, 그 건너편은 인세홍진(人世紅塵 춘사8)·풍진(風塵, 추사7) 등으로 표현하였다. 이러한 대조는 '세속의 티끌로부터 멀리 떨어져 고결한 인간 품성을 유지하고자' 하는 시인의 가치가 반영된 것이라 할 수 있다. 여기서 〈어부사시사〉의 새로운 미학이 창출되었다. 우리말의 자연스러운 가락이 고도의 서정성과 맞물려 빛을 발한 작품. 유가적 이념의 그림자를 걷어내고 모국어의 생생한 아름다움으로 빚어진 이 노래는 결국 우리 시가문학사의 가장 우뚝한 자리를 점하게 되었다.

한편 '어부가'의 전통은 동양문학의 주요한 시적 모티프가 되는 바,

이는 이현보를 거쳐 고산에 이르러 완성되었다. 이현보가 혼탁한 정치 현실과 청정한 강호자연을 대립시켜 그 지향을 내비친 반면, 윤선도는 현실로부터 벗어나기를 갈망한 점에서 둘은 차이를 보인다. 결과적으로 당시 사대부들이 보편적으로 지니고 있던 정치현실에 대한 심리적 콤플렉스를 떨쳐낸 첫 시인의 영예를 고산이 차고앉게 되었다.

사설시조

1

ᄒᆞᆫ 盞잔 먹새그려 ᄯᅩ ᄒᆞᆫ 盞잔 먹새그려 곳 것거 算산 노코 無盡無盡 무진무진 먹새그려

이 몸 주근 後후에 지게 우희 거적 더퍼 주리혀 ᄆᆡ여 가나 流蘇寶帳 유소보장에 萬人만인이 우러 네나 어옥새 속새 덥가나무 白楊백양수페 가기곳 가면 누른 ᄒᆡ ᄒᆡᆫ ᄃᆞᆯ ᄀᆞᄂᆞᆫ 비 굴근 눈 쇼쇼리 ᄇᆞ람 불 제 뉘 ᄒᆞᆫ 盞잔 먹쟈 ᄒᆞᆯ고

ᄒᆞ믈며 무덤 우희 ᄌᆞᆫ나비 ᄑᆞ람 불 제 뉘우ᄎᆞᆫ들 엇지리

－정철, <장진주사(將進酒辭)> ·『청구영언』

1) 현대어역

한 잔 먹세그려 또 한 잔 먹세그려 꽃 꺾어 산 놓고 무진무진 먹세그려

이 몸 죽은 후에 지게 위에 거적 덮어 거두어 메어 가나 유소보장[1]에 만인이 울어 가나 억새 속새[2] 사시떡갈나무 백양숲에 가기만 가면 누른 해 흰 달 가는 비 굵은 눈 쓸쓸히 바람 불 제 뉘 한 잔 먹자 할꼬

하물며 무덤 위에 잔나비[3] 휘파람 불 제 뉘우친들 어찌하리

---

1) 유소보장(流蘇寶帳) : 화려한 상여. 유소(流蘇)는 깃발이나 장막 등에 다는 오색(五色)의 깃털이나 실로 만든 술을, 보장(寶帳)은 아름답고 귀한 휘장을 의미함.

2) 억새 속새 : 억새는 볏과의 식물로 '갈대' 비슷하며, 속새는 속샛과의 여러해살이 풀.

3) 잔나비 : 원숭이.

2) 작품해설

최초의 사설시조로 평가되는 작품이다. 장진주(將進酒)란 말은 '술을 따라 주며'라는 의미인데, 그 제목에 걸맞게 술을 권하는 내용으로 되어 있다. "지금 내가 따라 주는 술은 사양하지 말고 끝없이 마실 필요가 있는데, 그것은 우리가 죽은 후면 아무도 이런 술을 따라 주지 않을 것이기 때문이다"란 내용이 골자이다. 자칫하면 취락(醉樂)에 젖은 방탕한 노래로 떨어질 위험성이 있으나, 빼어난 리듬감과 '결국 빈손으로 쓸쓸이 돌아가는 것이 인생'이라는 통찰이 적절한 자연물 묘사와 함께 표현되어 있어 문학적 가치를 높이고 있다.

2

개를 여라믄이나 기르되 요 개ᄀᆞᆺ치 얄믜오랴

뮈온 님 오며ᄂᆞᆫ ᄭᅩ리를 홰홰 치며 ᄯᅱ락 ᄂᆞ리 ᄯᅱ락 반겨셔 내ᄃᆞᆺ고 고온 님이 오며ᄂᆞᆫ 뒷발을 버동버동 므르락 나으락 캉캉 즈져서 도라가게 ᄒᆞᆫ다

쉰 밥이 그릇 그릇 난들 너 머길 줄이 이시랴

—미상 · 『청구영언』

1) 현대어역

개를 여남은[4] 마리나 기르되 요 개같이 얄미우랴

미운 님이 오면 꼬리를 홱홱 흔들며 치며 뛰락 내려 뛰락 반겨서 내달리고 고운 님이 오면 뒷발을 버둥버둥 물러났다가 나아갔다가 하며 컹컹 짖어서 돌아가게 한다

쉰 밥이 그릇그릇 난들 너 먹일 것이 있으랴

2) 작품해설

익살맞은 작품이다. 자신의 연애가 생각만큼 되지 않는 이유를 기르던 강아지 탓으로 돌리고 있다. 그리고 그 개에게 밥을 주지 않는 것으로 화풀이를 한다. 님이 자신을 자주 찾지 않는 것이 어찌 개의 잘못이랴마는, 엉뚱하게 개에게 책임을 전가하고 있다는 점에 이 노래의 해학이 있다. 한편 의성어와 의태어가 적절히 구사되어 작품에 생동감을 더해준다.

---

4) 여남은 : 열 남짓한.

3

개야미 불개야미 준등 부러진 불개야미

압발에 疔腫정종 나고 뒷발에 죵귀 난 불개야미 廣陵광릉 심재 너머 드러 가람의 허리를 ᄀᆞ르 무러 추혀들고 北海북해를 건너닷 말이 이셔이다

님아 님아 온 놈이 온 말을 ᄒᆞ여도 님이 짐쟉ᄒᆞ쇼셔

–미상 ·『청구영언』

1) 현대어역

개미 불개미 잔등 부러진 불개미

앞발에 정종[5]나고 뒷발에 종기 난 불개미 광릉 샘재 넘어 들어 강의 허리를 가로 물어 치켜들고 북해를 건넜다는 말이 있습니다

님아 님아 온 놈이 온 말을 하여도 님이 짐작하소서

2) 작품해설

허황된 이야기는 믿지 말아 달라는 주제를 담은 작품이다. 몸도 성치 않은 불개미가 강물을 통째로 물고 북해를 건넌다는 것은 실제로는 일어날 수 없는 일이다. 그러나 그런 말조차도 맹목적으로 전하는 사람들이 있다. 그러한 말을 들었을 때는 스스로 잘 판단하여야 한다는 것이다. 이 작품과 내용 및 표현이 유사한 노래 〈사룡(蛇龍)〉이 『고려사』「악지」에 실려 있어, 견주어볼 만하다.

5) 정종(疔腫) : 부스럼.

有蛇含龍尾	뱀이 용의 꼬리를 물고서
聞過太山岑	태산의 묏부리를 지나갔다고 들었노라
萬人各一語	만 사람이 각각 한 마디씩 하여도
斟酌在兩心	짐작하는 것은 두 마음에 달려 있네

4

귓도리 져 귓도리 에엿부다 져 귓도리

어인 귓도리 지는 달 새는 밤의 긴 소릐 쟈른 소릐 節節절절이 슬픈 소릐 제 혼자 우러 녜어 紗窓사창 여읜 줌을 솔드리도 씨오는고야

두어라 제 비록 微物미물이나 無人洞房무인동방에 내 뜻 알 리는 저뿐인가 ᄒᆞ노라

―미상 · 『청구영언』

1) 현대어역

귀뚜라미 저 귀뚜라미 가련하다 저 귀뚜라미

어찌 된 귀뚜라미 지는 달 새는 밤에 긴 소리 짧은 소리 마디마디 슬픈 소리 저 혼자 울어 가며 사창[6]의 부족한 잠을 살뜰히도 깨우는구나

두어라 제 비록 미물이나 님 없는 깊은 방에 내 뜻 알 이는 저뿐인가 하노라

2) 작품해설

독수공방(獨守空房)의 한(恨)을 그린 작품이다. 님이 그리워 뒤척이다 새벽녘에 겨우 든 잠. 별안간 어디서 나타난 귀뚜라미가 그 풋잠조차 앗아가 버린다. 잠시나마 외로움을 잊을 수 있었던 잠이었기에 고독한 현실로 작가를 이끌어낸 귀뚜라미를 미워할 만하건만, 오히려 그 놈을 가엾게 여긴다. 귀뚜라미 역시 님 잃은 외로움으로 우는 것이라 생각했기 때문이다. 동병상련(同病相憐)의 심정을 읽을 수 있다.

---

6) 사창(紗窓) : 깁으로 아름답게 꾸민 여자의 방.

5

나모도 바히돌도 업슨 뫼헤 매게 ᄧᅩ친 가토릐 안과

大川대천바다 한가온대 一千石일천석 시른 ᄇᆡ에 노도 일코 닷도 일코 농총도 근코 대도 것고 치도 빠지고 ᄇᆞ람 부러 물결 치고 안개 뒤섯계 ᄌᆞ자진 날에 갈 길은 千里萬里천리만리 나믄듸 四面사면이 거머어득 져믓 天地寂莫천지적막 가치노을 ᄡᅧᆺᄂᆞᆫ듸 水賊수적 만난 都沙工도사공의 안과

엇그제 님 여흰 내 안히야 엇다가 ᄀᆞ을ᄒᆞ리오

—미상 · 『청구영언』

1) 현대어역

나무도 바윗돌도 없는 산에서 매에게 쫓긴 까투리의 마음과

대천바다 한가운데 일천 석 실은 배에 노도 잃고 닻도 잃고 용총[7]도 끊기고 돛대도 꺾이고 키[8]도 빠지고 바람 불어 물결치고 안개 뒤섞여 자욱한 날에 갈 길은 천리 만리 남았는데 사면이 검어 어둑히 저문 천지 적막한 때에 까치노을[9] 떴는데 수적[10] 만난 도사공[11] 마음과

엇그제 님 이별한 내 마음이야 어디에다가 비교하리오

---

7) 용총 : 돛대에 달린 굵은 줄.

8) 키 : 배의 방향을 조정하는 나무 조각.

9) 까치노을 : 윗부분이 희게 부서진 높고 사나운 파도.

10) 수적(水賊) : 해적.

11) 도사공(都沙工) : 사공의 우두머리.

2) 작품해설

초장에 제시된 매에게 쫓기는 까투리, 중장에 제시된 저문 날 사나운 파도와 해적을 만난 뱃사공, 그리고 종장에 제시된 엊그제 님을 잃은 나. 이 셋 중 누가 가장 절망적인 심정일까. 이 시조는 그것을 묻고 있다. 목숨을 잃는 것이나 일천 석의 재산을 빼앗기는 것보다도 님을 이별한 내 처지가 가장 딱하다는 것인데, 이쯤 되면 작가에게 님은 참으로 절대적 존재라 하겠다. 전체적으로 비교의 기법, 중장은 점층과 과장의 기법이 구사되어 작품의 효과를 높여준다.

6

ᄃᆡᆨ들에 동난지이 사오 져 쟝스야 네 황후 긔 무서시라 웨ᄂᆞᆫ다 사쟈
外骨內肉외골내육 兩目양목이 上天상천 前行後行전행후행 小소아리 八足팔족 大대아리 二足이족 靑醬청장 ᄋᆞ스슥ᄒᆞᄂᆞᆫ 동난지이 사오
쟝스야 하 거복이 웨지 말고 게젓이라 ᄒᆞ렴은

―미상 ·『청구영언』

1) 현대어역

댁들아 동난지이[12] 사시오 저 장사야 네 황아[13] 그 무엇이라 외치는가 사자
외골내육[14]에 두 눈은 하늘로 향하고 앞으로 가고 뒤로 가는 소아리[15] 여덟 개 대아리[16] 두 개 청장[17] 아삭아삭한 동난지이를 사시오
장수야 너무 거북하게 외치지 말고 게젓이라 하려무나

2) 작품해설

조선시대에는 사농공상(士農工商)의 품계가 있었다. 따라서 상인들

12) 동난지이 : 문맥상 '게젓'인 듯.

13) 황아[荒貨] : 끈목·담배쌈지·바늘·실 등의 모든 자질구레한 일용잡화. 여기서는 물건의 의미.

14) 외골내육(外骨內肉) : 밖은 뼈, 안은 살. 게살이 딱딱한 껍질 속에 있기에 생긴 표현.

15) 소아리 : 작은 다리.

16) 대아리 : 큰 다리.

17) 청장(靑醬) : '청장(淸醬)'이 맞는 표현이다. 진하지 않은 간장. 여기서는 '게장'을 이름.

이 돈을 벌기 위해 이리저리 사람을 속이고 사는 것을 천하게 여겼다. 이 시조는 그런 장사치의 현학적인 어휘 구사를 풍자·조롱하고 있다. 그냥 게젓을 팔 뿐이면서 '동난지이'라고 어렵게 부른다거나, 게를 묘사할 때도 외골내육(外骨內肉)·양목상천(兩目上天) 등 한자어를 지나치게 많이 구사하는 것이 거북하게 들렸기 때문이다.

7

두터비 ᄑᆞ리를 물고 두험 우희 치ᄃᆞ라 안자
것넌山산 ᄇᆞ라보니 白松骨백송골이 써 잇거ᄂᆞᆯ 가슴이 금즉ᄒᆞ여 풀덕 쒸여 내ᄃᆞᆺ다가 두험 아래 ᄌᆞᆺ바지거고
모쳐라 ᄂᆞᆯ낸 낼ᄉᆡ만졍 에헐질 번ᄒᆞ괘라

—미상 · 『청구영언』

1) 현대어역

두꺼비가 파리를 물고 거름 위에 치달아 앉아
건넛산 바라보니 백송골[18]이 떠 있거늘 가슴이 끔찍하여 펄떡 뛰어 내닫다가 두엄 아래 자빠졌구나
모처럼 날랜 나였기 망정이지 피멍 들 뻔하였구나

2) 작품해설

지방 탐관오리의 탐욕을 우의적으로 풍자하고 있다. 여기서 두꺼비는 지방의 탐관오리, 두엄은 부정하게 쌓아 둔 재산, 파리는 힘없는 백성, 백송골은 중앙의 암행어사를 비유하고 있다. 즉 탐관오리가 암행어사 출도 소식에 혼비백산하는 모습을 그려낸 시조이다. 관리를 '두꺼비'에 비유한 것 자체에서 이미 부정적 인식을 드러내고 있는데, 나아가 종장의 자기독백에서 이를 한 번 더 확인해 준다. 두꺼비가 스스로 '날래다'고 자평한 데서, 그의 현실인식이 정상이 아님을 보여준다.

---

18) 백송골(白松骨) : 백송고리. 몸이 크며 성질이 굳세고 날쌔어 사냥하는 데 쓰이는 매.

8

ᄇᆞ롬도 쉬여 넘는 고ᄀᆡ 구름이라도 쉬여 넘는 고ᄀᆡ
山산진이 水수진이 海東靑해동청 보라미 쉬여 넘는 高峰고봉 長城嶺장성령 고ᄀᆡ
그 너머 님이 왓다ᄒᆞ면 나는 아니 ᄒᆞᆫ 번도 쉬여 넘어가리라

—미상 · 『병와가곡집』

1) 현대어역

바람도 쉬어 넘는 고개 구름이라도 쉬어 넘는 고개
산지니[19] 수지니[20] 해동청[21] 보라매[22]도 쉬어 넘는 고봉 장성령 고개
그 너머에 님이 왔다고 하면 나는 한 번도 쉬지 않고 넘어가리라

2) 작품해설

님이 있는 곳이라면 어떠한 곳이라도 달려가겠다는 강한 의지가 담긴 작품이다. 반복은 사설시조의 중요한 특징인데, 이를 통해 리듬감을 확보하고 동시에 의미를 강조하는 효과를 거둘 수 있다. 이 작품에서도 '매' 하나로 충분할 표현들이 '산지니 수지니 해동청 보라매'로 반복되어 나타난다. 경제적인 수사법은 아니지만, 외적으로는 율격을 강

19) 산지니 : 산에서 자란 매.
20) 수지니 : 집에서 기른 매. 원문의 '水진이'는 '手진이'라야 맞음.
21) 해동청(海東靑) : 송골매.
22) 보라매 : 난 지 1년이 채 안 되는 새끼를 잡아 길들여 사냥에 쓰는 매.

화하고 내적으로는 의미를 강조해준다. 사설시조의 관습적 수사기법 이기도 하다.

9

벍가버슨 兒孩아해ㅣ들리 거뮈쥴 테를 들고 ᄀᆡ川천으로 往來왕래ᄒᆞ며

벍가숭아 벍가숭아 져리 가면 죽ᄂᆞ니라 이리오면 ᄉᆞᄂᆞ니라 부로나니 벍가숭이로다

아마도 世上세상일이 다 이러ᄒᆞᆫ가 ᄒᆞ노라

—이정신(영조조의 가객) · 『육당본 청구영언』

1) 현대어역

벌거벗은 아이들이 거미줄 채를 들고 개천으로 왕래하며

벌거숭아 벌거숭아 저리 가면 죽느니라 이리 오면 사느니라 부르는 이 또한 벌거숭이로다

아마도 세상일이 다 이러한가 하노라

2) 작품해설

예전에 잠자리를 잡을 때 ‘벌거숭이’라고 칭했던 듯하다. 작가는 벌거벗고 뛰노는 아이들이 잠자리를 잡으면서 “벌거숭아 벌거숭아 저리 가면 죽고 이리 오면 산다”는 말로 잠자리를 꾀어 잡는 것을 보고, 세상일 또한 이와 같음을 개탄하고 있다. 즉 비슷한 처지의 사람들끼리 사이좋게 지내지 못하고, 저마다 이득을 취하고자 하는 세태에 대한 비판을 가한 것이다. 이는 벌거숭이 아이들이 ‘벌거숭이’ 잠자리를 잡고자 하는데서 사람이 사람을 속이는 것을 연상했기 때문이다.

10

ᄉᆡ어마님 며ᄂᆞ리 낫바 벽바닥을 구로지 마오

빗에 바든 며ᄂᆞ린가 갑세 쳐온 며ᄂᆞ린가 밤나모 셕은 둥걸 휘초리 나니 ᄀᆞᆺ치 앙살픠신 ᄉᆡ아바님 볏뵌 쇠ᄯᅩᆼᄀᆞᆺ치 되죵고신 ᄉᆡ어마님 三年삼년 겨론 망태에 ᄉᆡ ᄉᆞᆼ곳부리ᄀᆞᆺ치 ᄲᅬ족ᄒᆞ신 ᄉᆡ누의님 唐당피 가른 밧틔 돌피 나니ᄀᆞᆺ치 ᄉᆡ노란 외곳ᄀᆞᆺ튼 피ᄯᅩᆼ 누ᄂᆞᆫ 아ᄃᆞᆯ ᄒᆞ나 두고

건 밧틔 메곳 ᄀᆞᆺ튼 며ᄂᆞ리를 어듸를 낫바ᄒᆞ시ᄂᆞᆫ고

—미상 · 『병와가곡집』

1) 현대어역

시어머님 며느리 나쁘다고 벽바닥[23]을 구르지 마오

빗에 받은 며느린가 값에 쳐온 며느린가 밤나무 썩은 등걸 잔가지 난 것같이 앙살스런 시아버님, 볕 쬔 쇠똥같이 뒤틀린 시어머님 삼년 엮은 망태에 새 송곳부리같이 뾰족한 시누이님 당피[24] 갈은 밭에 돌피[25] 난 것같이 샛노란 외꽃 같은 피똥 누는 아들 하나 두고

기름진 밭에 메꽃 같은 며느리를 어디를 나빠하시는고

2) 작품해설

시집살이의 불만과 괴로움을 나타낸 작품이다. 우리는 흔히 조선시

23) 벽바닥 : 부엌바닥.

24) 당피 : 좋은 피. '당(唐)'은 '당나라'를 뜻하는 말로, 여기서는 좋은 물건 앞에 붙는 접두사처럼 쓰임.

25) 돌피 : 나쁜 피.

대의 여성들은 불만이 있어도 참고 살며, 시어머니나 남편에게 순종적이기만 했을 것으로 예상한다. 그러나 이 작품은 그것이 고정관념이었음을 잘 보여준다. 작가는 시댁에 상당히 불만이 많다. 그 불만은 시아버지를 '앙살스럽다', 시어머니를 '쇠똥같다', 시누이를 '성질이 뾰족하다', 남편을 '피똥이나 누는 아들'로 표현한 데서 드러난다. 이러한 표현들은 당시 사회 분위기에 비추어 볼 때 무척 대담한 표현들로 여겨진다. 시댁에서 핍박 받던 며느리들이 이 노래에서 카타르시스를 느꼈을 법하다.

11

어이 못 오던다 므스 일로 못 오던다

너 오ᄂᆞᆫ 길 우희 무쇠로 城성을 ᄡᆞ고 城성 안헤 담 ᄡᆞ고 담 안헤란 집을 짓고 집 안헤란 두지 노코 두지 안헤 樻궤를 노코 樻궤 안헤 너를 結縛결박ᄒᆞ여 노코 雙쌍비목 외걸새에 龍용거북 ᄌᆞ믈쇠로 수기수기 ᄌᆞᆷ갓더냐 네 어이 그리 아니 오던다

ᄒᆞᆫ 달이 셜흔 날이여니 날 보라 올 ᄒᆞᆯ리 업스랴

－미상 ·『청구영언』

1) 현대어역

어이 못 오던가 무슨 일로 못 오던가

너 오는 길 위에 무쇠로 성을 쌓고 성 안에 담을 쌓고 담 안에는 집을 짓고 집 안에는 뒤주[26] 놓고 뒤주 안에 궤를 놓고 궤 안에 너를 결박하여 놓고 쌍배목[27]과 외걸새[28]에 용거북 자물쇠로 깊숙이 잠갔더냐 네 어이 그리 안 오던가

한 달이 서른 날이니 날 보러 올 하루가 없으랴

---

26) 뒤주 : 쌀이나 잡곡 등의 곡식을 담아 두는 궤짝.

27) 쌍배목 : 쌍으로 된 배목. 배목은 걸쇠나 손잡이 등을 달기 위해 문짝에 박아 넣는 둥근 구멍이 있는 쇠 장치.

28) 외걸새 : 홑 걸쇠. 걸쇠는 문을 채우는 빗장 쇠.

2) 작품해설

님이 자신을 보러 오기를 바라는 내용의 노래이다. '누가 당신을 못 오도록 가두어 두었느냐' 정도의 간단한 말을 '성-담-집-뒤주-궤-쌍배목-외걸쇠-자물쇠'로 연쇄시켜 장황히 말을 이었다. 중장에서는 공간을 기준으로, 종장에서는 시간을 기준으로 내용을 전개하고 있는데, 문장의 종결을 모두 의문형으로 끝내고 있어 추궁의 뉘앙스를 효과적으로 전달하고 있다.

12

어흠 아 긔 뉘옵신고 건넌 佛堂불당에 動鈴僧동령승이 내올너니
홀居士거사내 홀노 즈시는 방안에 무스 것ᄒᆞ랴 와 겨오신고
홀居士거사내 노감토 버셔 거는 말 겻티 내 곡갈 버셔 걸너 왓노라

—미상 · 『병와가곡집』

1) 현대어역[29)]

(甲) "어흠!" (乙) "아 그 누구신고?" (甲) "건너 불당의 동냥중[動鈴僧]이 나[我]이오니."

(乙) "홀거사[30)]네 홀로 자는 방안에 무슨 일이라 와 계신고?"

(甲) "홀거사네 노감투 벗어 거는 말뚝 곁에 내 고깔 벗어 걸러 왔노라."

2) 작품해설

여승과 거사와의 대화체로 이루어진 시조이다. 조선후기에 들면 중들의 타락상이 많이 나타나는데, 이 작품 역시 그러한 흐름을 반영하고 있다. 동냥을 다니는 여승이 홀로 자는 거사의 방 앞에서 "어흠" 하고 인기척을 한다. 막 자려던 거사가 온 이유를 묻는다. 저녁 늦게 여자가 남자를 찾아가는 이유란 짐작하기 어렵지 않건만, 직설적으로 말할 수는 없었나 보다. "거사님이 감투를 걸어 둔 말뚝 옆에 내 고깔을

---

29) 작품에서 대화의 주체를 분명히 하기 위해 예외적으로 문장부호와 甲·乙 표기를 하였다.

30) 홀거사 : 혼자 사는 거사. 거사(居士)는 출가하지 않은 남자 불교신자.

벗어 걸러 왔다"고 대유적으로 말한다. 이 작품의 멋은 바로 이 능청스러운 구절에 있다.

13

一身일신이 사자 ᄒᆞ니 믈 것 계워 못 살니로다

皮피ㅅ겨 ᄀᆞᆺ튼 갈랑니 보리알 ᄀᆞᆺ튼 슈통이 잔 벼룩 굵은 벼룩 왜벼룩 ᄠᅱ는 놈 긔ᄂᆞᆫ 놈의 琵琶비파 ᄀᆞᆺ튼 빈ᄃᆡ 세기 使令사령 ᄀᆞᆺ튼 등에어이 갈ᄯᅡ귀 사메여기 센 박휘 누른 박휘 바금이 거져리 부리 ᄲᅭ족ᄒᆞᆫ 모긔 다리 기다ᄒᆞᆫ 모긔 살진 모기 야윈 모긔 그리 화진에 ᄲᅭ오룩이 晝夜주야로 뷘 틈 업시 물거니 쏘거니 ᄲᆞᆯ거니 ᄯᅳᆺ거니 심ᄒᆞᆫ 당버리에 어려이왜라

그 등에 촘아 못견될슨 五六月[오뉴월] 伏복더위에 쉬피인가 ᄒᆞ노라

— 이정보(1693-1766) · 『병와가곡집』

1) 현대어역[31]

일신이 살자 하니 물 것 겨워[32] 못 살리로다

핏겨[33] 같은 가랑니[34], 보리알 같은 수통니[35], 잔 벼룩, 굵은 벼룩, 왜벼룩, 뛰는 놈 기는 놈의 비파 같은 빈대새끼, 사령 같은 등에[36]아비 각다귀[37], 사마귀, 흰 바퀴벌레, 누른 바퀴벌레, 바구

31) 마찬가지로 벌레 나열이 장황하여, 그 구별을 정확히 하기 위해 문장부호(,)를 달았다.

32) 겨워 : 견디기 힘겨워.

33) 핏겨 : 피의 껍질. 피는 곡물의 일종.

34) 가랑니 : 작은 이[蝨].

35) 수통니 : 큰 이[蝨]를 칭하는 말인 듯.

36) 등에 : 파리와 비슷하게 생긴 동물의 피를 빨아 먹는 벌레.

37) 각다귀 : 큰 모기의 일종.

미[38], 고자리[39], 부리가 뾰족한 모기, 다리가 길다란 모기, 살찐 모기, 야윈 모기, 그리마[40], 불지네, 뽀록이[41] 밤낮으로 빈틈없이 물거니 쏘거니 빨거니 뜯거니, 심한 비루[42]에 살기가 어렵구나

그 중에 차마 못견딜 것은 오뉴월 복더위에 쉬파리인가 하노라

2) 작품해설

작가를 괴롭히는 벌레들을 나열한 시조이다. 이는 단순한 벌레일 수도 있고, 혹 탐관오리의 비유일 수도 있다. 이 노래의 묘미는 징글징글한 벌레들을 장황히 나열한 데 있다. 이는 사설시조의 가장 큰 특징 중 하나로, 외형적으로는 시의 리듬을 부여하고 내면적으로는 시의 의미를 강화하는 역할을 한다. 한편 종장에 등장하는 쉬파리는 한여름 음식물에 쉬(파리알)를 깔겨 부패를 일으키는 바, 무는 놈보다 더 고약한 존재로 인식되었음을 알 수 있다.

38) 바구미 : 쌀 통 등에 사는 벌레의 일종.

39) 고자리 : 미상.

40) 그리마 : 흔히 돈벌레라고도 함.

41) 뽀록이 : 벌레의 일종. 미상.

42) 비루 : 개·나귀·말 따위의 피부에 생기는 병으로, 살갗이 헐고 털이 빠짐.

14

窓창 내고쟈 窓창을 내고쟈 이 내 가슴에 窓창 내고쟈
고모장지 셰살장지 들장지 열장지 암돌져귀 수돌져귀 비목 걸새 크나큰 쟝도리로 뚱닥 바가 이내 가슴에 窓창 내고쟈
잇다감 하 답답홀 제면 여다져 볼가 ᄒᆞ노라

－미상 ·『청구영언』

1) 현대어역

창 내고자 창 내고자 이 내 가슴에 창 내고자
고모장지[43] 세살장지[44] 들장지[45] 열장지[46] 암톨쩌귀[47] 수톨쩌귀[48] 배목[49] 걸새[50] 크나큰 장도리로 뚱딱 박아 이내 가슴에 창을 내고자
이따금 몹시 답답할 때면 여닫아 볼까 하노라

---

43) 고모장지 : 방과 방을 가르는 얇은 문.
44) 세살장지 : 잔살이 촘촘히 배긴 문.
45) 들장지 : 들어 올려 걸 수 있게끔 되어 있는 문.
46) 열장지 : 옆으로 밀어서 열게끔 되어 있는 문.
47) 암톨쩌귀 : 문짝에서 수톨쩌귀의 뾰족한 부분을 끼는 구멍 난 돌쩌귀. 돌쩌귀는 문짝을 벽에 달고 여닫기 위한 연결 쇠붙이들을 말함.
48) 수톨쩌귀 : 문짝에 박아서 문설주에 있는 암톨쩌귀에 꽂게 되어 있는 길쭉한 돌쩌귀.
49) 배목 : 문짝에 박는 둥근 구멍이 있는 쇠로 된 작은 장치.
50) 걸쇠 : 걸어 잠그는 쇠. 즉 문을 걸어 잠그고 빗장으로 쓰는 쇠.

2) 작품해설

세상살이의 답답함에서 벗어나고 싶은 소망을 노래한 작품이다. 자기가 마음먹은 대로 일이 풀리지 않을 때, 우리는 흔히 가슴이 답답하다는 말을 쓴다. 그런 답답한 기운이 가슴에 맺히면 한국 특유의 감정상태인 한(恨)이 된다. 이 시조는 그러한 답답함에서 벗어나고자 부른 노래이다. 혹시 마음에 창문을 하나 만들어 두면 답답함이 사라지지 않을까 하는 바람이 담겨 있다. 현실적으로는 불가능할지 몰라도 노래로는 가능하다. 이것이 노래의 매력이다.

15

碧紗窓벽사창이 어른어른커늘 님만 너겨 나가보니
님은 아니 오고 明月명월이 滿庭만정훈듸 碧梧桐벽오동 져즌 닙헤 鳳凰봉황이 ᄂᆞ려와 짓 다듬ᄂᆞᆫ 그림재로다
모처럼 밤일싀만졍 ᄂᆞᆷ 우일 번ᄒᆞ괘라

1) 현대어역

벽사창[51]이 어른어른하거늘 님으로만 여겨 나가보니
님은 아니 오고 밝은 달이 뜰에 환한데 벽오동[52] 젖은 잎에 봉황이 내려와 깃 다듬는 그림자로다
모처럼 밤이었기 망정이지 남 웃길 뻔하였구나

2) 작품해설

님을 기다리는 마음을 노래한 시조이다. 기다림이 간절해지면 모든 것에 민감해지는 법이다. 저녁 창가에 어른거리는 그림자. 이것을 님이 오는 그림자라 착각하고 밖으로 뛰어나간다. 그러나 그것은 님의 그림자가 아니라 오동잎이 흔들리던 그림자일 뿐이다. 여기서 봉황이 오동나무에 앉아서 노닌다는 속설을 인용하여 흥미를 더해준다. 다시 정신을 차리고 혼자 탄식한다. 남들이 보았다면 이런 나를 얼마나 비웃었을까. 비극적인 상황을 반전시켜 희극적으로 마무리하는 묘미가 돋보인 작품이다.

---

51) 벽사창(碧紗窓) : 푸르고 얇은 비단으로 바른 창.
52) 벽오동(碧梧桐) : 오동나무의 일종.

양반가사

서왕가 崗往歌

1) 원문

나도 이럴만졍 세상애 인재1)러니

무샹2)을 ᄉᆡᆼ각ᄒᆞ니 다 거즛 거시로쇠

부모의 기친3) 얼골 주근 후에 쇽졀업다

져근닷4) ᄉᆡᆼ각ᄒᆞ야 세ᄉᆞ을 후리치고

부모ᄭᅴ 하직ᄒᆞ고 단표ᄌᆞ5) 일납6)애

청녀쟝7)을 비기8) 들고 명산을 ᄎᆞ자드러

션지식9)을 친견10)ᄒᆞ야 ᄆᆞᄋᆞᆷ을 불키려고

쳔경만론11)을 낫낫치 츄심12)ᄒᆞ야

---

1) 인재(人子) : 사람의 아들.

2) 무샹(無常) : 세상 모든 것이 다 생멸(生滅)하여 변하지 않는 것이 없음.

3) 기친 : 남겨준.

4) 져근닷 : 잠시 동안

5) 단표ᄌᆞ(簞瓢子) : 단사표음(簞食瓢飮)의 준말. 도시락밥과 표주박에 담은 물이니, 청빈한 생활을 비유.

6) 일납(一納) : 한 벌의 가사(袈裟).

7) 청녀장(靑藜杖) : 명아주대로 만든 지팡이.

8) 비기 : 비껴.

9) 션지식(善知識) : 바른 도리를 가르치는 사람.

10) 친견(親見) : 직접 만나 봄.

11) 쳔경만론(千經萬論) : 불교의 모든 경전과 온갖 논의.

12) 츄심(追尋) : 좇아 밝혀냄.

뉵적[13]을 자부리라 허공마[14]를 빗기 ᄐᆞ고
마야검[15]을 손애 들고 오온산[16] 드러가니
졔산[17]은 첩첩ᄒᆞ고 ᄉᆞ상산[18]이 더옥 놉다
뉵근문두[19]애 자최 업슨 도적은
나며들며 ᄒᆞᄂᆞᆫ 즁에 번노심 베쳐[20] 노코
지혜로 ᄇᆡ를 무어[21] 삼계[22] 바다 건네리라
념불즁싱 시러 두고 삼승[23] 딤ᄯᅢ[24]예 일승[25] 돗글[26] ᄃᆞ라두고

---

13) 뉵적(六賊) : 색(色)·성(聲)·향(香)·미(味)·촉(觸)·법(法) 때문에 정심(淨心)을 더럽히는 것을 도적에 비유함.

14) 허공마(虛空馬) : 공중을 가로질러 달리는 말.

15) 마야검 : 중국 고대 삼대명검의 하나.

16) 오온산(五蘊山) : 오온을 산에 비유한 것. 오온은 세계를 구성하는 다섯 가지 요소로 색(色, 육체)·수(受, 감각)·상(想, 상상)·행(行, 마음의 작용)·식(識, 지식)을 일컬음.

17) 졔산(諸山) : 모든 산.

18) ᄉᆞ상산(四相山) : 사상(四相)을 산에 비유한 것. 사상(四相)은 중생이 그 심신(心身)의 개체에 대해 잘못 인식하고 집착하는 것으로, 아상(我相)·인상(人相)·중생상(衆生相)·수자상(壽者相)의 네 가지를 일컬음.

19) 뉵근문두(六根門頭) : 육근문의 앞. 육근문은 육근을 문에 비유한 것. 육근은 안(眼)·비(鼻)·이(耳)·설(舌)·신(身)·의(意)를 일컫는데, 인간이 이 세상을 인식하는 데 필요한 감각의 근원임.

20) 베쳐 : 베어.

21) 무어 : 만들어.

22) 삼계(三界) : 중생이 생사(生死)에 유전(流轉)하는 미(迷)의 세계. 곧 유정(有情)의 경계를 셋으로 나눈 것으로, 욕계(欲界)·색계(色界)·무색계(無色界)를 일컬음.

23) 삼승(三乘) : 성문(聲聞)·연각(緣覺)·보살(菩薩)을 일컬음.

24) 딤ᄯᅢ : 짐대. 당간(幢竿). 절 입구에 기를 달아 세우는 대로 돌이나 쇠로 만듦.

25) 일승(一乘) : 성불할 수 있는 유일의 도(道). 승은 행법(行法)을 말한 것으로, 중생을 싣고 생사(生死)의 고해(苦海)를 떠나 열반의 피안(彼岸)에 이르게 하는 교법을 일컬음.

26) 돗글 : 돛을.

ᄎᆞᆫ풍은 슌히 불고 ᄇᆡ운[27]은 셧도ᄂᆞᆫ듸[28]

인간을 싱각ᄒᆞ니 슬프고 셜운지라

념불 마ᄂᆞᆫ 즁싱드라 몃 싱을 살냐 ᄒᆞ고

셰ᄉᆞ만 탐챡ᄒᆞ야 ᄋᆡ욕의 즘겻ᄂᆞᆫ다

ᄒᆞᄅᆞ도 열두 시오 ᄒᆞᆫ 돌도 셜흔 날애 어늬 날애 한가홀고

쳥뎡ᄒᆞᆫ 불셩은 사ᄅᆞᆷ마다 ᄀᆞ자신돌 어ᄂᆡ 날애 싱각ᄒᆞ며

ᄒᆞᆼ사공덕[29]은 볼ᄂᆡ 구독[30]ᄒᆞᆫ돌 어ᄂᆡ 시예 나야쁠고

셔왕[31]은 머러지고 지옥은 갓갑도쇠

이보시소 어로신네 권ᄒᆞ노니 죵졔션근[32] 시무시소

금싱애 ᄒᆞ온 공덕 후싱애 슈ᄒᆞᄂᆞ니[33]

빅년탐믈[34]은 ᄒᆞᄅᆞ아젹[35] 듯글[36]이오

삼일 ᄒᆞ온 념블은 빅쳔만겁[37]에 다홈업ᄉᆞᆫ 보뵈로쇠

어와 이 보뵈 력쳔겁이불고[38]ᄒᆞ고 긍만셰이쟝금[39]이라

---

27) ᄇᆡ운 : 백운(白雲).

28) 셧도ᄂᆞᆫ듸 : 섞어 도는데.

29) ᄒᆞᆼ사공덕(恒沙功德) : 항하(恒河, 갠지스 강)의 모래 숫자와 같이 무수히 많은 공덕.

30) 구독(具足) : 모두 갖춤.

31) 셔왕(西往) : 서방정토로 왕생함.

32) 죵졔션근(種諸善根) : 모든 선근의 씨를 뿌림. 선근은 신(身)·구(口)·의(意) 삼업(三業)의 선(善)이 굳어져서 뽑을 수 없는 것을 말함.

33) 슈(受)ᄒᆞᄂᆞ니 : 받나니.

34) 빅년탐믈(百年貪物) : 평생 재물을 탐함.

35) ᄒᆞᄅᆞ아젹 : 하루아침.

36) 듯글 : 티끌.

37) 빅쳔만겁(百千萬劫) : 영원한 시간.

38) 력쳔겁이불고(歷千劫而不古) : 천겁의 긴 세월을 거쳐도 낡지 않음.

39) 긍만셰이쟝금(極萬歲而長今) : 만세에 이르도록 길이 새로움.

건곤[40]이 넙다 ᄒᆞᆫ둘 이 ᄆᆞ음애 미출손가
일월이 볼다 ᄒᆞᆫ둘 이 ᄆᆞ음애 미출손가
삼세졔불[41]은 이 ᄆᆞ음을 아ᄅᆞ시고
뉵도[42]즁ᄉᆡᆼ은 이 ᄆᆞ음을 져ᄇᆞ릴ᄉᆡ
삼계눈회을 어늬 날에 긋칠손고
져근닷 ᄉᆡᆨ각ᄒᆞ야 ᄆᆞ음을 ᄭᆡ쳐먹고 태허[43]를 ᄉᆡᆼ각ᄒᆞ니
산쳡쳡 슈잔잔[44] 풍슬슬 화명명[45]ᄒᆞ고 송쥭은 낙낙ᄒᆞᆫᄃᆡ
화장[46] 바다 건네 저어 극낙셰계 드러가니
칠보 금ᄃᆡ[47]예 칠보망을 둘너시니 구경ᄒᆞ기 더옥 죠ᄒᆡ
구품년ᄃᆡ[48]예 념불소ᄅᆡ 자자 잇고
쳥학 ᄇᆡᆨ학과 ᄋᆡᆼ무 공쟉과
금봉 쳥봉[49]은 ᄒᆞᄂᆞ니 념불일쇠
쳥풍이 건듯 부니 념불소ᄅᆡ 요요ᄒᆞ외[50]

---

40) 건곤(乾坤) : 하늘과 땅. 온 세상.

41) 삼세졔불(三世諸佛) : 과거·현재·미래의 여러 부처님.

42) 뉵도(六道) : 육취(六趣). 중생이 사집(邪執)·유견(謬見)·번뇌(煩惱)·선(善)·악업(惡業) 등으로 인하여 죽어서 머무르는 여섯 가지 장소. 곧 지옥도(地獄道)·아귀도(餓鬼道)·축생도(畜生道)·수라도(修羅道)·인간도(人間道)·천상도(天上道)를 일컬음.

43) 태허(太虛) : 하늘.

44) 산쳡쳡(山疊疊) 슈잔잔(水潺潺) : 산은 겹겹으로 솟아 있고 물은 졸졸 흐름.

45) 풍슬슬(風瑟瑟) 화명명(花明明) : 바람은 솔솔 불고 꽃은 환하게 피어남.

46) 화장(華藏) : 연화장세계(蓮華藏世界)의 약칭으로, 비로자나불(毘盧遮那佛)이 있는 공덕무량(功德無量)·광대장엄(廣大莊嚴)의 세계를 말함.

47) 칠보금ᄃᆡ(七寶錦地) : 칠보로 장식된 비단을 두른 아름다운 곳.

48) 구품년ᄃᆡ(九品蓮臺) : 극락왕생(極樂往生)할 때 앉는 아홉 가지 연꽃 대좌. 평생 지은 업에 따라 상품상생(上品上生)부터 하품하생(下品下生)까지 구등(九等)으로 나뉨.

49) 금봉청봉(金鳳靑鳳) : 금빛 봉황과 푸른빛 봉황.

어와 슬프다
우리도 인간애 나왓다가 념불 말고 어이 홀고
나무아미타불

—나옹화상(1320-1376) · 『보권염불문』

2) 현대어역

나도 이럴 망정 세상의 인자러니
무상을 생각하니 다 거짓 것이로세
부모가 주신 얼굴 죽은 후에 속절없다
잠시 동안 생각하여 세상일 후리치고
부모께 하직하고 단표자 일납에
청려장을 빗겨 들고 명산을 찾아 들며
선지식을 친견하여 마음을 밝히리라
천경만론을 낱낱이 추심하여
육적을 잡으리라 허공마를 빗겨 타고
마야검을 손에 들고 오온산 들어가니
모든 산은 첩첩하고 사상산이 더욱 높다
육근문두에 자취 없는 도적은
나며 들며 하는 중에 번뇌심 베어 놓고
지혜로 배를 만들어 삼계 바다 건너리라
염불중생 실어 두고 삼승 짐대에 일승 돛을 달고
춘풍은 순히 불고 백운은 섞여 도는데

50) 요요(遙遙)ᄒᆞ외 : 멀고 아득하게 들리네.

인간을 생각하니 슬프고 설운지라
염불 않는 중생들아 몇 생을 살려 하고
세상일만 탐착하여 애욕에 잠겼느냐
하루도 열두 시요 한 달도 서른 날에 어느 날에 한가할까
청정한 불성은 사람마다 가졌은들 어느 날에 생각하며
항사공덕은 본래 구족한들 어느 때에 내어 쓸까
서왕은 멀어지고 지옥은 가깝구나
이보시오 어르신네 권하노니 종제선근 심으소서
금생에 하온 공덕 후생에 받노니
백년탐물은 하루아침 티끌이요
삼일 하온 염불은 백천만겁에 다함없는 보배로세
어와 이 보배 긴긴 세월 낡지 않고
만세에 이르도록 길이 새로워라
건곤이 넓다 한들 이 마음에 미칠손가
일월이 밝다 한들 이 마음에 미칠손가
삼세제불은 이 마음을 알으시고
육도중생은 이 마음을 저버리매
삼계윤회를 어느 날에 그칠손가
잠시 동안 생각하여 마음을 깨쳐 먹고 하늘을 생각하니
산은 첩첩 물은 잔잔 바람 솔솔 꽃은 환히 피고
송죽은 낙락한데 화장 바다 건너 저어 극락세계 들어가니
칠보 금지에 칠보망을 둘렀으니 구경하기 더욱 좋네
구품연대에 염불소리 자자하고
푸른 학 흰 학과 앵무 공작과
금빛 봉황 푸른 봉황은 하느니 염불일세

맑은 바람 건듯 부니 염불소리 요요하네
어와 슬프다
우리도 인간에 나왔다가 염불 말고 어이 할꼬
나무아미타불

3) 작품해설

고려 말의 선승 나옹화상 혜근이 지은 가장 오래된 가사작품이다. 이로 인해 가사의 발생연대를 고려말기로 올려 잡게 되었다. 나옹화상은 이 외에도 또 다른 〈서왕가〉와 〈낙도가〉·〈심우가〉 등을 지었다고 전한다. 이 〈서왕가〉는 작가 자신의 구도행각을 서술한 후 중생이 삶의 무상함을 깨닫고 염불에 힘써 극락세계에 왕생할 것을 내용으로 하고 있다. 참고로 여기서의 원문은 숙종 30년(1704년) 예천 용문사에서 개간된 목판본『보권염불문』에 〈인과문〉과 함께 순한글 표기로 실린 작품을 따랐다. 형식면에서는 4음보 외에 6음보·2음보격이 섞여 있다.

상춘곡 賞春曲

1) 원문

紅塵홍진[51]에 뭇친 분네 이 내 生涯생애 엇더혼고
녯사룸 風流풍류롤 미출가 뭇 미출가[52]
天地間천지간 男子남자 몸이 날만혼 이[53] 하건마는[54]
山林산림에 뭇쳐 이셔 至樂지락을 무롤 것가[55]
數間茅屋수간모옥[56]을 碧溪水벽계수[57] 앏픠 두고
松竹송죽 鬱鬱裏울울리[58]예 風月主人풍월주인[59] 되여셔라
엇그제 겨을 지나 새봄이 도라오니
桃花杏花도화행화[60]는 夕陽裏석양리예 퓌여 잇고
綠楊芳草녹양방초[61]는 細雨中세우중[62]에 프르도다

---

51) 紅塵(홍진) : 속된 세상.
52) 뭇 미출가 : 못 미칠까.
53) 날만혼 이 : 나와 같은 사람.
54) 하건마는 : 많건마는.
55) 무롤 것가 : 모를 것인가.
56) 數間茅屋(수간모옥) : 몇 칸 안 되는 작은 초가집.
57) 碧溪水(벽계수) : 푸르고 맑은 시냇물.
58) 松竹 鬱鬱裏(송죽 울울리) : 소나무와 대나무가 울창한 속에.
59) 風月主人(풍월주인) : 청풍명월, 곧 자연의 주인.
60) 桃花杏花(도화행화) : 복숭아꽃과 살구꽃.
61) 綠楊芳草(녹양방초) : 푸른 버드나무와 향기로운 풀.
62) 細雨(세우) : 가랑비.

칼로 몰아낸가[63] 붓으로 그려낸가

造花神功조화신공이 物物물물마다 헌ᄉᆞ롭다[64]

수풀에 우는 새는 春氣춘기롤 뭇내[65] 계워[66] 소리마다 嬌態교태로다

物我一體물아일체[67]어니 興흥 이ᄋᆡ 다롤소냐

柴扉시비[68]예 거러 보고 亭子정자애 안자 보니

逍遙吟詠소요음영[69]ᄒᆞ야 山日이 寂寂적적ᄒᆞᆫ듸

閒中眞味한중진미[70]롤 알 니 업시 호재로다[71]

이바 니웃드라 山水求景산수구경 가쟈스라

踏靑답청[72]으란 오늘 ᄒᆞ고 浴沂욕기[73]란 來日내일 ᄒᆞ새

아ᄎᆞᆷ에 採山채산[74] ᄒᆞ고 나조ᄒᆡ[75] 釣水조수[76] ᄒᆞ새

ᄀᆞᆺ 괴여 닉은 술을 葛巾갈건[77]으로 밧타 노코[78]

---

63) 몰아낸가 : 말아 내었는가[裁].

64) 헌ᄉᆞ롭다 : 떠들썩하다. 여기서는 '돋보인다'의 의미.

65) 뭇내 : 못내, 끝내.

66) 계워 : 이기지 못하여.

67) 物我一體(물아일체) : 자연과 내가 하나가 됨.

68) 柴扉(시비) : 사립문.

69) 逍遙吟詠(소요음영) : 천천히 거닐며 시를 읊음.

70) 閒中眞味(한중진미) : 한가한 가운데 맛보는 진정한 즐거움.

71) 호재로다 : 혼자이로다.

72) 踏靑(답청) : 삼월 삼짇날 산에 올라 파릇하게 새로 난 풀을 밟으며 화전(花煎)을 지져 먹고 하루를 즐겼음.

73) 浴沂(욕기) : 강물에서 목욕하는 놀이. 예전 중국 기수(沂水)에서 목욕하며 즐겼음.

74) 採山(채산) : 산나물을 뜯음. 채산채(採山菜)의 준말.

75) 나조ᄒᆡ : 저녁에.

76) 釣水(조수) : 물고기를 낚음. 조수어(釣水魚)의 준말.

77) 葛巾(갈건) : 칡 섬유로 짠 베 두건. 갈건은 벼슬 않는 隱士(은사)의 상징.

78) 밧타 노코 : (걸러) 받아 놓고.

곳나모 가지 것거 수 노코 먹으리라[79]
和風화풍이 건듯 부러 綠水녹수[80]롤 건너오니
淸香청향은 잔에 지고 落紅낙홍은 옷새 진다[81]
樽中준중[82]이 뷔엿거든 날드려 알외여라
小童소동 아희드려 酒家주가에 술을 믈어
얼운은 막대 집고 아희는 술을 메고
微吟緩步미음완보[83]ᄒᆞ야 시냇ᄀᆞ의 호자 안자
明沙명사 조ᄒᆞᆫ[84] 믈에 잔 시어[85] 부어 들고
淸流청류를 굽어보니 ᄯᅥ 오ᄂᆞ니 桃花도화ㅣ로다
武陵무릉[86]이 갓갑도다 져 ᄆᆡ[87]이 긘거이고[88]
松間細路송간세로[89]에 杜鵑花두견화[90]롤 부치들고[91]
峯頭봉두[92]에 급피 올나 구름 소긔 안자 보니

79) 수 노코 먹으리라 : 수를 세어가며 먹으리라.
80) 綠水(녹수) : 맑은 물.
81) 옷새 진다 : 옷에 떨어진다.
82) 樽中(준중) : 술통.
83) 微吟緩步(미음완보) : 조용히 읊조리며 천천히 걸음.
84) 조ᄒᆞᆫ : 깨끗한.
85) 시어 : 씻어.
86) 武陵(무릉) : 도연명의『도화원기(桃花源記)』에 나오는 이상향. 무릉도원(武陵桃源)의 준말.
87) ᄆᆡ : 들(野).
88) 긘거이고 : 그것인고. 그곳인고.
89) 松間細路(송간세로) : 소나무숲 사이로 난 가느다란 길.
90) 杜鵑花(두견화) : 진달래꽃.
91) 부치들고 : 붙들고.
92) 峯頭(봉두) : 산봉우리.

千村萬落천촌만락[93]이 곳곳이 버러 잇닉[94]

煙霞日輝연하일휘[95]는 錦繡금수를 재폇는 둣[96]

엇그제 검은 들이 봄빗도 有餘유여[97]훌샤

功名공명도 날 씌우고[98] 富貴부귀도 날 씌우니

淸風明月청풍명월 外외에 엇던 벗이 잇ᄉᆞ올고

簞瓢陋巷단표누항[99]에 흣튼 혜음[100] 아니 ᄒᆞ닉

아모타[101] 百年行樂백년행락[102]이 이만ᄒᆞᆫ들 엇지ᄒᆞ리

—정극인(1401-1481) · 『불우헌집』

2) 현대어역

세속에 묻혀 사는 사람들아 이 내 생애 어떠한고

옛 사람 풍류를 따를 것인가 못 따를 것인가

천지간 남자 몸이 나와 같은 사람 많건마는

산림에 묻혀 있어 지극한 즐거움을 모른다 말인가

---

93) 千村萬落(천촌만락) : 수많은 촌락.

94) 버러 잇닉 : 벌어져 있네.

95) 煙霞日輝(연하일휘) : 뽀얗게 피어오르는 봄 안개에 해가 비친 풍경. 곧 아름다운 경치.

96) 재폇ᄂᆞᆫ 둣 : 펼쳐놓은 듯.

97) 有餘(유여) : 넘쳐흐름.

98) 씌우고 : 꺼려하고.

99) 簞瓢陋巷(단표누항) : 단사표음(簞食瓢飮)하며 누추한 마을에 거처함. 단사표음은 '소쿠리 밥과 표주박 물'의 뜻이니, 소박한 생활을 비유.

100) 흣튼 혜음 : 흩은 생각. 쓸데없는 생각.

101) 아모타 : 아무튼.

102) 百年行樂(백년행락) : 한평생 즐겁게 지내는 것.

작은 초가집을 시냇물 앞에 두고
소나무 대나무 울창한 속에 자연을 즐기는 이 되었구나
엊그제 겨울 지나 새봄이 돌아오니
복숭아꽃 살구꽃은 저녁 햇살 속에 피어 있고
푸른 버들 꽃다운 풀은 가랑비 속에 푸르도다
칼로 말라낸[裁] 것인가 붓으로 그려낸 것인가
조물주의 신비한 공덕이 사물마다 돋보인다
수풀에 우는 새는 봄기운을 못내 겨워 소리마다 교태로다
자연과 내가 한 몸이니 흥이 이와 다를소냐
사립문 앞을 걸어 보고 정자에 앉아 보니
천천히 거닐며 시를 읊조려 산 속의 하루가 적적한데
한가한 가운데 맛보는 진정한 즐거움을 아는 이 없이 혼자로다
이봐 이웃들아 산수 구경 가자꾸나
답청일랑 오늘 하고 욕기는 내일 하세
아침에 산나물 캐고 저녁에 낚시질 하세
갓 괴어 익은 술을 갈건으로 걸러 받아 놓고
꽃나무 가지 꺾어 수 놓고 먹으리라
따뜻한 바람 건듯 불어 푸르른 물 건너오니
맑은 향기는 잔에 지고 붉은 꽃잎은 옷에 떨어진다
술독이 비었거든 나에게 아뢰어라
어린아이에게 술집에 술이 있는지를 물어
어른은 막대 짚고 아이는 술을 메고
나직이 시를 읊조리며 천천히 걸어 시냇가에 혼자 앉아
깨끗한 모래 위 맑은 물에 잔 씻어 술 부어 들고
맑은 물 굽어보니 떠내려 오는 것이 복숭아꽃이로다

무릉도원이 가깝도다 저 들이 그것인고
소나무숲 좁은 길에 진달래꽃 붙들어 들고
산봉우리에 급히 올라 구름 속에 앉아 보니
수많은 촌락들이 곳곳에 벌려 있네
아름다운 풍광은 비단을 펼쳐놓은 듯
엊그제 검은 들이 봄빛도 넉넉헐사
공명도 날 꺼리고 부귀도 날 꺼리니
청풍명월 외에 어떤 벗이 있사올꼬
청빈한 선비의 삶에 헛된 생각 아니 하네
아무러하거나 백년행락이 이만한들 어떠하리

3) 작품해설

〈상춘곡〉은 성종 1년(1470)에 정극인이 지은 가사로, 작가가 만년에 전라북도 태인에서 은거하며 후진을 양성할 때의 봄 경치를 노래한 작품이다. 그 내용은 속세를 멀리하고 자연에 몰입하여 삶을 즐기는 낙천적 태도를 담고 있다. 그는 예종 때 생원시에 급제하여 벼슬이 정언(正言)에 이르렀으나 성종 1년에 사퇴하고 태인으로 물러갔다. 고향에 은둔하여 오로지 후진을 교육하며 청렴한 생활을 즐겨 유유자적하며 여생을 보냈다. 그가 죽은 뒤 305년만인 정조 10년(1786)에 『불우헌집(不憂軒集)』이 나왔다. 『불우헌집』에는 가사 〈상춘곡〉 외에도 악장 〈불우헌가〉와 경기체가 〈불우헌곡〉이 실려 있다.

면앙정가俛仰亭歌

1) 원문

无等山무등산[103] ᄒᆞᆫ 활기[104] 뫼히[105] 동다히로[106] 버더 이셔
멀리 ᄯᅦ쳐[107] 와 霽月峯제월봉[108]이 되여거늘
無邊大野무변대야의 므슴 짐쟉 ᄒᆞ노라
일곱 구비 ᄒᆞᆫᄃᆡ 움쳐[109] 믄득믄득[110] 버럿ᄂᆞᆫ ᄃᆞᆺ[111]
가온대 구비ᄂᆞᆫ 굼긔 든[112] 늘근 뇽이
선ᄌᆞᆷ을 ᄀᆞᆺ ᄭᆡ야 머리ᄅᆞᆯ 안쳐시니[113]
너ᄅᆞ바회[114] 우ᄒᆡ 松竹송죽을 헤혀고[115]
亭子정자[116]ᄅᆞᆯ 안쳐시니 구름 ᄐᆞᆫ 靑鶴청학이

---

103) 无等山(무등산) : 전남 광주에 있는 산.
104) 활기 : 활개가.
105) 뫼히 : 산이.
106) 동다히로 : 동쪽으로.
107) ᄯᅦ쳐 : 떨치어.
108) 霽月峯(제월봉) : 전남 담양에 있는 산봉우리 이름.
109) ᄒᆞᆫᄃᆡ 움쳐 : 한데 움츠러져.
110) 믄득믄득 : 무더기무더기.
111) 버럿ᄂᆞᆫ ᄃᆞᆺ : 벌리어 있는 듯
112) 굼긔 든 : 구멍에 든.
113) 안쳐시니 : 앉혔으니.
114) 너ᄅᆞ바회 : 너럭바위
115) 헤혀고 : 헤치고.

千里천리를 가리라 두 나리 버렷ᄂᆞᆫ 듯
玉泉山옥천산 龍泉山용천산117) ᄂᆞ린 믈히
亭子정자 압 너븐 들히 兀兀올올히118) 펴진 드시
넙써든 기노라119) 프르거든 희지 마나
雙龍쌍룡이 뒤트ᄂᆞᆫ 듯 긴 깁을 치펏ᄂᆞᆫ 듯120)
어드러로 가노라 므ᄉᆞᆷ 일 비얏바121)
ᄃᆞᆺᄂᆞᆫ 듯 ᄯᆞ로ᄂᆞᆫ 듯 밤ᄂᆞᆽ즈로 흐르ᄂᆞᆫ 듯
므 조친122) 沙汀사정123)은 눈ᄀᆞ치 펴젓거든
어즈러은 기럭기ᄂᆞᆫ 므스 거슬 어르노라
안즈락 ᄂᆞ리락 모드락 흣트락
蘆花노화을 사이 두고 우러곰 좃니ᄂᆞᆫ뇨124)
너븐 길 밧기오 진 하ᄂᆞᆯ125) 아리 두르고
ᄭᅩ존 거슨 모힌가126) 屛風병풍인가 그림가 아닌가
노픈 듯 ᄂᆞ즌 듯 긋ᄂᆞᆫ 듯127) ᄂᆞᆺᄂᆞᆫ 듯

---

116) 亭子(정자) : 곧 면앙정(俛仰亭)을 이름.
117) 玉泉山(옥천산) 龍泉山(용천산) : 모두 담양 동쪽에 있는 산 이름들.
118) 兀兀(올올)히 : 까딱도 않고 똑바로 앉아.
119) 기노라 : 여기서는 '기디 마나', 곧 '길지 말거나'의 뜻으로 보아야 함.
120) 치펏ᄂᆞᆫ 듯 : 쫙 펼쳐놓은 듯.
121) 비얏바 : 바빠.
122) 므 조친 : 물에 딸린. 물을 좇은.
123) 沙汀(사정) : 모래톱. 백사장.
124) 좃니ᄂᆞᆫ뇨 : 좇아다니느냐.
125) 진 하ᄂᆞᆯ : 긴 하늘[長天].
126) 모힌가 : 산인가.
127) 긋ᄂᆞᆫ 듯 : 끊어지는 듯.

숨거니 뵈거니 가거니 머물거니
어즈러온 가온ᄃᆡ 일홈ᄂᆞᆫ 양ᄒᆞ야[128)]
하놀도 젓치 아녀[129)] 웃독이 셧는 거시
秋月山추월산[130)] 머리 짓고
龍龜山용귀산 夢仙山몽선산 佛臺山불대산 魚登山어등산
湧珍山용진산 錦城山금성산[131)]이 虛空허공에 버러거든[132)]
遠近蒼崖원근창애[133)]의 머믄 것도 하도 할샤
흰구름 브흰[134)] 煙霞연하[135)] 프르니ᄂᆞᆫ 山嵐산람[136)]이라
千巖萬壑천암만학[137)]을 제 집을 삼아 두고
나명성 들명셩[138)] 일히도 구ᄂᆞᆫ지고[139)]
오르거니 ᄂᆞ리거니 長空장공의 ᄯᅥ나거니
廣野광야로 거너거니 프르락 불그락 여토락 지트락
斜陽사양과 서거지어[140)] 細雨세우조ᄎᆞ ᄲᅮ리ᄂᆞᆫ다

128) 일홈ᄂᆞᆫ 양ᄒᆞ야 : 이름난 듯하여.
129) 젓치 아녀 : 두려워하지 아니하여.
130) 秋月山(추월산) : 담양에 있는 산 이름.
131) 龍龜山(용귀산) 夢仙山(몽선산) 佛臺山(불대산) 魚登山(어등산) 湧珍山(용진산) 錦城山(금성산) : 담양에 있는 산 이름들.
132) 버러거든 : 벌여 있거든. 늘어서 있거든.
133) 遠近蒼崖(원근창애) : 멀리 또 가까이 있는 푸른 절벽.
134) 브흰 : 뿌연.
135) 煙霞(연하) : 안개와 놀. 고요한 산수의 경치를 비유하는 말.
136) 山嵐(산람) : 산에서 피어나는 아지랑이 같은 기운.
137) 千巖萬壑(천암만학) : 수많은 바위와 골짜기.
138) 나명성 들명셩 : 나면서 들면서.
139) 일히도 구ᄂᆞᆫ지고 : 이리도 구는지고.
140) 서거지어 : 섞어져. 더불어.

藍輿남여[141]를 빈야 트고[142]

솔 아릭 구븐 길노 오며가며 ᄒᆞ는 적의

綠楊녹양[143]의 우는 黃鶯황앵[144] 嬌態교태 겨워 ᄒᆞ는괴야

나모 새[145] ᄌᆞᄌᆞ지어[146] 樹陰수음[147]이 얼린 적의[148]

百尺欄干백척난간의 긴 조으름 내여 펴니

水面凉風수면양풍[149]이야 긋칠 줄 모르는가

즌서리[150] 빠진 후의 산(山)빗치 금슈로다

黃雲황운[151]은 쏘 엇지 萬頃만경[152]의 편거지요[153]

漁笛어적[154]도 흥을 계워 돌롤 ᄯᆞ라 브니는다[155]

草木초목 다 진 후의 江山강산이 믹몰커늘

造物조물리 헌ᄉᆞᄒᆞ야[156] 氷雪빙설노 ᄭᅮ며내니

---

141) 藍輿(남여) : 의자 비슷하고 위를 덮지 않은 작은 가마.

142) 빈야 트고 : 재촉하여 타고.

143) 綠楊(녹양) : 푸르게 우거진 버드나무.

144) 黃鶯(황앵) : 꾀꼬리.

145) 나모 새 : 나무 사이.

146) ᄌᆞᄌᆞ지어 : 우거져.

147) 樹陰(수음) : 나무의 짙은 녹음(綠陰).

148) 얼린 적의 : 엉긴 때에.

149) 水面凉風(수면양풍) : 물 위에 불어오는 서늘한 바람.

150) 즌서리 : 된서리.

151) 黃雲(황운) : 넓은 들판에 누렇게 익은 벼를 비유적으로 이르는 말.

152) 萬頃(만경) : 지면이나 수면이 훨씬 너른 것을 일컬음.

153) 편거지요 : 퍼져 있는고.

154) 漁笛(어적) : 고기잡이 하며 부는 피리 소리.

155) 브니는다 : 부는가.

156) 헌ᄉᆞᄒᆞ야 : 야단스러워.

瓊宮瑤臺경궁요대[157]와 玉海銀山옥해은산[158]이 眼底안저에 버러셰라
乾坤건곤도 가ᄋᆞᆷ열샤[159] 간 대마다 경이로다
人間인간을 ᄯᅥ나와도 내 몸이 겨를 업다
니것도 보려 ᄒᆞ고 져것도 드르려코
ᄇᆞ람도 혀려[160] ᄒᆞ고 ᄃᆞᆯ도 마즈려코
ᄇᆞᆷ으란 언제 줍고 고기란 언제 낙고
柴扉시비란 뉘 다드며 딘 곳츠란[161] 뉘 쓸려료
아ᄎᆞᆷ이 낫브거니[162] 나조ᄒᆡ라[163] 슬흘소냐
오ᄂᆞᆯ리 不足부족거니 來日내일리라 有餘유여ᄒᆞ랴
이 뫼ᄒᆡ 안ᄌᆞ 보고 져 뫼ᄒᆡ 거러 보니
煩勞번로[164]ᄒᆞᆫ ᄆᆞᄋᆞᆷ의 ᄇᆞ릴 일리 아조 업다
쉴 ᄉᆞ이 업거든 길히나 젼ᄒᆞ리야
다만 ᄒᆞᆫ 靑藜杖(청려장)[165]이 다 뫼되여[166] 가노ᄆᆡ라
술리 닉어거니 벗지라 업슬소냐
블니며[167] ᄐᆞ이며[168] 혀이며[169] 이아며[170]

---

157) 瓊宮瑤臺(경궁요대) : 아름다운 구슬로 꾸민 궁궐과 대.

158) 玉海銀山(옥해은산) : 옥빛 바다와 은빛 산.

159) 가ᄋᆞᆷ열샤 : 풍성하구나.

160) 혀려 : 끌어당기려.

161) 딘 곳츠란 : 떨어진 꽃은.

162) 낫브거니 : 모자라니.

163) 나조ᄒᆡ라 : 저녁이라고.

164) 煩勞(번로) : 일이 번거로워 괴롭고 고됨.

165) 靑藜杖(청려장) : 명아주대로 만든 지팡이.

166) 뫼되여 : 무디어.

167) 블니며 : (노래를) 부르게 하며.

온가짓 소ᄅᆡ로 醉興취흥을 ᄇᆡ야거니
근심이라 이시며 시름이라 브터시랴
누으락 안즈락 구부락 져츠락
을프락 ᄑᆞ람ᄒᆞ락[171] 노혜로[172] 노거니
天地천지도 넙고 넙고 日月일월도 ᄒᆞᆫ가ᄒᆞ다
羲皇희황[173]을 모을너니 니 적이야[174] 긔로괴야[175]
神仙신선이 엇더턴지 이 몸이야 긔로고야
강산풍월(江山風月) 거늘리고 내 百年백년을 다 누리면
岳陽樓악양루[176] 上상의 李太白이태백이 사라오다
浩蕩情懷호탕정회[177]야 이예셔[178] 더홀소냐
이 몸이 이렁굼도[179] 亦君恩역군은이샷다

—송순(1493-1582) · 『잡가』(필사본)

---

168) ᄐᆞ이며 : (거문고 등을) 타게 하며.
169) 혀이며 : (해금 등을) 켜게 하며.
170) 이아며 : (방울 등을) 흔들게 하며.
171) ᄑᆞ람ᄒᆞ락 : 휘파람을 불기도 하고.
172) 노혜로 : 마음대로. 거리낌 없이.
173) 羲皇(희황) : 중국 상고시대의 제왕인 복희씨(伏羲氏).
174) 니 적이야 : 이때야말로.
175) 긔로괴야 : 그것이로구나.
176) 岳陽樓(악양루) : 중국 악양에 있는 누각.
177) 浩蕩情懷(호탕정회) : 호탕한 정서와 회포.
178) 이예셔 : 이보다.
179) 이렁굼도 : 이렇게 지내는 것도.

2) 현대어역

무등산 한 지맥이 동쪽으로 뻗어 있어
멀리 떨쳐 와 제월봉이 되었거늘
끝없이 넓은 벌판에 무슨 생각 하느라고
일곱 굽이 한데 움츠려 무더기무더기 벌여 놓은 듯
가운데 굽이는 구멍에 든 늙은 용이
선잠을 갓 깨어 머리를 앉혀 놓은 듯하니
너럭바위 위에 소나무 대나무를 헤치고
정자를 앉혔으니 구름 탄 청학이
천리를 가리라 두 날개 벌렸는 듯
옥천산 용천산에서 흘러내린 물이
정자 앞 넓은 들에 끝없이 퍼진 듯이
넓거든 길지 마라 푸르거든 희지 마라
쌍룡이 뒤트는 듯 긴 비단 펼쳐놓은 듯
어디로 가느라고 무슨 일이 바빠서
달리는 듯 따르는 듯 밤낮으로 흐르는 듯
물 따라 펼쳐진 백사장은 눈같이 펼쳐져 있는데
어지러운 기러기는 무엇을 어르느라
앉았다 날았다 모였다 흩어졌다
갈대꽃을 사이에 두고 울면서 좇니냐뇨
넓은 길 밖이요 긴 하늘 아래 두르고
꽂은 것은 산인가 병풍인가 그림인가 아닌가
높은 듯 낮은 듯 끊어지는 듯 이어지는 듯
숨거니 보이거니 가거니 머물거니

어지러운 가운데 이름난 듯하여
하늘도 두려워하지 않아 우뚝하게 서 있는 것이
추월산이 머리를 이루고
용귀산 몽선산 불대산 어등산
용진산 금성산이 허공에 늘어서 있거든
멀리 가까이 있는 푸른 절벽에 머문 것도 많기도 하구나
흰 구름, 뿌연 안개와 놀, 푸른 것은 산아지랑이라
수많은 바위와 골짜기를 제 집으로 삼아 두고
나면서 들면서 이리도 구는지고
오르거니 내리거니 공중으로 떠나거니
광야로 건너거니 푸르락 붉으락 옅기도 하고 짙기도 하고
석양과 섞여 가랑비조차 뿌리는가
남여를 재촉해 타고
솔 아래 굽은 길로 오며가며 하는 때에
푸른 버드나무에서 우는 꾀꼬리는 교태 겨워 하는구나
나무 사이 우거져 녹음이 짙어진 때에
백척 난간에 긴 졸음 내여 펴니
물 위에 서늘한 바람이야 그칠 줄 모르는가
된서리 걷힌 후에 산빛이 수놓은 비단이로다
누렇게 익은 곡식은 또 어찌 넓은 들에 퍼져 있는고
고기잡이 하며 부는 피리 소리도 흥에 겨워 달을 따라 부는가
초목이 다 떨어진 후에 강산이 묻혀 있거늘
조물주가 야단스러워 얼음과 눈으로 꾸며 내니
경궁요대와 옥해은산 같은 설경이 눈 아래 펼쳐져 있구나
하늘과 땅도 풍성하구나 가는 데마다 아름다운 경치로다

인간세상을 떠나와도 내 몸이 한가로울 겨를 없다
이것도 보려 하고 저것도 들으려 하고
바람도 끌어당기려 하고 달도 맞으려 하고
밤일랑 언제 줍고 고기는 언제 낚고
사립문은 뉘 닫으며 꽃일랑 뉘 쓸려뇨
아침이 모자라니 저녁이라 싫을쏘냐
오늘이 부족하거니 내일이라 넉넉하랴
이 산에 앉아 보고 저 산에 걸어 보니
번거로운 마음에 버릴 일이 전혀 없다
쉴 사이도 없는데 길이나마 전할 틈이 있으랴
다만 한 청려장이 다 무디어져 가는구나
술이 익었거니 벗이 없을쏘냐
부르게 하며 타게 하며 켜게 하며 흔들게 하며
온갖 소리로 취흥을 재촉하니
근심이라 있으며 시름이라 붙었으랴
누웠다가 앉았다가 구부렸다가 젖혔다가
읊었다가 휘파람 불었다가 마음 놓고 노니
천지도 넓고 넓으며 세월도 한가하다
복희씨 적 태평성대를 모르더니 지금이야말로 그때로구나
신선이 어떠하던지 이 몸이야말로 그로구나
강산풍월 거느리고 내 평생을 다 누리면
악양루 위의 이태백이 살아온다 한들
호탕한 회포야 이보다 더할쏘냐
이 몸이 이렇게 지내는 것도 역시 임금의 은혜이시도다

3) 작품해설

〈면앙정가〉는 송순이 중종 28년(1533)에 고향인 전라도 담양 기촌에 면앙정(俛仰亭)을 짓고, 그곳 산수의 아름다움과 그에 몰입하여 즐기는 감흥을 노래한 작품이다. 이는 정극인의 〈상춘곡〉에서 영향을 받았으며, 훗날 정철의 〈성산별곡〉에 영향을 끼치기도 하였다. 또한 이 작품의 한역가가 『기촌집』에 실려 있다. 송순은 벼슬이 우참찬(右參贊)에 이르렀으나, 만년에는 담양에 은거하여 제월봉 밑에 면앙정을 짓고 여생을 시가문학에 정진하였다. 이러한 가풍은 이황·정철 등에 영향을 미쳤다. 문집으로 『면앙정집』이 있고, 가사 〈면앙정가〉와 시조 20여 수를 남겼다.

관서별곡 關西別曲

1) 원문

關西관서[180] 名勝地명승지예 王命왕명으로 보ᄂᆡ실ᄉᆡ
行裝행장[181]을 다사리니 칼 ᄒᆞᆫ ᄂᆞ뿐이로다
延詔門연조문[182] ᄂᆡ달아 모화 고ᄀᆡ[183] 너머드니
歸心귀심[184]이 ᄲᆞ르거니 故鄕고향을 思念사념ᄒᆞ랴
碧蹄벽제에 말 가라 臨津임진에 ᄇᆡ 건너 天水院천수원[185] 도라드니
松京송경[186]은 故國고국이라 滿月臺만월대[187]도 보기 슬타
黃岡황강은 戰場전장이라 荊棘형극[188]이 지엇도다
山日산일[189]이 半斜반사[190]컨을 歸鞭귀편[191]을 다시 ᄲᅡ와[192] 九硯

---

180) 關西(관서) : 평안도 지방.

181) 行裝(행장) : 여행할 때 쓰는 물건과 차림.

182) 延詔門(연조문) : 서울 서대문 밖에 있던, 중국 사신을 맞아들였던 문.

183) 모화(慕華) 고ᄀᆡ : 모화관(慕華館)이 서 있던 곳.

184) 歸心(귀심) : 여기서는 '임지로 가고픈 마음'의 의미.

185) 天水院(천수원) : 천수원(天壽院)의 오기인 듯. 개성 동편 천수사(天壽寺)의 옛터에 세운 여각(旅閣). 여각은 조선 후기에 연안 포구에서 장사치의 물품 매매를 거간하고 그들을 치던 영업집으로, 주로 해산물을 다루었음.

186) 松京(송경) : 개성.

187) 滿月臺(만월대) : 고려 왕궁에 던 누대. 연경궁(延慶宮) 정전 앞 섬돌에 있음.

188) 荊棘(형극) : 나무의 온갖 가시.

189) 山日(산일) : 산중에 뜬 해.

190) 半斜(반사) : 반쯤 기움.

구현[193]을 너머드니

生陽館생양관[194] 기슭에 버들조차 프르럿다

感松亭감송정[195] 도라드러 大同江대동강 ᄇᆞ라보니

十里波光십리파광[196]과 萬重烟柳만중연류[197]는 上下상하의 어릐엿다

春風춘풍이 헌ᄉᆞᄒᆞ야 畵船화선[198]을 빗기 보니

綠衣紅裳녹의홍상[199] 빗기 안자 纖纖玉手섬섬옥수[200]로 綠綺琴녹기금[201] 니ᄋᆡ며[202]

皓齒丹唇호치단순[203]으로 采蓮曲채련곡[204] ᄇᆞᄅᆞ니

太乙眞人태을진인[205]이 蓮葉舟연엽주[206] ᄐᆞ고 玉河水옥하수[207]로 ᄂᆞ리는 ᄃᆞᆺ

---

191) 歸鞭(귀편) : 여기서는 '부임지로 빨리 가자고 말에게 가하는 채찍'의 의미.

192) ᄈᆡ와 : 뽑아.

193) 九硯(구현) : 구현(驅峴)의 오기인 듯. 구현원(驅峴院)은 신구 감사가 교대하는 곳.

194) 生陽館(생양관) : 중화군 서쪽 생양역에 있던 공관.

195) 感松亭(감송정) : 평양부 남쪽 십일리에 있던 여각으로 곁에 수십 주의 소나무가 있음.

196) 十里波光(십리파광) : 널리 퍼진 강물결의 비유.

197) 萬重烟柳(만중연류) : 안개 사이로 버드나무가 겹겹이 쌓인 모습의 비유.

198) 畵船(화선) : 그림처럼 아름다운 배의 비유.

199) 綠衣紅裳(녹의홍상) : 연두저고리에 다홍치마. 곧 젊은 여자의 곱게 치장한 옷차림.

200) 纖纖玉手(섬섬옥수) : 가냘프고 고운 여자의 손.

201) 綠綺琴(녹기금) : 한(漢) 나라 사마상여가 타던 거문고의 이름.

202) 니ᄋᆡ며 : 잇게 하며. 계속하게 하며.

203) 皓齒丹唇(호치단순) : 희고 깨끗한 이와 붉은 입술. 미인을 형용하는 말.

204) 采蓮曲(채련곡) : 중국 양나라 때 강남에서 유래한 악곡의 이름.

205) 太乙眞人(태을진인) : 천상에 있다는 신선.

206) 蓮葉舟(연엽주) : 연잎 모양의 아름다운 배.

207) 玉河水(옥하수) : 옥빛의 아름다운 강.

셜미라 王事靡盬왕사미고208) 흔돌 風景풍경에 어이ᄒᆞ리
練光亭연광정209) 도라드러 浮碧樓부벽루210)에 올나가니
綾羅島능라도 芳草방초211)와 錦繡山금수산 烟花연화212)는 봄비슬 쟈랑ᄒᆞᆫ다
千年箕壤천년기양213)의 太平文物태평문물은 어제론 닷 ᄒᆞ다마는
風月樓풍월루214)에 꿈 ᄭᅵ여 七星門칠성문215) 도라드니
細馬馱세마태216) 紅衣홍의예 客興객흥217)이 엇더ᄒᆞ뇨
樓臺누대218)도 만ᄒᆞ고 山水산수도 하건마는
百祥樓백상루219)에 올나안즈 晴川江청천강 ᄇᆞ라보니
三叉形勢삼차형세220)난 壯장홈도 가이없다
ᄒᆞ믈며 決勝亭결승정221) ᄂᆞ려와 鐵甕城철옹성222) 도라드니

---

208) 王事靡盬(왕사미고) : 임금을 위하여 하는 나랏일을 소홀히 아니함.
209) 練光亭(연광정) : 평양의 덕암 위에 있는 정자.
210) 浮碧樓(부벽루) : 평양 대동강변 을밀대(乙密臺) 아래 있는 누각.
211) 芳草(방초) : 꽃다운 풀. 향기로운 풀.
212) 烟花(연화) : 봄날 아지랑이 속에 아름답게 핀 꽃.
213) 千年箕壤(천년기양) : 기자조선의 평양도읍설을 말한 듯.
214) 風月樓(풍월루) : 평양 부내에 있는 누각.
215) 七星門(칠성문) : 평양 내성의 북문.
216) 細馬馱(세마태) : 짐 실어 나르는 작은 말.
217) 客興(객흥) : 나그네의 흥.
218) 樓臺(누대) : 누각과 대.
219) 百祥樓(백상루) : 안주 살수(薩水) 가에 있는 정자.
220) 三叉形勢(삼차형세) : 세 갈래로 갈라진 물의 형세.
221) 決勝亭(결승정) : 영변 남쪽 부근에 있는 정자.
222) 鐵甕城(철옹성) : 함경도 맹산에 있는 산성. 물샐 틈 없는 방비를 일컫는 말로도 쓰임.

連雲粉堞연운분첩[223]은 百里백리에 버려 잇고

天設重崗천설중강[224]은 四面에 빗겻도다

四方巨陣사방거진[225]과 一國雄觀일국웅관[226]이 八道팔도의 爲頭위두[227]로다

梨園이원의 쏫 피고 杜鵑花두견화[228] 못다 진 제

營中영중이 無事무사커늘 山水산수를 보랴ᄒᆞ야

藥山약산 東臺동대에 술을 실고 올나가니

眼底雲天안저운천[229]이 一望일망에 無際무제[230]로다

白頭山백두산 ᄂᆞ린 물이 香爐峯향로봉[231] 감도라

千里천리를 빗기 흘너 臺대 압프로 지ᄂᆡ가니

盤回屈曲반회굴곡[232]ᄒᆞ야 老龍노룡이 ᄶᅩ리치고 海門해문으로 드난 듯

形勝형승도 ᄀᆞ이업다 風景풍경인달 안니 보랴

綽約仙娥작약선아[233]와 嬋姸玉鬢선연옥빈[234]이

雲綿端粧운금단장[235]ᄒᆞ고 左右좌우에 버려 이셔

---

223) 連雲粉堞(연운분첩) : 구름에 닿을 듯한 높은 성에 위장을 위해 낮게 쌓은 담.

224) 天設重崗(천설중강) : 하늘이 만들어 놓은 듯 겹친 산등성이.

225) 四方巨陣(사방거진) : 사방으로 펼쳐진 거대한 진영.

226) 一國雄觀(일국웅관) : 한 나라의 웅장한 경관.

227) 爲頭(위두) : 으뜸이 됨.

228) 杜鵑花(두견화) : 진달래꽃.

229) 眼底雲天(안저운천) : 눈 아래 펼쳐진 구름.

230) 無際(무제) : 끝이 없음.

231) 香爐峯(향로봉) : 평안북도 영원과 함경북도 정평 사이 낭림산맥에 딸린 산.

232) 盤回屈曲(반회굴곡) : 굽이굽이 돌아나감.

233) 綽約仙娥(작약선아) : 가냘프고 맵시 있는 선녀.

234) 嬋姸玉鬢(선연옥빈) : 아름다운 맵시와 윤이 나는 머리카락.

거믄고 伽倻鼓가야고236) 鳳笙龍管봉생용관237)을
부ᄅᆞ거니 니애거니238) ᄒᆞᄂᆞᆫ 양은
周穆王주목왕239) 瑤臺上요대상240)의 西王母서왕모241) 만나 白雲曲백운곡242) 브르난 ᄃᆞᆺ
西山서산에 ᄒᆡ 지고 東嶺동령의 달을 안고
綠鬢雲鬟녹빈운환243)이 半含嬌態반함교태244) ᄒᆞ고 盞잔 밧드ᄂᆞᆫ 양은
洛浦仙女낙포선녀245) 陽臺양대246)에 ᄂᆡ려와 楚王초왕을 놀ᄂᆡᄂᆞᆫ 닷
이 景경도 됴커니와 遠慮원려247)인돌 이즐쇼냐
甘棠召伯감당소백248)과 細柳將軍세류장군249)이

---

235) 雲綿端粧(운금단장) : 아름다운 비단 옷으로 성장함.

236) 伽倻鼓(가야고) : 가야금.

237) 鳳笙龍管(봉생용관) : 봉황이 조각된 생황과 용이 조각된 피리.

238) 니애거니 : 잇거니.

239) 周穆王(주목왕) : 주(周) 나라 5대 왕으로 서왕모를 만나 즐기다 돌아오기를 잊었다는 고사가 있음.

240) 瑤臺(요대) : 요지(瑤池)의 오기인 듯. 주목왕이 서왕모를 만났다 하는 곳.

241) 西王母(서왕모) : 곤륜산(崑崙山)에 거주한다는 선녀로 주목왕이 요지연에서 서왕모를 만나 잔치하였다는 고사가 있음.

242) 白雲曲(백운곡) : 거문고 곡조의 하나로 백설곡(白雪曲)의 오기인 듯.

243) 綠鬢雲鬟(녹빈운환) : 젊은 여성의 새까만 귀밑머리로 아리따운 여성을 형용하는 말.

244) 半含嬌態(반함교태) : 교태를 반쯤 머금음.

245) 洛浦仙女(낙포선녀) : 낙포의 선녀인 복비(宓妃)를 말함. 낙포는 중국 낙수(洛水) 가의 땅 이름이며 복비는 복희씨의 딸로 낙수에 빠져 죽은 뒤 낙수의 신이 되었다고 함.

246) 陽臺(양대) : 초나라 양왕(懷王)이 무산(巫山) 선녀를 만났다는 곳. 헤어질 무렵 무산의 남녘 고구(高丘)의 언덕에 아침에는 구름이 되고 저녁에는 비가 되어 나타나고 하여, 양대로 부른다 함.

247) 遠慮(원려) : 앞으로 올 일을 헤아리는 깊은 생각.

一時일시예 同行동행ᄒᆞ야 江邊강변으로 巡下순하[250] ᄒᆞ니
煌煌玉節황황옥절[251]과 偃蹇龍旗언건용기[252]는
長天장천[253]을 빗기 지나 碧山벽산[254]을 썰쳐 간다
都南도남을 너머 드러 비고기 올나 안자
雪寒설한지 뒤에 두고 長白山장백산 구버보니
重岡複關중강복관[255]은 갈쇼록 어렵도다
百二重關백이중관[256]과 千里劍閣천리검각[257]도 이럿텃 ᄒᆞ던고
八萬貔貅팔만비휴[258]는 啓道前行계도전행[259]ᄒᆞ고
三千鐵騎삼천철기[260]는 擁後奔騰옹후분등[261]ᄒᆞ니

---

248) 甘棠召伯(감당소백) : 주나라 소백(召伯)이 백성들에게 폐를 끼치지 않기 위해 촌락을 순행할 때 작은 감당나무 밑에서 쉬었다 함. 백성들이 그의 덕을 흠모하여 부른 〈甘棠(감당)〉이 『시경(詩經)』에 전함.

249) 細柳將軍(세류장군) : 한나라 장군 주아부(周亞夫)가 세류(細柳) 지방에 진을 쳤을 때 군기를 엄하게 다스려 존경을 받았음.

250) 巡下(순하) : 돌아 내려감.

251) 煌煌玉節(황황옥절) : 빛나는 옥절. 옥절은 관직을 제수할 때 받던 증표.

252) 偃蹇龍旗(언건용기) : 펄펄 날리는 장군의 깃발.

253) 長天(장천) : 멀고도 넓은 하늘.

254) 碧山(벽산) : 청산(靑山).

255) 重岡複關(중강복관) : 거듭되는 산등성이와 겹겹의 관문.

256) 百二重關(백이중관) : 백두 개의 관문.

257) 千里劍閣(천리검각) : 중국의 장안(長安)에서 촉(蜀)에 들어가려면 대검(大劍), 소검(小劍) 두 산을 거쳐야 하는데, 천연의 요새로 각도와 상통하기에 검각이라 불렀다 함.

258) 八萬貔貅(팔만비휴) : 많은 용맹한 병사. 병사의 깃발에 맹수의 형상을 그려 넣어 세워놓은 데서 유래함.

259) 啓道前行(계도전행) : 길을 열어 앞으로 나아감.

260) 三千鐵騎(삼천철기) : 많은 철갑 기병.

261) 擁後奔騰(옹후분등) : 뒤에서 옹위하며 달려 오름.

胡人部落호인부락[262]이 望風投降망풍투항[263]ᄒᆞ야
白頭山백두산 나린 물의 一陣일진도 업도다
長江장강이 天塹천참[264]인달 地利지리[265]로 혼쟈 ᄒᆞ며
士馬精强사마정강[266]ᄒᆞᆫ들 人和인화 업시 ᄒᆞ올쇼냐
時平無事시평무사[267]홈도 聖人之化성인지화[268]로다
韶華소화[269]도 슈이 가고 山水산수도 閒暇한가홀 제
아니 놀고 어이홀리
受降亭수항정[270]의 비 ᄶᅵᆷ여 鴨綠江압록강 ᄂᆞ리져어
連江列鎭연강열진[271]은 창긔[272] 버듯 ᄒᆞ엿거늘
胡地山川호지산천[273]을 歷歷역력히 지ᄂᆡ 보니
皇城황성[274]은 언제 ᄡᅡ여 皇帝墓황제묘[275]는 뉘 무덤고
感古興懷감고흥회[276]ᄒᆞ야 盞잔 고쳐 부어라

---

262) 胡人部落(호인부락) : 오랑캐 마을.
263) 望風投降(망풍투항) : 높은 명망을 우러러 항복해 옴.
264) 天塹(천참) : 천연요새.
265) 地利(지리) : 지형상의 이점.
266) 士馬精强(사마정강) : 군사와 병마가 정예로 강함.
267) 時平無事(시평무사) : 시절이 평안하고 무사함.
268) 聖人之化(성인지화) : 성인의 교화.
269) 韶華(소화) : 빛나는 젊은 시절.
270) 受降亭(수항정) : 함경북도 갑산(甲山) 도호부(都護府) 객관(客館) 북녘에 있는 정자.
271) 連江列鎭(연강열진) : 강에 잇달아 나열된 진.
272) 창긔(槍旗) : 창과 깃발.
273) 胡地山川(호지산천) : 오랑캐 땅의 산하.
274) 皇城(황성) : 금(金) 나라가 도읍했다고 하는 황성평(皇城坪)을 가리키는 듯.
275) 皇帝墓(황제묘) : 금(金) 나라 황제의 묘로 알려져 있으며 황성에 있음.

琵琶串비파곶 ᄂᆞ리저어 坡渚江파저강 건너가니
層巖絶壁층암절벽 보기도 죠토다
九龍구룡쇼의 ᄇᆡ를 ᄆᆡ고 統軍亭통군정[277]의 올나가니
臺隍대황[278]은 壯麗장려[279] ᄒᆞ야 枕夷夏之交침이하지교[280]로다
帝鄕제향[281]이 어ᄃᆡᄆᆡ오 鳳凰城봉황성 갓갑도다
歸西귀서[282] ᄒᆞ리 이시면 好音호음[283]이ᄂᆞ 보니고져
千盃천배에 大醉대취ᄒᆞ야 舞袖무수[284]를 썰치니
薄暮寒天박모한천[285]의 鼓笛聲고적성[286]이 지지괸다
天高地廻천고지회[287] ᄒᆞ고 興盡悲來흥진비래[288] ᄒᆞ니 이 ᄯᅡ히 어ᄃᆡᄆᆡ오
思親客淚사친객루[289]ᄂᆞᆫ 절로 흘러 모로ᄆᆡ라

---

276) 感古興懷(감고흥회) : 옛날을 생각하니 감회가 일어남.

277) 統軍亭(통군정) : 의주에 있는 정자.

278) 臺隍(대황) : 높은 집과 해자(垓字). 해자는 능(陵)·원(園)·묘(墓) 등의 경계나 성 밖으로 둘러 판 못.

279) 壯麗(장려) : 웅장하고 화려함.

280) 枕夷夏之交(침이하지교) : 오랑캐와 중국의 교류를 가로막음. 곧 우리와 중국의 외교를 방해하였다는 의미를 담고 있음.

281) 帝鄕(제향) : 황제가 있는 곳.

282) 歸西(귀서) : 중국으로 돌아감.

283) 好音(호음) : 좋은 소식.

284) 舞袖(무수) : 옷소매를 춤추듯이 휘저음.

285) 薄暮寒天(박모한천) : 해질 녘의 추운 날씨.

286) 鼓笛聲(고적성) : 북과 피리 소리.

287) 天高地廻(천고지회) : 하늘이 높고 땅은 돈다는 뜻으로, 천지가 순리대로 운행함을 가리키는 말.

288) 興盡悲來(흥진비래) : 즐거움이 다하면 슬픔이 닥쳐온다는 뜻으로, 세상일이 돌고 돌아 순환됨을 가리키는 말.

289) 思親客淚(사친객루) : 어버이 그리워 흘리는 나그네 눈물.

西邊서변[290]을 다 보고 返旆還營반패환영[291] ᄒᆞ니
丈夫胸襟(장부흉금[292])이 져그나 ᄒᆞ리로다
셜미라 華表柱화표주 千年鶴천년학[293]인들 날가타니 또 보안난다
어늬제 形勝형승[294]을 記錄기록ᄒᆞ야 九重天구중천[295]의 ᄉᆞ로료
未久上達天門미구상달천문[296] ᄒᆞ리라

— 백광홍(1522-1556) · 『기봉집』(목판본)

2) 현대어역

관서 명승지에 왕명으로 보내실새
행장을 다스리니 칼 하나뿐이로다
연조문 내달아 모화고개 넘어드니
임지에 가고픈 맘 바쁘니 고향을 생각하랴
벽제에서 말을 갈아 임진에서 배를 건너 천수원 돌아드니
송경은 옛나라라 만월대도 보기 싫다
황강은 전쟁터라 가시덤불 우거졌다
산중 해가 반쯤 기울거늘 말채찍 다시 뽑아 구현을 넘어드니

---

290) 西邊(서변) : 평안도의 서쪽이니, 여기서는 만주 땅을 지칭함.
291) 返旆還營(반패환영) : 깃발을 되돌려 감영에 돌아옴.
292) 丈夫胸襟(장부흉금) : 대장부의 품은 뜻.
293) 華表柱(화표주) 千年鶴(천년학) : 요동의 정영위(丁令威)가 영허산(靈虛山)에서 선도를 배워 학이 되어 천년 만에 돌아와 화표문에 앉았다는 고사에서 유래한 말로 신선의 경지를 비유하는 말.
294) 形勝(형승) : 빼어난 풍경.
295) 九重天(구중천) : 임금 계신 곳.
296) 未久上達天門(미구상달천문) : 오래지 않아 임금님께 여쭈어 알게 함.

생양관 기슭에 버들마저 푸르렀다
감송정 돌아들어 대동강 바라보니
널리 퍼진 강물결 안개 사이 버드나무는 상하에 어리었다
봄바람 불어와 배 풍경 비껴 보니
젊은 기녀 비껴 앉아 고운 손으로 거문고 이어 타며
고운 자태로 채련곡 부르니
신선이 연잎 배 타고 옥하수로 내려온 듯
설마 나랏일에 바쁜들 좋은 풍경 어이하리
연광정 돌아들어 부벽루에 올라가니
능라도 방초와 금수산 연화는 봄빛을 자랑한다
기자조선의 태평문물은 어제인 듯 하다마는
풍월루에 꿈 깨어 칠성문 돌아드니
작은 말에 붉은 옷 나그네 흥 어떠하뇨
누대도 많이 있고 산수도 많건마는
백상루에 올라앉아 청천강 바라보니
세 갈래 물의 형세 장함도 끝이 없다
하물며 결승정 내려와 철옹성 돌아드니
구름 담장 성벽은 백리에 펼쳐 있고
겹겹 산등성이는 사면에 비꼈구나
사방의 진영과 일국의 경관이 팔도의 으뜸이로다
배밭에 꽃 피고 진달래 못다 진 때
영중이 무사커늘 산수를 보려하여
약산 동대에 술을 싣고 올라가니
눈 아래 구름이 바라봐도 끝이 없다
백두산 내린 물이 향로봉 감돌아

천리를 비껴 흘러 대 앞으로 지나가니
굽이굽이 돌아나가 늙은 용이 꼬리치고 바닷길로 드는 듯
풍광도 끝이 없다 풍경인들 아니 보랴
아리따운 선녀가
비단옷 단장하고 좌우에 펼쳐 있어
거문고 가야금 생황 피리를
불거니 잇거니 하는 양은
주목왕 요지에서 서왕모 만나 백운곡 부르는 듯
서산에 해 지고 동령에 달 오르고,
미인이 교태를 머금고 잔 받드는 양은
낙포선녀 양대에 내려와 초왕을 놀라게 하는 듯
이 경치도 좋거니와 생각인들 잊을쏘냐
소백 같고 주아부 같은 훌륭한 관리가
일시에 동행하여 강변으로 돌아가니
빛나는 옥절과 드날리는 깃발은
장천을 비껴 지나 청산을 떨쳐 간다
도남을 넘어 들어 배고개 올라 앉아
설한재 뒤에 두고 장백산 굽어보니
산등성이 관문은 갈수록 어렵도다
백이 중문과 천리 검각도 이렇듯 하였던고
많은 용사들은 앞으로 전진하고
철갑 기병들은 뒤에서 호위하니
오랑캐 마을이 명망 듣고 투항하여
백두산 내린 물에 일진도 없도다
장강이 요새인들 지리로 혼자 하며

군사 병마 강성한들 인화 없이 하올쏘냐
시절이 평안함도 성인의 교화로다
젊은 시절 쉬이 가고 산수도 한가할 때
아니 놀고 어이하리
수항정에 배 꾸며 압록강 내리저어
강에 늘어선 진은 창과 깃발 벌인 듯 하였거늘
오랑캐 땅 산하를 역력히 지나 보니
황성은 언제 쌓여 황제 묘는 뉘 무덤인고
감고 흥회하여 잔 다시 부어라
비파곶 내리저어 파저강 건너가니
층암절벽 보기도 좋도다
구룡소에 배를 매고 통군정에 올라가니
높은 대와 해자 웅장하니 중국 가는 길 막았도다
황성이 어디메오 봉황성 가깝도다
중국 갈 이 있으면 소식이나 보내고저
많은 술에 대취하여 옷소매를 떨치니
해질 녘 추운 날에 북과 피리 소리 시끄럽다
천고 지형하고 홍진 비래하니 이 땅이 어디인가
사친 객루는 절로 흘러 알 수 없네
서쪽 땅 다 보고 깃발 돌려 돌아오니
대장부 품은 뜻이 적으나마 나아지리라
설마 신선의 천년학인들 나 같은 이 또 보았느냐
어느때 이 경치 기록하여 임금님께 사뢰리오
머잖아 임금님께 여쭈어 올리리라

3) 작품해설

명종 때의 문인 백광홍이 1555년에 지은 작품으로, 우리나라 기행가사의 효시이다. 작가가 평안도 병마평사에 부임하면서 그 지방의 뛰어난 경관과 견문을 읊은 작품이다. 한시에서의 관용구를 많이 사용하면서 관료로서의 감회를 노래하였다. 작품 말미에는 신선세계의 의취와 부모에 대한 효(孝) 및 임금에 대한 충(忠)이 한꺼번에 드러나 있다. 이러한 구성과 수사 및 주제의식은 훗날 정철의 〈관동별곡〉에 많은 영향을 끼쳤을 것으로 짐작된다. 지은이의 문집인 『기봉집(岐峰集)』에 실려 있다.

속미인곡 續美人曲

1) 원문

뎨 가ᄂᆞᆫ 뎌 각시297) 본 듯도 ᄒᆞᆫ뎌이고

天上천상 白玉京백옥경298)을 엇디ᄒᆞ야 離別이별ᄒᆞ고

ᄒᆡ 다 뎌 져믄 날의 눌을 보라 가시ᄂᆞᆫ고

어와 네여이고299) 내 ᄉᆞ셜 드러보오

내 얼굴 이 거동이 님 괴얌즉ᄒᆞ냐마ᄂᆞᆫ300)

엇던디 날 보시고 네로다 녀기실ᄉᆡ

나도 님을 미더 군ᄠᅳ디301) 젼혀 업서

이ᄅᆡ302)야 교ᄐᆡ야 어ᄌᆞ러이 구돗썬디

반기시ᄂᆞᆫ ᄂᆞᆺ비치 네와 엇디 다ᄅᆞ신고

누어 ᄉᆡᆼ각ᄒᆞ고 니러 안자 혜여ᄒᆞ니

내 몸의 지은 죄 뫼ᄀᆞ티 빠혀시니

하ᄂᆞᆯ히라 원망ᄒᆞ며 사ᄅᆞᆷ이라 허믈ᄒᆞ랴

셜워 플텨 혜니303) 造物조물304)의 타시로다

---

297) 각시 : 젊은 부인.

298) 白玉京(백옥경) : 도가에서 이르는 옥황상제가 사는 곳.

299) 네여이고 : 너로구나.

300) 괴얌즉ᄒᆞ냐마ᄂᆞᆫ : 사랑받음직한가마는.

301) 군ᄠᅳ디 : 다른 뜻(생각)이.

302) 이ᄅᆡ : 아양.

글란[305] 싱각 마오 믜친 일이 이셔이다
님을 뫼셔 이셔 님의 일을 내 알거니
믈 ᄀᆞ튼 얼굴이 편ᄒᆞ실 적 몃 날일고
春寒苦熱춘한고열[306]은 엇디ᄒᆞ야 디내시며
秋日冬天추일동천[307]은 뉘라셔 뫼셧ᄂᆞᆫ고
粥早飯죽조반[308] 朝夕조석뫼[309] 녜와 ᄀᆞᆺ티 세시ᄂᆞᆫ가[310]
기나긴 밤의 좀은 엇디 자시ᄂᆞᆫ고
님다히[311] 消息소식을 아므려나[312] 아쟈 ᄒᆞ니
오ᄂᆞᆯ도 거의로다[313] ᄂᆡ일이나 사ᄅᆞᆷ 올가
내 ᄆᆞᄋᆞᆷ 둘 ᄃᆡ 업다 어드러로 가쟛 말고[314]
잡거니 밀거니 놉픈 뫼히 올라가니
구롬은ᄏᆞ니와[315] 안개ᄂᆞᆫ 므ᄉᆞ 일고
山川산천이 어둡거니 日月일월을 엇디 보며

303) 플텨 혜니 : 풀어서 생각하니.
304) 造物(조물) : 조물주.
305) 글란 : 그것일랑. 그렇게는.
306) 春寒苦熱(춘한고열) : 봄추위와 괴로운 여름더위.
307) 秋日冬天(추일동천) : 가을날과 겨울날씨.
308) 粥早飯(죽조반) : 새벽 자리에서 일어나기 전에 먹는 죽.
309) 朝夕(조석)뫼 : 아침 저녁으로 먹는 밥.
310) 세시ᄂᆞᆫ가 : 잡수시는가.
311) 님다히 : 님 계신 곳의.
312) 아므려나 : 어떻게든지.
313) 거의로다 : 거의 다 지나갔도다.
314) 가쟛 말고 : 가자는 말인고.
315) 구롬은ᄏᆞ니와 : 구름은 물론이거니와.

咫尺지척[316]을 모르거든 千里쳔리를 ᄇᆞ라보랴
촐하리 믈ᄀᆞ의 가 ᄇᆡ길히나 보랴 ᄒᆞ니
ᄇᆞ람이야 믈결이야 어둥졍[317] 된뎌이고[318]
샤공은 어ᄃᆡ 가고 뷘 ᄇᆡ만 걸렷ᄂᆞᆫ고
江天강쳔[319]의 혼자 셔셔 디ᄂᆞᆫ ᄒᆡ를 구버보니
님다히 消息소식이 더옥 아득ᄒᆞᆫ뎌이고[320]
茅簷모쳠[321] ᄎᆞᆫ 자리의 밤듕만[322] 도라오니
半壁靑燈반벽쳥등[323]은 눌 위ᄒᆞ야 볼갓ᄂᆞᆫ고
오르며 ᄂᆞ리며 헤ᄯᅳ며[324] 바니니[325]
져근덧[326] 力盡역진ᄒᆞ야[327] 픗ᄌᆞᆷ을 잠간 드니
精誠졍셩이 지극ᄒᆞ야 ᄭᅮᆷ의 님을 보니
玉옥 ᄀᆞᄐᆞᆫ 얼구리 半반이나마 늘거셰라[328]
ᄆᆞ음의 머근 말솜 슬ᄏᆞ장[329] ᄉᆞᆲ쟈[330] ᄒᆞ니

316) 咫尺(지척) : 아주 가까운 거리.
317) 어둥졍 : 어리둥절. 어수선하게.
318) 된뎌이고 : 되었구나.
319) 江天(강천) : 넓은 강가.
320) 아득ᄒᆞᆫ뎌이고 : 아득하구나.
321) 茅簷(모쳠) : 초가집.
322) 밤듕만 : 한밤중에.
323) 半壁靑燈(반벽쳥등) : 벽 가운데 걸린 등잔불.
324) 헤ᄯᅳ며 : 허둥거리며.
325) 바니니 : 헤매니. 방황하니.
326) 져근덧 : 잠깐 동안.
327) 力盡(역진)ᄒᆞ야 : 힘이 다하여.
328) 늘거셰라 : 늙었구나.
329) 슬ᄏᆞ장 : 실컷.

눈믈이 바라331) 나니 말ᄉᆞᆷ인들 어이 ᄒᆞ며
情정을 못 다ᄒᆞ야 목이조차332) 메여ᄒᆞ니
오뎐된333) 鷄聲계성의 ᄌᆞᆷ은 엇디 ᄭᆡ돗던고334)
어와 虛事허사로다 이 님이 어ᄃᆡ 간고
결의335) 니러 안자 窓창을 열고 ᄇᆞ라보니
어엿븐336) 그림재337) 날 조ᄎᆞᆯ ᄲᅮᆫ이로다
ᄎᆞᆯ하리 싀여디여338) 落月낙월339)이나 되야 이셔
님 겨신 窓창 안ᄒᆡ 번드시 비최리라
각시님 ᄃᆞᆯ이야ᄏᆞ니와340) 구ᄌᆞᆫ비나 되쇼셔

—정철(1536-1593) · 『송강가사』(이선본)

2) 현대어역

저기 가는 저 각시 본 듯도 하구나
천상 백옥경을 어찌하여 이별하고

---

330) ᄉᆞᆲ쟈 : 사뢰자. 여쭙자.
331) 바라 : 바로. 연달아.
332) 목이조차 : 목조차. 목마저.
333) 오뎐된 : 방정맞은.
334) ᄭᆡ돗던고 : 깨었던고.
335) 결의 : 꿈결에. 잠결에.
336) 어엿븐 : 가엾은.
337) 그림재 : 그림자가.
338) 싀여디여 : 죽어져서.
339) 落月(낙월) : 지는 달.
340) ᄃᆞᆯ이야ᄏᆞ니와 : 달은커녕. 달은 그만두고.

해 다 져 저문 날에 누굴 보러 가시는가
어와 너로구나 내 사설 들어보오
내 얼굴 이 거동이 님의 사랑 받음직한가마는
어쩐지 날 보시고 네로구나 여기시기에
나도 님을 믿어 딴 생각이 전혀 없어
아양 떨고 교태부리며 어지럽게 굴었던지
반기시는 낯빛이 옛날과 어찌 다르신고
누워 생각하고 일어나 앉아 생각하니
내 몸의 지은 죄 산같이 쌓였으니
하늘을 원망하며 사람을 허물하랴
서러워 풀어 생각하니 조물주의 탓이로다
그렇게는 생각 마오 맺힌 일이 있습니다
님을 모시고 있어 님의 일을 내 알거니
물 같은 얼굴이 편하실 적 몇 날인고
봄추위와 여름더위는 어떻게 지내시며
가을날과 겨울날씨에는 누가 모셨는고
죽 조반 조석 진지를 옛날과 같이 잡수시는가
기나긴 밤에 잠은 어찌 주무시는고
님 계신 곳의 소식을 어떻게든 알자 하니
오늘도 거의 저물었구나 내일이나 사람 올까
내 마음 둘 데 없다 어디로 가잔 말인고
잡거니 밀거니 높은 산에 올라가니
구름은 물론이거니와 안개는 무슨 일인고
산천이 어둡거니 일월을 어찌 보며
지척을 모르거든 천리를 바라보랴

차라리 물가에 가 뱃길이나 보자 하니
바람이며 물결이며 어수선하게 되었구나
사공은 어디가고 빈 배만 걸렸나니
강가에 혼자 서서 지는 해를 굽어보니
님 계신 곳 소식이 더욱 아득하구나
초가집 찬 자리에 밤중에야 돌아오니
벽 가운데 등잔불은 누굴 위해 밝았는고
오르며 내리며 허둥거리며 헤매니
잠깐 동안 기운이 다하여 풋잠을 잠깐 드니
정성이 지극하여 꿈에 님을 보니
옥 같은 얼굴이 반이나마 늙었구나
마음에 먹은 말씀 실컷 사뢰자 하니
눈물이 연달아 나니 말인들 어이 하며
정을 못 다 하여 목조차 메어오니
방정맞은 닭 울음소리에 잠은 어찌 깨었던고
어와 허사로다 이 님이 어디에 갔는고
잠결에 일어나 앉아 창을 열고 바라보니
가엾은 그림자가 날 좇을 뿐이로다
차라리 죽어져서 지는 달이나 되어 있어
님 계신 창 안에 반듯이 비추리라
각시님 달은 그만두고 궂은비나 되소서

3) 작품해설

김만중은 『서포만필』에서 송강의 세 마리 가사만이 우리나라의 진

문장이라고 단언하였으며, 홍만종도 『순오지』에서 〈관동별곡〉을 두고 그윽하고 기괴한 경관을 기묘하고 기발하게 그려낸 절창이라고 칭찬하였다. 정철은 아름다운 우리말을 잘 살리고 고도의 은유와 상징으로 가사문학의 격조를 높임으로써, 시조문학의 윤선도와 함께 우리 시가 문학사에 우뚝한 두 봉우리를 이루었다.

〈관동별곡〉에서는 금강산과 동해안 기행의 체험을 노래하였는데, 그 형상을 드러냄이 절묘하고 신기한 지경에 이르렀다. 〈사미인곡〉과 〈속미인곡〉에서는 현실에서 소외된 상황을 노래하되, 님과 이별한 고독한 여인으로 바꾸어 형상화함으로써 정서적 함축성과 현실적 암시성을 극대화했다. 〈성산별곡〉에서는 산림에 묻혀 지내는 고결한 삶을 노래함으로써 갈등을 자연친화로 해소하면서 고결한 삶을 추구하는 신념화된 자세를 보여주었다.

송강은 정치적 다툼에서 패해 창평에 머무르던 시기에 그 불우한 심회를 여인에 가탁하여 전·후미인곡을 연거푸 지었다. 〈속미인곡〉은 그 제명에서 보듯 〈사미인곡〉을 이은 충신연주지사(忠臣戀主之詞)인데, 앞 노래와는 달리 형식면에서 두 여인의 대화체 형식을 취하였다. 결구에서는 "달은 커녕 궂은 비나 되라"고 맺음으로써, 전곡보다 더 곡진하고 현실적인 심회를 드러내었다. 특히 한자어나 전고를 되도록 멀리하고 우리말 표현을 유려하게 구사하였는데, 서포는 바로 이 점을 두고 송강가사 중에서도 가장 뛰어난 작품이라 찬탄한 것이다.

고공가 雇工歌

1) 원문

집의 옷밥을 언고[341] 들먹ᄂᆞᆫ[342] 져 雇工고공[343]아
우리 집 긔별을 아ᄂᆞᆫ다 모로ᄂᆞᆫ다
비오ᄂᆞᆫ ᄂᆞᆯ 일 업술 직 ᄉᆞᆺ[344] ᄭᅩ면셔 니ᄅᆞ리라
처음의 한어버이[345] 사롬ᄉᆞ리[346] ᄒᆞ려홀 직
仁心인심[347]을 만히 쓰니 사롬이 절로 모다
플 썟고 터을 닷가 큰 집을 지어내고
셔리[348] 보십[349] 장기[350] 쇼로 田畓전답을 긔경[351]ᄒᆞ니
오려논[352] 터밧치 여드레 ᄀᆞ리[353]로다

---

341) 언고 : 얹어 놓고. 제쳐 놓고.
342) 들먹ᄂᆞᆫ : 빌어먹는.
343) 雇工(고공) : 머슴. 품팔이. 여기서는 조정의 신하들을 비유하여 일컬음.
344) ᄉᆞᆺ : 새끼[繩].
345) 한어버이 : 조부모(祖父母). 여기서는 이태조(李太祖)를 비유.
346) 사롬ᄉᆞ리 : 살림살이. 여기서는 왕조창업을 비유.
347) 仁心(인심) : 어진 마음.
348) 셔리 : 써레. 말이나 소로 끌게 하여 갈아 놓은 논밭의 바닥을 고르거나 흙덩이를 잘게 하는 데 쓰는 농기구.
349) 보십 : 보습. 쟁기의 바닥에 맞추는 쇳조각. 땅을 갈아서 흙덩이를 일으키는 농기구.
350) 장기 : 쟁기. 논밭을 가는 농기구.
351) 긔경 : 기경(起耕). 묵힌 땅이나 생땅을 갈아 일으켜 논밭을 만듦.
352) 오려논 : 올벼를 심은 논. 올벼는 철 이르게 익는 벼.

子孫자손에 傳繼전계354) ᄒᆞ야 代代대대로 나려오니
논밧도 죠커니와 雇工고공도 근검터라
저희마다 여름지어355) 가ᄋᆞᆷ여리356) 사던 것슬
요ᄉᆞ이 雇工고공들은 혬이 어이 아조 업서
밥사발 큰나 쟈그나 동옷357)시 죠코 즈나
ᄆᆞᄋᆞᆷ을 ᄃᆞᆺ호ᄂᆞᆫ 듯 호슈358)을 ᄉᆡ오ᄂᆞᆫ359) 듯
무ᄉᆞᆷ 일 걈드러360) 흘ᄀᆡᆺ할ᄀᆡᆺ361) ᄒᆞᄂᆞᆫ다
너희ᄂᆡ 일 아니코 時節시절좃ᄎᆞ ᄉᆞ오나와362)
ᄀᆞᆺ득의 ᄂᆡ 셰간이 플러지게 되야ᄂᆞᆫᄃᆡ
엇그ᄌᆡ 火强盜화강도363)에 家産가산이 蕩盡탕진ᄒᆞ니
집 ᄒᆞ나 불타붓고 먹을 썻시 전혀 업다
큰나큰 셰ᄉᆞ을 엇지ᄒᆞ여 니로려료
金哥李哥김가이가 雇工고공들아 ᄉᆡ ᄆᆞᄋᆞᆷ 먹어슬라
너희ᄂᆡ 절머ᄂᆞᆫ다 혬 혈나364) 아니ᄉᆞᆫ다

---

353) 여드레 ᄀᆞ리 : 여드레 갈이[八日耕]. 여기서는 '팔도(八道)를 다스림'을 비유.
354) 傳繼(전계) : 전하여 계승함.
355) 여름지어 : 농사지어.
356) 가ᄋᆞᆷ여리 : 부요(富饒)하게.
357) 동옷 : 동옷(胴衣). 남자가 입는 저고리.
358) 호슈 : 호수(戶首). 우두머리.
359) ᄉᆡ오ᄂᆞᆫ : 새우는. 시기(猜忌)하는.
360) 걈드러 : 감겨들어.
361) 흘ᄀᆡᆺ할ᄀᆡᆺ : 반목하고 질시하는 모습의 의태어.
362) 時節(시절)좃ᄎᆞ ᄉᆞ오나와 : 흉년조차 들어서.
363) 火强盜(화강도) : 왜적(倭賊)을 일컬음.
364) 혬 혈나 : 셈 세려고. 계산하려고.

ᄒᆞᆫ 소티 밥 먹으며 매양의 恢恢회회ᄒᆞ랴[365]
ᄒᆞᆫᄆᆞᄋᆞᆷ ᄒᆞᆫ쯧으로 티름[366]을 지어스라
ᄒᆞᆫ 집이 가음열면 옷밥을 分別분별ᄒᆞ랴
누고ᄂᆞᆫ 장기 잡고 누고ᄂᆞᆫ 쇼을 몰니
밧 갈고 논 살마[367] 벼 셰워 더져두고
놀 됴흔 호믜로 기음을 믜야스라
山田산전도 것츠럿고 무논도 기워간다[368]
사립피[369] ᄆᆞᆯ목[370] 나셔 볏 겨틔 셰올셰라[371]
七夕칠석의 호믜 씻고 기음을 다 ᄆᆡᆫ 후의
ᄉᆞᆺ ᄭᅩ기 뉘 잘ᄒᆞ며 셤으란[372] 뉘 엿그랴[373]
너희 ᄌᆡ조 셰아려 자라자라[374] 맛스라
ᄀᆞ을[375] 거둔 후면 成造성조[376]를 아니 ᄒᆞ랴
집으란 내 지으게 움으란 네 무더라
너희 ᄌᆡ조을 내 斟酌짐작 ᄒᆞ엿노라

---

365) 恢恢(회회)ᄒᆞ랴 : 관대하고 여유있게 하랴. 많은 사람을 용납하랴.
366) 티름 : 문맥상 '시름'인 듯. 여기서는 농사의 비유.
367) 논 살마 : 논 삶아. 논의 흙을 써레로 썰고 나래로 골라 노글노글하게 만들어.
368) 山田(산전)도 것츠럿고 무논도 기워간다 : 산에 개간한 밭도 거칠어졌고 물을 댄 논도 잡초가 무성해져간다.
369) 사립피 : 도롱이와 삿갓.
370) ᄆᆞᆯ목 나셔 : 말뚝에 씌어서. 말목은 표지로 세우는 말뚝.
371) 이는 허수아비를 만들어 세우는 과정을 설명한 것임.
372) 셤 : 섬. 곡식을 담기 위하여 짚으로 엮어 만든 것.
373) 엿그랴 : 엮으랴.
374) 자라자라 : 문맥상 서로서로의 뜻인 듯.
375) ᄀᆞ을 : 추수.
376) 成造(성조) : 집 짓는 일.

너희도 머글 일을 分別분별을 ᄒᆞ려므나
명셕의 벼ᄅᆞᆯ 넌들 됴흔 ᄒᆡ 구름 끼여 볏뉘377)을 언ᄌᆡ 보랴
방하을 못 찌거든 거츠나 거츤 오려378)
옥 ᄀᆞᆺ튼 白米백미 될 쥴 뉘 아라 오리스니379)
너희ᄂᆡ ᄃᆞ리고 새 ᄉᆞ리380) 사쟈 ᄒᆞ니
엇그ᄌᆡ 왓던 도적381) 아니 멀리 갓다 ᄒᆞᄃᆡ
너희ᄂᆡ 귀눈 업서 져런 줄 모르관ᄃᆡ
화살을 젼혀 언고 옷밥만 닷토ᄂᆞᆫ다
너희ᄂᆡ 다리고 텁ᄂᆞᆫ가 주리ᄂᆞᆫ가
粥早飯죽조반 아참져녁 더 ᄒᆞ다 먹엿거든
은혜란 ᄉᆡᆼ각 아녀 제 일만 ᄒᆞ려 ᄒᆞ니
혬 혜ᄂᆞᆫ382) 새 들이리383) 어ᄂᆡ제 어더 이셔
집일을 맛치고 시름을 니즈려뇨
너희 일 ᄋᆡᄃᆞ라ᄒᆞ며셔 ᄉᆞᆺ ᄒᆞᆫ ᄉᆞ리384) 다 ᄭᅩ괘라385)

－허전(?-?) · 『잡가』(필사본)

---

377) 볏뉘 : 볕뉘. 잠깐 비치는 햇볕.
378) 오려 : 올벼. 철 이르게 익는 벼.
379) 오리스니 : 미상.
380) ᄉᆞ리 : 살림.
381) 엇그ᄌᆡ 왓던 도적 : 왜적을 말함.
382) 혬 혜는 : 생각 많은. 사려 깊은.
383) 새 들이리 : 문맥상 '새로운 일꾼'인 듯.
384) ᄉᆞ리 : 사리. 사리는 국수·새끼·실 등을 사리어 감은 뭉치.
385) ᄭᅩ괘라 : 꼬도다. 꼬았노라.

2) 현대어역

집의 옷과 밥을 두고 빌어먹는 저 머슴아
우리 집 기별을 아느냐 모르느냐
비오는 날 일 없을 때 새끼 꼬면서 이르리라
처음에 조부모가 살림살이 시작할 때
어진 마음 많이 쓰니 사람이 절로 모여
풀 베고 터를 닦아 큰 집을 지어내고
써레 보습 쟁기 소로 논밭을 경작하니
올벼논 텃밭이 여드레 갈이로다
자손에 계승하여 대대로 내려오니
논밭도 좋거니와 머슴들도 근검터라
저희마다 농사지어 넉넉하게 살던 것을
요사이 머슴들은 헤아림이 아주 없어
밥사발 크나 작으나 옷이 좋거나 나쁘거나
마음을 다투는 듯 우두머리를 시기하는 듯
무슨 일에 감겨들어 흘깃흘깃 하느냐
너희네 일 아니하고 시절조차 사나워
가뜩이나 내 살림이 줄어들게 되었는데
엊그제 강도 만나 가산이 탕진하니
집은 불타버리고 먹을 것이 전혀 없다
크나큰 세간살이 어떻게 일으키려오
김가 이가 머슴들아 새 마음 먹으려무나
너희네 젊다 하여 생각하려 아니하느냐
한 솥에 밥 먹으면서 매양 용납하랴

한마음 한뜻으로 농사를 짓자꾸나
한 집이 부유하면 옷과 밥을 분별하랴
누구는 쟁기 잡고 누구는 소를 모니
밭 갈고 논 골라 벼 세워 던져두고
날 좋은 호미로 김매기를 하자꾸나
산전도 거칠었고 무논도 우거진다
도롱이와 삿갓을 말뚝에 씌워 벼 곁에 세워라
칠석에 호미 씻고 기음을 다 맨 후에
새끼 꼬기 뉘 잘하며 섬은 누가 엮으랴
너희 재주 헤아려 서로서로 맡으라
추수 거둔 후면 집 짓는 일 아니 하랴
집은 내 지을게 움은 네가 묻어라
너희 재주를 내 짐작하였노라
너희도 먹을 일을 분별을 하려무나
멍석에 벼를 넌들 좋은 해 구름 끼어 볕뉘를 언제 보랴
방아를 못 찧는데 거칠고 거친 올벼
옥 같은 백미 될 줄 뉘 알았겠는가
너희네 데리고 새 살림 살자 하니
엊그제 왔던 도적 아니 멀리 갔다 하데
너희네 귀와 눈이 없어 저런 줄 모르관데
화살은 전혀 준비 않고 옷과 밥만 다투느냐
너희네 데리고 추운가 주리는가
죽조반 아침저녁 다 해다 먹였거든
은혜는 생각 않고 제 일만 하려 하니
사려 깊은 새 머슴을 어느때 얻어서

집안일 맡기고 시름을 잊으려뇨
너희 일 애달파하면서 새끼 한 사리 다 꼬았노라

3) 작품해설

〈고공가〉는 허전이 임진왜란 이후에 지은 작품이다. 나라의 일을 농사짓는 데 비유하여, 관리들의 탐욕과 무능함을 개탄하고 근검할 것을 일깨우는 내용을 은유적으로 노래하였다. 조상 때의 이전 머슴들과 달리 이후 탐욕과 반목만 일삼다가 강도(왜적)의 침해를 받아 가산을 탕진하였으니, 왜구의 재침을 막기 위해 항상 화살을 준비하고 근검하라는 내용으로 구성되어 있다. 지은이 허전에 대해서는 진사를 한 무과 출신이라 전할 뿐 상세한 행적을 알 수가 없으나, 이원익이 답가를 지어 화답한 것으로 보아 당시에는 알려진 인물이었던 것으로 짐작된다.

이성의 소장 가사 필사본 『잡가(雜歌)』에는 〈고공가〉의 작가를 선조라 했는데, 이수광의 『지봉유설』에는 허전이 지은 것이라 했다. 고공(雇工)은 머슴이라는 뜻으로 만조백관을 비유한 것이다. 신하들의 무능함과 부패를 고발하고 그것을 개선하려는 내용을 임금의 입장에서 노래하였다. 임진왜란으로 인한 비참한 현실을 보면서 이를 몰라라 하는 신하들의 모습을 우의적으로 비판했다. 유교적 이상사회를 재건하려는 의지가 담겨 있는 작품이다.

고공답주인가 雇工答主人歌

1) 원문

어와 져 양반아 도라안자 내 말 듯소
엇지ᄒᆞᆫ 져믄 소니[386] 혬 업시 단니ᄉᆞᆫ다
마누라 말ᄉᆞᆷ을 아니 드러 보ᄂᆞᄉᆞᆫ다
나ᄂᆞᆫ 일얼만뎡 外方외방의 늙은 툐[387]이
공 밧치고[388] 도라갈 직 ᄒᆞᄂᆞᆫ 일 다 보앗ᄂᆡ
우리 턱 셰간이야 녜붓터 이러튼가
田民전민[389]이 만탄 말리 一國일국에 소릐나데
먹고 입ᄂᆞᆫ 드난 죵[390]이 百餘口백여구 나마시니
므ᄉᆞᆷ 일 ᄒᆞ노라 터밧ᄎᆞᆯ 무겨ᄂᆞᆫ고
農莊농장[391]이 업다 ᄒᆞᄂᆞᆫ가 호믜 연장 못 갓던가
날마다 무ᄉᆞᆷ ᄒᆞ려 밥 먹고 단기면셔
열 나모 亭子정자 아릐 낫ᄌᆞᆷ만 자ᄂᆞᄉᆞᆫ다
아히들 타시런가 우리 턱 죵의 버릇 보거든 고이ᄒᆞ데

---

386) 소니 : 손[客]이.
387) 늙은 툐 : 문맥상 '늙은 종'인 듯.
388) 공(貢) 밧치고 : 조정에 공물(貢物)을 바치고.
389) 田民(전민) : 농민.
390) 드난 죵 : 드나들며 고공살이를 하는 종.
391) 農莊(농장) : 농사지을 땅.

쇼 먹이는 ᄋᆞ희드리 샹ᄆᆞ름[392]을 凌辱능욕[393]ᄒᆞ고
進止진지[394]ᄒᆞᄂᆞᆫ 어린 손니 한계대[395]를 긔롱ᄒᆞᆫ다[396]
쎄쎄름[397] 除給제급 못고[398] 에에로[399] 제 일 ᄒᆞ니
ᄒᆞᆫ 집의 수 한 일[400]을 뉘라셔 심뻐 홀고
穀食庫곡식고 븨엿거든 庫直창직인들 어이ᄒᆞ며
셰간이 흐터지니딜자힌들[401] 어이홀고
내 왼 줄[402] 내 몰나도 남 왼 줄 모롤넌가
플치거니 및치거니 할거니[403] 돕거니
ᄒᆞ로 열두 쎡 어수선 펀 거이고
밧별감[404] 만하 이ᄉᆞ 外方舍音외방사음[405] 都達化도달화[406]도
제 소임[407] 다 바리고 몸 ᄢᅳ릴 ᄲᅮᆫ이로다

---

392) 샹ᄆᆞ름 : 상마름. 지주의 땅을 맡아 대신 소작권을 관리하는 사람의 우두머리.
393) 凌辱(능욕) : 업신여겨 욕을 보임.
394) 進止(진지) : 진퇴(進退). 거동. 나아감과 물러섬.
395) 한계대 : 큰 겨레. 양반(兩班).
396) 긔롱ᄒᆞᆫ다 : 기롱(譏弄)한다. 실없는 말로 빗대어 남을 놀린다.
397) 쎄쎄름 : 삐뚜름하게. 바르지 못하게.
398) 除給(제급) 못고 : 물건의 한 부분을 빼 돌려 모으고.
399) 에에로 : 딴 길로 돌리어. 딴 꾀로.
400) 수 한 일 : 수많은 일. 숱한 일.
401) 딜자힌들 : 질그릇인들.
402) 왼 줄 : 그릇된 줄. 잘못된 줄.
403) 할거니 : 헐뜯거니. 참소(讒訴)하거니.
404) 밧별감 : 바깥별감([外別監]. 여기서 별감은 남자하인을 높여 부르던 존칭.
405) 外方舍音(외방사음) : 바깥마름.
406) 都達化(도달화) : 달화주(達化主). 종을 부려먹지 않는 대신에 그 종에게서 세금을 받던 주인.
407) 소임(所任) : 맡은 구실.

비 식여 셔근 집[408]을 뉘라셔 곳쳐 이며
옷 버서 문허진 담 뉘라셔 곳쳐 쏠고
불한당[409] 구모 도적[410] 아니 멀니 단이거든
화살 촌 誰何上直수하상직[411] 뉘라셔 심써 홀고
큰나큰 기운 집의 마누라 혼ᄌᆞ 안자
긔걸[412]을 뉘 드ᄅᆞ며 論議논의을 눌라 홀고
낫 시름 밤 근심혼자 맛다 계시거니
옥 ᄀᆞᆺ튼 얼굴[413]리 편ᄒᆞ실 적 면 날이리
이 집 이리 되기 뉘 타시라 홀셔이고
혬 업는 죵의 일은 뭇도 아니 ᄒᆞ려니와
도로혀 혜여ᄒᆞ니 마누라 타시로다
닉 항것[414] 외다 ᄒᆞ기 죵의 죄 만컨마는
그러타 뉘을 보려[415] 민망ᄒᆞ야 ᄉᆞᆲᄂᆞ이다[416]
ᄉᆞᆺ[417] ᄭᅩ기 마ᄅᆞ시고 내 말슴 드로쇼셔
집일을 곳치거든 죵들을 휘오시고

---

408) 셔근 집 : 썩은 집.
409) 불한당(不汗黨) : 떼를 지어 다니며 재물을 강탈하는 강도. 화적(火賊).
410) 구모 도적 : 구멍에 든 도둑. 여기서는 왜적(倭賊).
411) 誰何上直(수하상직) : "누구냐?" 하고 외치는 상직군(上直軍). 숙직하는 하인들.
412) 긔걸 : 명령(命令). 제어(制御).
413) 옥 ᄀᆞᆺ튼 얼굴 : 옥안(玉顏). 희고 아름다운 얼굴. 임금의 비유.
414) 항것 : 주인. 상전(上典). 가장(家長).
415) 뉘을 보려 : 세상(世上)을 보려니까. 뉘는 누리, 세상.
416) ᄉᆞᆲᄂᆞ이다 : 사뢰나이다. 여쭈나이다.
417) ᄉᆞᆺ : 새끼.

죵들을 휘오거든 賞罰상벌을 볼키시고
賞罰상벌을 발키거든 어른 죵을 미드쇼셔
진실노 이리ᄒᆞ시면 家道가도 절노 닐니이다

―이원익(1547-1634) · 『잡가』(필사본)

2) 현대어역

어와 저 양반아 돌아앉아 내 말 듣소
어찌하여 젊은 손이 생각 없이 다니는가
마누라 말씀을 아니 들어 보는가
나는 이럴망정 외방의 늙은 종이
공물 바치고 돌아갈 때 하는 일 다 보았네
우리 집 살림이 예로부터 이렇던가
농민이 많단 말이 한 나라에 소문났는데
먹고 입는 고공살이 종이 백여 명 남았으니
무슨 일 하노라 텃밭을 묵혔는고
농사터가 없다 하는가 호미 연장을 못 갖추었는가
날마다 무엇 하려 밥만 먹고 다니면서
열 나무 정자 아래 낮잠만 자느냐
아이들 탓이런가 우리 집 종의 버릇 보거든 괴이하데
소 먹이는 아이들이 상마름을 욕보이고
오가는 어린 손님 양반을 희롱한다
부당하게 물건 빼돌려 모으고 다른 꾀로 자기 일만 하니
큰 집의 수많은 일 뉘라서 힘써 할꼬
곡식창고 비었거든 창고지기인들 어찌하며

세간살림 흩어지니 질그릇인들 어찌할꼬
내가 잘못된 줄 내 몰라도 남 잘못된 줄 모를런가
풀어헤치거니 메우거니 헐뜯거니 돕거니
하루 열두 때 어수선 핀 것이고
외별감 많이 있어 마름 대신 주인도
제 소임을 다 버리고 몸 꺼릴 뿐이로다
비 새어 썩은 집을 뉘라서 고쳐 이며
옷 벗어 무너진 담 뉘라서 고쳐 쓸꼬
불한당 구멍 도적 아니 멀리 다니거든
화살 찬 순라 하인 뉘라서 힘써 할꼬
크나큰 기운 집에 마누라 혼자 앉아
명령을 뉘 들으며 논의를 누구와 할꼬
낮 시름 밤 근심 혼자 맡아 계시거니
옥 같은 얼굴이 편하실 적 몇 날이리
이 집이 이리 되기 뉘 탓이라 할 것인고
헤아림 없는 종의 일은 묻지도 아니 하려니와
돌이켜 헤아려보니 마누라 탓이로다
내 상전 잘못되었다 하기에는 종의 죄 많건마는
그렇다 세상을 보려니 민망하여 사뢰나이다
새끼 꼬기 마시고 내 말씀 들으소서
집안일 고치려거든 종들을 휘어잡으시고
종들을 휘어잡으시려거든 상벌을 밝히시고
상벌을 밝히시려거든 어른 종을 믿으소서
진실로 이리하시면 집안의 도가 저절로 일어서리이다

3) 작품해설

〈고공답주인가〉는 선조 때 이원익이 허전의 〈고공가〉에 대하여 지은 답가이다. 한 나라를 다스리는 도리를 주인과 종의 관계에 비유하여 노래하였다. 이는 임진왜란 직후 나라일 대신에 당쟁만 일삼는 상황을 개탄하여 임금(선조)을 위해서 풍간한 작품이다. 〈고공답주인가〉는 〈고공가〉와 함께 이성의 소장 가사 필사본 『잡가』에 수록되어 있다.

〈고공가〉가 주인이 머슴을 꾸짖는 내용인데 반해, 〈고공답주인가〉는 영의정을 어른종에 비유하여 주인인 임금의 말을 듣지 않는 머슴들을 꾸짖는 내용이다. 열심히 일할 것을 다짐하고, 조정의 신하들이 당쟁으로 갈라져 있는 것을 걱정했다. 살림이 이렇게 된 것은 종들의 탓도 있지만 마누라의 잘못도 크다고 하면서, 집안일을 바로잡으려면 종들을 휘어잡아 상벌을 엄하게 밝히고 어른종을 믿어달라고 했다. 〈고공가〉에 답하는 노래인 만큼 우의적 표현을 주로 사용했고, 또한 그에 상응하는 문체를 택하였다.

규원가 閨怨歌

1) 원문

엇그제 저멋더니 ᄒᆞ마418) 어이 다 늘거니
少年行樂소년행락 생각ᄒᆞ니 일러도 속절업다
늘거야 서른 말숨 ᄒᆞ자니 목이 멘다
父生母育부생모육 辛苦신고ᄒᆞ야 이 내 몸 길러 낼 제
公侯配匹공후배필419)은 못 바라도 君子好逑군자호구420) 願원ᄒᆞ더니
三生삼생421)의 怨業원업422)이오 月下월하423)의 緣分연분ᄋᆞ로
長安遊俠장안유협424) 輕薄子경박자425)를 꿈ᄀᆞ치 만나 잇서
當時당시의 用心용심426)ᄒᆞ기 살어름 디듸는 듯
三五삼오 二八이팔 겨오 지나 天然麗質천연려질427) 절로 이니
이 얼골 이 態度태도로 百年期約백년기약 ᄒᆞ얏더니

418) 하마 : 이미, 벌써.
419) 公侯配匹(공후배필) : 높은 벼슬아치의 아내.
420) 君子好逑(군자호구) : 군자의 좋은 배필.
421) 三生(삼생) : 전생·현생·후생.
422) 怨業(원업) : 원통한 업보.
423) 月下(월하) : 월하노인(月下老人), 곧 혼인을 중매하는 이.
424) 長安遊俠(장안유협) : 서울 거리의 호탕한 건달.
425) 輕薄子(경박자) : 경거망동하는 사람.
426) 用心(용심) : 정성스레 마음을 씀.
427) 天然麗質(천연려질) : 타고난 아름다운 모습.

年光연광[428]이 훌훌ᄒᆞ고[429] 造物조물[430]이 多猜다시[431]ᄒᆞ야
봄바람 가을믈이 뵈오리 북 지나듯
雪鬢花顔설빈화안[432] 어ᄃᆡ 두고 面目可憎면목가증[433] 되거고나
내 얼골 내 보거니 어느 님이 날 괼소냐
스스로 慚愧참괴[434]ᄒᆞ니 누구를 怨望원망ᄒᆞ리
三三五五삼삼오오 冶遊圓야유원[435]의 새 사람이 나단 말가
곳 피고 날 저물 제 定處정처 업시 나가 잇어
白馬金鞭백마금편[436]으로 어ᄃᆡ어ᄃᆡ 머무는고
遠近원근을 모르거니 消息소식이야 더욱 알랴
因緣인연을 긋쳐신들 ᄉᆡᆼ각이야 업슬소냐
얼골을 못 보거든 그립기나 마르려믄
열두 ᄣᆡ 김도 길샤 설흔 날 支離지리ᄒᆞ다
玉窓옥창[437]에 심근 梅花매화 몃 번이나 픠여 진고
겨울밤 차고 찬 제 자최눈[438] 섯거 치고
여름날 길고 길 제 구즌비는 므스 일고

---

428) 年光(연광) : 세월.
429) 훌훌ᄒᆞ고 : 빨리 지나가고.
430) 造物(조물) : 조물주.
431) 多猜(다시) : 시기를 많이 함.
432) 雪鬢花顔(설빈화안) : 고운 머리채와 젊고 아름다운 얼굴.
433) 面目可憎(면목가증) : 얼굴이 밉상스러움.
434) 慚愧(참괴) : 부끄럽게 여김.
435) 冶遊圓(야유원) : 기생집.
436) 白馬金鞭(백마금편) : 흰 말에 금 채찍이니, 곧 호사스러운 행장.
437) 玉窓(옥창) : 여자가 거처하는 방, 또는 그 앞뜰.
438) 자최눈 : 겨우 발자국이 날만큼 엷게 내린 눈.

三春花柳삼춘화류[439] 好時節호시절의 景物경물이 시름업다
가을 ᄃᆞᆯ 방에 들고 蟋蟀실솔[440]이 床상에 울 제
긴 한숨 디ᄂᆞᆫ 눈물 속절업시 헴만 만타
아마도 모진 목숨 죽기도 어려울사
도로혀 풀쳐 혜니 이리ᄒᆞ여 어이ᄒᆞ리
青燈청등을 돌라노코 綠綺琴녹기금[441] 빗기 안아
碧蓮花벽련화[442] 한 곡조를 시름조ᄎᆞ 섯거 타니
瀟湘夜雨소상야우의 댓소리[443] 섯도ᄂᆞᆫ ᄃᆞᆺ
華表화표[444] 千年천년의 別鶴별학[445]이 우니ᄂᆞᆫ ᄃᆞᆺ
玉手옥수의 타는 手段수단 녯 소래 잇다마ᄂᆞᆫ
芙蓉帳부용장[446] 寂寞적막ᄒᆞ니 뉘 귀에 들리소니
肝腸간장이 九曲구곡 되야 구븨구븨 ᄭᅳᆫ쳐서라
ᄎᆞᆯ하리 잠을 드러 ᄭᅮᆷ의나 보려 ᄒᆞ니
바람의 디ᄂᆞᆫ 닢과 풀 속에 우는 즘생

---

439) 三春花柳(삼춘화류) : 봄날에 피는 꽃과 버들.

440) 蟋蟀(실솔) : 귀뚜라미.

441) 綠綺琴(녹기금) : 한나라 사마상여가 타던 거문고의 이름.

442) 碧蓮花(벽련화) : 거문고 곡명의 하나.

443) 瀟湘夜雨(소상야우)의 댓소리 : 중국 호남성에 있는 소수와 상강에서 순임금의 두 부인 아황과 여영이 순임금을 따라 애통해 하며 3일 밤낮을 피눈물을 흘리다 죽었다 한다. 이후 피눈물을 흘린 그 자리에 예전에 없던 대나무가 자라났는데, 그 대나무를 이비죽(二妃竹) 또는 소상반죽(瀟湘斑竹)이라 부름.

444) 華表(화표) : 묘 앞에 세우는 망주석(望柱石). 망주석은 무덤 앞 양쪽에 세우는, 여덟모가 진 한 쌍의 돌기둥.

445) 別鶴(별학) : 이별을 맞이한 학.

446) 芙蓉帳(부용장) : 연꽃을 그린 휘장.

므스 일 원수로서 잠조차 깨오는다
天上천상의 牽牛織女견우직녀 銀河水은하수 막혀서도
七月七夕칠월칠석 一年一度일년일도 失期실기치 아니거든
우리 님 가신 후는 무슨 弱水약수[447] 가렷관듸
오거나 가거나 消息소식조차 쓰쳣는고
欄干난간의 비겨 셔서 님 가신 듸 바라보니
草露초로[448]는 맷쳐 잇고 暮雲모운[449]이 디나갈 제
竹林죽림 푸른 고듸 새소리 더욱 설다
세상의 서룬 사람 수 업다 ᄒᆞ려니와
薄命박명[450]ᄒᆞᆫ 紅顔홍안[451]이야 날 가ᄐᆞ니 또 이실가
아마도 이 님의 지위[452]로 살 동 말 동 ᄒᆞ여라

—허난설헌(1563-1589) · 『고금가곡』

2) 현대어역

엊그제 젊었더니 벌써 어이 다 늙거니
소년행락 생각하니 일러도 속절없다
늙어서야 서러운 말씀 하자니 목이 멘다

---

447) 弱水(약수) : 전설로 내려오는 중국의 강 이름. 성질이 약하여 기러기 털조차 잠기므로 도저히 건널 수 없는 강. 흔히 연인 사이의 연락을 가로막는 장애물의 의미로 쓰임.

448) 草露(초로) : 풀잎에 맺힌 이슬. 흔히 인생의 덧없음을 비유함.

449) 暮雲(모운) : 저물녘의 구름.

450) 薄命(박명) : 기구한 운명. 팔자가 사나움.

451) 紅顔(홍안) : 젊어 혈색이 좋은 얼굴.

452) 지위 : 탓.

부모님 나를 낳아 기르시며 몹시 고생하여 이 내 몸 길러낼 때
공후의 배필은 못 바라도 군자의 좋은 짝 원하더니
전생의 원망스러운 업보요 하늘이 준 부부의 인연으로
장안의 한량을 꿈같이 만나서
당시에 마음먹기 살얼음 디디는 듯
열다섯 열여섯 겨우 지나 타고난 미모 절로 나타나니
이 얼굴 이 태도로 백년기약 하였더니
세월이 빨리 지나가고 조물주마저 시샘이 많아
봄바람과 가을물이 베틀에 북 지나듯 하여
꽃같이 아름다운 얼굴 어디 두고 미운 얼굴 되었구나
내 얼굴 내 보거니 어느 님이 나를 사랑할쏘냐
스스로 참괴하니 누구를 원망하리
삼삼오오 기생집에 새 사람이 나타났단 말인가
꽃 피고 날 저물 때 정처 없이 나가 있어
호사스런 행장으로 어디어디 머무는고
원근을 모르거니 소식이야 더욱 알랴
인연을 끊었지만 생각이야 없을쏘냐
얼굴을 못 보거든 그립기나 말려무나
하루 열두 때 길기도 길구나 한 달 서른 날이 지루하다
규방 앞에 심은 매화 몇 번이나 피고 졌는고
겨울밤 차고 찰 때 진눈깨비 섞어 치고
여름날 길고 긴 때 궂은비는 무슨 일인고
봄날의 꽃과 버들 아름다운 경치에도 시름없다
가을 달 방에 들고 귀뚜라미 상에 울 때
긴 한숨 지는 눈물 속절없이 생각만 많다

아마도 모진 목숨 죽기도 어려울사
돌이켜 풀어 생각하니 이리하여 어이하리
푸른 등 돌려놓고 거문고 빗겨 안아
벽련화 한 곡조를 시름조차 섞어 타니
소상강 밤비에 댓잎 소리 섞여 들리는 듯
망주석에 천 년만에 찾아온 학이 우니는 듯
고운 손으로 타는 솜씨 옛 소리 있다마는
부용장 적막하니 뉘 귀에 들릴쏘냐
간장이 구곡 되어 굽이굽이 끊어졌어라
차라리 잠을 들어 꿈에나 보려 하니
바람에 지는 잎과 풀 속에 우는 벌레
무슨 일로 원수 되어 잠조차 깨우는가
천상의 견우 직녀 은하수 막혔어도
칠월칠석 일년에 한 번 때 놓치지 않거든
우리 임 가신 후는 무슨 장애물 가렸관데
오거나 가거나 소식조차 그쳤는고
난간에 빗겨 서서 임 가신 데 바라보니
풀잎 이슬 맺혀 있고 저녁 구름 지나갈 때
대숲 푸른 곳에 새소리 더욱 섧다
세상에 서러운 사람 수 없다 하려니와
박명한 홍안이야 나 같은 이 또 있을까
아마도 이 님의 탓으로 살 둥 말 둥 하여라

3) 작품해설

선조 때 허난설헌이 지은 가사이다. 〈원부사(怨婦詞)〉·〈원부가 怨婦歌〉라고도 한다. 홍만종의 『순오지』에는 허균의 첩 무옥(巫玉)이 지은 것으로 기록되어 있다. 그러나 『고금가곡』에 지은이가 허난설헌으로 밝혀져 있고, 그의 오언고시 〈소년행 少年行〉과 이 작품의 내용이 같은 것으로 미루어, 지은이는 허난설헌으로 보인다.

흐르는 세월 속에 쌓여온 한국 여인의 슬픔과 한, 모든 것을 운명적으로 받아들이는 체념의 인생관이 나타나 있다. 한문과 고사숙어를 많이 사용하였으며, 여성 특유의 우아한 느낌을 준다. 여인의 한과 원망을 직접적으로 표현하여 감정을 보다 진솔하게 드러냄으로써, 전기가사에서 후기가사로 넘어가는 과도적 역할을 담당하였다. 이 노래를 자탄류 규방가사의 첫 작품으로 꼽는다.

명월음 明月吟

1) 원문

돌아 볼근 돌아 靑天청천의 썻는 돌아
얼굴은 언제 나며 볽기는 뉘 삼기뇨
西山서산의 히 숨고 긴 밤이 沈沈침침훈 제
靑奩청렴453)을 여러노코 寶鏡보경454)을 닷가내니
一片光輝일편광휘455)예 八方팔방이 다 볽거다
ᄒᆞᄅᆞ밤 츤ᄇᆞ람의 눈이 온가 서리 온가
어이 훈 乾坤건곤456)이 白玉京백옥경457)이 도엿ᄂᆞᆫ고
東窓동창 채 볽거늘 水精簾수정렴을 거러노코
瑤琴요금458)을 빗기 안아 鳳凰曲봉황곡459)을 타 집흐니
聲聲성성이460) 淸遠청원461)ᄒᆞ여 太空태공462)의 드러가니

---

453) 靑奩(청렴) : 젊은 여인이 쓰는 경대.

454) 寶鏡(보경) : 보석이 박힌 거울.

455) 一片光輝(일편광휘) : 한 조각 달이 환하게 빛남.

456) 乾坤(건곤) : 천지.

457) 白玉京(백옥경) : 하늘 위 옥황상제가 사는 곳.

458) 瑤琴(요금) : 옥으로 꾸민, 거문고의 일종.

459) 鳳凰曲(봉황곡) : 전한(前漢)의 사마상여(司馬相如)가 지은 〈봉구황곡(鳳求凰曲)〉을 본따 지은 노래로, 남녀의 금실을 예찬하였음.

460) 聲聲(성성)이 : 소리마다.

461) 淸遠(청원) : 맑고 그윽함.

462) 太空(태공) : 높고 먼 하늘.

婆娑파파 桂樹下계수하[463]의 玉兎옥토[464]도 도라본다
琉璃유리 琥珀酒호박주[465]를 ᄀᆞ득 부어 勸권챠 ᄒᆞ니
有情유정ᄒᆞᆫ 嫦娥항아[466]도 잔 밋틔 ᄇᆞ싀얏다
淸光청광을 머그므니 肺腑폐부의 흘너드러
浩浩호호ᄒᆞᆫ[467] 胸中흉중이 아니 비쵠 곳기 업다
옷가슴 헤텨내여 廣寒殿광한전[468]을 도라안자
ᄆᆞ옴의 먹은 뜻을 다 ᄉᆞ로려 ᄒᆞ엿더니
숨구즌[469] 浮雲부운이 어드러셔 ᄀᆞ리완고
天地晦盲천지회맹[470]ᄒᆞ야 百物백물[471]을 다 못 보니
上下四方상하사방애 갈길흘 모롤노다
遙岑半角요잠반각[472]애 녯 빗치 빈취ᄂᆞᆫ 듯
雲間운간의 나왓더니 ᄊᆡ구름 밋쳐 나니
熹微희미ᄒᆞᆫ ᄒᆞᆫ 비치 漸漸점점 아득ᄒᆞ여 온다
重門중문을 다다노코 庭畔정반[473]의 ᄯᅩ로 셔셔
梅花매화 ᄒᆞᆫ 가지 桂影계영[474]인가 도라보니

---

463) 婆娑(파파) 桂樹(계수) : 달나라에 있다는 계수나무.
464) 玉兎(옥토) : 달나라에 산다는 옥토끼.
465) 琉璃(유리) 琥珀酒(호박주) : 투명한 호박잔에 따른 맑은 술.
466) 嫦娥(항아) : 달 속에 산다는 선녀.
467) 浩浩(호호)ᄒᆞᆫ : 한없이 넓고 큰.
468) 廣寒殿(광한전) : 옥황상제가 사는 궁전.
469) 숨구즌 : 문맥상 '심술궂은'인 듯.
470) 天地晦盲(천지회맹) : 천지가 캄캄함.
471) 百物(백물) : 온갖 사물.
472) 遙岑半角(요잠반각) : 아득히 멀리 우뚝 솟은 봉우리의 반쪽 끝.
473) 庭畔(정반) : 뜰의 가장자리.

凄涼처량ᄒᆞᆫ 暗香암향475)이 날 조쳐 시름ᄒᆞᆫ다
疎簾소렴476)을 지워노코 洞房동방477)애 혼자 안자
金鵲鏡금작경478) 쁠텨내여/나여 壁上벽상애 걸어두니
제 몸만 ᄇᆞᆰ키고 ᄂᆞᆷ 비칠 줄 모ᄅᆞᄂᆞ다
團團紈扇단단환선479)으로 긴 ᄇᆞ람 브처내여
이 구름 다 것고자 淇園綠竹기원녹죽480)으로
一千丈일천장 뷔ᄅᆞᆯ ᄆᆡ야 져 구름 다 쁠고쟈
長空장공은 萬里만리오 이 몸은 塵土진토니
서의ᄒᆞᆫ481) 이내 쁫이 헤ᄂᆞ니 虛事허사로다
ᄀᆞᆺ득 시름 한ᄃᆡ 긴 밤이 어도록고
輾轉反側전전반측482)ᄒᆞ여 다시곰 ᄉᆡᆼ각ᄒᆞ니
盈虛消長영허소장483)이 天地천지도 無窮무궁ᄒᆞ니
風雲풍운이 變化변화ᄒᆞᆫ돌 本色본색이 어ᄃᆡ 기료
우리도 丹心단심을 직희여 明月명월 볼 날 기ᄃᆞ리노라

—최현(1563-1640) · 『인재속집』(필사본)

474) 桂影(계영) : 계수나무 그림자.
475) 暗香(암향) : 그윽히 풍겨 오는 향기. 흔히 매화 향기를 일컬음.
476) 疎簾(소렴) : 성글게 짠 발.
477) 洞房(동방) : 침실.
478) 金鵲鏡(금작경) : 황금으로 까치를 조각해 넣은 거울.
479) 團團紈扇(단단환선) : 비단으로 만든 둥근 모양의 부채.
480) 淇園綠竹(기원녹죽) : 하남성 기현의 정원에서 나는 푸른 대나무.
481) 서의ᄒᆞᆫ : 서약한. 맹세한.
482) 輾轉反側(전전반측) : 이리저리 뒤척거리며 잠을 못 이룸.
483) 盈虛消長(영허소장) : (달이) 차고 지며 (초목이) 스러지고 자라남.

2) 현대어역

달아 밝은 달아 청천에 떴는 달아
얼굴은 언제 나며 밝기는 뉘 만들었뇨
서산에 해 숨고 긴 밤이 침침한 때
푸른 경대 열어놓고 보석 거울 닦아내니
한 조각 밝은 달빛 팔방이 다 밝았다
하룻밤 찬바람에 눈이 왔는가 서리가 왔는가
어이 한 천지가 신선세상 되었는고
동창이 채 밝거늘 수정발을 걸어놓고
거문고 비껴 안아 봉황곡을 타 짚으니
소리마다 맑고 그윽하여 태공에 들어가니
달나라 계수나무 옥토끼도 돌아본다
투명한 호박주를 가득 부어 권하자 하니
다정한 항아도 잔 밑에 빛이 난다
푸른 빛 머금으니 가슴에 흘러들어
넓고 큰 가슴속 아니 비친 곳이 없다
옷가슴 헤쳐내어 광한전을 돌아앉아
마음에 먹은 뜻을 다 사뢰려 하였더니
심술궂은 뜬구름이 어디서 가렸는고
천지가 캄캄하여 온갖 사물 다 못 보니
상하 사방에 갈길을 모르겠다
아득한 봉우리에 옛 빛이 비치는 듯
구름 사이 나왔더니 떼구름 미쳐 나니
희미한 한 빛이 점점 아득하여 온다

중문을 닫아놓고 뜰 가에 따로 서서
매화 한 가지 계수나무 그림자인가 돌아보니
처량한 매화 향이 날 따라 시름한다
성긴 발 치워놓고 침실에 혼자 앉아
금빛 거울 닦아내어 벽 위에 걸어두니
제 몸만 밝히고 남 비칠 줄 모른다
둥근 비단부채로 긴 바람 부쳐내어
이 구름 다 걷고자 푸른 대나무로
천 길 빗자루 매어 저 구름 다 쓸고자
장공은 만리요 이 몸은 티끌이니
맹세한 이내 뜻이 생각느니 허사로다
가뜩 시름 많은데 긴 밤이 어떠한고
뒤척이며 잠 못 이뤄 다시금 생각하니
만물의 변화가 천지도 무궁하니
풍운이 변화한들 본색이 어디 가리오
우리도 단심을 지키어 명월 볼 날 기다리노라

3) 작품해설

선조 때 최현이 지은 작품이다. 작가의 다른 가사 〈용사음(龍蛇吟)〉과 함께 『인재속집』에 실려 전한다. 임진왜란으로 몽진 길에 오른 임금을 명월에 비겨, 우국연주(憂國戀主)의 지극한 정을 노래하였다. 달이 찼다 기울고 구름에 가리워졌다가도 다시 모습을 드러내듯, 나라의 환란도 머지않아 물러나리라는 의지를 담았다. 〈용사음〉이 직접적인 전란의 상황 속에서의 비분강개를 토로한 작품이라면, 이 노래는 구름에 가린 달을 보는 안타까움을 개인적인 서정에 중점을 두어 표현하였다.

《 탄궁가 嘆窮歌 》

1) 원문

하늘이 삼기시믈484) 일졍 고로 ᄒᆞ련마는

엇지ᄒᆞᆫ 人生인생이 이대도록 苦楚고초485) ᄒᆞᆫ고

三旬九食삼순구식486)을 엇거나 못 엇거나

十年一冠십년일관을 쓰거나 못 쓰거나

顔瓢屢空안표누공487)인돌 날ᄀᆞ치 뷔여시며

原憲艱難원헌간난488)인돌 날ᄀᆞ치 已甚이심489) ᄒᆞᆯ가

春日춘일이 遲遲지지490) ᄒᆞ야 布穀포곡491)이 ᄇᆡ야거ᄂᆞᆯ492)

東隣동린에 ᄡᅡ보493) 엇고 西舍서사에 호ᄆᆡ 엇고

---

484) 삼기시믈 : 만드심을.

485) 苦楚(고초) : 고난(苦難).

486) 三旬九食(삼순구식) : 서른 날 동안에 아홉 끼니를 먹는다는 뜻으로, 몹시 가난함을 이르는 말.

487) 顔瓢屢空(안표누공) : 안연(顔淵)의 표주박이 자주 빔. 안연은 공자의 제자 안회(顔回)로, 학덕이 높고 재질이 뛰어났으며 빈곤하고 불우하였으나 개의치 않았음.

488) 原憲艱難(원헌간난) : 공자의 제자인 자사(子思)로, 그의 집이 몹시 가난하였음.

489) 已甚(이심) : 너무 지나침. 한도를 지남.

490) 遲遲(지지) : 더디고 느림.

491) 布穀(포곡) : 뻐꾸기.

492) ᄇᆡ야거ᄂᆞᆯ : 보채거늘. 재촉하거늘.

493) ᄡᅡ보 : 따비. 따비는 쟁기보다 좀 작고 보습이 좁게 생긴 농구의 하나. 풀뿌리를 뽑거나 밭갈이에 씀.

집 안희 드러가 삐갓[494]술 마련ᄒᆞ니
올벼삐[495] ᄒᆞᆫ 말은 半반 나마 쥐 먹엇고
기장피 조ᄑᆞᆺ튼 서너 되 부터거놀[496]
한아寒餓한[497] 食口식구 일이ᄒᆞ야 어이 살리
이바 아희들아 아모려나 힘뻐 쓰라
쥭은 물 샹쳥[498] 먹고 거니[499] 건져 죵을 주니
눈 우희 바늘 젓고 코흐로 ᄑᆞ람 분다[500]
올벼는 ᄒᆞᆫ 볼 뜻고 조ᄑᆞ튼 다 무기니
살히피 바랑이[501]는 나기도 슬찬턴가[502]
환자還子 장이[503]는 무어스로 당만ᄒᆞ며
徭役貢賦요역공부[504]는 엇지ᄒᆞ야 출와낼고
百爾思之백이사지[505]라도 겨닐[506] 셩이 전혀 업다

---

494) 삐갓 : 씨앗.
495) 올벼삐 : 올벼씨. 올벼는 일찍 익는 벼.
496) 부터거놀 : 부쳤거늘. 농사지었거늘.
497) 한아(寒餓)한 : 춥고 굶주린.
498) 샹쳥 : 상청. 상전(上典). 윗사람.
499) 거니 : 건더기.
500) 눈 우희 바늘 젓고 코흐로 ᄑᆞ람 분다 : 눈살을 찌푸리며 콧방귀만 뀐다.
501) 살히피 바랑이 : 둘 다 잡초의 일종.
502) 슬찬턴가 : 싫지 않던가.
503) 환자(還子) 장이 : 환자장리(還子長利). 환자(還子)는 각 고을의 사창(社倉)에서 백성에게 꾸어 주었던 곡식을 가을에 다시 받아들이던 제도. 장리(長利)는 곡식을 대차하는 데 붙는, 1년에 본곡식의 절반이 되는 높은 변리.
504) 徭役貢賦(요역공부) : 요역(徭役)은 나라에서 구실 대신으로 시키던 노동. 공부(貢賦)는 나라에 바치던 공물과 세금.
505) 百爾思之(백이사지) : 여러모로 이리저리 생각하여 봄.
506) 겨닐 : 견딜.

萇楚장초의 無知무지507)를 불어ᄒᆞ나 엇지ᄒᆞ리
時節시절이 豊풍ᄒᆞᆫ들 지어미 ᄇᆡ브르며
겨스를508) 덥다 ᄒᆞᆫ들 몸을 어이 ᄀᆞ리울고
機杼기저509)도 쁠듸업서 空壁공벽의 씨쳐 잇고
釜甑부증510)도 ᄇᆞ려두니 불근 비티 다 되엿다
歲時朔望세시삭망511) 名日忌祭명일기제512)ᄂᆞᆫ 무어스로 饗祀향사513) ᄒᆞ며
遠近親戚원근친척514) 來賓往客내빈왕객515)은 어이ᄒᆞ야 接待접대ᄒᆞᆯ고
이 얼굴 진여 이셔 어려운 일 하고 만타
이 怨讎窮鬼원수궁귀516)를 어이ᄒᆞ야 녀희려뇨
수리 餱糧후량517)을 ᄀᆞ초오고 일홈 불러 餞送전송518) ᄒᆞ야
日吉辰良일길신량519)에 四方사방으로 가라 ᄒᆞ니

507) 萇楚(장초)의 無知(무지) : 『시경(詩經)』 「회풍(檜風)」의 한 구절로, ‘진펄에 난 장초나무 가지가 아무것도 모르고 자라남’을 부러워하는 내용의 노래이다. 곧 정사가 번거롭고 세금이 무거워 사람들이 그 고통을 견디지 못함을 탄식한 것임.

508) 겨슬 : 겨울.

509) 機杼(기저) : 베틀의 북.

510) 釜甑(부증) : 떡 찌는 시루솥.

511) 歲時朔望(세시삭망) : 세시 절기.

512) 名日忌祭(명일기제) : 명절잔치와 제사.

513) 饗祀(향사) : 제사를 받듦.

514) 遠近親戚(원근친척) : 멀고 가까운 친척.

515) 來賓往客(내빈왕객) : 오고가는 손님.

516) 怨讎窮鬼(원수궁귀) : 원수 같은 가난귀신.

517) 餱糧(후량) : 먼길을 가는 사람이 가지고 가는 양식.

518) 餞送(전송) : 떠나는 이를 잔치를 베풀어 보냄.

519) 日吉辰良(일길신량) : 길한 날.

啾啾憤憤추추분분520) ᄒᆞ야 怨怒원노521) ᄒᆞ야 니른 말이
自少至老자소지로522)히 喜怒憂樂희로우락523)을 너와로 ᄒᆞᆷᄭᅴ ᄒᆞ야
죽거나 살거나 져흴524) 줄이 업섯거늘
어듸 가 뉘 말 듯고 가라 ᄒᆞ여 니ᄅᆞᄂᆞ뇨
이ᄂᆞᆫ 덧 ᄭᅮ짓ᄂᆞᆫ 덧 온 가지로 恐嚇공혁525)커늘
도롯셔 ᄉᆡᆼ각ᄒᆞ니 네 말도 다 올토다
無情무정ᄒᆞᆫ 世上세상은 다 나ᄅᆞᆯ ᄇᆞ리거늘
네 호자 有信유신526)ᄒᆞ야 나ᄅᆞᆯ 아니 ᄇᆞ리거든
人威인위로527) 絕避절피528)ᄒᆞ여 좀ᄶᅵ529)로 녀흴너냐
하늘 삼긴 이내 窮궁530)을 혈마ᄒᆞᆫ ᄃᆞᆯ531) 어이ᄒᆞ리
貧賤빈천도 내 分분이어니 셜워 므슴ᄒᆞ리

—정훈(1563-1640) · 『수남방옹유고』(필사본)

---

520) 啾啾憤憤(추추분분) : 시끄럽게 떠들며 화를 냄.
521) 怨怒(원노) : 원망하고 분노함.
522) 自少至老(자소지로) : 어릴 때부터 늙을 때까지.
523) 喜怒憂樂(희로우락) : 기쁨과 노염과 근심과 즐거움.
524) 져흴 : 문맥상 '헤어질'의 뜻.
525) 恐嚇(공혁) : 을러대어 꾸짖음.
526) 有信(유신) : 신의가 있음.
527) 人威(인위)로 : 인력으로.
528) 絕避(절피) : 피하여 관계를 끊음.
529) 좀ᄶᅵ : 잔꾀.
530) 窮(궁) : 궁핍.
531) 혈마ᄒᆞᆫ ᄃᆞᆯ : 설마한들.

2) 현대어역

하늘이 만드시길 일정 고르게 하련마는
어찌된 인생이 이토록 괴로운고
서른 날 아홉 끼를 얻거나 못 얻거나
십년에 갓 한번 쓰거나 못 쓰거나
안연의 그릇인들 나같이 비었으며
자사의 가난인들 나처럼 심했을까
봄날이 더디 흘러 뻐꾸기 보채거늘
동편 이웃에 따비 얻고 서편 이웃에 호미 얻고
집 안에 들어가 씨앗을 마련하니
올벼씨 한 말은 반 넘어 쥐 먹었고
기장 피 조 팥은 서너 되 심었거늘
춥고 굶주린 식구들 이리하여 어이 살리
이봐 아이들아 아무튼지 힘써 일하라
죽은 국물을 윗사람 먹고 건더기 건져 종을 주니
눈 위에 바늘 꽂은 듯 코로 바람 분다
올벼는 한 발 뜯고 조 팥은 다 묵히니
이런저런 잡초는 나기도 싫지 않던가
나라빚과 이자는 무엇으로 장만하며
부역과 세금은 어찌하여 차려낼꼬
이리저리 생각해도 견뎌낼 가능성이 전혀 없다
장초나무의 근심 없음을 부러워하나 어찌하리
시절이 풍년인들 지어미 배부르며
겨울을 덥다 한들 몸을 어이 가리울꼬

베틀의 북도 쓸데없어 빈 벽에 남아 있고
떡시루 솥도 버려두니 붉은 녹이 다 끼었다
세시 절기 생일 제사 무엇으로 받들어올리며
친척들과 손님들은 어이하여 접대할꼬
이 얼굴 지녀 있어 어려운 일 많고 많다
이 원수 가난귀신을 어찌해야 떨치려뇨
술에 음식 갖추고 이름 불러 전송하여
좋은날 좋을 때에 사방으로 가라 하니
시끄럽게 떠들면서 화를 내어 이른 말이
어려서부터 늙을 때까지 희로애락을 너와 함께 하여
죽거나 살거나 떠날 줄이 없었거늘
어디 가 뉘 말 듣고 가라 하여 이르느뇨
타이르는 듯 꾸짖는 듯 온 가지로 을러대거늘
돌이켜 생각하니 네 말도 다 옳도다
무정한 세상은 다 나를 버리거늘
너 혼자 신의 있어 나를 아니 버리거든
억지로 피하여 잔꾀로 여읠러나
하늘이 만들어준 이내 궁핍 설마한들 어이하리
빈천도 내 분수이니 서러워하여 무엇하리

3) 작품해설

조선중기의 문신 정훈이 지은 가사이다. 자신의 빈한한 생활상을 소재로 안빈낙도(安貧樂道)를 읊었다. 주제는 소박하지만 표현방법은 직설적이고 개성이 있다. 〈탄궁가〉는 가난한 선비의 생활을 사실적으로 표현하였는데, 빈곤의 상태와 극복 노력을 반복하다가 결국 체념의 정서로 마무리하였다.

한편 작가 정훈의 생애는 〈누항사〉의 박인로와 비슷하게 임진왜란 전후인 16세기 말에서 17세기 초에 걸쳐 있다. 그래서인지 이 두 작품에는 공통점이 많다. 둘 다 양반가사임에도 음풍농월(吟風弄月)보다는 현실생활에 초점이 맞추어져 있고, 몹시 궁핍한 생활이 노출되어 있다. 두 작품 다 먹고 살기조차 어려운 가난한 양반의 현실을 구구절절 늘어놓고 있다. 이런 모습은 전기의 양반가사가 보여주는 고상한 기품과는 거리가 멀다. 이 작품에서는 의인화를 통해 가난을 체념적으로 수용하는 태도를 드러내고 있는데, 이 대목에서 독자에게 애잔한 웃음을 선사하면서 동정심을 유발하기도 한다.

누항사 陋巷詞

1) 원문

어리고 迂闊우활532) ᄒᆞᆯ산 이ᄂᆡ 우ᄒᆡ 더니 업다

吉凶禍福길흉화복을 하날긔 부쳐두고533)

陋巷누항534) 깁푼 곳의 草幕초막을 지어두고

風朝雨夕풍조우석535)에 석은 딥히536) 셥히 되야537)

셔 홉 밥 닷 홉 粥죽에 烟氣연기도 하도 할샤

설데인 熟冷숙냉538)애 뷘 ᄇᆡ 쇡일 ᄲᅮᆫ이로다

生涯생애539) 이러ᄒᆞ다 丈夫장부 뜻을 옴길넌가

安貧一念안빈일념540)을 젹을망졍 품고 이셔

隨宜수의541)로 살려 ᄒᆞ니 날로조차542) 齟齬저어543) ᄒᆞ다

---

532) 迂闊(우활) : 세상 물정에 어두움.

533) 부쳐두고 : 맡겨두고.

534) 陋巷(누항) : 누추한 곳, 자기가 사는 곳을 낮추어 부르는 말.

535) 風朝雨夕(풍조우석) : 아침 바람과 저녁 비. 즉 고르지 못한 날씨.

536) 석은 딥히 : 썩은 짚이.

537) 셥히 되야 : 섶[薪]이 되어. 땔감이 되어.

538) 熟冷(숙냉) : 숭늉.

539) 生涯(생애) : 살림살이. 살아가는 상태.

540) 安貧一念(안빈일념) : 가난한 살림살이에도 마음이 평안하여 근심하지 않는 한결 같은 마음.

541) 隨宜(수의) : 옳은 일을 좇음.

542) 날로조차 : 날이 갈수록.

ᄀᆞ올히 不足부족거든 봄이라 有餘유여ᄒᆞ며
주머니 뷔엿거든 瓶병544)의라 담겨사랴
貧困빈곤ᄒᆞᆫ 人生인생이 天地間천지간의 나ᄲᅮᆫ이라
飢寒기한545)이 切身절신546)ᄒᆞ다 一丹心일단심을 이질ᄂᆞᆫ가
奮義忘身분의망신547)ᄒᆞ야 죽어야 말녀 너겨
于橐于囊우탁우낭548)의 줌줌이 모와 녀코
兵戈五載병과오재549)예 敢死心감사심550)을 가져 이셔
履尸涉血이시섭혈551)ᄒᆞ야 몃 百戰백전을 지ᄂᆡ연고
一身일신이 餘暇여가 잇사 一家일가를 도라보랴
一奴長鬚일노장수552)는 奴主分노주분553)을 이졋거든
告余春及고여춘급554)을 어ᄂᆡ 사이 ᄉᆡᆼ각ᄒᆞ리
耕當問奴경당문노555) 긔둘 눌ᄃᆞ려 물롤ᄂᆞᆫ고
躬耕稼穡궁경가색556)이 ᄂᆡ 分분인 줄 알 리로다

543) 齟齬(저어) : 서로 맞지 않고 어긋나 뜻대로 되지 않음.
544) 瓶(병) : 여기서는 술병을 가리킴.
545) 飢寒(기한) : 굶주림과 헐벗음.
546) 切身(절신) : 목숨을 끊음.
547) 奮義忘身(분의망신) : 의에 분발하여 제 몸을 돌보지 않음.
548) 于橐于囊(우탁우낭) : 전대와 주머니.
549) 兵戈五載(병과오재) : 임진왜란 이후 5년 동안.
550) 敢死心(감사심) : 용감히 죽겠다는 마음.
551) 履尸涉血(이시섭혈) : 시체를 밟고 피를 건넘.
552) 一奴長鬚(일노장수) : 한 사람의 사내종이 긴 수염을 가졌으니, 곧 늙은 종을 이름.
553) 奴主分(노주분) : 종과 주인이 서로 지켜야 할 분수.
554) 告余春及(고여춘급) : 나에게 봄이 왔다고 알려 줌.
555) 耕當問奴(경당문노) : 밭가는 일은 종에게 물음이 마땅함.
556) 躬耕稼穡(궁경가색) : 몸소 밭을 갈고 씨 뿌려 곡식을 거둠.

莘野耕叟신야경수557) 壟上耕翁농상경옹558)을 賤천타 ᄒᆞ리 업것마ᄂᆞᆫ

아므려 갈고젼ᄃᆞᆯ559) 어ᄂᆡ 쇼로 갈로손고

旱旣太甚한기태심560)ᄒᆞ야 時節시절이 다 느즌 졔

西疇서주561) 놉흔 논애 잠싼 긴 녈 비562)예

道上無源水도상무원수563)을 반만싼 ᄃᆡ혀두고

쇼 ᄒᆞᆫ 젹 듀마564) ᄒᆞ고 엄섬이565) ᄒᆞᄂᆞᆫ 말삼

親切친절호라 너긴 집의 달 업ᄉᆞᆫ 黃昏황혼의 허위허위 다라가셔

구디 다ᄃᆞᆫ 門문 밧긔 어득히 혼자 셔셔

큰 기춤 아함이566)를 良久양구토록567) ᄒᆞ온 後후에

어화 긔 뉘신고 廉恥염치 업산 ᄂᆡ옵노라

初更초경568)도 거읜ᄃᆡ 긔 엇지 와 겨신고

年年년년에 이러ᄒᆞ기 苟且구차ᄒᆞᆫ 줄 알건만ᄂᆞᆫ

쇼 업ᄉᆞᆫ 窮家궁가애 혜염 만하 왓삽노라

공ᄒᆞ니나 갑시나569) 주엄즉도 ᄒᆞ다마ᄂᆞᆫ

---

557) 莘野耕叟(신야경수) : 신야에서 밭 갈던 늙은이. 은나라 탕왕(湯王) 때의 어진 재상 이윤(伊尹)을 가리킴.

558) 壟上耕翁(농상경옹) : 밭둑 위에서 밭 갈던 노인. 진나라 진승(陳勝)을 가리킴.

559) 갈고젼ᄃᆞᆯ : 갈고자 한들.

560) 旱旣太甚(한기태심) : 가뭄이 이미 크게 들었음.

561) 西疇(서주) : 서쪽 밭.

562) 녈 비 : 지나가는 비.

563) 道上無源水(도상무원수) : 길바닥에 흐르는 근원 없는 물이니, 곧 조금 온 빗물.

564) 쇼 ᄒᆞᆫ 젹 듀마 : 소를 잠깐 빌려주마.

565) 엄섬이 : 엉성히. 탐탁지 않게.

566) 아함이 : '에헴' 하는 기침소리.

567) 良久(양구)토록 : 꽤 오래도록.

568) 初更(초경) : 하룻밤을 오경(五更)으로 나눈 그 첫 번째 시간. 오후 7~9시 사이.

다만 어제밤의 거넨집 져 사람이
목 불근 수기雉치[570]을 玉脂泣옥지읍게[571] ᄽᅮ어ᄂᆡ고
간[572] 이근 三亥酒삼해주[573]을 醉취토록 勸권ᄒᆞ거든
이러ᄒᆞᆫ 恩惠은혜을 어이 아니 갑흘넌고
來日내일로 주마 ᄒᆞ고 큰 言約언약 ᄒᆞ야거든
失約실약이 未便미편ᄒᆞ니 사셜이 어려왜라
實爲실위[574] 그러ᄒᆞ면 혈마[575] 어이ᄒᆞᆯ고
헌 먼덕[576] 수기 스고 측 업슨 집신에 설피설피 물너오니
風采풍채 저근 形容형용애 ᄀᆡ 즈칠 ᄲᅮᆫ이로다
蝸室와실[577]에 드러간ᄃᆞᆯ 잠이 와사 누어시랴
北窓북창을 비겨 안자 ᄉᆡᄇᆡ[578]ᄅᆞᆯ 기다리니
無情무정ᄒᆞᆫ 戴勝대승[579]은 이ᄂᆡ 恨한을 도우ᄂᆞ다
終朝惆悵종조추창[580]ᄒᆞ며 먼 들흘 바라보니

---

569) 공ᄒᆞ니나 갑시나 : 공짜로 주거나 값을 쳐 주거나.
570) 수기雉(수기치) : 꿩의 수컷. 곧 장끼.
571) 玉脂泣(옥지읍)게 : 구슬 같은 기름이 끓어오르게.
572) 간 : 갓.
573) 三亥酒(삼해주) : 동짓달 해일(亥日)에 준비하여 섣달 해일에 술을 담갔다가 정월 해일에 거른 술.
574) 實爲(실위) : 참으로.
575) 혈마 : 설마.
576) 먼덕 : 문맥상 '갓'인 듯.
577) 蝸室(와실) : 달팽이집처럼 작고 누추한 집.
578) ᄉᆡᄇᆡ : 새벽.
579) 戴勝(대승) : 오디새. 우리나라, 시베리아, 몽고, 만주 등지에 사는데, 깃을 일으켜 세우면 부채 모양의 우관이 머리에 있음.
580) 終朝惆悵(종조추창) : 아침이 끝날 때까지 슬퍼함.

즐기ᄂᆞᆫ 農歌농가도 興흥 업서 들리ᄂᆞ다
世情세정 모ᄅᆞᆫ 한숨은 그칠 줄을 모ᄅᆞᄂᆞ다
아ᄭᆞ온 져 소뷔581)ᄂᆞᆫ 볏보님582)도 됴홀세고
가시 엉긘 묵은 밧도 容易용이케 갈련마ᄂᆞᆫ
虛堂半壁허당반벽583)에 슬ᄃᆡ업시 걸려고야
春耕도 거의거다 후리쳐584) 더뎌두쟈
江湖강호 ᄒᆞᆫ 쑴을 ᄭᅮ언지도 오ᄅᆡ러니
口腹구복이 爲累위루585)ᄒᆞ야 어지버 이져ᄯᅥ다
瞻彼淇澳첨피기욱586)ᄒᆞᆫᄃᆡ 綠竹녹죽도 하도 할샤
有斐君子유비군자587)들아 낙ᄃᆡ ᄒᆞ나 빌려ᄉᆞ라
蘆花노화588) 깁픈 곳애 明月淸風명월청풍 벗이 되야
님ᄌᆡ 업ᄉᆞᆫ 風月江山풍월강산애 절로절로 늘그리라
無心무심ᄒᆞᆫ 白鷗백구야 오라 ᄒᆞ며 말라 ᄒᆞ랴
다토리 업슬ᄉᆞᆫ 다문인가589) 너기로라
無狀무상ᄒᆞᆫ590) 이 몸애 무ᄉᆞᆫ 志趣지취591) 이스리마ᄂᆞᆫ

---

581) 소뷔 : 쟁기의 사투리.

582) 볏보님 : 볏은 보습 위에 비스듬히 대어 흙이 한쪽으로 떨어지게 하는 쇳조각이고, 보임은 볏이 움직이지 않도록 꼭 들어맞게 해놓은 것을 뜻함.

583) 虛堂半壁(허당반벽) : 빈 집 벽 가운데.

584) 후리쳐 : 홀연. 문득.

585) 口腹爲累(구복위루) : 입과 배가 거리껴짐. 먹고 사는 것이 걱정됨.

586) 瞻彼淇澳(첨피기욱) : 저 기수(淇水)의 물가를 쳐다봄. 『시경』「위풍(衛風)」에 나오는 구절.

587) 有斐君子(유비군자) : 빛나는 군자. 교양 있는 선비.

588) 蘆花(노화) : 갈대꽃.

589) 다문인가 : 다만 이것뿐인가.

두세 이렁 밧논을 다 무겨 더뎌두고
이시면 粥죽이오 업시면 굴물망정
남의 집 남의 거슨 젼혀 부러 말렷노라
닉 貧賤빈천 슬히 너겨 손을 헤다 물너가며
남의 富貴부귀 불리 너겨 손을 치다 나아오랴
人間인간 어닉 일이 命명 밧긔 삼겨시리
貧而無怨빈이무원592)을 어렵다 ᄒᆞ건마는
닉 生涯생애 이러호딕 설온 뜻은 업노왜라
簞食瓢飮단사표음593)을 이도 足족히 너기로라
平生평생 ᄒᆞᆫ 뜻이 溫飽온포594)애는 업노왜라
太平天下태평천하애 忠孝충효를 일을 삼아
和兄弟화형제595) 信朋友신붕우596) 외다 ᄒᆞ리 뉘 이시리
그밧긔 남은 일이야 삼긴 딕로 살렷노라

—박인로(1561-1642) · 『노계선생문집』

---

590) 無狀(무상)ᄒᆞᆫ : 내세울 만한 선행이나 공적이 없는.

591) 志趣(지취) : 의지와 취향.

592) 貧而無怨(빈이무원) : 가난해도 원망하지 않음.

593) 簞食瓢飮(단사표음) : 일단사일표음(一簞食一瓢飮)의 준말. 한 개 대광주리의 밥과 한 표주박의 물을 마심. 아주 가난하게 살아감을 비유.

594) 溫飽(온포) : 따뜻이 입고 배 불리 먹음.

595) 和兄弟(화형제) : 형제간에 화목함.

596) 信朋友(신붕우) : 벗들과 신의로 사귐.

2) 현대어역

어리석고 세상 물정 어둡기는 이내 몸보다 더한 이 없다
길흉화복을 하늘에 맡겨두고
누추한 깊은 곳에 초가집 지어두고
불순한 일기에 썩은 짚이 땔감 되어
서 홉 밥 닷 홉 죽에 연기가 많기도 많구나
덜 데운 숭늉으로 빈 배 속일 뿐이로다
내 생활 이러하다 하여 장부의 뜻을 바꿀쏜가
안빈낙도 한 마음을 적을망정 품고 있어
옳은 뜻 따라 살려 하니 날이 갈수록 어긋난다
가을에 부족하거든 봄이라 여유 있겠으며
주머니 비었거든 술병이라 담겨 있으랴
빈곤한 인생이 천지간에 나뿐이라
굶주리고 헐벗음이 몸을 괴롭힌다 한들 일편단심을 잊을런가
의에 분발하여 내 몸을 잊고 죽어서야 말겠노라고 여겨
전대와 주머니에 한 줌 한 줌 모아 넣고
전란 오년 동안에 용감히 죽고자 하는 마음 가지고 있어
주검을 밟고 피를 건너 얼마나 많은 전쟁을 치렀던가
일신이 여가 있어 일가를 돌아보랴
늙은 종은 하인과 주인의 분수를 잊었거든
내게 봄이 왔다 일러줄 것을 어느 사이 생각하리
농사일은 마땅히 종에게 물어야 하건만 누구에게 물을런고
몸소 밭 갈고 씨뿌림이 내 분수인 줄 알 리로다
밭 갈던 이윤이나 진승을 천하다 할 이 없건마는

아무리 갈고자 한들 어느 소로 갈 것인가
가뭄이 심하여 농사짓기 다 늦은 때에
서쪽 언덕 높은 논에 잠깐 지나가는 비에
길 위에 흐르는 물 반쯤만 대어두고
소 한 번 빌려주마 하고 탐탁지 않게 하는 말씀
친절하다 여긴 집에 달 없는 황혼에 허위허위 달려가서
굳게 닫은 문 밖에 아득히 혼자 서서
큰 기침 에헴 소리를 꽤 오래도록 한 뒤에
어화 그 뉘신고 염치없는 내옵노라
초경도 거의 지났는데 그 어찌 와 계신고
해마다 이러하기 구차한 줄 알건마는
소 없는 가난한 집에 걱정 많아 왔삽노라
거저로나 값을 치거나 빌려줌직도 하다마는
다만 어젯밤에 건넛집 저 사람이
목 붉은 수꿩을 기름이 끓어오르게 구워내고
갓 익은 삼해주를 취하도록 권하거든
이러한 은혜를 어이 아니 갚을런고
내일로 빌려주마 하고 큰 언약 하였거든
약속 어겨 미안하니 말씀드리기 어려워라
참으로 그러하면 설마 어이 할꼬
헌 갓을 눌러 쓰고 축 없는 짚신에 맥없이 물러오니
풍채조차 보잘것없는 모습에 개 짖을 뿐이로다
작고 누추한 집에 들어간들 잠이 와서 누웠으랴
북창을 빗겨 앉아 새벽을 기다리니
무정한 오디새는 이내 한을 돋우누나

아침까지 슬퍼하며 먼 들을 바라보니
즐거운 농부 노래도 흥 없이 들리누나
세상 물정 모르는 한숨은 그칠 줄 모르누나
아까운 저 쟁기는 볏 보임도 좋을시고
가시 엉긴 묵은 밭도 쉽게 갈련마는
텅 빈 집 벽 가운데 쓸데없이 걸렸구나
봄갈이도 끝나간다 홀연 던져두자
강호 한 꿈을 꾼 지도 오래더니
먹고 사는 일이 걱정되어 어즈버 잊었도다
저 냇가 바라보건대 푸른 대나무 많기도 많구나
교양 있는 선비들아 낚싯대 하나 빌려라
갈대꽃 깊은 곳에 청풍명월 벗이 되어
임자 없는 풍월강산에 절로절로 늙으리라
무심한 백구야 오라 하며 말라 하랴
다툴 이 없을손 다만 이뿐인가 여기노라
무상한 이 몸에 무슨 뜻이 있으랴마는
두세 이랑 밭과 논을 다 묵혀 던져두고
있으면 죽이요 없으면 굶을망정
남의 집 남의 것은 전혀 부러워하지 않노라
내 빈천 싫게 여겨 손을 젓는다 물러가며
남의 부귀 부럽게 여겨 손을 친다 나아오랴
인간의 어느 일이 운명 밖에서 생겼으리
가난해도 원망 않음이 어렵다 하건마는
내 생애 이러하되 설운 뜻은 없노라
소쿠리 밥과 표주박 물도 족히 여기노라

평생 한 뜻이 편히 입고 먹음에는 없노라
태평천하에 충효를 일을 삼아
형제간에 화목하고 벗끼리 신의 있음을 그르다고 할 이 뉘 있으리
그밖의 남은 일이야 타고난 대로 살아가려 하노라

3) 작품해설

〈누항사〉는 박인로가 지은 작품으로 『노계집』에 실려 있다. 한음 이덕형이 작가의 빈곤한 생활을 염려하자, 이에 답하여 지은 가사이다. 가난에 시달리지만 자연을 벗 삼아 충성·효도·우애·신의를 노래하고 안빈낙도하는 모습을 그렸다. 이 작품에는 임진왜란 이후 작가가 당면한 현실이 잘 나타나 있다. 즉 사대부로서의 지위도 보장되지 않고 농민으로서 살아갈 여건도 갖추어지지 않은 작가의 현실이 묘사되어 있다. 양쪽에서 소외되어 있는 괴로움이 절실하게 드러난 작품이다.

작가 박인로는 선조 25년(1592) 임진왜란이 일어나자 수군에 종군, 좌병사 성윤문의 밑에서 왜적과의 전투에 참여한 경험이 있다. 노계의 작품으로는 이 외에 〈태평사(太平詞)〉, 〈사제곡(莎提曲)〉, 〈선상탄(船上歎)〉, 〈독락당(獨樂堂)〉, 〈영남가(嶺南歌)〉, 〈노계가(蘆溪歌)〉, 〈소유정가(所有亭歌)〉, 〈입암별곡(立巖別曲)〉 등 전 9편의 가사와 68수의 시조가 전한다.

일동장유가 日東壯遊歌

1) 원문

평싱의 소활597) ᄒᆞ야 공명의 뜻이 업ᄂᆡ
진ᄉᆞ청명598) 족ᄒᆞ거니 ᄃᆡ과599) ᄒᆞ여 무엇ᄒᆞ리
장듕졔구600) 다 업시고 유산ᄒᆡᆼ장601) 출여ᄂᆡ여
팔도로 두루 노라 명산대쳔 다 본 후에
풍월을 희롱ᄒᆞ고 금호602)의 누엇더니
븍창의 잠을 ᄭᆡ야 세샹 긔별 드러ᄒᆞ니
관ᄇᆡᆨ603)이 죽다 ᄒᆞ고 통신ᄉᆞ604) 쳥ᄒᆞᆫ다ᄂᆡ
(중략)
이ᄯᅢᄂᆞᆫ 어ᄂᆞ ᄯᅢ고 계미605) 팔월 초삼이라

---

597) 소활(疎闊) : 성품이 짜이지 못하고 어설픔.
598) 진ᄉᆞ청명(進士淸名) : 진사의 청렴한 명망. 여기서 진사는 작가 김인겸 자신을 일컬음.
599) ᄃᆡ과(大科) : 문과(文科) 급제를 높여 이르는 말.
600) 장듕졔구(場中諸具) : 과거 시험장에 필요한 도구. 종이·붓·벼루·먹 등.
601) 유산ᄒᆡᆼ장(遊山行裝) : 산에 놀러가는 데 필요한 물건과 차림.
602) 금호(錦湖) : 금강(錦江). 작가가 공주(公州)에 은거하고 있었음.
603) 관ᄇᆡᆨ(關白) : 고대 일본의 관직 이름. 천황을 보좌하여 천하를 다스린 직책. 여기서는 토쿠가와 이에시게[德川家重]를 일컬음.
604) 통신ᄉᆞ(通信使) : 조선조에 일본에 가던 사신(使臣). 고종(高宗) 때부터 수신사(修信使)라 했음.
605) 계미(癸未) : 계미통신사가 일본에 간 1763년(영조 39년).

븍궐606)의 하딕ᄒᆞ고 남딕문 닉다라셔

관왕묘607) 얼풋 지나 젼싱셔608) 다다르니

ᄉᆞ힝을 젼별ᄒᆞ랴 만조공경609) 다 모닷닉

곳곳이 장막이오 집집이 안마610)로다

좌우젼후 뫼와들어 인산인희 되여시니

경 잇ᄂᆞᆫ 친구들은 옷 잡고 우탄611)ᄒᆞ고

쳘모ᄅᆞᄂᆞᆫ 소년들은 블워ᄒᆞ기 측냥업닉

(중략)

셕양이 거의 되니 ᄂᆞᆺᄂᆞᆺ치 고별ᄒᆞ고

샹마포612) 세 번 노코 ᄎᆞ례로 ᄯᅥ나갈ᄉᆡ

졀월613)과 젼비군관614) 국셔롤 인도ᄒᆞ고

비단일산 슌시영긔615) ᄉᆞ신을 뫼와섯다

닉 역시 뒤롤 ᄯᆞ라 역마롤 칩ᄯᅥ타니616)

가치옷617) 지로나장618) 깃 ᄭᅩᆺ고 압희 셔고

606) 븍궐(北闕) : 임금이 계신 궁궐. 경복궁.

607) 관왕묘(關王廟) : 중국 삼국시대 촉한(蜀漢)의 장수 관우(關羽)의 영(靈)을 모신 사당. 관제묘(關帝廟). 무묘(武廟).

608) 젼싱셔(典牲署) : 목멱산(木覓山) 남쪽에 있었던 희생(犧牲)을 관장했던 관서.

609) 만조공경(滿朝公卿) : 만조백관(滿朝百官).

610) 안마(鞍馬) : 안장(鞍裝)한 말.

611) 우탄(吁嘆) : 아쉬워하고 슬퍼함.

612) 샹마포(上馬砲) : 말에 올라 길을 떠난다는 신호를 알리는 포.

613) 졀월(節鉞) : 조선조 사신이나 수령의 부임시(赴任時) 왕이 주던 수기(手旗)와 도끼로 생살권(生殺權)과 권위를 상징하는 증표였음. 절부월(節斧鉞).

614) 젼비군관(前陪軍官) : 관리 행차나 상관 배견시(拜見時) 앞을 인도하는 군관.

615) 슌시영긔(巡視令旗) : 옛 군중(軍中)에 군령(軍令)을 전하던 기.

616) 칩ᄯᅥ타니 : 힘차게 타는 모양. 치올라 타니.

말 셔ᄌᆞ 부측ᄒᆞ고 뺭견마[619] 잡아고나
셰라놈[620]의 된소릐로 권마셩[621]은 무ᄉᆞ 일고
아모리 말니여도 젼례라고 부ᄃᆡ ᄒᆞ나
ᄇᆡᆨ슈[622]의 늙은 션ᄇᆡ 졸연이 별셩[623] 노릇
우숩고 긔괴ᄒᆞ니 남 뵈기 슈괴ᄒᆞ다[624]
(하략)

—김인겸(1707-1772) · 『일동장유가』(가람본)

2) 현대어역

평생에 소활하여 공명에 뜻이 없네
진사의 깨끗한 명망 족하거니 대과하여 무엇하리
과거 도구 다 없애고 유산행장 차려내어
팔도로 두루 놀아 명산대천 다 본 후에
풍월을 희롱하고 금강에 누웠더니
북창에 잠을 깨어 세상 기별 들어보니
덕천가중이 죽고 통신사 청한다네

---

617) 가치옷 : 때때옷.

618) 지로나장(指路羅將) : 지로는 조선조 길을 인도하던 의금부(義禁府)의 하급 관리. 나장은 관아의 사령(使令).

619) 뺭견마(雙牽馬) : 한 마차를 끄는 두 마리의 말.

620) 셰라놈 : 고관(高官)의 행차 때 소리 지르는 하급관리.

621) 권마셩(勸馬聲) : 지체가 높은 분이 행차할 때 위세를 더하기 위하여 그 앞에서 하인이나 역졸이 길게 외치는 소리.

622) ᄇᆡᆨ슈(白首) : 지체는 높으나 벼슬하지 않는 양반. 백두(白頭).

623) 별셩(別星) : 봉명사신(奉命使臣).

624) 슈괴(羞愧)ᄒᆞ다 : 부끄럽고 창피스럽다.

(중략)

이때가 어느 때인고 계미년 8월 3일이라
임금님께 하직하고 남대문 내달아서
관우의 사당 얼핏 지나 전생서 다다르니
사신 일행 전별하려 만조백관 다 모였네
곳곳이 장막이요 집집이 안장 얹은 말이로다
전후좌우 모여들어 인산인해 되었으니
정 있는 친구들은 옷 잡고 탄식하고
철모르는 소년들은 부러워하기 측량없네

(중략)

석양이 거의 되니 낱낱이 고별하고
출발 신호 세 번 놓고 차례로 떠나갈새
절과 부월 인도 군관 국서를 인도하고
비단일산 순시영기 사신을 중심으로 모여 섰다
나 역시 뒤를 따라 역마에 올라타니
화려한 옷 인도 사령 깃 꽂고 앞에 서고
말 서자 부축하고 쌍두마 잡았구나
청파역졸 큰 소리로 권마성은 무슨 일인가
아무리 말리어도 전례라고 부디 하나
백수의 늙은 선비 갑자기 사신 노릇
우습고 기괴하니 남 보기 부끄럽다

(하략)

3) 작품해설

김인겸이 1763년(영조 39) 계미통신사절단(癸未通信使節團)의 삼방서기(三房書記)로 일본에 다녀온 후 쓴 장편 사행가사이다. 1763년 8월 3일부터 1764년 7월 8일까지 일기형식으로 사행일정·풍물·경치·사건·심정 등을 읊어 총 3,500여 구에 이른다. 전 4편으로 제1편은 국내편, 제2·3편은 부산에서 떠나 국서(國書)를 전달하기까지의 일본편, 제4편은 강호(江戶)에서 집에 당도하기까지의 회정편(回程篇)으로 구성되어 있다.

〈일동장유가〉에는 일본의 문물, 제도, 인정, 풍속 그리고 도중의 풍경 등이 담겨 있다. 특히 작가의 주관과 풍자, 흥취 및 일본에 대한 적개심이 돋보인다. 당시 외교사절단의 규모와 일본의 풍속, 한일 양국의 외교방법 등 한일외교사 측면에서도 귀중한 자료로 꼽힌다. 언어구사 능력에 있어서도 뛰어나 사행가사 중 으뜸이라는 평가를 받는다.

작품이 길어 여기서는 일부만 발췌하여 실었다.

만언사 萬言詞

1) 원문

어와 벗님네야 이 내 말삼 들어보소
인생(人生) 천지간(天地間)에 그 아니 느꺼온가
평생(平生)을 다 살아도 다만지 백년(百年)이라
하물며 백년(百年)이 반듯기 어려우니
백구지과극(百駒之過隙)[625]이요 창해지일속(滄海之一粟)[626]이라
역려건곤(逆旅乾坤)[627]에 지나가는 손이로다
빌어온 인생(人生)이 꿈의 몸 가지고서
남아(男兒)의 하올 일을 역력(歷歷)히 다 하여도
풀끝에 이슬이라오히려 덧업거든
어와 내 일이야 광음(光陰)[628]을 헤여보니
반생(半生)이 채 못 되어 육륙(六六)에 둘이 업네[629]
(중략)

---

625) 백구지과극(百駒之過隙) : 흰 망아지가 문틈으로 휙 지나감. 세월이 매우 빠름을 비유하는 표현.

626) 창해지일속(滄海之一粟) : 넓은 바다에 떠 있는 좁쌀 한 알. 인간이 넓은 세상에 비해 매우 작은 존재임을 비유하는 표현.

627) 역려건곤(逆旅乾坤) : 여관과 같은 세상. 인생의 덧없음을 비유.

628) 광음(光陰) : 세월.

629) 육륙(六六)에 둘이 업네 : 작가의 나이 34세에 지은 것임을 알수 있음.

출몰사생(出沒死生) 삼주야(三晝夜)630)에 노 지우고 닻을 지니
수로천리(水路千里)631) 다 지내니 추자섬632)이 여기로다
도중(島中)633)으로 들어가니 적적(寂寂)하기 태심(太甚)634)하다
사면(四面)으로 돌아보니 날 알리 뉘 있으리
보이나니 바다히요 들리나니 물소리라
벽해상전(碧海桑田)635) 갈린 후(後)에 모래 모여 섬이 되니
추자(楸子)섬 생길 제는 천작지옥(天作地獄)636)이로다
해수(海水)로 성(城)을 싸고 운산(雲山)으로 문(門)을 지어
세상(世上)이 끊쳐시니 인간(人間)은 아니로다
풍도(酆都)637)섬이 어디메뇨 지옥(地獄)이 여기로다
(중략)
철없은 어린 아해(兒孩) 소 같은 젊은 계집
손가락질 가라치며 귀향다리638) 온다 하니
어와 고히하다 다리 지칭(指稱) 고히하다
구름다리 징검다리 돌다리 토다리라

---

630) 출몰사생(出沒死生) 삼주야(三晝夜) : 사흘 밤낮 동안 삶과 죽음을 넘나듦.

631) 수로천리(水路千里) : 한양으로부터의 거리가 천리에 이름.

632) 추자섬 : 전라남도 남해상에 있는 작은 섬. 유배지로 많은 선비들이 이곳에 정배되었음.

633) 도중(島中) : 섬 안.

634) 태심(太甚) : 아주 심함.

635) 벽해상전(碧海桑田) : 상전벽해(桑田碧海). 뽕나무 밭이 변하여 푸른 바다가 된다는 뜻으로, 세상일이 덧없이 변천함이 심함을 비유하는 말.

636) 천작지옥(天作地獄) : 하늘이 만든 듯, 타고난 지옥.

637) 풍도(酆都) : 도가(道家)에서 말하는 지옥.

638) 귀향다리 : 섬 주민인 아이와 계집들이 유배객인 작가를 낮잡아 부른 호칭.

춘정월(春正月) 십오야(十五夜) 상원(上元)야 밝은 달에
장안시상(長安市上)[639] 열두 다리 다리마다 바람 불어
옥호금준(玉壺金樽)[640]은 다리다리 배반(杯盤)[641]이요
적성가곡(笛聲歌曲)[642]은 다리다리 풍류(風流)로다
웃다리 아래다리 석은 다리 헛다리
철물(鐵物)다리 판자(板子)다리 두 다리 돌아들어
중촌(中村)을 올라 광통다리 굽은 다리 수표(水標)다리
효경(孝經)다리 마전(馬廛)다리 아량 위[643] 겻다리라
도로 올라 중학(中學)다리 다리 나려 향다리요
동대문(東大門) 안 첫다리며 서대문(西大門) 안 학다리
남대문(南大門) 안 수각다리 모든 다리 밟은 다리
이 다리 저 다리 금시초문(今始初聞) 귀향다리
(하략)

—안조원(1765-?) · 『만언ᄉᆞ』(가람본)

2) 현대어역

어와 벗님네야 이 내 말씀 들어보소
인생 천지간에 그 아니 느꺼운가
평생을 다 살아도 다만지 백년이라

---

639) 장안시상(長安市上) : 여기서는 '한양성 안'의 뜻.
640) 옥호금준(玉壺金樽) : 옥으로 만든 술병과 금으로 만든 술통.
641) 배반(杯盤) : 술잔과 안주 쟁반.
642) 적성가곡(笛聲歌曲) : 피리 소리에 실린 노래.
643) 아량 위 : 문맥상 '하량교(河良橋) 위'인 듯.

하물며 백년이 반듯하기 어려우니
백구지과극이요 창해지일속이라
역려건곤에 지나가는 손이로다
빌어온 인생이 꿈의 몸 가지고서
남아의 하올 일을 역력히 다 하여도
풀끝에 이슬이라 오히려 덧없거든
어와 내 일이야 광음을 헤어보니
반생이 채 못 되어 육륙에 둘이 없네
(중략)
출몰사생 삼주야에 노 지우고 닻을 지니
수로 천리 다 지내니 추자섬이 여기로다
섬 안으로 들어가니 적적하기 극심하다
사면으로 돌아보니 날 알 이 뉘 있으리
보이나니 바다요 들리나니 물소리라
벽해상전 갈린 후에 모래 모여 섬이 되니
추자섬 생길 때는 천연지옥이로다
바닷물로 성을 싸고 구름 낀 산으로 문을 지어
세상이 끊쳤으니 인간세상 아니로다
풍도섬이 어디메뇨 지옥이 여기로다
(중략)
철없는 어린 아이 소 같은 젊은 계집
손가락질 가리키며 귀향다리 온다 하니
어와 고이하다 다리 지칭 고이하다
구름다리 징검다리 돌다리 흙다리라
춘정일 십오야 상원야 밝은 달에

한양성 안 열두 다리 다리마다 바람 불어
옥 술병 금 술통은 다리마다 잔과 쟁반이요
쌓인 노래는 다리마다 풍류로다
웃다리 아래다리 썩은 다리 헛다리
철물다리 판자다리 두 다리 돌아들어
중촌을 올라 광통다리 굽은 다리 수표다리
효경다리 마전다리 하량교 위 겉다리라
도로 올라 중학다리 다리 내려 향다리요
동대문 안 첫다리며 서대문 안 학다리
남대문 안 수각다리 모든 다리 밟은 다리
이 다리 저 다리 금시초문 귀향다리

3) 작품해설

〈만언사〉는 정조 때 대전별감을 지낸 안조원이 추자도에 귀양 가서 약 2년 동안 겪은 고초를 노래한 유배가사이다. 유배지에서의 참상을 사실적으로 그려낸 이 작품은 후에 임금에게 알려져 작가가 귀양살이에서 풀려날 수 있게 되었다 한다. 이 작품은 당대의 정치 및 사회현실에 대한 비판이 약해지긴 했지만, 양반작가 일변도의 유배문학에 새로운 기운을 불어넣은 공이 있다. 공연히 불필요한 힘을 쓰거나 멋져 보이려고 헛된 분칠을 하지 않은 점은 큰 미덕이다.

이 작품 '만언사'의 앞부분 출생과 성장 및 '만언답서'에서는 사대부식의 관념적 언설이 엿보이기도 하지만 '만언사' 뒷부분 유배지에서의 삶에서는 서민문학적 성격을 보여주고 있다. 이러한 양면성으로 인해 〈만언사〉는 우리 가사문학사에서 독특한 위치를 점하게 되었다. 〈만언사〉는 순한글 필사본 『만언ᄉᆞ』(가람본) 등 많은 이본이 있다. 가람본에는 '만언사'와 '사부모', '사백부', '사처', '사자', '만언답서' 등이 함께 실려 있다.

작품이 길어 여기서는 일부만 발췌하여 실었다.

연행가 燕行歌(丙寅燕行歌)

1) 원문

어화 텬지간의 남ᄌᆞ 되기 쉽지 안타

평싱의 이ᄂᆡ 몸이 듕원[644] 보기 원ᄒᆞ더니

병인년[645] 츈삼월의 가례칙봉[646] 되엿스니

국가의 ᄃᆡ경[647]이오 신민의 복녹[648]이라

상국[649]의 주청[650]ᄒᆞᆯ시 삼 ᄉᆞ신을 ᄂᆡ여시니

샹ᄉᆞ[651]의 뉴승상[652]이요 셔시랑[653]은 부ᄉᆞ로다

힝듕어ᄉᆞ[654] 셔장관[655]은 직칙이 듕ᄒᆞᆯ시고

겸집의[656]에 ᄉᆞ복판ᄉᆞ[657] 어영낭청[658] 되여시니

---

644) 듕원 : 중원(中原). 곧 중국.

645) 병인년(丙寅年) : 1866년(고종 3년).

646) 가례칙봉(嘉禮冊封) : 고종 3년에 왕비를 맞아들였음.

647) ᄃᆡ경(大慶) : 큰 경사.

648) 복록(福祿) : 복과 녹. 복되고 영화로운 삶.

649) 상국(上國) : 당시의 청나라.

650) 주청(奏請) : 임금께 상주(上奏)하여 청원(請願)함. 여기서는 중국의 승인을 받는 일.

651) 샹ᄉᆞ(上使) : 세 사신 중 우두머리. 정사.

652) 뉴승상(柳丞相) : 당시 우의정이었던 정사 유후조.

653) 셔시랑(徐侍郎) : 당시 예조시랑이었던 부사 서당보.

654) 힝듕어ᄉᆞ(行中御使) : 특별한 사명을 띠고 파견되는 임시직 관리.

655) 셔장관(書狀官) : 삼사(三使)의 하나. 외국에 보내는 사신을 수행하여 기록을 맡던 임시 벼슬. 여기서는 작가 홍순학을 지칭함.

시년659)이 이십오라 소년공명660) 장ᄒᆞ도다

(중략)

계집년들 볼 만ᄒᆞ다 그 모양은 엇더트냐
머리만 치거슬러 가림ᄌᆞᄂᆞᆫ 아니 타고
뒤통슈의 모라다가 ᄆᆡᆸ시 잇게 슈식661) ᄒᆞ고
오ᄉᆡᆨ으로 만든 ᄭᅩᆺ츤 ᄉᆞ면으로 ᄭᅩᆺᄌᆞ스며
도화분662) 단장ᄒᆞ여 반 취ᄒᆞᆫ 모양ᄀᆞᆺ치
불그러 고ᄒᆞᆫ 틔도 아미663)를 다스리고
살ᄌᆞᆨ664)을 고이 ᄭᅵ고 ᄇᆞᆺ스로 그렷스며
입슈 아ᄅᆡ 연지 빗ᄒᆞᆫ 단슌665)이 분명ᄒᆞ고
귓방을 ᄯᅮᆯ운 구녕 귀여ᄭᅩ리 달아스며
의복을 볼작시면 사나히 졔도로되
다홍빗 바지의다 푸른빗 져구리오
연옥ᄉᆡᆨ 두루막이 발등ᄭᆞ지 길게 지어
목도리며 수구666) ᄭᅳᆺ동667) 화문668)으로 수를 놋코

---

656) 겸집의(兼執義) : 집의를 겸함. 집의는 사헌부의 종삼품 벼슬.
657) ᄉᆞ복판ᄉᆞ(司僕判事) : 궁중에서 가마나 말에 관한 일을 맡아보는 관청 사복시(司僕寺)의 판사. 판사는 곽녕부(郭寧府) 의금부(義禁部)의 종일품직.
658) 어영낭청(御營郎廳) : 어영청(御營廳). 조선조 때 군영의 이름.
659) 시년(是年) : 이해.
660) 소년공명(少年功名) : 어려서 출세를 하여 이름을 날리는 것.
661) 슈식(首飾) : 머리에 꽂는 장식품(裝飾品).
662) 도화분(桃花粉) : 복숭아꽃 빛을 띤 불그레한 백분(白粉).
663) 아미(蛾眉) : 미인(美人)의 눈썹을 이르는 말.
664) 살ᄌᆞᆨ : 살쩍. 뺨 위 귀의 앞에 난 머리털.
665) 단슌(丹脣) : 붉은 입술.
666) 수구(袖口) : 소맷부리.

품 너르고 ᄉᆞᄆᆡ 널너 풍신 죠케 떨쳐 입고

(하략)

—홍순학(1842-1892)·『년힝가』(도남본)

2) 현대어역

어와 천지간에 남자 되기 쉽지 않다
평생에 이내 몸이 중원 보기 원하더니
병인년 춘삼월에 가례책봉 되었으니
나라의 큰 경사요 백성의 영화라
중국에 주청할새 세 사신을 내었으니
정사에 유승상이요 서시랑은 부사로다
행중어사 서장관은 직책이 중할시고
겸집의에 사복판사 어영낭청 되었으니
이 해 나이 이십오 세라 소년공명 장하도다
(중략)
계집년들 볼 만하다 그 모양은 어떻더냐
머리만 치거슬러 가르마는 아니 타고
뒤통수에 몰아다가 맵시 있게 장식하고
오색으로 만든 꽃은 사면으로 꽂았으며
도화분 단장하여 반쯤 취한 모양같이
불그스레 고운 태도 가늘고 긴 눈썹 다스리고
귀밑머리 고이 끼고 붓으로 그렸으며

667) ᄉᆞᆺ동 : 끝동. 소매의 끝에 다는 헝겊.
668) 화문(花紋) : 꽃무늬.

입술 아래 연지 빛은 붉은 입술 분명하고
귓방울 뚫은 구멍 귀고리 달았으며
의복을 볼작시면 사나이 제도로되
다홍빛 바지에다 푸른빛 저고리요
연옥색 두루마기 발등까지 길게 지어
목도리며 소매 끝동 꽃무늬로 수를 놓고
품 너르고 소매 넓어 풍채 좋게 떨쳐 입고
(하략)

3) 작품해설

〈연행가〉는 고종 때 홍순학이 지은 장편 기행가사이다. 1866년 4월에 주청사 유후조의 서장관으로 청나라 연경에 갔다가 그해 8월 말에 귀국하기까지 130여 일 간의 기행·견문을 기록하였다. 이 작품은 일명 '병인연행가(丙寅燕行歌)', '북원록(北轅錄)', '연행록(燕行錄)', '원힝녹' 등 여러 이름으로 전한다. 사행의 동기와 목적을 명시하고 노정별로 일정을 제시하면서 견문과 감회를 노래하였다. 작품의 말미는 집으로 돌아와 마무리된다. 당시 작가는 25세였다. 김인겸의 〈일동장유가〉와 더불어 대표적인 사행가사로 꼽힌다.

〈연행가〉는 노정이 자세하고 서술 내용이 풍부하며, 새로운 경험을 충실하게 담아내려 했다는 점에 그 의의가 있다. 그러나 거부감 때문에 그 대상의 특성을 담아내기보다는 작가의 보수적 의식을 앞세워 민족의식 고취와 상대에 대한 경계심을 드러냄으로써, 문제의식을 발전적으로 형상화해내지 못했다. 또한 지나치게 사실성에 얽매여 문학성의 한계 또한 드러났다.

작품이 길어 여기서는 일부만 발췌하여 실었다.

평민가사

관등가 觀燈歌

1) 원문·현대어역

正月 上元日정월 상원일[1]에
달과 노난 少年소년들은 踏橋답교[2]하고 노니난대
우리 임은 어듸 가고 踏橋답교할 쥴 모로난고

정월 상원일에
달과 노는 소년들은 답교하고 노니는데
우리 님은 어디가고 답교할 줄 모르는고

二月 淸明日이월 청명일[3]에 나무마다 春氣춘기 들고
잔디 잔듸 쇽입[4] 나니 萬物만물이 化樂화락[5]한듸
우리 임은 어듸 가고 春氣춘기 든 쥴 모로난고

---

1) 正月 上元日(정월 상원일) : 음력 정월 대보름날.

2) 踏橋(답교) : 예전에 서울 사람들은 정월 15일 종로 네거리로 나와서 종각의 종소리를 듣고는 사방으로 흩어져 성안의 다리 있는 곳으로 가서 밤새도록 왔다 갔다 하였다. 답교를 하면 그해 다리병을 안 앓는다고 함.

3) 淸明日(청명일) : 24절기의 하나. 실제로는 양력 4월 5,6일께인 춘분과 곡우 사이에 있음.

4) 쇽입 : 속잎

5) 化樂(화락) : 즐겁게 자라는 것.

이월 청명일에 나무마다 춘기 들고
잔디 잔디 속잎 나니 만물이 화락한데
우리 님은 어디가고 춘기 든 줄 모르는고

三月 三日삼월 삼일날[6]의
江南강남서 나온 제비 왓노라 現身현신하고
瀟湘江소상강 기러기난 가노라 下直하직한다
梨花桃花이화도화 滿發만발하고 杏花芳草행화방초 흣날린다[7]
우리 임은 어듸 가고 花遊화유할 쥴 모로난고

삼월 삼짇날에
강남서 나온 제비 왔노라 현신하고
소상강 기러기는 가노라 하직한다
배꽃 복숭아꽃 만발하고 살구꽃 향기로운 풀 흩날린다
우리 님은 어디가고 꽃놀이 할 줄 모르는고

四月 初八日사월 초파일[8]에 觀燈관등 하려 臨高臺임고대)[9]하니
遠近원근 高低고저의 夕陽석양은 빗겻난대[10]
魚龍燈어룡등 鳳鶴燈봉학등과 두루미 南星남성이며
鍾磬燈종경등 仙燈선등 북燈등이며 수박燈등 마늘燈등과

---

6) 三月 三日(삼월 삼일)날 : 삼월 삼짇날.
7) 흣날린다 : 흩날린다. 흩어지며 날린다.
8) 四月 初八日(사월 초파일) : 석가의 탄생일.
9) 臨高臺(임고대) : 높은 대에 오름.
10) 빗겻난대 : 비뚤어졌는데. 기울어졌는데.

蓮연꽃 속에 仙童선동이며 鸞鳳난봉[11]우희 天女천녀로다
배燈등 집燈등 산듸燈등[12]과 影燈영등 알燈등 甁燈병등 壁欌燈벽장등
가마燈등 欄干燈난간등과 獅子사자 탄 쳬팔[13]이며
虎狼호랑이 탄 오랑캐라 발노 차 구을燈등에
日月燈일월등 밝아 닛고 七星燈칠성등[14] 버러난듸
東嶺동령의 月上월상하고 곳고지[15] 불을 혀다[16]
우리 임은 어듸 가고 觀燈관등할 줄 모로난고

사월 초파일에 관등하러 높은 대에 오르니
원근 고저에 석양은 빗겼는데
어룡등 봉학등과 두루미 남성이며
종경등 선등 북등이며 수박등 마늘등과
연꽃 속에 선동이며 난봉 위에 천녀로다
배등 집등 산대등과 영등 알등 병등 벽장등
가마등 난간등과 사자 탄 취발이며
호랑이 탄 오랑캐라 발로 차 구을등에
일월등 밝아 있고 칠성등 벌렸는데
동쪽 고개에 달이 뜨고 곳곳이 불을 켠다

---

11) 鸞鳳(난봉) : 난새와 봉황.

12) 산듸燈(등) : 산디[山黛]놀음에 쓰는 등. 산디놀음은 여러가지 이상스러운 탈을 쓰고 소매 긴 옷을 입고 하는 연극의 하나. 산대도감 놀이.

13) 쳬팔 : 취발이의 와음(訛音)인 듯. 취발이는 탈의 일종. 기괴한 남자 형상의 탈.

14) 七星(칠성) : 북두칠성.

15) 곳고지 : 곳곳이.

16) 혀다 : 켠다.

우리 님은 어디가고 관등할 줄 모르는고

五月 端午日오월 단오일[17]의
남의 집 少年소년들은 놉고 놉게 그늬[18] 매고
한 번 굴너 압히 놉고 두 번 굴너 뒤히 놉하 鞦韆추천[19]하며 노니난대
우리 님은 어듸 가고 鞦韆추천할 줄 모로난고

오월 단오날에
남의 집 소년들은 높고 높게 그네 매고
한 번 굴러 앞이 높고 두 번 굴러 뒤가 높아 추천하며 노니난데
우리 님은 어디 가고 추천할 줄 모르는고

*[六月유월이라 流頭日유두일[20]에
山岳산악에 불이 나고 岩石암석이 끄러날 제
淸風청풍 槐樹下괴수하[21]에 避暑피서하랴 누엇스니
우리 임은 露頂松風노정송풍[22]만 아시는고

유월이라 유두일에
산악에 불이 나고 암석이 끓어날 때

17) 端午日(단오일) : 음력 5월 5일. 수릿날.
18) 그늬 : 그네.
19) 鞦韆(추천) : 그네놀이.
20) 流頭日(유두일) : 음력 유월 보름날. 동쪽으로 흐르는 물에 머리를 감음.
21) 槐樹下(괴수하) : 홰나무 아래.
22) 露頂松風(노정송풍) : 이슬 끝 솔바람.

맑은 바람 홰나무 아래 피서하랴 누웠으니
우리 님은 이슬 끝 솔바람만 아시는고

七月칠월이라 百中백중[23]날에 大雄氏대웅씨에 供養禮佛공양예불할 제
우리 임은 어듸 가섯노

칠월이라 백중날에 대웅전에서 공양예불할 때
우리 님은 어디 가셨노

八月팔월이라 秋夕추석날에
新穀酒신곡주[24] 가지고 省墓성묘하라 아니 가시는고

팔월이라 추석날에
햅쌀로 빚은 술 가지고 성묘하러 아니 가시는고

九月 九日구월 구일 望鄕臺망향대[25] 하냐
우리 임 게신 데가 어듸쯤 되는고

구월 중양절에 망향대에 오르느냐
우리 님 계신 데가 어디쯤 되는고

---

23) 百中(백중) : 음력 칠월 보름날. 참회를 구하여 하안거(夏安居)를 마치고 절에서 재를 올림.

24) 新穀酒(신곡주) : 햅쌀로 빚은 술.

25) 望鄕臺(망향대) : 고향을 바라볼 수 있도록 만든 높은 대.

十月시월이라 상ㅅ달에
告祀成造고사성조[26] 지낼 적에 누구를 祝願축원할고

시월이라 상달에
성주신에 고사 지낼 적에 누구를 축원할꼬

冬至동지ㅅ달은 一陽일양이 生생이라
小春소춘이 된 줄 몰으시노

동짓달은 새로운 양기가 생기는 때라
작은 봄이 된 줄 모르시노

섯달이라 除夕제석날 밤은 無腸公子무장공자[27]라도 참기 어려우니
夢中몽중에나 볼가 寤寐思服오매사복[28] 엇지할고][29]

섣달이라 그믐날 밤은 무장공자라도 참기 어려우니
꿈속에서나 볼까 자나 깨나 그리는 마음 어찌 할고

— 미상 · 『청구영언』(대학본)

---

26) 告祀成造(고사성조) : 성주신에게 고사를 지냄. 성주신은 집을 지키는 신령.
27) 無腸公子(무장공자) : 기개나 담력이 없는 사람을 놀림조로 이르는 말.
28) 寤寐思服(오매사복) : 자나 깨나 그리워함.
29) *유월 이후 섣달까지의 [ ] 부분은 『청구영언』에 없는 부분으로, 다른 사본에 의해 보충하였음.

2) 작품해설

〈관등가〉는 『청구영언』 대학본 권말에 붙은 노래인데, 작가 미상이다. 일명 '월령상사가'라고도 한다. 정월부터 섣달까지의 풍속을 철 따라 노래하며, 님을 여윈 여인의 슬픈 심정을 읊은 달거리의 연정가사이다. 일견 고려 속요 〈동동〉을 연상하게 한다. 정월부터 섣달까지 매달 그 풍속을 즐기는 사람들의 행락을 부러워하며, 곁에 없는 님을 그리워하고 있다. 형식과 내용에서 통일성이 결여되어 안정감이 떨어진다.

노처녀가 老處女歌

1) 원문

인간세상 사람들아 이내 말슴 들어 보소
인간만물 생긴 후에 금수초목 짝이 잇다
인간에 생긴 남자 부귀자손 갓건마는
이내 팔자 험구즐손 날 가튼 이 쏘 잇는가
백년을 다 사러야 삼만육천 날이로다
혼자 살면 천년 살며 정녀[30] 되면 만년 살가
답답한 우리 부모 가난한 좀양반이
양반인 체 도를 차려 처사[31]가 불민[32]하여
괴망[33]을 일사므며 다만 한 딸 늘거간다
적막한 빈 방안에 적료[34]하게 홀로 안자
전전반칙[35] 잠 못 이뤄 혼자 사설 드러 보소
노망한 우리 부모 날 길러 무엇하리
죽도록 날 길러서 자바 쓸가 구어 쓸가

---

30) 정녀(貞女) : 결혼하지 않고 정조를 지킨 여자.
31) 처사(處事) : 일을 처리함.
32) 불민(不敏) : 어리석고 둔함.
33) 괴망(怪妄) : 괴상하고 망측함.
34) 적료(寂廖) : 텅 비어 아무 형체도 없음.
35) 전전반측(輾轉反側) : 생각에 잠겨 이리저리 뒤척거리기만 하고 잠을 이루지 못함.

인황씨[36] 적 생긴 남녀 복히씨[37] 적 지은 가취[38]

인간 배필 혼취[39]함은 예로부터 잇건마는

어떤 처녀 팔자 조하 이십 전에 시집간다

남녀자손 시집장가 떳떳한 일이건만

이내 팔자 기험[40]하여 사십까지 처녀로다

이럴 줄을 아라스면 처음 아니 나올 것을

월명사창[41] 긴긴밤에 침불안석[42] 잠 못 드러

적막한 빈 방안에 오락가락 다니면서

장래사 생각하니 더욱 답답 민망하다

부친 하나 반편[43]이요 모친 하나 숙맥불변[44]

날이 새면 내일이요 세가 쇠면 내년이라

혼인 사설 전폐[45]하고 가난 사설뿐이로다

어대서 손님 오면 행여나 중매신가

아희 불러 힐문[46]한즉 풍헌 약정 환자 재촉

---

36) 인황씨(人皇氏) : 고대 중국의 전설상의 세 임금인 천황씨(天皇氏)·지황씨(地皇氏)·인황씨(人皇氏)의 삼황(三皇) 중 하나.

37) 복희씨(伏羲氏) : 중국의 삼황오제(三皇五帝)의 으뜸 제왕. 팔괘(八卦)를 처음 만들었고, 그물을 만들어 고기잡이 방법을 가르쳤다고 함.

38) 가취(嫁娶) : 혼인.

39) 혼취(婚娶) : 혼인.

40) 기험(崎險) : 기구.

41) 월명사창(月明紗窓) : 달이 밝게 비치는 사창.

42) 침불안석(寢不安席) : 편안히 누워 잠들지 못함.

43) 반편(半偏) : 덜 떨어진 사람. 반병신.

44) 숙맥불변(菽麥不辨) : 콩인지 보리인지 분간 못할 정도로 어리석고 못난 사람.

45) 전폐(全廢) : 아주 폐지하여 없앰.

46) 힐문(詰問) : 트집을 잡아 따지고 물음.

어대서 편지 왓네 행여나 청혼선가
아희다려 무러보니 외삼촌의 부음[47]이라
애고 애고 서른지고 이내 간장 어이할고
압집에 아모 아기 발셔 자손 보단 말가
동편 집 용골녀[48]는 금명간[49]에 시집가네
그동안에 무정세월 시집가서 플릿마는
친구 업고 혈족 업서 위로하리 전혀 업고
우리 부모 무정하여 내 생각 전혀 업다
부귀빈천 생각 말고 인물풍채 마땅커든
처녀 사십 나이 적소 혼인거동 차려주오
김동이도 상처[50]하고 이동이도 기처[51]로다
중매할미 전혀 업네 날 차즈리 어이 업노
감정 암소 살저 잇고 봉사전답[52] 갓건마는
사족가문[53] 가리면서 이대도록 늙히노니
연지분도 잇것마는 성적단장[54] 전폐하고
감정 치마 흰 저구리 화경[55] 거울 압에 노코

---

47) 부음(訃音) : 사람이 죽었다는 기별. 부고(訃告).
48) 용골녀 : 심술이 많은 여자.
49) 금명간(今明間) : 오늘이나 내일 사이. 곧.
50) 상처(喪妻) : 아내가 죽음.
51) 기처(棄妻) : 아내를 내침.
52) 봉사전답(奉祀田畓) : 조상의 제사를 받들기 위해 마련된 논과 밭.
53) 사족가문(士族家門) : 문벌이 좋은 집안. 사대부의 가문.
54) 성적단장(成赤丹粧) : 신부가 얼굴에 분을 바르고 연지를 찍어 단장하는 일.
55) 화경(火鏡) : 볼록한 거울.

원산[56] 가튼 푸른 눈섭 세류[57] 가튼 가는 허리
아름답다 나의 자태 묘하도다 나의 거동
흐르는 이 세월에 앗가울손 나의 거동
거울다려 하는 말이 어화 답답 내 팔자여
갈 대 업다 나도 나도 쓸대업다 너도 너도
우리 부친 병조판서 할아버지 호조판서
우리 문벌 이러하니 풍속 좇기 어려워라
안연듯[58] 춘절[59] 되니 초목군생[60] 다 즐기네
두견화 만발하고 잔디 닢 속닢 난다
사근 바자[61] 쟁쟁하고 종달새 도두[62] 뜬다
춘풍야월 세우시[63]에 독수공방[64] 어이할고
원수의 아희들아 그런 말 하지 마라
앞집에는 신랑 오고 뒷집에는 신부 가네
내 귀에 듯는 바는 늦길 일도 하도 만타
녹양방초[65] 저믄 날에 해는 어이 수이 가노

---

56) 원산(遠山) : 먼 곳에 있는 산.
57) 세류(細柳) : 가지가 가는 버드나무. 실버들.
58) 안연듯 : 어느덧.
59) 춘절(春節) : 봄철.
60) 초목군생(草木群生) : 모든 생물.
61) 바자 : 대·갈대·수수깡 등으로 발처럼 엮거나 결은 물건.
62) 도두 : 위로 돋아서 높게.
63) 춘풍야월 세우시(春風夜月 細雨時) : 봄바람 부는 달밤 가랑비 내리는 때.
64) 독수공방(獨守空房) : 남편 없이 홀로 지냄.
65) 녹양방초(綠楊芳草) : 푸른 버드나무와 향기로운 풀.

초로66) 가튼 우리 인생 표연히 늘거가니
머리채를 엽에 끼고 다만 한숨뿐이로다
긴 밤에 짝이 없고 긴 날에 벗이 업다
안젓다가 누엇다가 다시금 생각하니
아마도 모진 목숨 죽지 못해 원수로다

—미상 · 임기중 편, 『역대가사문학전집』

2) 현대어역

인간세상 사람들아 이내 말씀 들어 보소
인간만물 생긴 후에 초목금수 짝이 있다
인간으로 태어난 남자 부귀자손 갖건마는
이내 팔자 험궂으니 나 같은 이 또 있는가
백년을 다 살아야 삼만육천 날이로다
혼자 살면 천년 살며 정녀 되면 만년 살까
답답한 우리 부모 가난한 좀양반이
양반인 체 도를 차려 처사가 불민하여
괴망을 일삼으며 다만 한 딸 늙어간다
적막한 빈 방안에 적료하게 혼자 앉아
전전반측 잠 못 이뤄 혼자 사설 들어 보소
노망한 우리 부모 날 길러 무엇하리
죽도록 날 길러서 잡아 쓸까 구워 쓸까
인황씨 적 생긴 남녀 복희씨 적 지은 가취

66) 초로(草露) : 풀잎에 맺힌 이슬. 인생의 덧없음을 비유.

인간 배필 혼취함은 예로부터 있건마는
어떤 처녀 팔자 좋아 이십 전에 시집간다
남녀자손 시집장가 떳떳한 일이건만
이내 팔자 기험하여 사십까지 처녀로다
이럴 줄을 알았으면 처음 아니 나올 것을
달 밝은 사창 긴긴밤에 맘 편안히 잠 못 들어
적막한 빈 방안에 오락가락 다니면서
장래 일 생각하니 더욱 답답 민망하다
부친 하나 반편이요 모친 하나 숙맥일세
날이 새면 내일이오 해가 가면 내년이라
혼인 사설 전혀 없고 가난 사설뿐이로다
어디서 손님 오면 행여나 중매신가
아이 불러 힐문하니 외삼촌의 부음이라
애고 애고 서러운지고 이내 간장 어이할꼬
앞집의 아무 아기 벌써 자손 보았단 말인가
동편 집 용골녀는 금명간에 시집가네
그동안의 무정한 세월 시집가서 풀렸마는
친구 없고 친척 없어 위로해줄 이 전혀 없고
우리 부모 무정하여 내 생각 전혀 없다
부귀빈천 생각 말고 인물풍채 마땅커든
처녀 사십 나이 적소 혼인거동 차려주오
김동이도 상처하고 이동이도 기처로다
중매할미 전혀 없네 날 찾을 이 어이 없노
검정 암소 살져 있고 봉사전답 가졌건만
사족가문 가리면서 이 나이 되도록 늙히노니

연지분도 있건마는 얼굴 단장 전폐하고
검정 치마 흰 저고리 화경 거울 앞에 놓고
원산 같은 푸른 눈썹 세류 같은 가는 허리
아름답다 나의 자태 묘하도다 나의 거동
흐르는 이 세월에 아까울손 나의 거동
거울더러 하는 말이 어화 답답 내 팔자여
갈 데 없다 나도 나도 쓸데없다 너도 너도
우리 부친 병조판서 할아버지 호조판서
우리 문벌 이러하니 풍속 좇기 어려워라
어느덧 봄철 되니 초목군생 다 즐기네
진달래 만발하고 잔디 잎 속잎 난다
삭은 바자 쟁쟁하고 종달새 높이 뜬다
봄날 밤 가랑비에 독수공방 어이할꼬
원수의 아이들아 그런 말 하지 마라
앞집에는 신랑 오고 뒷집에는 신부 가네
내 귀에 듣는 바는 느낄 일도 많고 많다
녹양방초 저문 날에 해는 어이 쉬이 가노
풀잎 이슬 같은 우리 인생 표연히 늙어가니
머리채를 옆에 끼고 다만 한숨뿐이로다
긴 밤에 짝이 없고 긴 날에 벗이 없다
앉았다가 누웠다가 다시금 생각하니
아마도 모진 목숨 죽지 못해 원수로다

3) 작품해설

〈노처녀가〉는 나이 늦도록 출가하지 못한 노처녀가 자신의 신세를 한탄하면서 시집가고 싶은 심정을 읊은 작품이다. 밤이면 적막한 빈방에서 홀로 잠 못 이루며 부모를 원망하고, 또 낮이면 행여 중매라도 들어오지 않을까 하며 기다리는 마음을 사실적으로 그렸다. 노처녀의 간절한 소망과는 달리 허울뿐인 양반가 부모와의 사이에서 빚어지는 갈등을 해학적으로 그려내었다. 화자는 자신의 신세한탄에만 그치지 않고 항의를 해보기도 하지만, 이 상황을 극복해내지는 못한다. 이보다 좀더 장편화된 〈노처녀가 2〉의 화자가 결혼에 성공한 적극적 자세와 비교된다.

우부가 愚夫歌

1) 원문

ᄂᆡ 말ᄉᆞᆷ 광언67)인가 져 화상68)을 구경허게
남촌 활량69) 기ᄯᅩᆼ이ᄂᆞᆫ 부모덕에 편이 놀고
호의호식 무식허고 미련허고 용통70)ᄒᆞ야
눈은 놉고 손은 커셔 가량71) 업시 주져넘어
시체72) ᄣᅡ라 의관73) 허고 남의 눈만 위허것다
장장츈일74) 낫ᄌᆞᆷ 자기 조셕으로 반찬투졍
ᄆᆡ팔ᄌᆞ75)로 무상츌입76) ᄆᆡ일장취77) 게트림과
이리 모야 노름 놀기 져리 모야 투젼78)질에

---

67) 광언(狂言) : 헛된 말. 미친 소리.
68) 화상(畵像) : 상대방을 못 마땅히 여겨 얕잡아 부르는 말.
69) 활량[閑良] : 돈 잘 쓰고 잘 노는 사람.
70) 용통 : 매우 용렬하고 미련함.
71) 가량(假量) : 어림짐작.
72) 시체(時體) : 시대의 풍속.
73) 의관(衣冠) : 옷과 갓.
74) 장장츈일(長長春日) : 길고 긴 봄날.
75) ᄆᆡ팔ᄌᆞ : 집안 살림은 돌보지 않고 혼자만 먹고 자유로 돌아다니는 사람을 가리키는 말.
76) 무상츌입(無常出入) : 때없이 드나듦.
77) ᄆᆡ일장취(每日長醉) : 날마다 크게 취함.
78) 투젼(鬪牋) : 두꺼운 종이에 여러 가지 그림을 그려 끗수를 표시한 노름 기구.

기싱첩 치가ᄒᆞ고 외입장이 친구로다
ᄉᆞ랑의ᄂᆞᆫ 조방군[79]이 안방의ᄂᆞᆫ 노구[80]할미
명조상을 쩌셰[81]허고 셰도 구멍 기웃기웃
염냥[82] 보아 진봉[83] 허기 ᄌᆡ업[84]을 ᄍᆞ불니고
허욕으로 장ᄉᆞ허기 남의 빗시 티산이라
ᄂᆡ 무식은 ᄉᆡᆼ각 안코 어진 사람 미워허기
후헐 데ᄂᆞᆫ 박ᄒᆞ야셔 한푼 돈의 쌈이 나고
박헐 데ᄂᆞᆫ 후ᄒᆞ야셔 슈ᄇᆡᆨ 량이 헛것시라
승긔ᄌᆞ[85]를 염지허니 반복소인[86] 허긔진다
ᄂᆡ 몸에 리헐 ᄃᆡ로 남의 말를 탄치 안코
친구 벗슨 조화허며 졔 일가ᄂᆞᆫ 불목허며
병날 노릇 모다 허고 인숨 녹용 몸 보키와
쥬식잡기 모도 ᄒᆞ야 돈쥬졍을 무진 허네
부모조상 도망[87]허여 계집ᄌᆞ식 ᄌᆡ물슈탐 일가친쳑 구박허며
ᄂᆡ 인ᄉᆞᄂᆞᆫ 나죵이요 남의 흉만 즙아넌다
ᄂᆡ 힝셰ᄂᆞᆫ 긔치반[88]에 경계판[89]을 짊어지고

---

79) 조방군 : 오입판에서 남녀 사이의 온갖 일을 주선해 주는 사람.
80) 노구 : 할미.
81) 쩌셰 : 남의 세력을 빙자함.
82) 염냥(炎凉) : 세도의 성함과 쇠함.
83) 진봉(進奉) : 물건을 사서 바침.
84) ᄌᆡ업(財業) : 재산과 사업.
85) 승긔ᄌᆞ(勝己者) : 자기보다 재주가 많은 사람.
86) 반복소인(反覆小人) : 언행을 늘 고치는 간교한 사람.
87) 도망 : '돈망(頓忘)'의 오기. 금방 잊음.

업ᄂᆞᆫ 말도 지여ᄂᆡ고 시비의 션봉이라
날 ᄃᆡ 업ᄂᆞᆫ 용젼여수 상하텡셕90) ᄒᆞ야 가니
손님은 쵸ᄀᆡᆨ이요윤의ᄂᆞᆫ ᄂᆡ 몰ᄂᆡ라
입구멍이 졔일이라 돈 날 노릇 ᄒᆞ야보세
젼답 파라 변돈 쥬기 종을 파라 월슈 쥬기
구목91) 버혀 장ᄉᆞ허기 셔칙 파라 빗 쥬기와
동ᄂᆡ 상놈 부역이요 먼데 사람 힝악이며
줍아오라 써믈니라92) ᄌᆞ장격지93) 몽동이질
젼당 줍고 셰간 쎗기 계집 문셔 종 숨기와
살결박94)에 소 쎗기와 볼호령95)에 솟 쎗기와
여긔져긔 간 곳마다 젹실인심96) 허겟고나
사람마다 도젹이요 원망허ᄂᆞᆫ 소ᄅᆡ로다
이ᄉᆞ나 ᄒᆞ야볼가
가장을 다 파라도 상팔십97)이 ᄂᆡ 팔ᄌᆞ라

---

88) ᄀᆡᄎᆡ반 : 조행이 나쁜 사람의 별명. 차반은 맛있는 음식이니, 개가 좋아하는 똥.
89) 경계판 : 죄인이라는 표식의 상판.
90) 상하텡셕(上下撐石) : 몹시 꼬이는 일을 당하여 임시변통으로 이리저리 견디어 가는 일.
91) 구목 : 무덤에 있는 나무.
92) 써믈니다 : 막 우겨 물리게 하다.
93) ᄌᆞ장격지(自將擊之) : 스스로 군사를 일으키어 나가 싸움.
94) 살결박(結縛) : 죄인을 옷을 벗기고 맨살을 묶음.
95) 호령 : 거만한 태도로 남을 꾸짖음.
96) 젹실인심(積失人心) : 갈수록 인심을 잃음.
97) 상팔십(上八十) : 상수팔십(上壽八十). 나이에는 하·중·상수가 있음. 여기서는 아무렇게 살아도 팔십은 맡아놓은 팔자란 뜻.

종손 핑계 위젼98) 파라 투젼질이 싱ᄋᆡ로다
졔ᄉᆞ 핑계 졔긔 파라 관ᄌᆞ구셜99) 이러ᄂᆞᆫ다
뉘라셔 도라볼가 독부가 되단 말가
가련타 져 인싱아 일죠걸ᄀᆡᆨ100)이라
ᄃᆡ모관ᄌᆞ101) 어ᄃᆡ 가고 물네쥴102)은 무삼 일고
통냥갓103)ᄉᆞᆫ 어ᄃᆡ 가고 헌 파립에 통모ᄌᆞ104)라
쥬체로 못 먹든 밥 ᄎᆡᆨ녁 보아 밥 먹ᄂᆞᆫ다
양복기105)ᄂᆞᆫ 어ᄃᆡ 가고 쓴바귀를 단 ᄉᆞᆯ ᄡᅡ듯
쥭녁고106) 어ᄃᆡ 가고 모쥬107) 한 잔 어려워라
울타리가 ᄊᆡᆯ나무요 동ᄂᆡ 소곰 반찬일셰
각장장판108) 소라반ᄌᆞ109) 장지문110)이 어ᄃᆡ 가고

---

98) 위젼(位田) : 수확을 일정한 목적에 쓰기 위해 설정한 밭.
99) 관ᄌᆞ구셜(官災口舌) : 관가로부터 받는 재앙과 시비하는 말.
100) 일죠걸ᄀᆡᆨ(一朝乞客) : 하루아침에 거지가 됨.
101) ᄃᆡ모관ᄌᆞ(玳瑁貫子) : 바다거북 껍데기로 만든 관자. 관자는 망건에 달아 당줄을 꿰는 작은 고리.
102) 물네쥴 : 물레에 달린 줄.
103) 통냥갓 : 경남 통영에서 나는 상품 갓.
104) 통모ᄌᆞ : 갓 둘레와 위 뚜껑을 따로 만들어 붙이지 않고 애초에 한살로 만든 갓모자의 한 가지.
105) 양복기 : 양(소의 밥통)을 잘게 썰어서 볶은 밥.
106) 쥭녁고(竹瀝膏) : 죽력을 섞어 만든 술. 대나무술.
107) 모쥬(母酒) : 약주를 뜨고 난 찌끼술. 재강에 물을 부어 거른 막걸리 같은 술.
108) 각장(角壯)장판 : 두꺼운 종이에 기름을 결은 것.
109) 소라반ᄌᆞ : 반자틀에 소란(小欄)을 받고 그 구멍을 벽장문같이 만들어 덮은 것. 소란은 문지방·소반 따위에 나무를 가늘게 오려 붙이거나 바탕을 파서 턱이 지게 만든 물건.
110) 장지문 : 지게문에 장지짝을 덧들인 문.

벽 써러진 단간방의 거젹ᄌᆞ리 열두 닙에
호젹조희 문 바르고 신쥬보111)가 갓ᄭᅳᆫ이라
은안쥰마112) 어듸 가며 션후구종113) 어듸 간고
셕ᄉᆡ114) 집신 집힝이에 정강말115)이 졔격이라
숨승보션116) ᄐᆡ셔ᄒᆡ117)가 ᄭᅳᆯ레발118)이 불상허고
비단쥬머니 십륙ᄉᆞᄭᅳᆫ119) 화류면경120) 어듸 가고
보션목 쥬머니에 숨노ᄭᅳᆫ 쒜여 ᄎᆞ고
돈피ᄇᆡᄌᆞ121) 담뷔휘양122) 어듸 가며 릉라쥬의123) 어듸 간고
동지셧달 베창옷124)셰 숨복다름 바지125) 거죽
궁둥이ᄂᆞᆫ 울근불근 엽거름질 병신갓치
담ᄇᆡ 업는 빈 연쥭126)을 소일조로 손의 들고

---

111) 신쥬(神主)보 : 죽은 사람의 위패를 싸는 보.
112) 은안쥰마(銀鞍駿馬) : 은장식 안장을 얹은 잘 달리는 말.
113) 션후구종(先後驅從) : 주인을 앞뒤로 모시고 다니는 하인.
114) 셕ᄉᆡ : 석새베. 굵은 베.
115) 정강말 : 정강이의 힘으로 걷는다는 뜻. 말을 타지 않고 자기 발로 걷는 경우.
116) 숨승보션 : 몽고에서 나는 무명으로 만든 버선.
117) ᄐᆡ셔ᄒᆡ(太史鞋) : 남자의 마른 신의 한 가지.
118) ᄭᅳᆯ레발 : 헙수룩한 모양의 발. 끄레는 걸기질하는 농기구.
119) 십륙ᄉᆞ(十六絲) ᄭᅳᆫ : 열여섯 날로 만든 고운 끈.
120) 화류면경(樺榴面鏡) : 화류로 만든 작은 거울.
121) 돈피ᄇᆡᄌᆞ(獤皮褙子) : 노랑 담비의 모피로 만든 배자. 배자는 저고리 위에 덧입는 옷.
122) 담뷔휘양 : 담비털로 만든 머리에 쓰는 방한구.
123) 릉라쥬의(綾羅周衣) : 능비단과 나비단으로 만든 두루마기.
124) 베창옷 : 베로 만든 소창옷. 소창옷은 예전에 중치막 밑에 입는 웃옷의 하나.
125) 숨복다름 바지 : 무더운 더위에 어울리지 않는 두꺼운 바지.
126) 연쥭(煙竹) : 담뱃대.

어슥비슥 다니면셔 남에 문젼 걸식ᄒᆞ며
역질 핑게 졔ᄉᆞ 핑게 야속허다 너의 인심 원망헐ᄉᆞ 팔ᄌᆞ타령
져 건너 쏨싱원은
졔 아비의 덕분으로 돈쳔이나 가졋드니
슐 한 잔 밥 한 슐을 친구ᄃᆡ졉 ᄒᆞ얏든가
주져넘게 아ᄂᆞᆫ 쳬로 음양슐슈[127] 탐혼ᄒᆞ야
당ᄃᆡ발복 구산 ᄒᆞ기 피란 곳 ᄎᆞ져가며
올 적 갈 적 힝노상에 쳐ᄌᆞ식을 홋허녹코
유무상조 아니허면 조셕난계 헐 슈 업다
긔인취물[128]허ᄌᆞ 허니 두 번ᄌᆡ난 아니 속고
공납범용[129]허ᄌᆞ 허니 일가집에 부ᄌᆞ 업고
ᄯᅳᆫ ᄌᆡ물 경영허고 경향 업시 ᄊᆞ다니며
ᄌᆡ상가의 쳥질 허다 봉변허고 물너셔고
남의 골의 검ᄐᆡ 갓다[130] 혼검[131]에 쫏겨와셔
혼인즁ᄆᆡ 혼ᄌᆞ 들다 무렵 보고[132] 쎔 마즈며
가ᄃᆡ문셔[133] 구문 먹기 핀잔먹고 잣바지기
불리 힝세 찌그렁이 위조문셔 비리호송[134]

---

127) 음양슐슈(陰陽術數) : 길흉화복에 대한 점술.
128) 긔인취물(欺人取物) : 사람을 속여 재물을 취함.
129) 공납범용(公納犯用) : 국고를 횡령함.
130) 검ᄐᆡ 갓다 : 체면을 돌아보지 않고 재물을 얻으러 감.
131) 혼검(閽禁) : 관가에서 쓸데없는 사람이 문에 들어오는 것을 금하는 일.
132) 무렵 보고 : 염치가 없는 것을 보고.
133) 가ᄃᆡ문셔(假貸文書) : 허물을 너그럽게 해준다는 핑계로 만든 문서.
134) 비리호송(非理好訟) : 이치에 맞지 않게 송사를 즐김.

부ᄌᆞ나 후려볼가 감언니셜 ᄯᅬ야보셰
언막이며 보막이[135]며 은졈이며 금졈이며[136]
ᄃᆡ로변에 ᄉᆡᆨ쥬가며 노름판에 푼돈 ᄯᅦ기
남북촌에 ᄯᅮ장이[137]로 인물쵸인 ᄒᆞ야볼가
산진ᄆᆡ 슈진ᄆᆡ[138]에 산양질노 놀너갈 졔
ᄃᆡ종손[139] 양반 ᄌᆞ랑 산소나 파라볼가
혼인 핑게 어린 ᄯᆞᆯ은 ᄇᆡᆨ 양 ᄊᆞ리 되엿구나
안악은 친정사리 ᄌᆞ식드른 고ᄉᆡᆼ사리
일가에 눈이 희고 친구의 손가락질
부지거쳐[140] 나가더니 소문이나 드러볼가
산너머 ᄶᅵᆼ싱원은 그야말이[141] ᄒᆞ우[142]로다
거드러셔 한 말 ᄌᆞ랑 ᄃᆡ장부의 결ᄀᆡ[143]로다
동ᄂᆡ 존장 몰나보고 이소능장[144] 욕허기와
의관열파 사람 치고 마ᄌᆞᄶᅡ기 ᄯᅦ쓰기와
남의 과부 겁탈허기 투장[145]간 곳 청병[146] 허기

---

135) 언(堰)막이·보(洑)막이 : 물을 대기 위해 쌓아놓은 둑과 보를 막는 일.

136) 은(銀)졈이며 금(金)졈이며 : 은광이며 금광이며.

137) ᄯᅮ장이 : 남녀의 야합을 중매하는 사람.

138) 산진(山陳)ᄆᆡ 슈진(手陳)ᄆᆡ : 산진은 산에서 자유롭게 자란 매. 수진은 손으로 길들인 매.

139) ᄃᆡ종손(大宗孫) : 큰 종가의 맏손자.

140) 부지거쳐(不知去處) : 간곳을 모름.

141) 그야말이 : 그야말로.

142) ᄒᆞ우(下愚) : 아주 어리석고 못남.

143) 결ᄀᆡ : 몹시 급한 성질.

144) 이소능장(以少凌長) : 젊은이가 늙은이를 업신여김.

친척집에 소 쓸기와 쥬먹다짐 일슈로다
부ᄌᆞ집의 긴헌[147] 체로 친헌 사람 이간질과
월슈돈 일슈돈 장별리[148] 장체기[149]며 졔 부모의 몹쓸 힝ᄉᆞ
투젼군은 조화허며 손목 잡고 슐 권허며
졔 쳐ᄌᆞᄂᆞᆫ 몰나보고 노리ᄀᆡ로 졍표 쥬며
ᄌᆞ식 노릇 못헌셔 졔 ᄌᆞ식은 귀이 알며
며나리ᄂᆞᆫ 들보그며 봉양 잘못 호령헌다
기동 베고 벽 떠러라
텬하난봉 ᄌᆞ칭허니 붓그럼을 모로고셔
쥬리 틀려[150] 경친 것슬 옷슬 벗고 ᄌᆞ랑허며
슐집이 안방이요 투젼방이 ᄉᆞ랑이라
늘근 부모 병든 쳐ᄌᆞ 손톱 발톱 졔쳐가며
좀 못 ᄌᆞ고 길숨헌 것 슐ᄂᆡ기로 장ᄀᆡ 두고
칙망 업시 바린 몸이 무삼 싱ᄋᆡ 못허여셔
누의 ᄌᆞ식 족하 ᄌᆞ식 ᄉᆡᆨ쥬가로 환ᄆᆡ[151]허며
부모가 걱졍허면 와락더라 부르ᄃᆡ며
안악이 ᄉᆞ셜[152]허면 밥상 치고 계집 치기

---

145) 투장(偷葬) : 암장(暗葬).
146) 청병(請餠) : 떡을 청함.
147) 긴헌 : 가까운.
148) 장별리 : 장판에서 돈놀이 하는 데 붙는 변리.
149) 장체기 : 장마다 갚는 변리를 가로챔.
150) 쥬리 틀려 : 주리를 틀리는 형벌을 받아. 주리는 죄인의 두 다리를 묶고 그 틈에 두 개의 주릿대를 끼우고 비틀던 형벌. [←주뢰(周牢)]
151) 환ᄆᆡ(換買) : 물건과 물건끼리 바꿈. 물물교환.

도망산의 뫼를 셧나 져녁 굼고 쏘 나간다
포청[153] 귀신 되엿는지 듯도 보도 못헐네라

—미상 · 『악부』(고대본)

2) 현대어역

내 말씀이 광언인가 저 화상을 구경하게
남촌 한량 개똥이는 부모덕에 편히 놀고
호의호식 무식하고 미련하고 용렬하여
눈은 높고 손은 커서 대중없이 주제넘어
유행 따라 옷을 입고 남의 눈만 위하겄다
긴긴 봄날 낮잠 자기 아침저녁 반찬투정
놀고먹으며 무상출입 매일 취해 게트림과
이리 모여 노름 놀기 저리 모여 투전질에
기생첩에 살림 마련해주고 오입쟁이 친구로다
사랑방엔 뚜쟁이요 안방에는 매파할미
조상 팔아 위세 떨고 세도 찾아 기웃기웃
세도 따라 뇌물 바치기 재산을 다 날리고
허욕으로 장사하기 남의 빚이 태산이라
내 무식은 생각 않고 어진 사람 미워하기
후할 데는 야박하여 한푼 돈에 땀이 나고
박할 데는 후하여서 수백 냥이 헛것이라
자기보다 나은 사람을 싫어하니 소인들이 비위 맞추느라 배가 고

152) 수설(辭說) : 잔소리.
153) 포청(捕廳) : 포도청(捕盜廳)의 준말.

플 지경이다
내 몸에 유리할 대로 남의 말을 따지지 않고
친구 벗은 좋아하며 제 일가와는 화목하지 못하며
병날 노릇 모두 하고 인삼 녹용 몸보신하기와
주색잡기 모두 하여 돈주정을 무진 하네
부모조상 아주 잊고 계집자식과 재물만 좋아하며 일가친척 구박하고
내 인사는 나중이요 남의 흉만 잡아낸다
내 행세는 개차반에 경계판을 짊어지고
없는 말도 지어내고 시비에는 선봉이라
돈 나올 데가 없는데도 물처럼 쓰고 나서 변통하기 바쁘고
손님은 빚쟁이 취급하고 윤리는 나 몰라라
입구멍이 제일이라 돈 나올 노릇 하여보세
논밭 팔아 이자 놓기 종을 팔아 월수 주기
무덤가 나무 베어 장사하기 서책 팔아 빚 주기
동네 상놈 일 시키고 먼데 사람에게 행패 부리며
잡아오라 물러가라 싸움 걸어 몽둥이질
전당 잡고 세간 뺏기 계집 문서 종 삼기와
알몸 결박 소 뺏기와 불호령에 솥 뺏기와
여기저기 가는 곳마다 인심 자꾸 잃는구나
사람마다 도적이라고 원망하는 소리로다
이사나 하여볼까
집안살림 다 팔아도 오래오래 살 팔자라
종손임을 핑계 삼아 위토 팔아 노름질이 생애로다
제사를 핑계 삼아 제기 팔아먹고서 관가로부터 봉변을 당한다
뉘라서 돌아볼까 외톨이가 되었단 말인가

가련하다 저 인생아 하루아침에 거지가 되었구나
고급관자 어디 가고 물레줄 갓끈 무슨 일인고
통영갓은 어디 가고 찢어진 갓에 통모자라
다 먹지 못할 만큼 많았던 밥 달력 보아가며 드문드문 밥 먹는다
양볶음밥 어디 가고 씀바귀를 단 꿀 빨 듯
대나무술 어디 가고 모주 한 잔 어려워라
울타리가 땔나무요 동네 소금 반찬일세
고급장판 고급반자 장지문 어디 가고
벽 떨어진 단칸방에 거적자리 열두 닢에
호적종이로 문 바르고 신주 싸는 보가 갓끈이라
호사스런 말 어디 갔으며 앞뒤에 서 모시던 하인 어디 갔는고
거친 짚신 지팡이에 두 발로 걷는 것이 제격이라
무명버선 마른 신발 거친 발이 불쌍하고
비단주머니 고운 끈 고급거울 어디 갔는고
버선목 주머니에 삼노끈 꿰어 차고
담비배자 담비모자 어디 가고 비단 두루마기 어디 갔는고
동지섣달 추위에는 베창옷에 삼복더위에는 두꺼운 바지
궁둥이는 울근불근 옆걸음질 병신같이
담배 없는 빈 담뱃대를 심심풀이로 손에 들고
비실비실 다니면서 남의 문전 걸식하며
역질 핑계 제사 핑계 야속하다 너의 인심 원망할사 팔자타령
저 건너 꼼생원은
제 아비의 덕분으로 돈푼이나 가졌더니
술 한 잔 밥 한 술을 친구대접 하였던가
주제넘게 아는 체로 점치는 것 좋아하여

당대에 복 받을 명당자리 찾아가며
올 적 갈 적 길바닥에 처자식을 흩어놓고
있는 사람이 없는 사람을 돕지 않으면 끼니를 때울 수가 없다
사기를 치려 하니 두 번째는 아니 속고
국고횡령 하려 하니 일가집에 부자 없고
허황된 재물을 얻으려고 여기저기 싸다니며
재상가에 청을 넣다 봉변당하고 물러서고
남의 고을에 재물 구하러 갔다 문전에서 쫓겨나고
혼인중매 혼자 들다 무안당해 뺨 맞으며
가대문서로 구문 먹기 핀잔먹고 자빠지기
옳지 못한 일에 끼어들고 위조문서에 이치에 맞지 않는 송사를 즐기고
부자나 후려볼까 감언이설 꾀어보세
언막이나 보막이며 은광이나 금광이며 찾아다니고
대로변에 색주가며 노름판에 푼돈 떼기
남북촌에 뚜쟁이로 사람 끌기 하여볼까
산지니 수지니에 사냥질로 놀러갈 때
대종손 양반 자랑 산소나 팔아볼까
혼인 핑계 어린 딸은 백 냥 짜리 되었구나
아내는 친정살이 자식들은 고생살이
일가의 눈이 희고 친구의 손가락질
어디론가 나가더니 소문이나 들어볼까
산너머 꾕생원은 그야말로 어리석은 자로다
거들어서 한 말 자랑 몹시 급한 성격의 남자로다
동네 어른 몰라보고 무례하게 욕하기와

의관 찢고 사람 치고 맞았다고 떼쓰기와
남의 과부 겁탈하기 몰래 무덤 쓰는 데 가서 떡 달라기
친척집의 소 끌어가기와 주먹다짐 일쑤로다
부잣집과 가까운 체하며 친한 사람 이간질과
월수돈 일수돈 이자 주기 돈 받기며 제 부모에 몹쓸 짓 하고
투전꾼은 좋아하며 손목 잡고 술 권하며
제 처자식은 몰라보고 노리개를 정표로 주며
자식 노릇은 못 하면서 제 자식은 귀히 알며
며느리는 들볶으며 봉양 잘못 호령한다
기둥 베고 벽 떨어라
천하난봉꾼 자칭하니 부끄러움 모르고서
주리 틀려 경을 친 것을 옷을 벗고 자랑하며
술집이 안방이요 투전방이 사랑이라
늙은 부모 병든 처자 손톱 발톱 젖혀가며
잠 못 자고 길쌈한 것 술내기로 장기 두고
책망 없이 버린 몸이 무슨 생애 못하여서
누이 자식 조카자식 색주가로 환매하며
부모가 걱정하면 낯붉히어 을러대며
아내가 잔소리하면 밥상 치고 계집 치기
도망산에 묘를 썼나 저녁 굶고 또 나간다
포도청 귀신이 되었는지 듣지도 보지도 못하겠더라

3) 작품해설

〈우부가〉는 작가·연대 미상의 가사로 『악부』 외 17종의 『초당문답

가』 이본에 수록되어 있어, 조선조 말엽에 상당히 널리 읽혀졌음을 알 수 있다. 이본 간에 명칭·표현·내용 등에 다소 차이가 있는데, 여기서는 『악부』에 수록되어 있는 작품을 원문으로 취하였다. 어리석은 인물들이 차례로 등장하는데, 부모 덕분에 호의호식하고 허랑방탕하여 절제 없이 지내다가 마침내 패가망신한다는 내용이 거듭되고 있다. 구체적으로는 '남촌 한량 개똥이'와 '저 건너 꼼생원' 및 '산너머 꾕생원'의 어리석은 행동을 세세히 그려내었다. 제목 그대로 우부(愚夫)의 소행을 풍자적으로 그린 바, 처세에 조심하도록 한 경세적(警世的) 성격을 띤 서사가사이다.

용부가 庸婦歌

1) 원문

흉보기도 슬타마는 져 부인의 거동 보소
시집간 지 셕 달 만의 시집ᄉᆞ리 심허다고
친정의 편지허며 ᄉᆡ집흉을 잡아너며
계엄154)헐ᄉᆞ ᄉᆡ아바니 암상155)헐ᄉᆞ ᄉᆡ어머니
고ᄌᆞ질의 ᄉᆡ누의와 엄숙허기 맛동셰156)라
요악157)헌 아오동셰 여호 갓튼 시앗년158)의
드세도다159) 남녀노복 들며나며 흥구덕160)에
남편이나 미덧더니 십벌지목161) 되얏셰라
여긔져긔 살셜162)이요 구셕구셕 모함이라
시집ᄉᆞ리 못허겟네 간슈병163)을 기우리며

154) 계엄 : 게염. 부러워하고 시새워서 탐내는 욕심.
155) 암상 : 샘바르고 앙칼짐.
156) 맛동셰 : 맏동서. 맨 손윗동서.
157) 요악(妖惡) : 요사스럽고 간악함.
158) 시앗년 : 첩년. 남편의 첩을 멸시해서 하는 말.
159) 드세도다 : 괄괄하고 딱딱하도다. 세차다.
160) 흥구덕 : 흠구덕. 남의 허물을 떠벌리어 궂게 하는 말.
161) 십벌지목(十伐之木) : "열 번 찍어서 아니 넘어가는 나무가 없다"는 말. 여기서는 믿었던 남편조차 결국 주위 사람들의 말에 넘어 갔다는 뜻.
162) 사셜(邪說) : 그릇되고 간특한 말.

치마 쓰고 ᄂᆡ닷기와 보찜 ᄊᆞ고 도망질에
오락가락 못 견ᄃᆡ며 승드리나 ᄯᅡ라갈가
긴 장쥭164)이 벗시 되고 들 구경 ᄒᆞ야볼가
문복165)허기 소일이라
것흐로ᄂᆞᆫ 시름이요 쇽으로ᄂᆞᆫ ᄯᅡᆫ싱각에
반분ᄯᆡ166)로 일을 ᄉᆞᆷ고 털 ᄲᅩᆸ기가 셰월이라
ᄉᆡ부모가 경계허면 말 한 마ᄃᆡ 지지 안코
남편이 격정허면 뒤바다 맛넉슈167)요
들고나니 쵸롱군168)에 팔ᄌᆞ나 곳쳐볼까
양반 ᄌᆞ랑 모도 허며 ᄉᆡᆨ쥬가나 ᄒᆞ야볼가
남문 밧 쎙덕어미
텬셩이 져러헌가 ᄇᆡ워셔 그러헌가
본ᄃᆡ업시 ᄌᆞ라야셔 여긔져긔 무루맛침169) ᄊᆞ홈질노 셰월이라
남의 말 말젼쥬170)와 들며는 음식 공논
졔 조상은 부지허고 불공 허기 위업헐 졔
무당 쇼경 푸닥거리171) 의복가지 다 ᄂᆡ쥬고

---

163) 간슈병 : 소금섬 같은 데서 나오는 짜고 쓴 간국을 넣어둔 병.
164) 장쥭(長竹) : 긴 담뱃대.
165) 문복(問卜) : 점을 침.
166) 반분ᄯᆡ(半粉黛) : 분 바르기와 눈썹 그리는 것.
167) 맛넉슈 : 맞적수와 같이 지지 않고 대꾸하는 것.
168) 쵸롱군 : 의식이 있을 때 등롱을 들고 다니는 사람.
169) 무루맛침 : 무릎맞춤. 두 사람 간의 말이 서로 틀릴 적에 삼자 앞에서 대질하여 변론하는 것.
170) 말젼쥬 : 이쪽 말은 저쪽에 저쪽 말은 이쪽에 전하여 이간질을 하는 것.
171) 푸닥거리 : 무당이 간단하게 음식을 차려 놓고 하는 굿.

남편 모양 볼 쪽시면 삽살ᄀᆡ 뒷다리요
ᄌᆞ식 거동 볼 작시면 털 버슨 솔ᄀᆡ미라
엿장ᄉᆞ야 떡장ᄉᆞ야 아희 핑게 다 부르고
물네 압ᄒᆡ 션합품과 씨아[172] 압ᄒᆡ 기지ᄀᆡ라
이 집 져 집 이간질과 음담ᄑᆡ셜 일삼는다
모함 ᄌᆞᆸ고 ᄯᅩᆼ 먹이기 세간은 쥬러가고 걱정은 느러간다
치마는 졀노가고[173] 허리통이 기러간다
총 업는 헌 집신[174]에 어린 ᄌᆞ식 둘쳐 업고
혼인 장ᄉᆞ 집집마다 음식 츄심[175] 일을 숨고
아희ᄊᆞ홈 어른ᄊᆞᆷ에 남의 죄에 ᄆᆡ 마치기
ᄭᅡ닥 업시 셩을 ᄂᆡ고 의ᄲᅮᆫ ᄌᆞ식 두다리며
며나리를 쫏찻시니 아들은 홀아비라
ᄯᆞᆯᄌᆞ식을 다려오니 남의 집은 결단이라
두 손펵을 두다리며 방셩ᄃᆡ곡 괴이허다
무신 ᄊᆞᆯ에 ᄉᆡᆼ트집의 머리 ᄊᆞ고 드러눕기
간부[176] 달고 다라나기 관비정속[177] 몃 번인가
무식헌 창ᄉᆡᆼ[178]드라 져 거동을 ᄌᆞ세 보고
그른 닐을 아라ᄶᅥ든 곳칠 ᄀᆡᄯᆞ 힘을 쓰소

---

172) 씨아 : 목화의 씨를 빼는 기구.
173) 졀노가고 : 짧아가고.
174) 총 업는 헌 짚신 : 신울이 없는 헌 짚신.
175) 음식 츄심 : 음식을 찾아서 다니는 것.
176) 간부(姦夫) : 간통한 남자.
177) 관비정속(官婢定屬) : 죄인을 관가의 계집종으로 삼는 것.
178) 창ᄉᆡᆼ(蒼生) : 백성.

오른 말을 드럿써든 힝허기를 위업헐지어다

–미상 ·『초당문답가』(필사본)

2) 현대어역

흉보기도 싫다마는 저 부인의 거동 보소
시집간 지 석 달 만에 시집살이 심하다고
친정에 편지하여 시집흉을 잡아내며
계염할사 시아버지 암상할사 시어머니
고자질의 시누이와 엄숙하기 맏동서라
요사스럽고 간악한 아우동서와 여우 같은 시앗년에
드세도다 남녀노복 들며나며 흠구덕에
남편이나 믿었더니 열 번 찍은 나무 되었어라
여기저기 삿된 말이요 구석구석 모함이라
시집살이 못하겠네 간장병을 기울이며
치마 쓰고 내닫기와 봇짐 싸고 도망질에
오락가락 못 견디며 중들이나 따라갈까
긴 담뱃대 벗이 되고 들 구경 하여볼까
점치기로 세월 보내는구나
겉으로는 시름이요 속으로는 딴생각에
얼굴단장 일을 삼고 털 뽑기가 세월이라
시부모가 경계하면 말 한 마디 지지 않고
남편이 걱정하면 뒤받아 맞대꾸요
드나드는 초롱꾼에게 팔자나 고쳐볼까
양반 자랑 모두 하며 색주가나 하여볼까

남문 밖 뺑덕어미
천생이 저러한가 배워서 그러한가
본데없이 자라나서 여기저기 무릎맞춤 싸움질로 세월이라
남의 말 옮기기와 들어와선 음식 공론
제 조상은 알지 못하고 불공 드리기 일삼을 때
무당 소경 푸닥거리 의복가지 다 내주고
남편 모양 볼 것 같으면 삽살개 뒷다리요
자식 거동 볼 것 같으면 털 벗은 솔개미라
엿장사야 떡장사야 아이 핑계 다 부르고
물레 앞에 선하품과 씨아 앞에 기지개라
이 집 저 집 이간질과 음담패설 일삼는다
모함 잡고 똥 먹이기 세간은 줄어가고 걱정은 늘어간다
치마는 짧아가고 허리통은 길어간다
총 없는 헌 짚신에 어린 자식 들쳐 업고
혼인 장사 집집마다 음식 추심 일을 삼고
아이싸움 어른쌈에 남의 죄에 매 맞히기
까닭 없이 성을 내고 이쁜 자식 두드리며
며느리를 쫓았으니 아들은 홀아비라
딸자식을 데려오니 남의 집은 결단이라
두 손뼉을 두드리며 방성대곡 괴이하다
무슨 꼴에 생트집에 머리 싸고 드러눕기
간부 달고 달아나기 관비정속 몇 번인가
무식한 창생들아 저 거동을 자세히 보고
그른 일을 알았거든 고칠 개자 힘을 쓰소
옳은 말을 들었거든 행하기를 일삼을지어다

3) 작품해설

조선후기 작가·연대 미상의 가사작품으로서 앞 〈우부가〉와 짝을 이룬다. 『초당문답가』에 실려 있다. 용렬한 부인이 시집을 와서 시집살이 하는 동안 온갖 악행을 일삼는 것을 풍자적으로 표현하였다 . 작품 속에는 '저 부인'과 '남문 밖 뺑덕어미'가 등장한다. 저 부인은 양반계층으로서 시집살이에서 악행을 저지르고 있으며, 뺑덕어미는 어떤 계층인지 분명히 드러나지는 않으나 행동으로 보아 서민층인 듯하다. 어리석은 여자가 어떤 방식으로 인륜을 파괴하고 패가망신하는지를 생생하게 그려내었다.

개화가사

동심가 同心歌

1) 원문

잠을 씨세 잠을 씨세
ᄉ천년이 ᄭᅮᆷ쇽이라
만국이 회동(會同)ᄒᆞ야
ᄉ히(四海)가 일가(一家)로다

구구세졀(區區細節) 다 ᄇᆞ리고
샹하 동심(同心) 동덕(同德)ᄒᆞ셰
놈으 부강 불어ᄒᆞ고
근본 업시 회빈(回賓)ᄒᆞ랴

범을 보고 개 그리고
봉을 보고 ᄃᆞᆰ 그린다
문명ᄀᆡ화(文明開化)ᄒᆞ랴 ᄒᆞ면
실샹(實狀) 일이 뎨일이라

못셰 고기 불어 말고
그믈 ᄆᆡ자 잡아보셰

그믈 믹기 어려우랴
동심결(同心結)로 믹ᄌ보셰

—이중원 · 「독립신문」(1896)

2) 현대어역

잠을 깨세 잠을 깨세
사천년이 꿈속이라
온갖 나라 함께 모여
온 세상이 한집이로다

잡다한 일일랑 모두 버리고
위아래 사람 한마음으로 함께 덕을 닦으세
남의 부강을 부러워하고
근본 없이 멋대로 하랴

범을 보고 개 그리고
봉황을 보고 닭 그린다
문명세계로 개화하려 하면
실제적인 일이 제일이라

못의 고기를 부러워만 하지 말고
그물을 맺어 잡아보세
그물 맺기 어려우랴
동심결[1]로 맺어보세

3) 작품해설

〈동심가〉는 민족의 단합과 문명개화라는 시대정신을 담은 개화가사이다. 당시 현실에 대한 반성을 토대로 근대문명과 부국강병을 이루기 위해 합심단결할 것을 촉구하였다. 아직 근대의식이 확립되지 않은 당대의 상황을 '잠'과 '꿈'에 비유하고, 서양문명에 대한 안일한 모방태도를 '범을 보고 개를 그리고 봉황을 보고 닭을 그리는 상황'으로 묘사하였다.

하지만 이 작품의 주제는 마지막에서 더욱 선명하게 드러난다. '근대라는 물고기를 잡기 위해서 그물을 맺자'는 것인데, 그 그물은 '동심결(한마음 한뜻으로 맺은 굳건한 단결)'로 맺을 수 있다는 것이다. 당시 우리 사회가 근대문명은 획득 가능한 것이며, 그 첫발은 대동단결에 있다고 판단하고 있었음을 일러준다.

---

1) 동심결(同心結) : 두 고를 내고 맞죄어서 매는 매듭. 여기서는 한마음 한뜻으로 단결한다는 의미로 쓰였음.

애국하는 노래

1) 원문

아셰아에 대죠선이 ᄌᆞ쥬독립 분명ᄒᆞ다
(합가) ᄋᆡ야에야 ᄋᆡ국ᄒᆞ세 나라 위ᄒᆡ 죽어보세

분골ᄒᆞ고 쇄신토록 츙군ᄒᆞ고 애국ᄒᆞ세
(합가) 우리 졍부 놉혀주고 우리 군면 도와주세

깁흔 잠을 어셔 ᄭᆡ여 부국강병 진보ᄒᆞ세
(합가) 놈의 쳔ᄃᆡ 밧게되니 후회막급 업시 ᄒᆞ세

합심ᄒᆞ고 일심 되야 셔셰동졈 막아보세
(합가) ᄉᆞ롱공샹 진략ᄒᆞ야 사ᄅᆞᆷ마다 ᄌᆞ유ᄒᆞ세

남녀 업시 입학ᄒᆞ야 세계학식 ᄇᆡ화보자
(합가) 교휵ᄒᆡ야 ᄀᆡ화되고 ᄀᆞ화ᄒᆡ야 사ᄅᆞᆷ 되네

팔괘국긔 놉히 달아 륙ᄃᆡ쥬에 횡힝하세
(합가) 산이 놉고 물이 깁게 우리 ᄆᆞ음 ᄆᆡᆼ셰ᄒᆞ세

—이필균 · 「독립 신문」(1896)

2) 현대어역

아시아의 대조선이 자주독립 분명하다
애야에야 애국하세 나라 위해 죽어보세

뼈가 가루 되고 몸이 부서지도록 충성하고 애국하세
우리 정부 높여주고 우리 군면 도와주세

깊은 잠을 어서 깨어 부국강병 진보하세
남의 천대 받게되니 후회막급 없이 하세

합심하고 한마음 되어 서구세력의 동양침략 막아보세
사농공상 힘 다하여 사람마다 자유롭게 되어보세

남녀 없이 입학하여 세계학식 배워보자
교육해야 개화되고 개화해야 사람 되네

팔괘국기[2] 높이 달아 육대주에 횡행하세
산이 높고 물이 깊게 우리 마음 맹세하세

---

2) 팔괘국기 : 팔괘(八卦)를 배치하여 만든 태극기(太極旗).

3) 작품해설

이 노래는 반봉건과 반외세를 주창한 개화기의 시대정신을 내용으로 한 4·4조의 개화가사이다. 계몽성과 교훈성, 목적의식이 강한 개화가사의 전형적인 특성을 보이며, 청유 형태의 문장을 통해 설득적인 성격을 띤다. 형식상으로 볼 때, '합가'라는 후렴을 매 연마다 달고 있다. 이는 민요의 선후창 방식을 빈 것이다.

애국가 愛國歌 1

1) 원문

잠ᄭᆡ보셰 잠ᄭᆡ보셰 대죠션국 인민들아
깁히 든 잠 번듯 ᄭᆡ여 ᄌᆞ쥬독립 도와주셰
합심ᄒᆞ고 동력ᄒᆞ야 우리 인민 보호ᄒᆞ셰
ᄌᆞ쥬독립 ᄒᆞ량이면 인민ᄉᆞ랑 쳣지로다
졍부가 잇슨 후에야 ᄇᆡᆨ셩들이 의지ᄒᆞ고
ᄇᆡᆨ셩들이 잇슨 후에 졍부가 의지되ᄂᆞ니
도와주셰 도와주셰 우리 졍부 도와주셰
ᄉᆞ랑ᄒᆞ셰 ᄉᆞ랑ᄒᆞ셰 우리 인민 ᄉᆞ랑ᄒᆞ셰
ᄉᆞ랑 ᄉᆞ랑 ᄉᆞ랑이야 ᄇᆡᆨ셩들은 졍부ᄉᆞ랑
ᄉᆞ랑 ᄉᆞ랑 ᄉᆞ랑이야 졍부에ᄂᆞᆫ ᄇᆡᆨ셩ᄉᆞ랑
샹ᄒᆞᄉᆞ랑 서로 ᄒᆞ면 부국강병 ᄌᆞ연 되고
샹하의심 업셔지면 ᄌᆞ쥬독립 왜 못ᄒᆞ리
졍직으로 ᄋᆡ민ᄒᆞ고 공평으로 ᄋᆡ민ᄒᆞ야
ᄂᆡ외관민 너나업시 ᄋᆡ국ᄋᆡ민 일심ᄒᆞ면
마자 ᄒᆡ도 부국 되고 안 ᄒᆞ여도 강병 되네
부국강병 된 연후에 태극긔를 놉히 달아
일쳥국을 압졔ᄒᆞ고 오대쥬에 횡ᄒᆡᆼᄒᆞ면

독립문이 빗치 나고 독립디에 ᄭᅩᆺ치 퓐다
씻칠셰라 씻칠셰라 독립신문 ᄒᆞ온 논셜
마ᄃᆡ마ᄃᆡ 명심ᄒᆞ야 사ᄅᆞᆷ마다 본을 밧셰

－김철영 · 「독립신문」(1896. 9. 5)

2) 현대어역

잠깨보세 잠깨보세 대조선국 인민들아
깊이 든 잠 번뜩 깨어 자주독립 도와주세
마음 합하고 힘 합하여 우리 인민 보호하세
자주독립 할 양이면 인민사랑 첫째로다
정부가 있은 후에야 백성들이 의지하고
백성들이 있은 후에 정부가 의지되나니
도와주세 도와주세 우리 정부 도와주세
사랑하세 사랑하세 우리 인민 사랑하세
사랑 사랑 사랑이야 백성들은 정부사랑
사랑 사랑 사랑이야 정부에서는 백성사랑
상하사랑 서로 하면 부국강병 자연히 되고
상하의심 없어지면 자주독립 왜 못 하리
정직으로 애민하고 공평으로 애민하여
내외관민 너나없이 애국애민 일심하면
마자 해도 부국 되고 안 하여도 강병 되네
부국강병 된 연후에 태극기를 높이 달아
일본과 청나라를 압제[3]하고 오대주에 횡행하면
독립문이 빛이 나고 독립한 땅에 꽃이 핀다

그칠세라 그칠세라[4] 독립신문 하온 논설
마디마디 명심하여 사람마다 본을 받세

3) 작품해설

이 노래는 자주독립 사상과 애국심을 고취하는 내용을 담은 개화가사이다. 무지몽매한 상태를 '잠'에 비유하여, 봉건의식에서 깨어나 근대문명국가를 이룩하자는 개화가사의 전형적인 주제를 보이고 있다. 또한 일본과 청나라와 같은 외세를 극복하고자 하는 의지를 담고 있으며, 이를 위해 무엇보다 합심단결하여 나라와 국민을 사랑할 것을 역설하였다. 정부의 의지와 국민의 의지 양 측면을 함께 강조한 점이 눈에 띈다.

---

3) 압제 : 힘으로 제압함.

4) 그칠세라 : 그칠까 두렵구나. 여기서는 신문에 실은 논설의 뜻이 멀리 퍼져나가지 않고 중도에 그쳐버릴까 두렵다는 의미가 됨.

애국가 愛國歌 2

1) 원문

대죠션국 건양원년 ᄌᆞ쥬독입 깃버하세
텬디간에 사ᄅᆞᆷ 되야 진츙보국 뎨일이니
님군ᄭᅴ 츙셩ᄒᆞ고 졍부를 보호ᄒᆞ세
인민들을 사랑ᄒᆞ고 나라 긔를 놉히 달세
나라 도을 ᄉᆡᆼ각으로 시죵여일 동심하세
부녀경ᄃᆡ ᄌᆞ식교육 ᄉᆞ람마다 ᄒᆞᆯ 거시라
집을 각기 흥ᄒᆞ랴면 나라 몬져 보젼ᄒᆞ세
우리나라 보젼ᄒᆞ기 자나ᄭᆡ나 ᄉᆡᆼ각ᄒᆞ세
나라 위해 죽는 죽엄 영광이제 원한 업네
국태평 가안락은 ᄉᆞ롱공샹 힘을 쓰세
우리나라 흥ᄒᆞ기를 비ᄂᆞ이다 하ᄂᆞ님ᄭᅴ
문명ᄀᆡ화 열닌 셰샹 말과 일과 ᄀᆞᆺ게 하세

—최돈성 · 「독립신문」 제3호

2) 현대어역

대조선국 건양원년[5] 자주독립 기뻐하세

5) 건양 : 조선 고종(高宗)의 연호. 조선 최초의 연호로서, 1896년(즉위 33)년부터

천지간에 사람 되어 진충보국[6] 제일이니
임금께 충성하고 정부를 보호하세
인민들을 사랑하고 나라 기를 높이 다세
나라 도울 생각으로 시종일관 동심[7]하세
부녀자 공경과 자식교육은 사람마다 할 것이라
집을 각기 흥하려면 나라 먼저 보전하세
우리나라 보전하기 자나깨나 생각하세
나라 위해 죽는 죽음 영광이지 원한 없네
국태평 가안락[8]은 사농공상 힘을 쓰세
우리나라 흥하기를 비나이다 하느님께
문명개화 열린 세상 말과 일과 같게 하세

3) 작품해설

이 노래는 전통적인 가사형식에 갑오개혁 이후의 개화사상을 담고 있다. 신문물을 적극 수용하는 개화사상과 애국심에 대한 강조가 중심 내용을 이룬다. 건양(建陽) 연호는 1896년부터 1897년까지 사용하였다. 당시 청나라의 연호를 폐지하고 독자적인 연호를 사용하기 시작한 것에 대해 독립의 기쁨을 노래한 것이 이 작품의 창작배경이다. 계몽적이고 교훈적인 내용을 지닌 것은 여느 개화가사와 마찬가지이다.

1897년 7월까지가 이에 해당함.

6) 진충보국(盡忠報國) : 충성을 다해 나라에 보답함.

7) 동심(同心) : 한결같이 마음을 함께함.

8) 국태평 가안락(國太平 家安樂) : 나라가 태평하고 집이 편안함.

가요풍송 歌謠諷誦

1) 원문

떠 잇고나 떠 잇고나 대한강산(大韓江山) 떠잇고나
광부대수(匡扶大手) 누구런고 산령수신(山靈水神) 통곡(痛哭)하며
옥황상제(玉皇上帝) 호소(呼訴)하니 감응지리(感應之理) 업솔손가
애고지고 홍

반갑도다 반갑도다 대한민심(大韓民心) 반갑도다
팔역(八域)이 정비(鼎沸)하되 국채보상(國債報償) 열심(熱心)하야
지금(至今)도 육속(陸續)하니 애국성(愛國誠)이 감사(感謝)하다
애고지고 홍

우지 마라 우지 마라 해산장졸(解散將卒) 우지 마라
징병령(徵兵令)을 실시(實施)하면 설치(雪恥)은번 아니 될까
애고지고 홍

놀고 가세 놀고 가세 각부대신(各部大臣) 놀고 가세
귀쏙말이 비밀(秘密)하니 다회만찬(多會晩餐) 자미(滋味)로다
세상사(世上事)는 하여(何如)턴지 일신안락(一身安樂) 제일(第一)인가

애고지고 흥

—미상 · 「대한 매일 신보」(1908)

2) 현대어역

떠 있구나 떠 있구나 대한강산 떠 있구나
바로잡아 붙드는 큰 손 누구던가 산신령과 물의 신께 통곡하며
옥황상제께 호소하니 감응하는 이치가 없겠는가
애고지고 흥[9]

반갑도다 반갑도다 대한민심 반갑도다
팔도(八道)[10]가 혼란하되[11] 국채보상[12] 열심히 하여
지금까지도 이어지니 애국정성이 감사하다
애고지고 흥

울지 마라 울지 마라 해산병사[13]들 울지 마라
징병명령 실시하면 치욕을 씻고 명예를 찾을 수 있지 않겠는가
애고지고 흥

---

9) 애고지고 흥 : 현실을 비판하는 유형의 개화가사에서 자주 등장하는 여음구. 매 연 말미에 반복적으로 나타나는데, '애고지고 슬프다'란 의미이며 '흥'은 냉소의 감탄사.

10) 팔역(八域) : 팔도(八道)의 의미.

11) 정비(鼎沸) : 솥에서 물이 끓음. 즉 정신없이 혼란스러움을 의미하는 말.

12) 국채보상 : 1907년 일제에 진 1300만원의 빚을 갚기 위해 민중들이 금가락지 등을 기부했던 운동. 대구에서 시작하여 전국적으로 퍼져나갔음.

13) 해산병사 : 1907년 일본이 대한제국의 군대를 강제 해산한 사건을 배경으로 하고 있다. 해산된 부대원들은 지방 등으로 흩어져 5년 여에 걸쳐 무장 항일운동을 벌였음.

놀고 가세 놀고 가세 각부대신 놀고 가세
귓속말이 비밀스러우니 차모임과 저녁식사 재미있구나
세상일은 어떻든지 일신안락 제일인가
애고지고 흥

3) 작품해설

이 노래는 계몽적이고 교훈적인 성격을 띤 개화가사이다. 총 10연으로 구성되어 있으나, 여기에는 1~4연만을 실었다. 제1연에서는 당시의 사회적 상황을 '떠 있는' 것으로 표현하여, 토대가 없이 흔들리는 당대의 사회적 위기에 대한 경각심을 불러일으키고 있다. 이어 2·3연에서는 국채보상 운동과 군대해산이라는 당대의 시사적 사건을 소재로 삼았다. 4연에서는 일신의 안락만을 추구하는 고위관직자들에 대한 비판을 노골적으로 드러내었다.

잡가

유산가 遊山歌

1) 원문

花爛春城화란춘성하고 萬和方暢만화방창이라

때 좃타 벗님내야 山川景槪산천경개를 구경 가세

竹杖麻鞋 單瓢子죽장마혜 단표자로 千里江山천리강산을 드러를 가니

滿山紅綠만산홍록들은 一年一度일년일도 다시 피어

春色춘색을 자랑노라 色色색색 불것난대

蒼松翠竹창송취죽은 蒼蒼鬱鬱창창울울하고

琪花瑤草 爛漫中기화요초 난만중에 꽂 속에 잠든 나비 자취 업시 나라든다

柳上鶯飛유상앵비난 片片金편편금이요

花間蝶舞화간접무난 紛紛雪분분설이라

三春佳節삼춘가절 조흘시고 桃花滿發 點點紅도화만발 점점홍이로구나

魚舟逐水 愛山春어주축수 애산춘이라든 武陵桃源무릉도원이 예 아니냐

楊柳細枝 絲絲綠양류세지 사사록하니

黃山谷裏 當春節황산곡리 당춘절에 淵明五柳연명오류가 예 아니냐

제비난 물을 차고 기러기는 무리 져서

거지 中天중천에 노피 떠서 두 나래 훨씬 펴고

펄펄 白雲間백운간에 노피 떠

千里江山천리강산 머나먼 길에 어이 갈고 슬피 운다
遠山원산은 疊疊첩첩 泰山태산은 주춤
奇巖기암은 層層층층 長松장송은 落落낙락
에이 구브러져 狂風광풍에 興흥을 겨워 우줄우줄 춤을 춘다
層巖 絶壁上층암 절벽상에 瀑布水폭포수난 콸콸
水晶簾수정렴 드리온 듯 이 골 물이 주루룩 져 골 물이 솰솰
열의 열 골 물이 한대 合水합수하야
천방져 디방져 소코라지고 펑퍼져
넌출지고 방울져 져 건너 屛風石병풍암으로
으르렁 콸콸 흐르는 물결이 銀玉은옥가치 흐터지니
巢父許由소부허유 問答문답하든 箕山潁水기산영수가 예 아니냐
住刻啼禽주각제금은 千古節천고절이오
積多鼎鳥적다정조난 一年豊일년풍이라
日出落照일출낙조가 눈압에 버려나
景槪無窮경개무궁 조흘시고

—이상보 · 김성배 · 박노춘 · 정익섭 공편, 『가사문학전집』

2) 현대어역

봄날에 꽃은 흐드러지게 피었고 만물은 바야흐로 피어나네
때 좋다 벗님네야 산천경치를 구경 가세
대지팡이 미투리 차림에 표주박 들고[1] 천리강산을 들어가니

---

1) 죽장마혜 단표자(竹杖麻鞋 單瓢子) : 대지팡이 미투리 차림에 표주박을 듦. 곧 물욕이 없는 소박한 삶의 관습적 표현. 흔히는 '竹杖芒鞋 簞瓢子'로 표기함.

온 산에 가득한 꽃과 풀들은 해마다 다시 피어
봄빛을 자랑하느라 색색이 붉어 있는데
푸른 소나무와 대나무는 울창한데
아름다운 꽃과 풀들 만발한 가운데 꽃 속에 잠든 나비 사뿐히 날아든다
버드나무 위 꾀꼬리는 금빛 조각 날리는 것 같고
꽃 사이 춤추는 나비들은 분분히 날리는 눈송이 같네
아름다운 봄날 좋을씨고 복숭아꽃 만발하여 점점이 붉었구나
고기잡이 배를 타고 물 따라 봄을 즐긴다던 무릉도원[2]이 여기 아니냐
버드나무 가는 가지들은 실처럼 푸르니
황산 골짜기 안에서 봄을 맞음에 도연명[3]의 다섯 그루 버드나무가 이 아니냐
제비는 물을 차고 기러기는 무리 지어
하늘 높이 떠올라 두 날개를 활짝 펴고
펄펄 흰 구름 사이에 높이 떠서
천리 강산 머나먼 길 어이 갈꼬 슬피 운다
멀리 산은 첩첩하고 큰 산은 주춤하여
기암괴석은 층층하고 키 큰 소나무는 늘어져
에이 구부러져 광풍에 흥을 못 이겨 우줄우줄 춤을 춘다
층암 절벽 위에 폭포수는 콸콸

---

2) 무릉도원(武陵桃源) : 도연명의 『도화원기(桃花源記)』에 나오는 선경. 이후 세속을 떠난 별천지를 이르는 표현이 되었음.

3) 도연명(陶淵明) : 중국 동진(東晋)·송대(宋代)의 시인 도잠. 문 앞에 버드나무 다섯 그루를 심어놓고 스스로 오류(五柳) 선생이라 칭했음.

수정발[4]을 드리운 듯 이 골 물이 주루룩 저 골 물이 솰솰
열에 열 골 물이 한데 합쳐져
여기저기 튀어 위로 솟았다가 아래로 퍼졌다가
길게 흐르다가 방울이 되었다가 저 건너 병풍바위 쪽으로
으르렁 콸콸 흐르는 물결이 은과 옥같이 흩어지니
소부와 허유가 문답을 하였다는 기산 영수가 여기 아니냐[5]
두견새 소리는 천고의 절개요 소쩍새[6] 소리는 풍년 들 조짐이라
아침 해와 저녁놀이 눈앞에 펼쳐지니 경치도 무궁하다 좋기도 하구나

3) 작품해설

〈유산가〉는 서울에서 주로 불렸던 십이잡가 가운데 하나로 작가와 창작연대는 미상이다. 이 노래는 사계축이나 삼패 기생 등 여항 소리꾼들에 의해 주로 불렸다. 봄날의 아름다운 자연을 바라보는 화자의 흥이 낙천적으로 드러나 있다. 운율을 잘 살린 고유어의 표현과 관용적인 한자구가 혼용된 것은 이 노래를 비롯한 잡가의 일반적인 속성이다. 이런 현상은 상층문화와 하층문화가 혼합된 결과로 이해할 수 있다.

---

4) 수정렴(水晶簾) : 수정으로 만든 투명한 발. 폭포의 비유.

5) 소부(巢父)·허유(許由) : 중국 고대의 도가적 은일지사. 요(堯) 임금이 허유에게 천하를 주겠다고 하자 허유는 더러운 말을 들었다고 하여 기산(箕山)의 영수(潁水)에서 귀를 씻었으며, 소부는 허유가 귀를 씻은 더러운 물을 소에게 먹일 수 없다 하여 소를 끌고 돌아갔다는 고사에서 유래하였음.

6) 원문에서는 적다정조(積多鼎鳥)로 표현되어 있다. 소쩍새를 달리 표현한 말인데, 소쩍새는 '솥 적다'고 우는 새이기에 이를 '적다 정(鼎)'으로 표기한 것이다. 인하여 봄에 소쩍새가 많이 울면 풍년이 온다는 말이 생겨났다. '솥이 적다'는 말은 바로 '쌀이 많다'는 뜻이기 때문임.

소춘향가 小春香歌

1) 원문

춘향의 거동 보아라
오른손으로 일광을 가리옷고
왼손 높히 드러 져 근너 즁림 뵌다
디 심어 울 허고 솔 심어 졍즈라
동편에 연당이요 셔편에 우물리라
노방은 심화요 산ᄉ유 국화라
문젼의 학종용이요 산ᄉ유 긴 버들
휘늠느러진 늘근 장송 광풍에 홍을 겨워 우즐 활활 춤을 춘다
사리문 안에 삽ᄉ리 거긔 안져
먼산만 바라보며 ᄶ리치는 져 집이건디
황혼에 졍넌니 도라를 오소
썰치고 가는 형상 사람에 간장 다 노긴다
어야 너은 어연 계집아이완디 장부의 뼉짜귀을 다 노기노
어야 너는 어연 계집아이완디 나를 종종 소기는야
녹음방쵸승화시의 히는 어이 더듸 가노
오동야월 달 발근디 밤은 어이 쉬이 가노
일월무졍이 덧읍도다 옥빈홍안니 공뇌로다

우는 눈물 바다되면 ㅂ]도 타고 가랸만은
지척동방 쳘리도 되여 바라를 보니 눈에 암암

—『악부』

2) 현대어역

춘향의 거동 보아라
오른손으로 햇빛을 가리고
왼손 높이 들어 저 건너 죽림7) 보이느냐
대나무 심어 울타리 하고 소나무 심어 정자라
동쪽에 연당8)이요 서쪽에 우물이라
노방엔 시매고후과요9) 산수유 국화라
문전엔 학종선생류요10) 산수유 긴 버들
휘늘어진 늙은 장송 광풍에 흥을 겨워 우쭐 활활 춤을 춘다
사립문 안에 삽살개 거기 앉아
먼산만 바라보며 꼬리치는 저 집이건대
황혼에 정녕 돌아오소
떨치고 가는 모습 사람의 간장을 다 녹인다
아아 너는 어떤 계집아이건대 장부의 뼈다귀를 다 녹이노

---

7) 죽림(竹林) : 대나무 숲.

8) 연당(蓮塘) : 연꽃이 피어 있는 못.

9) 노방시매고구화(路傍時賣故侯瓜) : 당나라 시인 왕유의 장편시 〈왕유노장행(王維老將行)〉에 나오는 구절. '길가에서 때때로 동릉후(東陵侯)의 오이를 팔고'라는 뜻으로, 은퇴 후 한가히 사는 것을 이르는 표현.

10) 문전학종선생류(門前學種先生柳) : 왕유의 시 〈왕유노장행(王維老將行)〉에 나오는 구절. '문 앞엔 도연명의 버드나무'라는 뜻으로, 전원에서 한가히 사는 것을 이르는 표현.

아아 너는 어떤 계집아이건대 나를 자주 속이느냐
녹음방초승화시[11]에 해는 어이 더디게 가노
오동야월[12] 달 밝은데 밤은 어이 쉽게 가노
일월무정[13] 덧없도다 옥빈홍안[14]이 공로[15]로다
우는 눈물 받아 내면 배도 타고 가련마는
지척동방[16] 천리 되어 바라를 보니 눈에 암암

3) 작품해설

〈소춘향가〉는 조선후기 십이잡가의 하나이다. 이 작품은 판소리 〈춘향가〉와 소설 〈춘향전〉의 일부분을 노래화한 것이다. 전반부의 주된 내용은 광한루에서 춘향이와 이도령이 처음 만났을 때 춘향이 이도령에게 자신의 집을 가리켜 주는 것으로 되어 있다. 그리고 중반부에는 춘향이에게 첫눈에 반한 이도령의 마음이 표현되어 있다. 마지막 후반부에서는 이도령이 서울로 간 후 춘향이의 고독함과 슬픔이 그려져 있다. 판소리 〈춘향가〉와 달리 잡가 〈소춘향가〉는 만남의 기쁨 대목과 헤어짐의 슬픔 대목 중 일부분을 따 〈춘향가〉의 정서적 흐름을 압축적으로 보여주었다.

---

11) 녹음방초승화시(綠陰芳草勝華時) : 우거진 나무 그늘과 꽃다운 풀이 한창인 때. 즉 여름철 화사한 때를 말함.

12) 오동야월(梧桐夜月) : 오동나무에 비친 달.

13) 일월무정(日月無情) : 해와 달이 무정함. 곧 세월의 덧없음을 표현.

14) 옥빈홍안(玉鬢紅顔) : 옥 같은 귀밑털과 붉은 얼굴. 매우 아름다운 모습을 뜻함.

15) 공로(空老) : 헛되이 늙음.

16) 지척동방(咫尺洞房) : 썩 가까운 곳에 있는 침실.

평양가 平壤歌

1) 원문

갈까보다 가리 갈까보다 임을 따라 임과 둘이 갈까보다
잦은 밥을 다 못 먹고 임을 따라 임과 둘이 갈까보다
부모동생 다 이별하고 임을 따라 임과 둘이 갈까보다

불붙는다 평양성내 불이 불붙는다
평양성내 불이 불붙으면 월선이 집이 행여 불 갈세라
월선이 집이 불이 불붙으면 육방관속이 제가 제 알리라

월선이 나와 소매를 잡고 가세 가세 어서 들어를 가세
놓소 놓소 노리 놓소그려 직영 소매 노리 놓소그려
떨어진다 떨어진다 떨어진다 떨어진다 직영소매 동이 동떨어진다
상침중침 다 골라내어 세모시 당사로 가리 감춰줌세

—이창배 편, 『한국가창대계』

2) 현대어역

갈까보다 가리[17] 갈까보다 임을 따라 임과 둘이 갈까보다

17) 가리 : 리듬의 변주를 위해 들어간 무의미한 말. 아래에도 계속적으로 나오는 '동이

잦은 밥을 다 못 먹고 임을 따라 임과 둘이 갈까보다
부모동생 다 이별하고 임을 따라 임과 둘이 갈까보다

불붙는다 평양성내 불이 불붙는다
평양성내 불이 불붙으면 월선이 집에도 행여 불이 갈세라
월선이 집이 불이 불붙으면 육방관속[18]이 제가 제 알리라

월선이 나와 소매를 잡고 가세 가세 어서 들어가세
놓소 놓소 노리 놓소그려 직령[19] 소매 노리 놓소그려
떨어진다 떨어진다 떨어진다 떨어진다 직령 소매 동[20]이 동떨어진다
상침중침[21] 다 골라 내어 세모시[22] 당사[23]로 가리 감춰줄게

3) 작품해설

평양은 예로부터 문학 속에서 사랑과 이별의 도시로 자주 등장하였다. 속요 〈서경별곡〉이나 정지상의 한시 〈송인(送人)〉 역시 평양의 대동강을 배경으로 하고 있다. 평양이 이렇듯 사랑과 이별의 공간으로 설정되었던 것은 화려한 도시공간과 그 곳을 외유하던 관리, 그리고 관청에 소속되어 그들을 모셨던 기녀의 삼박자가 만들어낸 결과이다.

동떨어진다·놓소 놓소 노리 놓소·직영 소매 노리 놓소·당사로 가리 감춰줌세' 등의 '동·노리·가리'와 같은 기능을 함.

18) 육방관속(六房官屬) : 지방관아의 육방에 딸린 아전들.

19) 직령(直領) : 조선시대 무관이 입던, 깃이 곧게 되어 있는 웃옷.

20) 동 : 저고리 소매에 이어 대는 동강의 조각.

21) 상침(上針)·중침(中針) : 상침은 좋은 품질의 바늘, 중침은 중간 품질의 바늘.

22) 세(細)모시 : 올이 가늘고 고운 좋은 품질의 모시.

23) 당사(唐絲) : 중국산으로 좋은 품질의 실.

관리는 항상 임기에 맞추어 오고가야 했으며, 기녀는 항상 관아에 소속되어 오가는 사람을 맞아야 했다. 그 숱한 만남과 이별이 대동강을 낀 평양을 배경으로 이루어졌던 것이다.

작품의 첫 부분에서는 밥과 부모를 버리고서라도 님을 따라 떠나려는 화자의 의지를 보여준다. 둘째 부분은 '평양의 불'을 소재로 하고 있는데, 문맥상 '불'이 올 개연성은 없기에 무언가 전승상의 착오가 있는 듯하다. 그럼에도 불구하고 불의 맹렬한 이미지는 뜨거운 사랑과 잘 어울린다. 마지막 부분은 기생 월선과 무관 사이의 실랑이 및 월선의 애정을 기술하고 있다. "놓소 놓소"라 말하며 떠나가려는 무관, 떨어진 옷을 가장 좋은 바늘과 실, 옷감으로 기워주겠다는 월선의 제안에서 떠나야 하는 자와 머물기를 바라는 자의 갈등을 엿볼 수 있다.

이 노래는 십이잡가의 하나에 속해 있으며, 조선후기 서울·경기 지방에서 유행하여 20세기 초까지도 그 명맥을 유지하였다. 참고로 십이잡가는 경기좌창의 일종으로서 '경기 긴잡가'라고 불리기도 한다. 여기에는 〈적벽가(赤壁歌)〉·〈선유가(船遊歌)〉·〈출인가(出引歌)〉·〈방물가(房物歌)〉·〈제비가〉·〈형장가(刑杖歌)〉·〈유산가(遊山歌)〉·〈집장가(執杖歌)〉·〈달거리〉·〈소춘향가(小春香歌)〉·〈평양가(平壤歌)〉·〈십장가(十杖歌)〉 등의 작품이 포함된다. 이 작품들 중 많은 경우가 판소리 〈춘향가〉와 소설 〈춘향전〉을 원텍스트로 삼고 있는데, 대체로 원텍스트의 문맥을 임의로 변화시켜 통속성을 강화시켰다. 〈출인가〉·〈방물가〉·〈집장가〉·〈십장가〉 등이 그 좋은 예가 된다.

민요

논매기 노래

1) 원문

잘하고 자로 하네 에히요 산이가 자로 하네

이봐라 농부야 내 말 듣소 이봐라 일꾼들 내 말 듣소
잘하고 자로 하네 에히요 산이가 자로 하네

하늘님이 주신 보배 편편옥토가 이 아닌가
잘하고 자로 하네 에히요 산이가 자로 하네

물꼬 찰랑 돋아 놓고 쥔네 영감 어디 갔나
잘하고 자로 하네 에히요 산이가 자로 하네

잘한다 소리를 퍽 잘하면 질 가던 행인이 질 못 간다
잘하고 자로 하네 에히요 산이가 자로 하네

잘하고 자로 하네 우리야 일꾼들 자로 한다
잘하고 자로 하네 에히요 산이가 자로 하네

이 논배미를 얼른 매고 저 논배미로 건너가세
잘하고 자로 하네 에히요 산이가 자로 하네

담송담송 닷 마지기 반달만치만 남았구나
잘하고 자로 하네 에히요 산이가 자로 하네

일락서산에 해는 지고 월출동령에 달 돋는다
잘하고 자로 하네 에히요 산이가 자로 하네

잘하고 자로 하네 에히요 산이가 자로 한다
잘하고 자로 하네 에히요 산이가 자로 하네

잘하고 못하는 건 우리야 일꾼들 솜씨로다

2) 현대어역

잘하고 잘도 하네 에히요 산이[1]가 잘도 하네

이봐라 농부야 내 말 듣소 이봐라 일꾼들 내 말 듣소
잘하고 잘도 하네 에히요 산이가 잘도 하네

하느님이 주신 보배 기름진 땅이 바로 이 아닌가
잘하고 잘도 하네 에히요 산이가 잘도 하네

---

1) 산이 : 광대를 일컫는 말. 여기서는 선창자를 지칭함.

물꼬를 찰랑 돋우어 주인 영감은 어디 갔나
잘하고 잘도 하네 에히요 산이가 잘도 하네

잘한다는 노래를 퍽 잘하면 길 가던 행인이 길 못 간다
잘하고 잘도 하네 에히요 산이가 잘도 하네

이 논배미[2)]를 얼른 매고 저 논배미로 건너가세
잘하고 잘도 하네 에히요 산이가 잘도 하네

듬성듬성한 다섯 마지기 논이 반달만큼만 남았구나
잘하고 잘도 하네 에히요 산이가 잘도 하네

해지는 서산엔 해가 지고 달뜨는 동산엔 달 돋는다
잘하고 잘도 하네 에히요 산이가 잘도 하네

잘하고 잘도 하네 에히요 산이가 잘도 한다
잘하고 잘도 하네 에히요 산이가 잘도 하네

잘하고 못 하는 건 우리네 일꾼들의 솜씨로다

3) 작품해설

이 노래는 농민들이 논의 김을 맬 때 흥을 돋우고 일의 능률을 높이기 위해 부르는 노동요이다. 농사는 비록 고된 일이지만, 그것이 가져

2) 논배미 : 논두렁으로 둘러싸인 논 하나하나의 구역.

다주는 생산적 기쁨을 긍정적으로 받아들이고 생각하는 민중의 모습이 잘 표현되어 있다. 또한 서로를 독려하고 자긍심을 고취하는 내용을 통해 농촌공동체의 결속력을 다지고 있음을 볼 수 있다. 형식은 선소리꾼이 앞소리를 부르고, 나머지 사람이 후렴구를 부르는 선후창 방식을 취하고 있다.

베틀 노래

1) 원문

기심매러 갈 적에는 갈뽕을 따 가지고
기심매고 올 적에는 올뽕을 따 가지고
삼간방에 누어 놓고 청실홍실 뽑아내서
강릉 가서 날아다가 서울 가서 매어다가
하늘에다 베틀 늘고 구름 속에 이매 걸어
함경나무 바디집에 오리나무 북게다가
짜궁짜궁 짜아 내어 가지잎과 뭅거워라
배꽃같이 바래워서 참외같이 올 짓고
외씨같이 보선 지어 오빠님께 드리고
겹옷 짓고 솜옷 지어 우리 부모 드리겠네

2) 현대어역

김매러 갈 적에는 갈뽕을 따 가지고
김매고 올 적에는 올뽕[3]을 따 가지고
세 칸 방에서 누에 길러 청실홍실 뽑아내서

---

3) 올뽕 : 원래 '다른 뽕보다 이른 시기에 자라난 뽕'이란 의미이지만, 여기서는 앞에 나온 '갈뽕'과 대구를 맞추기 위한 언어유희적 기능이 더 강하게 드러난 표현임.

강릉 가서 날아다가[4] 서울 가서 매어다가
하늘에다 베틀 놓고 구름 속에 잉아[5] 걸어
함경나무 바디집[6]에 오리나무 북[7]에다가
짜궁짜궁 짜내어 가지잎에 뭅거워라[8]
배꽃같이 바래게 해서 참외 같이 올 짓고
외씨같이 버선 지어 오빠에게 드리고
겹옷 짓고 솜옷 지어 우리 부모 드리겠네

3) 작품해설

이 노래는 베틀에서 베를 짜면서 부녀자들이 부른 노래, 즉 부요(婦謠)이다. 뽕을 따서 누에를 치는 것에서부터 실을 뽑고 비단을 짜 내어 가족들의 옷을 지어주기까지의 전 과정을 읊고 있다. 베틀노래는 거의가 선녀가 하강하였다는 가상적 구도를 보여 주는데, 고된 가사일에도 불구하고 낭만을 잃지 않았던 옛 부녀자들 삶의 단면을 보여준다. 형식은 4·4조, 4음보의 연속체로 되어 있다.

4) 날아다가 : (베나 돗자리 등을 짜려고) 틀에 날을 간격이 고르게 벌여 쳐서.
5) 잉아 : 베틀의 세로로 늘어뜨려진 실을 끌어 올리도록 맨 굵은 줄.
6) 바디집 : 베틀·가마니틀 따위에 딸린 기구의 하나. 대오리로 만들어 베 또는 가마니의 날을 고르며 씨를 쳐서 짜는 구실을 함.
7) 북 : 베틀에 딸린 기구의 하나. 날의 틈으로 왔다 갔다 하면서 씨실을 풀어 주며 피륙을 짬.
8) 뭅거워라 : 미상.

시집살이 노래

1) 원문

형님 온다 형님 온다 보고저즌 형님 온다
형님 마중 누가 갈까 형님 동생 내가 가지
형님 형님 사촌형님 시집살이 어뗍데까
이애 이애 그 말 마라 시집살이 개집살이
앞밭에는 당추 심고 뒷밭에는 고추 심어
고추 당추 맵다 해도 시집살이 더 맵더라
둥글둥글 수박 식기 밥 담기도 어렵더라
도리도리 도리 소반 수저 놓기 더 어렵더라
오리 물을 길어다가 십리 방아 찧어다가
아홉 솥에 불을 때고 열두 방에 자리 걷고
외나무다리 어렵대야 시아버니같이 어려우랴
나뭇잎이 푸르대야 시어머니보다 더 푸르랴
시아버니 호랑새요 시어머니 꾸중새요
동세 하나 할림새요 시누 하나 뾰족새요
시아지비 뾰중새요 남편 하나 미련새요
자식 하난 우는 새요 나 하나만 썩는 샐세
귀먹어서 삼년이요 눈 어두워 삼년이요

말 못해서 삼년이요 석삼년을 살고 나니
배꽃 같던 요 내 얼굴 호박꽃이 다 되었네
삼단 같던 요 내 머리 비사리춤이 다 되었네
백옥 같던 요 내 손길 오리발이 다 되었네
열새 무명 반물치마 눈물 씻기 다 젖었네
두 폭 붙이 행주치마 콧물 받기 다 젖었네
울었던가 말았던가 베개머리 소 이뤘네
그것도 소이라고 거위 한 쌍 오리 한 쌍
쌍쌍이 때 들어 오네

2) **현대어역**

형님 온다 형님 온다 보고싶은 형님 온다
형님 마중 누가 갈까 형님의 동생인 내가 가지
형님 형님 사촌형님 시집살이 어떱디까
이애 이애 그 말 마라 시집살이 개집살이
앞밭에는 당추[9] 심고 뒷밭에는 고추 심어
고추 당추 맵다 해도 시집살이 더 맵더라
수박처럼 둥근 식기 밥 담기도 어렵더라
작고 둥근 도리 소반 수저 놓기 더 어렵더라
오리 밖에 물 길어다 십리 밖에 방아 찧어다가
아홉 솥에 불을 때고 열두 방에 이부자리 걷고
외나무다리 어렵다 해도 시아버지같이 어려우랴

---

9) 당추[唐椒] : 고추. 뒤에 오는 '고추'와 음을 맞추기 위해, 다른 표현으로 한 번 더 썼음.

나뭇잎이 푸르다 해도 시어머니보다 더 푸르랴
시아버지는 호랑이 같고 시어머니는 꾸중만 하며
동서는 고자질쟁이요 시누이는 성질만 부리고
시아주버니는 무뚝뚝이요 남편은 미련퉁이요
자식은 징징대고 내 속만 썩어나네
귀먹어서 삼년이요 눈 어두워 삼년이요
말 못해서 삼년이요 석삼년을 살고 나니
배꽃 같던 요 내 얼굴 호박꽃이 다 되었네
삼단[10] 같던 요 내 머리 싸리나무가 다 되었네
백옥 같던 요 내 손길 오리발이 다 되었네
곱게 짠 남색치마 눈물 씻기에 다 젖었네
두 폭짜리 행주치마 콧물 받기에 다 젖었네
울었던가 말았던가 베갯머리가 연못[沼] 됐네
그것도 연못이라고 거위 한 쌍 오리 한 쌍이
쌍쌍이 떼 지어 오네

3) 작품해설

이 노래는 전근대의 여성들이 시집살이에서 겪은 어려움을 풀어놓은 부요이다. 시집살이의 고충을 토로하면서도 풍자와 해학의 정신을 통해 이를 극복하려는 민중들의 낙천적인 사고방식을 볼 수 있다. '둥글 둥글 수박 식기', '도리도리 도리 소반'과 같이 일상적 소재를 통한 비유도 그러하거니와, 시댁 식구들을 '~새'에 비긴 해학적 표현이 썩 재미있다. 대구와 대조, 열거 등 다양한 표현기법이 동원되었다.

---

10) 삼단 : 삼[麻]의 묶음. 흔히 숱이 많고 긴 머리를 비유.

이어도 타령

1) 원문

이엿사나 이여도사나 이엿사나 이여도사나
우리 배는 잘도 간다
솔솔 가는 건 솔남의배여 잘잘 가는 건 잡남의배여
어서 가자 어서 어서 목적지에 들여나 가자
우리 인생 한번 죽어지면 다시 전생 못하나니라
원의 아들 원 자랑 마라 신의 아들 신 자랑 마라
한 베개에 한잠을 자난 원도 신도 저은 데 없다
원수님은 외나무다리 질은 무삼 한질이든고
원수님아 길 막지 마라 사랑원수 난 아니노라
낙락장송 늘어진 가지 홀로 앉은 우녀는 새야
내 님 좋은 영혼이언가 날곳 보면 시시로 운다
시집 삼년 남의 첩 삼년 언 삼년을 살았다마는
열두 폭의 도당치매 눈물로 다 여무왔드다
님아 님아 정한 말하라 철구 뒤에 놈우로 알마
님 없어도 날 새히더라 닭 없어도 날 새히더라
님과 닭은 없어도 산다
밤에 가고 밤에 온 손님 어느 개울 누겐 중 알리

저 문 앞에 청버들 남게 이름 성명 쓰두멍 가라
만조백관 오시는 질엔 말발에도 향내가 난다
무적상놈 지나간 질엔 질에조차 누린내 난다
강남 가두 돌아나 온다 서울 가두 돌아나 온다
황천질은 조반날 질이언 가난 다시 올 줄을 몰라
강남바당 비 지어 오건 제주바당 배 놓지 말라
멩지바당 씰바람 불엉 넋이 부모 돌아나 오게

2) 현대어역

이엿사나 이여도사나 이엿사나 이여도사나[11]
우리 배는 잘도 간다
솔솔 가는 건 소나무배요 잘잘 가는 건 잣나무배요
어서 가자 어서 어서 목적지에 들어나 가자
우리 인생 한번 죽으면 다시는 살아나지 못하느니라
원님 아들 원 자랑 마라 신의 아들 신 자랑 마라
한 베개 베고 한잠을 자는 원님도 신도 두려울 것 없다
원수는 외나무다리에서 만난다더니 그 길이 무슨 큰길이던가
원수님아 길 막지 마라 사랑의 원수 난 아니노라
낙락장송 늘어진 가지에 홀로 앉아 우는 새야
내 님의 좋은 영혼이던가 나를 보면 때때로 운다
시집살이 삼년에 첩살이 삼년 몇 삼년을 살았다마는
열두 폭의 도당치마가 눈물로 다 젖었도다

11) 이여도사나 : 민요의 시작과 중간 부분 등에서 리듬을 잡아 맞추기 위한 여음.

님아 님아 정한을 말하라 절구 뒤에 절구공이로 알마
님이 없어도 날 새더라 닭이 없어도 날이 새더라
님과 닭은 없어도 산다
밤에 가고 밤에 온 손님 어느 고을 누군 줄 알리
저 문 앞의 푸른 버드나무에 이름을 써 두고 가거라
만조백관 오시는 길엔 말의 발에도 향내가 난다
무적상놈 지나간 길엔 길에서조차 누린내 난다
강남을 가도 돌아온다 서울을 가도 돌아온다
황천길은 아침 한나절 길이지만 가고 나면 다시 올 줄을 몰라
강남바다에서 배 저어 오면 제주바다에 배 띄우지 말라
명주 같은 바다에 실바람 불어 부모의 넋이 돌아나 오게

3) 작품해설

이 노래는 일명 '이여도사나 노래', '해녀 노래', '해녀질 노래', '물질하는 소리' '좀수 소리'라고도 불리는 제주도 민요이다. 해녀들이 바다에서 물질을 하기 위해 배를 타고 다닐 때 부르던 노동요이다. 이 노래에는 제주도 해녀들의 애환이 진솔하게 그려져 있다. 한번 죽으면 그만인 인생의 무상함과 가신 님에 대한 그리움 등의 내용이 그것이다. 이어도는 제주도 사람들이 낙원으로 생각하고 있는 상상 속의 섬이기도 하다.

《 자장가 》

1) 원문

뒤뜰에 우는 송아지 뜰 앞에 우는 비둘기
언니 등에 우리 애기 숨소리 곱게 잘도 자지
앞산 수풀 도깨비 방망이 들고 온다지
덧문 닫고 기다리지 건넌 동리 다리 아래
항수 물이 붉엇네 앞산 밑에 큰아기네
심은 호박이 꽃피었네 김매는 형님 아니 오네
고은 조름만 혼자 오네 우리 애기 잘도 잔다
뒷집 개도 잘도 잔다 앞집 개도 잘도 잔다
오동나무 가지 우에 봉황새의 잠일런가
수명장수 할 잠자고 만석거부 될 잠자자

2) 현대어역

뒤뜰에 우는 송아지 뜰 앞에 우는 비둘기
언니 등에 우리 애기 숨소리 곱게 잘도 자지
앞산 수풀 도깨비 방망이 들고 온다지
덧문 닫고 기다리지 건너 동네 다리 아래
시냇물이 벌겋네 앞산 밑의 큰아기네
심은 호박이 꽃피었네 김매는 형님 아니 오네

고운 졸음만 혼자 오네 우리 애기 잘도 잔다
뒷집 개도 잘도 잔다 앞집 개도 잘도 잔다
오동나무 가지 위의 봉황새의 잠일런가
수명장수 할 잠자고 만석거부 될 잠자자

3) 작품해설

이 노래는 어린 아기를 재울 때 부르는 자장가의 하나이다. 일상적인 소재로 된 쉬운 내용을 통해 아이의 어휘력을 길러 주는 등의 부차적인 효과도 지니고 있다. 또한 마지막 부분의 내용은 아기의 장수와 풍요를 기원하는 마음을 담고 있다. 4·4조, 2음보의 율격으로 구성된 독창 형식의 작품이다.

경기아리랑

1) 원문

아리랑 아리랑 아라리요
아리랑 고개로 넘어간다

나를 버리고 가시는 님은
십리도 못 가서 발병 난다

2) 작품해설

누군가를 떠나보내는 일은 언제나 슬프다. 가슴이 아리고 마음이 쓰리다. 하물며 그 대상이 님일 경우에야. 그래서 고개가 등장한다. 동구 밖엔 으레 고갯마루가 있고, 그 고개를 넘으면 이제 님의 모습은 눈에서 영 사라지게 된다. 그래서 고개는 흔히 눈물의 현장이 된다. 배웅하는 상대를 여기서 돌려보내야 진짜 이별이니, 여기서 눈물의 자리를 노래가 대신하게 된다. 아리랑 고개는 그래서 사랑하는 님을 떠나보내는 이의 마음마다에 자리하고 있다.

'나를 버리고 가시는 님'은 서글프다. 님의 의지에 의한 것이 아니라, 어쩔 수 없는 현실이 둘을 갈라놓은 것이기에 더욱 그러하다. 화자는 나와 님의 일 대 일 관계에서 '버리는 님'과 '버림받은 나'로 이분화시켜 노래하지만, 이 정황이 진실이 아님은 본인이 더 잘 안다. 당연히

'십리도 못 가서 발병난다'. 물론 저주나 질책이 될 수는 없다. 원망의 마음이 그저 직설적으로 토로되었을 뿐이다. 그만치 안타까운 마음의 역설적 표현이다.

강원도아리랑

1) 원문

아리아리 쓰리쓰리 아라리요
아리아리 고개로 넘어간다

감꽃을 줏으며[12] 헤어진 사랑
그 감이 익을 땐 오시만[13] 사랑

2) 작품해설

강원도아리랑 가운데 이 사설은 서정성 짙은 노랫말로 인해 착 가라앉은 분위기를 풍긴다. '감꽃을 주으며 헤어진 사랑'이니 늦봄의 이별이다. 온갖 꽃이 다투어 피는 봄철이면 사랑도 절로 무르익건만, 화자는 어쩐 사정인지 님과 헤어졌다. 그런데도 참 차분하다. 마치 연노랑빛 감꽃이 잎새 뒤에 숨어 수줍게 피어나듯이, 애틋한 마음은 한 자락 접어두고 조곤조곤 혼잣말하듯 읊조린다. 그래도 님과의 재회를 믿는다. 감꽃이 져 훗날 감이 되듯, 봄날의 헤어짐이 가을날의 돌아옴으로 이어지리라는 믿음. 맞다. 계절은 또 어김없이 돌아오지 않는가.

---

12) 줏으며 : 주으며.
13) 오시만 : 오시는.

정선아라리[14)]

1) 원문

아리랑 아리랑 아라리요
아리랑 고개 고개로 날 넘겨주게

앞 남산 실안개는 산허리를 돌고요
우릿님[15)] 양팔은 내 허리를 감네

2) 작품해설

우리네의 전통적 표현치고는 제법 에로틱하다. 그래도 넘치지 않는다. 정작 말하고 싶은 바는 뒷 구절에 있지만, 눙치고 돌리면서 자연물을 앞세운다. 그런데 그게 참 잘 어울린다. 남산은 마을 어디에나 있다. 이른 아침이면 늘 만나는 것이 산허리를 감도는 실안개이다. 그걸 인정하고 나니, 노래의 뒷부분은 거저먹고 들어간다. 남녀간 사랑의 정석. 내 허리를 감는 님, 그러니 '우리 님의 양팔' 또한 너무 자연스러워진다. 참 예쁜 사랑이다.

---

14) 정선 지역에서는 다른 지방과 달리 '아라리'의 명칭을 선호한다.
15) 우릿님 : 우리 님.

밀양아리랑

1) 원문

아리아리랑 쓰리쓰리랑 아라리가 났네
아리랑 고개로 날 넘겨주소

날 좀 보소 날 좀 보소 날 좀 보소
동지섣달 꽃 본 듯이 날 좀 보소

정든 님 오시는데 인사를 못해
행지초마[16] 입에 물고 입만 방긋

2) 작품해설

사설이나 가락에서 이보다 더 경쾌한 아리랑은 찾기 힘들다. 가히 흥겨움의 으뜸이라 할 만하다. '날 봐달라'는 호소는 마치 아이들의 투정 같다. 하지만 이어지는 구절이 앞의 직설을 상쇄시킨다. '동지섣달에 핀 꽃'은 얼마나 경이로운가. 내용의 실인즉 '나를 꼭 마음속에 담아달라'는 필사적 호소이지만, 그 표현은 짐짓 여유롭다. 뒷 구절의 이 비유를 만나면 '나'의 가치는 억지를 부릴 필요도 없이 일시에 수직상승하고 만다.

---

16) 행지초마 : 행주치마.

이어지는 사설은 더 밝고 더 예쁘다. 그토록 그리던 님. 실은 애타도록 보고팠던 그 님과 모처럼 마주칠 기회가 왔건만, 아무 내색을 못한다. 그게 진짜 사랑이다. 짝사랑해본 이는 알리라. 사랑의 대상 앞에 서면 왜 그리 말문이 막히고 애꿎은 헛말만 연속되는지. 그래도 얼굴 붉히고 도망갈 정도의 쑥맥은 아니었으니, 이 화자 일면 깜찍하다. 어쩌면 상대방과의 커뮤니케이션은 100% 달성되었을지도 모른다. '행주치마 입에 물고 입만 방긋'.

진도아리랑

1) 원문

아리아리랑 쓰리쓰리랑 아라리가 났네
아리랑 음음음 아라리가 났네

저 건네[17] 지는 해는 지고 싶어서 지느냐
날 버리고 가신 님은 가고 싶어서 가느냐

2) 작품해설

세상사 마음먹은 대로만 된다면 슬픔과 원망은 존재하지 않을 게다. 허나 그것은 한낱 헛된 꿈일 뿐. 잠시도 놓지 않고 평생을 함께 할 것 같은 사랑이지만, 그 뜨거움도 언젠간 식기 마련. 마음이 식어서일 수도 있고, 때론 피치 못할 주변정황으로 인해 떠날 수도 있다. 그걸 묵묵히 운명으로 받아들이는 여인의 태도는 의연하다. 그러나 어찌 아쉬움이 없으랴. 만나면 떠날 날이 있는 법. 화자는 그것을 아침에 떴다 저녁에 지는 해에 빗대어 위안을 삼는다. 일견 지혜로운 세상살이의 철학이겠다.

17) 건네 : 건너.

▒ 저자 윤성현

서울에서 태어나 연세대학교 국어국문학과를 마쳤다. 같은 대학 대학원에서 후기가사 연구로 석사학위를, 다시 속요 연구로 박사학위를 받았다. 국학연구원 연구교수와 동방고전문학회장을 지냈다. 지금은 연세대학교에서 고전문학 강의를 하고 있다.

저서로 『속요의 아름다움』과 『후기가사의 흐름과 근대성』, 『가려뽑은 고려노래』를 냈다. 공저로 『고전시가선집』(e-book)을 펴냈다. 그 밖에 『향가의 깊이와 아름다움』, 『향가의 수사와 상상력』, 『고전시가 엮어 읽기』, 『한국고전시가사』, 『춘향전 연구의 과제와 방향』 등의 공저가 있다. 공역서로 『금방울전 · 김원전 · 적성의전 · 만언사』를 펴냈다.

mamboysh@yonsei.ac.kr

우리 옛노래 모둠

2011년 9월 6일 초판 1쇄 펴냄
2018년 9월 6일 초판 2쇄 펴냄

지은이 윤성현
펴낸이 김흥국
펴낸곳 도서출판 보고사

책임편집 이경민
표지디자인 윤인희

등록 1990년 12월 13일 제6-0429호
주소 서울특별시 성북구 보문동7가 11번지 2층
전화 922-5120~1(편집), 922-2246(영업)
팩스 922-6990
메일 kanapub3@chol.com
http://www.bogosabooks.co.kr

ISBN 978-89-8433-936-1 93810

정가 20,000원